나뭇잎
사이로
반짝이는

§ 나뭇잎 사이로 반짝이는 1 §

2017년 3월 27일 초판 1쇄 인쇄
2017년 3월 29일 초판 1쇄 발행

지은이 § 문은숙
발행인 § 곽동현
기획&편집디자인 § 신연제, 이윤아
발행처 § (주)조은세상

등록 § 2002-23호(1998년 01월 20일)
주소 § 경기도 연천군 미산면 청정로 1355
Tel § (02)587-2977
e-mail romance@comics21c.co.kr
블로그 http://goodworld24.blog.me

값 11,000원

ISBN 979-11-5832-916-7 / ISBN 979-11-5832-915-0(set)

문은숙
장편소설

나뭇잎
사이로
반짝이는

GOOD
WORLD
ROMANCE
NOVEL

1

Contents

1부. 소녀, 울타리 밖의 꽃을 꿈꾸다

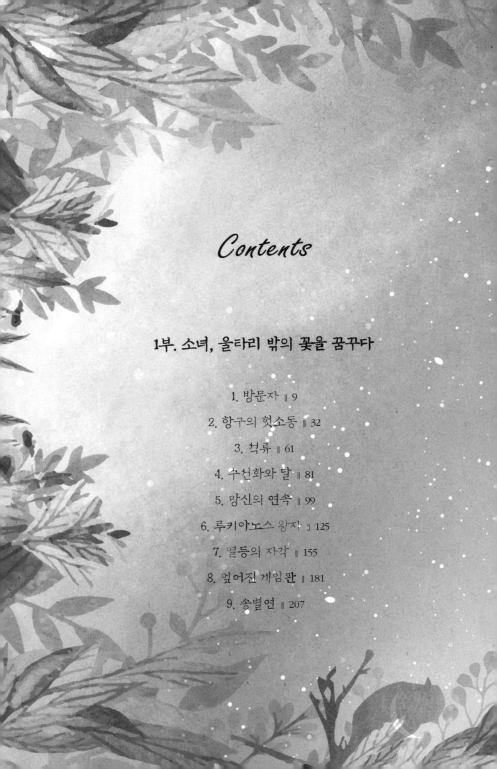

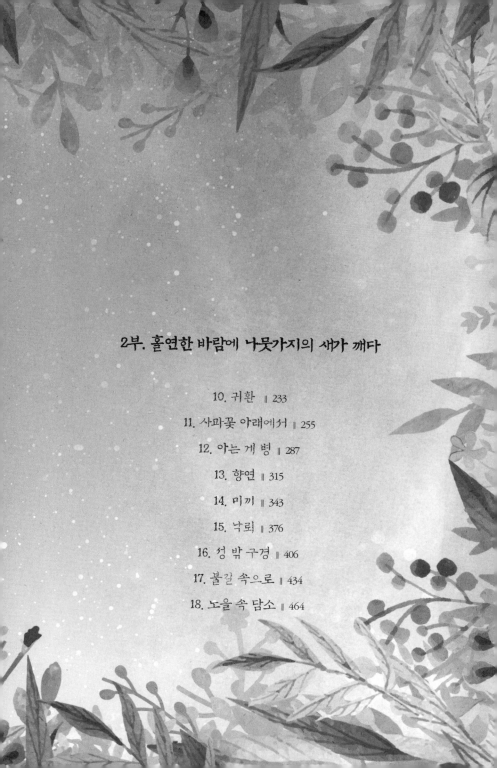

2부. 홀연한 바람에 나뭇가지의 새가 깨다

1부.
소녀,
울타리 밖의 꽃을 꿈꾸다

1.
방문자

"카리사 자매님, 카리사 자매님, 여기 계세요?"

자신을 찾는 앳된 소녀의 목소리에 카리사는 제단 하단부의 돌을 닦던 손을 멈추고 옆으로 머리를 내밀었다. 침침한 어둠에 익숙해져 있던 눈이 아슴푸레한 햇살을 등지고 문가에 서 있는 견습무녀 다라를 알아보는 데 엔 약간 시간이 걸렸다.

묵언 수행 과제를 마칠 날이 한 달도 넘게 남아 있는 카리사는 똑똑 바 닥을 두드려 여기 있다는 신호를 보냈다. 그녀를 본 다라가 깍듯이 두 손 을 가슴 앞에 모아 인사를 하고선 말했다.

"카리사 자매님, 케이런 홀로 오시라는 전갈입니다."

케이런 홀? 카리사는 어리둥절한 얼굴로 자리에서 일어났다. 아침부터 내내 웅크려 앉아 바닥을 훔치고 다닌 터라 금방 허리가 펴지지 않아 끙, 하고 앓는 소리를 냈다. 잠시 허리를 두드리고 있자니 다라가 주위를 휙 휙 둘러보고 카리사만 있는 걸 확인하고선 치마를 양손으로 끌어올리고 달려왔다.

"손님이 기다리고 계셔요, 카리사 자매님."

그 말에 카리사의 눈은 더욱 알 수 없다는 빛을 띠었다.

케이런 홀은 귀족을 위시한 부유한 신도들이 드나드는 참배소로 때로 여신의 특별한—다시 말해 값비싼—은총을 바라는 이들이 무녀들과의 사적인 접견을 청원하는 곳이기도 했다. 하지만 그런 이들이 원하는 것은 금관을 받은 무녀, 이른바 시빌라의 경우이다. 카리사는 다라와 마찬가지로 아직은 이마에 소가죽 머리띠를 두른 견습무녀에 불과하다. 그러니 거기서 기다린다는 손님이 그녀의 능력을 바란 자가 아닐 것은 분명했다.

케이런 홀에서 손님을 맞이할 수 있는 다른 경우. 속세의 부유한 후원자가 무녀를 방문할 때 만남의 장소로 쓰일 수도 있다. 이 경우 또한 카리사에게는 해당 사항이 없다. 그녀가 하레샤 여신의 신전에 들어온 열 살 이후 그녀를 보러 여기까지 찾아준 친인척은 전무했다.

도무지 무슨 일인지 감도 안 온다는 표정으로 걸레를 만지작거리는 카리사를 다라가 생글거리며 쳐다보면서 말했다.

"카리사 님이랑 퍽 닮으신 분이에요. 누구인지 짐작 안 가세요?"

나랑 닮은 사람? 카리사의 눈만 동그래졌을 뿐 입은 딱 다물어진 채이다. 다라가 답답함을 못 이겨 깡충 뛰면서 제 풀에 대답하고 말았다.

"제가 귀를 쫑긋 세우고 들었거든요, 제 귀가 참 밝잖아요. 손님이 말씀하셨어요, 카리사, 내 언니를 보러 왔다고요!"

"……날더러 언니라고?"

카리사는 그만 목소리를 내버렸다. 백하고도 열하루를 목표로, 팔십일 가까이 행해온 묵언 수행의 금계가 깨졌다. 그것도 미처 모른 채 그녀는 잠시 멍하니 서 있었다.

나를 언니라고 부를 사람……?

불현듯 정신을 차린 그녀가 물었다.

"그 말 틀림없는 거지?"

"아무렴요, 닮았다니까요, 정말! 그리고 제 귀가 얼마나 좋은지 아시잖
아요. 저는 벽 세 개 너머에서 나누는 귓속말도 들을 수 있다구요. 저번에
한 번은 있잖아요."

"미안, 다라, 다음에!"

여느 때라면 조용히 웃으며 들어주었을 수다에 신경 쓸 겨를도 없이 카
리사는 다라를 지나쳐 걷기 시작했다. 서둘러 걸어가는 그녀의 뒤에서 다
라가 소리쳤다.

"걸레는 두고 가셔야죠!"

5년, 만으로는 거의 4년 만이던가? 카리사는 가슴이 쿵쾅거리는 것을
가라앉혀 보려고 애썼지만 심호흡을 거듭해도 거친 숨결은 여전했고 몸
은 한겨울 칼바람 속에 내의 한 벌로 서 있는 것처럼 달달 떨리기까지 했
다.

수반 옆을 지나다가 카리사는 발을 되돌렸다. 이틀 전 내린 빗물이 담
겨 있는 수반에 얼굴을 비춰 보고는 고개를 도리도리 저은 뒤 손을 씻고
얼굴에 물을 적셨다. 물에 비친 녹색의 눈이 흥분으로 스스로도 깜짝 놀
랄 만큼 번쩍거렸다.

'침착해. 침착하자.'

옷소매로 얼굴을 훔치고 매무새를 정돈하면서 카리사는 그 한마디를
주문처럼 되뇌었다.

이윽고 케이런 홀이 지척에 나타났다. 걸어오는 동안 겨우 얼마쯤 되찾
았던 차분함이 홀의 정면에 자리한 소용돌이무늬의 흰 기둥을 눈에 담고

연기처럼 자취를 감추려는 것을 간신히 붙들었다. 소매 안에서 마주 쥐고 있는 두 손을 한껏 꼭 쥐며 카리사는 정면의 문지방을 넘었다.

발원을 위해 신전을 찾아와 달포 넘게 머물고 있는 몇몇 귀부인의 모습이 눈에 익었다. 매사에 툭하면 견습무녀들에게 불평을 늘어놓기 일쑤인 트라바니가(家)의 부인이 누군가와 이야기를 나누면서도 참배소에 들어오는 이를 향해 재빨리 가느다란 눈길을 던졌다. 모든 자리에서 주역으로 군림하려는 여자. 다시 말해서 주변 모든 상황을 자신의 통제 하에 두지 않으면 성이 풀리지 않는 그 부인은 카리사를 보고선 이내 가식적인 미소를 입가에 지었다.

"오, 찾는 이가 저기 오는군요, 아가씨. 공교롭게도 지금껏 말을 나눌 기회가 거의 없어서 종종 보면서도 반니가(家)의 혈육인 줄도 모르고 있었네요. 이쪽이에요, 무녀님."

짐짓 자신이 이 만남을 주선한 자라도 되듯 생색을 내며 트라바니 부인이 카리사를 향해 손짓했다. 그것이 아니더라도 카리사는 이미 부인의 옆에 있는 검은 머리의 여자를 응시하고 있었다. 그녀도 카리사를 바라보고 있다. 크게 뜨여진 녹색의 눈에 어린 호기심과 생경함은 살짝 벌려진 장밋빛 입술에 맺힌 의아함을 또렷이 강조했다.

"아엘리아……."

너무도 오랜만에 입에 담는 동생의 이름이 스스로도 낯설어 말끝이 떨어졌다. 카리사의 수줍음에 반응하듯 아엘리아가 고개를 갸웃하며 활짝 웃었다.

"카리사?"

꽃이 피는 듯 밝은 미소와 아름다운 새의 지저귐 같은 낭랑한 목소리. 정말 아엘리아였다. 어머니의 배 속에서부터 함께 자란 쌍둥이 자매. 카리사의 눈에 천천히 말간 웃음이 번졌다. 어느샌가 멈추었던 발을 움직여, 뛰어가 동생의 손을 잡았다.

"공주님 아엘리아!"

"구석데기 카리사!"

아엘리아는 카리사를 와락 끌어안고 등을 두드리며 웃음을 터뜨렸다. 깜짝 놀랄 만큼 강한 악력도 악력이거니와 동생의 풍만한 가슴에 눌려 카리사는 밭은기침을 했다. 아엘리아가 카리사를 안은 팔을 풀더니 짐짓 놀란 듯이 말했다.

"너 키가 왜 이리 컸어? 이러다 하늘이라도 찌르겠잖아!"

호들갑스러울 정도의 과장에 카리사가 쑥스럽게 웃었다. 분명히 그녀가 동생에 비해 크긴 했다. 가뿐히 한 뼘 정도의 차이가 날까. 하지만 키만 멋대가리 없이 껑충하게 자랐을 뿐, 살집은 거의 없다. 반면 아엘리아는 아담한 키에 탐스럽게 살이 올라 촉촉한 흰 살결은 만지면 터질 듯한 탄력으로 그득하다.

어쩌면 카리사 역시 깜짝 놀라야 할 일인지도 모른다. 어린 시절의 그들은 누구나 일란성쌍둥이로 생각했을 만큼 닮았던 것을 생각한다면. 하지만 그 성격은 너무나도 판이했었다. 기억할 수 있는 가장 어린 시절부터 내내.

"예뻐졌다, 아엘리아. 정말 예뻐졌어. 내가 상상했던 것보다 훨씬 더 예뻐졌어."

만지면 닳을세라 동생의 얼굴에 손도 대지 못하고 눈이 부신 듯이 쳐다보는 카리사의 눈에서 결국 눈물이 배어 나왔다. 아엘리아가 낭랑하게 웃음을 터뜨렸다.

"뭐야, 내가 전엔 못난이라도 됐던 것처럼 말하잖아. 나는 원래 예뻤어."

"응. 예뻤지. 넌 공주님이니까. 정정할게. 예전엔 예뻤는데 지금은 아름다워졌어."

"그 말은 인정할게. 그런데 정말 뭐야? 여기선 대체 뭘 먹이기에 이렇게 커버린 거야, 넌? 살은 대체 어디로 가고? 세상에, 눈도 퀭하고 볼 홀쭉한 것 좀 봐. 어머, 너 볼우물이 있잖아? 나도 이렇게 깡마르면 볼우물이 생기는 걸까? 난 매일같이 백 번은 넘게 꾹꾹 눌러보는 데도 절대로 안 생기는 거 있지."

카리사의 얼굴을 뜯어보느라 바쁜 아엘리아를 카리사는 잠시 말없이 내려다보았다. 동생은 참으로 건강해 보였다. 혈색 좋은 얼굴에서 반짝이는 보석 같은 눈, 아름답게 풀어 내린 검은 머리채는 어쩌면 이처럼 매끄러워 보이는지. 풍만한 몸매뿐 아니라 걸치고 있는 하늘거리는 올리브색 리넨 스톨라도, 목덜미며 팔을 장식한 금 장신구도 하나같이 사치스러운 고급품이다.

그늘 없이 환한 아엘리아의 미소가 그간의 세월을 단적으로 말해주고 있었다. 카리사가 지금껏 모시는 여신께 올려온 기도가 아주 헛되지는 않았다는 증명이었다. 눈물을 훔쳐내며 마음 속으로 하레샤 여신께 감사의 기도를 올린 카리사는 아엘리아의 팔을 쓰다듬으며 물었다.

"그런데 어떻게 된 거니. 여기까지 올 거면 미리 서찰이라도 보내줄 것이지. 여긴 어떻게 온 거야? 누구랑 같이 왔어? 고모님?"

도리도리 고개를 젓더니 아엘리아가 푹 고개를 숙였다.

"나 혼자 왔어."

느닷없이 동생의 표정에도, 목소리에도 어둠이 깔려 카리사는 긴장했다.

"혼자? 너 혼자 여기까지 왔다고? 다른 사람 없이 너 혼자서?"

"그렇다니까. 나 혼자 왔어. 혼자 오지 않을 수 없었어."

몇 시간 뒤에 카리사는 아엘리아가 몸종에 하인까지 도합 노예 셋을 데리고 여행길에 나섰음을 알게 되지만, 적어도 아엘리아에게 있어 노예는 사람으로 셈할 필요가 없는 존재였기에 이 말은 사실이었다. 그렇기에 어쩌자고 그런 위험한 짓을 했느냐 놀라 묻는 카리사에게 아엘리아는 당당하게 비장한 울음을 터뜨릴 수 있었다.

"그런 위험 따위가 대수야? 도망쳤어. 난 도망쳐야 했어."

"도망이라니? 네가 왜?"

"그야 난 노예가 되고 싶지 않으니까!"

"노예?"

아엘리아에게 전혀 어울리지 않는 그 단어를 마치 카리사는 처음 듣는 외국어인 양 중얼거렸다. 상황의 심각함을 전혀 모르는 카리사가 답답하다는 듯이 아엘리아가 부르짖었다.

"의지가지없는 이 가련한 아엘리아를 모두들 팔아먹으려 하고 있단 말이야!"

그녀의 성난 목소리에 케이런 홀에 있는 사람들의 시선이 일시에 쏟아졌다. 이미 둘이 대화를 나누는 목소리가 들릴 만한 곳에서 바장거리던 트라바니 부인은 말할 것도 없이. 카리사는 아엘리아의 팔을 이끌어 조금이라도 사람들에게서 멀찍이 떨어진 구석으로 데려갔다.

"침착하게, 아엘리아. 여긴 여신님을 모신 장소니까 조금만 목소리를 낮춰서. 다 들어줄 테니까 차분히 이야기해. 응?"

아엘리아의 머리를 쓰다듬으며 카리사가 다독여주자 울먹거리던 아엘리아가 덥석 카리사의 가슴에 얼굴을 묻고 통곡하기 시작했다. 동생의 무게에 떠밀려 하마터면 뒤로 쓰러질 뻔한 위기를 카리사는 벽을 짚어서 겨우 모면했다.

"부탁이야, 카리사. 나 좀 살려줘."

누군가 머리 꼭대기에서 얼음물을 쏟아낸 것처럼 카리사는 정신이 번쩍 들었다. 아엘리아가 본디 과장이 좀 심한 편이긴 했지만 살려달란 소리를 입에 담을 아이는 아니었다. 카리사는 마른침을 삼켰다. 아엘리아가 찾아왔다는 소식에 느꼈던 전율은 단지 오랜만에 동생을 보게 된 즐거움만이 아니라 뭔가 돌이킬 수 없는 나쁜 일에 대한 예감이기도 했을까?

"무슨 일이야, 아엘리아? 뭐가 그렇게 무서운 거야?"

"나, 카데사레아에 가고 싶지 않아."

또 한 번 카리사의 머리가 멍해졌다. 동생이 느닷없이 꺼낸 카데사레아란 말은 그만큼 뜬금없었다. 카데사레아라면 유리크제국의 수도가 아닌가? 바다 건너에 있는 제국의 수도는 속주의 귀족 남자들에게나 의미가 있을까, 카리사에게는 그저 먼 하늘 끝과 별반 차이가 없었다.

"거긴 왜 갑자기……. 가고 싶지 않으면 안 가면 되지. 누가 널 그 먼 곳까지 보낸다고 그래? 우리가 거기에 무슨 연고가 있다고."

아엘리아가 카리사의 가슴에 대고 몇 번이고 그런 게 아니란 듯이 머리를 흔들더니 붉어진 눈을 들어 말했다.

"신전에 들어와 살더니 세상일엔 캄캄 바보가 된 거야? 내가 카데사레아에 가는 이유가 뭐겠어! 볼모야, 볼모!"

그녀를 노려보는 아엘리아의 눈을 카리사는 눈도 깜박이지 않고 쳐다보았다. 천천히, 아주 천천히 머리가 회전을 시작했다.

"올해가……."

"그래, 대大아리오시나이 제전이 열리는 해야."

카리사는 천천히 손을 들어 입을 가렸다. 아엘리아가 카리사의 양팔을

나뭇잎 사이로
반짝이는 1

잡아 흔들었다.

"이제 알겠어? 이대로 가다간 난 꼼짝없이 화석이 된다구! 난 싫어, 죽어도 싫어. 나 좀 살려줘, 언니!"

그날 밤 카리사는 방을 함께 쓰는 다른 네 명이 모두 잠이 들었다고 확신했을 때, 침상에서 일어나 망토를 걸치고 조심스레 방을 가로질러나갔다. 복도에 나서기 무섭게 부르르 한기가 느껴지더니 아예 뜰로 나오자 3월 한밤의 싸늘함에 망토를 꼭 여며도 몸이 움츠러들었다. 가죽이 얇은 샌들 너머로 돌바닥의 차가움이 속속 올라왔다.

그래도 카리사는 달을 찾아 목을 빼고 하늘을 두리번거렸다. 그믐에 가까워져가는 못생긴 달이 무녀들이 머무는 숙사를 겹겹이 에워싼 높은 담에 걸릴락 말락 남동쪽 하늘에 떠 있었다. 사방을 돌아보며 달을 가장 잘 볼 수 있는 자리를 찾던 카리사는 마침내 늙은 아카시아 나무에 기대어 동그랗게 웅크리고 앉아 하늘을 올려다보았다.

그나마 좋은 자리라고 골랐음에도 달이 나뭇잎에 절반쯤 가려졌지만 나뭇잎 사이로 퍼지는 달빛이 반짝이는 게 외려 더 좋은 느낌이었다. 카리사는 아카시아 나무의 뿌리 옆에 있는 흙을 한 줌 손에 쥐고서 들여다보다가 이마를 대고 중얼거렸다.

"대지의 어머니 당신께 비옵니다, 비록 시빌라의 은총을 받은 몸은 아니오나 당신의 옷자락조차 스칠 수 없는 변변찮은 종을 아무쪼록 가엾이 여기시어……."

오랜 기원의 단조로운 리듬에 취해 카리사는 선잠이 들었다. 그러다 다섯 시, 하루 일과의 시작을 알리는 종소리가 신전의 하늘에 은은히 퍼질 때 퍼뜩 눈을 떴다. 손에 쥐고 있던 흙이 좌르륵 손가락 사이로 흘러

내리는 것을 보면서 카리사는 눈을 몇 번 깜박이다가 피식 웃고 말았다. 얼마 안 남은 흙을 도로 나무의 뿌리 위에 뿌려주며 카리사는 탄식했다.

"아아, 너무 하십니다, 여신이시여."

5년간 성심을 다해 모셨으니 막막한 미래를 밝혀줄 작은 계시 하나를 보여달라 한 것이 큰 욕심은 아니라고 생각했건만, 대지의 어머니이자 사랑의 여신 하레샤는 시험 받는 것을 좋아하지 않는 게 분명했다. 그 어떤 영검도 없었다. 꿈 한 조각 꾸지 않고 꿀맛 같은 단잠을 잤으니 말이다.

새벽안개가 지상을 채운 것처럼 올려다본 하늘에도 구름이 흩어져 달은 볼 수 없었다. 모시는 신에게도 외면 받은 자를, 차가운 달의 신 마라가 거두어줄 거라 기대하는 것은 무리다.

'애오라지 혼자서 생각하라.'

굳이 계시를 찾자면 그러한 것인가. 카리사는 쓴웃음을 지었다. 찬 이슬에 젖은 돌을 밟으며 방으로 돌아가는 카리사의 어깨는 축 처져 있지만 그 눈빛만큼은 생생했다. 너무도 익숙해져 눈 감고도 찾아갈 수 있는 길을 그저 습관에 의지해 걸어가면서 카리사는 그 타는 눈빛 너머에서 골똘히 생각했다.

방에 이르러 문을 여니 셋은 여전히 꿈속이고 일어난 한 명이 침침한 등잔불을 등지고 옷을 갈아입으면서 다른 셋을 맥없는 목소리로 깨우고 있었다. 루피나는 자고 일어나서 더더욱 사방으로 뻗친 곱슬머리를 흔들며 카리사에게 말했다.

"일찍도 깼네, 카? 애들 좀 깨워줄래? 다른 애들은 안 그런다는데 왜 우리한테 배정된 애들은 다들 잠퉁인지 모르겠다."

카리사는 이미 묵언 수행이 실패했음에도 버릇처럼 말없이 고개를 끄덕이고 아이들을 깨우기 시작했다.

견습무녀는 다섯 명이 한방을 쓰는데 이 방에선 루피나와 카리사가 연장자로서 다른 세 소녀의 보호자 노릇을 해야 했다. 12살, 10살, 8살의 아이들에겐 해 뜨기 전에 일어나는 일이 가장 고역인 모양이었다. 카리사 역시 그런 때가 있었고, 그때 카리사가 지내던 방의 보호자였던 여자들은 회초리는 기본이요 손찌검을 하면서 잠을 깨우는 일도 빈번했기에 자신은 그런 무지막지한 방법을 취하지 않으려고 노력 중이다. 루피나 역시 카리사와 마찬가지로 애들한테는 무른 편이라 두 사람은 곧잘 애들의 잘못 때문에 벌을 받을 일이 생긴다.

카리사를 '카'라고 부르는 루피나는 이 신전에서 그나마 카리사가 친구라고 부를 만한 여자다. 두 살 연상에, 견습무녀 8년 차의 관록(이라고 표현해도 결국 낙오자일 뿐이다. 대개의 경우 청동의 무녀라는 호칭은 못해도 신전에 들어온 7년째에는 받는 것이다.)의 루피나는 부유한 보석 상인의 서녀로 애초에 꽤 큰 후원금을 보장하고 견습무녀의 일원이 되었으나 얼마 안 돼 아버지가 돌아가신 후로는 본가의 지원도 딱 끊기고 말았다. 후원금이 올 때와 오지 않게 된 후의 대접이 노골적으로 달라졌음은 말할 것도 없고, 그런 이유로 여덟 개나 되는 가죽끈을 이마에 두른 신세가 되었으나 본인은 내 머리가 부스스한 것을 가엾이 여긴 여신의 은총이라고 말할 만큼 수더분하다. 카리사는 그런 루피나를 내심 존경하고 있었다.

겨우 깨어난 아이들에게 공중에 주먹을 휘둘러 보이며 당장 세수하고 오라고 쫓아 보낸 루피나는 카리사가 침상 정리하는 걸 거들면서 물었다.

"늦게까지 잠 못 자는 기색이더니 아예 못 잔 거 아냐?"

"알았어요?"

"아무렴. 이 가는 소리 하나가 빠지니까 뭔가 허전해서 잠이 안 오지 뭐야. 기다리다 졸려서 결국 자고 말았지만."

"어머, 저 이 갈아요?"

"몰랐어?"

"몰랐는데……."

카리사가 살며시 눈살을 찌푸리는 모습에 루피나는 싱글싱글 웃었다.

"암, 모르는 게 당연하지, 농담이니까. 어제부터 계속 심각한 얼굴이잖아, 너. 가뜩이나 우중충한 녀석이 완전히 먹구름을 둘렀어. 쯧쯧."

놀리는 소리였음을 알고 카리사는 안도의 한숨을 쉬었다. 침상을 다 정리한 뒤 카리사는 나무 변기통을 집어 들었고 루피나는 세탁거리를 품에 끌어안았다. 둘은 총총히 아직 어둠이 가시지 않은 복도를 걸어갔다. 늘어져라 하품을 해대던 루피나가 불쑥 카리사에게 물었다.

"오늘 아침엔 동생 볼 수 있어?"

어제부터 루피나의 관심은 카리사를 찾아온 동생에게 쏠려 있다. 다른 이는 몰라도 루피나는 알고 있는 것이다. 신전에 들어온 이후 카리사가 그리워한 유일한 사람이 동생 아엘리아임을. 아침저녁으로 동생을 위해 기도를 거르지 않은 것은 물론, 기회가 있을 때마다 동생에게 편지를 보내려고 노력한 것도 옆에서 지켜보았다.

때문에 그 노력에 비해 돌아오는 보상이 너무 적은 것도 보았다. 5년 가까운 시간 동안 카리사가 아엘리아에게 받은 편지는 단 세 통이다. 세 번째의 편지가 온 게 어느새 두 해가 넘었을 것이다. 분량 면에서도 내용 면에서도 터무니없이 빈약한 그 세 통의 편지를 카리사는 베개 아래에 보물처럼 간직하고 양피지가 닳아서 반질반질하도록 들여다보곤 한다.

측은함을 넘어 한심하다고도 생각했다. 그럼에도 불구하고 언젠가 무심히 변덕이 일어 편지라도 보내줄까 하는 피붙이라도 있는 것이 아예 없는 것보다는 낫다. 아예 없어지고 나서야 그런 사실을 깨달은 루피나는 동생 이야기를 하면 왠지 모르게 가라앉은 카리사의 기분이 더 나아지지 않을까 하는 선량한 마음으로 대답을 재촉했다.

"전에는 아침에 일어나는 걸 잘 못했어요, 아엘리아는."

"그럼 해가 중천에 왔을 때 일어나는 거야?"

"그 정도는 아니겠지만, 아마 이곳의 아침식사 시간엔 못 맞추지 싶은데."

"뭐, 기껏해야 귀리죽 한 그릇이니 안 먹어도 무방하지. 여자란 혼인한 후엔 왕비라 해도 고생하게 마련이니까 그전에 그 정도 게으름쯤 누릴 자격 있다고. 물론 귀족 아가씨쯤 된다는 가정 하에서. 앗, 그러고 보니 아가씨 역시 반니가家의 분이셨지요. 매일같이 터무니없는 결례를 범하는 이 미천한 소녀를 용서하십시오."

짐짓 송구하다는 듯이 고개를 숙이고 사죄하는 루피나 때문에 카리사는 웃었다. 스쳐가는 미소를 내려두고 도착한 세탁실 옆 복도 구석에 있는 나무통에 변기의 내용물을 비운다. 얼마쯤 차 있던 통에서 톡 쏘는 듯 올라오는 냄새 때문에 루피나는 번개처럼 멀찍이 떨어졌지만 카리사는 눈썹 하나 까딱하지 않았다. 신전에 들어온 이래 새벽이면 변기를 비우는 일은 늘 그녀의 몫이었다. 비록 귀족 가문의 여식이라고 해도 최소한의 기부금조차 낼 수 없는 신세는 고단한 법.

루피나가 세탁실에 세탁거리를 가져다두고 왔을 때 카리사는 여전히 변기를 손에 든 채였다. 루피나가 진저리를 내며 카리사를 밀치고 나무통의 덮개를 덮었다.

"사색에 잠길 장소가 따로 있지, 왜 하필 오줌통을 들여다보면서야?"

"……루피나 자매님."

카리사는 밀쳐진 그대로 멍하니 서서 루피나의 이름을 불렀다. 눈이 동그래져서 루피나가 카리사의 안색을 살폈다.

"왜 그래, 그렇게 낯선 사람 부르듯이."

"자매님은 이곳에 있는 게 좋아요?"

생뚱맞은 질문에 루피나의 눈이 더욱 커졌다. 빈말로도 농담이나 실없는 소리는 못하는 카리사의 성격을 알고 있으니, 결국 루피나는 이마를 긁적거리면서 대답했다.

"좋고 안 좋고, 그런 거 따지는 건 사치잖아. 여기 말고 딱히 갈 데가 있는 것도 아니고. 보살펴줄 가족이 있나, 돈이 있나."

"그래요. 우리는 돈이 없죠."

카리사는 입술 끝을 올려 희미하게 웃었다. 자조의 웃음임을 루피나는 알아본다. 여동생을 만나게 되니 바깥세상의 공기가 그리워진 걸까? 얼마쯤 이해 못 하는 바도 아니었다. 직접 본 사람에게 듣자 하니 쌍둥이라는 여동생은 잘 먹고 잘 입고 자란 완연한 귀족 아가씨란다.

이런 곳에 갇혀서 일 년을 하루같이 칙칙한 갈색 옷에 늘 허기를 달고 살면서, 신전에 참배하러 오는 각양각색의 외부 여자들을 보는 것은 체념에 익숙해진 후에도 가끔 마음에 바람을 일으킨다. 하물며 그것이 또래의 친척이라면야 더욱.

그나마 희망이라면 십 년을 버티면 여신의 무녀란 자리도 퍽 누릴만해진다는 것. 악착스러울 정도는 아니어도 내심 2년 후를 기대하는 루피나가 한숨을 쉬고서 말했다.

"그래도 우리 정도면 운이 좋은 거야. 넌 출신 성분 좋은 귀족 가문 아가씨에 나도 한때나마 후원을 해줄 부자 아버지가 있었던 덕분에 이렇게 하레샤 여신의 견습무녀로 발탁되었잖아. 하루 벌어서 하루 먹기도 빠듯한 평민, 하물며 노예의 밥버러지 딸로 태어났다고 생각해봐. 길거리에 내몰려 몸 파는 신세가 되기 십상이라고. 아니지, 애초에 태어났을 때 버려지지 말란 보장이 없지."

카리사가 말없이 고개를 끄덕이는 걸 보며 루피나는 계속 말했다.

"우린 은의 무녀가 되면 품위 유지하라고 얼마씩 돈도 나오고, 몸종 삼아 부릴 수 있는 애들도 두셋은 생기잖아. 금의 무녀가 되면 더 말할 나위도 없겠지만 거기까지 못 가도 대수야? 아무리 능력이 없어도 일단 들어온 이상 30년은 재우고 먹여주는데. 나갈 땐 작으나마 농지 딸린 집도 주고. 안 나가겠다고 하면 또 안 쫓아내요. 하레샤 여신을 모시는 자매들은 관대하거든. 우린 참 운이 좋은 거야. 아아, 아름다운 대지모신이시여, 진정으로 감사드리옵니다."

세수를 하러 가는 동안 카리사는 아무 말도 없었다. 여느 때 같았으면 자연스러운 일이겠지만 루피나는 아직 카리사에게 하고픈 말이 남아 있음을 깨달을 만한 눈치는 있었다.

카리사는 원체 조용하고 차분한 성품이라 문제가 될 일은 일절 일으킨 적이 없다. 바로 그런 점 때문에 위험하기도 하다. 아무런 자기주장이 없는 것처럼 보이던 사람이 때로 폭발을 하면 지진을 일으키는 것이다. 하물며 충동적으로 신전을 뛰쳐나가기라도 하면 끝장이다. 이곳은 제 발로 나가는 자를 붙잡지 않는다. 대신 절대로 다시 받아들이지도 않는다.

이제 15살의 소녀가 홀몸으로 세상에 내던져져 할 수 있는 일은 극히 적다. 친척에게 자비를 구걸하는 신세 또한 비참하긴 마찬가지. 루피나는 카리사의 어깨를 꽉 쥐며 말했다.

"엉뚱한 생각은 하지 마. 기왕 주어진 행운에 감사하면서 지내는 것이 좋아, 카리사."

카리사는 막 얼굴을 씻던 손을 멈추고 루피나를 보았다. 까만 테두리 안의 녹색의 홍채가 오늘따라 유난히 투명한 빛으로 일렁거린다. 그녀가 살짝 고개를 갸웃했다.

"무엇이 행운이 될지는, 결국 살아본 후에야 아는 거잖아요?"

"에, 그야 그렇지만……."

"어떤 뜻인지 알아요. 고마워요. 걱정해 줘서."

살짝 이를 내보이며 웃는다. 여름날 하늘에 걸린 무지개처럼 덧없는 미소. 그 미소 때문에 루피나는 더더욱 걱정스런 기분이 되고 말았다.

과연 아엘리아의 기상 시간은 변함없이 늦었다. 느지막이 일어나 하인 들이 밖에서 사들여온 요깃거리로 식사를 하고서 그녀는 언니를 데려오라고 제 시녀를 보냈다.

하지만 일과에 치인 카리사는 저녁식사 시간이 되어서야 아엘리아를 보러 올 수 있었다. 귀부인들을 위해 준비된 숙소는 신전의 어느 곳보다도 안락한 곳인데 오늘은 오후부터 비가 내려서인지 일찍이 땔감을 때기 시작해 카리사가 들어섰을 때는 다소 더울 지경이었다. 아엘리아는 막 준비된 저녁식사를 하던 중에 카리사를 맞았다.

"이렇게 늦는 법이 어디 있어!"

"미안해. 한가해 보여도 우리 일이란 게 할 일이 많아서."

"여기까지 와서 기다리는 동생도 생각해줄 것이지. 내가 매일 와?"

심사가 불편한 아엘리아를 달래느라 카리사는 애썼다. 포도주를 마시고 흰 빵을 뜯어 스튜에 적셔 먹는 사이사이 아엘리아는 계속 볼멘소리를 늘어놓았다. 마주 앉은 카리사는 주린 배에 힘을 준 채 엷게 미소 짓고 있었다.

하지만 카리사가 그토록 품위를 지키고 싶어 해도 배 안에 든 위는 견디기 힘들었던 모양이다. 그녀에게서 나는 꼬르륵 소리를 듣고 아엘리아는 저녁 전이냐며 놀라 물었다. 아직이라고 대답하자 아엘리아가 혀를 찼다.

　"진짜 변한 게 없다, 너도. 저녁 못 먹었으니 같이 먹자 소리 하는 게 뭐 대수라고 입을 꾹 닫고. 그렇게 귀염성이 없으니까 이런 데서 세월을 허송하는 거 아냐. 베사, 어서 칼이랑 잔 하나 더 준비해."

　아픈 말을 듣고서도 카리사는 힘없이 웃을 따름이다. 아엘리아에게 악의는 없다. 그리고 동생의 말은 사실이다.

　쌍둥이를 낳고 얼마 안 되어 산욕열로 어머니가 돌아가신 이래 그들이 아홉 살이던 해 난봉꾼이었던 아버지마저 어쭙잖은 술집 싸움에 휘말려 돌아가셨다. 그들을 거두어준 것은 하나 있는 숙부였지만 그들의 아버지와 숙부는 아비가 다른 이부형제였다. 형제 사이도 남보다 못할 지경이라 분가한 이래 거의 왕래도 없었다. 그나마 할머니가 살아계셔서 쌍둥이를 거두게 된 것이었으나 숙부는 물론 숙모 또한 늘어난 군식구를 귀찮아하는 기색을 감추지 않았다.

　거기서 활달하고 붙임성 좋은 아엘리아와 내성적이고 낯을 심하게 가리는 카리사의 차이가 크게 부각되었다. 특유의 친화력으로 금세 할머니는 물론 깐깐한 숙모의 사랑도 받게 된 아엘리아와 달리 카리사는 몇 개월이 지나도 하루에 서너 마디 이상 말하는 법이 없었다.

　"아엘리아는 좋아요, 저만 하면 알레스의 친구 노릇도 할 테고. 하지만 저렇게 음침한 아이까지 두고 보면서 살아야 하는 건가요? 도무지 정이 안 가는 아이예요! 쭈뼛대면서 눈치 보는 꼴이라니. 왜 쌍둥이는 한 사람 몫의 좋은 운과 나쁜 운을 반씩 쪼개서 태어난다잖아요. 저 아인 분명 나쁜 운 쪽이에요. 부모의 기박한 운을 물려받은 게 틀림없어요. 재수 없는 것도 전염된다는 말이 있어요, 잘 생각하세요, 당신!"

숙모는 걸핏하면 그런 소리로 숙부를 들볶았다. 카리사가 귀로 들은 것만도 여러 번이다. 그러던 어느 날 숙부는 결단을 내렸고, 그 결단에 할머니 역시 침묵으로 승인했다.

숙부는 카리사를 데리고 이곳, 하레샤 여신의 신전으로 왔다. 열 살 생일이 겨우 지났을 때의 일. 원래의 떡갈나무색이 바래고 바래서 거의 모래빛깔이나 다름없는 큼직한 튜닉 두 벌과 함께 견습무녀의 소가죽 띠를 받았다.

그것이 어느새 다섯 개째……. 카리사는 자신의 이마에 드리워진 띠를 만지다 배는 고파도 맛을 잘 느낄 수 없는 빵 조각을 삼키고 아엘리아에게 말을 꺼냈다.

"가기 싫다고 분명하게 말해봤어? 아무렴 네가 죽겠다는데 억지로 보내시기야 하겠니?"

어제는 아엘리아가 울다가 실신하는 바람에 제대로 된 이야기를 나누지는 못했다. 하루가 지나자 조금 감정이 가라앉은 듯했지만 그래도 아엘리아는 발끈하며 격앙된 목소리를 냈다.

"숙모 말씀이, 글쎄, 키워준 은혜가 있는데 사람이라면 당연히 받아들여야 하는 거 아니냐고 나오는 거야. 기가 막혀서 원!"

카리사가 미간을 살며시 찌푸리자 아엘리아는 두 팔을 벌리며 그렇지 않냐는 듯 물었다.

"숙모한테 딸이 몇인데? 알레스 빼고도 셋이야, 셋! 위로 둘은 혼인했으니까 어쩔 수 없다 쳐, 알레스랑 디오는? 걔네들한텐 왜 키워준 은혜 운운 안 하는 건데?"

그거야 그 아이들은 친자식이고 너는 조카일 뿐……이라는 말은 속으로만 삼켰다.

"정확히 말하자면 우리가 반니가家의 적손이니까 그런 게 아닐까? 숙부님은 어쨌든 할아버지의 친아들은 아니잖아."

"그러니까 더 기가 막힌다는 거야, 반니가 자식도 아니면서 유산은 유산대로 물려받고, 이제 와서 정작 적손인 나를 그 먼 곳에 볼모로 보낸다니 염치도 좋지!"

"그래도 마세르 오라버니도 함께 간다며."

"마세르 오빠와 내가 같아? 난 여자라구!"

이번만큼은 카리사도 마땅히 할 말이 없었다.

유리크 제국의 주신主神인 빛의 신 아리우스를 기리며 2년에 한 번씩 열리는 아리오시나이 축제는 20년 주기로 특히 성대한 축전이 펼쳐진다. 그것을 대大아리오시나이 제전이라 부르는데 바로 그즈음에서 제국 산하의 뭇 속주에서는 '특별한 조공'을 해야 한다. 이른바 귀족연감 명부에 오른 속주의 귀족 가문에서 후계자로 내정한 젊은 남자와 황실의 문화를 보고 배울 20살 미만의 여자를 한 명씩 수도로 보내는 것이 조공의 골자이다.

남자에게는 수도의 황립학교에 입학할 특권을 주고 여자는 황실에 들어가 궁인으로 지낼 기회를 준다. 말이 좋아 특권이며 기회이지 후계자감은 제국에 충성하도록 조련할 목적이고, 여자는 몇몇 미모가 특출한 이들을 제외하곤 대개가 이름 없는 궁인으로 묻혀 시녀 노릇을 하다가 20년 후 다음 조공물이 올 때에야 고향에 돌아오는 것이다. 황족의 간택을 받는다든가 하는 특수한 경우를 제외하고 그녀들에게 혼인은 금기 사항. 수도에서 아내를 맞고 가정을 꾸릴 수도 있는 남자의 경우와는 전혀 다르다.

물론 남자도 여자도 틀림없는 귀족 가문의 사람이어야 한다. 엄연히 가문에 혼인하지 않은 여자가 있었음에도 평민에게서 입양한 수양딸을 보내었다가 들통이 나 일가가 모조리 평민으로 전락한 경우도 더러 있다.

　"하지만 아엘리아, 너는 보다시피 이렇게 아름답잖니. 어쩌면 이 일이 네게는 다른 의미로 기회가 될 수도 있지 않을까?"

　어렵게 대꾸할 말을 찾아낸 카리사를 아엘리아는 원망스럽다는 듯이 쏘아보았다.

　"기회라고 해봤자 기껏해야 첩이 되는 거 말고 있어? 첩이 뭐야, 노리개잖아, 노리개! 넌 날 무조건 황실이라면 껌뻑 죽는 바보라고 생각하는 거야?"

　"아니, 아니야. 아엘리아. 그렇게 생각했다면 미안해. 정말 그런 뜻으로 한 말은 아니야."

　세상엔 황실의 찌꺼기라도 되고 싶어서 아등바등할 부류 또한 있다. 장담하건대 이번 조공에 올 누군가는 틀림없이 이번 상경을 기회라 여길 거란 소리다. 적어도 아엘리아는 그런 부류는 아니라는 걸 알게 되어 카리사는 미소 지었다. 그 미소를 담아 아엘리아에게 말했다.

　"넌 정말 가기 싫은데 숙부가 끝내 강요한다면, 내 본을 따르는 것도 생각해봐."

　"너를 따르라니? 설마 나더러 무녀가 되라고? 말이 된다고 생각해, 이 나이에?"

　"임시방편이야, 아엘리아. 우리 신전은 나이 제한에 걸려서 안 되지만, 레노아 여신을 모시는 신전이라면 15살까지 견습으로 받아준다는 말을 들은 적이 있어. 오늘 신관님께 확인차 물었더니 그렇다고 하셨어. 일단은 거기에 들어갔다가 한 몇 년 보내고 환속을 하면……"

"죽어도, 싫어."

"아엘리아."

"싫어, 싫다고! 난 딴 곳으로 갈 수 없어. 무녀 따위도 될 수 없어, 난…… 혼인하고픈 사람이 있단 말이야."

목소리를 낮추어 아엘리아는 발갛게 물든 얼굴로 속삭였다. 카리사는 깜짝 놀라 할 말을 잃었다가 다시 정신을 차리고 그게 누구냐고 물었다.

"헤메디아 토르콘의 막내아들."

"토르콘?"

헤메디아는 반니가※가 속한 속주의 이름이다. 그리고 토르콘은 황제가 임명한 속주 총독을 일컫는데 이는 반란이라도 일으키지 않는 이상 대대로 전해지는 세습직이라 토르콘 가문이라 하면 속주 내에서는 멀리 있는 황실보다 막강한 권력을 휘두르는 일종의 왕가에 가깝다. 카리사가 새삼 망연해진 것도 놀라운 일은 아니었다.

"어…… 어어, 그 사람도 너를……?"

"그래. 그 사람이 아직 성인식을 못 치러서 정식으로 아버지에게 혼인 말을 꺼낼 수 없었어."

남자는 17살이 되면 성인식을 치르게 되어 있으니 남자의 나이는 아엘리아와 동갑이거나 한 살 정도가 더 많나보다.

카리사는 처음으로 목이 타는 기분을 느끼고 포도주를 마셨다. 희석시킨 정도가 약해서 그 독한 맛에 카리사는 한참 기침을 했다. 그런 카리사를 어리다는 듯이 쳐다보면서 아엘리아가 한숨을 쉬었다.

"그 사람은 나 때문에 속이 타서 앓아누웠어. 이러다 내가 수도로 가버리면 영영 잘못되어버릴지도 몰라. 나도 그 사람 없이는 못 살아. 억지로 수도로 간다고 해도 결국엔 얼마 못 살고 죽고 말거야."

"그런 걸…… 숙모에게라도 말씀드려 보지 그랬어, 넌지시."

"흥, 숙모 말이야? 다 아는데도 날 보내려는 거야. 아니, 알아서 보내려는 거지."

"그게 대체 무슨 말이야? 네가 토르콘 가문과 혼인한다는 건 숙모 입장에서도 좋은 일이잖아."

"좋은 일이지. 하지만 나 말고 자기 딸 알레스라면 더 좋겠다는 욕심이라고!"

또 한 번 카리사는 멍하니 입을 벌렸다. 이번엔 물을 더 많이 탄 포도주를 마셔서 놀란 가슴을 진정시켰다. 한 잔, 그리고 또 한 잔, 연거푸 세 잔을 마시고 나자 묘하게 머릿속이 맑아지며 용기마저 솟구치는 기분이다.

카리사는 잔을 쥔 자신의 손을 내려다보았다. 왼쪽 손목 안쪽에 하레샤를 모시는 견습무녀가 되겠다고 서원하면서 받은 붉은 헤나 문신이 또렷했다.

"그렇다면 또 다른 수도 있어."

카리사가 말을 꺼내자 아엘리아는 미심쩍은 눈으로 힐끗 그녀를 보았다.

"왜 이번엔 참배여행이라도 떠나라고 조언하게?"

빈정거리는 아엘리아의 물음에 카리사는 고개를 가로저었다.

"너는 아무것도 하지 않아도 돼."

"그럼 알레스나 디오? 걔네는 숙모가 죽어도 안 보낸대도?"

역시 카리사는 고개를 저었다. 천천히 고개를 들어 그녀는 동생을 보며 말했다.

"반니가에 혼인하지 않은 스무 살 미만의 처녀라면 또 있으니까."

"나 말고 알레스랑 디오도 아니면? 내가 모르는 다른 방계가 있나? 그랬다면 진작 들었을…… . 뭐야, 설마…… ."

고개를 갸우뚱하며 잔을 입가로 가져가던 아엘리아가 퍼뜩 놀란 얼굴로 카리사를 쳐다보았다. 카리사는 가만히 고개를 끄덕이며 엷게 웃었다.

"너도 그래서 날 찾아왔을 거 아냐?"

2.
항구의
헛소동

어느새 상현을 지나 만월로 향해가는 달이 서쪽 하늘에 가물거렸다. 그사이 날도 더욱 풀려 새벽이슬에 젖은 뜨락의 공기도 한기가 느껴질 정도는 아니었다. 잠을 깨워 봤지만 도통 눈조차 뜨지 못하는 아엘리아를 업고 가는 하인의 뒤를 따라나선 카리사는 잠시 뜰에 멈춰 서서 주변을 둘러보았다. 망토의 두건을 쓴 얼굴 속에서 눈이 아스라이 반짝였다.

과연 이곳을 그리워하는 일이 있을지는 모르겠지만……. 다시는 돌아올 수 없다는 금지를 선명히 깨닫자 묘한 울렁거림이 이는 것은 사실이다.

—사람들 눈에 띄지 않도록 이른 새벽에 떠나라.

그것이 환속의 청원을 한 카리사에게 무녀의 수장이 내린 단호한 명령이었다. 붙잡는 말 한번 없었다. 조용히 안개에 녹아들듯이 사라질 것을 요구했을 뿐이다. 아마 실제로도 그녀가 떠난 자리는 걷혔던 안개가 도로 차듯이 흔적도 없이 채워질 것이다.

왼쪽 손목의 붉은 헤나 문신 위에는 검은색 번개무늬 문신이 새로 입혀졌다. 신성한 수련을 중도에 포기한 자가 받을 경멸의 표시랄까. 아직도 만지면 열이 약간 느껴지는 문신 위를 쓸어 만지고 카리사는 덤덤히, 아주 몸을 돌렸다.

"카리사."

문득 타닥타닥 들려오는 발자국 소리에 이어 누군가 그녀를 불렀다. 익숙한 목소리에 설마 하고 돌아본 카리사는 거기에 루피나가 서 있는 걸 보고 달려가 루피나의 손을 잡았다.

"고마워요."

결국 마지막까지 한 마디도 못 나누고 가나 했었다. 닷새 전 본가에서 숙부의 권한을 위임받은 집사가 와서 카리사의 환속요청서를 낸 이래 루피나는 카리사를 철저히 외면해 왔다. 오히려 변변찮은 친분도 없는 이들, 거의 말 한번 나눠본 적 없는 이들까지 카리사를 찾아와 방이 문전성시를 이루었었다. 그렇게 쌀쌀한 루피나를 보는 게 처음이었던 카리사는 당황스러웠지만 제대로 그녀의 마음을 돌릴 틈조차 낼 수가 없어 양피지 조각에 쓴 서신을 루피나의 침대에 남겨놓는 것에 만족하고 가는 길이었다.

루피나는 살짝 눈꼬리가 처진 갈색 눈에 근심을 담아 카리사를 쳐다보며 한숨을 쉬었다.

"어련히 생각해서 하는 일이겠지. 그래도 말이야, 혹시 만에 하나, 도무지 아무 방도도 없다 싶을 때가 오면 엉뚱한 생각 말고 돌아와."

그럴 수 없다는 것을 피차 알고 있기에 카리사는 빙그레 웃기만 했다. 루피나는 초조한 듯 입술을 핥고서 말했다.

"다시 들어올 순 없어도 신전에 오가며 일하는 사람들도 있잖아. 나도 내년에는 틀림없이 청동의 무녀가 될 거니까 힘이 되어줄 수 있을 거야. 민망해서 관심 없다는 듯 굴었지만 가죽끈을 하나 더 받는 건 절대로 사양이란 말이야. 내 나름대로 윗선에 간살도 부리고 있었어. 내년엔 돼. 알겠지? 나 믿어."

"그래요, 청동의 무녀, 꼭 되실 거예요. 멀리서도 기원 드릴게요."

"내 걱정은 말고 네 걱정이나 해! 나 참, 난 정말 네가 잘하는 짓인지 통……. 에이, 어쨌든 이제 가는 거니까 정신 똑바로 차리고 잘해. 진짜 돌아오면 한 대 때릴 줄 알아. 너 나한테 안 맞아 봤지? 나 손 매섭다. 내가 여기 와서 사람 된 거지 전엔 왈패였다고."

심통이 난 말투로 툭툭 내뱉고 있지만 처음부터 잠겨 있던 루피나의 목소리가 이제는 안쓰러울 정도로 떨리는 게 느껴졌다. 갈색 눈엔 이슬이 번져서 휙 옆을 보고 눈을 깜박이는데 물방울이 뚝 떨어졌다. 모른 척 카리사는 쥐고 있는 루피나의 손을 내려다보며 대꾸했다.

"잘할게요. 정말로. 그리고 저 안 돌아올 거예요."

다짐하듯 목소리에 힘을 넣으며 카리사는 루피나의 손을 두드렸다.

"오히려 제가 루피나 자매님을 부를지도 몰라요. 그럼 올래요?"

"날?"

급히 눈물을 훔친 루피나가 어리둥절한 얼굴을 했다. 반짝 루피나의 눈을 들여다보는 카리사의 눈이 명징하도록 밝다. 그녀의 녹색 눈에 황금색의 별가루 같은 파편이 섞여 있음을 루피나는 비로소 깨닫는다. 그 눈을 반짝이며 씩 웃는 카리사가 문득 처음 보는 사람처럼 느껴져 루피나는 눈을 깜박였다.

"저, 노력할 거예요. 신에게 행운을 비는 것에 당당해지도록."

불쑥 카리사가 루피나를 끌어안았다. 또 한 번 루피나의 눈이 커졌다.

"배웅 나와 줘서 정말 고마워요. 덕분에 이곳을 떠나는 게 훨씬 행복해졌어요."

이슬이 배어 나오는 눈을 훔치고 돌아서려는 카리사를 루피나는 늦지 않게 붙잡았다.

"이거 줄게."

카리사의 손에 놓인 것은, 가죽끈에 꿰인 반질거리는 까만 돌이다. 카리사가 가만히 보고 있자 루피나가 이마를 긁적이며 말했다.

"네가 쓰던 가죽끈이야. 다 불태우려는 것을 내가 사정해서 하나 얻었어. 이건 비밀이니까. 그리고 이 돌은 내가 예전에 개울에서 주운 건데, 진짜 행운의 돌이야. 이 끈은 우리 여신님의 가호, 이 돌은 행운의 돌. 이 부적이 틀림없이 바깥세상에서 널 지켜줄 거야."

루피나는 아주 진지한 표정이다. 새삼 그녀의 다정함을 깨닫고 카리사는 그녀와 더 친하게 지내지 못한 일을 후회했다. 시간은 넘치도록 많았건만 카리사는 제 자신의 알에 틀어박혀 외톨이를 자처했던 것이다.

"제게 행운의 돌을 줘버리면 루피나 자매님은 어떡해요?"

"행운에 기대지 말고 나도 열심히 노력해야지. 덕분에 게으름 피우던 버릇하고 안녕하고 좋지 뭐. 그리고 걱정 마. 나중에 개울 갈 일 있으면 행운의 돌 하나 또 주우면 돼."

"그게 그렇게 자주 나타나는 거예요?"

"암. 행운이란 건 결국 믿음에 달린 거니까. 알겠어? 이게 내년에 청동의 무녀가 되실 루피나 님의 말씀이야. 의심하지 말고 믿어."

웃으면서 알겠다고 대답하는 카리사를 멀찍이 떨어진 곳에서 기다리던 하인이 그만 가자며 불렀다. 결국 카리사는 루피나의 손을 놓고 걸음을 옮겼다.

걸어가다가 회랑으로 접어드는 모퉁이에서 뒤를 돌아보니 루피나가 여전히 그 자리에 서서 손을 흔들고 있다. 무어라도 대신 줄 수 있는 게 있었다면 좋았을 텐데 아무것도 없는 게 아쉬웠다. 꾸벅 인사를 하고 완전히 돌아섰다. 손에 쥔 부적을 꼭 쥐며 카리사는 "언젠가……."라고 중얼거렸다.

말을 혹사에 가깝도록 재촉한 탓에 일행이 시메온 주의 경계선을 넘어 헤메디아에 있는 반니가家로 돌아가는 데에는 만으로 사흘도 걸리지 않았다.

아엘리아가 가출해서 바로 카리사에게 온 것이 아니라 이런저런 곳에서 시간을 허송한 데다 카리사의 환속 문제를 최종 승인할 대신관이 부재중이라 닷새를 기다리면서 이제 대大아리오시나이 제전까지는 스무날이 남은 시점이다. 당장 출발한다고 해도 코르데라항까지 사나흘은 잡아야 하고 거기서 칸데아로 떠나는 배를 잡아야 했다. 큰 제전을 앞두고 있으니 그들이 탈 만한 상선을 구하는 것은 어렵지 않을 거라는 점과, 이즈음에는 바람이 유리크 제국 쪽으로 불어 배를 띄울 수만 있다면 최소 열이틀에서 보름 내로 순항할 거라는 점이 그나마 희망. 하지만 칸데아에서 수도 카데사레아로 떠나는 날짜도 계산해야 한다. 일정은 빠듯해도 너무 빠듯하다.

또 카리사가 귀족 영애로서 입을 만한 옷이라도 몇 벌 만들어야 했지만 본가에서 식사 한 끼를 할 시간도 아까운 마당이었다. 이미 준비되어 있던 아엘리아의 짐을 그대로 실을 생각이었으나 5년 만에 카리사를 본 숙부 내외는 아엘리아와는 체격이 현격히 달라진 카리사를 보고는 당황하지 않을 수 없었다.

"누가 보면 우리가 애를 학대하고 굶긴 줄 알겠어요. 뭐죠, 저 깡마른 데다 해쓱한 얼굴이라니. 열다섯이 아니라 스물다섯은 되어 보여요."

처음부터 카리사를 예쁘게 본 적이 없는 숙모는 카리사가 있는 면전에서 숙부에게 그런 말을 했다. 예전이라면 쭈뼛거리며 고개를 푹 숙였겠지만 이제 카리사는 그런 숙모의 말에도 태연한 얼굴로 말했다.

"익숙지 않은 여행길이라 잠을 통 못 자서 그런 모양이네요. 설사 다른 이들도 스물다섯으로 보면 뭐 어떤가요. 귀족연감에는 제 출생 연월일이 또렷이 적혀 있으니 상관없는 일이지요. 설마 나이가 들어 보인다는 이유로 되돌려 보내기야 하겠어요. 염려 마세요, 숙모님."

빙긋 웃기까지 했다. 그런 카리사가 낯선지 숙모는 눈을 끔벅이며 숙부와 카리사를 번갈아 보았다. 숙부는 아엘리아에게 언짢은 시선을 던졌다.

"결국 착실히 제 할 일을 하고 있던 언니를 여기까지 끌어왔으니 퍽이나 장하구나. 당장에 변변찮게 입을 옷조차 없는 아이를 그 먼 길로 내몰게 되었으니 오죽 기쁘겠어! 하!"

"그러니까 제 옷을 가져가게 하면……."

"네 눈엔 카리사가 아직 네 쌍둥이로 보이는 게냐?"

아엘리아는 더 항변하고 싶었지만 제 쌍둥이를 힐끗 쳐다보고는 제 생각으로도 할 말이 없다 싶어 입을 다물었다. 번듯하게 차려입은 귀족 여인들—숙부의 접견실에는 숙부 내외와 카리사, 아엘리아를 제외하고도 할머님과 알레스, 디오까지 자리해 있다—속에서 칙칙한 빛깔의 모직옷을 걸친 카리사의 입성은 초라하기 짝이 없었다. 지금 당장이라도 하인들 틈에 섞여 걸레나 비를 들고 청소하러 나서도 위화감이 없을 듯하다.

"큰일이에요, 큰일. 당장에 무슨 방도로 이 애한테 맞는 옷을 구해서 짐을 싼단 말이에요. 아, 눈앞이 캄캄하고 식은땀이 다 나네요."

숙모가 비틀거리는 것을 두 딸이 부축해 의자에 앉히면서 아엘리아를 쏘아 보았다. 아엘리아를 궁한 처지에서 꺼내준 것 또한 카리사였다.

"옷은 이만 하면 당장엔 됐어요. 지난겨울에 천을 받아서 지은 새 옷이라 닳은 곳도 없고 튼튼한 걸요. 그리고 뱃길로 열흘이 넘는 길이라면서요. 바느질 도구를 챙겨주시면 가는 길에 아엘리아의 옷들을 적당히 손봐서 입을 수 있게 고쳐볼 테니 그 점도 염려 마세요."

"네 입으로 여행길이 익숙지 않다고 했지. 비록 바람이 도와 순항을 한다고 해도 뱃길은 육로와는 전혀 달라. 네가 세상을 너무 몰라 속 편한 소리를 하는구나."

한심하다는 듯 머리를 젓는 숙부를 향해 카리사는 온화한 미소를 지었다.

"이래 봬도 하레샤 여신을 모셨는걸요. 바다의 여신 레노아 님이 누구신가요? 여신의 따님이시잖아요. 어머님을 생각해서라도 이 미천한 종을 돌봐주시겠지요."

그녀의 미소에 돌아오는 반응은 뜨뜻미지근함에도 못 미치는 냉랭함이다. 그 삽삽한 풍경에도 카리사는 미소를 거두지 않았다.

짐을 실은 마차와 말들이 준비되었다는 소식에 사람들은 부랴부랴 뜰로 나갔다. 사촌 오빠인 마세르가 부모와 작별인사를 나누는 사이 카리사도 아엘리아에게 인사를 했다.

"건강하게, 잘 지내. 편지 보낼 테니까 세 번에 한 번이라도 답장 좀해. 알겠지?"

아엘리아는 이제야 뭔가 서운하다 싶었던지 시무룩한 표정으로 고개를 끄덕였다. 불쑥 그녀가 손에 차고 있던 반지며 금팔찌를 풀어서 카리사에게 준다. 됐다고 사양하는 카리사에게 아엘리아는 한사코 금붙이를 밀어붙였다.

"가져가. 이거라도 가져가야 내가 살 것 같아서 그래."

"그럼 이거, 이거 하나만 줘. 이거 예쁘다고 생각했거든."

카리사는 석류석이 박힌 가느다란 금반지만 고르고 나머지는 돌려주었다. 아엘리아는 금팔찌가 훨씬 비싼 거라며 야단이지만, 바로 그래서 그런 건 받을 수 없었다. 당장 감정에 휘말려 줘버리고 아마 며칠, 어쩌면 하루도 못 되어 아엘리아가 후회할 걸 카리사는 잘 알고 있다. 같이 지낸 열흘 남짓한 시간 동안 카리사는 자신의 쌍둥이 동생이 5년 전 헤어질 때와 달라진 게 거의 없다는 걸 충분히 본 것이다.

"그거 은에 도금한 싸구려야, 왜 하필 그런 걸 골라, 이 바보. 하여간에 너 하는 일이 다 이렇다니까."

아엘리아가 울먹이기 시작했다. 이제껏 뭐든지 안 좋은 몫만 가져간 쌍둥이 언니의 일이 새삼 가엾게 여겨지기라도 했을까.

"이제부턴 달라지도록 할게. 정말이야. 아무쪼록 행운이 함께 하기를. 어여쁜 공주님."

눈물 젖은 아엘리아의 뺨에 입 맞춰주자 아엘리아도 카리사의 뺨에 입을 맞췄다.

"너도…… 언니에게도 행운이 있기를 빌게."

카리사는 다정하게 아엘리아의 뺨을 만져주고 마차에 올랐다. 마세르가 탄 마차가 먼저 출발하고 뒤이어 카리사의 마차도 출발하기 시작했다. 얼마 안 가 갑자기 마차의 옆면을 탕탕 두드리는 소리와 함께 "카리사, 카리사!"하고 부르는 소리가 나서 문 쪽에 앉아 있던 시녀가 창을 열자 아엘리아가 뭔가를 던져 넣었다.

"카리사한테 그거 줘!"

시녀가 주워든 것은 날렵하고 가느스름한 빗 같기도 했다. 하지만 좀
더 주의 깊게 들여다보니 장식용으로 허리에 찰 수 있도록 만들어진 여인
용 작은 단도였다. 카리사가 급히 창밖으로 고개를 내밀었다.

"필요 없어, 아엘리아. 가져가."

"너나 가져가! 나 위협할 때 쓰라고 그 사람이 준 거야, 난 이제 위협할
일 없으니까, 너 가져. 도로 주기만 해!"

아엘리아가 위협하듯 주먹 쥔 손을 휘두르더니 탕탕 마차를 두드려 어
서 출발하라고 소리 질렀다. 마부는 그 소리에 다시 혀를 차며 채찍을 길
게 휘둘렀다. 카리사는 손에 쥔 칼집과 아엘리아를 몇 번이나 번갈아 보
다가 결국 새빨개진 얼굴로 손을 흔들고 있는 쌍둥이 동생의 진심을 받기
로 했다. 비록 그것이 이 특수한 순간의 충동이라고 해도.

이제 막 연둣빛 싹이 돋는 농경지 사이로 난 붉은 흙길을 한참 가던 마
차는 이윽고 유리크 제국 6대 황제의 이름을 딴 라자인 가도街道에 들어섰
다. 조공, 그 이전에 신속한 군대의 수송을 위해 깔린 길답게 튼튼한 가도
를 말들은 나는 듯이 달렸다.

카리사가 다시금 마음을 먹고 창의 주렴을 걷어 뒤를 돌아보았을 때
반니 장원을 둘러싼 미색의 돌담은 어슴푸레한 흔적 정도로만 보였다.
하늘을 올려다보니 눈이 어지럽도록 새파란 하늘엔 쨍하니 아침 해가 눈
부셨다.

저도 모를 충동에 하레샤의 찬가를 흥얼거리며 카리사는 아엘리아에
게서 받은 반지를 손에 끼워 보았다. 아엘리아가 오른손 약지에 찼던 반
지인데 카리사에겐 거의 다 헐거웠다. 그나마 왼손 엄지가 헐렁거리지 않

을 정도로 맞았다. 왼손잡이인 카리사는 왼손이 오른손보다 손가락이 아
주 조금씩이나마 더 굵다는 것을 깨닫고 신기하다는 듯 들여다보았다. 그
러다 불쑥 고개를 들고 카리사는 맞은편에 앉은 시녀를 보며 물었다.

"난 왼손잡이인데 그쪽은 어느 손을 주로 써요?"

"오른손잡이입니다, 아씨. 그리고 말 놓으십시오, 아씨."

이 시녀는 여행길에서만 그녀를 모실 것이다. 사촌 오빠인 마세르의
경우엔 황궁에서 사는 것이 아니라 황궁 밖에 정해진 거처가 있어서 몸종
으로 쓸 하인을 몇 데려가는 것이 가능했지만 카리사의 경우엔 오로지 혼
자서 궁으로 들어가야 한다. 제국의 수도에 도착하면 헤어져야 할 사람이
지만 카리사는 이 여자와 친해지기 위해 노력할 참이다.

그녀는 아엘리아 대신 볼모로 갈 것을 각오하면서 작심한 바가 있다.
그리고 그 작심을 실현하기 위해 맞은편에 있는 이 시녀와 친해지는 것을
그 첫걸음으로 삼기로 했다.

"말은 차차 놓을게요. 그런데 이름이 뭐예요?"

"아미카입니다, 아씨."

"아미카. 예쁜 이름이네요. 조금 긴 여행길이 될 텐데 둘이서 잘 지내
봐요."

"예, 예. 성심을 다하겠습니다."

"오른손잡이랬죠? 손 한번 펼쳐볼래요?"

"이, 이렇게 말씀이십니까?"

아미카가 움찔거리며 손을 폈고 카리사는 두 손의 손가락들을 다 펴게
해서 유심히 들여다보았다. 감탄한 듯이 그녀가 말했다.

"보여요? 왼손보다 오른손이 더 크고 손가락 마디도 굵은 거. 나는 왼
손이 더 큰데 왼손잡이거든요. 똑같이 태어나도 결국 좀 더 많이 쓰는 게

발달하게 되는 건가 봐요."

"아, 예."

그런 게 사는데 무슨 소용이냐는 듯 아미카의 반응은 떨떠름하다. 카리사는 이를 드러내며 웃고는 가슴을 더듬어 루피나가 준 목걸이의 돌을 만지고 다시금 창밖으로 시선을 던졌다.

행운을 비는 돌과 위험에서 지켜줄 칼. 저마다 카리사가 아주 험한 곳으로 가고 있다고 근심하고 있는 것 같다. 그런데 정작 그녀 자신은 앞날에 대한 설렘으로 가슴이 벅찼다.

그녀는 이제부터 무언가를 발달시킬 테니까.

오른손과 왼손의 차이보다 훨씬 더 본격적으로, 카리사라는 사람 자체를.

"아엘리아, 난 이제부터 네가 되어볼까 해."

아미카는 아엘리아란 말에 힐끔 카리사를 쳐다보았으나 이어지는 말이 하레샤 신전에서 배운 고대의 언어인 탓에 그저 또 알지 못할 노래를 하나보다 하고 만다. 그렇기에 카리사는 마음 놓고 탁 트인 하늘을 향해 말할 수 있었다.

"별것 아닌 일로도 잘 웃고, 잘 먹고, 잘 놀고, 활달하고 변덕스러운 공주님. 항상 넌 네 자신의 일이 최우선이고 오로지 현재를 즐길 뿐 지나간 일은 물론 다가올 일에도 관심이 없지. 그런데도 사람들은 늘 나보다 널 사랑했지. 아버지가 살아계실 때에도 귀여움 받는 건 언제나 네 몫이었어. 부러웠어. 하지만 흉내 내볼 생각조차 할 수 없을 만큼 나는 겁쟁이였어. 이제 난 새로운 세상으로 가, 아엘리아. 거기서는 꼭 사랑받는 아이가 되어볼래."

창턱에 손을 올리고 가만히 뺨을 기대며 카리사는 나직이 중얼거렸다.

"필요 없는 아이도, 있으나 마나 한 아이도 싫어. 그런 건 이제 사양이야."

눈을 감았다. 빠르게 스쳐가는 바람의 향기가, 달콤했다.

일행은 사흘 미처 못 되어 코르데라항에 도착했다. 항구 근처의 음식점 겸 여관에 들러 말을 맡겨두고 식사를 하는 동안 하인 둘이 칸데아행 상선이 있는지 알아보러 부두에 나갔다. 모처럼 따스한 음식으로 배를 채운 것에 다들 살짝 긴장이 풀려 있었는데 돌아온 하인들의 표정이 썩 좋지 못했다.

"공교롭게 됐습니다, 나리. 큰 배들이 몇 척 있었는데 어제 출항을 했다고 하고 그나마 한 척 칸데아에 갈 배가 있긴 한데 중간에 다른 곳을 경유할 참이라 도저히 날짜를 못 맞출 것 같습니다."

"그 한 척이 전부라고? 허튼소리, 멀리서 봐도 정박한 배가 수십 척은 되어 보였어. 아리오시나이 제전이 열리는 특수를 노리는 장사치들이 얼마나 많다는데. 네놈들 적당히 알아보는 척하고 나 몰라라 어디서 쉬다 온 게지, 엉?"

사납게 윽박지르는 마세르의 성화에 두 하인이 쩔쩔맸다.

"그 제전에 맞추려는 장사치들도 어제까지 거의 다 출발한 모양입니다, 나리."

"또 다른 배가 있긴 했는데 그 배 선장이 기다리는 사람이 있어서 이틀 후에 떠날 예정이라고 했습니다. 그러니……."

"웃돈을 준다고 했어야지! 달랑 그 말 듣고 알겠습니다 하고 돌아왔다는 거야?"

"말했습니다, 배만 띄우면 후하게 삯을 치르겠다고. 하지만 그 배의 선장이 찔러도 피 한 방울 안 날 무쇠심줄 같아서……."

"에잇, 답답한 놈들! 그저 안 된다는 말만 입에 줄줄 달고 살지! 안내해, 그 선장이란 자를 내가 직접 만날 테니까!"

자리를 박차고 일어나면서 마세르는 강한 짜증이 서린 눈길을 카리사에게 던졌다. 아엘리아의 도피 소동 때문에 일정이 늦어진 유감을 카리사 탓으로 돌리고 있는 모양이다. 카리사는 눈길을 피하진 않았으나 그렇다고 딱히 사촌에게 아는 척도 하지 않았다. 사촌의 존재는 애초에 그녀가 친해지려 노력할 대상에 들어가지 않았다.

마세르가 하인들을 다 끌고 나간 바람에 카리사의 주변은 오랜만에 퍽 조용해졌다. 데운 사과주스를 한 잔 더 마시면서 그 고요함을 즐기던 카리사는 문득 아미카가 꾸벅꾸벅 졸고 있는 것을 보고 쿡 웃었다. 밤낮을 가리지 않은 강행군에 졸릴 만도 했다. 카리사 역시 아까부터 노곤하게 눈이 감기는 것을 겨우 참고 있었다.

'배에 오른다고 사정이 더 좋아질까. 나, 배는 처음인데.'

하품을 하면서 이런저런 생각을 해보던 카리사도 아미카처럼 잠이 드는 것은 시간문제였다. 꾸벅꾸벅 두 임시 주종은 사이좋게 졸다가 테이블에 기대어 세상모르고 잤다.

그러다 갑자기 "아씨, 아씨!"하고 부르는 다급한 목소리에 카리사는 퍼뜩 눈을 떴다. 그녀를 깨운 아미카가 침을 튀겨가며 말했다.

"일이 난처해졌나 봅니다. 작은 나리께서 싸움에 휘말리신 모양이에요."

"……싸움?"

어리둥절하게 되물은 카리사는 곧 아미카 옆에 서 있는 하인을 발견했다. 아까 마세르를 따라 나갈 때엔 멀쩡했던 얼굴에 군데군데 핏자국이 난 생채기를 달고 있었다. 그가 발을 동동 구르면서 말했다.

"어서 가보셔야겠습니다, 아씨. 이러다 문제가 커져서 치안판사의 똘마니들 눈에라도 띈다면 꼼짝없이 몇 날 며칠이고 여기서 발이 묶일지도 모릅니다."

잠이 싹 가신 카리사는 즉시 의자에서 일어났다. 아미카도 따라나설 태세인 것을 짐을 지키고 있으라고 말해둘 정신은 있었다. 빠르게 걸음을 옮기며 카리사가 하인에게 물었다.

"싸움이라니 어쩌다가요? 날이 이렇게나 환한데 불량배들과 마주쳤나요?"

"그것이 불량배가 아니라, 뱃사람들과 시비가 붙었습니다."

"뱃사람들? 배를 구하러 갔다가 일이 잘못됐나요? 그 선장이란 사람을 못 만난 모양이죠?"

우물쭈물하던 하인이 결국 이실직고를 했다.

"애초에 그 선장과 시비가 붙어서 그만."

알고 보니 선장과 이야기가 잘되지 않자 마세르가 분에 못 이겨 선장과 그의 선원들이 낚시질해서 잡아 놓은 물고기가 든 단지를 깨고 선장의 낚싯대를 빼앗아 두 동강을 내며 행패를 부렸던 게 분란의 시초였다. 뱃밥을 먹으며 산 사람들은 완력이면 완력, 성깔이면 성깔 여간내기가 아니란 것은 세상물정 어두운 카리사도 아는 바인데 마세르는 몰랐든지, 아니면 자신이 귀족이란 것이 무슨 신의 방패라도 된다고 생각한 게 틀림없다.

선장은 마세르의 그런 횡포에도 불구하고 오늘 낚시는 공쳤다는 말 한마디 하고 선원들을 이끌고 둑에서 떠나려 했는데 마세르에겐 평민에 불과한 자가 감히 자신을 무시하는 상황을 받아들일 도량이 없었다. 무례에 대한 벌을 주겠다면서 마세르는 검집으로 선장의 등을 후려쳤다. 그러한 일이 헤메디아에서는 통했을지 모른다. 하지만 이곳에서는.

"하레샤의 재채기만도 못한 사람 같으니."

카리사는 낮을 찡그리며 투덜거리곤 하인과 걸음을 재우쳤다.

싸움판이 벌어지고 있다는 둑으로 그들이 달려갔을 때엔 둥그렇게 모여서 구경하는 사람들 사이에서 웃음소리가 나고 있었다. 그 웃음소리들 사이로 살려달라고 애걸하는 목소리가 간간이 들렸다.

구경꾼들에게 양해를 구하며 앞으로 나아간 카리사의 눈에는 아는 사람이, 단 한 명도 보이지 않았다. 물이 들어차는 만에 바로 잇닿은 둑 가장자리에 있는 사람은 다섯이었는데 네 명은 딱 봐도 질긴 가죽처럼 검게 탄 살갗에 두건을 쓴 뱃사람이었다. 다른 한 사람, 햇살에 타는 듯이 빛나는 붉은 머리를 높게 올려 묶고 무늬가 있는 푸른 튜닉을 입은 남자의 정체는 언뜻 봐선 알 수 없었다.

"저 사람이 선장인가요?"

그나마 옷차림이 가장 나아 보여 푸른 튜닉을 가리키며 묻자 하인은 고개를 저으며 카리사가 선원이라 생각한 넷 중 가장 체구가 작은 늙수그레한 남자를 가리켰다.

"그런데 어떻게 된 거죠? 오라버니도 없고 다른 사람들도 여긴 없는 것 같은데."

라고 그녀가 채 말을 끝맺기 전에 다시금 살려달라는 비명이 어디선가 들려왔다. 돌아보니 하인이 새파랗게 질린 얼굴로 보증을 해주었다.

"……자, 작은 나리의 목소리인뎁쇼."

두 사람은 멍하니 서로의 얼굴을 쳐다보았다. 그때 또다시 살려달라는 비명이 올라온다. 이번엔 한 사람 목소리가 아니라 서너 명이 함께 내는 합창. 귀가 가리킨 방향대로 휙 다시 정면을 쳐다본 두 사람의 눈에는 여전히 그들의 일행이 아니라 뱃사람 네 명과 푸른 튜닉 남자만 보인다.

그제야 푸른 튜닉의 손에 들린 긴 막대자루 같은 것에 시선이 갔다. 그것으로 이따금 물을 휘젓는 것처럼 보였는데 그 움직임에 보이지 않는 저 밑으로부터 다 죽어가는 것 같은 사내들의 흐느낌이 터지고 뱃사람들의 웃음이 겹쳐졌다.

"맙소사!"

뭔가 깨달은 카리사가 달음질쳐 나갔다. 하인도 뒤따라 뛰었지만 카리사의 뜀박질이 월등히 빨랐다. 빨라도 너무 빨라 그녀가 둑의 끄트머리에 이르러서 발을 멈췄음에도 몸이 앞으로 쏠릴 지경인 것을 어떤 강한 팔이 붙잡아 아슬아슬하게 바닷물에 목욕하는 신세를 면했다.

바다에 빠질까 봐 놀란 순간이 지나자, 그 바다에 빠져서 허우적대는 네 사람을 보고 카리사는 대경실색했다. 마세르와 그의 하인 셋. 그녀를 알아보자마자 마세르가 체면 불고, "카리사, 이 오라비 좀 구해다오!"라고 소리쳤다.

어이가 없어서 말이 안 나오는 짧은 순간에도 카리사의 뇌리엔 저 사촌이 다시 만난 후 처음으로 제 이름을 불렀다는 생각이 들었다. 그런 일에 감격할 상황도 아니고 당장 하인들 중 하나는 얼굴이 납빛으로 질려 제대로 힘도 못 쓰는 걸 양쪽에서 겨우 붙들고 있는 게 눈에 들어왔다. 발끈 화가 치밀어 올라 뒤를 돌아보며 카리사가 소리쳤다.

"사람이 바다에 빠져 죽어가는데 지금 늘어서서 구경이나 하고 있는 건가요!"

"구경이라니, 천만의 말씀. 진지하게 놀려주고 있었어, 아가씨."

바로 옆에서 들려온 조롱의 목소리에 카리사는 홱 고개를 돌렸다. 그리고 그녀의 팔을 잡아준 사람이 그녀를 부르러 왔던 하인이 아니라 푸른 튜닉의 남자란 것을 알고 잠깐 당황했다.

남자의 볕에 그은 구릿빛 얼굴 왼쪽은 큼지막한 검은 안대에 가려진 대신 오른쪽 눈 하나가 선명한 푸른빛으로 반짝거렸다. 고르고 새하얀 이를 자랑하듯 벌어진 남자의 입이 심술궂게 이죽거렸다.

"너도 네 오라비란 사람처럼 상식이고 뭐고 없는 부류면 여기 바닷물이 얼마나 짠지 몸소 경험해보는 것도 나쁘진 않을 것 같은데. 관심 있어?"

남자가 씩 웃으며 오른쪽 팔을 아무렇게나 휘둘러 손에 쥔 막대를 움직이자 저 아래쪽에서 또 한 번 소란이 일었다. 아래를 내려다본 카리사는 그 막대의 정체가 노라는 것을 알게 되었다. 가뜩이나 바다에 빠진 사내들을 남자가 그 노로 또 두들겨 대고 있었던 것이다!

"미쳤군요!"

카리사가 노를 뺏을 작정으로 두 손을 뻗었으나 남자는 단번에 한 손으로 그녀의 양 손목을 움켜잡아 떼어놓았다. 그러면서 쯧쯧 혀를 찼다.

"역시 그 오라비에 그 누이네. 경우가 없어."

"지금 경우가 없는 게 누군데 그래요! 살려달라고 하는 사람들을 구하지는 못할망정 그쪽이 하고 있는 짓을 좀 봐요! 이, 이 하레샤의 콧물만도 못한 인간!"

"어?"

남자는 뭔 소린가 하는 표정을 짓더니 잠시 후 폭소를 터뜨렸다.

"뭐야, 그 듣도 보도 못한 참신한 욕은? 대체 어느 시골에 처박혀 살면 그런 걸 욕이랍시고 지껄이는 거지?"

남자의 웃음이 연쇄반응을 일으켜 근처의 선원들이 따라 웃고 이어서 뭔 소린지 제대로 듣지도 못했을 구경꾼들에게도 웃음의 물결이 퍼졌다. 이렇게 많은 사람들 앞에서 웃음거리가 되는 일, 얼마 전이었다면 실신했을지도 모르지만, 지금의 카리사는 피가 몰려 불그스름해진 얼굴을 꼿꼿이 쳐들고 말했다.

"일단 빠진 사람부터 구해내요. 저 사람들이 살던 헤메디아는 바다는커녕 변변찮은 강도 없는 곳이란 말이에요. 저러다 사람 하나라도 잘못되면 응분의 대가를 치르게 해주겠어요!"

카리사의 위협에도 남자는 마냥 느긋하게 빈정거렸다.

"호오. 응분의 대가라. 이를테면?"

남자를 잔뜩 쏘아보며 카리사는 거침없이 말했다.

"도둑질을 한 자는 그 손을 자르고, 거짓말로 사람을 모함한 자는 그 혀를 자르는 법. 온당치 못한 이유로 사람의 목숨을 해한 자라면, 응당, 똑같은 대접을 받아야지요."

"어이쿠, 나를 죽일 셈이야? 이 연약한 두 팔로?"

조롱하듯 그의 한 손에 붙들려 있는 그녀의 두 팔을 흔드는 남자를 보며 카리사는 이미 더 붉어질 것도 없는 얼굴 가득 독기를 품었다.

"여우가 사자랑 싸워야 한다면 무식하게 주먹 싸움을 벌일 것 같아요? 모르시는 것 같은데, 여자도 생각이란 걸 하고 삽니다. 저한테 달려 있는 것도 당신들 남자에게 달려 있는 것과 똑같은 머리라구요!"

그러면서 카리사가 대뜸 남자의 사타구니를 걷어찰 듯이 발을 쳐들자 남자는 짐짓 과장된 동작으로 뒤로 피하며 홍소를 터뜨렸다.

"그래, 그 작은 머리로 고작 생각해낸 게 내 아랫도리를 노리는 거야? 어이구, 무서워라, 저 무시무시한 발 좀 보라지."

물론 카리사도 제 서툰 공격이 통하리란 기대는 없었다. 하지만 남자가 물러나며 그녀의 두 팔을 놓아준 것으로도 충분했다. 카리사는 허리띠에 매달아 놓았던 칼집에서 칼을 빼들었다. 그걸 본 남자의 눈이 한층 휘둥그레졌다.

"세상에, 칼까지 빼들었어! 일났군, 이러다 오늘 내가 저승 구경을 하겠어! 브루더, 어서 내 묘비명을 지을 준비를 하라구."

남자의 야유에 요란한 웃음이 뱃사람들 사이에 일어났다. 다만 카리사는 그 장난감 같은 칼을 꼭 움켜쥐고 웃음이 좀 잦아들길 기다렸다가 아래의 사촌 일행을 가리키며 말했다.

"저들이 먼저 무례를 범했다는 것은 알지만 그래도 이처럼 앙갚음을 당하는 것은 과합니다. 지금이라도 그것을 인정하고 저들을 끌어올리겠다고 하면 피차의 과실은 덮겠어요. 하지만 끝내 이처럼 고약한 짓을 계속 하다 사람이 상한다면."

카리사는 칼끝으로 오른손 엄지를 슥 긁었다. 칼이 보기 좋은 장난감이 아님을 증명하듯 붉은 핏방울이 또르르 방울져 흘러내렸다.

"하레샤의 신성한 이름에 맹세코 당신들은, 죄에 상응하는 피값을 물어야 할 겁니다."

피의 맹세에 이어 푸른 튜닉의 남자와 뱃사람들을 하나하나 돌아보는 카리사의 눈빛이 형형히 빛났다.

뱃사람들은 슬며시 눈살을 찌푸리며 눈짓을 한 번씩 주고받았다. 바닷일을 하는 사람들은 제아무리 거친 자라고 해도 신을 상대로는 더할 수 없이 온순하게 마련이다. 때문에 비쩍 마른 못난 계집애의 허장성세에도 오래된 부스럼이 도지듯이 기분이 찝찝해졌다.

그러는 사이 바다에는 큰 파도가 일어 빠진 사람들은 한바탕 난리가 났다. 파도에 휩쓸려 동동 떠내려가다가 팔에 팔을 뻗어 가까스로 다시 모였으나 머리가 셋뿐. 마세르가 보이지 않아 찾느라 야단이었는데 알고 보니 노 끝에 매달려 잠겨 있던 터라 파도가 가라앉자 곧 머리가 드러났다.

안도도 잠시 또 멀리서 파도가 밀려오는 걸 보고 카리사는 방금 전까지의 서슬 퍼렇던 기세도 온데간데없이 허둥지둥했다.

"도와주지 않을 거면 내가 저 사람들 구하는 거나 방해하지 말아요! 제발요! 정말 저러다 죽고 말 거예요!"

그녀의 간절한 기색에 그제야 푸른 튜닉의 남자가 시원찮은 표정으로 둑 아래를 내려다보았다. 파도에 시달리며 물 좀 먹더니 이제 다들 허우적거리는 팔에도 힘이 없고 살려달라는 목소리도 낼 기력이 없어 보였다. 그가 아래를 향해 소리쳤다.

"이제 예의가 뭔지 좀 알겠어? 올라오면 내 친구들에게 정중히 사과부터 해야 할 거야. 그럴 자신이 없다면 물고기 아가미라도 훔칠 궁리나 해! 어때? 사과할 거야, 말 거야?"

"합니다, 사과합니다! 하겠습니다!"라고 외치는 소리가 연이어졌다. 남자가 콕 집어 한 사람을 지적했다.

"너희 주인이란 작자는 아직도 싹수가 노랗구나. 좋은 주인 만나 다들 한자리에서 죽을 운명인가 봐."

하인들이 나리, 나리, 하고 푸념에 가깝게 애원하는 소리에도 마세르는 똥 씹은 얼굴로 이를 악물고 있었다. 다시금 파도가 밀려오면서 네 사람은 제대로 몸도 가누지 못하고 파도에 농락당했다. 카리사가 보다 못해 사촌 오라비를 크게 나무랐다.

"알량한 자존심 챙기고 있을 때에요? 살려달라면서요!"

카리사를 노려보는 눈에 말 못할 짜증이 넘실거렸으나, 마세르도 더는 못 버티겠다 싶었던지 항복을 하고 말았다.

"할게, 한다고, 하면 되잖아!"

아직도 오만한 태도를 못 버린 것이 카리사의 눈에도 훤히 보였다.

그러니 푸른 튜닉의 남자가 좋게 넘어갈 리 없다.

"기운 참 좋네? 뭘 그렇게 한다고 큰 소리야?"

"······사과, 하겠다고, 하잖아!"

"뭐라는 건지 안 들려!"

사과하겠다는 말을 네 번을 반복시키고서야 푸른 튜닉의 남자는 노를 붙잡고 있으라고 대주었다. 뱃사람들이 그들을 끌어올리는 데 쓸 밧줄을 가져와 이윽고 아래로 드리웠으나 마세르가 밧줄을 제일 먼저 붙잡자 대뜸 푸른 튜닉의 남자는 언성을 높였다.

"그쪽 말고 다른 사람부터. 그쪽은 제일 마지막으로 올라와야지."

"또 무슨 억지를 부리는 거냐!"

"어떤 상황에서든 자기 권속은 지키는 것이 주인 된 도리야. 그것도 모르시나, 젊은 나리?"

결국 이번에도 마세르가 항복했다. 하인들 셋이 먼저 밧줄에 의지해 위로 끌어올려졌다. 마침내 마세르도 둑 위로 기어 올라왔다. 물에 쫄딱 젖은 생쥐 꼴의 네 남자가 기진맥진하여 널브러진 모습을 보며 선원들을 비롯한 구경꾼들이 야유를 퍼부으며 왁자하게 웃었다.

카리사는 자신에게 싸움 소식을 알리러 오느라 바다에 빠지는 곤경은 모면한 하인 하디에게 얼른 뜨거운 술을 좀 구해오라고 보냈다. 희석시키지 않은 독주에 가까운 술을 마시자 추위로 오들오들 떨던 남자들의 얼굴에 아주 살짝 화색이 돌아왔다.

다만 마세르에겐 포도주의 힘이 몇 배는 더 강렬했던지 정신을 차린데 그치지 않고 벌떡 자리에서 일어나기까지 했다. 그는 푸른 튜닉의 남자에게 거의 덤벼들 기세였다.

"감히 네놈이 이런 짓을 저지르고도 살 수 있을 성싶으냐? 하디, 하디!

당장 검을 가져와!"

자신의 검대를 더듬거리다가 검은 온데간데없이 검대가 휑하단 사실을 깨닫고 버럭 애꿎은 하인을 향해 소리를 치는 마세르를 푸른 튜닉의 남자는 가소롭다는 듯이 쳐다보고 있었다.

"이봐, 젊은 나리. 나리께선 사과를 이런 식으로 하시나?"

"사과라니, 내가 왜 네놈 따위에게 사과를 한단 말이야! 이 비루하고 막돼먹은 돼지 같은 것들, 감히 귀족을 능멸하고 이리 불경하게 굴고서, 감히, 감히……. 술, 그 술 이리 내!"

제 성에 못 이겨 부들거리던 마세르가 하인들이 돌아가며 마시고 있던 포도주 단지를 들고 와 얼굴 위로 쏟아붓듯이 마시기 시작했다. 그의 손에서 포도주 단지를 빼앗아 가는 누군가에게 또 한바탕 퍼부으려고 하는데 바로 그 사람이 카리사라 잠깐 움찔하는 사이 카리사는 성큼성큼 둑 가장자리로 걸어가 단지를 높이 쳐들어 아래로 내던졌다. 흩날리는 포도주와 함께 단지는 바다에 풍덩 빠졌다가 이내 둥둥 떠올라 파도에 춤을 추었다. 그 단지를 가리키며 카리사가 말했다.

"아직도 그런 객기나 부리실 참이면 다시 저기서 술이나 드시지 그래요, 오라버니?"

"……너, 너는 계집애 따위가 어디서 감히 훈계야, 훈계가!"

세차게 들이닥쳐 뺨을 치는 기세에 카리사는 휘청거렸다. 이자는 무조건 목청 높이고 힘을 쓰면 만사가 해결되는 줄 아는 바보란 말인가? 사촌 오라비란 자의 행태가 한심하기 짝이 없어 카리사는 미간을 찡그렸으나 보는 눈이 많은 자리란 것은 잊지 않았다. 그녀는 그를 다독여볼 요량으로 분한 것도 누르고 먼저 숙이고 나갔다.

"그래요, 저는 못난 계집애일 따름이죠. 하지만 지혜로우신 오라버니께서도 아시겠지만 지금 이 순간만큼은 오라버니보다 제가 더 침착할 수 있지 않겠어요? 오라버니께선 뜻밖의 고초를 겪으신 바람에 평상시보다 더 흥분하셨다는 거, 이미 지각하고 계시잖아요, 그렇죠?"

"그렇지, 사내란 그럴 수 있는 거니까."

평소의 성격이 나와서 손찌검을 해버렸지만 눈앞에 있는 이가 제 하인배가 아님을 뒤늦게 깨닫고 마세르는 얼마쯤 당황한 참이었다. 카리사가 그 일을 거론 않고 조곤조곤 건넨 말에 은근슬쩍 맞장구를 친 것도 머쓱함의 발로였다.

"쉬 진정하기 곤란한 모욕을 겪으셨다는 거 잘 알아요. 하지만 오라버니, 우린 지금 이런 일로 시간을 낭비할 틈도 없잖아요. 칸데아까지 갈 일로도 앞일이 막막한데, 느닷없이 바닷물에 몸이 상하셨으니 이러다 아프기라도 하시면 어쩌나 싶어, 전 눈앞이 캄캄해졌었다고요."

"흥, 이만한 일로 아프긴 무슨."

마세르가 더 말하려는 것을 가로막듯이 카리사는 마세르의 이마며 손을 잡아보고는 가뜩이나 큰 눈을 더 크게 뜨고 호들갑을 떨었다.

"세상에, 벌써부터 열이 나는 걸 모르시겠어요? 몸도 이렇게나 떨리고 있어요. 오, 세상에, 손등에 상처도 있으시잖아요! 어서 돌아가서 누우셔야겠어요. 오, 하레샤여, 마세르 오라버니를 보살펴 주소서! 하디, 하디, 와서 나리를 업어 드려요. 당신들도 일어나요, 가서 씻고 푹 쉬지 않으면 큰일 나겠어요!"

카리사가 분주하게 바람잡이를 하는데다 바닷물에 얼었던 몸에 포도주가 돌면서 핑 하고 현기증이 난 마세르는 정말로 자신이 크게 몸이 안 좋은 것 같다는 생각이 들어 덜컥 불안해졌다. 그는 하인이 와서 등을 내밀자 고분고분히 업혀서는 어서 돌아가자며 성화를 부렸고 함께 바닷물에 빠졌던 하인들도 그 뒤를 따라 종종걸음을 쳤다.

다행히도 구경꾼들이 길을 내줘서 그들이 무사히 자리를 뜨는 것을 보고 카리사는 한시름 덜었다. 무엇보다 다행은 옆에 있던 푸른 튜닉의 남자가 용케도 침묵을 지켰던 일이다. 아직 사과를 못 받았다고 시비를 걸면 어쩌나 내심 조마조마했는데.

"오라버니와 그 일행들이 결례를 범한 일은 아무쪼록 너그러이 눈감아 주셨으면 합니다. 갈 길이 먼데 시일은 촉박한 나머지 우악스러운 일까지 벌인 모양이네요. 오라버니를 대신해서 저라도 사과를 전하겠습니다. ⋯⋯죄송합니다."

마세르에게 약속시켰던 사과를 카리사가 대신하며 깊이 허리를 숙였다. 선장과 선원들에게, 마지막으로 푸른 튜닉의 남자에게도 머리를 숙이려는 걸 남자가 말 한마디로 막았다.

"난 필요 없어, 내가 당한 건 전혀 없으니까."

퉁명한 말에 이어 남자는 턱을 까딱했다.

"아까 그놈이랑 이복남매지?"

"⋯⋯사촌인데요."

굳이 대답해줘야 할 의무는 없었지만 마세르와 아버지가 같다는 오해조차 받는 게 불쾌해서 정정해 주었다. 남자는 그럼 그렇지 하는 듯이 고개를 끄덕였다.

"그래. 그거 다행이로군."

카리사는 잠깐 눈썹을 찌푸렸다가 선장을 돌아보며 따로 보상해 주어야 할 것이라도 있느냐 물었다. 작달막한 체구의 선장이 힐끗 푸른 튜닉의 남자를 쳐다보더니 이런 시비는 오늘 밤 안줏거리도 안 된다면서 됐다고 손을 내저었다. 카리사는 비로소 안심하고 여관으로 돌아가기 위해 걸음을 옮겼다.

뒤늦게 잘도 그런 일을 했구나 하고 가슴을 쓸어내리는데 뒤에서 타닥 타닥 발소리가 나더니 불쑥 푸른 튜닉의 남자가 바로 옆에 나타난 바람에 화들짝 놀랐다. 모른 척 속도를 높여 걷자 남자도 딱 그 정도 속도로 아무렇지 않게 따라왔다. 카리사는 계속 걸으면서 물었다.

"또 무슨 용건이라도 있는지요?"

"여긴 부둣가야. 귀족 아가씨가 잠시라도 혼자 걸어 다닐 곳은 아니야."

"날이 이렇게 환한데 무슨……."

"이 정도 큰 항구에는, 상선인 척하고 정박 중인 수상쩍은 배들이 한둘은 있는 법이야. 그런 배가 떠난 뒤면 항구엔 유난히 가출한 소년들이나 소녀들 이야기가 넘쳐나지. 세상 잘 모르는 햇병아리 선원들이 그런 배에 탔다가 생애 첫 항해이자 마지막 항해를 하기도 하고."

인신매매를 해서 노예로 팔아먹는다는 자들에 대한 이야기인가? 카리사도 언젠가 지나가는 이야기처럼 들은 적은 있으나 무서운 소문 정도로만 여겼지 진지하게 생각한 적은 없다. 하지만 장소가 장소다 보니—카리사는 항구도, 바다도 난생처음 보는 것이었다—문득 자신의 짧은 세상 경험이 두려워졌다. 그녀는 푸른 튜닉의 남자도 경계했다.

"그쪽이 그런 배의 사람이 아니라고 어떻게 믿죠?"

"에? 나? 말도 안 돼, 그런 갈 데까지 간 쓰레기들이랑 이 몸을 한데 놓는다고? 뭐야, 이 아가씨, 눈을 보니 진심이네."

기가 막힌다는 듯 남자가 멈춰 서더니 불쑥 카리사의 앞길을 가로막고 얼굴을 들이밀었다.

"내 눈을 들여다봐. 보고서도 그런 소릴 할 수 있나."

카리사는 그의 말대로 남자의 눈을 응시했다. 맑은 흰자위 속의 새파란 눈동자는 광채가 이는 투명한 유리 같다. 눈을 깜박이자 촘촘히 돋아난 밝은 금색의 속눈썹이 바스락거리는 소리가 날 듯했다. 푸른 홍채에 둘러싸인 까만 동공이 커지면서 눈의 빛깔은 더 진해졌다. 그녀는 남자의 인상을 위험스럽게 만든 원인인 안대 또한 진지하게 눈에 담는다. 뺨까지 가릴 정도로 큰 안대는 다분히 수상쩍은 분위기를 남자에게 더하고 있다.

불현듯 그들 곁으로 바람이 불어 남자의 머리칼을 흐트러뜨리고 갔다. 남자가 살짝 인상을 쓰면서 머리칼을 쓸어 넘길 때, 카리사는 그러한 안대에도 불구하고 이 남자가 그녀가 본 중 가장 잘생긴 남자라는 걸 깨닫는다. 인상을 쓰느라 미간에 생긴 얇은 주름조차 수려한.

카리사는 바람 때문에 남자가 고개를 돌린 틈을 이용해 다시 옆으로 비켜 걸음을 떼어놓으며 말했다.

"봐도 잘 모르겠네요. 아직 눈에 보이는 것만 가지고 뭘 판단하고 말고 할 경험이 부족해서요. 오해라면 미안하다고 말씀드릴 테니 갈 길 가세요. 경호원은 사양입니다."

"나이 먹을 만큼 먹은 것 같은데 아직 사람 볼 줄 아는 눈이 없다는 게 자랑은 아니지? 그리고 아가씨 말 그다지 신빙성이 없는데. 보니까 아까 사촌 오라비란 놈을 그 세 치 혀로 아주 찜을 쪄 먹더군. 보통내기가 아니었지."

계속 반 보 정도 떨어진 옆에서 따라오며 남자는 말을 이었다. 뒷말보다 그가 제일 먼저 꺼낸 말에 카리사는 기분이 상했다. 먹을 만큼 먹어 보이는 나이? 날 대체 몇 살로 보는 거지? 설마 정말 숙모님 말대로 스물다섯 정도로 보이는 건 아니겠지?

불편해진 심기가 카리사의 보폭과 속도에 영향을 미쳤다. 하지만 아무리 열심히 걸어도 남자는 여유롭게 따라붙는다. 카리사는 적당히 눈에 띄는 음식점 간판을 이용하기로 했다.

"다 왔네요. 무사히 왔으니 그만 돌아가 보시죠. 쓸데없는 호의였지만, 감사드립니다."

"〈붉은 수염 오로〉에서 묵나? 조심해야겠군, 저기 외지인은 어리바리하게 굴면 바가지 쓰기 딱 좋아."

카리사가 알겠다는 듯 고개를 끄덕이고 어서 가길 바라며 빤히 쳐다보니 남자는 골반에 삐딱하게 걸쳐진 검대를 두 손으로 투두둑 두드리며 술집 쪽을 응시하다 그녀와 눈이 마주치자 싱긋 웃으며 물었다.

"중간에 끼어들어서 이야기를 잘 못 들었는데 그쪽 사촌 오라비는 왜 그렇게 칸데아에 못 가서 난리야?"

"거긴 경유지일 뿐이에요. 카데사레아에 가야 할 일이 워낙 급하다 보니 그만 초조한 마음에 그런 일을 벌인 거지요. 그렇다고 오라버니가 한 일을 두둔하는 것은 아닙니다."

"카데사레아…… 역시 아리오시나이 제전을 보러? 이번엔 한 달간 열리는 거니 한 며칠 늦는다고 어떻게 되진 않을 텐데."

"축제 구경을 가는 게 아니에요."

이런 소동도 일이 꼬이려는 징조일까. 이러다 정말 일정에 맞추어 유리크의 수도에 도착하지 못하는 사태가 오는 게 아닌지 불안해져 절로 한숨이 나왔다.

"그쪽 오라비, 돈은 많아?"

남자를 보는 카리사의 눈에 의아함이 실렸다.

"노잡이로 쓸 사내들을 한 여덟 명쯤 더 고용하면 여기서 칸데아까지 열흘, 노려볼 만하거든. 물론 그 부담은 그쪽에서 져야지. 우린 그렇게 악착같이 시간이랑 싸울 필요는 없으니까."

"열흘……."

카리사는 눈을 반짝였으나 곧 남자를 미심쩍다는 듯 쳐다보았다.

"말은 그럴싸한데 아까 그 소동 속에 그 배 선장님도 있지 않았나요? 그런 일을 겪고 얼씨구나 하고 우리를 태우겠네요."

"아하, 속 좁은 여자들 판단으로 남자를 보면 안 되지. 그런 소동 한두 번이 대수야? 어차피 선장도 돈 벌자고 하는 일이야. 부모 죽인 원수 아닌 이상 돈이면 만사형통, 자존심 따윈 휘리릭 내던져 놓는 거지. 그런 걱정은 그쪽 오라비한테나 해."

남자의 말에 카리사의 걱정의 추도 마세르 쪽으로 기울었다. 그 사촌이라면 자존심 때문에 이런 기회도 얼마든지 뻥 차버릴 수 있을 것 같다.

"말은 해보겠어요. 아, 대답을 전하려면 어디로 가면 되죠?"

"날 저물기 전이라면 카리스호로, 그 후라면 〈황금소〉로."

"카리스호?"

"우리 배 이름이야. 왜?"

"아니요, 아닙니다. 그럼 가보세요. 바쁘실 텐데."

저도 모르게 얼마쯤 벌어졌던 입술을 손으로 가리고 카리사는 어서 가라고 손짓했다. 남자는 한 사나흘 밀지 않은 듯한 다박수염을 매만지다가 인사의 뜻인지 고개만 까딱 해보이고 돌아섰다. 올 때는 귀찮을 정도로 따라붙더니 갈 때는 깔끔했다. 한 번도 뒤돌아보지 않고 그는 그녀의 시야에서 멀어져 갔다.

이윽고 몸을 돌려 천천히 발을 떼어놓으며 카리사는 "카리스호라."하고 중얼거렸다. 뱃사람들이 흔히 그러듯이 그 이름은 여신의 이름을 붙여준 것일 터. 카리스는 대지모신인 하레샤 여신의 아홉 딸 중 여섯째로 바람의 여신이다. 그리고 '카리샤'라는 이름은 바로 '카리스의 축복을 받는 자'라는 뜻이다.

징조, 라고 카리사는 생각했다.

타야 한다. 그 배에. 그녀의 걸음이 점차 빨라졌다.

3.
석류

징조 따위, 개나 줘버리라지. 바다 같은 건 정말 싫어. 다시는 배 따위 안 타. 다시는, 다시는……. 아, 물론 살아서 이 배에서 내릴 수 있다면 말이야.

카리사는 바다라는 것이 폭풍우 같은 거창한 게 아니더라도 사람을 죽일 수 있다는 것을 지난 며칠간의 항해를 통해 철저히 배웠다. 배에 오른 지 엿새째, 그녀는 일어서면 머리를 숙여야 하는 낮은 천장에 빛이라곤 한 줌도 들어오지 않는 갑판 아래의 작은 선실에서 말라죽어가고 있었다. 정확히 말하자면 탈진이라고 해야 할까.

첫날, 한나절 정도는 모든 게 좋았다. 바다가 진초록의 무성한 녹음의 빛깔에서 점차 포도주 빛깔로 물들어가는 것을 구경하는 것은 근사한 경험이었다. 순풍을 받아 활짝 펼쳐진 돛은 햇살에 희게 빛났고, 서른 명 남짓의 노잡이 선원들이 힘차게 노를 저어 호쾌할 정도로 빠르게 수면을 미끄러지는 배의 갑판에 서 있노라니, 살아서 배를 한 번도 못 타보고 죽을 뭇사람들의 운명에 깊은 동정을 금할 수 없었더랬다. 살아 있다는 사실이 그 어느 때보다 찬란하게 느껴져 솟구치는 감흥에 괜히 들썩여지는 몸을 가누기 힘들 만큼 그녀는 들떠 있었다.

딱 한나절의 일이다. 태양이 서쪽으로 상당히 기울어 저녁식사를 할 때까지의. 항구에서 막 떠난 참이니 그날 저녁은 생선 비린내 맡을 일 없이 보드라운 빵에 염소젖, 훈제 소시지에 가벼운 샐러드까지 곁들여 먹을 수 있었다. 마세르를 비롯한 일행은 뱃멀미를 할지 모른다는 이유로 아침을 최소한만 먹었던 터라 비록 대단찮은 식사라도 한껏 많이들 먹었다.

그리고 멀미의 습격이 시작되었다. 뱃길이 처음이었던 일행 모두가 멀미에 붙들려 그날 밤은 제대로 잠을 이루지 못했다. 다음 날 날이 새면서부터는 한결 파도의 정도가 심해졌다. 베테랑 선원들은 이 정도면 육지나 다름없다고 말했지만 카리사의 일행에겐 말도 안 되는 소리였다. 그 이틀째에는 모두가 비좁은 선실에 갇혀 죽네 사네 하면서 온갖 신들을 불러댔다.

하지만 사흘째 아침이 되자 하인들이 한둘씩 선실 밖으로 거동을 시작했다. 그 다음 날이 되자 마세르 역시 점심을 든든히 챙겨 먹고 하인들이 주사위놀이를 벌이는데 끼어들었다. 아미카도 잠깐씩 그 주사위 판에 나가 구경을 했다.

다만 카리사는 여전히 자리보전 중이다. 속이 도저히 받아주질 않아 아기 주먹만 한 빵 하나 겨우 삼키고 물만 먹고 누워서 지내는 며칠이 이어지다 보니 온몸에 힘이 빠지고, 또 그래서 멀미는 더 심해지는 악순환이었다. 심지어 지난 나흘 동안 변의는커녕 요의조차 느끼지 못했다면 말 다했지 않은가.

'가지 말라고 붙잡아줄 때 못 이긴 척 머물 걸 그랬지.'

자는 것도 아니고 깨어 있는 것도 아닌 흐리멍덩한 상태에서 카리사는 루피나를 떠올렸다. 시간을 되돌려 다시 신전에서 눈을 뜰 수 있다면 카리사는 절대로 수도행 따위는 자청하지 않을 것이다. 아무리 동생 아엘리아를 위한 일이라고 해도.

'순전히 그 이유는 아니었잖아.'

아파서 죽게 생겼어도 그걸 핑계로 스스로를 기망하지는 말자고 카리사는 생각했다.

아엘리아의 처지에 대한 안쓰러움.

하지만 더 컸던 건…… 바깥 세계에의 동경이었다.

신전을 벗어나고 싶었다. 루피나가 30년간 여신을 모신 후에 얻을 수 있는 여생의 안락함으로 설득하는 목소리가 카리사의 마음엔 거의 와 닿지 않았다. 그녀는 갈망했다. 세상으로 나갈 수 있는 자유를 원했다. 아엘리아가 카리사에게 몰고 온 것은 돌개바람이었고, 카리사는 자신의 의지로 그 바람에 몸을 실었다.

그녀는 **기뻤다.** 자신에게 그런 기회가 생겼다는 것이. 그 기회를 붙잡을 수 있을 만큼 아직 젊다는 것이. 설사 뱃멀미라는 우스꽝스러운 이유로 이 배에서 죽게 되는 한이 있어도 신전을 떠나기로 한 결정 자체를 후회하지는 않는다.

"기박한 운이 한스러운 거지, 난 잘못한 게 아니야."

눈을 뜨자 낮고 거무튀튀한 선실의 천장이 시야를 막고 있다. 아무리 노력해도 무시할 수 없는 눅눅한 곰팡내를 호흡하면서 카리사는 다시 한번 같은 말은 되뇌었다.

입술을 비롯해 입 안이 마치 흙이라도 삼킨 듯이 깔깔했다. 몸을 일으켜 옆에 있는 물주머니를 가져와 어렵게 마개를 뽑은 뒤 부리에 입을 댔다. 가죽을 삶아낸 게 아닐까 싶을 만큼 역한 맛이 나는 물을 억지로 한 모금, 또 한 모금 삼켰다.

"언젠가 오늘 일도 웃으며 말할 날이 오겠지."

살아서 이 배에서 내릴 때의 이야기겠지만. 피식 웃고 카리사는 한숨과 함께 눈을 감았다.

배는 끊임없이 어지러운 율동을 반복하고 있었다.

아미카가 고물 쪽 뱃전에 있는 용변 보는 곳으로 향하고 있는데 누군가 "어이." 하고 말을 붙이는 사람이 있었다. 뒤를 돌아본 아미카가 재빨리 머리를 숙여 인사하는 시늉을 했다. 그녀를 부른 사람은 이 배 하주荷主의 서기라는 젊은 남자였다.

아미카는 눈치가 대단히 빨라서 어딜 가서든 권력자를 알아보는 후각이 있다. 그런 아미카가 보기에 이 젊은 남자는 선장과 동급, 내지는 더 윗선이었다. 본시 하주라 하면 장사차 이 배를 통째로 부리는 사람이니 선장보다 높은 위치일 것은 대충 감이 왔다. 젊은 남자는 서기일 뿐이지만, 이 배에 하주가 부재중인 이상 그 대리인인 젊은 남자가 하주나 다름없다는 것도 알 것 같았다. 반니가에서도 바깥주인님이 안 계시면 안주인, 즉 마님이 왕인 것처럼.

한가할 때에도 밧줄이며 닻, 예비 돛 손질 등으로 일거리가 있는 선원들과 달리 남자는 유유자적, 지금도 석류를 먹던 중이었던지 한 손에 반으로 쪼갠 석류를 들고 있었다. 저것만 봐도 확실히 이 남자는 실세다. 이 봄에 저렇게 상태가 좋은 석류라니. 크고 실해 보이는 붉은 과실에 저절로 눈길이 가려는 것을 애써 붙잡고 아미카는 짐짓 온순한 척하며 눈을 깜박거렸다. 남자는 석류 냄새가 날 것 같은 붉은 입술을 핥으며 물었다.

"그쪽 아가씨는 여전히 몸이 안 좋아?"

"예, 더할 것도 없고 더 나은 것도 없이 그대로네요."

"물을 좀 많이 마시게 해보란 건?"

"물에서 비린내가 난다고 겨우 입술이나 축일 정도밖에는 못 드시네요."

"까다롭기도 하군. 바다에서 무슨 영화를 바라는 거야. 그래서 오늘은 뭘 좀 먹었나?"

"어제랑 똑같지요. 빵 한 덩이 요만한 것 드시고는……, 에구구, 죄송합니다, 나리, 제가 어딜 좀 가던 길이라……."

말을 다 못 잇고 아미카의 얼굴이 누렇다 못해 허옇게 떴다. 아랫배에서 큰 반응이 온 것이다. 남자가 옆으로 비켜주자 아미카는 배를 끌어안고 고물 뒤쪽으로 바삐 달음질쳤다. 바람의 방향을 봐서 곧 향기롭지 못한 냄새가 날아올 가능성이 높아 남자도 휙 등 돌려 성큼성큼 걸었다. 가면서 석류 알갱이를 한 입 베었다. 그 톡 쏘는 달면서도 새큼한 과실을 우물거리다가 문득 걸음을 멈추고 새삼스레 석류를 쳐다보았다.

그리고 고개를 돌려 어딘가를 보았다.

불현듯 카리사는 눈을 떴다. 다시 보이는 낮은 천장. 뭐 하나 새로울 것 없는 선실 그대로이다. 그런데 무언가 생경한 느낌이 들어 무거운 눈꺼풀을 깜박이며 잠시 눈동자를 굴렸다.

이윽고 부스스 몸을 일으켰다. 흐트러지는 머리칼을 성가시다는 듯 뒤로 넘기며 튜닉 앞섶을 펄럭거렸다. 땀에 전 옷은 며칠 물 구경을 못한 머리카락처럼 불쾌하기 짝이 없었다. 제대로 씻고 싶었다. 죽을 때 죽더라도 마구간의 짐승 같은 냄새를 풍기면서 죽는 건 사양이다.

카리사는 한숨을 한 번 내쉬고 결연히 의지를 다잡아 침상 아래로 발을 디뎠다. 샌들이 언뜻 눈에 들어오지 않아 주변을 두리번거리던 그녀의 시선을 돌연 무언가가 사로잡았다.

침상 옆의 작은 선반에 놓여 있는 붉은 구형의 물체. 카리사는 멀거니 그것을 쳐다보다 천천히 손을 뻗었다.

"……석류?"

손에 잡힌 딱딱한 껍질의 정체를 믿지 못하겠다는 듯한 울림이다. 하지만 그것은 석류였다. 나고 자란 고향에서는 가을이면 흔하게 먹을 수 있었던 과실. 하지만 헤메디아의 숙부에게 신세를 지고, 하레샤의 신전으로 보내진 후로는 어쩌다 한 번 보게 된다고 해도 그건 다른 이를 위한 몫이었다. 온전한 석류를 제 손에 올려본 게 얼마 만인지.

벌어진 틈에 코를 가져다 대고 한껏 냄새를 들이마시자 어금니 안쪽 가득 침이 고였다. 불편하던 속도 이 순간은 조금도 요동치지 않았다. 하지만 석류를 맨손으로 쪼개어 먹을 만한 힘은 없으니 단도를 써야 할 것이다…… 라고 생각했는데, 침침함이 완전히 사라진 눈에 이미 석류에 나 있는 칼집이 보였다.

"와아!"

살짝 힘을 주자 석류는 쩍 하고 벌어지며 탐스러운 속살을 드러냈다. 그 황홀한 붉은 빛깔에 카리사는 덥석 과육을 베어 문다. 한가득 입에 들어오는 붉은 과실의 새큼한 맛. 그녀는 진저리를 쳤지만 이런 종류의 진저리라면 얼마든지 환영이다.

아아, 그래, 석류는 이런 맛이었다. 이런 달콤함, 이런 향기로움, 이런 서걱거림.

허겁지겁 씨까지 삼키고 카리사는 다시 입을 가득 채웠다. 손은 물론 입가로도 뚝뚝 붉은 과즙이 떨어지는 것도 모르고 먹느라 여념이 없다. 그녀를 아는 누구도 그녀가 이처럼 식탐을 내는 모습은 보지 못했을 것이다. 한 알의 붉은 과실도 남기지 않고 모두 삼킨 후에도 혀로 껍질의 안쪽까지, 손에 흘러내린 과즙까지 샅샅이 핥았다.

그런 후에야 탁, 맥이 풀린 얼굴로 침상에 주저앉았다.

"……살 것 같아."

카리사는 석류의 여운을 붙잡기 위해 지그시 눈을 감았다. 아직 입속을 사로잡은 맛, 콧속을 채운 향기. 혀는 석류알의 서걱거리면서 매끄러운 감촉을 좇아 입천장부터 이빨을 훑는다. 나른한 미소가 퍼진다. 열다섯 소녀에게 어울리지 않는, 관능에 가까운 미소다.

얼마 후 삐걱삐걱 나무판을 밟고 오는 소리에 눈을 뜬 카리사는 선실 문을 여는 아미카를 보고는 빙긋 웃었다. 앓아누운 후 처음으로 보이는 사람다운 미소에 변비로 꽤 오랜 시간 끙끙거리다 온 아미카가 놀라서 물었다.

"언제 깨셨습니까? 이제 좀 버틸 만하신 건가요?"

"제법. 아미카 덕분이야."

"아유, 제가 뭘 한 게 있다고. 하도 못 드시고 바짝바짝 말라가시는 통에 이러다 송장 치우나 했습니다. 뭐라도 좀 드셔야지요? 물은 드셨습니까? 응? 이게 다 뭐야?"

카리사에게 물을 챙겨주려던 아미카는 선반에 놓인 석류 껍질을 보고 혼잣말을 했다. 웃음이 살짝 빠져나간 눈으로 카리사는 아미카에게 물었다.

"석류, 아미카가 가져다 놓은 거 아니야?"

"석류요? 석류라뇨, 전 석류는 구경도 못했는뎁쇼."

"······정말?"

"말라비틀어진 사과라면 엊저녁으로······. 아니지, 내가 석류를 봤는데. 어디서 봤더라. 애를 낳다 보면 이렇게 정신이 깜박깜박한다니까요, 셋째를 낳을 때까진 그럭저럭 버틸 만했는데 그 뒤론······. 그나저나 틀림없이 내가 그걸, 아, 그렇지, 서기, 그 서기가 먹고 있었지요!"

"서기?"

카리사가 멍하니 반문하자 아미카는 카리사가 그 사람이 누군지 모르는 줄 알았는지 구태여 씩씩하게 설명을 했다.

"왜 그 불그죽죽한 머리에 헌칠하니 키 큰 애꾸 총각 있잖습니까. 아까 큰 걸 보러 가는 길에 봤지요. 석류를 먹고 있더군요. 예, 석류를 먹고 있었습지요. 아씨는 좀 어떠냐고 묻던데. 어쩌면 그리 목소리도 잘난 사내인지. 그리 잘난 사내가 어쩌다 눈 한쪽이 그리됐는지 참."

아미카는 묘하게 달뜬 눈빛으로 쯧쯧 혀를 차더니 불쑥 카리사를 돌아보며 물었다.

"그런데 여기 석류가 놓여 있었다굽쇼?"

석류 하나로 카리사가 기사회생을 한 것은 맞지만, 그렇다고 놀라 볼 만큼 건강해지는 변화는 일어나지 않았다. 카리사는 여전히 멀미를 했고 하루의 태반을 침상 신세를 졌다. 배에서 아엘리아의 옷을 손보겠다던 야심 찬 계획은 꿈도 꿀 수 없다. 그래도 날이 저물고 노잡이들이 잠을 청하는 깊은 밤이 되면 두 다리를 움직여 가까운 곳을 배회할 만한 수준까지는 왔다.

8일째의 밤, 카리사는 모처럼 물을 데워 머리를 감은 김에 오랜만에 갑판까지 올라갔다.

달빛이 너무도 눈이 부셔서 카리사는 잠시 충격을 받았다. 그리고 바다는, 그런 달빛 속에 잔잔히 빛난다. 다시 첫날의 기분이 되돌아와, 카리사는 바다란 위대하고도 더할 나위 없이 아름답다고 느꼈다. 바다의 여신 레노아. 아름다운 하레샤의 더 아름다운 딸. 어머니를 모시는 신성한 임무를 버리고 온 괘씸한 카리사를 그 여신이 멀미란 방법으로 벌한다는 생각까지 했었는데 이제 눈에 보이는 광경을 대하니 여신은 그런 하잘 것 없는 복수 따위 꿈도 꾸지 않을 거란 생각이 들었다. 이렇게나 아름다운 분에게 그런 음험한 마음이 있을 리가 없다고.

"이봐. 너 연기가 나는데."

갑자기 들려온 목소리에 카리사는 신화의 세계에서 빠져나와 고개를 돌렸다. 푸른 튜닉의 남자가 오늘은 회색 빛깔 튜닉을 입고 있었다. 전에 본 높게 묶은 머리 대신 뒤로 늘어뜨린 땋은 머리. 손에 든 가죽주머니 부리를 입에 대고 뭔가를 한 모금 마신 남자가 멀뚱히 그를 보고 있는 카리사에게 다시 말했다.

"너한테서 연기가 난다고."

"아……. 머리를 감았더니, 김이 나나 봐요." •

뒤늦게 바람이 매우 싸하도록 춥다는 것을 깨닫고 카리사는 망토의 후드를 머리에 썼다. 살짝 몸을 떠는 그녀에게 남자가 다가와 가죽주머니를 내밀었다.

"마셔. 몸이 좀 따뜻해질 거야."

카리사는 고개를 저었다. 남자가 인상을 썼다.

"포도주야. 뭐 별다른 걸 주는 줄 알아?"

"아뇨, 전 생각이 없어서……."

"누가 생각으로 마시래? 몸 데우라는 거잖아. 겨우 갑판 한 번 기어

나왔다가 돌아가서 또 앓아눕고 싶어? 그러니까 걸핏하면 여자는 아무 짝에도 쓸데없다는 소리를 듣는 거야."

하는 말은 마음에 안 들지만 카리사는 남자가 건넨 가죽주머니를 받아 부리에 입술이 닿지 않도록 조심하면서 한 모금 술을 넘겼다. 술의 독함에 저절로 미간이 찡그려졌다. 그녀는 언젠가 아엘리아에게 했던 말을 똑같이 반복하며 남자에게 가죽주머니를 돌려주었다.

"희석하지 않은 술을 마시는 건 두 종류의 사람밖에 없어요. 술주정뱅이와 야만인들."

"오, 정답. 눈썰미가 없지는 않군."

남자는 또 두어 모금 술을 삼켰다. 여유로워 보이는 그 표정을 보며 카리사는 술주정뱅이와 야만인 둘 중에서 가늠해 보았다. 서기란 말을 들었으니 야만인으로 치기는 무리가 있고, 술주정뱅이? 그렇다면 정말 헌칠한 허우대가 아까울 일이다.

눈이 마주치자 남자가 씩 웃는다. 고르고 새하얀 이가 반짝인다. 술주정뱅이와 하얀 이. 어울리지 않는다. 그럼 야만인 쪽? 카리사는 얼마쯤 갈피를 잡을 수 없어졌다. 그런 카리사에게 남자는 다시 술주머니를 내민다.

"더 마셔. 얼굴이 그야말로 밀랍 같아서 아까 언뜻 보고 물귀신인 줄 알았어."

어릴 때 말을 누구에게 배웠느냐고 묻고 싶은 것을 카리사는 꾹 삼켰다. 마음 같아서는 무시하고 선실로 돌아가고 싶지만, 다시 올려다본 하늘이며 바다가 여전히 아름다웠다. 불쾌한 남자 때문에 이 광경을 놓치고 나면 분이 나서 잠도 이루지 못하리라.

"물귀신 같아서 죄송합니다."

나뭇잎 사이로
반짝이는 1

씹어뱉듯 말하고 술주머니를 빼앗듯이 가져와 벌컥벌컥 두 모금도 넘게 마셨다. 기세는 좋았으나 삼키면서 저도 모르게 잔뜩 얼굴을 찡그리고 부르르 떨었다.

남자가 아하하, 웃음을 터뜨렸다. 얄미운 말본새와 달리 청량한 웃음소리가 바다에 흘러갔다. 남자는 그 독한 술을 물 마시듯 아무렇지 않게 마시며 바다를 응시했다.

"완벽할 정도로 순탄한 항해야. 카리스가 변덕을 일으키지 않는 한 이틀, 그러니까 모레 아침이면 칸데아항에 정박할 수 있을 거야."

카리사는 가만히 고개를 끄덕이고 머릿속으로 날짜를 계산했다. 대아리오시나이 제전 시작 일이 이레 앞으로 다가왔다. 이만하면 충분한 날짜다.

"황궁에 들어가게 된다며?"

남자에게서 나온 말에 카리사는 눈살을 찌푸렸다. 그녀의 표정을 보고 남자가 말했다.

"저 귀족 나리의 말씀이 그렇던데. 사촌 오라비가 허풍을 떤 건가?"

경솔하게 누가 이야길 흘렸나 했더니 마세르 본인이었던 모양. 카리사는 피붙이의 흉을 보는 대신 한숨을 쉬며 머리를 흔들었다. 그 반응을 긍정으로 받아들인 남자가 다시 물었다.

"황궁에 쓸 만한 인맥이 있긴 해? 젊은 나리는 이래저래 거창한 이름을 늘어놓긴 하던데."

"……숙부님은 정치적인 사람하고는 거리가 있죠."

정확히는 모를 일이다. 다만 그녀가 신전으로 가기 전 듣고 보았던 숙부의 면면은 오로지 식도락 하나에 의지해 살아가는 팔자 좋은 한량, 그 이상도 그 이하도 아니었다. 지금은 어떠한지 알아볼 기회는 거의 갖지 못했고.

"흐응. 본인의 희망사항을 줄줄이 늘어놓은 거였나? 뭐, 아버지에 비해 야심 찬 아들도 나쁠 건 없지."

남자가 무심히 중얼거리더니 뱃전에 기대어 카리사를 쳐다보았다.

"황궁에 가겠다고 자원했다던데 거창한 꿈이라도 품고 있어?"

"생긴 걸 봐요. 그런 게 있겠어요?"

웃지도 않고 대답했다. 남자가 고개를 코앞까지 들이밀어 그녀의 얼굴을 보았다. 이런 일도 두 번째가 되고 보니 놀랍지도 않고 담담하다.

"생긴 게 왜?"

"물귀신 같다면서요?"

"응. 지금도 좀 그래."

진지한 표정으로 대답하는 남자의 얼굴을 때려주고 싶다는 생각을 카리사는 잠깐 한다. 아엘리아라면 때렸을까?

"처음 봤을 때도 창백한 게 어디 굴에서 살다 왔나 싶었는데. 요 며칠 볕을 못 보더니 그야말로 시체처럼 푸르스름해졌다고. 물귀신 생각이 안 날 수 없지."

"시체나 제대로 보고 그런 소릴 지껄이는 거예요?"

카리사의 미약한 빈정거림에 남자는 씩 웃었다.

"어지간한 장의사만큼은 봤을걸."

허풍이든 진짜든 마음에 드는 주제가 아니라 카리사는 냉랭하게 옆으로 두어 걸음 떨어져 섰다. 다행히 남자는 원래 자리에 그대로 선 채로 포도주를 마시며 말을 이었다.

"낯빛이 물귀신 같은 거야 잘 먹고 햇볕도 충분히 쏘여준다면야 어렵잖게 고칠 수 있는 일이니까. 설마 어디 병이 있는 건 아니지? 삐쩍 말라서 골골거릴 것 같긴 한데."

그러니까 그런 걱정을 당신이 왜 하느냐고 카리사는 속으로 으르렁거렸다. 설사 제아무리 튼튼한 사람이라 해도 저 하레샤 신전에 견습무녀로 들어가 5년을 살게 되면 자신처럼 마르지 않을 방법이 없을 것이다. 아침엔 씹을 거라곤 찾을 수 없는 죽 한 그릇, 저녁엔 고기 기름 냄새만 겨우 나는 물 같은 수프에 딱딱한 빵 한 덩이와 시든 과일로 연명하는 어린 무녀들.

하는 일은 또 얼마나 많은지. 그것도 부족해 한 달의 절반쯤 되는 날수는 이런저런 이유로 금식 기간이라 죽 한 그릇으로 버텨야 한다. 무슨 수로 살이 찌고 무슨 수로 자라는가? 그 와중에 카리사는 키라도 컸으니 신의 은총인 것을!

"아직 나이가 어려서인지, 딱히 아픈 곳은 없군요."

특히 나이가 어리다는 부분을 강조한 대답에 남자는 고개를 갸웃했다.

"어려?"

"두 달 전에 열다섯 살 생일이 지났거든요."

"열다섯……."

남자의 오른쪽 눈이 카리사의 얼굴을 새삼스럽게 살펴보다가 천천히 아래로 내려갔다. 카리사는 남자의 눈이 특히 그녀의 가슴에 와 머무는 시간을 의식했다. 남자가 중얼거렸다.

"납득이 되는군."

기분 나쁜 말 몇 마디 들은 걸로 사람을 죽으라고 저주하면 죄가 되는 거지요? 아무쪼록 이, 험한, 마음을 거둬가 주소서. 카리사는 달을 올려다보며 망토 속에서 맞잡고 있던 손으로 부정을 물리치는 의미의 손동작을 했다. 남자는 자신이 얼마나 위험한 순간을 지났는지도 모르고 느긋하게 말했다.

"어쨌든 열다섯이라니 희망이 더 커졌네. 부지런히 먹어서 살 좀 찌우라고. 기본은 아주 나쁜 편은 아니니 말이야."

아엘리아를 떠올리면서 카리사는 속으로 얼마쯤 동의했다. 다만 불안한 건, 10살 무렵 키가 비슷할 때에도 아엘리아는 통통했고, 카리사는 **빼빼** 말랐었다는 점. 애초에 식탐의 정도가 다른 쌍둥이였다. 카리사는 무거운 표정으로 맥없이 말했다.

"글쎄요, 희망이랄 것까지 있을까."

"괜히 겸손한 척 말라구. 겸손한 척 의뭉 떨면서 실은 상대방을 얕보는 거지. 그런 거 남녀를 막론하고 웃기는 짓이야."

다소 격앙된 남자의 목소리에 카리사는 힐끗 남자를 쳐다보았다. 그는 술주머니를 기울이며 바다를 보고 있다. 그러다 술주머니가 바닥이 났던지 탈탈 흔들다가 부리를 틀어막고 검대에 걸려 있던 끈에 매달았다. 그가 **빵빵**하게 부푼 가죽주머니 하나를 새로 따는 것을 보고 카리사는 남자가 술꾼이라고 결론을 내렸다.

"술을 마시는 정도가 과한 것 같네요. 아무리 좋은 포도주라고 해도 희석도 되지 않은 술을 그렇게 내키는 대로 마시는 게 아니에요. 나중엔 술 없인 잠시도 못 버티는 추한 인간이 되기 십상이에요."

"경험자인 것처럼 말하네? 술독에 **빠져** 죽은 인간이라도 봤나 봐?"

카리사는 어깨를 으쓱했다. 상급 무녀 중에는 알게 모르게 술중독인 사람들이 많았다. 하레샤 신전에는 부자들의 기부로 착실히 늘려가는 거대한 포도밭이 있고 그 포도를 기르고 수확하고 술로 담그는 일이 견습무녀들의 중요한 일과 중 하나이기도 했다. 지하에 있는 포도주 저장소의 막대한 술들은 온갖 제의^{祭儀}며 아이를 바라고 신전을 찾은 여인들에게 여신의 축복이라는 명목으로 값비싸게 팔렸다. 무녀들의 몫도 충분해서 수완 좋은 견습무녀라면 모시는 상위 무녀들에게 한두 병씩 포도주를 받을 때도 있었다. 여러모로 술꾼이 되기 위한 최적의 환경이었다.

하지만 술독에 빠져 죽은 인간이라 했을 때 카리사가 제일 먼저 떠올린 것은 다른 이였다. 그것은 그녀의 아버지. 심약한 인간에게는 술이 지상 최대의 독임을 그분은 온몸으로 가르쳐주다 술집에서 시답잖은 시비에 휘말려 돌아가셨다. 그토록 시시한 죽음이라니!

그녀는 한동안 바다에 비치는 조각달의 물결을 바라보다가, 시간을 돌이킬 수 있다면 아버지에게 하고 싶었던 말을 남자에게 대신했다.

"잊고 싶은 게 있는 거든, 술이 맛있어서 마시는 거든, 아주 버릇이 된 거든 간에 그 독한 술을 한 모금 넘기기 전에 한 번씩 생각해 보는 게 좋을 거예요. 내가 오늘 이렇게 마시는 술에는 나의 내일이 녹아 있다고 말이에요. 어차피 사람이 사는 거 죽기 위해 사는 거 아니냐면 할 말은 없겠지만, 소중한 사람이 그런 식으로 삶을 소모하는 걸 옆에서 지켜봐야만 하는 건 정말 못할 짓이에요. 그거, 소극적인 자살이나 다름없잖아요."

"자살이라……."

남자는 자신의 손에 든 가죽주머니를 멀뚱히 쳐다보다가 카리사를 쳐다보며 혀를 찼다.

"술맛이 잡쳤어. 누가 내 누이처럼 잔소리를 하는 바람에."

"누이가 있어요?"

카리사가 호기심을 드러내며 그에게 고개를 돌렸다.

"있지. 그리고 보니 뼈만 남은 것처럼 앙상한 것도 둘이 닮았군. 나만 보면 그놈의 술 마시지 마라 소리로 노래를 해대는 통에……."

"그거 다행이네요. 그쪽 같은 사람한테도 진심으로 걱정해주는 사람이 다 있단 뜻이네요."

"나 같은 사람이라니, 무슨 뜻이야?"

남자가 따져 묻는 말을 카리사는 가벼운 웃음으로 무시해버렸다.

포도주 덕분인지 추위에 떠는 일은 없었지만 얼굴에 불어오는 바람은 변함없이 찼다. 돛이 펄럭이는 소리도 처음보다는 더 강해진 것 같다. 하늘도 바다도 한없이 구경하고 싶었지만 찬바람을 너무 쏘여 앓아눕는 것만은 사양이다. 카리사는 뱃전을 뒤로하고 몸을 돌렸다.

"그만 들어가봐야겠네요. 술, 고마웠어요."

남자는 그녀를 보지 않고 고개만 까딱했다. 걸음을 계속 옮기려던 카리사가 다른 게 생각나 멈칫했다.

"석류도 고마웠어요."

남자는 그대로 바다만 보면서 역시 고개만 까딱한다.

혹시 그렇지 않을까 생각했는데 정말이었다는 걸 알게 되니 카리사는 기분이 묘해졌다. 누군가 먼저 이유 없이 베풀어주는 호의에 약하다. 그런 경험이 워낙에 적다 보니.

맛있었다고 한마디 더 해야 하나 우물쭈물 고민하다가 아엘리아 생각을 했다. 그 애라면 고맙다고 인사하면 그걸로 끝. 나라고 못 그러란 법 있어? 그런 생각으로 카리사는 다시 걸음을 떼어놓았다.

"맛있었어?"

남자가 질문을 던진 건 그때였다. 카리사가 발을 멈추며 쿡 웃었다. 기다렸다는 듯이 하고 싶은 말을 쏟아냈다.

"어찌나 맛있던지 거의 숨도 못 쉬고 먹었어요."

"두어 개 더 놓고 올 걸 그랬군."

카리사는 새삼 남자의 얼굴을 돌아보았다. 달빛에 어두운 적갈색으로 빛나는 머리칼이 살랑이면서 날렵한 코와 입술, 턱의 선들이 도드라지게 부각되었다. 저 멋대가리 없는 검은 안대를 써야 할 상처를 왜 입게 되었을까, 문득 궁금해졌지만 주저하다 그대로 고개를 돌렸다.

"이름이 뭐야?"

한 번에 좀 묻지. 카리사는 무심코 제 이름을 밝히려다가 급히 다물었다. 눈이 모종의 뜻을 담아 반짝였다.

둘이 똑같은 걸 받아도 요구하는 바가 몇 배는 더 많았던 아엘리아. 먹는 것에도, 입는 것에도 제 주장이 넘쳐나는 그녀를 주위 사람들은 훨씬 살뜰히 챙겼다. 이런저런 투정을 부리다 원하는 걸 갖게 되면 아엘리아가 보여주는 환한 웃음에 그때까지 고생시킨 것도 잊고 다들 즐거워했다. 반면 고분고분하게 주면 주는 대로 받기만 한 카리사는 그 온순함 때문에 늘 아엘리아보다 못한 걸 갖는 처지였다. 으레 불평하지 않을 걸 아니까.

머리가 여물어 돌이켜보니 사람들은 조금은 까다로운 것을 색다르다고 눈여겨보고 그렇게 한 번 볼 걸 두 번 보는 걸 통해 관심의 정도가 달라지는 걸 알겠다. 쉬운 것은 쉽다는 이유로 뒷전에 밀리기 일쑤이다. 아엘리아처럼 사랑받고 싶다면 까칠함과 애교, 그 두 가지를 능숙하게 부리는 아엘리아의 면모도 배워야 할 것이다.

"그걸 왜 아직도 모를까. 오라버니께 물었으면 간단했을 텐데요?"

남자가 그녀를 돌아보았다.

"직접 들을 기회가 있을 것 같아서 그랬어. 이름은?"

"불과 몇 백 년 전으로 거슬러 올라가면 이름이란 건 한 사람이 목숨을 걸어 지켜야 할 아주 중요한 보물이었대요. 가장 뛰어난 주술사들은 이름

하나만으로도 사람을 죽이고 살릴 수 있었다지 뭐예요."

남자는 좀 더 카리사를 향해 몸을 돌렸다. 얼굴에 얼마쯤 미소가 떠올랐다.

"그래서, 순순히는 못 알려주시겠다?"

"설마. 함께 달구경 하면서 술 얻어 마신 의리가 있지."

카리사가 달을 살짝 올려다보며 생긋 웃었다. 남자의 시선도 달에 머물렀다가 다시 그녀에게 와 머물렀다.

"그쪽부터 말해 봐요. 다시 만날 일이 없다고 해도 잊지 않고 소중히, 기억해 줄게요."

남자는 완전히 뱃전을 등지고 카리사를 향해 똑바로 섰다. 그는 미묘한 미소를 머금은 채 옷자락을 정리하고 정중하게 머리를 숙였다.

"루키아노스의 아들, 블레신이라고 하오."

치맛자락을 가만히 쓸어 모아 허리를 굽히며 카리사도 답례했다.

"베로우스의 딸, 카리사입니다."

"……카리사? 아, 어쩐지 배 이름을 듣고 놀라더라니. 참으로 미인에게 어울리는 이름입니다, 아가씨."

장난스런 존대의 말. 미인이란 말을 믿진 않았지만 듣기엔 좋았다. 이래서 사람들이 귀에 달콤한 아부에 약해질 수밖에 없나 보다. 카리사는 빙그레 웃었다.

"그쪽에게도 잘 어울리는 이름이에요, 블레신."

블레신의 말은 사실이었다. 이틀 후 동이 틀 무렵부터 수평선에 흐릿하게 불그스름한 그림자가 보인다 싶더니 정오를 두 시간 정도 남기고 배는 칸데아의 부두에 무사히 정박할 수 있었다. 지난 이틀간 몸 상태가 그럭저럭 좋아진 카리사는 잔교를 달려 내려와 지상에 두 발을 대는 순간 기뻐서 깡충깡충 뛰고는 완전한 복종의 자세로 몸을 던져 땅에 입 맞추었다.

"오, 하레샤 님. 누가 뭐라고 해도 당신이 신중의 신, 여신 중의 여신, 이 몸의 살과 뼈가 삭아 먼지가 될 때까지 누구도 당신만큼 경배하지 않겠노라 미천한 종이 맹세 드립니다."

주변의 뱃사람들이 그녀를 보고는 알 만하다는 듯 웃어댔다. 신전을 떠나 더욱 열렬한 하레샤의 추종자가 된 카리사가 창피한지 마세르는 하인들에게 어서 배에서 마차를 내리라고 닦달했다.

먼저 준비된 마차에 마세르가 타고 다음으로 준비된 마차에 아미카의 부축을 받아 카리사가 올라탔다. 문을 닫기 전에 힐끗 그녀가 바깥을 내다보았다. 지난 열흘간 신세를 진 카리스호를 마지막으로 한 번 더 눈에 담으려는 듯.

막 두 번째 마차의 마부가 채찍을 휘두르려는 데 부두의 소년 하나가 달려와 마차를 두드렸다. 아미카가 바깥을 내다보자 소년은 흰 수건에 감싼 무언가를 위로 올려 보였다.

"이것을 전해 드리랍니다."

"누가?"

"저기 배의 어떤 분이."

소년이 가리키는 배는 짐작한 대로 카리스호다. 아미카가 그것을 받아 들이며 중얼거렸다.

"두고 온 게 있었나? 꼼꼼히 챙긴다고 몇 번이나 봤는데. 그렇죠, 아씨?"

"그러게."

고개를 갸웃하는 카리사의 면전에서 아미카가 수건을 풀었다. 수건 속에서 나타난 것은, 큼지막한 석류 두 개.

"어머나, 어쩜 먹음직스럽기도 하지. 이런 건 대체 어디서 구했담?"

새빨갛게 잘 익은 속살이 드러난 석류를 보고 아미카가 탄성을 내뱉는 동안 카리사는 주렴을 걷고 배 쪽을 응시했다. 이미 마차가 출발해서 배는 그녀의 시야에서 점점 멀어져 간다. 그리고 석류를 보냈으리라 짐작되는 남자의 실루엣도 갑판에서 찾아볼 수 없었다.

이윽고 주렴을 내리고 카리사는 아미카와 나누어 가진 석류를 들여다보며 등받이에 깊게 기대었다. 난생처음 그녀를 미인이라 칭해준 잘생긴 술꾼을 떠올리며 그녀는 중얼거렸다.

"석류는 참 좋구나."

블레신. 카리스호와 함께 이번 여행으로 기억할 두 번째 이름이 생겼다.

4.
수선화와
달

칸데아에서 수도 카데사레아까지는 나흘이 걸렸다. 그러는 동안 그들의 마차는 다섯 개의 성벽을 지나고 한 개의 강을 건넜다. 그나마 그것도 그들이 레바 해海의 남쪽에서 올라온 자들이라 가능한 지름길로 북쪽이나 서쪽에서 오는 자들에게는 아홉 개에서 열 개의 성벽, 그리고 두 개의 강들을 지나야 할 험난한 길이다.

아무리 많은 수의 성벽도 망해 가는 나라를 지켜줄 수 없다는 금언이 있긴 하나 그들이 오면서 눈으로 본 성벽은 난공불락의 절벽과 같았고, 성벽의 수비대는 무시무시했다. 유리크의 태양이 저물 날은 절대 오지 않을 것처럼.

그리고 제국의 수도 카데사레아가 어째서 태양의 도시로 불리는지 알고 싶다면 그자는 카데사레아에 와야 한다. 뭇 인간의 힘을 초월한 거대한 권력은, 그만큼 거대한 일을 꾸밀 수 있음을 카리사는 수도에 들어서면서 분명히 깨달았다. 카리사에게 수도는 그야말로 전설 속의 거인들이 되살아나 지어낸 게 아닐까 싶을 만큼 보이는 모든 게 크고,

압도적인 도시였다.

그녀가 나고 자란 엘라자르 주써에는 사백 년 전만 해도 라자르 왕이 군림한 왕궁이 남아 있다. 마지막 라자르 왕이 유리크제국의 황제에게 그 어떤 항거도 없이 왕권을 바치고 복속했기에 어디 하나 상하지 않고 고스란히 보존된 왕궁은 현재 엘라자르 토르콘의 공저로 쓰인다. 현재의 토르콘은 라자르 왕의 딸로부터 이어지는 후손들로 겸허한 라자르, 라는 뜻으로 황제가 바꾼 엘—라자르라는 주의 이름 아래 그들은 제국 일등 신민으로서 살아간다.

각설하고, 중요한 것은 카리사가 어릴 때 왕궁을 보며 자랐다는 사실이다. 그리고 최근까지 그녀가 지낸 곳은 시메온 주써의 하레샤 신전. 그 신전은 시메온 일대에서 가장 큰 위용을 자랑했다. 그런데 바로 이 도시에는 그러한 왕궁과 신전들이 지천으로 널려 있었던 것이다! 그게 다 왕궁과 신전이 아니란 것은 물론 카리사도 알았다. 알기에 보면서도 믿을 수 없었다. 뭘 하는 건물들일까? 대체 어떤 용도의 건물들이기에 왕궁도, 신전도 아닌 것들이 저렇게나 클까?

도처의 큰 건물들은 물론이요 그들의 마차가 달려 나가는 길은 족히 마차 스무 대가 나란히 달릴 만한 너비였다. 반듯하게 정비된 흰 화강암으로 깔린 황도는 쭉 뻗은 저 앞쪽을 바라보자 태양의 반사광으로 아지랑이 같은 눈부신 빛이 일어났다. 황도 주변으로 늘어선 무수한 신들의 입상과 기둥들은 그 꼭대기를 올려다보는 것조차 아득할 정도의 높이를 자랑했다.

카데사레아는 '동이 틀 무렵에는 금빛으로, 한낮에는 백은빛으로, 낙조 무렵에는 적금빛으로 치장하여 태양의 사랑을 독차지하는 대리석 미녀'라는 시인의 노랫말을 아직 카리사가 모를 때였지만 그녀는 이미 진심으로 승복할 수 있었다. 이곳은 과연 아리우스를 위한 도시, 즉, 태양신의 도시라고.

마침내 마차를 타고선 갈 수 없는 곳이 나타났다. 수도의 사람들이 오흐바 언덕이라고 부르는 오흐바렌티노 언덕에 위치한 황궁은 황도가 끝나는 지점에서부터 계단으로만 갈 수 있었다. 가장자리의 수문장으로 하늘을 찌를 듯 서 있는 두 개의 검은 오벨리스크 사이로 대리석과 화강암이 교차로 놓이며 펼쳐진 계단은 정확히 365개의 숫자를 이룬다고 한다. 말이 365개지 마차에서 내려 그 계단을 바라보는 순간 숨이 턱 막혔다.

"여길 정말로 걸어 올라가야 하는 건⋯⋯."

아미카가 차마 카리사가 말로 꺼내지 못하는 두려운 감정을 대신 표현했다. 이미 마차에서 풀어낸 말 한 필에 오르던 마세르가 뒤돌아보며 카리사에게 말에 탈 준비를 하라고 다그쳤다.

"말이요?"

걸어 올라가란 것보다 더 무서운 말에 카리사가 두 눈을 크게 떴다. 마세르가 하는 짓마다 마뜩찮다는 눈빛을 던지며 말했다.

"넌 정말 할 줄 아는 게 아무것도 없구나. 내 누이들, 하다못해 아엘리아처럼 게으른 것도 말에서 떨어지지 않을 정도는 배웠거늘. 쯧쯧."

"잊고 계신 듯하여 말씀드리는데 제가 지낸 곳은 신전이었습니다. 말을 탈 일이 있다고 미리 귀띔을 해주셨다면 오는 동안 어떻게든 연습을 했을 겁니다, 오라버니."

부끄럽다는 감정에 고개를 숙이는 대신 넘치도록 시간이 많았음에도 일언반구조차 언질해주지 않은 사촌을 향해 날카로운 눈빛으로 맞섰다. 아니, 그 정도로는 충분치 않았다.

"어차피 내일 해가 저물기 전까지 황궁에 들어가 복명을 하면 되는 것 아닙니까? 오라버니 먼저 가시지요. 이 변변찮은 사촌 누이는 말등에 오르는 연습이라도 해보고 뒤따라가겠습니다."

"간도 크구나. 나 없이 너 혼자 황궁 문턱이라도 넘을 수 있을 것 같으냐? 생각이란 게 있으면 너도 네 행색을 좀 봐라."

옷을 수선할 짬을 낼 수 없었기에 결국 카리사의 복장은 신전에서 입던 칙칙한 갈색 튜닉이다. 뱃길에서 혹독하게 앓았던 얼굴은 아직도 해쓱한 게 병색이 완연해 보였다. 그나마 아엘리아의 베일을 어깨에 두르고 있다는 것이 꾸밈이라면 꾸밈인데 둘은 분명 쌍둥이이긴 하나 아엘리아에게 잘 어울렸던 장미를 수놓은 화사한 베일이 카리사에겐 어색하게 겉돌기만 했다.

스스로도 차림이 영 궁색하다는 것쯤 모르지 않는다. 그렇지만 그걸 대놓고 지적하며 별렀다는 듯이 면박을 주는 사촌에 대한 불만이 한순간 폭발했다.

"아, 그렇게나 창피한 사촌을 데리고 가셔야 하는 오라버니가 참으로 안타깝네요. 그렇지, 차라리 절 버리고 가시는 게 어떨까요?"

"뭐?"

그 무슨 말도 안 되는 소리냐는 마세르의 얼굴에 대고 카리사는 생긋 웃었다.

"떠날 땐 함께였는데 뱃길에서 앓다가 죽었다고 하세요. 설마 죽은 사람 시체를 내보이라고야 하겠습니까?"

"그걸 지금 말이라고 하는 거냐?"

"말이 안 될 건 또 무엇이지요? 제국의 속주가 몇입니까? 열한 개입니다. 속주 하나당 큰 귀족 가문을 열, 아니 일곱 개씩만 잡아도 77, 곱하기

2해서 154명이 오는 건데 거기서 한둘쯤 죽어나가는 사람도 있을 법하죠. 죽었다고 하세요. 아, 이야깃거리가 되게 레바 해의 괴물이 물어갔다고 하시든가요."

획 등을 돌려 다시 마차로 성큼성큼 걸어가는 카리사를 보면서 마세르는 기가 막혀 잠시 말도 못했다. 물론 얼마 못 가 무슨 건방진 짓이냐고 노발대발하고 나왔다. 그래도 그렇게 어깃장을 놓은 덕분에 카리사를 대하는 마세르의 태도가 눈곱만큼은 더 조심스러워졌다.

"그럼 그렇지. 아엘리아랑 쌍둥이가 맞긴 하구나."

그런 소리까지 했다. 카리사에게 그 말은 칭찬이었다.

결국 마세르는 카리사가 말이 걷는 동안 떨어지지 않을 정도로 말에 익숙해지는 것을 기다려주었다. 하인 하디가 말구종으로서 따를 것이고 다른 하인들은 마차와 마차에 실린 짐을 싣고 가 가까운 여관에 가서 마세르가 궁에서 나올 때까지 대기할 터였다. 아미카를 비롯한 마부 둘과는 이대로 작별이었다. 뭐든 잘 드시고 아픈 데 없이 건강하시라는 아미카의 외침에 말에 거의 달라붙은 듯 불안한 자세에도 불구하고 카리사는 몇 번이고 뒤를 보며 손을 흔들어주면서 계단을 올라갔다.

이것으로 완벽히 여행은 끝났다고 생각하니 조금 아쉬운 것도 사실.

"다시 그런 여행을 할 날이 오려나. 아, 그래도 배는 다시는 안 타고 싶지만."

작은 혼잣말을 중얼거리면서 카리사는 멀리 정면으로 보이는 하얀 기둥들을 응시했다. 아리우스 신의 아들이자 왕 중의 왕인 유리크의 황제가 세상을 지배하기 위해 군림하는 황궁으로 말은 그녀를 싣고 한 걸음 한 걸음 오르고 있다.

'이제 내 앞에 또 하나의 문이 열린다.'

카리사는 눈에 보이지 않는 그 문을 지나는 순간을, 온 마음으로 똑똑히 지켜보았다. 초록 눈동자 안의 황금 파편들이 춤을 추며 찬란하게 빛났다.

우리는, 너무, 늦게 왔다.

마세르 또한 이런 생각을 하고 있으리라 생각하며 카리사는 쓰게 웃었다. 그 사촌, 사교성이 썩 좋아 보이지 않았는데 과연 어떤 식으로 위기를 모면할는지. 아니, 지금 사촌 걱정을 하고 있을 때가 아니다. 카리사는 다소 불안한 눈으로 넓은 홀 안을 한 바퀴 둘러보았다.

대ᄉ아리오시나이 제전의 첫날 저녁이다. 그녀는 어제 황궁에 들어와 첫날밤을 보냈고 오늘 둘째 날 밤을 맞이한다. 만으로 하루가 넘는 시일을 보냈는데 누군가와 나눈 말 중에 가장 긴 것이 "저는 헤메디아에서 왔어요."였다.

어둠이 내린 지 한참이지만, 아직도 바깥에서는 떠들썩한 사람들의 목소리며 노랫가락 같은 것이 간간이 들려온다. 수도에서는 아리오시나이 제전의 전날부터 첫 3일 동안 밤새 잠을 자지 않고 즐긴다는 말을 귀동냥으로 들었다. 떠오르는 태양을 보고 자러 들어가야 부정한 일을 막는 주술의 효과가 있다고 한다.

안타깝게도 전날 밤, 카리사는 흔들리지 않는 단단한 땅 위에서 자는 기쁨에 심취해 하늘이 무너져도 모르게 자버렸다. 그 바람에 더더욱 고립을 자초했고 말이다.

그렇다, 그녀는 '고립' 되고 말았다. 아리오시나이 제전 첫날까지 수도로 올라오라는 기한을 그 말 그대로 생각하는 것은 큰 오산이었다. 이미 다른 귀족 남녀들은 빠르게는 열흘, 아무리 늦어도 사나흘 전에는 도착해서 삼삼오오, 저마다의 사교 그룹을 형성한 후였던 것이다.

어제 도착한 카리사가 헤메디아 주에서 온 여자들을 위해 배정된 방으로 갔을 때 방에 남아 시간을 보내는 이들은 한 명도 없었다. 방 안이 문득 부산해져서 눈을 떴을 때엔 돌아온 여자들이 잠자리에 들고 있었다. 그들은 해가 중천을 한참 넘긴 후에야 일어났고 식사를 받기 전에 목욕을 하러 갔다. 그러곤 배에서 열흘간 씻지 못한 카리사보다 더 오래 목욕을 하고 돌아왔다. 카리사는 이미 식사를 하고서 바느질을 하는 중이었다.

이 바느질을 우습게 본 것이 카리사의 또 다른 오산이었다. 하레샤 신전에서 지낸 5년간 매일 규칙적으로 자수를 놓는 시간이 있었고, 옷도 응당 자신이 손봐서 입었기에 바느질엔 두려움이 없었으나, 그것은 소재가 실크가 아니었을 때의 이야기.

속에 받쳐 입을 리넨 튜닉까지는 어찌어찌 수선을 했으나 겉에 입을 스톨라는 손을 대면 댈수록 난감해졌다. 하루를 낭비한 뒤에야 카리사는 아엘리아의 옷을 모조리 망쳐서는 안 된다는 이유로 두 손을 들었다.

다른 이들이 옷을 갈아입고 화장을 시작했을 때, 카리사도 별수 없이 옷을 갈아입었다. 신전에서 특별한 날에나 입던 검은 스톨라를 걸친 뒤 아엘리아의 허리띠를 둘렀다가 너무 헐렁해 단념하고 자신이 늘 쓰던 갈색 끈을 둘렀다. 그나마 화사한 것은 흰 수선화가 수놓인 노란 베일. 단정하게 빗은 머리에 늘어뜨린 베일은, 아엘리아의 키에 맞는 길이었기에 카리사에게는 짧아서 술의 끄트머리가 바닥에 닿지 않았다. 이게 그녀의 최선이었다. 화장은 엄두도 낼 수 없었다.

그리하여 지금 카리사는 이 올리브나무숲 홀에 와 있다. 올리브나무숲이라는 것은 벽면에 가득한 올리브나무 그림을 보고 카리사가 멋대로

붙인 이름이다. 벽화 속 올리브나무 들판에는 속이 비치는 얇은 옷을 입거나 아예 입지 않은, 아엘리아와 비슷한 몸매의 님프들이 뛰놀고 있다. 그리고 홀에 모인 여자의 과반 이상이 그와 같은 미인의 몸매에 가까웠다.

마세르 앞에서 자신 있게 계산한 77명 어쩌고 하는 숫자보다 훨씬 많은—백 명이 뭐람, 이백 명도 넘을 것이다—여자들이 모여 있는 넓은 홀에서 카리사는 자신을 끼워줄 만한 무리가 없을까 간절히 기대하며 사방을 둘러보았다. 간혹 눈이 마주치는 사람은 있어도 카리사의 행색을 보고는 묘한 미소를 짓고는 외면하거나 자신의 무리와 뭔가 소곤거려 그들이 동시에 카리사를 구경하려는 듯이 힐끔거리기도 한다. 당당해지자고 굳게 마음먹은 카리사라고 해도 또래의 그런 시선에는 한없이 약해져 어딘가로 숨고 싶은 생각마저 일었다.

여자들이 모인 지 반 시간 정도가 흘렀으나 홀에는 아무런 일도 일어나지 않고, 여자들의 웅성거림은 점차 커져갔다. 이런 식으로 두 시간이고 세 시간이고 기다리게 하면서 볼모로 온 여자들의 기를 꺾는 거라는 이야기가 카리사의 귀에도 들렸다. 더 이상 꺾이고 말고 할 기도 없었지만 그래도 맥이 빠지는 느낌은 들었다. 아까부터 소피가 마렵기도 했던 터라 두 시간까지는 못 버티겠다 싶어 홀에 들어왔던 문을 향해 걸음을 옮겼다.

"어딜 가십니까?"

"볼일이 좀 급한데, 나가선 안 되나요?"

그녀에게 질문을 한 시종은 잠시 대답을 망설이는 듯이 옆에 선 시종과 눈짓을 주고받았다. 좀 더 나이가 있어 보이는 시종이 '아무렴 어떻겠느냐'는 표정으로 원래는 안 되는 일이지만 지체 없이 돌아오시라는 말로 그녀가 나가는 것을 묵인했다.

"알겠어요."라고 한 대답을 카리사는 지킬 생각이었다. 다만 그녀는 볼 일을 해결할 장소를 찾지 못해 헤맸을 뿐이다. 헤매고 헤매고 또 헤매다, 여기엔 변소 같은 게 없는 거라고, 그러니 이젠 원시적인 방법을 써야 할 때라고 카리사가 각오했을 때 어딘가로 부산히 향하는 시녀 둘을 발견했다. 덕분에 카리사는 야만인이 되는 순간을 모면했다.

변소의 내부조차 미색의 대리석으로 꾸민 황궁의 사치에 새삼 감탄하고 나오는 길에 카리사는 주랑 옆으로 언뜻 노란 꽃무리가 보이는 것에 눈길이 갔다.

"어머. 수선화잖아."

카리사는 반가움에 가까이 다가갔다. 구석진 장소여서인지 어여쁘게 핀 수선화가 전혀 남의 손을 타지 않은 듯했다. 처음엔 보기만 하다가 곧 스톨라의 어깨를 여민 핀을 하나 빼서 그 날카로운 끝을 이용해 한 송이를 꺾었다.

다른 꽃도 아니고 하레샤 여신을 위해 겨울부터 초봄이 끝나도록 바치는 수선화였다. 아직 청동의 무녀가 되지 못한 카리사는 신상 앞에 꽃을 바치는 영예는 누려본 적이 없지만 말이다. 다만 우연이라고 해도 역시 좋은 방향으로 믿고 싶은 게 사람의 마음. 꽃에 코를 묻고 걸음을 옮기며 카리사는 어제부터의 영 제 마음 같지 않았던 모든 일들을 일소에 날려버렸다.

"그래. 행운이 찾아올 거야. 이렇게 생각지 못한 곳에서 예쁜 꽃을 만난 것처럼. 나는 한 발 한 발 행운을 향해 가고 있어."

의기양양해서 걸어가던 카리사는 한참 만에 도로 걸음을 멈추었다. 스윽 주위를 둘러보았다. 인정하고 싶지는 않은데, 아무래도 길을 잃은 것 같다. 평생 살면서 머리 나쁘다는 소리는 들은 적이 없는데 그렇지만도 않은 게 아닐까 의심하면서 카리사는 온 길을 되돌아갔다.

그런 과정을 몇 차례 반복한 끝에 완전히 미아가 되었다.

카리사는 한동안 누군가 도와줄 사람이 나타나길 기다려보다가 마침 내 손에 들고 있던 수선화 줄기를 손바닥 사이에 끼우고 진지한 표정으로 휘리릭 날렸다. 수선화 꽃 쪽이 앞을 향해 떨어졌다. "전진." "오른쪽." "계속 전진."

그렇게 수선화의 안내를 받아 갈 방향을 정해가던 끝에, 카리사는 길이 아니라, 눈매가 날카로운 검은 고양이와 만났다. 고양이는 눈앞에 떨어진 수선화를 물고 냅다 뛰기 시작했다. 그녀의 행운이 달아난다!

"안 돼, 얘, 거기 서, 그건 안 된다고!"

거추장스러운 베일을 부여잡고 옷자락을 휘감아 들어올린 채 카리사는 맹렬히 고양이를 쫓았다. 멀리서 희끗희끗 보이던 고양이 꼬리—묘하게 꼬리에만 흰 줄무늬가 있었다—가 모퉁이를 돌아 사라졌다. 거침없이 모퉁이를 돈 카리사가 그대로 직진하려는 찰나 가까이서 갸르릉거리는 고양이 울음소리가 들려왔다.

"요 녀석, 내 수선화를 내놓지…… 못해."

홱 울음소리가 난 쪽을 돌아본 카리사는 주랑 아래의 뜰에서 고양이를 안고 있는 남자와 눈이 마주치는 바람에 움찔 놀랐다. 하지만 그녀의 행색을 보고 남자 역시 만만찮게 놀란 얼굴이다. 표정을 수습하는 것은 남자 쪽이 훨씬 빨랐다.

"미오, 남의 수선화를 훔친 게냐?"

남자의 나직한 물음에 고양이가 갸르릉 목을 울렸다. 쯧쯧 하고 혀를 찬 남자가 카리사를 돌아보며 물었다.

"이 아이가 어딘가 다치게 한 건 아닙니까?"

"아, 아뇨, 전혀 다친 곳은 없습니다."

급히 매무시를 정돈하며 카리사가 머리를 흔들자 남자는 고양이의 머리를 살짝 두드렸다.

"허락 없이 가져온 거니 돌려줘야지. 뱉어, 어서. 어서."

고양이는 그 말엔 모르는 척 딴청을 피웠다. 베일 길이를 맞춘 카리사가 헛기침을 하고선 남자에게 말했다.

"꽃은 괜찮습니다. 고양이가 보기에도 그게 예쁜 모양이지요. 저기, 그 대신이라고 하기엔 뭣한데 올리브나무숲 홀에 가는 법을 알려주시겠어요?"

"올리브나무숲 홀?"

카리사는 그 순간 자신이 아까 있던 홀의 정식 이름을 모른다는 것을 떠올렸다. 더듬거리며 카리사는 그 취지를 설명하자,

"아아, 크리트 연회장을 말하는 거군요."

다행히 남자가 알아들었는지 몸을 비틀어 위치를 가늠해보고선 중얼거렸다.

"조금 멀리 왔군요. 음, 혼자 갈 수 있는 곳까지 안내하겠습니다."

"어, 그건 제가 너무 폐를 끼치는 게 아닐지……."

한순간 소심한 카리사로 복귀한 그녀에게 남자는 이미 걸음을 떼어놓으며 말했다.

"어차피 기분 전환 삼아 산책을 나왔던 길입니다."

저벅저벅 걸어가는 남자를 따라가며 카리사는 안도의 한숨을 쉬었다. 어둑해서 정확히는 알 수 없으나 갈색에 가까운 머리를 길게 길러 뒤에서 묶은 남자는 키가 크고 체격은 호리호리한 편. 밝은 바탕에 보라 내지

자주색으로 짐작되는 단을 두른 실크 카프탄을 걸치고 있다. 걸을 때마다 샌들 뒤축에 달린 무언가가 언뜻언뜻 반짝였다. 보석 장식일까?

아직 여기서 많은 사람을 본 것은 아니지만, 적어도 저 남자는 시종은 아닐 거라고 카리사는 짐작했다. 남자는 그다지 화려할 것도 없는 단정한 차림이지만 명령받는데 이골이 난 사람들과는 다른, 모종의 여유가 몸에 흘렀다.

이윽고 남자가 걸음을 멈추더니 카리사를 돌아보며 앞쪽을 가리켰다.

"정면에 불빛이 흘러나오는 곳이 보이지요? 그곳이 연회장입니다. 저기 아지랑이처럼 피어오르는 연기가 라벤더 향료를 피워놓은 것이니 냄새를 따라가도 되겠지요. 쭉 회랑을 따라 걷다가 모퉁이가 나타나면 오른쪽으로 꺾으세요. 그쯤 가시면 다시 헤매진 않을 겁니다."

"베풀어주신 친절에 감사드립니다. 아무쪼록 귀인께 하레샤의 풍요로움이 함께 하시길."

두 손을 마주 모아 인사하면서 무심코 카리사는 신전을 찾은 외부인들에게 건네는 의례적인 말을 건네고 말았다. 하고 난 다음에야 아차 하고 눈을 깜박거렸는데, 남자는 이상하게 생각하지 않았는지 부드러운 목소리로 짧은 말을 건네 왔다.

"그대에게도 아리우스의 햇살이 함께하기를."

그녀가 고개를 들었을 때 남자는 빙그레 웃고 있었다. 수선화를 오물거리느라 바쁜 고양이의 등을 쓰다듬으며 남자는 목례를 건네고 다시 온 길로 되돌아갔다.

천천히 몸을 돌리고 남자가 일러준 방향대로 걸어가는 카리사의 걸음이 점차 빨라졌다. 입술 양끝이 보기 좋게 위쪽으로 휘어졌다가 얼마 후 "후후후훗."하고 입을 가리며 웃었다. 힐끗 뒤를 돌아보았다. 이미 남자의 모습은 사라진 후였지만 카리사는 그래도 웃는다.

"정말 잘생긴 남자였지 뭐야."

실은 처음 뜰에 서 있는 남자랑 눈이 마주쳤을 때 그 미모 때문에 더욱 놀랐었다. 아니 무슨 조각상이 사람 옷을 입고 서 있는데, 말까지 하지 무언가?

이야말로 신의 축복이다. 신전을 나온 지 얼마 안 되는 짧은 기간 동안 굉장히 잘생긴 남자를 둘이나 만나다니. 전에는 아엘리아가 미소년을 보고 호들갑을 떠는 게 이해가 안 갔는데 5년을 금남의 장소—대머리 사제님들을 남자의 범주에 넣는 것은 맹세코 신성모독이다—에서 지냈더니 신이 지상에 내려준 미남의 존재라는 축복에 얼마든지 기뻐할 준비가 된 것 같다.

올리브나무숲 홀의 입구에서 카리사는 아까 그녀를 내보내준 시종 둘과 마주쳤다. 이제 오면 어쩌느냐 야단인 두 남자 너머로 홀에 있던 사람의 숫자가 현격히 줄어든 것을 보고 카리사는 매우 당황했다. 어떻게 된 일이냐고 묻는 카리사의 질문에 시종이 불뚝하게 대꾸했다.

"이미 각 처소에서 자기 사람을 골라간 거지 뭐긴 뭐겠습니까? 그러니 서둘러 다녀오시라고 말씀드렸잖습니까."

"에, 벌써, 어, 그럼 저는, 저는 어쩌면 좋나요? 아직 남은 사람들도 있는 것 같은데, 저분들은 뭐죠?"

"아직 아무 데도 불려가지 못한 분들이지요. 저기 서 계시는 그나우스 총관님께 어서 가보십시오. 노란 모자에 수염이 없는 분이요. 그 뒤로 서 있는 분들이 보이십니까? 저분들도 뒤늦게 오셔서 사람을 고르는 중인 듯하니 지금이라도 가보시는 거 말고 도리가 있겠습니까?"

노란 모자의 남자는 앳되고 곱상한 시종들을 거느리고 그들이 들고 있는 명부를 뒤적여가며 남아 있는 여자들을 일일이 체크하고 있었다. 급히 걸어가면서 눈으로 헤아려보니 남은 여자들의 숫자가 서른 남짓이다. 그리고 그나우스 시종장의 뒤로 혼자, 혹은 두셋씩 모여서 남은 여자들을 가축 품평이라도 하듯 바라보며 이따금 무언가 말을 나누는 중년의 사람들의 숫자는 겨우 여섯.

이러다 아무에게도 불려가지 못하고 남겨질지 모른다는 생각이 든 카리사는 소름이 쭉 끼쳐서 얼굴이 한가득 창백해졌다. 이 먼 곳까지 와서 또 필요 없는 사람이 된다면, 아아, 그 무슨 끔찍한 일인가.

"늦어서 죄송합니다! 저는 헤메디아 주에서 온……."

거의 달리듯이 걸음을 옮긴 카리사가 그나우스 총관 앞으로 나서며 말을 꺼내자 감정이라곤 손톱만큼도 느껴지지 않는 총관의 작고 날카로운 눈이 그녀에게 날아들었다. 카리사가 헤메디아란 말을 꺼내기 무섭게 총관이 딱 손가락을 퉁겼고 명부를 들고 있던 시종 중 하나가 부산히 두루마리를 훑고 아직 남아 있는 이름을 빠르게 읊었다.

"반니家, 베로우스의 딸입니다."

머리끝부터 발끝까지 내려갔다 올라오면서 총관의 시선이 그녀를 훑었고, 총관은 메마른 목소리로 물었다.

"자별한 특기라도 갖추고 계신지요?"

"아뇨, 딱히 그런 것은……."

카리사의 당황한 목소리를 총관은 다시 중도에 끊었다.

"다루실 줄 아는 악기는 무엇이 있습니까?"

"……없습니다."

"그럼 읽고 쓸 줄 아는 언어는 몇 가지가 있으신지요?"

"그것도……. 아, 물론 타바인어는 익혔습니다."

하레샤 신전에서는 외국어는커녕 글 한 줄 읽을 일이 없었다. 구전으로 철저히 되풀이해서 암기한 찬송 덕에 고대 언어는 할 줄 안다지만 실생활에선 무용지물. 애초에 제국 공용어인 타바인어조차 반은 독학으로 터득했다. 쌍둥이의 아버지가 딸들을 위해 최초이자 최후로 교육이란 걸 하려고 마음먹었을 때 들인 가정교사는 3개월도 못 채우고 저택을 떠났던 것이다.

낭패라고 적힌 카리사의 얼굴에서 시선을 거두며 총관은 시종에게 손을 까딱했다.

"로도페 사역원으로."

사역원? 번역이나 통역의 업무를 보는 관청으로 알고 있는데, 나를 그리로 보낸다는 이야기인가? 왜? 카리사가 영문을 알 수 없어 눈만 깜박이는 사이 총관은 뒤돌아보며 이쪽을 보고 서 있는 사람들에게 아직 마음을 정하지 못했느냐 물었다.

천천히 이쪽을 향해 다가온 사람들이 그리 내키지 않는 얼굴로 여자들 사이를 돌아보다가 하나씩 자기 사람을 결정해 줄에서 빼내갔다. 한 명, 두 명, 줄에서 사람이 빠질 때마다 카리사의 눈빛이 시무룩해졌다.

뒤에 남겠구나. 늘 그랬듯이. 엉뚱한 데서 늑장 부리다가 꼴좋네. 아니지, 늑장을 안 부렸어도 결국 이 줄에 남겨졌을지도 모르지. 그건 진짜 무서운 일이었을 거야.

차게 돋아난 식은땀을 닦아내며 카리사는 웃으려 애썼다. 정말 아무도 안 골라가서 여기 남은 것보다는 이편이 훨씬 나은 게 확실하다. 핑계도 삼을 수 있고. '하필 그때 소피가 마려워서 꼴찌로 들어온 바람에'라면서. 또 어찌 아나? 로도페 사역원이란 곳이 대단히 흥미진진한 장소일지. 미리 겁먹을 것 없다. 한 번 운을 믿고서 배짱을 부려보는 것도……

그때 발치를 보고 있던 카리사의 시야에 누군가의 푸른 신이 눈에 들어왔다. 발부리가 그녀를 향해 있었다. 설마, 하면서 고개를 든 카리사의 눈앞에 그녀보다 한 뼘 반은 작은데 몸집은 서너 배는 됨직한 초로의 여자가 두 손을 모으고 서 있었다.

"반니가家의 아가씨. 저를 따라오시지요."

"어…… 사역원으로 가는 건가요?"

혹시 멍청한 기대를 하는 건가 싶어 카리사가 더듬거리며 묻자 여자는 가만히 고개를 저었다. 그녀가 무언가 말하려 입을 여는데 문득 총관이 다가와 그 싸늘해 보이는 얼굴이 미소도 지을 수 있다는 것을 알려주며 초로의 여자에게 공손히 말했다.

"록사네 님, 딱히 마음에 드는 처녀가 보이지 않는다면 돌아가셔도 좋습니다. 어차피 오늘의 배정이란 것은 개인 사정으로 바뀔 수도 있는 것이니 제가 차분히 살펴보고 공주님께 보낼 만한 기품 있는 아가씨를……."

"아니요, 그나우스 님. 말씀은 감사합니다만, 저는 이 아가씨가 마음에 들었습니다."

총관의 말을 아무렇지도 않게 중도에 끊는 배짱만으로 카리사는 초로의 여자를 좋아할 수 있을 것 같았다. 그래도 총관은 쉽게 물러서지 않았다.

"공주님의 일이라면 황후께서 특별히 보살피시는 걸 모르시는 것도 아닐 텐데."

"이 아가씨면 됐습니다. 뒷일은 제가 맡지요."

초로의 여자가 걸음을 옮겼다. 카리사는 잠시 총관과 여자를 갈마보며 머뭇거리다가 이내 마음을 정하고 여자를 뒤따라갔다.

선택받았다, 어떤 이유에서든 나는 지금 분명히 선택받은 것이다!

웃음을 터뜨리든지, 한바탕 춤을 추든지, 막 뛰기라도 하든지, 하여간 뭐라도 하고 싶은 것을 꾹 참느라 온 힘을 다해 두 손을 움켜쥐고 여자의 걸음에 보조를 맞춰 뒤따라가던 카리사가 홀을 완전히 벗어났을 때 꼭 한마디 묻고 싶어 입을 열었다.

"저를 어디로 데려가시는 것인지요?"

"에스테르 공주님 처소로 갑니다. 지금은 이미 주무실 시간이라 내일이나 되어야 공주님께 인사를 드릴 수 있겠군요."

"아, 네."

에스테르? 공주의 이름은 하레샤의 다섯째 딸 에스터에게서 나온 것이었다! 에스터의 축복을 받는 자라는 뜻의 에스테르. 모시게 된 공주님 이름이 자신처럼 하레샤 여신의 딸 이름을 본뜨다니, 왠지 가슴이 설레었다.

게다가 에스터는 꽃과 나무의 수호여신으로 가장 아름다운 여신을 이야기할 때 사람들이 단연 첫 번째, 두 번째로 꼽는 존재였다. 공주님 역시 아직 보지도 않았는데 무척 아름다운 분일 거란 예감이 마구 몰려왔다. 에스테르라는 이름에 어울리는 온갖 미인에 대한 상상을 하던 카리사는 아무래도 조바심이 나서 또 한마디, 용기를 내어 물었다.

"공주님은 어떤 분이신지요?"

힐끗 초로의 여자가 그녀를 돌아보았다. 그 근엄한 표정을 보고 카리사는 변명하듯 급히 덧붙여 말했다.

"제가 여기 오기 전까지 계속 신전에서 지낸 터라 세상일에 너무도 어둡습니다. 황궁에 계신 분들에 대해서도 거의 아는 게 없고요. 당돌하다 여기실진 모르지만, 앞으로 모시게 될 분에게 좋은 인상을 드리고 싶습니다. 어딜 가게 되든 주어진 자리에서 꼭 필요한 사람이 되자고 다짐하고 왔거든요."

초로의 여자는 카리사의 창백한 얼굴 속 긴장한 눈을 응시하다가 시선을 내려 그녀가 꼭 맞잡고 있는 손을 쳐다보았다. 어찌나 꽉 쥐었던지 앙상한 뼈마디가 톡톡 튀어나와 있는 두 손을.

여자는 천천히 고개를 돌리고 한동안 잠자코 걷기만 했다. 계속 아무 말도 없어 무례한 질문이었나 하고 카리사가 근심할 적에 여자의 목소리가 바람에 실려 흘러왔다.

"달과 같은 분이십니다."

달. 카리사는 저도 모르게 고개를 들어 회랑 옆으로 그들을 따라오는 듯한 달을 올려다보았다.

구름 한 점 없는 밤하늘에 퍼지는 청아하고도 밝은 빛. 환하게 빛나는 그 모습을 아무리 똑바로 보아도 눈이 부시지 않도록 배려해주는 친절한 밤의 지배자.

어느새 가슴 앞에 모으고 있던 두 손을 꼭 쥐며 카리사는 중얼거렸다.

"달과 같은 공주님. 그럼 나는 별이 되어야겠구나."

5.
망신의
연속

연이어 흐린 날이 계속되고 있다. 주랑에 나와 비가 올 듯하면서도 사흘째 변죽만 울려대는 하늘을 올려다보던 카리사는 가만히 한숨을 쉬고 오른편으로 뒤를 돌아보았다.

"날이 좋아져야 할 텐데……."

새로 오게 된 처소의 안뜰이 바로 코앞에 있지만 오늘도 구경할 생각은 접어야 한다. 자유 시간이 넘치다 못해 지루할 지경이지만, 그렇게 눈치 없는 일을 할 때가 아니다.

이 처소의 주인, 에스테르 공주가 와병 중인 까닭이다.

공주가 사흘이나 앓아누울 정도면 의사들이 식은땀을 보이고 공주의 차도를 묻는 이들이 오락가락하느라 바쁠 법도 하지만, 처소 안팎은 너무나도 조용해 아픈 이가 있는 곳 같지 않다. 병이 경미한 것은 아니었다. 열이 쩔쩔 끓고 기침을 심하게 하다 기절하는 일이 예사에, 먹는 것마다 토하는 바람에 물도 제대로 못 삼켜 물에 적신 천을 입가에 대어둔 형편이다.

그렇다고 공주가 궁중 사람들의 관심을 받지 못하는 한미한 처지냐 하면 그것도 아니다.

유리크제국의 역대 황제 중 가장 장수한 황제가 될 현 다이몬 황제의 보령은 88세로 슬하에 자녀를 열여섯 명 두었고 손자 손녀만 해도 쉰한 명에 이른다. 자녀 중 태반은 이미 죽었고 살아 있는 황자, 황녀는 겨우 다섯 명. 그나마 연장자 둘은 노환으로 이미 한 발은 관에 담고 있고 서른 후반의 나이인 열두째 황녀는 몇 해 전 아이를 출산하고 크게 아픈 이래 곧잘 병석에 눕는 형편이다. 갓 서른이 넘은 열넷째 황자는 제 궁에 칩거하면서 통 사람들 앞에 나서질 않는 걸로 유명하고, 그나마 열여섯째인 막내 황자가 강건한 편이다.

황태자로 세워졌던 첫째, 둘째, 넷째 아들을 자신보다 앞서 마라 신의 품으로 돌려보낸 뒤 황제는 황태자를 세우는 일을 그만두었다. 에스테르 공주는 마지막으로 황태자로 봉해졌던 넷째 황자 루키아노스의 딸로 황자가 마흔 줄에 들어 후궁에게서 얻은 첫 자식 중 하나이다. 후궁은 출산 후 사흘 만에 숨을 거뒀고, 황제를 꼭 닮아 퍽 강건한 기질이었던 넷째 황자도 사냥 중에 멧돼지의 뿔에 받힌 상처가 덧나서 죽은 것이 공주의 나이 여섯 살 때의 일.

이제 공주의 나이는 열아홉 살로 황실 여자들이 못해도 십대 후반에는 혼인하여 황궁을 나가는 것과 달리 스무 살 생일이 불과 두어 달 앞인 지금도 황궁에 머물고 있다. 거기엔 유난히 몸이 약한 공주를 황제가 아끼는 까닭도 있으나, 그녀의 약혼자가 황궁에 있는 탓도 있다.

"오늘쯤은 와 보실 때가 됐는데⋯⋯."

에스테르 공주의 시녀 중 하나인 조이스가 그렇게 중얼거리며 걸어오는 것을 보고 카리사가 반색을 하며 말을 걸었다.

"누가 올 거란 말이지요?"

생각에 푹 잠겨 있었던지 카리사가 말을 걸자 조이스는 깜짝 놀란 표정을 했다. 기사 계급의 부친을 둔 조이스는 올해 나이 스물아홉 살로 록사네 시녀장을 제외하곤 공주를 모신지 15년 경력의 최고참이다.

"카리사 님. 여기에 계셨습니까?"

일단은 신분이 위인 카리사에게 존대의 뜻으로 목례를 해보였으나 카리사를 보는 조이스의 눈길은 호의와는 썩 거리가 멀다. 상대가 처음부터 그녀를 탐탁하게 여기지 않는 것을 모르지 않았지만 카리사는 짐짓 애교스러운 미소를 지으려 노력하며 붙임성 있게 군다.

"공주님의 용태는 좀 어떠신지요?"

"고만고만한 그대로지요, 뭘. 날이 이래서야 원."

주랑 밖으로 펼쳐진 하늘을 보며 조이스는 심드렁하게 고개를 흔들었다. 그런 조이스의 태도가 공주 처소에 있는 이들의 전반적인 분위기.

공주가 아픈 일이 워낙에 잦기 때문이다. 태어났을 때부터 젖을 잘 먹지 못할 정도로 허약했던 공주는 살아오는 동안 언제 한 번 건강한 적이 없이 인생의 태반을 침대에서 보냈다고 해도 과언이 아니었다. 딱히 이렇다 할 병명이 있는 것도 아니요, 그저 약간 나아졌다 심하게 앓았다를 반복하면서 쇠약한 목숨을 이어가는 공주의 처지에 다들 익숙해져 카리사의 눈에는 공주를 모시는 모든 이들이 기이할 정도로 덤덤해 보였다.

"식사를 조금이라도 하셔야 할 텐데요. 벌써 사흘째가 아닙니까?"

카리사가 조심스레 이야길 꺼내보자 조이스도 한숨을 쉬었다.

"그러서야지요. 안 그래도 황자 전하께 사람을 보내야 하나 했어요."

황자라는 말에 카리사는 눈을 깜박였다. 아직 그녀는 에스테르의 얼굴조차 제대로 보지 못했다. 그나마 침전 옆 내실에서 책을 읽거나 바느질을 하면서 소일하고 있는데 조이스와 함께 공주를 간병하는 두 시녀가 가끔 교대하여 내실에 쉬러 올 때 몇 마디 나누면서 공주에 대한 이야길 듣고 있는 형편이다. 그 이야길 토대로, 조이스가 이렇다 할 호칭 없이 무조건 '황자'라고 부르는 분이라면 공주의 약혼자가 틀림없다고 짐작했다.

"황자 전하께서 오셔야 공주께서 식사를 하신다는 말인가요?"

"노력은 하신다는 뜻입니다."

카리사의 질문이 귀찮다는 듯 조이스는 짧게 대꾸하고 그녀를 지나쳐 가려 했다. 카리사는 머쓱하게 뒤에 남겨졌다가 또 내실로 돌아가 오도카니 앉아 있을 걸 생각하고는 루피나가 준 목걸이를 한 번 꽉 쥐었다. 다시 살갑게 웃음 지으며 그녀가 조이스의 곁에 붙었다.

"그럼 제가 전하께 가서 말씀을 드릴까요? 누굴 보낼 참이라면서요."

"사람이 없는 것도 아니고 귀한 아가씨께서 그런 허드렛일을 하지 않아도……."

조이스가 떨떠름한 얼굴로 말하던 중에 그들의 앞으로 다가오는 발소리가 들려 돌아보니 록사네 시녀장이 보였다. 인사를 받은 록사네는 조이스를 보며 무슨 이야기 중이었느냐 물었다. 조이스의 이야기를 들은 록사네가 카리사를 보더니 고개를 끄덕였다.

"방에만 갇혀 계시는 것보다야 잠시 나가시는 것도 괜찮겠지요. 하지만 아직 궁의 지리에 익숙하지 못하실 테니 이 아일 데려가시지요. 투렐리아, 쟁반은 조이스에게 주렴."

시녀장의 뒤에서 천으로 덮은 큼지막한 쟁반을 들고 있던 붉은 머리에 턱이 뾰족한 시녀가 냉큼 조이스에게 쟁반을 내어주고 카리사의 길 안내를 하게 되었다. 록사네가 다시 공주의 침전으로 향하는 걸 보고 걸음을 뗀 카리사는 잠시 후 낭패라는 얼굴로 말을 꺼냈다.

"그런데 실은 내가 지금 만나러 가는 분이 어디의 어떤 황자님인지도 모른답니다. 괜찮다면 얼른 그것부터 좀 알려줄래요?"

"우훗, 저 사람들 은근히 텃세를 부리지요? 제가 가는 길에 다 말씀드릴게요."

붉은 머리의 시녀가 눈을 찡긋하며 카리사의 팔에 손을 얹었다. 시녀들 중에 그나마 상냥하고 수다쟁이에 근접한 사람이 있다는 사실에 기뻐하며 카리사는 걸음을 옮겼다.

에스테르 공주의 시녀 중에서는 가장 막내지만 카리사에게는 직속 선배가 되는 투렐리아는 부유한 염료상인 아버지를 둔 평민이다. 열세 살에 궁에 들어온 이래 기사의 딸인 다른 시녀들이 은연중에 따돌리는 것을 묵묵히 견뎌왔지만 이제 막 들어온 신입인 카리사를 대하는 반감은 그래서 오히려 아주 엷었다. 속주의 귀족이든 뭐든 엄연히 귀족인걸. 너희들끼리 잘 뭉쳐 다녀봐, 이제 난 이 귀족 아가씨를 내 편으로 삼겠어, 하는 오기 같은 게 깔려 카리사를 대하는 투렐리아의 태도는 유난히 살가웠다.

"아까 제가 들고 온 음식 쟁반 말이지요, 어디에서 내려주신 것인지 카리사 님은 짐작도 못 하실 걸요. 우리 공주님은 알고 보면 황궁에서 상당한 실세라구요."

"어디에서 보내준 것인데요, 투렐리아 님?"

"아이참, 말 놓으세요, 여기서 제게 그렇게 말을 높여주는 사람은 아무도 없다구요."

"내가 높이니까 이제 한 사람 생기는 거네요."

카리사가 빙긋이 웃자 투렐리아는 아주 이상하다는 얼굴을 했다.

"귀족이 평민에게 말을 높이는 경우는 본 적이 없는데요."

"이제부터 봐요. 그건 그렇고 어서 말해 줘요. 쟁반은 어디서 주신 거고, 공주님이 실세라는 건 무슨 뜻이에요?"

"자그마치 황후께서 내리신 거랍니다! 시녀장님하고 황후마마를 뵈러 다녀왔거든요."

"그렇군요."

그다지 놀라지 않는 카리사를 보고 투렐리아는 약이 오른다는 듯이 빠르게 말했다.

"으레 있는 일이려니 하고 생각하시나 본데요, 그렇지 않아요. 황손이며 황증손들이 궁이며 궁밖에 얼마나 되는데, 황후께서 일일이 아픈 걸 챙겨주실 것 같나요? 아니에요, 우리 공주님이 특별하신 거라구요. 이유가 뭐냐? 그분이 아르키스 황자의 약혼자이기 때문이지요."

아, 그런 이름이었군 하고 카리사는 묵묵히 고개를 끄덕였다. 역시 놀라는 기미가 없는 모습에 투렐리아는 답답해했다.

"아르키스 황자님이 누구인지 모르시는 건 아니죠?"

카리사는 뒤늦게 무언가에 생각이 미처 몹시 놀랐다.

"이제 보니 숙부님인 거죠, 공주님한테는. 저기, 나이 차이가 대체 얼마나 나는 거죠?"

고령의 황제를 떠올리고 그 아들의 나이를 헤아려본 카리사의 표정이 어두워지자 투렐리아는 못 말리겠다는 듯이 웃었다.

"대체 어느 두메산골에 살고 계셨던 건가요? 아무리 수도 분이 아니시라고 해도 아르키스 황자님을 모르시다니."

"시메온 주의 하레샤 여신의 사원에서 줄곧……. 여기서 보자면 두메

산골에 가깝겠죠."

"아, 너무 웃어서 미안해요. 그래도 타이스 황후마마가 계비인 것은 알고 계시죠?"

"그건 알죠. 스물두 해? 세 해 전인가 그때 황후가 되셨다고 들었어요. 그때 나이가 열일곱 살이었다지요."

지금의 카리사보다 고작 두 살 더 많은 나이에, 조부 뻘인 황제의 세 번째 비가 되었다. 그 어린 황후는 몇 해 후 아이를 낳았다. 황제의 막내아들이 될 황자를 당당히. 카리사가 휙 투렐리아를 돌아보며 동그랗게 커진 눈을 빛냈다.

"그분이시군요, 타이스 황후께서 낳으신 막내 황자님. 맞죠?"

"바로 그렇답니다."

투렐리아가 크게 고개를 끄덕이더니, 비밀스런 이야기라도 하듯 목소리를 낮췄다.

"조심하세요, 그분에게 반하시지 않도록. 늙은 여우의 눈길이 보통 매서운 게 아니거든요."

"늙은 여우요?"

카리사가 어리둥절하게 묻자 투렐리아는 두고 보면 안다고 하며 코를 찡긋했다.

"반해도 어쩔 수 없는 일이긴 해요. 그렇게 잘생긴 사람은 이 황궁에도 얼마 없는 걸요. 그렇지만 잘 숨겨야지요. 멍청하게 멍하니 넋을 놓고 물잔을 건네다 손을 덜덜덜 떨어서 물을 엎지르거나 하지만 않으면 되는 거예요. 사람에게 반하는 것까지야 어찌하겠어요? 세상에 그런 미남을 내려주신 신을 탓할 수도 없지 않아요?"

"어…… 그럼 혹시 투렐리아 님도?"

투렐리아가 깔깔거리며 크게 웃었다. 정곡을 찔려 웃는 거라고 보기엔 웃음이 밝다.

"아무리 잘생겼어도 그렇게 재미없는 분은 사양이에요. 전 있어요, 다른 분."

뺨을 붉히며 투렐리아가 수줍어하는 것이 카리사의 눈에는 재미있게만 보였다.

카리사는 계속 걸으면서 투렐리아가 들려준 이야기를 머릿속으로 정리했다. 에스테르 공주님은 현 황후의 아들인 아르키스 황자와 약혼했다. 황자는 잘생겼으나 재미가 없는 사람이다.

조금 더 세상일에 밝은 사람이었다면 자신이 모시게 된 공주가 잘하면 장래 황후가 될 수도 있다는 가능성이며 이제 만나게 될 막내황자가 차기 황제감이라는 사실 등으로 머릿속이 복잡해졌을 것이다. 그 대신 카리사는 하늘을 올려다보다가 울상을 지었다.

"이러다 비가 쏟아지겠어요. 좀 더 서둘러요."

"차라리 한 번 제대로 쏟아지는 편이 좋은데. 공주님도 그러고 나면 더 나아지거든요. 비가 올 듯 말 듯할 때가 영 지랄맞다니까요. 에구구, 공주님 보고 한 소리가 아닌 거 아시죠? 내가 입이 좀 험해요. 오라비가 다섯이나 되는 집에서 혼자 계집애로 자란 탓이에요."

"저도 그런 동생이 있어서 알아요. 비가 와야 더 나으시다니 그럼 어서 비가 오라고 빌어야겠네요."

안심하란 뜻으로 카리사가 살짝 팔등을 두드려주자 투렐리아의 주근깨 박힌 얼굴에 빙그레 미소가 실리며 둘 사이의 간격이 손가락 한 마디쯤 더 가까워졌다.

에스테르의 처소에서부터 반 시간 정도 걸었나 싶을 때 투렐리아가 여기라면서 두 기둥 사이로 난 턱을 넘었다. 또 한참 주랑이 이어지다가 문득 툭 터진 뜰이 나왔다. 멀리서 물빛이 아른거리는 듯해 카리사가 물으니 뜰에 자그마한 연못이 있다고 대답했다. 궁의 입구에서 황자를 찾는 투렐리아의 말에 문지기는 황자가 정자에서 수업 중이라고 말했다.

월계수와 실편백나무 몇 그루를 바람막이처럼 두르고 있는 정자는 연못 남쪽에 면해 있었다. 카리사는 연못 주위에 피어 있는 수선화에 시선을 뺏겨 잠시 뒤처졌다가 걸음을 재우치는데 수선화 이파리 사이에서 불쑥 튀어나온 뭔가가 카리사의 앞을 막았다.

"안녕, 꼬마야?"

검은 고양이를 보고 카리사는 인사를 했다. 몸에 비해 빛바랜 회색에 가까운 꼬리를 살랑살랑 흔들며 고양이는 카리사의 발치를 어슬렁거렸다. 발을 떼놓으려는데 굳이 다가와서 또 앞에 선다. 녀석 때문에 꼼짝 않고 서 있더니 금세 싫증이 났던지 고양이는 날래게 뒤돌아서 어딘가로 뛰어갔다. 어쩐지 그 뒷모습이 낯이 익다.

"여기 고양이가 있더라구요."

투렐리아의 옆에 이르러 말을 꺼내자 아아, 하고 고개를 끄덕였다.

"황자님이 키우시는 게 있죠. 성격 고약한 녀석."

"이름이 뭔데요?"

"고양이 이름? 뭐였더라, 듣긴 들었는데. 에이, 그런 걸 알아서 어디에 써요."

시큰둥한 대답에 카리사는 고개를 갸웃하며 뒤돌아보았다. 설마, 미오는 아니겠지 한다.

그들의 시야에서 정자를 가리고 있는 실편백나무가 바람에 흔들리며 푸릇한 풀 내음을 실어왔다. 비 올 바람이 확실하다. 그 바람은 습기와 함께 누군가의 나직한 목소리도 싣고 왔다.

"그리하여 내 어머니를 묻은 무덤가에 이르렀노라. 새벽처럼 환하나 해가 없는 곳. 세 그루의 실편백나무가 망자의 비밀을 지키는 곳. 이윽고 바람이 불고 서서히 이끼 낀 흙냄새가 피어올랐다. 스며든 달빛에 안개는 푸르게…… 미오, 이 녀석, 지금은 놀 때가 아니야."

남자의 얼굴을 보기 전에 카리사의 가슴이 요동쳤다. 시를 읊는 사뭇 좋은 목소리의 주인이 어쩌면 그녀가 아는 사람일지도 모르겠다.

나무 옆으로 지나가자 그들의 시야에 두 명의 남자가 보였다. 흰 수염을 보기 좋게 기른 장년의 남자는 정자의 대리석 벤치에 앉아 턱을 괸 채 두루마리를 보고 있었고 갈색의 긴 머리를 드리운 젊은 남자는 발치를 휘감아 도는 고양이를 내려다보며 슬쩍슬쩍 발을 움직여 놀아주고 있었다. 인기척에 먼저 고개를 돌린 쪽은 젊은 남자였다.

"너는 에스테르의."

"예, 전하. 록사네 시녀장님께서 보내셔서 왔습니다."

꿀 먹은 벙어리가 된 카리사를 대신해 투렐리아가 먼저 예를 갖추며 인사를 했다. 황급히 카리사도 예를 갖추었다.

"록사네가…… 에스테르가 여전히 아픈 모양이구나."

살짝 미간을 찌푸리는 남자를 카리사는 훔쳐보듯 바라보았다.

우울하게 반짝이는 눈은 제비꽃색마저 떠오를 듯 짙은 푸른색. 정강이를 덮을 정도로 긴 새하얀 튜닉과 그 겉에 걸친 가장자리에 은사가 수놓인 비단 카프탄이 흰 피부에 어울려 눈이 부셨다.

'그렇구나. 이 사람이 아르키스 황자야.'

다시금 비를 머금은 바람이 불어오면서 카리사의 귓가에 좀 전에 투렐리아가 들려준 경고가 윙윙거렸다. *조심하세요, 그분에게 반하지 않도록.*

황자는 하늘을 힐끗 쳐다보고는 카프탄 소매를 걷어 팔을 내밀어 보며 중얼거렸다.

"비가 쏟아지고 나면 또 한시름 덜겠지. 뜻은 알겠으니 이따 한번 건너가든가 하마."

"예, 전하. 그리 전하겠사옵니다."

황자는 뒷짐을 지며 돌아서서 벤치에 앉아 있는 남자에게 자신이 어디까지 외웠느냐 물었다. 중년 남자가 외우다 만 대목을 들려주자 다시 황자가 뒤를 이어 시를 암송했다.

카리사는 얼마쯤 당황해서 투렐리아를 쳐다보았다. 이걸로 끝인 건가, 하는 그녀의 눈빛에 대답할 새도 없이 투렐리아가 황자의 뒷모습에 절을 했다. 엉겁결에 카리사도 따라 하고 투렐리아가 돌아서는 것에 보조를 맞추었다.

"이것뿐이에요, 정말로?"

걸어가면서 카리사가 속삭이듯 묻자 투렐리아가 의아한 눈빛을 한다.

"그게, 좀 더 간곡하게 말씀을 드려야 하는 거 아닌가요? 영 반응이……."

"아, 좀 싱겁죠. 그래도 이 정도면 충분해요. 공주님은 원체 엄살을 떠는 분이 아니고, 황자 전하께서도 그런 건 탐탁지 않아 하시거든요. 굳이 찾아와 얼굴을 비출 정도면 꼭 와주십사 하는 신호라는 걸 아신답니다."

약간 맥이 빠져서 카리사는 고개를 끄덕였다. 수긍은 했으나, 미진한 느낌은 여전하다. 오며 가며 한 시간가량 걸리는 거리인데 고작 그 짧은 말을 전할 용무라니. 애초에 아픈 걸 알았으면 미리 얼굴 한번 보러 올 수 있지 않나? 명색이 약혼자인데. 썩 상냥한 편은 못 되는 사람이지 하고 카리사가 뒤를 돌아보았는데 이미 정자는 나무에 가려 제대로 보이지 않았다.

"두 분은 언제 약혼을 하신 거죠?"

"음. 딱히 언제라기보다는……."

카리사의 질문에 투렐리아는 고개를 갸웃하며 머리를 굴리는 눈치였다.

"아마 어릴 때부터 정해진 일일 거예요. 황후께서 쌍둥이를 유독 귀애하시는 건 유명하죠. 같은 날, 같은 궁에서 태어나는 일이 쉬운 건 아니잖아요."

"쌍둥이?"

카리사를 보는 투렐리아의 눈이 동그래졌다.

"어머, 세상에. 그것도 모르세요? 대체 그 기사계급 따님들은 지난 며칠간 카리사 님께 뭘 알려주신 거예요?"

투렐리아는 록사네 시녀장의 전담 시녀나 다름없어서 시녀장 없이 개인적으로 둘만 있는 자리는 이번이 처음이었다. 하지만 다른 시녀 셋과는 이야기를 할 여유가 있지 않았느냐 투렐리아가 따져 묻는 것이었다. 카리사는 어깨를 움츠리며 그들을 대신해 변명했다.

"사람을 간호하는 일이 쉬운 일은 아니잖아요."

"어이구, 우리 공주님처럼 온순한 병자가 세상천지에 또 있을까요. 안 봐도 뻔하네요. 괜스레 피곤한 척 생색을 내면서 입 딱 다문 조개 행세를 했겠지요."

제가 더 분해하는 투렐리아를 애써 다독인 뒤 카리사는 본래의 주제로 돌아오게 했다.

"말 그대로 쌍둥이예요. 우리 공주님께는 같은 날 태어난 형제가 있답니다."

"어머⋯⋯."

이름의 공통점에 이어서, 쌍둥이라는 공통점까지? 에스테르 공주님에 대한 카리사의 호의는 또 한 번 크게 부풀어 올랐다.

"똑같이 생긴 쌍둥이요, 다르게 생긴 쌍둥이요? 어디서 지내시는데 아직 한 번도 뵙질 못한 거죠? 그분도 우리 공주님처럼 몸이 안 좋으신가요? 공주님이 언니예요, 동생이에요?"

"궁금한 것 한 번 많으시다. 다 차근차근 이야기해 드릴 테니까, 으앗, 차가워!"

말하다 말고 투렐리아가 깜짝 놀랄 만큼 굵은 빗방울이 그녀의 얼굴을 때렸다. 마침내 시동을 건 비에 근처에 보이는 회랑으로 달려가 빗발이 좀 약해지길 기다렸지만 웬걸, 좀처럼 수그러들 기미가 보이지 않았다. 투렐리아가 푸념을 섞어 투덜거렸다.

"다들 꽃비가 올 모양이라고 해서 아니라고 우겼는데, 꽃비가 맞나 보네요. 그래도 하필 대★아리오시나이 제전에 이게 무슨 일이람."

"꽃비요?"

"저 북쪽부터 여기 카데사레아 일대까지 봄이 되면 꼭 한 사나흘 큰비가 내리거든요. 저 북쪽에선 농사지을 비라고도 하는데 수도 사람들은 꽃비라고 해요. 이 비가 지나고 나면 봄꽃들이 만발하거든요. 아리오시나이 제전 후에 오는 게 보통인데 올해는 한 보름은 이르네요."

"꽃비. 예쁜 이름이네요."

방금 전까지 폭우로만 보이던 비가 그 이름을 듣자 따스해 보이기까지

하니 신기한 노릇이다. 하지만 슬쩍 팔을 뻗자 손을 때리는 비는 아프고 차가웠다.

"설마 계속 이렇게 내려요?"

"기다리면 좀 약해지긴 할 텐데 이제 막 시작했으니 도리가 없네요."

투렐리아가 허리띠를 조절해 치맛자락을 정돈하는 것을 카리사는 어리둥절한 눈으로 쳐다보았다. 야무지게 옷자락을 끌어올려 종아리를 드러낸 투렐리아가 주먹을 불끈 쥐며 말했다.

"자, 뛰어야 하니까 카리사 님도 얼른."

"뛰어요? 궁까지 뛰어가자는 말이에요?"

카리사가 놀라서 묻는 말에 투렐리아는 아니면 무슨 수가 있느냐는 눈빛을 지었다. 카리사는 잠시 멍하니 빗줄기를 쳐다보다가 각오를 하고 투렐리아를 따라 옷자락을 끌어올려 젖어도 걷는데 방해가 되지 않게 했다. 그리고 머리에 쓰고 있던 베일을 벗어 곱게 접어 품에 안은 뒤 샌들마저 벗어들었다. 그걸 보고 투렐리아가 깔깔거리며 웃었다.

"세상에, 카리사 님, 귀족 아가씨 맞아요? 괜찮아요, 좀 돌아가긴 하겠지만 연결된 회랑을 잘 골라 다니면 비는 그리 많이 맞지 않아도 될 거예요."

얼굴을 붉히긴 했지만 고운 실크 베일이며 수도에 와서 처음 갖게 된 청금석이 박힌 고급 샌들에 대한 카리사의 애착은 남들의 비웃음마저 초월했다.

"발이야 씻으면 그만이지만 샌들은 젖을수록 수명이 닳잖아요. 됐으니 어서 앞장서요."

"귀인의 말씀 받들어 모시겠사옵니다."

투렐리아가 카리사의 팔에 와락 팔짱을 껴오며 장난스럽게 대꾸했다.

길을 돌아가면서 투렐리아는 수다의 우물을 마음껏 퍼 올렸다. 황궁에 대한 지식이 거의 전무하다시피 한 카리사는 투렐리아의 말 한마디 한마디를 금과옥조라도 되는 듯이 눈을 빛내며 들었다. 뭔가 아주 중요한 이야길 듣지 못했다는 생각이 얼핏 들긴 했는데 투렐리아가 들려주는 황궁 사람들 이야기가 하도 흥미진진해 그런 걸 깊이 생각할 때가 아니었다.

"……유령이 있단 말이에요?"

"물론 있죠. 사람이 사는 곳에는 유령이 살기 마련이에요. 특히나 이곳은 황궁……. 다들 쉬쉬해서 그렇지, 득시글거려요."

어쩌다 이야기가 그리로 흘러갔는지 몰라도 하여간 유령에 관한 이야기가 나오면서 카리사는 간이 콩만 하게 쪼그라들었다. 투렐리아의 목소리는 더더욱 음산해졌다.

"우리가 지내는 헤러반궁에도 결코 사람이 지내지 않는 방들이 여럿 있죠. 특히 이렇게 비가 오는 날 밤이면 그 문 앞도 지나지 않는 게 좋은 곳이 있어요. 아, 그나저나 걱정이네요, 카리사 님이 아무쪼록 담이 센 분이셔야 할 텐데."

"왜, 왜, 왜요?"

"카리사 님이 지내시는 옆옆 방이 비어 있거든요."

"그 방이라면 창고 아니에요?"

"아니에요, 원래 거기도 사람이 지냈었는데……."

무겁게 말꼬리를 늘인 투렐리아가 카리사를 보며 속삭이듯 말했다.

"거기서 목을 매는 바람에."

"목을! 누, 누가요?"

저도 모르게 제 목을 감싸는 카리사에게 투렐리아는 한술 더 떠서 속삭였다.

"우리와 같은 시녀였다고 해요. 임신을 하고 있었대요, 죽을 당시에. 낳을 달이 거의 다 되었던지 목을 매서 대롱거리는 그 여자의 발아래로 탯줄에 매달린 아기가……. 그래서 이런 비 오는 밤이면 어김없이 그 방에서 아기 울음소리가……."

그때 느닷없이 그들의 뒤에서 으아아앙 하고 아기가 우는 듯한 소리가 들렸다. 아주 크고, 또렷하게. 카리사의 반응이 재미있어 놀리느라 말을 꾸미던 중인 투렐리아조차 놀라서 흠칫할 정도였는데 이미 심장이 요동치고 있던 카리사는 말 그대로 심장이 덜커덕 내려앉았다.

"이, 이 주변에 아기를 키우고 있는 분이 있나요?"

"있을 리가, 없는데요."

카리사가 쥐어짜듯 물었고, 투렐리아는 또르르 눈동자를 굴리며 그들이 지나는 회랑 주변을 살폈다. 말 그대로 그들이 지금 선 곳은 회랑, 주랑 위에 지붕만 덮어놓은 곳이다. 탁 트인 사방에 음산한 빗줄기만 가득하다. 그럼에도 불구하고 또다시 으아아아앙! 하고 부르짖는 듯한 울음소리가 들려왔다. 투렐리아가 비명을 질렀고, 카리사는 투렐리아의 팔을 꽉 쥐고 달리기 시작했다. 무조건 앞만 보고, 회랑을 벗어나건 말건 쭉쭉 달렸다.

그 회랑의 뒤쪽에 서서 굉장한 속도로 멀어져가는 둘을 보는 세 쌍의 눈이 있다. 그중 작은 남자가 먼저 중얼거렸다.

"전하 말씀대로 우산이 없긴 했나 봅니다. 그런데 이제 와서 제가 따라잡기엔 좀……. 가족 중에 달리기선수가 있는 걸까요."

"그래. 여자가 저리 달리는 건 처음 보는구나."

키가 큰 남자도 가만히 고개를 끄덕였다. 그때 남자의 품에 앉아 있던 검은 고양이가 으아아앙 하고 크게 목청을 돋워 울었다. 작은 남자가 고양이를 보며 혀를 찼다.

"미오님이 발정기가 된통 오는 모양입니다."

"별수 없지. 자연의 이치인 것을."

큰 키의 남자, 아르키스 황자는 미소를 짓고서 고양이를 쓰다듬으며 달랬다. 하지만 그 손길마저 귀찮다는 듯 울어대던 고양이는 문득 황자의 팔에서 뛰어내리더니 앞으로 내달렸다.

"미오님, 어딜 가십니까!"

고양이는 바람처럼 달려가 제 눈에 띈 걸 입에 물고 한바탕 신나게 놀았다. 뒤쫓아간 시종이 못하게 말리려다가 고양이 발톱에 수난을 당했다. 이윽고 황자가 다가가 고양이가 발견한 것이 무엇인지 보았다. 제비꽃이 수놓인 노란 베일이다.

"미오, 다른 장난감을 줄 테니 그건 내려놔. 그건 주인이 따로 있어."

발정기의 고양이에겐 주인의 말도 별 소용없다. 그리고 실크 베일은 이미 고양이 발톱 흔적이 여실했다. 황자가 고양이의 왼쪽 발톱을 확인하며 말했다.

"이 녀석 발톱이 이렇게 날카로워지다니."

시종의 얼굴이 창백해지며 발톱에 다쳐 피가 흐르는 제 손을 뒤로 감추었다.

"내 눈에 먼저 띈 걸 다행으로 여겨라."

베일과 같이 고양이를 안아든 황자가 걸음을 옮기며 중얼거렸다.

"모후께서 보셨다면, 손등이 아니라 네 얼굴에 평생 지워지지 않을 상처가 생겼을 게다."

산책 삼아 느긋하게 빗속을 걸었지만, 아르키스 황자는 그를 부르러 왔던 시녀들과 거의 비슷한 시각에 에스테르 공주의 처소에 이르렀다.

미오의 울음소리를 다른 무언가로 착각한 나머지 발 가는 대로 달려 엉뚱한 곳을 헤매다 돌아온 두 여자는 말 그대로 물에 빠진 듯한 몰골이었는데도 뭐가 그리 우스운지 서로 웃느라 전방을 볼 겨를이 없었다.

"진짜 잘 달리십니다, 카리사 님. 저 이렇게 뛰어본 건 태어나서 처음인 것 같아요. 아직도 심장이 터질 것 같아요."

"아하하, 나도 요즘 들어 잘 달린다는 걸 깨달았어요. 왜요, 투렐리아 님도 잘 뛰던데."

"저야 카리사 님께 끌려간 거지요, 비쩍 말라선 무슨 팔 힘이 그렇게 센 거예요. 어우, 진짜 목줄에 매여서 끌려가는 돼지 신세가 이해가 됐다니까요. 봐요, 팔에 멍들게 생긴 거."

"어머나, 이를 어째. 정말 빨개졌네."

"내 팔만 빨개진 게 아니에요, 보세요, 카리사 님 샌들도……."

"으아, 다 구겨졌네. 기껏 벗었는데 홀딱 젖고 이게 뭐람."

"그러니까 말이에요, 대체 샌들은 왜 벗으신 거예요, 호호호!"

배를 끌어안고 웃는 투렐리아 옆에서 카리사는 샌들을 보며 한숨을 쉬다가 또 실없이 웃음보가 터졌다.

어느샌가 걸음을 멈추고 그들을 보고 있는 아르키스 황자를 우산을 받친 시종이 의아한 듯이 쳐다본다. 황자의 품에서 여전히 노란 베일을 가지고 놀던 고양이가 문득 고개를 들어 주인과 같은 곳을 보다가 비에 흠뻑 젖고도 철없이 즐거운 두 여자를 나무라듯 울었다. 아아아옹 하고 제가 사자라도 되는 양 포효하는 소리에 두 여자의 웃음이 뚝 그쳤다.

"드, 들었어요, 방금 그거? 우, 우릴 따라왔나 봐요."

"따, 따라오다니…… 우리가 뭘 어쨌다고. 나, 나와, 나와라, 이 유령 녀석, 하레샤 여신의 이름으로 혼내줄 테다!"

순식간에, 투렐리아는 카리사의 등 뒤로 숨고 카리사는 양손에 쥔 샌들을 치켜들었다. 그리고 이번에야말로 범인을 찾아 눈을 부릅떴다. 고양이 미오님은 겁내는 두 여자를 향해 의기양양하게 한 번 더 울었다. 미야아아아아옹.

"또 저 고양이였어!"

"고양이? 앗, 황자 전하!"

카리사는 고양이를, 투렐리아는 고양이 주인을 보고 소리를 질렀다. 뒤늦게 카리사도 고양이의 주인을 응시한 순간 짙푸른 눈이 가늘어진다 싶더니 돌연 황자가 웃음을 터뜨렸다.

"하하, 아하하하하!"

고양이가 그를 쳐다본다. 우산을 든 시종의 입도 멍하니 벌어졌다. 막내 황자를 이토록 웃게 할 수 있는 재주는 단 한 사람만 부리는 줄 알았는데 거기에 하나의 예외가 생긴 때였다.

긴 하루가 저문 뒤에도 카리사는 좀처럼 잠을 이룰 수가 없었다. 오후에 아르키스 황자 앞에서 보인 민망한 꼴을 생각할 때마다 얼굴이 홧홧해서 숨이 가쁠 지경이었다. 결국 뒤척이다 못해 벌떡 일어난 카리사는 등불을 켜고 창가로 가서 덧문을 열었다. 가늘어지긴 했으나 여전히 내리는 비를 대하니 해 질 녘 처소로 돌아왔을 때부터의 일이 끈질기게도 떠올랐다.

그 당장엔 젖은 몸을 씻으러 목욕탕으로 달려가는 게 급해 더 얼굴을 마주 볼 일은 피했다. 빗속을 뛰느라 열을 낸 게 안 좋았던지 목욕을 하면서 간간이 기침을 하던 투렐리아가 뜨거운 물에서 일어나다가 기절하는 바람에 또 한바탕 소동이 있었다. 투렐리아를 보살펴줄 사람이 있어야 했기에 카리사는 당장 자원을 했다. 투렐리아에게는 미안하지만 에스테르 공주의 침전 근처에 있지 않아도 될 명분이 생긴 것에 카리사는 다행이라고 가슴을 쓸어내렸다.

아르키스 황자는 저녁식사를 공주의 처소에서 들고 1시간 정도 더 머물다 어두워져서야 떠났다. 그 후 에스테르 공주는 곧 잠자리에 들어서 공주에게 정식으로 인사할 기회가 또 미뤄졌지만 오늘 같은 일이 있다면 며칠, 몇 달을 미룬다고 해도 겸허히 받아들이리라.

"아, 귀를 막아도 웃음소리가 들리는 걸 어쩌면 좋지."

아무리 동생 아엘리아를 흉내 내어 유쾌 발랄한 인간이 되려고 노력해도 수줍음 많고 내향적인 본성이 당장 어디로 가지 않는다.

"이상한 애라고 생각했겠지. 아예 있는지 없는지 모르는 것보다야 나으려나. 아니야, 차라리 없는 줄 아는 편이 낫겠어."

정작 그 당사자는 까맣게 잊었을지도 모르는 일로 혼자 한없이 굴을 파들어간다. 오늘도 어김없이 그런 음습한 굴레를 자청하고 있었으나, 문득 꼬르르륵 하고 배에서 난 커다란 소리가 그녀의 주의를 일깨웠다.

배가 고팠다. 속상한 일이 있으면 밥도 잘 못 먹는 예민한 성격이 되살아나 투렐리아는 챙겨주면서도 정작 제 입은 방치했던 결과이다. 배고픔이라면 익숙한지라 이번에도 늘 그랬듯이 배를 문지르는 걸로 허기를 무시하려 하다가, 번쩍 눈을 크게 떴다.

"아니지. 난 살이 쪄야 해."

포동포동 살이 올라서 아엘리아의 사랑스러운 얼굴과 비슷해질 때까지. 의지를 불태우면서 카리사는 우울의 늪에서 벗어났다. 그리고 배고픔을 해결해줄 만한 무언가를 찾아 당당히……는 아니고 조심스레 등잔을 들고 슬금슬금 방을 나섰다.

나뭇잎 사이로
반짝이는 1

이쪽 궁의 부엌은 진작 닫히고 음식 저장고도 문단속이 되어 있을 시각이지만 투렐리아에게 여차할 때 요깃거리가 될 만한 음식이 보관되어 있다는 작은 창고 이야길 들었던 참이다. 지하실의 어딘가라는 것은 들었으나, 정확히 어딘지는 몰라 카리사는 가뜩이나 조심스러운 걸음걸이로 오래도 방황했다. 그래도 마침내 발견한 작은 방에서 말린 무화과가 든 단지와 올리브 절임을 찾아냈다. 카리사는 말린 무화과를 손수건에 담아서 비밀의 방을 나섰다.

2층으로 돌아오면서 무화과 하나를 오물거리던 카리사는 어딘가의 방에서 인기척 소리가 나자 저도 모르게 놀라서 등잔 뚜껑을 덮었다. 단순한 잠꼬대였던 모양인지 다시 조용해졌다. 도둑질을 한 것도 아닌데 괜히 허둥거려서 불만 꺼버린 카리사는 어둠 속을 더듬어 방으로 돌아갈 수밖에 없었다.

이윽고 방을 찾아 문을 열었을 때, 한줄기 바람과 함께 물기가 후드득 밀려와 카리사는 급히 창가로 달려가 덧문을 내렸다.

"루피나 자매님이 보면 나도 어디 아프냐고 하겠네."

신전에서 나온 지 한 달도 안 되어 실수 연발. 허기에 쫓겨 창문을 닫고 나가는 것도 망각했다는 게 우스워 쓴웃음이 났다. 탁자에 무화과를 내려놓은 뒤 불을 켜려고 부싯돌을 더듬던 카리사는 문득 어떤 향기를 깨닫고 코를 찡긋거렸다.

뭔가 상쾌한 느낌의…… 얼핏 비에 젖은 나무 냄새 같은 게 떠오르는?

"이 방에서 원래 이런 냄새가 났나?"

고개를 갸웃하던 카리사는 부싯돌을 찾아 손을 뻗다가 작은 돌 하나를 놓쳤다. 바닥에 데구루루 굴러가는 돌을 찾아 허리를 굽혔던 카리사는 바닥을 더듬다가, 묘한 걸 만졌다.

살짝 딱딱한 감이 있는 질긴 끈 같은 것? 매끈한 돌 같은 것도 붙어 있다. 이게 대체 뭐지, 하고 만져가다가 스윽 손에 들어보았다. 슬슬 어둠이 눈에 익어 눈앞의 형체를 파악할 수 있었다. 보이는 것은 샌들이다.

"샌들?"

비록 어둠 속이라도 해도, 그 샌들이 자신의 것이 될 수 없을 만큼 크다는 것은 분명히 깨달았다. 오늘 비를 맞아 말려놓은 샌들 말고 그녀가 가진 또 한 켤레는 지금 신고 있고 말이다!

휙 샌들을 내던진 카리사는, 반사적으로 침대를 쳐다보았다. 그제야 침대에 누워 있는 검은 형체가 눈에 들어왔다. 언뜻 봐도 체구가 크다.

'맙소사, 방을 잘못 찾았어.'

그렇게 생각하고 카리사는 황급히 무화과와 등잔을 챙겨서 조심스레 방을 나왔다. 소리 안 나게 문을 닫고 가슴을 쓸어내렸다. 또 터무니없는 짓을 할 뻔했다.

"명랑 쾌활하다고 인정받기 전에 칠칠치 못한 인간 소리를 듣게 생겼어."

혀를 차면서 카리사는 한동안 복도의 어둠에 적응했다가 다시 제 방을 찾아 나섰다.

그리고 얼마 후……. 카리사가 들어선 방은 또 아까의 그 방이었다.

귀신에게 홀렸나 싶어 다시 나가려다가 불의 힘이 필요할 것 같아 부싯돌을 빌리기로 했다. 방 구조가 참으로 비슷해서 부싯돌이 놓여 있는 위치 또한 같다. 등잔에 불이 피어나는 걸 보고 얼른 나가려던 카리사는 침대 옆의 나무의자에 걸려 있는 옷가지를 보고 멈칫했다.

저것은 틀림없는 내 옷. 내 옷이 있는 걸 보면 내 방인 건데. 그럼 내 침대에 누워 있는 사람은 대체…….

카리사는 꿀꺽 마른침을 삼키며 침대의 머리맡 쪽을 응시했다. 이불을 푹 뒤집어쓴 누군가의 머리칼이 베개 위로 흩어져 있다. 금빛으로 반짝이는 머리칼. 에스테르 공주의 시녀들 중에 금발머리는 없다. 그녀가 지내게 된 헤러반궁은 에스테르 공주와 시노아 공주가 반씩 나누어 쓴다. 어쩌면 이 사람도 밤중에 일어나 볼일을 보고 돌아가다가 뭔가 큰 착각을 하고 만 시노아 공주 쪽 사람일지도 모른다.

그런 생각까지 했음에도 불구하고 카리사는 겁이 나서 이불을 걷어챌 엄두는 낼 수 없었다. 만일을 대비해 무기가 될 만한 걸 들어야 할지도. 언뜻 아엘리아가 준 칼이 떠올랐지만 그것은 침대 옆 벽감에 둔 상자에 고이 모셔둔 바였다.

뭐라도 좋다고 생각하며 주위를 둘러본 그녀의 눈에 들어온 것은 엉뚱하게도 말린 무화과였다. 카리사는 마른침을 꿀꺽 삼키고서 툭, 툭, 무화과를 침대에 있는 머리를 향해 던졌다.

"저기, 저기요? 침대에 누워 계신 분, 제 말 들려요? 누구신지 몰라도 방을 잘못 찾으신 것 같은데요. 저기요?"

속삭이듯 작게 물으면서 무화과를 던져댔다. 처음엔 아무 반응도 없던 침대 속 인물이 문득 꿈틀거렸다. 카리사는 할 수 있는 한 아주 바짝 벽에 달라붙어 다시 한 번 무화과를 던졌다.

"어우…… 뭐야, 대체. 귀찮게……."

바짝 눌린 목소리가 이불 속에서 새어나왔다. 카리사가 용기를 내어 목소리에 힘을 실었다.

"그쪽, 누구시냐구요, 여긴, 제 방이거든요?"

"뭐?"

이불이 펄럭이더니 누군가가 부스스 몸을 일으켰다. 흐트러진 금빛

곱슬머리가 나부끼면서 구릿빛에 가까운 피부에 내려앉았다. 눈도 제대로 뜨지 못한 채 살짝 인상을 쓰고 있는 얼굴은, 곱다. 아주 고운데……

왼쪽 눈을 가로지른 날카로운 흉터 자국이 불빛에 두드러졌다.

고운 얼굴에 너무도 치명적인 그 흉터에 시선을 뺏겨 카리사가 말을 잃은 동안 그 사람이 천천히 눈을 떴다.

헝클어진 머리칼 사이로 푸른 에메랄드 같은 눈이 멍하니 카리사를 응시하다가 점차 광채를 머금으며 새파랗게 빛났다. 눈이 커진데 이어 눈 위의 짙은 눈썹이 크게 아치를 그리며 그 사람은 상체를 앞으로 내밀었다.

"어, 너……."

앞으로 움직이는 바람에 목덜미까지 덮여 있던 이불이 흘러내리면서, 그 안의 몸이 드러났다. 얼굴과 마찬가지로 햇볕에 매끈하게 그을린 탄탄한 근육질의 상반신.

"남자?"

카리사가 아연해서 중얼거린 말에 상대는 어깨를 으쓱했다.

"당연하잖아?"

"꺄아아아아악!"

낮이라면 모를까, 한밤에 금남의 처소에 남자가!

카리사는 비명을 지르면서 문으로 달려가 활짝 열었다. 침대 위의 남자는 어이가 없다는 듯이 카리사를 쳐다보다가 그녀가 계속 소리를 지르자 몸을 일으키려 했다. 카리사가 손에 아직 들고 있던 무화과를 냅다 던지며 소리쳤다.

"가만히 있어요! 거기서 꼼짝도 하지 말고, 허튼수작 부리지 말아요, 이 불한당!"

"나 참, 내가 진짜 불한당이면 이런 걸로 어떻게 할 수 있을 것 같아? 근데 대체 뭘 던지는 거야? 어, 무화과구나."

카리사가 던지는 무화과를 덥석 손으로 받은 남자는 씩 웃더니 천하태평하게도 무화과를 먹기 시작했다. 하물며 기왕 있는 거 다 던지라고 수작이다.

이윽고 잠에서 깬 같은 층 사람들이 복도에 하나둘 얼굴을 보였다. 그중 가장 먼저 찾아온 이는 의외로 카리사의 방에서 가장 먼 방에 있는 시녀장 록사네였다.

문가에 서 있는 카리사를 보고 무슨 일이냐고 물으면서 방을 들여다본 록사네가 우뚝 멈춰 섰다. 카리사는 퍼뜩 떠오르는 것이 있어 황급히 변명했다.

"시녀장님, 제가 잠시 방을 나갔다 온 사이에 하늘에서 뚝 떨어진 것처럼 나타난 사람이에요, 저 오늘 저 사람 처음 봅니다, 거룩하신 하레샤 여신의 이름에 걸고 맹세해요."

"어이, 그런 맹세 안 하는 게 좋을걸."

무화과를 우물거리며 남자가 하는 말에 카리사는 깜짝 놀라 남자를 쳐다보곤 맹렬히 고개를 흔들며 시녀장에게 말했다.

"정말이에요, 저 열 살 때 하레샤 신전에 무녀로 들어가서 신전에서 나온 지 이제 겨우 한 달입니다. 남자랑 단둘이 몇 분 이상 있을 일이 없었어요, 여기까지 함께 온 사촌 오라버니까지 포함해서요! 아버지 외의 남자 손 한번 잡은 적 없다고 여신께 맹세할 수 있어요."

"글쎄, 그런 맹세하지 말래도."

"그쪽 대체 나한테 왜 이래요!"

카리사가 절규했고, 남자는 뭐가 그리 우스운지 그녀에게서 눈을 떼지 않으며 쿡쿡쿡 웃었다. 록사네 시녀장이 한숨을 쉬었다.

"장난이 지나치십니다, 왕자님."

"왕자님?!"

카리사는 또 한 번 절규했다. 싱글거리면서 반나체로 느긋하게 무화과를 먹는 남자, 에스테르 공주의 쌍둥이 오빠인 루키아노스 왕자와의 만남이었다.

6.
루키아노스
왕자

"제발 부탁이니 멀쩡한 길을 좀 골라 다니심이 어떠실지요? 다시없이 고귀한 몸께서 어찌 그리 시정잡배의 본을 따르지 못해 애를 쓰시는지 이 사람은 알다가도 모르겠습니다."

록사네 시녀장은 말수가 많지 않다. 모시는 공주님과 마찬가지로 웃음이 적기도 매일반이다. 평민 집안의 여섯째 딸로 입 하나를 덜기 위해서 황궁의 잡역에 쓰일 하녀로 들어온 이래 오로지 제 능력만으로 황손을 모시는 시녀장이 될 때까지 산전수전 다 겪은 그녀의 얼굴에서 이렇다 할 희로애락의 표정을 끌어내는 것은 어지간한 사람에게는 불가능한 일이다.

다만 한 사람, 이 시녀장의 얼굴을 자유자재로 주무르는 재주가 있는 자가 있으니 오십 년 가까운 황궁 생활 동안 그녀가 업어 키운 유일한 왕자, 루키아노스가 바로 그 장본인이다.

비 구경을 할 수 있게 열어놓은 창문의 턱 위에 거울을 기대놓고 손수 면도를 하면서 왕자는 눈알을 되록되록 굴렸다. 잔소리가 지겹다는 그 장난스러운 반응에도 록사네는 꿋꿋이 할 말을 했다.

"어둠을 틈타 월담하는 재주를 대체 어디에서 배우신 것인지요? 하물며 왕자님의 궁전이 엎어지면 코 닿을 곳에 있는데 구태여 밤손님처럼 여동생의 시녀 처소에 숨어드시다니요. 아니 대관절, 못 올 곳도 아니고 제 집에 오면서 월담을 하는 주인이 세상천지에 어디 있답니까?"

"여기 나, 내가 있잖아. 록사네, 몇 번을 말해. 사람은 밤에는 잠을 자라고 생겨먹은 동물이야. 남들 잘 자는 거 방해할 권리는 주인이건 하인이건 없는 거라고."

"말도 안 되는 궤변이십니다. 하인은 모름지기 주인에게 봉사하는 것이 신이 정해준 본분입니다. 왕자께서 시정의 천한 무리들과 어울려 다니시는 것은 제가 어찌할 도리가 없으나, 그네들의 허무맹랑한 생각일랑 한 귀로 듣고 한 귀로 흘리십시오. 하늘이 정한 자리가 저마다 다른 것은 엄연히 신의 뜻입니다. 오리는 결코 공작이 될 수 없고, 돼지는 결코."

"사자가 될 수 없지. 잘 알고 있습니다, 록사네 시녀장."

"그래, 그걸 아시는 분이 그렇게."

"정신 못 차리고 허튼짓이나 하고 다닐 거냐고? 그럴 거야. 왜냐? 아직 재미있으니까!"

고개를 돌려 찡긋 윙크를 하는 왕자를 보는 록사네는 말문이 막혀 한숨을 쉬었다. 늙은 시녀장의 땅이 꺼질 듯한 한숨에도 왕자는 아랑곳없이 휘파람을 불며 느긋하게 면도를 했다.

창을 활짝 열어놓아 쌀쌀한 날씨에도 불구하고 국부만 겨우 가린 아랫도리 하나 걸치고 있는 그의 몸은 골고루 볕에 그을린 단단한 근육질이라 황궁의 채마밭에서 일하는 농부라고 해도 믿지 싶다. 4년 동안 군인으로 있을 당시에도 저 정도로 그을리진 않았는데 황궁 밖에서 대체 무슨 일을 하고 다니는 것인지, 록사네는 알 수가 없다. 어디 한 군데 크게 다쳐서 돌아오지 않는 이상 밖에서의 일로 잔소리 말라고 한 왕자의 뜻을 지키고 는 있으나.

"그나저나 그 아이, 못 보던 얼굴이던데."

면도를 마치고 시종이 건넨 튜닉을 입으며 왕자가 물었다.

"이번에 황궁에 들어온 속주 귀족의 여식입니다."

"아아, 인질이었군. 어느 주에서 온?"

"헤메디아라고 들었습니다."

"헤메디아. 거긴 아직 못 가봤는데."

왕자가 의자에 앉자 시종 셋이 일제히 달라붙어 신을 신기고 머리를 빗기고 팔찌를 비롯한 장신구를 채웠다. 왕자는 창밖을 보면서 잠시 눈을 가늘게 뜨고 있다가 다시 물었다.

"용케도 사람을 받을 생각을 했군? 일손이 그리 부족했나?"

"그도 그렇고 공주님의 뜻도 있었습니다."

"그 낯가림 심한 녀석이? 뭐라고 했는데?"

록사네는 잠자코 입을 다문 채로 눈만 깜박였다. 왕자도 재촉하지 않고 단장이 거의 끝나자 일어나서 마지막으로 시종들이 입혀주는 진홍색 카프탄에 팔을 꿰었다. 시종이 들고 있는 거울로 제 모습을 감상하며 왕자가 다시 물었다.

"제일 불쌍한 아이라도 골라오라고 했어?"

록사네는 희미하게 눈썹을 치켜 올렸다. 정확히는 막바지 즈음에 가서 아무래도 선택받을 가망이 없어 보이는 사람들 중에서 괜찮다 싶은 사람을 데려오라는 분부였다.

그 분부에 따라 록사네는 남은 여자들을 지켜보았다. 사역원 소속이 될 여자들. 말이 좋아 사역원이지 한 번 그리로 보내지면 황족 여인들이 읽을 글을 곱게 필사나 하면서 평생 잉크, 양피지, 파피루스 냄새나 맡고 사는 따분한 삶의 굴레를 쓰게 되는 것이다. 신분이 있으니 고된 일은 맡지 않겠지만 넓은 황궁에서도 가장 한미한 구석에 동떨어져 있는 사역원처럼 그들이 황궁 생활에서 소외되는 것은 필연적이다. 그래서 사역원으로 보내지는 귀족 여인들을 무화과꽃이라 부른다. 피긴 하되, 볼 수가 없어 핀 것조차 모르고 지나간다는 뜻에서. 혹자는 구태여 보려고 노력할 가치가 없는 변변찮은 여자라 그렇게 부른다고도 한다.

록사네 또한 어떤 의미로는 그러한 무화과꽃의 한 명으로서 냉정한 시선으로 남은 여자들을 훑었다. 비록 속주의 귀족이라고 해도 처소에 들인다면 여타 시녀와는 달리 대접할 수밖에 없다. 조금은 총기가 있어 에스테르 공주의 말벗이 되어주면 좋을 것이다. 그리고 얼마쯤 통하는 구석이 있다면 더 좋을 테고…….

그런 록사네의 눈에 뒤늦게 연회실로 들어오는 한 소녀가 눈에 띄었다. 유난히 깡마른 몸에 걸친 옷은 귀족이란 말이 무색하게 보잘것없었고 길이가 짧은 베일이나 팔을 장식한 헐렁한 팔찌 등의 장신구는 남의 것을 빌려 입은 것처럼 어색했다. 몹시 창백한 안색에 윤기 없는 입술은 병마를 떨친 지 얼마 안 됐거나, 몸이 허약하다는 일종의 신호라 받아들였다.

언뜻 그녀와 눈이 마주쳤을 때 약간 겁을 집어먹은 듯한 소녀의 초록의 눈동자가 밝게 빛났다. 그때 록사네는 마음의 결정을 했다. 아파 본 사람만이 병자의 심정을 안다는 말대로. 또 소녀의 눈동자에는 총명함을 기대하게 하는 무언가가 있었다.

"어련히 알아서 골랐을 테지만……."

너풀거리는 소매가 거추장스러운지 팔을 흔들어 보면서 왕자가 말을 이었다.

"잘 먹여주라구. 자칫하다간 여기서 사람 굶긴다는 소문이 돌겠더라고."

"마른 것에 비해 식성은 나쁘지 않은 것 같더군요."

피식, 왕자가 웃었다.

"그러게. 보기보다 목청도 좋고 말이야. 용감하지 않아? 날 무화과로 공격하다니. 놀라워!"

"간밤에 애꿎은 아이를 그렇게 놀래켜 놓고도 웃음이 나오십니까?"

"록사네, 그 방 창문이 열려 있었다고. 누이를 보러 온 오빠를 환영하듯이 말이야. 나는 하늘의 뜻에 따랐을 뿐이야. 원래대로라면 거긴 빈방이었고."

"이젠 주인이 있습니다."

"어쩐지 베개에서 좋은 향기가 난다 싶었지. 무슨 향료를 쓰냐고 한 번 물어봐야겠군."

"행여나 가벼운 생각으로 몸가짐을 함부로 하시면 곤란합니다. 반니가 家는 엄연히 귀족연감에 올라 있습니다."

록사네는 엄한 눈빛으로 목소리에 힘을 실어 대꾸했다. 그녀를 보는 왕자의 눈이 모종의 짓궂은 웃음을 머금었다. 그가 다가와 시녀장의 어깨를 감싸 두드렸다.

"록사네, 록사네. 소문에 오르고 싶어 안달인 여자들이 퍼뜨리는 말을 전부 믿진 말라구. 무슨 말을 들었을진 짐작이 가는데 나는 꽃구경은 마다하지 않지만 아무 꽃에나 앉는 나비가 아니야. 발가벗은 아기 때부터 날 봐온 사람이 그만한 분별도 없나?"

"물론 왕자님이 그럴 분이 아닌 것은 알지만, 남자의 혈기란 것이 어디 분별이 통하는 것이어야 말이지요."

시녀장의 어깨를 다정히 끌어안아 방을 나서면서 왕자가 말했다.

"록사네, 나를 못 믿겠으면 내 얼굴을 믿으라고. 봐, 이렇게 잘생긴 얼굴을. 이런 걸 스무 해쯤 보고 살면 어지간한 얼굴을 봐선 눈 하나 꿈쩍 안 한단 말이지. 아, 너무 잘난 죄지."

왕자는 길게 한숨을 쉬었고 록사네는 결국 자그맣게 웃고 말았다.

"하여간에 못 말릴 분이십니다."

자신을 키워준 보모나 다름없는 시녀장을 다정한 눈으로 내려다보며 왕자가 말했다.

"난 아무것도 안 하면 안 했지 시시하게는 하지 않아. 여자도 그럴 거야. 그 꿀을 맛보고 싶어서 견딜 수 없을 만큼 어여쁜 꽃이 생긴다면 다른 이는 몰라도 당신에겐 말해줄게."

왕자를 물끄러미 올려다본 록사네가 한마디 슬쩍 찌르듯이 말했다.

"그리 어여쁜 꽃은 아무래도 황궁에 피지 않겠습니까?"

그러니 어지간히 좀 궁 밖으로 나돌아 다니라는 시녀장의 압박 아닌 압박에 왕자는 씩 웃기만 했다. 이미 공주의 처소에는 늦은 아침 준비가 다 되어 있었다. 화로를 여럿 들여놓아 훈훈하게 데워진 공기 속에서 어제보다 많이 상태가 좋아진 에스테르가 일어나 앉아 늦잠꾸러기인 오빠를 기다리고 있었다.

"에스테르, 이 녀석, 또 아팠다면서?"

방으로 들어선 왕자가 긴 의자에 기대어 앉은 동생에게 다가가 이마에 입술을 댔다. 백금발 머리를 곱게 빗은 에스테르가 하늘빛 눈으로 왕자를 올려다보았다.

"무사히 돌아오셔서 다행이에요, 오라버니."

동생의 가느다랗고 차가운 손을 가만히 쥐어주며 왕자는 고개를 끄덕였다.

"내 걱정은 말래도. 천하에 쓸데없는 게 이 튼튼한 오라비 걱정이야."

"그러게요. 어떻게 겨울 동안 얼굴이 더 볕에 그을리신 것 같아요."

"햇볕보다 더 타기 쉬운 게 뭔지 알아? 눈 빛이야. 하얗게 쌓인 눈에 햇빛이 반사되는 걸 떠올려보렴. 하물며 주위가 온통 눈의 벌판이라면!"

"그리 눈이 많이 쌓인 곳에는 왜 가신 거예요."

"왜 갔을까? 맞춰볼래?"

왕자는 에스테르의 옆자리에 앉아 이야기를 계속했다. 그가 앉는 걸 신호로 아침식사가 시작되었다. 왕자는 손을 닦은 뒤 가장 먼저 포도주 잔으로 손을 뻗으면서 방 안에 있는 사람들을 훑어보았다. 록사네와 세 명의 시녀가 식사 시중을 든다. 포도주를 마시는 그의 눈빛이 문가를 더듬었다. 내려놓은 잔에 시녀가 다시 포도주를 따르는 사이 록사네가 한마디 했다.

"포도주에 물을 더 타도록, 칼비."

"죽겠군. 아예 그냥 물을 주지 그래?"

가볍게 투덜거리면서 왕자는 에스테르에게 몸을 기울여 속닥였다.

"내 생각에 네가 영 힘을 못 쓰는 건 제대로 된 포도주를 마실 일이 없어서야. 10살짜리 애들도 이런 건 안 마신다구, 동생아."

말 그대로 물에 자주 빛깔만 입힌 듯한 제 몫의 포도주를 지그시 쳐다보는 에스테르를 바라보며 잔을 비운 왕자가 지나가는 말처럼 중얼거렸다.

"빨간 머리가 안 보이네."

"투렐리아라면 아프대요. 그래서 새로 온 시녀가 옆에서 보살펴 주고 있어요."

에스테르의 말에 왕자가 크게 놀란 얼굴을 했다.

"아파? 그 빨간 머리라면 건강해 보이는 게 유일한 장점이지 않았나?"

에스테르가 눈을 가늘게 뜨며 말없이 응시하자 왕자는 곧바로 꼬리를 내리고 싱긋 웃었다.

"참, 꽃은 다 아름다운 법이랬지, 내 착한 동생. 잠시 바깥 공기를 쐬느라 생각이 불순해졌구나, 못난 오라비를 너그러이 용서해다오."

"늘 그렇게 말만 번지르르하게 하시죠. 밖에 나가서 이래저래 여자들을 아프게 하고 다니는 게 아닐지, 걱정이에요."

"그 무슨 소리. 설마 하니 때릴 사람이 없어서 이 몸이 여자를 때리겠어?"

"말 돌리지 마시구요. 제가 늘 누워만 있다고 아무것도 못 듣는 건 아니에요."

왕자는 짐짓 화가 난 시선으로 시녀들을 훑어본 끝에 록사네를 쳐다보며 투덜거렸다.

"록사네, 우리 에스테르가 이 오라비를 사뭇 고약한 녀석으로 단정 짓게 된 경위에 대해 내가 납득할 만한 설명을 준비해 놓도록 해."

"봐요. 할 말이 궁하니까 괜히 애꿎은 사람들에게 화풀이나 하고."

"에스테르, 넌 오라비를 크게 오해하고 있다니까. 다른 이는 몰라도 내가 반쪽인 쌍둥이에게까지 이런 취급을 받는 건 몹시 억울하구나."

작고 허약한 동생의 말 몇 마디에 덩치에 안 어울리게 쩔쩔매는 왕자의 모습에 한 번쯤 실소라도 지을 법한데 에스테르는 가볍게 고개를 젓는 게 고작이다.

먹는 속도가 느린 에스테르에게 맞춰서 식사를 하면서 마셔도 마신 것 같지 않게 밍밍한 포도주를 연거푸 들이켠 왕자는 결국 생리현상 때문에 잠시 방을 나섰다. 나오면서 록사네에게 사람을 이리 귀찮게 할 거냐고 한마디 이죽거리는 것을 잊지 않았다. 볼일을 보러 다녀오던 왕자는 바로 에스테르의 방으로 향하는 대신 살짝 경로를 변경해 계단을 올랐다.

"어디…… 록사네 방이 이쪽이었던가."

기억과 감에 의존해 걸음을 옮기던 그가 2층 중앙 계단의 바로 왼쪽 방을 지나쳐 두 번째 방의 문을 두드렸다. 반응이 없어서 고개를 갸웃하고 그다음 방으로 향해 가는데 누구시냐고 물으면서 문이 열리는 소리가 났다.

노크 소리에 문을 연 카리사는 앞에 아무도 없는 걸 보고 머리를 내밀어 주위를 돌아보다가 루키아노스 왕자와 눈이 딱 마주쳤다. 그녀의 눈이 두 배쯤 커지나 싶더니 머리가 쑥 안으로 들어가 버렸다. 마치 사냥꾼을 본 토끼 같은 반응.

"어이, 무화과."

왕자의 부름에 잠시라고는 부를 수 없을 만큼 시간이 흐른 후에야 쭈뼛 거리며 검은 머리가 나타났다. 양 갈래로 땋은 머리가 사라락 흔들리면서 초록색 눈을 감싼 속눈썹이 빠르게 팔락거렸다. 긴장한 기색이 완연한 그 얼굴에 왕자는 웃음을 참으며 짐짓 거들먹거렸다.

"반니가家에서는 딸을 사람 취급을 하지 않는 건가?"

"무슨 말씀이신지……."

"그쪽이 통 예의를 모르는 것 같아서 하는 말이야. 가르쳐주는 사람이 없었나? 윗사람을 보면, 인사를 해야 한다는 거. 내가 누구인지 이젠 알 잖아."

카리사는 마지못해 반 보쯤 걸음을 옮겨 왕자를 보고 섰다. 지난 며칠 간 옷을 수선했지만, 미리부터 살이 찔 때를 고려한 나머지 아직도 지나치게 품이 낙낙한 아마색 스톨라를 가볍게 휘감아 끌어 모으며 카리사는 허리 숙여 절했다. 왕자도 정중하게 오른팔을 앞으로 옮겨 소매를 펄럭이며 머리를 숙였다. 카리사는 고개를 들려다가 여전히 그가 고개를 숙이고 있는 것을 보고 또 황급히 아래를 보았다.

부러 시간을 끌면서 까만 머리채가 흔들리는 것을 감상하던 왕자는 획 고개를 들고 서로의 옷자락이 스칠 정도로 가깝게 카리사의 옆을 지나 열린 문가에 서서 안을 들여다보았다.

"빨간 머리가 아프다지?"

"아, 네. 투렐리아라면 어제 비를 맞은 게 안 좋았던지 열이 좀 있습니다."

침대 발치 부근에 나무로 된 가림막이 세워져 있어 안으로 들어서지 않고선 투렐리아를 보기 힘든 위치다. 대신 그 옆자리에 있는 등받이가 없는 의자와 탁자에 늘어놓은 바느질거리는 보였다. 분홍 장미를 연상시키는 빛깔의 옷감을 본 루키아노스 왕자는 아무래도 이 아인 자기에게 어울리는 색을 모르는 모양이라고 생각하며 카리사를 돌아보았다.

어느 틈엔가 카리사는 족히 세 걸음은 옆으로 떨어져 있었다. 눈이 마주치자 육안으로 보이도록 움찔하는 게 분명히 경계 태세였다. 그 반응이 새삼 왕자의 흥미를 돋웠다.

"사람 간호해본 적 있긴 하나?"

"있습니다."

"자신에 찬 목소리네. 귀족 아가씨가 누굴 간호할 일이 썩 많았을 것 같지는 않은데."

신전에서 공동생활을 하면서 저 정도 아픈 건 볼 만큼 봤다는 소리를 할 수도 있었으나 입이 떨어지지 않아 카리사는 어깨만 움츠렸다. 어제 하루 동안 겪은 두 번의 악재는 카리사를 아엘리아와 만나기 전으로 후퇴시키기에 충분했다. 역시 자신은 운이 없는 게 아닐까. 그림자에 싸인 듯이 우울한 표정을 짓고 있는 것도 어쩔 수 없다.

"그쪽도 열이 있는 거 아냐? 얼굴빛이 썩 좋지 않은데."

"좋을 것도 나쁠 것도 없습니다, 염려의 말씀은 감사하오나."

잠을 제대로 못 잔 원인에 눈앞의 왕자가 끼친 영향을 생각하지 않으려고 애쓰면서 카리사는 공손히 말했다. 하지만 불쑥 왕자가 손을 뻗어 이마를 만지는 바람에 펄쩍 뛰어 뒤로 물러났다. 커다래진 그녀의 눈을 쳐다보며 왕자가 까딱까딱 손짓했다.

"와봐, 열 좀 재보게."

"아, 아뇨, 배려는 감사하오나, 왕자님께서 신경 쓰실 만한 일이 아닌 듯합니다."

"신경 쓰여. 여기서 마음대로 아파도 되는 건 에스테르 하나라고. 저 빨간 머리야 어쩌다 한 번이니 그렇다 쳐도, 그쪽은 여기 온 지 며칠이나 됐다고 말이지. 척 보기에도 삐쩍 말라서 병치레 좀 하게 생겼는데 내 동생한테 그런 시녀는 짐만 되고 필요 없어."

'필요 없다'는 한마디는 축 처져 있던 카리사를 발끈하게 만들고도 남았다.

"사람 보는 눈이 젬병이시군요, 루키아노스 왕자님!"

"허?"

"제가 겉보기에 살집이 없어서 병치레 운운하시는 모양인데, 지난 몇 년간 이렇다 할 병으로 드러누운 적 없는 강골입니다. 전에 한 번은 상한 생선스튜 때문에 견습무녀들 절반이 넘게 배탈로 난리가 났어도 자고 일어났더니 멀쩡해진 사람이 바로 저였습니다! 못 먹어서 살이 못 찐 걸 어쩌라고요, 저처럼 한 달의 절반은 죽 한 그릇으로 버티면서 살면 설사 왕자님이라고 해도 꼬챙이처럼 꼬들꼬들 마르지 않고 배길 수 없을 걸요? 그래도 전 용케 키는 이만큼 컸습니다, 살이야 앞으로 먹어서 찌울 작정이니까 두고 보시면 알겠지요!"

누구에게도 못한 말을 마구 쏟아냈다. 속은 시원했으나 그렇게 에너지를 소모한 결과 뒷골이 땅기며 눈앞이 핑 돌았다. 이마를 누르며 비틀대는 그녀를 왕자가 붙잡아주면서 나무랐다.

"어디가 아파도 단단히 아픈 게 확실하군."

"아니요, 아픈 게 아니라……."

카리사는 어지럼증을 가누며 너무도 익숙한 몸의 반응을 의식했다. 결국 간밤에 그 소동 끝에 말린 무화과 한 쪽도 못 먹고 맞이한 오늘 아침 역시 아픈 투렐리아 옆에서 양껏 먹는 게 민망해 멀건 보리죽 한 그릇을 먹는 둥 마는 둥 했던 터였다.

그 사실을 증명하듯, 위가 꾸루루루룩 하고 크게 울었다. 왕자가 어떤 표정을 짓고 있을지 상상조차 하기 싫어 고개를 푹 숙인 채 카리사가 말했다.

"전 배가 고플 뿐입니다."

어쩐지 서러워져서 그만 눈물까지 났다. 이전에 언제 울었는지 기억도 안 날 만큼 오랜만에 우는 건데, 하필 그게 왕자님 앞. 아마 배고파서 우는 줄 알겠지. 이미 창피함의 단계는 초월했다. 될 대로 되란 기분으로 카리사는 체면이고 뭐고 내던지고 엉엉 울었다.

"어이, 울지 마. 배가 고프면 뭘 먹으면 되지 뭐 그게 울 일이라고. 글쎄, 울지 말래도 그러네? 어린애도 아니고…….”

왕자가 이 뜬금없는 울음에 황당해 하다가 팔자에 없는 애 달래기를 시도해 보는데, 울음소리가 꽤 멀리까지 들렸는지 저 맞은편 복도에서 시녀들이 하나둘 무슨 일인가 하고 얼굴을 내밀었다. 그들은 왕자와 그의 품에 고개를 숙이고 울고 있는 카리사의 등만 보고는 저희들끼리 얼굴을 마주본 뒤 말없이 절을 하고 사라졌다. 왕자에게 변명의 여지 따위는 없었다.

화장실에 갔다가 돌아오지 않는 그를 찾아보라고 록사네가 보낸 왕자의 시종도 계단 부근에서 들려오는 울음소리를 듣고 얼굴을 디밀었다. 왕자의 시종 또한 그를 가늘어진 눈으로 쳐다본다. 왕자가 카리사의 등을 토닥거리며 중얼거렸다.

“그래, 내가 울렸다. 내가 천하의 난봉꾼 루키아노스 왕자라 이거지.”

우여곡절 끝에 카리사는 벌겋게 부은 눈으로 에스테르 공주에게 정식 인사를 하게 되었다. 잘 웃지 않는 공주의 입가에 희미하게 미소 비슷한 것이 드리워졌다.

“대단도 하셔요, 오라버니. 잠시 화장실에 가신다던 분이 그새 위에 가서 애도 울리시고.”

“글쎄, 내가 울린 게 아니래도. 말은 바로 해야지, 이 녀석이 배고프다면서 마구 울기 시작했단 말이야. 무화과, 내 말이 틀려?”

인사 후에 마련된 제 의자에 앉아 빵을 입에 물고 있던 카리사가 푹수그린 고개만 까딱까딱 끄덕였다. 사람이 창피해서 쪼그라들 수만 있다면 카리사는 지금쯤 벼룩만 해져서 자연의 품으로 돌아갔을 텐데 대신 그녀는 쌍둥이 남매의 식사 자리에 한 자리를 차지하고 있다. 왕자가 그를 데리러 온 시종에게 다른 시녀를 올려 보내 투렐리아를 간호하게 하라고 말하고는 안 간다는 카리사를 질질 끌고 내려온 까닭이다. 에스테르의 응접실에 카리사를 옆구리에 끼다시피 한 왕자가 나타나 이 궁 안에서 굶어 죽을 뻔한 사람을 데려왔다고 말했을 때 카리사에게 쏠린 시선들을 생각하면 벼룩이 되는 것조차 지나치게 큰 건지도 모르겠다.

먹자. 만사가 어그러졌고 벼룩도 되지 못할 테니 뻔뻔해지는 수밖에. 상황은 말도 못 하게 우스꽝스럽건만 음식은 맛이 있으니 정말 나는 튼튼하구나 하며 카리사는 먹고 또 먹었다.

"그러다 얹히겠어. 물에 숯을 탄 맛이긴 한데 없는 것보단 나을 테니 포도주도 마시면서."

카리사가 먹는 걸 싱글거리며 지켜보던 왕자의 말에 에스테르도 말했다.

"그래요, 오라버니 말대로 포도주도 마셔가며 천천히 들어요."

카리사는 네, 하고 중얼거리곤 포도주 잔을 들어 고개를 돌리고 아주 천천히 잔을 비웠다. 카리사를 보면서 연신 포도주만 홀짝이는 루키아노스 왕자에게도 에스테르가 한마디 했다.

"오라버니는 포도주만 마실 게 아니라 다른 것도 좀 드시구요."

"아아, 난 아침에 이것저것 많이 먹지 않잖아. 이거면 됐어."

"기껏 오랜만에 찾아와 여동생과 식사하면서 물에 숯을 탄 맛 같다는 포도주만 마시다 갈 거란 말씀이시군요?"

"오라비가 안 됐다고 생각하면 록사네에게 다른 포도주를 가져오라고 분부하렴, 내 사랑스러운 누이야."

"내 앞에서도 이러니 다른 곳에선 오죽할까. 말해 봐요, 오라버니. 밖에서 제대로 먹고 다니긴 하는 거예요? 설마 포도주가 생명수라도 되는

나뭇잎 사이로
반짝이는 1

양 달고 사는 건 아니죠?"

"에스테르. 나도 진지하게 하는 말인데 포도주는 생명수가 맞단다."

루키아노스 왕자의 장난스런 시선은 에스테르의 찌푸린 눈빛에 밀려 희미해졌다. 그가 은잔을 내려놓고 아몬드케이크 한 조각을 떼어 바라보며 말했다.

"당분간 걱정 안 해도 된다, 동생아. 생명수 말고도 세상에 먹을 게 있다는 걸 떠올린 지 좀 됐거든. 그렇게 술만 먹으면 바보가 된다고 어떤 겁없는 녀석이 충고를 해주더구나."

"좋은 사람이네요. 그런 사람이랑 친구를 하시라고요."

"친구라. 생각 좀 해보고."

아몬드케이크를 천천히 베어 먹으며 왕자는 카리사를 쳐다보았다. 남매가 이야기를 나누는 동안 조금은 편안하게 음식을 먹던 카리사는 그의 시선을 깨닫고 얼마쯤 가셨던 홍조를 다시 불러오면서 고개를 모로 돌려 외면했다.

"카리사."

하필 양볼 가득 음식을 넣었을 때 그녀를 부르는 소리에 카리사가 움찔하며 고개를 들었는데 왕자는 그녀를 부른 게 아니라 에스테르에게 말을 건넨 것이었다.

"저 아이, 내게 주지, 동생아?"

놀라서 급히 음식을 삼키느라 카리사는 사레가 들릴 뻔했다. 포도주의 힘을 빌려 그녀가 입에 든 걸 삼키는 동안 에스테르가 의외란 듯이 그를 쳐다보았다.

"오라버니 처소에 사람이 부족했던가요?"

"너도 딱히 사람이 부족해서 데려온 건 아니지 않나?"

"물론 그런 뜻은 아니죠. 반니 아가씨는 특별한 손님인 걸요. 그렇지만 오라버니 처소에 가면 반니 양이 무엇을 할 수 있을지……."

"나야 방랑벽이 있어서 내 처소에 있을 일도 손에 꼽잖아? 빈 궁 지키기도 지겨울 내 시종들에게 애지중지 보살필 어린 아가씨 하나 안겨주겠다 이거야. 무화과, 네가 할 일은 느긋하게 쉬면서 잘 먹고 포동포동하게 살이 오르는 일이야. 구미가 당기지 않아?"

결국 카리사가 화제에 끌려들어갔다. 카리사는 어젯밤 느닷없이 침대에 나타난 반나체의 남자를 보는 시선으로 그를 보며 고개를 저었다.

"편히 놀고먹을 욕심으로 궁에 들어온 것이 아닙니다. 왕자님의 낭속들이 일이 없는 게 그리 걱정이시면 개나 고양이라도 키우게 하시는 게 어떨까요, 말 많은 사람이 아니라."

"카리사 님."

록사네가 나직이 신음하듯 부르는 소리에 카리사는 멈칫하며 시녀장을 돌아보았다. 넙데데한 시녀장의 얼굴이 굳어진 것을 보고, 카리사는 자신이 지나쳤지 싶어 슬며시 고개를 떨어트렸다. 에스테르가 부드럽게 그녀를 감싸주었다.

"괜찮아요, 반니 아가씨가 기분 나쁘신 것도 당연해요. 애완동물이라도 들이듯이 말했어요. 오라버니가 사과하세요."

"흐응. 놀고먹기가 싫은 여자라. 어린 아가씨라 철이 없는 건가, 겉보기와 달리 야심이 큰 건가. 아무튼 나중에 할 일이 잔뜩 있을 때 달라할 테니 딴소리하지 마라, 에스테르."

"어쩌면 이리도 짓궂으실까. 반니 아가씨, 너무 기분 나쁘게 생각하지 말아요. 내가 대신 사과할게요, 하지만 오라버니에게 악의는 없어요. 본디 장난기가 많아서 그래요."

에스테르의 사과는 카리사의 마음을 풀어주고도 남았다. 또한 에스테르의 말은 카리사에게도 퍽 익숙한 상용구라서 동병상련까지 느끼며 카리사는 빙긋이 웃었다.

"전혀 마음 상하지 않았어요, 공주님. 저한테도 쌍둥이 동생이 있는데, 그 애도 악의는 없는데 말을 철없이 하곤 한답니다. 그 앤 여자앤데도 그랬는데, 공주님이야 어쩔 수 없죠. 본디 남자와 여자가 같은 나이면 남자가 더 철이 없는 것이 당연하다고 하더라구요."

"어머나. 그런 말이 있나요?"

"저도 귀동냥으로 들었답니다. 그리고 저, 제게 말을 편히 하셔요, 공주님. 카리사라고 동생처럼 불러주시면 좋겠어요. 전 이제 겨우 15년 하고도 3개월 산 어린아이에 불과하거든요."

마지막 말은 왕자를 힐끗 보면서 이를 갈듯 내뱉었다. 그가 그녀를 가리켜 말한 '어린 아가씨' 소리가 단단히 못마땅했던 것이다.

문득 에스테르의 파리한 안색에 조금 훈기가 돌더니 그녀는 가슴을 지그시 누르며 하아아, 하고 긴 한숨을 쉬었다. 카리사가 불안한 눈빛으로 어딘가 아프신 것이냐고 묻자 누이 대신 오라비가 대답했다.

"웃은 거야. 재주가 좋구나, '어린아이' 주제에 에스테르를 다 웃기고."

"……웃으신 거라고요?"

어리둥절해하는 카리사의 질문에 에스테르가 천천히 고개를 끄덕였다. 아름답지만 그 오빠에 비해 현격히 색이 옅은 그녀의 물빛 눈이 카리사를 보며 따뜻하게 빛났다. 그녀가 말했다.

"재미있는 아이구나, 카리사."

두 눈이 동그래졌던 카리사가 이윽고 이를 드러내며 수줍게 웃었다.

"그런 말 종종 듣습니다."

슬며시 뜨는 허풍. 머쓱함에 시선을 내린 그녀가 덥석 빵을 들어 베어 물었다. 발갛게 물드는 뺨에, 반짝이는 에메랄드 빛깔의 눈 속에서 황금 빛 파편이 즐겁게 춤을 춘다.

술잔 너머로 그녀를 보는 루키아노스 왕자의 눈에 아스라이 광채가 돌았다.

아침식사를 마치고 루키아노스 왕자는 동생에게 바깥 공기를 쐬게 할 테니 준비를 시키라고 말했다. 밖에는 비도 세찬데다 아직 에스테르에게 산책은 힘에 부쳐보여서 누군가 말릴 줄 알았는데 록사네 시녀장도 잠자코 있어서 카리사는 의아했다.

어쨌든 카리사는 처음으로 공주의 외출 준비를 거들며 뿌듯함을 느끼는 한편, 자신만큼이나 앙상하면서 키는 아엘리아보다 작은 에스테르를 안쓰럽게 생각했다. 약혼자가 있는데도 여태 혼인을 하지 않은 데엔 이처럼 가냘픈 몸도 이유가 되지 않을까 나름대로 짐작해 보았다.

"자, 내 동생. 어이쿠, 그새 살이 쪘나? 뭐가 이리 무거워?"

단장을 마친 그녀를 데리러 온 루키아노스 왕자가 에스테르를 훌쩍 안 아들고는 끙끙대는 시늉을 했다. 그대로 가뿐한 발걸음으로 그가 방을 나 섰다. 오빠가 동생을 안거나 업는 것. 바로 그것이 남매간에 익숙한 산책 방법임을 카리사는 배우게 된다. 루키아노스의 품에 안겨 있자니 에스테 르의 왜소함이 더 두드러졌다.

'이 둘도 누가 빛이고 누가 그림자인지 너무도 분명하네.'

뒤따라가면서 속으로 한숨을 삼키는 카리사에게 남매간에 주고받는 대화가 들려왔다.

"조금 멀리 가도 괜찮겠어요, 오라버니?"

"아무렴. 든든히 잘 먹여주었으니 배가 꺼질 때까지 실컷 부려먹으려무나. 그렇지만 배가 꺼지면 주저앉아 울지도 모르겠다."

뒷말은 틀림없이 뒤에 있는 카리사더러 들으라고 한 말이다. 못 들은 척하며 카리사가 시선을 딴 곳으로 던졌지만 귀부터 벌겋게 얼굴이 익었다. 에스테르의 속삭이는 듯한 목소리가 빗소리에 묻혀 간신히 들렸다.

"전하께 가보았으면 하는데."

"전하라. 할아버님이 뵙고 싶으냐? 아서라, 날 보면 옳다 잘됐구나 하고 잔소리를 늘어놓으실 테니 난 거기는 못 간다. 네가 아니어도 곧 잡혀갈 텐데 왜 내 발로. 흥."

그녀가 말하는 사람이 누군지 알면서도 왕자는 딴청이다.

"어제 오셔서 저녁을 함께 들고 가셨어요. 곤한 나머지 말을 얼마 나누지도 못했네요. 오늘 갑자기 둘이서 찾아가면 놀라시겠지요?"

"안 놀랄걸. 그 녀석이라면 만사 다 예견한 것처럼 태연하게 구는데 뭐 있잖아."

"모처럼 두 분이서 매와 뱀의 게임이라도 하셔요."

"그럴 시간 있으면 잔다. 너 한 번 보고 가려고 무리해서 시간 만드느라 며칠 못 잤어."

"오라버닌 대체 무슨 일을 하고 다니시는 거예요?"

에스테르의 질문에 옆에 있는 두 시녀를 비롯해 우산을 든 시종들까지 귀를 쫑긋 세우는 분위기라 카리사도 덩달아 호기심을 느꼈다. 하지만 들려온 대답은 두루뭉술하기 짝이 없다.

"시간 잘 가는 일."

"뭘 하면 시간이 그리 잘 가는데요?"

"길에 시간을 버리고 다니면 돼."

"오라버니는 정말, 심술쟁이예요. 어째 나이가 들수록 더 장난이 심해지는 걸까."

좀 더 다그쳐 볼 법도 한데, 에스테르는 그렇게 맥없이 나무라는 것으로 끝이다.

이윽고 아르키스 황자의 궁전에 도착한 그들이 응접실로 안내받고 얼마 안 되어 록사네에 비하자니 아들뻘로밖에 보이지 않는 시종장이 나왔다. 황자는 천문수업 중이라 바로 나오지 못하신다면서 잠시 기다려주십사 하는 시종장의 말에 루키아노스 왕자가 인상을 찌푸렸다.

"기가 막히는군. 에스테르가 여길 이틀에 한 번씩이라도 오나? 너 말해보렴, 내가 없는 사이 여기 궁전 바닥이 닳게 드나들기라도 했어?"

에스테르가 곤혹스러워하는 눈빛을 지어도 루키아노스의 언성은 낮아지지 않았다. 그가 시종장을 차갑게 노려보며 내뱉었다.

"그럴 턱이 없지, 내가 너를 모르는 것도 아니고. 여기 주인은 혼자 세상의 공부를 다 하시는 모양이구나. 왕조의 홍복이로다! 그리 공사다망하신 분께 미리 방문하겠다는 기별도 드리지 않고 찾아뵌 이 조카의 무례를 사죄드린다고 말씀드리시게."

당장 되돌아갈 태세인 그에게 시종장이 붙잡는 말을 올렸으나 왕자는 뒤도 돌아보지 않고 응접실을 나가버렸다. 에스테르가 간절히 그를 불렀으나 끝내 못 듣는 척이다. 여기까지 수행해온 시녀나 시종, 그 누구도 이렇다 할 말없이 뒤를 따르는 것을 보고 카리사는 답답하게 여기다가 어느 순간 앞으로 달려 나가 왕자의 앞을 가로막았다.

"무어냐?"

두 팔을 펼치고 자신의 앞을 가로막은 카리사를 루키아노스 왕자가 쏘

나뭇잎 사이로
반짝이는 1

아보았다. 아까까지 장난스럽다 못해 능청스러워보이던 왕자의 얼굴에서 표정이 없어지자 전혀 딴 사람처럼 분위기가 살벌하다. 웃음으로 채워져 서글서글하던 푸른 눈이 이토록 냉랭해 보일 수 있는 것인지, 순간 깜짝 놀라 몸이 죄어드는 느낌이 들 정도였다.

"감히 내 앞을 가로막은 까닭이 무어냐고 물었어."

"아, 저, 저는⋯⋯."

서리라도 내린 듯 싸한 말투에 카리사는 주눅이 들어 입조차 섣불리 뗄 수가 없었다.

"오라버니, 제발 기분 좀 푸셔요. 카리사에게까지 그리 무섭게 말씀할 것은 또 무언지요."

공주의 말이 얼음을 녹이는 비라도 된 것처럼 긴장했던 카리사의 몸도 풀렸다. 그렇다, 나는 공주님을 위해서 이 남자의 앞을 가로막았다. 나, 카리사 베로우스 반니는 이 작은 공주님의 시녀란 말이다!

주먹을 꽉 움켜쥐고 당차게 카리사는 루키아노스를 올려다보았다. 눈이 마주치자 또 오금이 저리는 느낌이 찾아왔지만 이번만큼은 호락호락 밀리지 않겠다는 각오로 입을 열었다.

"귀를 좀 빌려주십시오, 왕자님. 까닭을 말씀드리겠습니다."

찬찬히 카리사를 쳐다보던 그는 다른 시녀와 시종들에게 열 걸음 뒤로 물러나라고 말했다.

"자, 무슨 대단한 말을 할지 기대하마."

왕자의 빈정거림에 카리사는 헛기침을 하고 낮은 목소리로 말했다.

"공주님의 의사를 존중해 주시지요, 왕자님. 아까부터 공주님께서 말하려 하는 것을 왕자님께서 전혀 안 듣고 계시지 않습니까? 위력으로 공주님이 오라버니를 이길 수 없음을 누구보다 잘 아실 거면서 이처럼 막무가내로 나오시는 것은 결코 온당치 못한 처사이십니다."

"온당치, 못한, 처사?"

눈싸움이라고 표현해도 좋을 만한 기세 겨루기가 시작되었다. 여전히 표정이 없는 왕자의 눈빛은 예전의 카리사라면 버텨낼 종류의 것이 아니었다. 그러나 지금의 카리사는 견뎠다. 이겨낼 수는 없으나, 밀리지는 않았다.

그리고 마침내, 루키아노스 왕자가 먼저 시선을 거두어 에스테르를 쳐다보며 물었다.

"어떠냐, 에스테르. 너도 같은 생각이더냐?"

에스테르는 약간은 머뭇거리다가 고개를 끄덕이며 대답했다.

"여기까지 데리고 와주셨으니 조금만 더 인내심을 발휘하셨으면 좋겠어요, 오라버니."

"아아, 물어본 내가 바보지. 이 못난 오라비가 네 하늘같은 약혼자를 어찌 이길 수 있다고."

과장된 태도로 빈정대는 왕자의 태도는 어느새 능청스러운 본래 모습으로 돌아가 있었다. 휙 돌아서서 응접실로 향하면서 그는 거푸 땅이 꺼지라는 식의 한숨을 쏟아냈다. 정말 화가 났다기보다는 마치 어린애들이 그러듯이 나 토라졌다고 여봐란듯이 시위하는 것에 가까워 카리사는 슬며시 웃었다.

황자의 시종장이 다시 온 그들을 보고 반색을 하는 것을 시큰둥하게 지나치면서 왕자는 에스테르를 긴 의자에 앉혔다. 시녀들에게 공주님을 잘 보살피라고 말하는 그를 에스테르가 올려다보며 같이 있지 않을 거냐고 물었다. 왕자가 콧방귀를 뀌었다.

"나는 내 자존심 쪽을 훨씬 더 아끼고 있어서 말이다. 막내 숙부께선 신경 쓰셔야 할 학업이 많아 네게 긴 시간을 내어줄 리 없을 테니, 한 두 어 시간 후쯤에 데리러 오마."

"그러지 마시고 여기서 저랑 같이 계셔요. 두 분이 오랜만에 인사도 나 누셔야지요. 아르키스 님도 오라버니 일을 궁금해 하셨어요. 어제도 오셨 을 때 오라버니 이야기를 하셨답니다."

"그래 봤자 천문수업에 밀리는 신세인걸."

"본디 그런 분인 걸 이제 안 것도 아니시면서."

"그러니까 말이야. 막내 숙부의 철저한 계획 정신을 본받아서 나도 정 식으로 기별을 넣고 제대로 약속을 잡아 만나 뵙겠다. 그럼 동생아, 이따 보자꾸나."

더 이상 붙잡지 못하게 허리를 굽혀 에스테르의 머리를 쓰다듬어주며 루키아노스 왕자가 싱긋 웃었다. 에스테르는 못 말릴 분이라는 듯한 눈빛 으로 한숨을 내쉬었다.

왕자가 고개를 들면서 카리사를 돌아보고 손가락을 까딱했다. 무슨 뜻 인지 몰라 뒤돌아 걸어가는 그를 멀뚱히 쳐다만 보는데 그가 대뜸 그녀를 불렀다.

"무화과!"

"네!"라고 대답하고 말았다. 에스테르의 시녀들과 왕자의 시종들, 그 리고 아르키스 황자의 시종장 및 시종이 있는 장소에서 카리사는 자신이 무화과라고 선언을 한 것이다. 그 바람에 얼굴이 빨개진 그녀를 구경이라 도 하듯이 왕자가 뒤를 돌아보더니 동생에게 양해를 구했다.

"밖에서 혼자 놀기도 무료하니 저 당돌한 말벗을 좀 빌려주렴, 에스테 르."

에스테르는 그윽한 눈으로 바라보며 "카리사, 아무쪼록 부탁할게."라고 말했다. 자신을 무화과라고 부르는 남자의 말벗 따위 절대로 하고 싶지 않지만 공주님의 부탁을 거절하는 건 있을 수 없다. 카리사는 밝게 웃으면서 그리하겠노라 대답했다.

대답만큼이나 씩씩한 걸음걸이로 카리사는 왕자를 따라갔다. 하지만 응접실 문을 나서 복도에 나오자 그녀의 어깨가 축 처졌다. 힐끗 뒤를 돌아보는 눈에 아쉬움이 실렸다. 잘생긴 황자님을 다시 뵙는 걸 은근히 기대했건만. 마음이 뒤에 있으니 걸음조차 느려진 그녀를 루키아노스 왕자가 언성을 높여 불렀다.

"무화과!"

"……예, 가 아니라 왜 자꾸 절 무화과라고 하시는지요?"

맥없는 대답에 이어 발끈한 카리사가 성큼성큼 왕자에게 다가가며 따져 물었다.

"왜? 무화과 좋아하잖아."

"누가 무화과를 좋아한다고 했습니까? 제 입으로 그런 소리를 한 기억이 없습니다만."

"한밤중에 말린 무화과를 잔뜩 가져와서 몰래 먹을 정도인 사람이 좋아하지 않으면 대체 무화과는 누가 좋아하는 건데?"

잠깐 카리사는 부끄럽기도 해서 말문이 막혔지만 곧 억울하다는 뜻을 피력했다.

"지난밤에 식사를 부실하게 해서 배가 고팠을 뿐입니다. 뭐라도 먹을 생각으로 말린 무화과를 좀 집어온 건 사실이지만 그리 잔뜩도 아니었구요. 사실 저 무화과 별로 좋아하지도 않습니다. 제 앞에 세상의 모든 과일이 다 모여 있고 그 과일을 모두 한 번씩 먹어야 한다고 하면 가장 마지막에 선택할 과일이 그거라구요."

신전의 빈약한 식사에서 그나마 풍족하게 먹은 게 있다면 무화과일 것이다. 넓은 무화과 과수원이 있어서 생것이든 말린 것이든 흔하게 먹었으나 그런 이유로 이젠 잠시 멀리하고픈 과일이다. 진지하기 짝이 없는 카리사의 얼굴을 힐끗 내려다보고 왕자는 웃으며 말했다.

"좋아, 무화과는 정말 아니라고 하자구. 그럼 가장 첫 번째로 선택할 과일을 말해봐."

"석류?"

고민할 것도 없이 거의 즉답에 가까웠다.

"알겠다. 그럼 이제부터 무화과 말고 석류라 불러주지."

"예, 그럼 석류로, 예?"

이해할 수 없는 발상에 카리사가 미간을 찡그렸다. 왕자는 카리사의 표정에 아랑곳없이 "석류, 반니가家의 어린 아가씨는 석류를 좋아한다네."하고 흥얼거리며 걸음을 옮겼다.

어느새 복도의 끝이 다가와 입구가 보일 때 대기 중이던 시종이 그들을 보고는 우산을 받치려고 옆으로 다가왔다. 왕자는 시종에게서 우산을 빼앗아 들더니 카리사에게 우산을 받쳐주려던 다른 시종에게도 이곳에 남아 기다리라고 명령했다.

"혹시 아느냐, 에스테르가 기다리는 사이에 자존심을 낙타 눈물만큼이라도 회복할는지. 그때 공주님을 모시고 돌아가거라. 뭐 무화과 꽃에 나비가 날아들길 기다리는 편이 낫겠지만."

어디까지가 진담인지 모를 말을 하고 왕자는 두 시종을 뒤에 남기고 저벅저벅 걸어갔다. 카리사가 자신도 여기 남아야 할지 따라가야 할지 갈피를 못 잡고 있는데 왕자가 뒤를 돌아보며 "석류, 은근히 행동이 굼뜨구나."하고 말했다. 입술을 질끈 깨물며 카리사는 시종에게 우산을 받아 왕자를 뒤쫓았다.

"무화과도 석류도 싫습니다."

"왜, 석류는 좋다며."

"먹는 걸 좋아한댔지 누가 그렇게 불리고 싶다고 했습니까? 왕자님께
선 왕자님 이름 말고 엉뚱한 이름으로 불리시는 것이 기분 좋으실지 몰라
도 저는 다릅니다."

"그거 안 됐구나. 그렇지만 내가 그렇게 부르고 싶으니 네가 좋든 싫든
그런 건 상관없다."

뭐 이런 사람이 다 있지 하고 카리사는 왕자를 쳐다보았다. 왕자는
앞만 보며 걸으면서도 그녀의 표정을 환히 보는 듯이 싱글거리며 말했
다.

"애칭이라고 생각하는 게 어떨까? 석류, 나름대로 귀엽지 않으냐?"

"왕자님과 제가 서로 애칭을 주고받을 사이입니까? 무슨 가당치도 않
은 말씀을."

갑자기 왕자가 걸음을 멈추고 카리사에게 불쑥 얼굴을 들이미는 바람
에 나오던 말이 입으로 쏙 들어갔다. 왕자가 새파란 눈에 힘을 준 채 빤히
그녀를 쳐다보며 말했다.

"우리가 함께 보낸 밤을 벌써 잊었다고 할 참이오, 반니 양?"

"우, 우리가 함께 보낸 밤이라니요."

간밤에 자신이 모르는 다른 일이 있었던가 생각하며 눈을 깜박거리는
카리사를 왕자는 의미심장한 눈으로 보면서 어깨에 턱 하니 손을 올리기
까지 했다.

"내 비록 그대와 아침을 함께 맞지는 못했어도 잠시나마 싸늘한 침대
를 녹이는 영광을 누린 걸 이 가슴에 품고 있다오. 그대는 내게 무화과를

주었고, 나는 무화과를 먹었지. 같은 침대를 쓰며 무화과를 나누어 먹은 사이. 아아, 더 말해 무엇하겠소, 카리사. 우리의 인연은 이미 하레샤 여신의 눈에 들었을 것을."

카리사의 눈 깜박임의 빈도가 기하급수적으로 늘어났다. 왕자의 말만 듣자면 지난밤의 일은 무언가와 대단히 흡사한 일이 된다. 이른바, 신행의 준비 단계라고 할까.

혼인을 치를 남녀는 혼인 전날, 남자가 신부의 집으로 와서 여자가 쓰던 방에서 하룻밤을 보내고 다음날 아침 신부가 준비해온 음식 한 가지를 나누어 먹어야 한다. 그 후 남자는 혼인 잔치를 위해 신부를 데리고 자신의 집으로 향한다.

먼 옛날 남자가 아내를 얻을 때, 먼저 여자의 집에 들어와 몇 년 정도 일을 해주고 여자 집안의 수호신에게 정당한 대가를 치렀음을 고하고 여자를 데려가던 것이 상징적인 관습으로 남아 있는 것인데 개인차는 있어도 대부분의 사람들이 당연스레 지키고 있다. 그리고 이제는 여자 집안의 수호신보다 결혼을 주관하는 하레샤 여신을 기리는 뜻으로, 아침의 음식은 여신의 과일인 무화과로 삼는 것이다.

잠시 몹시도 혼란스러웠으나 곧 카리사는 말도 안 된다는 듯이 고개를 내저었다.

"인연은 무슨 인연이요, 왕자님께선 참 갖다 붙이기도 잘하십니다. 간밤의 일은 그저 사고였습니다, 왕자님께서 저지른 한낱 소극이었을 뿐이지 않습니까."

"그렇다고 해도 무화과는?"

"누가 왕자님더러 드시라고 던졌나요! 그리고 저는 안 먹었다구요!"

"안 먹었어?"

"물론이죠, 저는 그냥 방으로 가져가기……만 했습니다."

말하다가 문득 방으로 향하면서 두어 개 맛보듯이 먹은 기억이 났으나, 카리사는 딱 잡아뗐다. 이제 와서 먹었다고 인정하는 건 말도 안 된다. 왕자는 수상쩍다는 눈빛을 했다.

"중간에 말을 더듬은 것 같은데."

"더듬기는요, 하도 어이가 없어서 잠시 목이 멘 것입니다."

대차게 쏘아붙이고 카리사는 쿵쾅거리는 심장을 의식하며 제가 먼저 재빨리 앞으로 걸어갔다. 느긋하게 뒤따라가면서 루키아노스 왕자가 짓궂은 미소를 흘렸다.

"그래? 정말로 안 먹었단 말이지? 여신에게 맹세코?"

"……못할 건 또 뭐겠어요? 안 먹었어요, 먹었으면 제가 오늘 아침에 배가 고파 울기까지 했을라구요."

오, 여신 중의 여신, 하레샤시여, 방금 전 말은 못 들은 걸로 해주셔요. 저기 저 왕자님이 말도 안 되는 억지를 쓰고 있는 것을 현명하신 당신께서 어찌 모르실까요? 카리사, 이 미천한 종이 거짓을 고한 것을 부디, 부디 가벼이 웃으시면서 넘겨주소서.

카리사는 빈다. 눈을 꼭 감고 입술을 달싹이면서. 뒤에서 따라오는 왕자만 없으면 비가 내리든 말든 당장 무릎을 꿇고 여신의 이름을 거짓으로 기망한 것을 백배 사죄했을 것이다. 세상물정 모르는 소녀는 신심이 깊고 그만큼 표정은 비장하기 짝이 없다.

마음먹기에 따라 고양이처럼 제 발소리를 죽일 수 있는 왕자가 카리사의 바로 옆으로 와서 그런 그녀를 보고는 소리죽여 웃었다. 그러곤 시치미를 떼고 카리사의 어깨를 툭 건드렸다. 화들짝 놀라서 옆으로 떨어지는 카리사에게 왕자는 태연한 얼굴로 왼쪽을 가리켰다.

"저쪽으로 가야 해."

다시 왕자가 앞서 걸었고 카리사는 약간 뒤떨어져서 왕자를 따라갔다. 처음 가보는 길이라 여긴 또 뭐가 있나 두리번거리랴, 언제 무슨 이상한 말을 할지 모르는 왕자를 경계하랴 카리사는 바쁘다. 그렇게 한참을 걷다가 언뜻 오른편으로 멀리 보이는 궁전의 붉은 기둥이 눈에 익은 듯해서 그녀가 저기 보이는 것이 헤러반궁이 맞느냐 물었다. 왕자가 그렇다고 대답하자 그제야 카리사는 지금 가는 곳이 어딘지도 물었다.

왕자는 비가 스며들어 더욱 짙은 심홍색이 된 카프탄 자락을 펼치며 앞쪽 건물을 가리켰다.

"에스테르를 데리러 갈 때까지 여기서 비나 긋지."

담을 따라 걷다가 나타난 문을 대뜸 걷어차고 안뜰로 들어서기 시작한 왕자를 따라가면서 카리사는 눈앞에 있는 이층—주랑을 갖춘 옥상까지 헤아리자면 3층에 해당하는—짜리 전각을 올려다보았다. 옥상은 없지만 4층까지 있는 헤러반궁보다는 투박해 보인다. 하지만 언뜻 훑어본 본 담의 길이로 어림짐작컨대 이쪽이 훨씬 넓은 면적을 차지하고 있을 것이다. 카리사는 녹음이 가득 우거진 안뜰을 돌아보며 여기가 어디냐고 물었다.

"내 처소. 헤러반궁에서 가깝지?"

과연 그렇구나 하며 아까 본 헤러반궁의 지붕이 보일까 싶어 돌아보는데 카리사의 머리 위에서 낭랑하고도 감미로운 여자의 목소리가 들려왔다.

"루키아, 설마 했는데 역시 당신이군요. 시종은 어쩌고 우산을 직접 들고 있는 거예요?"

카리사가 올려다보니 아까까지 아무도 없던 옥상의 주랑 기둥 옆에 어떤 여자가 서서 그들을 내려다보고 있었다. 화장으로 볼과 눈을 두드러지게 강조한 금발머리의 여자는 탄력 있는 몸매를 감싼 황금빛 비단 튜닉 때문에 그 자체로 일종의 신상처럼 보였다.

"발레리아 님."

여자를 향해 가볍게 예를 취하는 왕자를 보고 카리사도 부랴부랴 정중히 허리를 굽혔다.

"오래 기다려야 할 줄 알았는데 오늘 내가 운이 좋군요. 어서 들어와요, 루키아. 당신을 위해 아주 좋은 포도주를 준비해 왔답니다."

화사한 웃음을 남기고 발레리아의 모습이 주랑 안쪽으로 사라졌다. 그런데 왕자는 멈춘 발을 쉬 떼려고 하지 않는다. 몇 계단 아래 서 있던 카리사가 계단을 올라가 왕자를 쳐다보았다. 냉랭함이라고 한마디로 싸잡아 말할 수 없는 묘한 싸늘함이 그에게서 감돈다.

"저어기…… 말벗이 생기신 듯하니 저는 그만 돌아가 보았으면 합니다만."

카리사가 말을 건네자 왕자가 퍼뜩 눈을 깜박거리며 그녀를 돌아보았다.

"어린 아가씨 주제에 쓸데없이 예민하군. 석류는 석류 자체로 존재 의의가 있으니 잠자코 따라와."

그녀의 대답을 기다리지도 않고 왕자가 성큼성큼 계단을 올랐다. 카리사는 그 뒷모습을 향해 '석류 같은 게 아니래도!' 라고 입속말로 투덜거리며 결국 내키지 않는 발을 떼어놓았다.

7.
열등의
자각

카리사가 왕자를 따라서 들어선 곳은 안쪽의 중정에 면해 있는 널찍한 식당이었다. 바다의 풍경을 그린 삼면의 실감나는 벽화를 비롯해 갖가지 물고기가 표현된 모자이크 바닥, 마지막으로 높은 천장 또한 바닷물이 일렁거리는 듯한 비취색이다. 중정으로 통하는 기둥들 사이로 꽃밭이나 녹음이라도 보였다면 어땠을지 모르겠는데, 지금 당장엔 비가 와서 커튼을 꼼꼼하게 내려두었다. 그 커튼마저 광택이 도는 푸른색 비단이라 그야말로 바다에 잠식된 방 같았다.

"감상이 어때, 석류?"

"……멀미가 날 것 같습니다."

비꼬자고 한 말이 아니라 카리사는 실제로 그런 기분이었다. 바다와 닮은 이 식당에 들어온 것만으로도 갑자기 멀쩡한 땅이 흔들리는 것 같은 기분이 들 지경이다. 저도 모르게 손을 뻗어 단단한 걸 붙잡는다는 게 왕자의 카프탄을 움켜쥐어버렸다. 무슨 일이냐는 듯 돌아보는 그에게 카리사는 "방금 땅이, 지진이 난 것처럼……."하고 어름거렸다.

"오래 걸어서 다리에 무리가 온 모양이로군. 이쪽으로 와. 앉을 자리를 준비해주지."

왕자는 식탁을 둘러싸고 있는 세 개의 침대의자 중에서 좌측을 살펴보더니 시종에게 쿠션을 더 준비해 오라고 일렀다. 우선 앉으라는 그의 말에 카리사는 재빨리 고개를 저었다. 왕자님 먼저, 라는 뜻으로 뒤로 한 발 물러서며 힐끗 앞을 바라보았다.

식당의 중앙 자리에 발레리아가 우아하게 기대 누워 찬찬히 카리사와 왕자를 번갈아 보고 있다. 카리사가 밖에서 볼 때도 생각했지만, 비 오는 날이라 일찍부터 환하게 피워놓은 등잔 불빛 아래에서 발레리아의 황금빛 튜닉은 더욱 빛을 발했다. 또한 사람 그 자체도.

미인이다. 카리사가 보아 온 사람 중에 단연 세 손가락으로 꼽을 만한. 아엘리아에 이어 에스테르 공주, 그리고 이제 발레리아라는 이 여자가 그녀가 미인이라고 생각한 세 번째 사람. 그런데 그 셋이 모두 느낌이 확연히 다른 미인이다.

못내 화려한 화장이 발레리아에게는 더할 나위 없이 잘 어울렸다. 눈썹을 밀고 가늘고 진하게 그린 가짜 눈썹. 반짝거리는 공작석 가루로 윤곽이 또렷이 강조된 눈. 이마며 목덜미는 새하얀 대리석 같은데 뺨과 입술은 진한 루비 빛깔이다. 입가의 진한 가짜 점하며 스톨라 밖으로 드러난 가슴 위쪽, 특히 쇄골 부분엔 아낌없이 뿌린 금가루가 반짝거려 눈이 부시다. 원숙한 굴곡을 갖춘 요염하고도 강렬한 분위기의 이 여인을 저도 모르게 넋을 놓고 쳐다보던 카리사는 발레리아의 회색 눈이 똑바로 자신을 응시해 오자 자못 놀라 시선을 떨어뜨렸다.

"못 보던 얼굴인데, 이 놀란 눈의 방울새는 누구죠?"

단순한 시녀라고 생각했던 여자를 왕자가 직접 챙기며 동석하게 하는 모습을 지켜보던 발레리아는 카리사가 침대의자에 앉기를 기다렸다는 듯이 물어왔다.

"헤메디아에서 온 반니가素의 아가씨입니다. 이번에 에스테르의 말벗이 되었지요."

"아, 속주의 귀족 아가씨……."

고개를 끄덕인 발레리아가 다시금 찬찬히 카리사를 살폈다. 졸지에 두 사람의 시선을 한 몸에 받는 신세가 된 카리사는 갑자기 목이 타는 느낌에 마른침을 삼켰다. 시종들이 음식을 내어오면서 주위가 분주해진 것이 그나마 카리사에게는 다행이었다.

수북이 얼음이 담긴 통을 예쁘장한 시녀가 들고 와 왕자 앞에 내려놓았다. 얼음 속에는 깊은 보라색을 발하는 병이 반쯤 묻혀 있다. 카리사가 그 신비로운 보라색을 홀린 듯이 쳐다보고 있으려니 발레리아가 팔을 뻗어 병을 가리키며 말했다.

"당신이 좋아할 만한 술이에요, 루키아. 그러니 그간 야만의 세계에서 방황하느라 혀가 무뎌지지 않았다는 걸 내게 증명해 봐요."

순순히 병을 집어든 왕자는 뾰족한 마개를 열고 가벼이 병을 흔든 다음 향을 맡았다. 곧 그의 앞에 놓인 술잔에 콸콸 따르더니 그대로 가져가 벌컥벌컥 들이켰다. 잔을 내려놓으며 입술을 혀로 핥는 그의 표정엔 이렇다 할 감탄도 무엇도 없었다.

"차갑군요."

"하! 그 값비싼 술을 마시고 감상이 고작. 점점 더 야만인이 되어가는 거 알아요, 루키아?"

발레리아의 힐난에도 왕자는 눈썹을 슬며시 추켜세우고 말 뿐이다. 고개를 돌려 시립해 있던 어린 시종을 손짓해 부르며 그가 물었다.

"마실 만한 음료가 달리 뭐가 있지? 아무거나 가장 순한 걸로 가져와. 반니 양께선 포도주를 많이 마시는 걸 싫어하니까."

그런 후 발레리아 앞에 놓인 잔을 가져와 술을 따르고 거기에 물을 부었다. 마지막으로 꿀과 계피가루를 비롯한 여러 향신료를 넣어 스푼으로 휘젓고서 옆에 있던 시녀에게 건넸다.

왕자가 음식 접시를 다 무시하고 작은 얼음 한 조각을 들어 입에 넣는 걸 보며 발레리아가 시녀에게서 받은 잔을 입으로 가져갔다. 미심쩍었던 눈빛에 이윽고 미소가 차올랐다.

"여하튼 얄망스러운 걸로 당신을 따를 사람이 있을까요."

보드라운 타박의 말에도 루키아노스 왕자는 무심히 얼음을 씹어 먹으며 술을 잔에 따랐다.

"아르테몬 황제 제위 시절 만들어졌을 앨르콘산産 포도주. 그래봤자 술이에요. 한 잔에 1토르를 내는 싸구려 포도주랑 크게 다를 것도, 크게 뛰어날 것도 없어요."

"또 그런 시시한 소리를. 다시없을 미식가의 소질을 갖추신 분이 그리 나오시면 쓰나요. 주어진 재능을 낭비하는 것은 신을 모독하는 일이에요, 루키아."

발레리아는 왕자가 만들어준 술을 한 모금 삼키고 만족스러운 미소와 함께 덧붙였다.

"이렇게나 맛있는 술을 즐기실 줄 아는 이가 1토르짜리 술을 마시며 별다를 게 없다고 주장하는 것은, 위악이지요."

"마음껏 마시는 걸로 족한 이에게 이런 것들은 발목을 휘감는 쇠사슬에 다름 아닙니다."

"그 쇠사슬, 황궁 안에서라면 전혀 거추장스럽지 않을 텐데."

넌지시, 황궁에 있으면 되지 어찌하여 자꾸 밖으로 쏘다니느냐는 뜻이 행간에 깔린 질문에 루키아노스 왕자는 다시 술 한 잔을 비우고 대답했다.

"이미 충분히 마셔 버릇해서인지 이런 게 아쉬워 쇠사슬에 몸을 맡길 생각은 들지 않습니다만. 술을 가리는 술꾼은 술꾼이라 불릴 자격이 없지 않겠습니까?"

거듭해서 전혀 희석시키지 않은 술을 삼키는 그를 보며 카리사는 미간을 찡그렸으나 잠자코 가까운 접시의 석류 씨앗을 숟가락으로 떠 오물거렸다. 그녀가 자유로이 발언을 해도 좋을 자리가 아닌 것은 누구보다 잘 알고 있다. 왕자가 무슨 생각으로 자신을 끼게 한 것이든, 카리사는 작은 은접시에 담긴 석류 씨앗들을 쳐다보며 말없는 석류 행세를 할 참이다.

"가져오라 한 음료수는? 주인이 자리를 비웠다고 음식 저장고마저 텅텅 비었더란 말이냐?"

왕자의 재촉에 다른 시종이 알아보겠다고 나간 지 얼마 안 되어 먼저 나갔던 어린 시종이 헐레벌떡 뛰어 들어오다가 발이 접질리면서 쟁반과 함께 앞으로 고꾸라졌다. 쟁반에 받쳐오던 두 개의 병 중 하나가 바닥에 떨어져 파삭 깨지면서 사과주스 냄새가 식당에 화악 퍼졌다.

"난리도 아니군."

"하늘에서 비가 종종 와주지 않으면 땅은 굳기밖에 더 하나요? 너무 오래 자리를 비운 제 탓을 해야지, 누굴 원망하겠어요?"

이마에 손을 짚고 루키아노스 왕자가 탄식하는 것을 발레리아가 웃으면서 조롱했다. 그사이 카리사는 연거푸 죄송하다면서 몸을 일으키는 시종을 돌아보았다.

"괜찮아요? 큰 소리가 났는데 다친 곳은요?"

"괜찮습니다, 죄송합니다, 죄송합니다."

넘어지면서도 제 몸은 뒷전이요, 병을 하나라도 잡으려고 한 나머지 타일 바닥에 된통 미끄러진 시종의 턱이며 팔꿈치의 선명한 긁힌 자국에서는 금세 벌겋게 피가 배어 나왔다. 카리사는 얼굴을 찌푸리며 아까 손을 씻고 둔 수건을 물에 적셔 닦으라고 내밀었다. 시종은 황감하다는 얼굴로 당치도 않다는 듯 두 손을 내젓고는 깨진 병이며 쏟아진 주스를 닦는 일에 동참하려고 했다. 카리사는 침대의자에서 일어나 다친 시종에게 가서 직접 수건을 주었다.

"치우는 사람이 셋이나 되잖아요. 가서 상처나 제대로 돌봐요. 상처에 발라줄 연고는 있나요? 없다면 일단 꿀이라도……."

"글리코! 손님이 저런 일까지 하도록 구경만 할 참인가?"

왕자의 말이 떨어지자 시종장이 다가와 다친 시종을 데리고 식당에서 나갔다. 카리사는 멀뚱히 그들이 식당에서 나가는 것을 쳐다보다가 자리로 돌아와서도 여전히 문 쪽을 보았다.

"헤메디아란 곳의 귀족은 참으로 소탈하군요."

발레리아의 낭랑한 목소리가 카리사의 주의를 환기시켜 그녀가 고개를 돌렸다.

"남의 시종이 다친 일에 직접 몸까지 움직이며 보살펴주려고 하는 귀공녀를 본 일이 있었나 싶네요. 하물며 존대를 하다니. 과연 에스테르에게 어울리는 말벗이랄까."

카리사는 머쓱하게 미소만 짓고 시선을 내리깔았다. 몸이 먼저 움직였지만, 지켜보는 이들에겐 주제넘게 보였을지도 몰랐다.

그사이 다친 시종이 무사히 지킨 병의 음료가 카리사 앞의 잔에 따라졌다. 목이 말랐던 차에 감사히 마신 내용물의 정체를 깨닫고 그녀는 활짝 웃었다.

복숭아주스다! 아주 좋아하지만 신전에 들어간 뒤로는 다 썩어가는 복숭아 한 쪽도 보지 못했던 카리사의 머릿속에서 온갖 꽃이 피고 여신을 향한 찬송이 울려 퍼졌다. 이 병이 깨지지 않다니, 여신이여, 칭송받으소서!

"뭐냐, 석류. 뭘 마셨길래 그렇게 엄청난 표정이야?"

"복숭아주스입니다. 정말 오랜만에 마시는 거라서."

왕자의 질문에 카리사는 두 손으로 쥔 잔을 자랑하듯이 들어올렸다.

"어린애도 아니고."

왕자가 혀를 차고 발레리아도 가볍게 웃음 지었다.

"어리신 것 같은데요. 올해 나이가 아마 열여섯? 열일곱은 많이 봤나?"

"열다섯하고도 삼 개월."

카리사보다 한 발 먼저 루키아노스 왕자가 대꾸했다. 내게도 입이 있다는 뜻으로 그를 쏘아보는 카리사의 시선에 아랑곳없이 왕자가 싱글거리며 말했다.

"어린애라고 불렀다가는 단단히 미운털이 박히게 되니 모쪼록 주의하시지요."

단순히 말 한마디로 사람을 미워하는 옹졸한 인간으로 치부하다니. 하고 싶은 말이 굴뚝같은 걸 참고 아예 왕자에게서 시선을 거두는 카리사에게 발레리아의 말이 들려왔다.

"아무렴요, 어린애라 불릴 나이는 아니지요. 내가 그보다 한 살 많은 나이에 기혼의 부인이 되었던 것을요. 오 년도 못 가서 처량한 과부 신세가 되었으나."

발레리아의 높게 틀어올린 머리를 보고 기혼일 거라는 예상은 했지만 과부라는 말은 뜻밖이었다. 보는 걸로는 나이도 짐작하기 힘든 여인을 카리사가 응시하는 동안 발레리아는 술을 마시며 잔 너머로 왕자를 바라보았다. 카리사도 그 시선을 따라 왕자를 힐금 쳐다보았다. 시큰둥한 표정으로 술잔을 흔들던 그가 눈길을 드는 순간, 눈이 마주쳤다. 카리사는 재빨리 석류 씨앗이 담겨 있는 은접시로 숟가락을 뻗으며 보지 않은 척 시치미를 뗐다.

"그러고 보니 좋은 게 있군."

루키아노스 왕자가 중얼거리더니 발레리아를 향해 말했다.

"오늘 오후, 아무리 늦어도 해가 지기 전까지는 이번 여행의 기념품이 이 궁에 도착할 겁니다. 시시한 것들 약간에, 그럭저럭 비단 네댓 궤짝은 챙겼지요. 에스테르에게 반은 줄 것이고, 다른 건 발레리아 님께서 보시고 황후마마께 올릴 것을 골라주시고 남은 건……."

발레리아의 눈이 살짝 커지면서 입가에 미소가 감돌았다. 하지만 이어지는 왕자의 말에 그녀의 눈이 굳었다.

"반니 양에게 어울릴만한 것으로 몇 가지 추려주시지요. 석류, 여기 이분이 이 황궁에서도 옷 잘 입기로는 단연 두 손가락 안에 꼽히는 분이야. 타이스 황후와 발레리아 님. 두 모녀가 없었다면 이 황궁은 그야말로 공동묘지나 다름없을 거야. 하하하!"

카리사는 모녀라는 말에 퍽 놀랐다. 황후의 딸? 그렇다면 아르키스 황자의 누이가 아닌가? 그런데 카리사가 듣기론 황후의 소생은 아르키스 황자 하나뿐이라고 알고 있어서 뭐가 뭔지 알 수가 없었다. 그 의문이 고스란히 드러난 그녀의 얼굴을 보고 왕자가 설명을 했다.

"설명이 너무 미약했군. 발레리아 님은 타이스 황후의 의붓따님이셔.

황후께서 첫 번째 혼인으로 얻은 가치 있는 보물 중 하나이지."

카리사는 왕자의 말을 이해하는 것으로도 머리가 복잡해 그 말을 하는 왕자의 태도에는 거의 주의를 기울이지 못했다.

"그러니까 발레리아 님께선 황녀라는 뜻인지……."

"아, 그렇게 생각할 수도 있겠군. 하지만 타이스 황후의 초혼 상대는 황제 폐하가 아니거든. 그래서 애석하게도 발레리아 님은 황족일 뿐, 황녀는 아니라 이거지."

여전히 매우 불성실한 설명이다. 카리사는 눈을 깜박이면서 왕자가 더 설명을 해주지 않을까 기다렸다. 다행히 왕자는 포도주로 입술을 적시고 말을 이었다.

"우리 고귀한 황후께서는 열여섯 살에 아버지의 명으로 마케도스 가문의 수장과 혼인을 하셨다지. 마케도스가家는 황가에서 뻗어나간 귀족 가문이야. 정확히 따지자면 지금 제위에 계신 황제 폐하의 숙부이셨던 분으로부터 비롯되지. 열셋째 숙부였나? 아무튼 사이가 꽤 좋은 숙질간이었던지 폐하께선 마케도스가家를 아주 후하게 대했고 때문에 금세 수도의 쟁쟁한 귀족 가문들 사이에서 한 자리 단단히 잡았지. 그런데 그분은 폐하와는 달리 자식 운이 아주 박했어. 알려진 후실만 해도 열 명이 넘는데 얻은 자식은 딸 셋에 아들 하나가 전부였어. 그나마 딸 셋도 일찍 죽었고. 그나마 그 아들도 마찬가지로 자식 때문에 피눈물을 쏟을 운명이었어. 나이 육십이 다 되도록 소생이라고는 딱 한 명, 여기 발레리아 님뿐이었거든."

황녀는 아니라고 해도 황실과 아주 가까운 황족이라는 사실을 이해하고 카리사는 고개를 끄덕였다. 왕자는 손가락을 딱 튕기며 짐짓 과장된 표정을 지었다.

"어떻게든 아들을 얻으려고 절치부심, 손녀뻘의 어린 신부를 얻었거늘, 하늘도 무심하시지 딱 나이 육십을 채우고 생을 마감하는 바람에 황후는 혼인하고 1년도 안 되어 미망인이 되고 마셨지. 그 이후 황후께서는 막대한 유산을 물려받은 의붓딸과 함께 황궁에 들어왔고 다이몬 황제의 계비가 되셨어. 그리고 너도 알다시피 에스테르의 약혼자가 될 아르키스 황자를 생산하셨어. 황가의 영락한 수많은 곁가지들 중 하나였던 여자가 단 두 번의 결혼으로 지고의 위치에 오른 이야기야. 오, 아리우스여, 저 고귀한 운명에게 가없는 축복을 내리소서."

황후의 건강을 축수하는 짧은 말에 이어 루키아노스 왕자는 포도주를 쭉 들이켰다. 덤덤히 제 잔을 들여다보는 발레리아는 웃는 듯 마는 듯 묘한 표정이다.

"어때, 귀가 번쩍 뜨이지 않나, 반니가家의 영애께선?"

왕자는 엉뚱한 질문을 던지곤 고개를 갸우뚱하면서 웃었다.

"적어도 타이스 황후는 황가의 자손은 되었으니…… 속주의 귀족 여식이라면 혼인을 네 번쯤은 해야 하는 건가? 어떻습니까, 발레리아 님. 네 번도 너무 적을까요?"

"그것은, 개인의 기량에 달렸겠지요."

발레리아의 눈이 카리사에게 다가와 한차례 전신을 훑었다.

"행운의 신이 반니 양께 웃어준다면야 장차의 일을 어찌 알겠어요?"

"지당하신 말씀입니다. 사람은 수작을 부리고 신들은 변덕을 부리는 법. 앞날에 어떤 그림이 펼쳐질지 한갓 인간이 무슨 수로 알겠습니까? 하하, 아하하하!"

왕자는 너털웃음을 쏟아내더니 가득 채운 술을 거침없이 들이켰다. 입가를 손등으로 훔치고 다시 술을 따르는 그의 몸짓에 독기 비슷한 게 흐르는 것을 카리사는 비로소 느꼈다.

카리사는 야릇한 기분이었다. 무언가 의미심장한 대화를 그녀가 아는 게 통 없어서 코앞에서 놓치는 느낌이다. 이야기에 카리사를 끌고 들어간 것은 단순히 두 사람이 신경전을 벌이기 위한 수단이었을 뿐이라는 감 정도는 있다.

대체 이 둘은 어떤 사이일까. 몹쓸 호기심을 바수듯이 카리사는 석류 씨앗을 오도독 깨물었다.

왕자가 에스테르를 데리러 가야 한다는 핑계로 술자리는 일찍 작파했다. 변함없이 빗줄기가 하늘과 땅 사이를 맺는 끈을 드리운 가운데, 크노밋궁으로 향하면서 카리사는 이번에야말로 황자를 볼 수 있을지 내심 자신의 행운을 점쳐 보았다.

'뭐야, 행운이라니. 별로 그분이 보고 싶은 것도 아니라구.'

고개를 도리도리 저으며 카리사는 들뜬 기분을 부정했다. 이렇다 하게 말을 많이 나눈 것도, 아는 것도 별로 없는 사람을 고작 생긴 것에 끌려 혹하는 것은 한심하다고 생각했다.

그리고 생긴 것만 보고 설레고 말고 할 거라면 당장 눈앞의 저 남자한테도 그래야 한다. 술을 그렇게 마시고도 걷는데 흐트러짐조차 없는 루키아노스 왕자의 뒷모습에 카리사는 새삼 고개를 내저었다. 의심의 여지가 없는 술꾼. 최근에 만났던 술꾼인 그 남자도 생긴 건 참……

"설마하니 거기서도 아무한테나 존대하고 그래?"

갑자기 왕자가 물어온 질문에 카리사는 눈만 끔벅거렸다. 얼른 이해가 안 가는 질문이었다.

"아까 내 시종한테 보인 태도 말이야. 말하는 게 쓸데없이 공손했잖아."

"아, 저도 모르게. 지난 몇 해간 해온 게 있으니 쉽사리 하대가 나오질 않습니다."

"명색이 귀족 아가씨인데, 신전의 무녀라곤 해도 모시는 하인 한둘은 두지 않나?"

"아무나 무녀로 받아주는 것은 아니지만, 일단 무녀가 된다면 속세에서의 귀천은 크게 중요치 않습니다. 하인을 부리는 것도, 은의 무녀로 승격한 다음에나 가능한 일입니다. 견습무녀에서 청동의 무녀까지, 최소 십년 정도는 서로 간에 거의 평등하게 지내지요."

"아아, 그래서 묘한 버릇이 들었군."

왕자는 고개를 주억거리고는 이어서 말했다.

"그 버릇, 하루라도 빨리 고치는 게 좋아. 여긴 철저하게 힘의 논리가 지배하는 곳이야. 약한 사람에게 강하고, 강한 사람에게는 약하게 굴지. 상냥함이란 것도 힘이 있는 사람이 쓸 때에나 감격하는 거지, 아무것도 아닌 주제에 남발하는 상냥함 같은 건 누구에게도 인정받지 못해. 오히려 후환 없이 이용해 먹을 봉 정도로 여기지 않으면 다행이지."

"저는 굳이 뭔가 인정받자고 그러는 것이 아닌데……."

왕자는 그러니까 너는 어린아이라는 표정으로 한쪽 입꼬리를 비틀며 웃었다.

"여긴 하레샤 여신의 신전이 아니야. 황궁이라고. 황궁에서는 황궁에 맞는 살길을 도모해야지, 석류?"

카리사는 가만히 입술을 깨물며 눈을 깜박거렸다. 그가 다시 앞을 보며 중얼거렸다.

"뭐, 야심하고는 전혀 관계없이 사는 인생도 나쁘진 않으려나. 저런 여자도 있고, 이런 여자도 있고. 어쩌면 대놓고 촌스러운 것이 사는 데에는 훨씬 편할지도 모르겠다."

왕자의 말을 모두 알아들은 것은 아니나, 적어도 한 가지는 분명했다. 그의 눈에 그녀가 얼마나 촌스럽게 보이는지. 그녀가 야심도 무엇도 없는 속주 출신의 반편이로 보인 거라면······.

카리사는 미간을 찡그렸다. 실제로 자신이 반편이가 아니라 주장할 무엇도 없음을 깨닫고 그 찌푸림에는 충격 또한 스며들었다.

'아무것도 아닌 것이 되려고 여기까지 온 게 아니야, 그건 지금까지로 충분했어. 뭐라도 될 거야. 되고 말 거야. 이래도 내가 야심이 없는 거야?'

카리사는 굳어진 얼굴을 애써 움직여 미소를 짓고 다른 화제를 꺼냈다.

"발레리아 님께선 지금 황궁에서 사시나요?"

"황궁에 살면 가서 놀아달라 청할 참이야? 아서, 그 여자는 귀한 만큼 바쁘신 몸이야."

"무엇을 하시는데 그리 바쁘신 겁니까? 황후전하의 일을 돕기라도 하시는지요?"

루키아노스 왕자가 그녀를 돌아보았다. 이번엔 미간에 줄이 생겨 있다.

"그 여자한테 관심이 퍽 많구나, 석류."

"참으로 아름다운 분이라고 생각했습니다."

"타이스 황후가 나이가 든 지금, 황궁 제일의 미인을 본 셈이다, 너는. 그것이 부러우냐?"

황궁 제일의 미인이란 소리에 카리사는 눈을 동그랗게 떴다가, 잠시 후 고개를 저었다.

"부러워한다고 제가 그분이 되는 것도 아닌데요, 뭘. 다만 그분이 그 아름다운 외모 속에 무엇을 갖추고 계신지 궁금해서 그럽니다."

"갖추고 있는 것……. 알아 뭐하게? 알면 본받기라도 하려고?"

"좋은 점이라면 노력이야 할 수도 있지요."

왕자가 걸음을 멈추었다. 그는 천천히 고개를 가로젓다가 중얼거렸다.

"다른 사람을 고르도록 해. 그래, 알맹이라면 에스테르를 본받는 게 좋겠어."

조각 같은 얼굴에 무어랄까, 우수? 회의? 하여튼 그늘이 또렷했다. 가라앉은 푸른 눈이 카리사에게 향했다.

"같은 그릇을 쓰지만 한쪽은 둘, 한쪽은 아무것도 없는 것을 담고 있다. 둘 다 하레샤의 품에 존재한다. 그 그릇은 무엇이지?"

어려울 것 없는 수수께끼. 카리사는 "알."이라고 대답했다. 왕자는 엷게 웃고 다시 물었다.

"너는 어느 쪽이 되고 싶지?"

"고를 수 있는 문제라면 날개 달린 새를 택하고 싶습니다."

"그래. 그걸 골라."

걸음을 옮기기 시작한 왕자를 한 보 늦게 뒤따라가면서 카리사가 중얼거렸다.

"그렇지만 제 기호와 무관하게 저는 뱀이라고 대답하는 게 옳습니다."

다시 왕자의 발이 멈췄다. 돌아보는 얼굴에서 푸른색 눈이 쨍하도록 서늘하게 빛났다. 왜 갑자기 그런 눈빛을 짓는지 알 수 없는 카리사는 우산 손잡이를 조물거리며 말했다.

"저희 반니가家는 본디 금세공을 가업으로 여기던 조상들로부터 비롯되었거든요. 그래서 가문의 수호신이."

나뭇잎 사이로
반짝이는 I

"가르나. 푸른 뱀이로군."

카리샤는 크게 고개를 끄덕였다.

가르나, 어둠과 달의 신 마라의 사자使者이자 땅속 세계의 지킴이인 그 신을 사람들은 푸른 뱀이나, 뱀머리를 한 푸른 옷을 입은 사내로 형상화한다. 땅속 세계의 지킴이란 역할 때문에 광물을 다루는 대장장이들에게 인기 있는 수호신이다. 금세공인이었던 반니가家의 조상 또한 그런 이유로 가르나를 모셨고, 금세공과는 전혀 관계없이 사는 지금에 이르러서도 반니가家 사람들의 인장 반지에는 푸른 뱀이 절대로 빠지지 않는다.

"너까지 뱀이라니."

왕자의 한탄 같은 중얼거림에 카리샤는 의아하여 물었다.

"누구 달리 수호신이 뱀과 관련 있는 사람이 있습니까?"

"있지. 여기 있는 나."

"예? 네메트러스 왕조의 수호신은 아리우스가 아닙니까?"

"아니. 어디까지나 제국의 수호신이 아리우스이고, 네메트러스 왕조의 수호신은 슈파르나. 그러고도 황손들은 태어나는 날이며 남녀의 차이에 따라 제각각 수호신이 달라지지."

"은근히 복잡하군요. 그래서, 왕자님의 수호신은요?"

"라미아."

아, 하며 카리샤의 눈초리가 험악해졌다. 하레샤를 모신 무녀로서 자연스러운 반응이었다. 신들의 세계에도 동지가 있고 적이 있는데 하레샤에게는 라미아가 바로 앙숙이었다.

라미아 여신은 전쟁과 소요의 여신, 한마디로 파괴자이다. 하레샤의 비옥한 대지를 피로 물들이고 소금을 뿌려 불모로 만드는 라미아, 그녀는 대단히 아름답지만 자신의 모습을 드러내는 것을 꺼려 보통 타오르는 불 속의 황금색 뱀으로 현신한다. 왕자가 너도 뱀이냐고 물을 법하다.

"뭐냐, 그 눈초리는. 내 수호신이 라미아인 게 심히 고까운 모양이구나."

"썩 좋은 분이라고는 빈말로도 말할 수 없지요."

"아, 그래도 누구처럼 바람둥이는 아니지."

"어머, 바람둥이라니요? 진심으로 그런 불경스러운 말씀을 하시는 건 아니지요? 우리 하레샤 여신의 가호가 없었다면 왕자님의 어머님께서 어찌 두 분을 낳으셨단 말입니까!"

어지간한 남성 신들과의 사이에 못해도 한 명씩은 소생이 있는 하레샤를 바람둥이라고 비꼬는 말에 카리사가 발끈해서 따졌다. 왕자는 너무도 시큰둥했다.

"그 가호란 거, 우리 어머님께는 주다 마셨지 말이다. 에스테르와 내 모친께서는 우리를 낳고 사흘 만에 눈을 감으셨거든."

미처 생각 못한 강력한 방패에 카리사는 움찔했다. 왕자가 싱글거리며 웃었다.

"그래도 내가 하레샤를 지성으로 공경해야 한단 말이냐? 말 한마디도 조심해가며?"

잠시 할 말이 없어서 시무룩한 얼굴로 뒤따라 걷기만 했다. 그러다 퍼뜩, 설득할 말이 떠올랐다. 카리사는 덥석 왕자의 옷자락을 잡으면서 눈을 빛냈다.

"그러셔야 합니다. 훗날을 위해 부디 삼가십시오."

"훗날?"

"왕자님께도 머지않아 혼인을 하실 테니까요. 게다가 왕자님께는 여동생도 있지 않습니까. 공주님의 앞날에 좋은 기운을 모아주시고 싶으실 텐데요."

카리사를 물끄러미 쳐다보는 왕자의 눈가에 설핏 쓸쓸한 기운이 스쳐갔다. 왕자는 우산 너머로 하늘을 보면서 중얼거렸다.

"빈다고 되는 일이라면야……."

이후 그는 골똘히 생각에 잠겨서 묵묵히 걸어갔다. 점차 빨라지는 걸음에 카리사는 쫓아가느라 애를 먹었다. 걷는 건지 뛰는 건지 모를 정도로 빠르게 움직인 끝에, 크노밋궁에 다다랐다. 복도를 걸어가는데 루키아노스 왕자를 맞이하러, 아르키스 황자가 직접 모습을 드러냈다.

"어서 와, 블레신."

정적인 분위기가 일소에 사라지고 어쩌면 씩씩하다 싶을 만큼 환대하는 황자와 달리 정중히 예를 갖추는 왕자의 표정은 사뭇 딱딱했다.

"오랜만에 뵙습니다, 숙부님."

"너랑 나 사이에 그리 격식 차리지 말라고 몇 번을 말해. 예전처럼 클라이저라고 불러."

그 말엔 대꾸하지 않고 왕자는 고개를 들어 동생을 데리러 왔다고 말했다. 황자가 안쪽을 쳐다보면서 에스테르는 잘 거라고 대답했다.

"잔단 말입니까? 그 아이가 여기서요?"

불신이 어린 왕자의 목소리에 황자는 고개를 끄덕였다.

"지쳐 보여서 쉬게 방을 준비해 주었어. 에스테르가 깰 때까지 그간 어찌 지냈는지 이야기나 하자. 그 애가 깨면 가볍게 점심을 들고 돌아가도 되잖아."

"잔다는 방이 어딘지 알려주시지요. 들여다보고 아픈 곳은 없는지 봐야겠습니다."

그를 이곳에 묶어놓을 요량으로 두 사람이 짜고 벌이는 일이라 생각한 왕자의 반응은 여전히 쌀쌀맞다. 제3자인 카리사가 괜히 민망할 정도의 냉랭함이었지만 지금 카리사는 그런 걸 생각할 계제가 아니다. 그녀는 왕자를 쳐다보면서 아주 빠르게 눈을 깜박거리는 중이다.

블레신. 아르키스 황자가 루키아노스 왕자더러 '블레신'이라고 불렀다. 카리사는 그 이름을 아주 최근에 들은 바 있다.

'블레신 루키아노스라고 하오.'

목소리도 그렇고 매우 닮았다고 생각을 하지 않았던 건 아니다. 그러나 곧 그럴 리 없다고 단정했다. 무엇보다 여행길에 만났던 그 남자는 타는 듯한 붉은 머리였으니까. 늘 안대를 하고 있기에 꼭 애꾸눈이라고만 생각했는데.

어딜 봐도 지극히 고귀한 인물로 보이는 이분이 머리를 붉게 물들이고, 한 며칠 수염을 기르고 한쪽 뺨의 절반가량을 가리는 안대를 쓰면 바로 그 남자가 되는 걸까? 카리사는 그 둘을 하나로 보는 것에 울렁거림까지 느꼈다.

아니, 아니, 다른 건 다 젖혀두고, 제국의 왕자쯤 되는 이가 그렇게 천둥벌거숭이마냥 홀로 돌아다닐 수 있는 신분인가? 기억을 뒤져봐도 블레신 루키아노스라는 사내 뒤를 따르는 경호부대 같은 건 본 바가 없다. 카리사의 보는 눈이 어설퍼 위장한 경호원들을 못 봤다 치자. 대체 왕자쯤 되는 이가 왜 그런 배로 장사 따위를 하느냔 말이다!

루키아노스 왕자가 여행길에 만난 그 남자가 아니라는 근거를 찾느라 눈이 튀어나오지 않을까 싶게 힘을 주고 뚫어져라 쳐다보는 카리사를 불쑥 왕자가 돌아보더니 눈살을 찌푸렸다.

"할 말이 있으면 해, 석류. 안 그래도 눈이 얼굴 절반인 애가 그렇게 쳐다보니 오싹하잖아."

할 말 많다. 당장 묻고 싶다. 하지만 막 입을 떼려던 그녀는 자리에 있는 또 한 사람, 아르키스 황자를 의식했다. 그녀는 가만히 고개를 저었다.

"아무것도 아닙니다."

실없는 녀석 보겠다는 듯 코웃음을 치고선 왕자는 황자에게 재차 동생이 자는 방을 알려달라 채근했다. 황자는 시종을 앞세워 안내하게 하면서 "예서 잠시도 지체할 수 없을 만큼 바쁜 일이라도 있어?"하고 물었다. 왕자는 무성의하게 "비가 오고 하니, 오랜만에 황궁에 온 김에 호화롭게 목욕을 즐겨야지요."라고 대꾸했다. 황자가 반색을 하고 왕자의 어깨를 두드리며 그럼 함께 목욕을 하자고 명랑하게 말했다. 왕자가 그런 황자를 쳐다보는 못마땅한 눈초리를, 카리사는 똑똑히 보았다. 그리고 새삼 놀라는 중이다.

이 두 사람, 참으로 이상한 사이가 아닌가.

루키아노스 왕자는 숙부이자 쌍둥이 여동생의 약혼자인 아르키스 황자에게 거리를 두려는—거의 성가셔하는 수준이다—것이 명백하고, 반면 황자는 이 공손치 못한 조카를 몹시 좋아한다는 것이 훤히 드러난다. 그를 차분하고 근엄하다고 생각한 카리사의 선입관마저 깰 만큼 왕자를 대하는 황자의 태도는 활발했다.

에스테르가 쉬는 방 앞에 이르렀을 때 복도의 긴 의자에 앉아 담소를 나누던 두 시녀가 그들을 보고 일어섰다. 갈색 머리 시녀가 공주가 금방 잠이 들었으니 못해도 두 시간은 주무실 거라고 말을 올렸다가 왕자의 눈총을 샀다.

결국 황자의 뜻대로 그들은 목욕을 하러 갔다. 카리사는 겨우 왕자의 말벗이라는 임무를 벗고 홀가분하게 뒤에 남겨졌다.

하지만 그 뒤의 일이 마냥 수월하지는 않았다. 다른 두 시녀와 함께 복도에서 하염없이 자는 이가 깨기만 기다리는 것이다. 카리사는 하는 일 없이 멍하니 있는 것에 소질이 없다. 그렇다기보다는 그렇게 살아오질 못했다. 당장 바닥을 보고 있자니 노는 손에 속돌이라도 들고 모자이크가 광이 나게 닦아야 할 것 같은 느낌이 들고 높은 천장을 보면 사다리에 올라가 먼지라도 털어야 할 것 같은 기분이 든다.

옆을 보니 두 시녀는 양피지로 엮은 손바닥만 한 책 하나를 가운데 놓고 보며 이따금 웃음도 섞어 소곤거리고 있었다. 물끄러미 보고 있자니 적갈색 곱슬머리 쪽이 말을 붙여왔다.

"반니 아가씨께서도 함께 보시겠습니까?"

여태껏 카리사에게 데면데면하게만 굴던 이들이 가볍게 호의를 보인 것에 속으로 기뻐하며 슬금슬금 엉덩이를 움직여 그들과의 자리를 좁혔다. 하지만 곧 카리사는 당황했다.

"라테라의 시를 보던 중입니다. 그리 고상치 못한 시라고 공주님께선 좋아하시지 않으시니 저희가 본 것은 비밀로 해주셔야 해요. 아셨죠?"

얼핏 고개를 끄덕이긴 했다. 하지만 카리사가 당황한 것은 그들이 호색적인 시로 유명한 라테라의 시를 보고 있어서가 아니라, 그들이 보는 책의 글귀를 전혀 알아볼 수 없는 제 눈 때문이다. 어디서 본 듯한 문자들……. 아, 어릴 적, 집에 남아 있던 몇 권 안 되는 두루마리 책들 속에 이런 문자를 담고 있는 게 있었던 듯하다.

"혹 좋아하는 시가 있으신지요?"

"철들기 무섭게 신전에만 계신 분께서 이런 시를 좋아하실 리 있겠어. 라테라가 누구인지 아는 것도 신기한 일이지. 아니 그렇습니까, 반니 아가씨?"

"예, 처음 듣는 이름이네요…….”

"돌아가면 빌려드릴 테니 한 번 읽어보시겠어요?"

보다 상냥한 적갈색 머리 쪽이 카리사에게 서적을 내밀었다. 로브 안쪽에 감추어 다녀도 될 만큼 작은 책자를 몇 장 넘겨보면서 카리사는 졸지에 까막눈이 된 자신의 일에 씁쓸해 했다. 그때 옆에서 갈색 머리가 말했다.

"책을 잘못 들고 계시는데…… 반니 아가씨께선 글을 그리 보십니까?"

순간 놀라서 카리사는 양피지를 넘기던 손을 움찔했다. 갈색 머리가 책을 가져가더니 엮인 부분을 가로가 되게 놓고는 책을 넘겼다. 깔보는 감정을 거의 감추지 않으며 그녀가 말했다.

"이 서적은 트라비잔의 제본 방식을 따른 터라 흔히들 건성으로 실수를 하지요. 그래도 안의 내용을 보면 되돌려서 보기 마련인데. 아, 설마…… 트라비잔어를 모르십니까?"

"일찍이 신전에 들어가셨다니 그럴 수도 있는 일이지. 너도 궁에 온 후에 글을 배웠으면서 날 때부터 아는 것처럼 굴 건 뭐니? 마음 쓰지 마십시오, 반니 아가씨."

적갈색 머리의 위로도 카리사의 무안함을 달래기엔 역부족이다. 카리사는 잠자코 입술을 깨물었다가 이왕 이렇게 된 거 솔직히 인정하는 마음으로 애써 웃음 지었다.

"그래요, 저도 배우면 알게 되겠지요. 칼비 님은 궁에 들어오신 후라 하셨고, 롤리아 님은 그전에 배우셨던 건가요?"

"예, 아버님께서 트라비잔 개인교사를 붙여주셨거든요. 미모가 변변찮으니 많이 알기라도 해야 한다면서요. 덕분에 공주님을 모시게 되었으니 선견지명이셨지요."

그리 말하는 롤리아의 미모도 어디에서 빠질 수준은 아니다. 지금 복도에 있는 시녀 셋 중에서 가장 볼 것 없는 사람을 고르라면 단연 카리사, 자신일 텐데 하물며 다른 둘은 지적인 면에서도 그녀보다 우월하다. 그나마 위로할 것은 두 시녀가 스물을 넘긴 나이임에 비해 자신이 어리니 따라잡을 시간이 있다는 정도일까.

"그래서 에스테르 공주님을 모시게 됐다는 말씀은……."

"공주님께서는 참으로 총명하신 분이랍니다. 남자로 태어났다면 능히 왕자님만큼 재기로 이름을 날리셨을 텐데, 여자 몸이신 데다 워낙 앓아눕는 일이 잦아 하시고 싶은 일의 반의반도, 아니, 반의반이 무어예요, 한주먹 정도밖에 못하시는 거지요. 그래도 인생의 태반을 침대에 누워서 보내신 분이 세 종류의 언어를 익히신 것만 봐도 퍽 훌륭하지 않습니까."

"……세 개나!"

"아프시지만 않았다면 왕자님처럼 일곱 개 언어를 익히시는 것쯤 일도 아니었겠지요."

일곱 개라니. 입이 쩍 벌어지려는 것을 카리사는 가까스로 다물었다. 롤리아는 자랑하듯이 말을 이었다.

"왕자님께서 군단에 계실 적에 보이신 활약은 어떻구요. 그대로 계셨다면 스무 살도 못 되어 장군 지위에 오르셨을 거라는데. 그전부터 뭐든 뛰어난 분이었어요. 손대시는 것마다 너무 쉽게 최고 소리를 들으셨죠. 견줄 수 있는 이라고 해봐야, 이 궁의 주인이신 아르키스 황자님 정도일까요. 그야말로 쌍둥이 남매가 하늘이 내린 천재이건만 한 분은 몸이 약하시고 또 한 분은 방랑벽이 있으시니……."

"왕자님께선 아직 스물이 못 되셨으니 군단을 떠난 게 그리 오래된 일은 아니겠군요?"

신병 모집은 최소 기준이 열다섯 살부터란 것을 고려한 질문에 롤리아가 고개를 저었다.

"황제 폐하께서 왕자님의 간청에 못 이겨 열세 살에 입대하시도록 허가했답니다."

"열세 살이요? 세상에, 그건 너무 어리지 않나요?"

"왕자님을 일반적인 기준으로 생각하시면 곤란해요. 그때도 충분히 열예닐곱 살 정도로 보이셨거든요."

롤리아가 웃음 짓더니 가만히 천장을 올려다보며 말을 이었다.

"왕자님께서 워낙 자신만만해하셔서 고생 좀 하고 돌아오란 뜻으로 신분도 감추고 일반사병으로 보냈는데 왕자님은 제 힘으로 갓 일 년 반 만에 백부장 자리까지 따내셨지요. 그로부터 일 년 후엔 기병대 대장이 되셨구요. 보고해 오는 상관의 말이 온통 칭찬 일색에, 감시하러 보낸 사람도 군대 내에서 왕자님의 인기가 대단하다고 인정하니 황제 폐하께선 처음의 기분도 잊으시고 일거에 한 부대를 이끄는 지휘관급으로 승격을 시켜주셨죠. 그러자 물 만난 고기처럼 벌이는 싸움마다 연전연승, 앞으로 몇 년이면 서쪽 야만인들의 씨가 마르겠다는 말이 나올 정도가 되었는데, 갑자기 군단을 떠나고 마셨답니다. 그게 벌써 2년 전이군요."

"무슨 일이 있었던 건가요?"

"뭐, 싫증이 나신 거지요. 공주님께서도 의아해 하셨지만 결국 또 오라버니의 변덕이 도진 게지 하고 이해하셨어요. 사실, 왕자님께선 모험심이 유별나시거든요."

끈기가 없다는 걸 돌려서 표현한 듯도 하다. 아니면 천재의 권태, 뭐 그런 것일까? 하여간 자신과 비슷한 나이에 저 왕자는 군대에서 백부장 노릇을 하고 있었다는 사실이 아직 실감이 나지 않아 카리사는 눈을 깜박이다가 다시 묻고 싶은 게 생겼다.

"아르키스 황자님 정도면 견줄 수 있다고 하셨죠. 전하께서 그토록 대단하십니까?"

"아무렴요. 어느 분의 약혼자시라구요."

롤리아는 크게 고개를 끄덕이더니 이내 덧붙여 말했다.

"세상에 다시 보기 힘든 번듯한 분이랍니다. 그 어떤 추문 한 번 없이 성실하게 자신을 단련하고 학업에 매진해 오셨어요. 여자라곤 에스테르 공주님 외엔 거들떠도 보지 않고요. 지금도 학술원 박사 출신의 개인교사가 여덟 명이나 되는데, 그 여덟 명이 모두 다른 언어를 쓰는 외국인이라니 대단하다고 말하지 않으면 달리 어떤 말을 할 수 있을까요?"

이해 범주를 넘어선 찬탄에 카리사는 맞장구치듯 고개만 주억거리다가 당장 이해하지 않으면 안 될 일이 생각났다.

"그러고 보니 아까 황자 전하께서 왕자님을 달리 부르시는 걸 들었습니다. 블레신이라고……. 그리고 황자 전하께서도 자신을 클라이저라고 부르라고 하시더군요. 황족들에겐 평소 쓰는 이름과 다른 이름이 있는 것입니까?"

"아, 그것은 아명兒名이에요. 성년이 되는 해 생일에 황족의 남성은 어른이 되었다는 의미로 새 이름을 받거든요. 보통 훌륭한 치적을 남긴 조상의 이름을 승계하지요. 황자님은 제3대 황제이셨던 아르키스 대제의 이름을, 왕자님께선 아르키스 황제의 오른팔이었던 루키아노스 장군의 이름을 따르셨어요. 황제 폐하께서 친히 이름을 내려주셨답니다. 어쩌면 일찍이 돌아가신 넷째 황자님 생각이 나셔서 그랬을지도 모르겠지만요. 왕자님의 아버님이신 그분 이름도 루키아노스였으니까요."

그것이 얼마나 의미심장한 일인지 아직 카리사로서는 알 수 없다. 다만 각자에게 어울리는 이름이라고 생각했다. 자신처럼 이름이 사람에 비해 넘친다는 느낌은 전혀 없다.

"군대를 떠나신 후 왕자님께서는 무얼 하신 거죠? 이번에도 퍽 오랜만에 돌아왔다는 말을 언뜻 들었는데."

"네, 거의 여덟 달 만에 황궁에 돌아오신 걸요. 날이 갈수록 떠나계시는 날이 늘어서 큰일이에요. 처음엔 두 달, 석 달 간격이더니 이젠 여덟 달이 되어버렸어요. 다음에 떠나시면 일 년이 넘으시는 거 아닌지 모르겠네요."

"어디를 그리 다니시길래……."

"여행이지요. 제국을 모조리 돌아보는 것으로 모자라 극동의 나라까지 훑으시겠답니다. 그 귀하신 분께서 변변찮은 호위병조차 없이 다니시는 배짱을 어디에 견줄 수 있을까요."

말은 나무라듯이 해도 카리사는 롤리아의 눈빛에서 그녀가 열렬한 왕자 숭배자라는 것을 느낄 수 있었다. 카리사는 또르르 눈을 한 번 굴려보다가 문득 이맛살을 찌푸렸다.

"공주님께서 오라버니 때문에 걱정이 크신 거 아닌가요? 가뜩이나 약하신 분이 노심초사하시는 건 더 몸에 안 좋을 텐데요."

"후훗. 공주님께선 오라버니를 절대적으로 믿으십니다. 왕자님께 자신의 몫까지 힘을 내서 세상의 모든 곳을 보아 달라 말씀하신 적도 있는 걸요. 왕자님이 떠나 계신 동안 공주님은 아침에 일어나면 제일 먼저 오라버니의 무사 평안을 기원하시지요. 그다음으로 아르키스 황자님을 위해 기도하시고. 공주님은 스스로를 위해 기도하는 일이 없는 분이에요."

거의 늘 병상에 한 발 담고 사는 여동생이 먼 하늘 아래 있을 오빠를 위해 기도하는 모습. 애잔하고도 사랑스러운 일이다. 심성이 고운 분을 모시게 되었다는 기쁨을 새삼 느끼면서, 그 착한 분이 그토록 믿는다는 남자를 얼마쯤 달리 보게 되었다.

대단한 사람일지도.

아르키스 황자, 루키아노스 왕자, 또 에스테르 공주까지. 황족은 단순히 황금 꽃밭에서 꽃이나 희롱하며 사는 나비는 아니었나 보다. 그들을 하나하나 떠올리면서 카리사는 아름다운 치장 벽토와 그림들로 꾸며진 천장을 올려다보았다.

그녀가 지내던 신전 대참배소의 천장만큼이나 높은 천장. 청동의 무녀가 되지 못한 그녀는 끝내 그곳에 들어갈 자격을 얻지 못하고 떠났다. 하레샤의 탄신일에 대참배소의 문 앞에 엎드려 배례하는 견습무녀들 속에서 활짝 열려진 문 너머로 안을 훔쳐본 것이 고작이다. 대참배소 가장 깊숙한 곳의 기단에 서서 경배하는 무녀들을 엄숙히 내려다보는 하레샤 여신의 황금신상은 얼마나 찬란했던가.

카리사에겐 지금 세 황족의 존재가 대참배소 안의 황금신상처럼 느껴졌다. 아주 가까이까지 왔으나, 그래도 너무 멀다. 그녀는 저기서도 여기서도 방관자 내지는 구경꾼일 따름이다.

'나는, 이다지도 시시한 존재였구나.'

그런 자각이 칼날처럼 그녀의 몸을 베고 지나갔다.

8.
엎어진
게임판

　다음날 오전, 아르키스 황자가 기별도 없이 에스테르의 처소를 찾았다. 하지만 전날 쌍둥이 오라비와 약혼자까지 함께 저녁까지 시간을 보낸 일로 들떴던지 간밤에 평소보다 늦은 취침을 한 에스테르는 아침부터 미열이 있었다. 깨어서 죽 한 그릇을 묵묵히 비운 그녀는 시녀들이 읽어주는 이야기에 귀 기울이다가 두통이 도져 다시 잠자리에 들었다.

　공교롭게도 투렐리아와 같은 방을 쓰는 칼비도 아침부터 몸살 기운이 생겨 시녀 둘이 자리보전을 한 상태이다. 조이스와 롤리아가 공주의 병구완을 위해 침소에 있었고 시녀장은 카리사와 함께 응접실에서 천을 마름질하고 있었다. 그러던 차에 황자가 왔다는 시종의 말에 록사네 시녀장은 흠, 하고 가위를 내려놓았다.

　"방랑자가 돌아오니 은둔자 처소 문턱도 닳겠군."

　어떤 의미인지 카리사도 얼추 짐작이 가는 말에 빙긋이 웃고 있는데 시녀장은 카리사에게 일어나지 않고 무엇을 하느냐 물었다. 카리사가 어름거리며 물었다.

"공주님께서 저러고 계시니 황자 전하께서도 바로 돌아가시지 않겠습니까?"

"그렇다 해도 예까지 찾아오신 분을 문전에서 돌려보내는 예법은 고금에 없습니다. 반니 아씨께선 이제 이 궁에서 공주님 다음으로 지체가 귀하신 분입니다. 아씨가 계시는 한 공주님을 찾아오신 분이 하릴없이 발길을 되돌리는 일은 더 이상 있어선 안 되지요. 아씨는 조이스를 비롯한 시녀들과는 격이 다르다는 걸 명심하셔야겠습니다."

"명심, 하겠습니다."

반은 시녀장의 기세에 눌려, 반은 진심으로 카리사가 고개를 주억거렸다. 황자를 맞으러 나가는 록사네에게 보조를 맞춰 카리사도 재빨리 걸었고 이윽고 그들의 발소리에 현관의 기둥에 기대어 책을 읽고 있던 아르키스 황자가 고개를 들었다.

가볍게 인사말이 오가고 시녀장이 에스테르의 용태에 대해 짤막하게 설명했다. 미열인가, 라고 중얼거린 황자는 안쪽을 응시한 채 물었다.

"블레신은? 이미 다녀갔나?"

에스테르는 핑계고 실은 왕자를 만나러 온 게 아닐까 하는 생각을 카리사가 할 지경이니 시녀장이 모를 리 없다. 시녀장은 시치미를 뚝 떼고 아직은 오지 않으셨다고만 대답했다.

"안 그래도 이 늙은이가 한번 건너가 볼까 하던 차였습니다. 전하께서는 안에서 목이라도 축이면서 기다려주심이 어떨지요. 아, 일정이 바쁘시다면 붙잡진 않겠습니다만."

"괜찮네. 다행히 오늘은 한가하군."

그의 속을 시녀장이 읽은 것처럼, 시녀장의 속도 훤히 들여다본 황자가 미소하며 말했다.

"서고에 가 볼 테니 너무 서두를 것 없네."

그렇게 말한 황자가 뒤에 서 있던 자신의 시종에게 록사네를 수행하고 오라고 일렀다. 공손히 감사의 말을 올린 시녀장은 카리사에게 뒷일을 맡기고 바깥으로 걸음을 옮겼다. 카리사는 하인에게 다과를 부탁한 뒤 긴장한 얼굴로 황자를 모시고 서고로 향했다.

황자는 전혀 거리낌 없이 서고를 둘러보다가 남서쪽의 서가에서 긴 원통형의 가죽 싸개 하나를 집었다. 뚜껑을 열고 툭 한 번 손바닥으로 치자 안에 든 두루마리가 빠져나왔다.

"오, 나보다 한 발 빨랐군."

만족스럽게 중얼거리며 돌아서던 황자와 카리사의 눈이 마주쳤다. 그녀가 먼저 시선을 내리깔았고 황자는 그녀 옆을 지나쳐 서고를 나갔다. 응접실에 들어선 황자에게 테이블 옆의 의자를 권하고 그가 두루마리를 펼치는 것을 본 후 카리사는 다시 바느질감을 뒤적였다.

루키아노스 왕자는 아직 소식이 없지만 간밤에 시종들 편에 보내온 세 궤짝의 비단은 이렇게 존재한다. 그는 공주를 모시는 시녀들에게도 넘치도록 환심을 베풀었다. 카리사 몫이라고 온 것은 눈이 번쩍 뜨일 만큼 화려한 것 일색이라 사람을 놀리나 싶어 받아둔 채로 펼쳐보지도 않았다. 에스테르 몫의 고운 비단들은 이리도 고상한 색들인데.

시녀장이 없으니 카리사는 선뜻 비단에 손을 댈 엄두가 나지 않았다. 마름질하고 남은 자투리 천을 들어 이걸로 뭐라도 만들 수 있지 않을까 생각 중인데 황자의 목소리가 들렸다.

"반니 양이라고 했던가요……."

"아, 예, 그렇습니다. 카리사 베로우스 반니입니다."

황급히 허리를 곧추세우며 카리사는 제 이름을 말했다. 제가 말해놓고도 목소리가 너무 컸다 싶어 얼굴이 발개졌는데 황자는 무심히 두루마리를 들여다보며 중얼거렸다.

"그런 일을 굳이 반니 양이 할 필요는 없지 않습니까? 사람이 부족하다면 두엇 더 들이면 될 일인데 록사네가 공연한 일에 인색하게 구나보군요."

무슨 말을 하는지, 카리사는 잠시 알아듣지 못했다. 손에 바느질거리를 보고서야 자신이 방금 전까지 하던 일을 깨닫는다.

"이건 시녀장님의 뜻이 아니라 제가 원해서……. 변변찮은 재주도 없는 주제에 귀족입네 하고 목에 힘을 주고 있을 바엔 무어라도 할 수 있는 일을 찾아 하는 게 맞지 않을까요?"

"그렇다고 너무 힘을 빼는 것도 곤란하다고 봅니다만. 이곳에는 스스로를 존중하지 않는 이에게 먼저 고개를 숙여줄 만큼 친절한 사람이 흔치 않습니다."

루키아노스 왕자와 비슷한 말을 한다. 설마, 날 걱정해 주는 건가? 그런 생각에 심장이 쿵쿵대서 속으로 정신 차리자고 외치며 카리사는 머리를 저었다. 흘끔 황자를 쳐다본 카리사는 새삼 그 우아한 기품에 몸에 힘이 좌르륵 빠지는 기분이었다.

카리사의 대꾸가 늦어지자 황자가 두루마리에서 시선을 들어 그녀를 보았다. 카리사는 또 재빨리 그의 시선을 외면하며 대꾸했다.

"상관없습니다, 지금은. 처음부터 거창한 대우를 받을 생각 같은 건 하지 않았으니까요."

"반니 양의 그런 생각을 이해하고 겸손하다고 여겨줄 이도 그리 많지 않은 곳입니다. 괜한 겸손은 스스로 격을 낮추는 화를 불러올 수도 있습니다. 한 번 얕봐도 좋을 사람으로 인지되면 이후 제자리를 찾기가 여의

치 않을 테고요."

얼마쯤 망설이다가 카리사는 아랫입술을 빨며 말했다.

"저는 귀족인 부모에게서 태어났을 뿐, 격이 높다는 말에 어울릴 정도의 소양이 없습니다. 억지로 고아한 척을 할 수는 있겠지만 얕은 바탕이 드러나는 것은 시간문제일 테고요."

다시금 황자가 두루마리에서 눈길을 들었다. 봄에 돋아난 새순 빛깔의 비단을 내려다보며 카리사가 말을 잇는 것을 그는 빤히 쳐다보았다.

"소양이란 것을 쌓을 방도를 생각 중인데 차근차근 실행할 수만 있다면 대우를 받기에 족한 격이란 것도 갖추는 날이 오지 않을까 합니다. 지금은 갖춘 것이 너무 없어 남이 날 어찌 보느냐에 연연할 처지도 아니고요. 우선 제 눈부터 어느 정도 만족시킨 후에……. 죄송합니다, 넋두리 같은 말을 늘어놓고 말았네요. 제가 말주변이 별로 없어서, 아, 차가 왔네요."

인사치레로 말을 걸어준 것일 뿐일 텐데 주저리주저리 말이 많았다 싶어 당황했던 카리사는 하인들이 다과를 준비해 들어오는 것을 보고 크게 반색을 했다.

테이블에 하인이 쟁반의 접시를 내려놓는 동안 카리사는 박하차를 잔에 따르고 거기에 말린 재스민꽃을 골라 어여쁜 것으로 한 송이 차에 띄워 황자가 잡기 편한 곳에 놓아두었다. 그리고 제 차도 한 잔 준비해 자리로 돌아가려는데 찻잔을 들고 안을 물끄러미 들여다보는 황자를 보게 되었다.

"무언가 마음에 안 드시는 거라도……?"

"이건 꽃인데."

"예, 재스민입니다."

황자가 그녀를 올려다보았다. 카리사는 그가 어떤 꽃인지 몰라서 묻는 게 아니라, 이걸 나더러 어찌하라는 뜻의 질문이었다는 걸, 멀뚱멀뚱 시선을 주고받은 후에야 깨달았다.

"저기, 제가 있던 곳에선 박하차에 이리 재스민꽃을 띄우는 것이 귀한 분들에 대한 대접이었기에……. 여기서는 그리 마시는 일이 없나 보네요."

기어들어가는 목소리로 카리사가 중얼거렸다.

"목욕물에는 넣곤 하지요."

"아, 예, 목욕물……. 목욕물이요?"

황궁에선 이 귀한 재스민꽃을 목욕물에 넣는단 말인가! 제국 내에 자생하는 재스민 나무가 얼마 안 돼 거의 수입해서 들여오는 값비싼 향료라 알고 있던 카리사로선 큰 충격이었다. 말린 재스민을 찾는 카리사의 말에 하인이 쉽게 준비해온 것도 에스테르가 재스민 목욕을 즐기기 때문이란 것을, 그녀는 모르는 시점이었다. 본의 아니게 황자를 크게 모욕한 셈이었다.

"제가 미처 몰라 말도 안 되는 짓을……. 정말 죄송합니다. 주십시오, 새로 준비해드리겠습니다."

하지만 그에게 내민 그녀의 두 손을 무시하며 황자는 가만히 찻잔을 입으로 가져갔다. 후, 하고 불어서 한 모금 마셨다. 이어서 또 한 모금 마신 후 고개를 갸우뚱했다.

"이건 이것대로 나쁘지 않군요. 재스민은 향료이기 이전에 저 동쪽 대륙에서는 약용하는 식물이라고 박물지에서 소개하고 있습니다. 하지만 이렇게 차에 띄워 마실 생각은 미처 못 해봤는데, 덕분에 좋은 걸 배웠습니다, 반니 양."

딱히 부드럽게 웃어준 것은 아니다. 하지만 무심히 두루마리를 들여다보며 차를 마시는 그 모습이 카리사에게는 환한 미소보다도 더 고맙게 느껴졌다. 제 잔을 가지고 자리로 돌아와 찻잔을 기울이며 고개 숙인 카리사의 얼굴은 더할 수 없이 붉었다.

루키아노스 왕자를 데리러 갔던 시녀장은 허탕을 치고 돌아왔다. 왕자는 아침식사를 마치고선 몸이 찌뿌듯하니 주변을 돌아봐야겠다는 말을 남기고 혼자 휑하니 궁을 나선지 한참 됐다 한다. 오히려 그쪽 시종장이 공주님 처소에 가신 것이 아니었느냐 되물어왔을 지경이다.

"또 혼자서."

우산을 받쳐줄 시종마저 성가셔하면서 궁을 나선 루키아노스 왕자의 모습을 상상한 듯 황자가 눈살을 찌푸렸다. 록사네는 박하차를 한 모금 삼키고 한숨을 쉬었다.

"마이어 시종장이 너무 일찍 세상을 떴습니다. 다른 사람은 몰라도 왕자께서 그 늙은이만큼은 두려워했는데 말이지요. 이제 어디 천지간에 왕자의 뜻을 꺾을 이가 있습니까? 하물며 황제 폐하조차 왕자님이라면 꼼짝을 못하시니……."

혀를 차는 록사네의 말에 황자도 약간 쓴웃음을 머금었다. 카리사는 모르는 이름을 머릿속에 새겨두며 가만히 귀만 기울이고 있다.

마이어란 이는 왕자의 열세 살 생일을 한 달 앞두고 유명을 달리한 시종장이다. 왕자의 아버지인 넷째 황자를 모셨던 자로 황자의 사고 후 어린 쌍둥이가 그의 주인이 된 것이다. 졸지에 부모 없이 남겨진 쌍둥이를 황후가 몹시 가엾게 여겨 마이어 시종장의 보좌를 하도록 록사네를 시녀장으로 보내주었기 때문에, 쌍둥이가 10살이 되어 에스테르가 다른 궁으로 옮기기 전까지는 같은 궁에서 조석으로 얼굴을 보며 함께 쌍둥이를 키운 거나 다름없는 사이이다.

록사네도 아이들에게 딱히 자애로운 편은 아니었으나 마이어는 특히 엄한 편이었다. 무엇보다도 왕자에게는 옆에서 보면 기가 질리도록 엄했다. 아마 쌍둥이가 아닌 다른 누군가의 시종장이었다면 몇 십 번은 궁에서 쫓겨나고도 남았을 것이다. 그러나 마이어 시종장은 침상에서 숨을 거두는 그 순간까지 왕자의 절대적인 신임을 받았다.

시종장이 죽었을 때, 왕자는 거의 한 달을 궁에 틀어박혀 지내며 울적해 했다. 여동생인 에스테르의 위로도 왕자를 궁에서 끌어내기엔 역부족이었다.

그나마 클라이저 황자와 쌍둥이의 생일을 맞아 황제가 특별히 그들을 불러들여 열어준 연회에는 참석했으나, 바로 그 자리에서 왕자는 황제에게 군단에 들어가고 싶다고 말했던 것이다.

에스테르의 잠은 여간해선 깰 기미가 없고, 왕자의 소재는 오리무중. 황자가 좀 더 기다려보겠다고 하여 록사네가 매와 뱀의 게임판을 가져오게 해 황자의 상대를 하였으나 도무지 상대가 되지 않았다. 황자가 몇 번이고 수를 물러주며 시간을 끌어보는 것에도 한계가 있었다. 마침내 황자가 "자네도 어지간히 실력이 늘지 않는군."하고 두 손을 들었다.

그가 문득 카리사를 돌아보더니 "반니 양께선?"하고 물었다. 구경꾼이었던 카리사는 큰 눈을 깜박거렸다. 록사네가 이 놀이를 할 줄 아느냐 물었을 때에야 두 손을 들어 흔들었다. 전혀 못 합니다, 라는 말에 또 한 번 황자의 눈에 실망이 실렸다. 그가 의자에서 몸을 일으켰다.

"다음엔 기별을 하고 오지."

떠나는 황자를 더 붙잡아 놓을 방도를, 록사네는 더 이상 떠올릴 수 없었다. 묵묵히 록사네와 카리사는 황자를 배웅하고 돌아왔다. 황자가 읽다

둔 두루마리를 곱게 말아 싸개에 넣기 전에 카리사는 두루마리를 펼쳐보고는 록사네에게 이게 어디 나라 말로 된 것이냐 물었다.

"쿠아론의 서적이로군요."

"쿠아론이라면 저 동쪽에 있다는……. 시녀장님도 쿠아론 말을 할 줄 아시는 건가요?"

"그게 거기 문자란 것을 알아볼 정도입니다. 공주님께선 읽고 쓸 줄도 아시지요."

"공주님께서 세 개의 언어를 하신다고 들었는데 타바인어, 쿠아론어, 트라비잔어, 이렇게 셋 맞습니까?"

"그렇습니다."

카리사는 손에 들고 있는 두루마리를 뚫어져라 쳐다보았다. 담쟁이덩굴을 아무렇게나 꼬아서 만든 것처럼 생긴 문자는, 대체 어떤 식으로 읽어야 좋을지 감조차 오지 않는다. 그래도 삼킬 듯이 보면서, 속으로 생각했다. 내 언젠가 너를 완전히 먹어치워주겠다고.

"시녀장님, 부탁드릴게 있어요. 저, 이걸 배우고 싶어요."

카리사가 두루마리를 들어보이자 록사네는 눈썹을 치켜 올렸다.

"말씀드렸듯이 저는 쿠아론어를 모르는 터라 그게 무슨 내용인지는 알 수 없습니다만."

"그런 뜻이 아니라 언어, 자체를 배우고 싶습니다. 쿠아론어와 트라비잔어, 둘 다요."

다시금 록사네의 눈썹이 아치를 그렸다. 각오로 다져진 눈을 빛내며 카리사가 말했다.

"도와주신다면 삼 년, 아니 이 년 안에는 대화를 나눌 수 있을 만큼 공부하겠어요."

"글쎄요, 말이라는 것은 의지만으로는 그리 빨리 통달하기 힘든 것입니다만……. 칼비도 트라비잔어를 배우는데 거의 칠 년이 걸렸지요. 그럼에도 불구하고 말이 서투르답니다. 하물며 투렐리아는 끝내 못하겠다고 두 손을 들었고 말이지요."

"저는 두 손을 들지도 않을 것이고, 칠 년까지 갈 생각도 없습니다."

의지는 가상하지만, 그래서 말하지 않았는가. 의지만으로 되는 일이 아니라고. 하지만 록사네는 어깨를 한 번 으쓱하고는 "그렇게까지 말하신다면야."하고 중얼거렸다.

"칼비가 보던 교본이 아직 어딘가에 있을 것이니 트라비잔어부터 시작해 보시지요."

"고맙습니다, 시녀장님. 아, 저 한 가지 더 부탁이 있습니다만."

"또 배우고 싶은 말이 있으십니까?"

살짝 미간을 찌푸린 록사네를 향해 카리사는 쑥스럽게 웃더니 손으로 무언가를 가리켰다.

"그걸 제게 좀 가르쳐주십시오."

매와 뱀의 게임. 게임판 위에 남은 석영으로 깎은 말들을 바라보는 카리사의 눈이 선명한 에메랄드 빛깔로 반짝였다. 록사네는 비로소 자신의 사람 보는 눈을 의심했다.

록사네는 살면서 딱 두 명의 아이를 길렀고, 두 아이는 쌍둥이이기는 하되 성격은 판이했다. 블레신이 칼이라면 에스테르는 방패. 에스테르는 원망도 슬픔도 물처럼 흘려보내며 어디까지나 순응하고 감내하는 자이다. 그리고 록사네는 에스테르를 위해 그녀와 동류를 골랐다고 생각했다. 방금 전까지는. 그러나 그 믿음이 이제는 흔들린다.

'이 아이도 칼인가?'

어린 시절의 블레신이 그러했듯, 갈망으로 춤을 추는 눈동자를 한 소녀. 정리하던 판을 내려다보면서 간단히 룰이라도 배우겠느냐 묻고 있는데 갑자기 복도 쪽이 소란스러워졌다.

"빗발이 갑자기 세졌어, 록사네. 안녕, 석류? 오늘도 전혀 안 어울리는 옷으로 내 눈을 고문시키는구나."

문이 벌컥 열리며 성큼성큼 내실로 들어서는 왕자를 록사네와 카리사, 모두 입을 벌리고 쳐다보았다. 물에 빠졌다 나오기라도 한 듯한 모습에 록사네는 그만 거품을 물었다.

"왕자님, 대체, 그 꼴이……. 우산은 어쩌셨단 말입니까!"

"귀찮아서 가져가는 척하고 대충 아무 데나 던졌지. 가랑비였다고, 내가 나갈 땐."

"우산 드는 게 귀찮으시면 시종을 데려가셨어야지요, 아니, 오는 길에 아랫것들 하나를 못 봤단 말씀이십니까? 어찌 그리도 다 젖도록 빗속을 헤매시길 헤매십니까!"

"에이, 지나간 일 이제 와서 말해서 뭐해. 앗, 화로에 올려놓은 거 뭐야? 포도주? 쳇, 냄새가 그건 아닌 것 같네. 뭐가 됐든 좀 주지, 석류? 나는 저 달을 굴린다는 코끼리보다도 건강한 몸이긴 한데 봄비가 차긴 차."

안락의자에 앉은 왕자는 흠뻑 젖은 머리칼을 쓸어 넘기며 히죽거렸다. 카리사가 건넨 뜨거운 김이 나는 차를 놀랍도록 빨리 비운 왕자는 다 마신 주제에 맛없는 차라고 불평을 했다.

포도주 좀 데워주면 안 되느냐 묻는 왕자의 말을 깨끗이 무시하고 록사네는 하인들에게 목욕 준비를 시키고 갈아입을 옷을 가지러 이트궁에 사람을 보냈다. 차 한 잔을 더 청해 마시며 에스테르에게 미열이 있단 소리에 미간을 찡그렸던 그가 게임판을 보고 표정을 풀었다.

"오, 둘이서 시간을 죽이던 중이었나? 그래, 석류, 이 게임 잘하나 보지?"

"게임은 시녀장께서 황자 전하와 함께 하셨습니다."

"클라이저가 다녀갔어? 일찍 오지 않아서 다행이로군. 쓸데없이 쏘다니지 않았으면 여기서 정통으로 숙부님과 마주쳤을 거 아냐? 비는 좀 맞았지만, 일진이 좋군. 하하!"

신이 나서 박수까지 쳐대는 왕자의 모습에 록사네는 결국 두 손 들고 자리로 돌아가 바느질감을 들었다. 카리사도 이 상황에선 바느질이나 하는 게 최선이라고 생각하고 움직이는데 왕자가 말 하나를 손에 쥐고 탁탁 게임판을 두드렸다.

"석류, 목욕물이 데워지는 동안 가볍게 한 판 두지?"

"아니오, 저는……."

"빼지 말고 와서 앉아. 내가 열 번은 물러줄게. 아니면 네 수 먼저 두고 시작하든가."

"아니, 그게 아니라 저는……."

"자존심 상해? 어쩔 수 없어, 내가 이걸 좀 잘해."

"루키아노스 왕자님, 저는 아예 그걸 못 합니다."

그제야 왕자가 진작 말하지 그랬냐고 그녀를 나무랐다. 기막혀하고 있자니 왕자가 말을 쥔 손을 까딱거렸다.

"이 몸이 친히 가르쳐주지. 사양 말고 하늘이 주신 행운을 즐기라구."

"배울 거면 저보다야 왕자님께 배우는 게 백 번은 낫습니다."

사양이 아니라 정말로 싫습니다, 라는 말이 목에서 튀어나오려고 발버둥인 것을 참는데 록사네는 말려도 부족할 판에 등을 떠밀고 있다. 나아가 록사네는 왕자에게 다짐을 받았다.

"하지만 시종을 가르치는 것처럼 하셔서는 곤란합니다. '이것도 몰라, 바보 녀석, 머리를 그따위로 밖에 못 쓸 거면 이제부터 네 목에 얹은 것은 발이라고 불러.' 따위의 말을 수십 번쯤 들으면 아무리 대가 센 사람도 의기소침해지기 마련입니다."

"바보를 바보라 부르지 뭐라고 불러. 대여섯 번이나 같은 말을 반복하는 데도 알아듣지 못하는 머리를 달고 있는 건 더 살아야 할지 말아야 할지 고민해 봐야 할 심각한 문제라고."

"누군가 특출하도록 잘났다는 게 다른 평범한 사람들을 못난이 취급할 이유는 되지 않습니다. 제 몸에 내려진 행운에 대해 좀 더 겸허한 자세를 갖추실 필요가 있습니다, 왕자께선."

록사네의 준열한 훈계에 왕자는 졌다는 듯 한 손을 내저으며 말했다.

"알았어, 잔소리는 거기까지. 나도 여자를 상대로 바보 녀석 따위의 말을 할 생각은 아니었다고. 석류, 록사네를 흠모하는 게 아니면 그 뜨거운 눈빛은 치우고 앞에 와 앉도록."

다른 대안이 없는 상황을 받아들이고 카리사는 왕자의 말에 따랐다. 의자에 앉기 전에 꾸벅 예를 갖추며 잘 부탁드린다고 인사하는 그녀를 보며 왕자가 씩 웃었다.

"이 게임의 내용은 간단히 말해서 전쟁이야. 이쪽은 매의 영지이고, 그쪽은 뱀의 영지. 여기 이 가장 큰 조각 둘이 매의 두령과 뱀의 두령이야. 뭘 형상화한 건지 알겠어?"

"가르나 신과 슈파르나 신?"

"그래. 어떤 경우엔 이 파란 뱀 대신 빨간 뱀도 쓰지. 내 게임판의 경우엔 빨간 뱀이야."

"그건 라미아 여신을 뜻하겠군요."

"맞아. 자, 이 두령들은 워낙에 고귀한 몸이라 진영 깊숙한 곳에서 어기적거리며 지시나 내리면 돼. 움직임은 가장 자유롭지만 경거망동은 금물. 말했다시피 이건 전쟁이라 두령이 적에게 포위되면 끝장이거든. 그 대신 두령의 수족이 되어줄 말들이 다른 열두 개의 말인 거지. 매의 눈 한 쌍, 날개 한 쌍, 다리 한 쌍, 깃털 여섯 개. 뱀의 눈 한 쌍, 크고 작은 엄니 두 쌍과 뱀의 비늘 여섯 개. 보여? 이게 배치의 기본이야."

왕자는 게임판 위에 말들을 배치하는 법을 보여주고는 대뜸 게임판 위를 휘저어 말들을 쓰러트려 섞더니 한 번 놓아보라 주문했다. 카리사는 말들을 옆으로 모은 뒤 왕자 앞의 매의 자리부터 차곡차곡 채워 자신의 앞까지 말을 모두 늘어놓았다.

"록사네, 이 아인 한 번 보고 배치까지 익혔어. 뭔가 느끼는 거 없어?"

"이토록 총명한 분을 모셔온 입장에서 기쁨을 느낍니다."

록사네의 말에 왕자가 낄낄거렸다. 그 후 그가 말의 생김새에 따른 쓰임과 움직이는 법을 본격적으로 가르치고 있는데 하인이 들어와 목욕물이 준비되었다고 알렸다.

"좋아. 게임판을 가져가서 거기서 수업을 계속하지."

"예에?!"

놀라서 저도 모르게 대답하는 소리가 커진 카리사를 보고 왕자는 고개를 젖히며 웃었다.

"아하하, 멍청하진 않은데 순진하군. 딱 귀여운데, 역시 에스테르한테 달라고 할까 보다."

손을 뻗어 카리사의 머리를 슥슥 쓰다듬고 내실을 나가는 왕자를 그녀는 못마땅하게 쳐다보며 머리를 정돈했다. 악의는 없다 하는 록사네의 두둔이 아니더라도 깊게는 생각하지 않는다.

"변덕스러운 분이라고 하니 저러다 마시겠지 하고 있어요."

카리사는 당차게 대구하고선 게임판을 들여다보며 방금 배운 것을 복습했다. 복도를 걸어가는 왕자와 일행의 발소리가 희미해진 뒤 내실이 조용해지자 록사네가 넌지시 물었다.

"왕자께서 반니 아씨를 자꾸 석류라고 부르시던데……."

"예, 제 말이요. 그래도 무화과보다는 석류가 낫지요? 괜한 말씀을 올렸다가 복숭아나 대추야자가 될까 봐 이젠 단념했습니다."

대답하면서도 게임판을 골똘히 보는 카리사를 록사네는 멀뚱멀뚱 쳐다보았다. 무화과는 무엇이고 복숭아와 대추야자는 왜? 도무지 록사네의 머리론 짐작할 수도 없다. 그렇다고 꼬치꼬치 캐묻는 데에는 재주가 없어 록사네는 어깨를 으쓱하고는 바느질감에 시선을 옮겼다.

"아, 얼추 알겠다."

문득 중얼거린데 이어 카리사는 싱글거리면서 바느질을 도우러 왔다.

"제가 이리 좋은 천을 만진 게 얼마 되지 않아서 일하는 게 좀 느리죠. 익숙해지려고 노력 중이에요. 느린 대신 실수는 하지 않을 테니 염려하지 않으셔도 돼요. 다른 건 몰라도 자잘한 바느질거리는 같은 방 무녀들 몫을 도맡아 했답니다."

"딱히 걱정을 한 것이 아닙니다. 하레샤 신전의 무녀라고 하면 특히 빼어난 자수 솜씨로 유명하지 않습니까. 견습무녀셨다고는 해도 기본은 익히셨을 거라 짐작했습니다."

"네, 딱 기본이요. 그저 욕이나 얻어먹지 않을 정도였지요."

겸손의 말인지 사실인지는 차차 알게 될 일이기에 록사네는 고개를 주억거리는 것으로 대구를 대신하고 귀한 비단을 마르는 일에 온 신경을 썼다. 그 후 한동안 솔기가 될 부분을 정돈하다가 툭 질문을 던졌다.

"열 살에 신전에 들어갔다고 하셨지요? 집이 그립지 않으셨습니까?"

"저는…… 뭐랄까, 집보다는 사람이 그립더군요."

"사람이라. 하기야 그렇지요, 집이란 곳은 그리운 사람들이 모여 있는 곳이니까요."

오래전 먹을 입 하나를 덜기 위해 집을 떠날 때의 일을 떠올리며 록사네는 잠깐 눈가에 우수를 드리웠다. 카리사는 그런 시녀장을 보며 가만히 웃고는 바느질감으로 주의를 돌렸다.

카리사의 말을 록사네는 가족이 그리웠다는 의미로 받아들였지만 카리사의 의중은 그런 게 아니었다. 그녀가 그리워한 사람은…… 말하자면 형체가 없는 허상이었다. 새로 온 아이들이 침대에 누워 밤이면 엄마나 누군가를 찾아 훌쩍거리는 것을 모른 체하며 누워 있을 때 카리사는 자신에게도 누군가, 그녀를 아주 많이 사랑하는 이가 밖에서 기다리고 있다고 상상하곤 했다.

보고 싶어서 눈물지을 만큼 그녀를 사랑해준 사람은 없었다. 돌아가신 어머니의 일은 기억할 수조차 없고, 술과 도박에 빠져 쌍둥이가 어찌 자라는지 관심조차 없이 살다간 아버지는 거의 남이나 다름없었다. 혈육인 아엘리아에게 보내는 편지는 메아리 없는 외침이었다.

사람이 그리웠다. 하레샤 여신의 무녀로서 그녀가 사랑할 이는 여신이었지만, 카리사는 내내 사람이 그리웠다. 울타리 밖의 꽃을 꿈꾸는 소녀처럼.

"세대가 바뀔 때마다 부러 고위무녀를 시킬 생각으로 딸을 보내는 귀족 집안도 없지는 않다고 들었습니다만 반니가도 그런 전통이 있는 모양이지요?"

"아니오, 전통이랄 것까진. 제가 알기로 먼 친척 중에도 그런 분은 없었습니다."

"그럼 아씨께서 하레샤 신전에 가시게 된 일은……."

"저희를 맡아주신 숙부님의 결정이었습니다. 아, 말씀 안 드렸지요, 제겐 여동생이 있습니다. 저희도 쌍둥이인데 어릴 때엔 정말 많이 닮았었죠. 그런 이유도 제가 신전으로 가는데 한몫했고요."

"아씨가 쌍둥이인 것이 어째서 신전에 갈 이유가 된단 말입니까? 아, 그렇다면 동생분도 함께 신전으로?"

카리사는 고개를 젓고선 맞은편 벽의 프레스코화를 가만히 응시했다.

"이곳은 어떤지 모르겠는데 제가 나고 자란 엘라자르에선 똑같이 생긴 쌍둥이를 '하레샤의 건망증'이라고 부르곤 했답니다. 하레샤 여신께서 어떤 여자에게 아이를 점지해주고선 그 사실을 깜박 잊고 또 한 번 아이를 점지하는 바람에 같은 얼굴의 아이가 둘이 된다는 이야기지요. 그렇지만 여신의 건망증과는 별개로 본디 태어나야 할 아이는 한 명이었기 때문에 아이들에겐 한 사람 몫의 운명밖에 없다는 거예요. 행운도 불운도 모두 한 사람 몫을 둘이 나눠 쓰는 거죠. 어느 한쪽이 죽어야만 온전히 한 사람으로 살 수 있다고까지 말하는 사람도 있어요. 아버지가 돌아가신 뒤 헤메디아에 계신 숙부님이 저희 자매를 거두어주셨는데 거기서 뵌 할머님께서 그런 생각을 철저히 믿으시더군요."

가위질을 멈추고 카리사를 보던 록사네가 낯을 찌푸렸다.

"그런 이유로 둘 중의 하나를 신전에 보내어 속세와 유리시킨다는 말입니까? 대체 둘 중의 하나를 고르는 기준은 무엇이 된단 말입니까?"

"행운과 불운이요. 제 동생은 저보다 훨씬 행운과 친했거든요."

"그리 행운이 넘치는 아가씨라면 이번 황도행도 그 아씨 몫이 되었어야지요."

이해할 수 없다는 듯 고개를 젓는 록사네를 보며 카리사는 꾹 웃음을 참았다. 아엘리아가 이 일을 결코 행운으로 여기지 않았다고 말하면 록사네는 충격을 받을지도 모른다.

"아엘리아는 이미 혼약 말이 거론되는 사람이 있어서요. 그 아인 정말 아름답게 자랐어요. 구혼자가 밀려드는 것도 당연하지 싶었죠. 어찌나 어여쁘고 사랑스럽던지……."

어릴 때까지 거의 흡사했던 쌍둥이가 그처럼 아름다워졌다는 소리에 록사네는 살짝 눈을 크게 떴다. 그리고 보다 더 신중한 눈으로 카리사를 응시했다.

처음 홀에서 보았던 카리사는 결코 예쁜 외모가 아니었다. 그렇지만 며칠이 지나는 사이 록사네는 자신의 생각을 약간은 수정했다. 혈색이 워낙 나빠 그렇지 카리사의 이목구비 자체는 꽤 정돈되어 있음을 자꾸 보는 사이 깨달았다. 살집이 더 붙으면 자연히 혈색도 돌아와 피부도 좋아 보일 것이고, 머릿결 또한 다듬을 수 있다면 지금보다는 훨씬 더 나아 보이리라.

그러나 그런 것보다도, 록사네에게 의외였던 것은 카리사에겐 어느 정도 기품이 있다는 사실이다. 록사네는 황족 중에도 진짜 기품을 갖춘 사람은 썩 많지 않다고 생각하는 사람이다. 더 솔직히 평하자면 썩 많지 않은 정도가 아니라, 드물다.

그런데 이 아이는 취향이 근사하거나 세련된 것과는 거리가 있음에도 불구하고 행동거지가 어딘가 모르게 정갈하게 똑 떨어지는 맛이 있다. 뭐 노안이 오면서 보는 눈에 문제가 생겼을 가능성도 없진 않지만.

"아씨도 머지않아 동생분처럼 피어날 날이 오지 않겠습니까. 제가 모셔온 분이 감탄스러울 정도로 아름다워진다면 이 사람, '눈 좋은 록사네'

라고 불릴지도 모르겠습니다."

"후후, 설마요."

"아닙니다, 황궁이란 곳은 넓고도 좁습니다. 이곳에 사는 사람들이 얼마나 작은 것에 연연하는지 아시면 반니 아씨께선 수백 번은 더 놀라실 겁니다. 이미 경쟁은 시작되었고 행운의 신이 누구에게 제일 먼저 화관을 얹어줄지 벌써부터 기다리는 이들이 없지 않을 겁니다. 공공연히 몇 사람의 이름이 거론되는 것도 시간문제겠지요."

"어머나, 황궁에선 퍽 감성적인 표현을 쓰는군요. 제가 살았던 곳에선 운 좋은 사람을 일컬어 행운의 신이 어깨를 만져주고 갔다고 말하는데. 행운의 신이 화관을 얹어준다라."

"아니, 반니 아가씨, 그것은 그런 뜻이 아니라……."

록사네가 오해를 고쳐주려고 하는데, 발칵 문이 열리며 왕자가 들어왔다. 기세도 좋게 다시 놀자고 외치던 그가 떨떠름한 얼굴을 한 록사네를 보고는 기민하게도 무슨 이야기 중이었느냐 캐물었다. 아닙니다, 라고 록사네가 말을 돌리는데 카리사가 생글거리며 말했다.

"막 시녀장님께서 근사한 표현을 가르쳐주신 참이랍니다."

"근사한 표현? 록사네가? 그럴 리가!"

내심 당황한 록사네가 카리사에게 관두란 손짓을 했다. 카리사는 몰라도 왕자는 그 반응을 알아채고 건수를 잡았다는 표정으로 록사네를 가리고 서면서 어서 말해보라 부추겼다. 카리사는 록사네가 말리는 이유를 알 수 없었기에 곧이곧대로 말했다.

"행운의 신이 화관을 얹어준다는 말이요. 처음 들어봤는데 무척 근사하다고 생각했습니다."

"아. 화관 말이지?"

힐긋 그가 록사네를 돌아보며 히죽이 웃었다. 만사휴의라, 록사네는 찌무룩한 눈빛으로 비단을 손에 잡았다. 다시 카리사를 본 왕자가 테이블에 살짝 걸터앉으며 물었다.

"그 화관 내가 줄까?"

록사네가 고개를 들었다. 앞에 버티고 있는 왕자의 체구 때문에 카리사는 록사네의 얼굴이 전혀 보이지 않는다. 그녀는 고개를 갸우뚱했다.

"왕자님이 행운의 신도 아니시면서."

"왜, 못 될 것도 없지. 신은 의도하고 인간은 행한다, 라는 말도 있듯이. 어디 보자, 여기 뭐 쓸 만한 게…… 오, 이건 재스민이로군."

말린 재스민이 담긴 그릇을 발견한 왕자가 한 움큼 집어선 카리사의 머리 바로 위에서 사라락 흩뿌렸다. 하얀 꽃의 파편이 카리사의 까만 머리카락 위에 내려앉고 더러는 옷자락에 흩어졌다. 어리둥절한 표정을 짓는 카리사에게 왕자가 중얼거렸다.

"칠흑, 까마귀의 깃 같은 그대의 머리카락에 나, 블레신 루키아노스가 이 보잘것없는 꽃으로 간청하오, 그대 부디……."

"루키아노스 왕자님, 장난이 지나치십니다."

나직하되 거기 배인 기상만큼은 연륜이 고스란히 묻어나는 시녀장의 말이 왕자의 말을 잘랐다. 왕자가 뒤를 돌아보는 바람에 그의 상체가 얼마쯤 돌아가서 카리사가 굳이 몸을 옆으로 빼지 않아도 록사네의 얼굴이 보였다. 시녀장의 미간에 선 또렷한 두 개의 깊은 주름을 보고 카리사는 깜짝 놀랐다. 다행히 그 못마땅한 얼굴은 루키아노스 왕자를 향한 것이었다.

"록사네, 지금 내가 가르쳐주는 거 안 보여? 말을 가르쳤으면 그 뜻까지 가르쳤어야 할 거 아냐. 보라고, 근사한 표현 운운하잖아. 석류는 순진

나뭇잎 사이로 반짝이는 1

하다니까?"

"말로도 설명할 수 있는 일입니다. 왕자께선 그 잘난 입을 어디에 쓰실 생각이십니까?"

우와, 아무리 어릴 때부터 키운 시녀장이라고 해도 왕자에게 '그 잘난 입' 운운이라니, 카리사는 새삼 록사네를 존경하게 되었다. 왕자는 쯧쯧 혀를 차더니 카리사를 돌아보고 그녀의 머리에 앉아 있는 하얀 꽃 하나를 들어 제 코끝에 간질이며 말했다.

"카리사, 잘 듣도록 해."

웬일로 이름을 불러주는 왕자를 카리사는 멀뚱멀뚱 쳐다보았다.

"행운의 신이 화관을 얹어준다는 말은 황궁에서만 쓰이는 은어야. 이를테면 나나, 저 클라이저 같은 황족 남자가 시녀에게 수작을 걸어서 애인으로 삼는 걸 말해. 우리 황족 나부랭이들을 고귀하신 행운의 신으로 포장해 추문을 그럴 듯하게 주고받는 헛소리라고. 알겠어?"

"……그렇다면 실제의 화관하고는 아무 상관도 없는 거군요?"

"있다면 있지. 예전엔 그런 경우 시녀들은 꽃을 가지고 표시를 했다더라구. 요샌 그리 노골적인 표시는 하지 않지만 어휘 자체는 아직도 효력이 있지. 만약 내가 네게 화관을 주겠다고 하면, 그건 널 애인으로 삼아 한동안은 네게만 충실하겠다는 맹세인 거라고. 너는 내 호의를 독점했음을 다른 사람들에게 자랑해도 돼."

놀라서 금세라도 얼굴이 빨개질 줄 알았는데 의외로 카리사는 태연했다. 그녀는 왕자가 아니라 건너편의 록사네를 보면서 왕자의 말이 정말이냐고 물었다. 록사네는 애초에 이런 소리를 꺼낸 걸 창피해하던 참이라 바느질감만 쳐다보며 그렇다고 시큰둥하게 말했다. 카리사는 눈살을 찌푸리며 다시 물었다.

"설마 그 일에 남자의 의견이 절대적인 것은 아니지요? 시녀의 의견에 아랑곳없이 우월한 신분을 무기로 강요할 수 있는 일이냐고 여쭙는 겁니다."

"그럴 수는 없지요. 황궁의 시녀들은 노예가 아니니까요."

록사네의 정색에 그제야 카리사는 찡그림을 풀었지만 고개를 저으며 못마땅해 했다.

"상대가 노예라고 해도 그런 일에 강요가 있어선 안 된다고 생각해요. 하여간 잘 알아들었습니다. 근사한 표현이라고 말한 건 취소해야겠네요."

카리사는 제 머리에 쌓인 재스민꽃을 조심스럽게 털어 모으고 주변에 떨어진 꽃도 주워서 원래의 그릇에 넣었다. 그리고 게임판이 놓여 있는 테이블로 돌아가 아까의 자리에 앉아 다시 가르침을 청했다. 왕자는 그런 그녀를 멀뚱히 보다가 그게 다냐고 중얼거렸다.

"내 말에 대한 반응. 화관 이야기에 대한 감흥이 고작 그게 끝?"

황당해하는 왕자에게 카리사는 오히려 뭘 기대했냐는 듯이 웃었다.

"그럼요. 제가 놀라서 기함이라도 할 줄 아셨나 보죠?"

왕자가 테이블로 돌아가 자리에 앉자 말을 움직이는 법은 다 외웠으니 실제로 하는 법을 보여 달라고 카리사가 청했다. 머리가 발은 아닌 모양이라는 칭찬 아닌 칭찬을 던지고 왕자는 바로 실전에 돌입했다.

반 시간도 안 되는 사이에 카리사는 마흔 번은 넘게 졌다. 실로 눈 하나 깜짝 안 하고 너무 쉽게 그녀의 뱀 군단을 무너뜨리는 매의 병사들. 그래도 카리사는 불평 한마디 없이, 연패 기록을 수집해가며 말을 정리하고 다음 판을 준비했다.

카리사가 63번째의 연패를 인정해야 할 즈음 록사네가 내실을 나갔다.

카리사는 고개조차 돌리지 않았다. 게임판 위의 상황에 완전히 몰두한 것이다. 깜박임이 매우 느려진 초록색 눈이 게임판 위의 말을 훑는 동선을 감상하던 왕자는 문득 카리사가 미처 찾아내지 못해 머리카락 사이에 남아 있는 하얀 재스민 부스러기를 발견했다. 그걸 떼어주려고 손을 뻗었는데도 카리사는 왜 그러시냐 물을 뿐 시선은 게임판에서 떼지 않았다.

"재스민이 아직 남았어. 남겨뒀다가 배고플 때 먹기라도 할 참이냐?"

"저를 무슨 걸신 든 사람으로 여기시는 것입니까?"

"내가 준 석류 숨도 안 쉬고 먹었다면서?"

"그거야 뱃멀미 때문에 쫄쫄 굶어서 석류가 천상의 음식 같았던 거지요. 땅에서는 누가 뭐라도 뱃멀미 같은 거 하지 않습니다."

아주 자연스럽게 둘 다 배에서 만났던 일을 인정하고 있다. 오래도록 다음 수를 고민하는 카리사에게 머리카락을 건드리는 왕자의 손이 방해가 되는 것을 꾹 참은 끝에 에라 모르겠다 하고 자리를 옮긴 뱀의 큰 엄니를 매의 깃털이 간단히 쓰러뜨려버렸다. 저도 모르게 한숨을 쉬는 사람을 두고 왕자는 기회는 이때란 듯 놀리고 있다.

"내가 만진 여자 머리 중에 이렇게 뻣뻣하고 거칠거칠한 건 처음인데. 하물며 밥 먹듯 물을 들이는 여자들도 이보다는 낫던데. 석류 너는 머리에 무슨 짓을 하는 거냐?"

"아무 짓도 하지 않습니다."

"아. 아무 짓도 안 하는 게 문제인가?"

정말이지 아무리 잘생겼어도 성격이 이런 사람, 절대로 좋아할 수 없다. 카리사는 이깟 방해에 더는 굴하지 않겠다는 각오로 게임판을 들여다보았다. 큰 엄니까지 잡히고 카리사는 벼랑 끝에 몰렸다. 그래도 작은 엄니라도 남았으니 발악을 한번 해보자고 다음 수를 궁리했다. 여전히 그녀의 머리카락을 만지작거리면서 왕자가 말했다.

"조금은 가꾸라고, 석류. 안 그래도 눈만 멋없게 큰 못난이인데 머릿결마저 이래서야 쓰나. 에스테르가 머리에 백단유를 쓴다고 들은 것 같은데, 같은 걸 써봐. 에스테르보다 네 머리카락이 열 배는 더 두꺼운 것 같아서 효과가 어떨지는 모르겠다만."

공주의 머리카락이 가는 것은 사실이나 그래도 열 배는 너무 심했다. 한 귀로 듣고 한 귀로 흘리면 그만이라고 꾹 참는 카리사의 갸륵한 마음도 모르고 왕자는 빙글거리며 말했다.

"남자란 게 그래. 아무리 똑똑하고 잘난 놈들이더라도 미모 앞에선 사고가 종종 끊기거든. 제 눈에 아름답다 싶은 존재에게는 눈길을 받고 싶어 어쩔 줄 모르게 되는 뭐 그런 게 있어. 자긍심과는 별개로. 네가 똑똑한 여자라면 그런 약점을 잘 이용해야 돼, 석류."

가르치듯이, 크게 선심 쓰듯이 정도를 모르고 이어지는 말.

"아무리 못난이라고 해도 화관 한번 못 받고 궁을 떠나야 하는 날이 오는 건 너무 처량한 일이야. 사역원 붙박이 신세는 면했다지만 그래서야 사역원 붙박이하고 다를 게 뭐겠어? 다행히 이 황궁이란 곳에는 별의별 사내들이 다 있다는 걸 유념할 필요가 있어. 남의 손을 타지 않은 어린애나 처녀라면 사족을 못 쓰는 멍청이들도 널렸거든. 결국 어린애는 자라기 마련이고 처녀의 희소성도 단 한 번이라는 한계가 있긴 하지만 바로 그 때문에 네가 지금부터라도 정신을 바짝 차릴 필요가 있는 거지. 알겠어? 잘만 처신하면 한몫 단단히 챙겨서 훗날에……."

느닷없이 루키아노스 왕자의 눈앞에서 매의 병사와 뱀의 병사가 하늘을 날았다. 당연히 원래는 못 나는 것이라 후두두둑 바닥으로 떨어졌다.

바닥에 데구루루 굴러가는 뱀의 두령을 보던 왕자가 고개를 돌렸을 때 씩씩대며 게임판을 붙잡고 있는 카리사의 정수리가 보였다. 뒷머리에 붙어 있는 재스민을 또 하나 발견한 왕자가 손을 뻗으면서 "어이, 석류."하고 불렀다.

"석류라고 부르지 마십시오."

"애칭이잖아, 애칭. 나 참, 알았어, 그리 싫으면 그냥 카리사라고."

"카리사라고도, 부르지 마십시오."

잔뜩 가라앉아 있는 목소리. 화가 나도 단단히 난 모양이다. 그럼에도 불구하고 왕자의 입가엔 미소가 떠올랐다. 카리사의 정수리를 마치 에스테르에게 하듯이 쓱쓱 문지르면서 말했다.

"어이구, 우리 반니 양, 화나셨습니까?"

타악, 그의 손을 뿌리치며 카리사가 자리에서 벌떡 일어났다. 왕자를 보는 눈에 눈물이 고여 있다. 그것을 한사코 떨구지 않으려 부릅뜬 눈으로 왕자를 쏘아보며 카리사가 말했다.

"왕자님은 제 혈육도, 제가 모실 주인도 아니십니다. 그런 까닭으로 더 이상의 모욕은 허락하지 않겠습니다."

카리사는 획 등을 돌려 성큼성큼 내실을 가로질러갔다. 거칠게 휘장을 걷어내고 문을 여닫고 나갔다. 블레신은 그 상황이 재미있어 낄낄거리며 웃었다.

"아, 끝내 우는 걸 못 봤네. 좀 더 강하게 할 걸 그랬나?"

바닥에 흩어진 말들을 보다가 하얀 재스민 부스러기가 보여 그가 허리를 숙이는데, 불현듯 다시 문 열리는 소리가 나서 얼른 고개를 들었다.

카리사가 돌아왔다. 너무도 빨리. 눈물만 훔치고 돌아온 건가 생각하는 블레신의 앞까지 거침없이 다가온 카리사가 쾅 하고 두 손으로 게임판을 내리쳤다.

"배에서 만난 그 한 번의 일이 끝이라면 고마운 분으로 평생 기억했을 텐데 다시 만났더니 악연이 되었네요, 루키아노스 왕자님. 제멋대로 좋은 분이라고 생각했기 때문에 더더욱 실망이 큰 점을 아실지 모르겠습니다. 그런 거야 왕자님께는 아무래도 좋을 일이시겠지요. 하지만 저는 참으로 유감스럽습니다!"

숨도 쉬지 않고 말을 쏟아낸 카리사가 후욱, 숨을 들이마시더니 보다 조용하게 목소리를 낮춰 말했다.

"이 이상 왕자님을 싫어할 일이 없었으면 합니다. 그러니 부디 앞으로 제게는 왕자님의 귀한 시간을 낭비하지 말아주시지요, 루키아노스 왕자님."

아까 미처 못 차린 예를 갖춘 다음 카리사는 돌아섰다. 이번엔 천천히 방을 가로질러가 조용히 문을 여닫았다.

잠시 후, 블레신이 웃음을 터뜨렸다.

"면전에서 싫다는 말을 하려고 다시 들어온 거야? 흐하하, 뭐 저리 귀여운 게 다 있지?"

9.
송별연

"떠나신다고요?"

고개를 드는 에스테르의 눈이 황망히 요동쳤다. 머뭇거림 없이 황자의 대답이 이어졌다.

"어제 폐하께 윤허를 받았어. 내 임명패가 나오는 대로 에흐렌툼으로 길을 잡을 거야."

"얼마나 가 계실 것인지……."

"못 해도 다음 교대기간까지는 있어야지. 마음 같아선 그다음 교대기간까지도 있고 싶지만 어머니께서 용납하실 리 없지."

"교대기간이라면, 2년, 이지요. 오라버니 때 그랬던 것처럼."

"응. 보통은 2년이지만 난 출발이 늦었으니 아마 2년은 못 채울 거야."

공주의 침소 안에 있는 시녀 둘은 에스테르가 금세 쓰러지기라도 하는 게 아닐까 근심하며 그녀를 쳐다보았다. 바느질감을 손에 쥔 에스테르의 손이 가늘게 떨리는 것이 그들에겐 선명히 보였지만 황자의 눈에는 보이지 않는 게 분명했다.

'에흐렌튬에 배치 중인 제3군단에, 백부장으로 가게 되었다.'

대ㅅ아리오시나이 제전의 끝 날인 이날 정오가 조금 지나 에스테르를 찾아온 아르키스 황자가 꺼낸 이 말은 에스테르에게는 심장이 몇 번이고 내려앉을 만한 말이건만 창턱에 기대어 화창한 하늘을 올려다보는 황자의 얼굴에 근심은 한 조각도 없었다. 고대하던 일을 앞두고서 늘 침착하던 황자는 전에 없이 들떠서 말수마저 많아졌다.

"블레신처럼 말단 병사부터 시작하고 싶었는데 나는 아무래도 거기 있을 수 있는 시간에 한계가 있으니까. 그래도 모후께선 어째서 지휘관급이 아니냐고 못마땅해 하시는 거야. 경험 하나 없는 내가 단순히 황자라는 신분 덕에 군역으로 잔뼈가 굵은 베테랑 병사를 백 명이나 거느리게 되는 건데."

"귀족이 군역에 지원하면 장교급으로 가는 것이 당연한 것으로 알고 있습니다. 게다가 전하께선 군사에 관련해서도 해박한 지식을 갖고 계시지 않습니까. 저는 백부장도 부족하다는 황후마마의 뜻을 충분히 이해할 수 있어요."

에스테르가 타이스 황후를 편들어 하는 말에 황자는 가늘어진 눈으로 그녀를 돌아보았다.

"머리로 아는 게 많다고 전쟁을 치를 수는 없는 거야, 에스테르. 블레신이 아는 게 없어서 병졸부터 시작했다고 생각해? 어떤 일이 됐든 정통할 생각이라면 가장 말단부터 시작하는 게 옳아. 귀족의 자제라는 이유로 장교급이 출발선이 되는 건, 적어도 군사면에서는 좋은 생각이 아니라고 봐. 언제가 되건 그 관행은 제대로 한번 뜯어고칠 필요가 있어."

에스테르는 손에 쥔 자색의 비단을 쓰다듬으며 천천히 고개를 끄덕였다.

"오라버님도 그 비슷한 말씀을 하신 적이 있습니다. 곧 오실 테니 말씀을 나눠 보시지요."

바늘을 갈무리하는 그녀의 눈빛이 쓸쓸해졌다.

"두 분 중에 누가 먼저 떠날지 모르겠네요."

"오오, 이게 누구야? 반가운 사람이 오셨네?"

여동생이 그를 부르러 사람을 보냈다는 소리에 욕탕을 뒤로하고 온 블레신 왕자는 눈앞에 있는 이들을 보고 짐짓 눈을 크게 뜨며 웃었다. 두 명의 시녀가 내실에서 기다리다가 그를 보고 일어나 예를 표했다. 투렐리아와 카리사였다.

"제가 아플 때 어떤지 보러 와주셨다는 말을 전해 들었습니다, 왕자님. 이제야 감사의 말씀을 전하게 되었습니다."

왕자의 반응을 오해한 투렐리아가 얼른 나서며 말을 건넸다.

"그래, 건강해진 걸 보니 좋구나. 한창 예쁠 땐데 아프지 말아야지, 빨간 머리."

"예, 심려를 끼치지 않도록 앞으론 각별히 신경 쓰겠습니다."

수줍은 말씨로 투렐리아는 애교 넘치는 시선을 힐금 블레신에게 던졌다. 시종들이 머리를 말리도록 의자에 앉은 블레신은 은쟁반에서 사과를 집어 들어 한입 베어 물었다.

"보다시피 이 꼴로야 갈 수 없잖아? 기다리는 김에 너희들도 뭐라도 들도록 해. 여자는 모름지기 잘 먹어야 예쁜 법이야. 봐, 너만 해도 아프고 나더니 얼굴이 해쓱해졌잖아."

"어머, 그런가요."

사흘 전에 병상을 물릴 때라면 몰라도 지난 사흘 동안 아플 때 못 먹은 것들을 모조리 수거하듯 챙겨 먹느라 아침만 해도 카리사에게 제 볼이 터질 것 같지 않으냐 물었던 것을 까맣게 잊은 듯 투렐리아는 은쟁반으로 다가와 먹을 것을 골랐다. 블레신이 든 것처럼 탐스러운 사과를 하나 골라 가려는 투렐리아에게 블레신이 지적했다.

"저기 저 까마귀에게 줄 것도."

"까마귀라니 너무하세요, 왕자님. 반니 아가씨는 이번에 공주님을 모시게 된 귀족의 따님이니까 그렇게 놀리시면 곤란해요."

"오오, 그래? 미처 몰랐네. 부디 무례를 용서하시오, 반니 양."

투렐리아의 말에 놀란 척 천연덕스럽게 사과를 하는 블레신은 너무도 능청스럽다. 얼굴을 찡그리지 않으려고 노력하면서 괜찮다고 중얼거리고 카리사는 시선을 내리깔았다.

"그럼 사죄의 뜻으로 내가 골라줄까. 이게 좋겠군. 어쩐지 이걸 좋아할 거란 예감이 들어."

그의 목소리만 듣고도 얼마쯤 짐작했는데 과연 투렐리아가 전해준 것은 새빨간 석류. 얼굴도 보지 않고 감사하다고 입속으로 웅얼거리는데 그치는 카리사의 옆구리를 투렐리아가 쿡쿡 찔렀다. 전후 사정을 모르는 투렐리아의 눈에는 카리사가 무례하게 비치는 것도 당연했다.

이윽고 외출할 채비를 마친 블레신과 함께 궁을 나섰다. 성가시다며 따르는 시종조차 물리친 바람에 카리사와 투렐리아가 오롯이 왕자를 모시고 가는 꼴이 되었다. 성큼성큼 걸어가면서 화창한 하늘을 올려다본 블레신이 특유의 우렁우렁한 목소리로 말했다.

"날씨 한 번 죽이는군. 이런 날에는 연못에 배 띄워 놓고 마냥 노는 게 딱인데. 빨간 머리, 네 주인한테 뱃놀이나 가자고 할까? 오늘 에스테르의 기분은 괜찮아 보이더냐?"

"아침도 잘 드셨고, 기분도 더할 나위 없지요. 황자 전하께서 막 처소를 찾아주셨거든요."

"어쩐지. 그냥 내가 보고 싶어서 어서 오라고 재촉할 리가 없지. 아, 갑자기 가기 싫어졌어. 저희들끼리 잘 놀라지."

우뚝 걸음을 멈추더니 블레신이 일없다는 듯 손을 내젓곤 몸을 돌렸다. 카리사는 미간을 찡그렸다가 정말로 돌아갈 태세인 블레신을 보고는 투렐리아에게 붙잡으란 뜻으로 슬쩍 밀었다.

"왕자님, 부디 기다리시는 공주님 생각을 해주셔요, 네?"

"안 기다릴걸. 여자란 본디 제 사내를 독점하고파 안달하는 생물 아니냐. 제아무리 쌍둥이라고 해도 부른다고 자꾸 오는 오라비라며 눈치 없다고 흉볼 게다."

"공주님께서 언감생심 그런 생각을 하실 분인가요, 어디?"

"사람 속을 네가 어찌 다 알아, 빨간 머리? 혹시 지금 내 속이 보이면 말해볼 테냐?"

당해낼 수 없는 말에 투렐리아가 입을 뻐끔거리고 있자니 블레신은 쯧쯧 혀를 차고선 오던 길을 되돌아갔다. 울상을 하고서 투렐리아가 카리사를 쳐다보았다. 카리사는 끙 하고 앓는 신음을 삼키고는 걸음을 재우쳐 블레신을 쫓아갔다.

"황궁에 계시는 동안만이라도 오라버니 노릇 좀 착실히 해주시는 게 그리 어려우십니까?"

"으응?"

내심 다음은 카리사가 사정할 차례라고 기다린 주제에 블레신은 바로 곁에 와서 말을 거는 그녀를 의외란 듯이 쳐다보았다. 쌀쌀함이 행간에 넘쳐나는 카리사의 말이 이어졌다.

"오가는 말씀을 듣자하니 얼마 안 있어 또 훌쩍 여행길에 오르실 게 아닙니까. 공주님께 마음 붙일 수 있는 제살붙이라곤 이 큰 황궁에 한 분뿐인 듯한데 돌아오신지 며칠이나 되었다고 벌써 공주님 청에 싫증을 내시는지 모르겠습니다."

"반니 양, 내 말을 한 귀로 흘린 모양이군. 난 어디까지나 방해가 되고 싶지 않은 거라오."

함께 있는 투렐리아를 의식해 건네는 그의 정중한 말에 카리사는 속으로 콧방귀를 뀌었다.

"방금 투렐리아에게 내 속이 보이면 말해보라 이르셨지요. 왕자님이야말로 방해가 될지 안 될지 공주님 속을 그토록 훤하게 보고 계신지요?"

"우린 쌍둥이라오."

"저 또한 쌍둥이입니다. 하물며 같은 여자이지요. 하지만 전 제 동생의 속마음 따위는 눈곱만큼도 모르겠던 걸요?"

"그건 혹 반니 양의 관찰력이 부족한 탓이 아닐지?"

"예, 저는 변변치 못한 몸이다 보니 부족한 게 너무도 많습니다. 한데 그리 자신만만해 하시는 걸 보니 왕자님께선 독심술에도 일가견이 있으신 모양입니다."

"얼마쯤은?"

블레신은 문득 걸음을 멈추고 카리사의 눈을 들여다보며 중얼거렸다.

"'아, 이 귀찮고 수다스러운 사내 같으니. 어지간히 좀 하고 공주님한테 가면 오죽 좋아? 뭐 바쁜 몸이라고 이리도 튕기는 거람' 이라고 생각하고 있군 그래."

카리사는 저도 모르게 꿀꺽 마른침을 삼켰다. 이 남자, 정말로 독심술을?

그런 심중을 얼굴에 고스란히 드러낸 카리사 때문에 블레신은 낄낄 웃고 말았다.

"딱 맞췄다는 얼굴인데? 크큭, 하여간에……."

블레신은 얼굴이 빨개진 카리사 대신 투렐리아를 돌아보며 말했다.

"그래, 돌아가봤자 이렇다 하게 할 일도 없는 신세이니 눈치 없는 오라비 노릇이라도 해주지 뭐. 그렇지만 조건이 있어. 에스테르가 뱃놀이 따위 관심 없다고 해도 여기 있는 둘은 날 따라 놀러가 주는 걸로. 어떻소, 반니 양? 어때, 빨간 머리?"

투렐리아가 그러겠노라고 몇 번이나 고개를 끄덕이고선 떨떠름하게 서 있는 카리사에게도 어서 동조하라 성화다. 카리사는 마지못해 고개를 주억거렸다.

그리 가볍게 기분 전환을 했더니 헤러반궁에 이르러 내실에 있는 아르키스 황자를 보아도 블레신은 웃음이 꺼지지 않았다. "여어, 숙부님." 하고 싱긋 웃더니 한껏 정중하게 인사를 하는 블레신을 모두 의아하게 바라본다. 블레신은 좌중을 둘러보며 짝짝 박수를 쳤다.

"이리 화창한 날에 어두컴컴한 굴에 갇힌 두더지 흉내를 낼 것들은 없지 않습니까? 다들, 뱃놀이를 하러 가십시다."

아직 어리둥절한 에스테르와 황자 대신 기민하게도 록사네가 몸을 일으키며 동조했다.

"젊으신 분들께서 이따금 나들이를 즐기시는 것도 나쁠 것은 없겠지요. 가서 대략 준비를 시키겠습니다. 조이스, 공주님의 외출 채비를 거들어 드리도록."

"록사네, 내가 그대를 사랑한다는 말을 한 적이 있던가?"

옆으로 지나가는 시녀장의 뺨에 뽀뽀를 하면서 블레신이 해맑은 웃음을 흘렸다. 슬며시 왕자를 흘겨보긴 했지만 밖으로 나서는 시녀장의 발걸음이 유난히 가볍다.

"오라버니, 전하께서 긴히 말씀을 나누고자 하시는데 놀이는 다음에 하는 것이……."

에스테르가 난색을 표하는 걸 보고 블레신은 황자를 돌아보며 물었다.

"혹시 제게 역모에 가담하라 권하시기라도 하실 참입니까?"

"싱겁긴. 그것도 농담이라고 하는 거야?"

"보렴, 에스테르. 역모는 아니라잖니? 그것 말고 밝은 하늘 아래 나누지 못할 심각한 말 따윈 없다고 보는데. 어찌 생각하십니까, 숙부?"

동감이라고 대답한 클라이저가 에스테르에게 배를 타도 괜찮겠느냐 물었다.

"탈 수 있습니다. 두 분께 걱정 끼쳐드리는 일은 없을 거예요."

"그래, 이 정도로만 건강해 주면 내가 바라는 게 없겠다, 사랑스런 내 동생."

곁으로 온 블레신이 에스테르의 머리카락을 쓰다듬고선 부드럽게 정수리에 입을 맞췄다. 에스테르는 그런 오라비를 눈이 부신 듯이 올려다보고는 중얼거렸다.

"쓰러지진 않겠지만 오래 걸을 자신은 없어요."

"가마를 준비시켜야지. 록사네 시녀장이 어련히 알아서……."

"가마는 무슨. 이렇게 사지육신 강건한 오라비와 약혼자가 있지 않습니까? 그리고 에스테르는 깃털처럼 가볍고 말이지요. 괜한 걱정으로 네 작은 머리를 괴롭히지 말렴, 동생아. 숙부, 그렇지요?"

둘이서 에스테르를 책임지자는 요지로 한 말에 클라이저는 잠시 눈을 깜박거렸다. 그가 에스테르를 쳐다보자 에스테르는 전하의 말씀대로 가마를 타고 가겠다고 말하며 시선을 떨어뜨렸다. 투렐리아가 쿡쿡 옆구리를 간질이지 않았다고 해도 카리사 역시 이해했을 것이다. 공주가 오라비의 언사에 당황하고 수줍어하고 있다는 것을.

클라이저가 이윽고 고개를 끄덕이며 에스테르에게 말했다.

"일단은 걸어보고 힘에 부친다 싶으면 블레신 말대로 하지. 허약한 사람의 섭생엔 좋은 공기를 마시며 걷는 것도 도움이 된다니 조금이라도 걷는 편이 좋을 거야, 에스테르."

에스테르는 살며시 한숨을 내쉬고 클라이저를 바라보며 네, 하고 대답했다. 카리사는 에스테르의 그런 반응이 웃음이라는 것을 알고 있다. 계기가 무엇이든 황자가 건네준 자상한 말에 기뻐하는 것이다. 내실에 동석한 다른 시녀들도 저마다 공주의 행복한 한때가 기쁜 듯이 미소 짓고 있다.

카리사 또한 그 미소에 동참하면서도 왠지 마냥 미소가 달지만은 않았다. 모를 일이라고 고개를 떨구던 카리사는 이내 눈이 휘둥그레졌다. 어느 틈엔가 그녀의 발치까지 온 고양이 미오가 카리사의 샌들에 달린 술장식을 잘근잘근 씹어 뜯어내려 하고 있었다.

'안 돼, 이건 내 가장 좋은 샌들이라구!'

카리사는 살살 고양이를 만져서 샌들에서 떼어놓으려고 했지만 고집이 보통이 아닌 녀석은 어중간한 만류에 눈 하나 깜빡하지 않았다. 발을 잡아당겨도 보고 손으로 살짝 밀어도 봤으나 미오는 더 기고만장해졌다. 신전에 있을 때 시중을 들었던 은의 무녀였던 분도 꼭 이렇게 성격 오만한 고양이를 기르고 있었다. 주인 외의 사람은 대부분 무시하는 그 고양이를 다룰 법을 친구인 루피나에게 배운 바 있다.

"으르르…… 왈왈."

작지만, 너무도 개 짖는 소리에 가까운 울림에 미오가 귀를 쫑긋 세우며 하던 짓을 뚝 그치고 카리사를 쳐다보았다. 카리사도 시치미를 뚝 떼고 미오를 덥석 안아들었다. 여전히 카리사를 미심쩍다는 듯이 쳐다보는 미오의 표정이 귀여워 웃음을 참느라 입술을 깨물었다. 놀라게 해서 미안하다는 뜻으로 가볍게 턱을 긁어주면서 앞을 쳐다본 카리사는 세 귀인이 이야기를 멈추고 그녀 쪽을 보고 있다는 것을 깨달았다.

작게 한다고 했는데 설마 개 짖는 소리를 들은 건가? 민망해서 카리사의 얼굴이 붉어지는데, 에스테르의 나직한 중얼거림이 그녀에게까지 닿았다.

"미오가 따르는 사람이 생겼네요."

"그러게. 드물게 마음에 들었나 보군."

클라이저도 인정하다가 문득 에스테르를 돌아보며 말했다.

"생각해보니 잘 됐어. 에흐렌툼까지 데려갈 수도 없는 노릇이라 고민이었는데 길들일 수 있는 사람이 있다면 여기에 맡길 수 있잖아."

"에흐렌툼?"

아직 클라이저의 병역에 관한 일을 모르는 블레신이 의아한 얼굴로 그 지명을 중얼거렸다. 클라이저가 막 뭐라 말하려다가 문이 열리고 록사네가 들어오는 걸 보고 웃었다.

"준비가 된 모양이군. 슬슬 가면서 이야기하지."

내실에 있던 이들이 모두 밖으로 나서면서 주위가 살짝 어수선해졌다. 시녀장을 비롯해, 카리사까지 포함해서 에스테르의 시녀 다섯에 필요가 있을지 없을지 몰라도 일단은 가져가기로 한 가마를 진 가마꾼 넷, 간단한 음식이며 가서 깔고 앉을 양탄자 등을 챙긴 하인 다섯, 그 외에도 클라이저 황자를 모시고 온 시종 둘까지 일제히 나서니 그렁저렁 한 무리가

나뭇잎 사이로
반짝이는 1

되었다.

맨 앞에서 걸어가던 셋 중에 블레신이 살짝 뒤로 빠져 카리사의 근처에 섰다. 황자에게 고양이를 넘겨줄 기회를 놓친 카리사는, 어딘가 멀리 갈 거란 사실을 아는지 한층 온순해진 미오를 아직 안아들고 있었다.

"으르르, 왈왈, 실감나던데."

혼잣말인 것처럼 딴 쪽을 보면서 속삭이는 블레신의 말에 카리사는 울 상을 지었다.

"……역시 들렸습니까?"

"난 귀가 아주 좋거든. 다른 사람이 어땠는지까지는 나도 모르겠어. 들 었어도 표를 안 내는 걸 수도 있지. 에스테르는 착하고, 황자 전하께서는 점잖으시니 말이야."

"그래요, 왕자님께는 거의 없는 미덕이로군요."

잔기침을 하듯 웃음소리를 죽이던 블레신이 카리사의 귓가에 대고 속 삭였다.

"너무 귀엽게 굴면 확 보쌈당하는 수가 있어, 석류."

대번에 화등잔만 해진 카리사의 눈을 본 블레신은 연거푸 헛기침을 하 면서 앞으로 걸어갔다. 그리곤 이내 뒤돌아보며 블레신이 눈을 찡긋해 보 이는 바람에 카리사는 더욱 뜨악한 표정이 되었다.

저 남자, 아니 어쨌든 왕자님이니 저분은 그녀가 비장하게 쏟아낸 선 언을 뭐라고 생각하는 걸까? 일고의 가치도 없는 걸로 치고 무시해버린 게 아닌가 싶어 짜증이 치밀어 오르는데 물정 모르는 투렐리아는 카리사 에게 바짝 다가오며 속닥거렸다.

"왕자님과 그새 퍽 친해지셨나 봐요? 아까는 데면데면하게 구시더니."

"아니요, 잘못 봤어요. 친하고 말고 할 그런 일 없어요."

투렐리아는 더 묻고 싶은 눈치였지만 카리사는 품 안의 고양이를 쓰다 듬으며 걸음을 재촉하는 걸로 대화를 끊었다.

이윽고 뱃놀이를 할 연못이 눈에 들어 올 무렵, 이미 바다를 본 바 있는 카리사는 어떤 걸 봐도 놀라지 않을 자신이 있었지만 눈에 들어온 너른 물을 보고 그것을 '연못'이라는 시시한 단어로 말한 이들의 감각에 놀라 눈이 휘둥그레졌다.

"이게 연못이라고?"

"네, 좀 작지요. 그래도 이게 공주님 처소에서 가장 가까운 곳이니까 요."

투렐리아가 심상하게 하는 말에 카리사는 더더욱 눈을 동그랗게 떴다.

"이런 게 황궁에 몇 개나 된단 말이에요?"

"그 숫자까진 잘 모르겠어요. 이름도 없는 연못이다 보니."

"이름이 있는 연못은 이보다 더 큰가요?"

"이런 거랑 비교하면 안 되죠. 미인의 이름을 아무 곳에나 붙이겠어요? 타누리스, 알리아스, 루비리아, 이사라, 아미모네, 오르비아, 아, 가장 최근에 타이스 연못도 생겼지요. 황제께서 황후께 선물로 주신 궁 앞에 있어요. 또 몇 곳이 더 있을 텐데, 얼른 생각이 안 나네요."

카리사는 연못을 돌아보며 마른침을 꿀꺽 삼켰다. 연못의 중앙엔 동그마한 섬이 하나 있어 그곳에 색색의 꽃이 다투어 피어 있는 것이 보기만 해도 화사했다. 그 꽃 주위를 거니는 사람들의 모습이 눈에 들어왔다. 섬 주변에 배도 여럿 대어져 있는 것이 그들처럼 뱃놀이를 나온 사람들인 모양이다. 이쪽에서는 얼굴도 구별할 수 없다. 그 정도로 넓은 것이다.

"우리가 너무 늦었나 보군. 쓸 수 있는 배가 둘뿐이라니."

카리사는 불평을 내뱉는 블레신을 이해할 수 없었다. 그들의 앞에 대령된 갤리선 두 척은 지금 모여 있는 사람들을 모두 태우고도 공간이 넘칠 터였다.

블레신은 업고 온 지 좀 된 에스테르를 내려놓기 무섭게 클라이저에게 살며시 밀쳤다. 이제부터는 숙부가 힘 자랑을 할 차례라고 못을 박은 뒤 획 뒤를 돌아본 블레신이 시녀들을 돌아보며 미소와 함께 손을 내밀었다.

"다들, 배에 오르는 걸 도와주지."

신이 현신했다 해도 지나치지 않을 잘난 사내의 미소에 시녀들이 기다렸다는 듯 환하게 웃는 것과 달리 카리사는 쭈뼛거리며 슬금슬금 시선이 닿지 않을 곳으로 달아났다. 하지만 블레신의 푸른 눈은 한 번에 많은 걸 본다.

"반니 양, 이제 와서 어딜 가려고 그러시나? 설마 물을 무서워하는 것이오?"

일견 상냥하게 들리지만 실은 놀리는 목적인 그 말에 카리사는 우물쭈물하며 말했다.

"고, 고양이는 물을 무서워하니까요. 저는 여기서 다들 노시는 것만 보겠습니다."

"미오는 물을 무서워하지 않으니 그 점은 염려하지 말아요."

에스테르를 부축해 배에 오르게 하던 클라이저가 카리사를 돌아보며 말했다. 그는 미오가 수영도 할 줄 안다고 장담했다.

결국 카리사도 배에 올랐다. 다행인 점은 마지막까지 꾸물거린 덕분에 블레신 일행과는 다른 배에 올랐다는 것이다. 배 자체는 널찍하지만 천개를 친 뒤쪽 자리에 앉을 수 있는 인원에 한계가 있는 까닭이었다.

여덟 명의 노잡이가 노질을 시작하면서 부드럽게 배가 연못 안으로 미끄러져 들어갔다. 위에서 내려다 본 물이 제법 거무튀튀한 것이 상당히 깊은 모양이다. 파도라 할 것은 없지만 그래도 배가 미끄러지면서 일어나는 흰 포말을 보는 것만으로 카리사는 속이 불편해져 왔다. 시선을 돌리려고 해봐도 사방이 물. 카리사는 가만히 고개를 숙이고 눈을 감는 쪽을 택했다. 그때 뭔가 축축한 게 뺨에 닿아 쳐다봤더니 고양이가 코를 그녀의 뺨에 문지르고 있었다.

"예쁜 아이네. 물 좋아한다니 내려줄까?"

앞에 내려놓자 미오는 기지개를 쭉 켜고 어슬렁거리다가 이내 돌아와 카리사의 무릎에 앉았다. 파란 눈으로 물구경을 하다가 힐끗 머리를 들어 카리사를 보더니 앞발로 툭툭 그녀의 베일을 건드렸다. 카리사는 짐짓 엄한 표정을 지었다.

"이것도 망쳐놓으려고? 이건 안 돼, 요 장난꾸러기 녀석."

미오의 재롱 덕분에 그녀는 한동안 물의 공포에서 벗어날 수 있었다.

한편 블레신은 천개가 그늘을 드리우지 않는 뱃전에 앉아 물속에 담근 손을 스치고 지나가는 차갑고 매끈한 물의 감촉을 즐기며 방금 클라이저에게서 들은 이야기를 곱씹어 보았다.

"군단이라……."

"너도 알다시피 군역을 치르는 것은 내 오랜 꿈이었지."

"알지요. 제가 부럽다고 노래를 하신 게 생생하니까요."

"너랑 함께 복무하고 싶다는 꿈은 결국 못 이뤘지만 이제라도 군복을 입게 됐다는 걸로도 충분히 만족스러워."

어지간히 기쁜지 클라이저의 얼굴에 미소가 그치지 않는다.

"어떠냐, 블레신. 다시 군단에 들어갈 생각은 없어? 너라면 폐하께서 당장에 지휘관 자리라도 내어주실걸?"

"그래서요, 제가 지휘관으로 가는 군단에 들어와 제 밑에서 복무라도 하시려고요?"

"나쁠 것 없지. 네 찬란한 무훈이 과연 얼마나 사실에 부합되는지 확인도 할 겸."

"꿈은 크시지만 제가 투구를 다시 쓰는 날이 또 올까 싶네요. 어떤 간큰 속주에서 반란이라도 일으킨다면 생각은 해보겠습니다만."

시큰둥하게 내뱉은 블레신은 배가 지나가면서 잔잔히 물결이 이는 것을 빤히 쳐다보다가 불쑥 중얼거렸다.

"한데, 숙부. 어떤 꽃은 멀리서 봐야 아름다운 법입니다. 좋아보여서 다가갔더니 지독한 냄새를 풍기는 꽃도 있단 말이지요."

"글쎄다, 애초에 그런 냄새를 내는 꽃이 그리 고울 것 같지는 않은데?"

들뜬 기색이 역력한 클라이저의 말에 블레신은 혀를 차며 에스테르를 돌아보았다.

"어쩐지 네가 아까부터 기운이 더 없다 했지. 숙부도 참 어지간하십니다. 병환 중인 모후와 저리 약한 약혼자를 두고 가는 길인데 좋아서 어쩔 줄을 모르시는군요."

"둘 다 갑자기 나빠지고 말고 할 병은 아니니까……."

클라이저의 얼굴에 그늘이 드리워지는 걸 보고 에스테르가 부드럽게 블레신을 나무랐다.

"누이를 걱정하신다면서 소식 한 자 없이 몇 달씩 편력을 즐기시는 분이 할 말씀은 아니지요. 이번엔 몇 달도 아니고 일 년 만에 돌아오셨으면서. 아니면 전하께서 떠나시니 이참에 오라버니께서 궁에 머무르면서 제 근심을 덜어주실 건가요?"

"아, 그건 에스테르, 나는 아직 가보고 싶은 곳이 몇 곳 더 남았는데……. 에, 이번에 가면 내 꼬박꼬박 서찰을 보내겠다고 단단히 약조하마, 응?"

졸지에 블레신이 동생에게 쩔쩔매며 비는 꼴이 되고 말았다.

"못 가게 붙잡지 않을 터이니 염려 마셔요. 저도 몸만 건강했다면 가보고 싶은 곳이 한두 곳이 아닌데 하물며 두 분은 남자인 걸요. 못난 저 때문에 소중한 두 분께서 품은 꿈을 단념하는 건 조금도 원하는 바가 아니랍니다."

에스테르는 오라비에게 가느다란 손을 내밀며 청했다.

"하지만 서찰 꼬박꼬박 보내주신다는 말씀은 지키셔요, 이번엔."

"내 목을 걸고 지키마, 사랑스러운 동생아."

꼭 손을 잡아준데 이어 블레신은 클라이저에게도 단단히 못박았다.

"숙부도 마찬가지십니다. 에르테르가 쓸쓸해하지 않도록 서찰, 잊지 마십시오."

"아무렴. 모후께 문안 편지 드리듯이 에스테르에게도 신경을 쓴다고 약조하지. 문재가 뛰어난 에스테르이니 멀리서 받게 될 서찰도 기대하고 있어."

"그래도 서찰 한 통 보내려고 몇 날 며칠 고심하다 앓아누우면 안 된다, 에스테르. 나한테 보냈던 서찰보다 더 공을 들였단 봐라. 내가 다 아는 수가 있다고. 내 말 알았지?"

클라이저의 대답에 블레신은 호들갑을 떨며 에스테르를 단속했다. 살짝 붉어진 뺨으로 블레신의 어깨에 기대어 에스테르가 한숨을 쉰다. 입꼬리에 보일락 말락 웃음마저 드리운 채.

"숙부도 소원하던 군역이란 걸 겪어보고 너도 지금보다 몸이 좋아져서 두어 해 후의 이맘때엔 두 사람이 부부가 되어 있었으면 좋겠다. 어떠십니까, 제 뜻이?"

여동생의 어깨를 다독여주고서 블레신은 클라이저에게 질문을 던졌다. 클라이저는 에스테르와 블레신을 갈마보고서 고개를 주억거렸다.

"그래, 우리도 오랜 인연을 이루고, 블레신 너도 좋은 이와 인연을 이루어 방랑벽이 잠잠해졌으면 좋겠구나."

"아! 그건 또 어려운 주제인 걸요. 이렁저렁하며 세상을 둘러보았다지만 아직 제 다리의 힘이 풀릴 만한 미녀는 구경조차 하지 못했습니다. 그런 건 세상에 없다 쳐도 하다못해 한 번 뒤를 돌아볼 만한 미녀는 만나야 한곳에 주저앉는 것이 억울하진 않을 거 아닙니까?"

"블레신, 대체 네 눈은 얼마만큼이나 높은 거냐."

두 손 들었다는 듯 고개를 내젓던 클라이저는 바람결에 들려오는 고양이 울음소리에 뒤를 돌아보았다. 바짝 뒤따르던 배가 선수를 돌려 멀어져가는 것을 보고 눈을 깜박거리는데 블레신이 뱃전에 서면서 어딜 가느냐고 소리쳐 물었다. 저편 배에서 록사네가 정자로 간다고 외치는 소리가 들려왔다.

그녀가 말하는 정자는 연못의 중앙에 꾸민 섬에 있었다. 블레신의 눈은 멀어져가는 배의 후미 뱃전에 머리를 내밀고 있는 검은 머리를 능히 알아보았다.

"또 멀미라니. 물하고 궁합이 안 맞는 녀석이로군."

"어머. 누가 멀미를 하나요?"

"석류, 가 아니고 반니 양이 토하느라 정신이 없구나. 에스테르, 넌 버틸만한 게냐?"

"아직은요. 하지만 저희도 일단 정자로 가지요. 꽃도 구경할 겸."

얼마 후 섬 가장자리에 배를 대자 제일 먼저 훌쩍 뛰어내린 블레신은 잔교를 내리는 것을 도운 뒤 클라이저가 에스테르를 부축하도록 맡겨두고 정자를 향해 성큼성큼 걸음을 옮겼다. 작은 길옆으로 늘어선 은매화나무는 꽃이 피려면 멀었지만 잎과 가지만으로도 좋은 향을 물씬 풍겼다. 작은 가지 하나를 꺾어 툭툭 뺨을 두드리며 걸어가는 블레신의 걸음이 경쾌했다.

정자 앞에 이르러 록사네의 특징적인 풍만한 체구가 눈에 들어오자 블레신은 씩 웃으며 "다른 건 됐고 석류주스나 한 잔 마시게 해봐!" 하고 목청 높여 말했다.

록사네가 뒤돌아보면서 그녀의 몸집에 가려져 있던 정자 안의 모습이 얼마쯤 보였다. 파리한 안색의 카리사가 벤치에 앉아 있는데 그 옆에서 부채질을 해주고 있는 이는…… 발레리아였다.

"내가 불렀을 땐 숙취 핑계를 대더니, 에스테르를 위해선 그 무거운 엉덩일 움직였네요. 하여간에 얄미워."

눈을 흘기며 핀잔을 던지는 발레리아의 모습이 이를 데 없이 교태롭다. 인사를 건네고 정자에 오르는 블레신의 뒤를 쳐다보며 발레리아는 다른 일행은 어디 있느냐 물었다.

"제가 먼저 왔습니다."

"아, 그 천금처럼 아끼는 동생을 나 몰라라 하고 허둥지둥 온 건가요? 반니 양 걱정에?"

"아니요, 숙부가 아끼는 고양이 걱정에 한달음에 달려왔습니다."

능청을 떨면서 블레신은 꺾어온 은매화가지를 미오에게 내밀었다. 카리사의 샌들 술 장식을 또다시 공격 중이던 미오는 냉큼 가지를 붙잡아 가지고 놀기 시작했다.

"언제부터 그리 고양이에게 관심이 있었다고."

"몇 가지의 예외를 빼고 저는 세상 모든 것에 관심이 있죠."

싱긋 웃은 블레신은 록사네에게 석류주스가 없으면 석류라도 챙겨오지 않았느냐 물었다. 이쪽 바구니에는 없었으나 발레리아가 챙겨온 먹을거리 속에 석류가 있었다. 물조차 거부하며 고개를 내젓던 카리사가 블레신이 쪼개어 건넨 반쪽짜리 석류는 천천히 받아들었다. 한숨을 한 번 내쉬고 석류 알갱이를 베어 무는 그녀를 보며 블레신도 남은 반쪽에 입을 댔다.

"옳지, 옳지, 잘 먹는다."

블레신의 격려처럼 카리사는 느리지만 자못 필사적으로 석류를 먹었고, 금세 반쪽을 뚝딱 해치운 블레신은 다른 석류도 달라고 해서 쩍쩍 쪼갰다. 카리사에게 또 석류 한 조각을 쥐어주고 빤히 보고 있는 발레리아와 록사네에게도 먹으라며 석류를 안겼다. 그런 이유로 클라이저와 에스테르 일행이 정자에 다다랐을 때 정자 안에 있는 이들은 모두 석류삼매경.

"에스테르, 어서 와요. 안 그래도 다 함께 봐야지 했는데 이런 곳에서 다 보네요."

발레리아가 에스테르의 양손을 붙잡으며 환한 웃음으로 반겼다. 카리사가 언젠가 머릿속으로 비교한 것보다 실제로 눈으로 보게 되니 훨씬 더 차이가 도드라지는 둘이다. 단연 시선을 빼앗는 화려함이 넘치는 발레리아 앞에서 에스테르는 안쓰러울 정도로 가련한 소녀 같았다.

에스테르의 손을 잡은 채 발레리아가 클라이저를 쳐다보며 턱을 까닥하고 움직였다. 이름조차 부르지 않았으나 건네는 눈빛에 담뿍 향기가 밴 듯이 보이는 건 카리사의 착각이었을까.

정자의 석제 테이블 위에는 다과가 차려졌고 그들은 클라이저의 에흐렌툼행을 화제로 이야기를 했다.

에흐렌툼. 아직 막막한 수준인 카리사의 지리 지식으로는 어딘지 가늠도 되지 않았다. 하지만 그곳은 먼 곳이고, 클라이저 황자가 떠나면 최소 2년은 돌아오지 않을 거라는 것은 알 수 있었다. 새큼한 석류알 약간이 채워진 속이 또 가볍게 일렁거렸다.

몇 번 보고 대수롭지 않은 이야기를 나눈 게 전부인 사람이 떠난다는데 왜 이리 가슴이 두근거릴까. 정작 약혼자인 에스테르 공주도 저렇게 담담한 표정을 짓고 있는데. 역시 멀미 때문이겠지 하며 카리사는 가슴 언저리를 문질렀다.

"마냥 축하해줄 수는 없군요, 어머니께서 그리 속상해 하시는 모습을 뵈었으니. 하지만 지금이 아니면 더 가기가 힘들어질 거란 점은 나 역시 동의해요, 클라이저."

발레리아가 황자의 아명을 부르는 것에 카리사는 신경이 쓰였다. 하지만 생각해 보니 그녀는 황자와 의붓남매라고도 볼 수 있는 사이였다. 클라이저의 모후가 발레리아에게는 계모가 되니 말이다.

"그리고 당신이 충분히 많이 기다렸다는 것 또한 잘 알죠. 루키아가 레이마에 가 있는 동안 클라이저가 보기 딱할 정도로 의기소침해 있었던 거 기억하죠, 에스테르?"

발레리아가 동의를 구하는 말에 에스테르는 지그시 클라이저를 응시했다. 그녀가 부정하지 않는 것만으로도 훌륭한 동의이다. 클라이저는 헛기침을 했다.

"모르는 사람이 들으면 진짠 줄 알겠어요."

"어머, 여기 모르는 사람이 어디 있다구요. 아차, 저기 귀여운 반니 양을 생각 못했네요."

조금 심란해져서 반은 멍하니 대화를 흘려들으며 석류를 먹던 카리사는 불쑥 발레리아가 자신을 끌어들이는 바람에 놀라서 석류알을 급히 삼키느라 사레 비슷한 게 들렸다. 콜록거리는 카리사의 등을 블레신이 두드려주며 은근히 손이 많이 가는 녀석이라고 중얼거렸다. 에스테르가 물을 좀 마셔보게 하라고 말했고 클라이저도 시종에게 물을 따라주라고 일렀다. 엉겁결에 좌중의 관심을 독차지하고 만 카리사가 쥐구멍이라도 찾고싶을 지경으로 민망해하는데 그런 그녀를 구해주듯이 발레리아가 블레신에게 말을 걸었다.

"당신은 어때요? 슬슬 또 방랑벽이 도질 때가 되지 않았나요? 아니면 쓸쓸해질 에스테르를 생각해서 클라이저가 돌아올 때까지 옆에 머무르는 듬직한 오빠 노릇을 해줄 건가요?"

"그러고 싶은 마음은 굴뚝같지만……."

안타까워하는 표정으로 블레신이 에스테르를 쳐다보았다.

"열흘 후에 칸데아에서 배를 타기로 해놔서."

"열흘 후라면 세상에, 못해도 엿새 이후엔 떠난다는 거잖아요? 돌아온지 얼마나 됐다고 그리 촉박하게……. 에스테르, 나라면 좀 더 머물다 가라고 칭얼거려 보기라도 하겠어요."

"둘 다 떠나는 건 서운하지만 하고픈 일들을 하는 거니까요. 제게 소중한 두 사람이 자유로이 자신의 뜻을 좇는 게 제 행복이에요."

"어쩌면 이렇게도 착하담. 하지만 2년은 길어요, 에스테르."

"괜찮을 거예요, 발레리아 님. 저는 그나마 기다리는 것을 가장 잘하니까."

발레리아의 말대로 에스테르는 착하고, 참으로 온화한 사람이다. 하지만 카리사는 발레리아의 마음도 이해할 수 있었다. 어차피 떠나고 말

사람들이라고 해도, 자신의 경우라면 한번쯤 너무하다고 칭얼거려 보는 일 정도는 해볼 것 같다.

"아아, 확실히 에스테르가 루키아의 쌍둥이는 맞다니까. 가녀려 보여도 은근히 강단이 있어. 안 그래요, 클라이저?"

발레리아가 탄식하듯 하는 말에 클라이저는 동의한다는 뜻으로 고개를 끄덕였다. 에스테르가 쑥스러운지 손가락을 매만지는 걸 보며 블레신이 포도주잔을 들었다.

"그런 의미에서 내 강단 있는 여동생을 위해 건배 한번 하죠."

에스테르가 그럴 것 없다고 사양했지만 다들 잔을 드는 분위기였다. 구석자리의 카리사도 물잔이나마 들었다. 발레리아가 나서서 에스테르를 위한 기원을 말했다.

"무정한 오라비에, 무정한 약혼자의 행복을 바라는 착한 공주님의 지극한 마음을, 슈파르나 신이여, 굽어 살피소서."

모두가 약간씩 바닥에 포도주를 흘리고 남은 것을 단번에 들이켰다. 두 번째로 잔을 돌리게 하고 블레신은 짤막하게, 하지만 단호하게 말했다.

"무조건 지금보다 더 나빠지지 않게 버티는 거다, 에스테르. 알겠지?"

또 한 번의 건배. 양 볼이 불그스름해진 에스테르가 블레신과 클라이저를 돌아보며 한껏 힘을 준 목소리로 말했다.

"버틸게요, 두 분이 다시 돌아올 때까지. 아무쪼록 제 염려는 말고 후회 없는 시간을 보내셔요. 두 분 다 목적하는 바를 이룰 거라고, 에스테르는 믿겠습니다."

테이블에 둘러앉은 사람들 중에서 가장 작은 에스테르가 그 순간 카리사의 눈에는 그 누구보다도 크게 보였다. 모두의 소원이 이루어지면 좋을 텐데. 그러기 위해서 자신이 도울 수 있는 일이 하나라도 있었으면 좋겠다.

카리사는 비록 물밖에 채워져 있지 않은 잔이나마 들여다보며 제 수호신 가르나와 하레샤에게 마음으로 빌었다.

'아무쪼록 제게도 다가올 시간이 후회 없는 충만이 되게 해주소서.'

물을 단번에 들이켜고 테이블에 내려놓으며 카리사는 클라이저부터 시작해서 차례대로 에스테르, 발레리아, 블레신까지 눈에 담았다. 언젠가 시간이 흘러 이런 모임이 생긴다면 그때는 이리 자리를 차지하고 있는 것이 면구스럽지 않은, 당당한 구성원이 되었으면 하고 바랐다.

아직은 요원하고도 요원한 일. 발치에서 놀고 있는 고양이를 내려다보는 카리사의 눈이 반짝거렸다. 그래, 난 아직 너처럼 새끼 고양이니까.

신전에서 삼십 년을 보내고 신전을 떠난 후에는 작은 집이 딸린 농지를 얻어 굶을 걱정 없는 노년을 보낸다는 단조로운 미래와 함께한 지난 몇 년. 그곳에선 그 어떤 꿈도 꿀 수 없었다. 다른 꿈을 꿀 수 있는 날이 올 거라곤 짐작조차 못 했다.

하지만 이제 카리사는 황궁에 있다. 그리고 더는 외톨이가 되지 않겠다는 각오에 이어 그녀는 무언가 더 높은 것을 그려보고 있다. 오늘의 자신보다 더 나은 자신을. 아엘리아를 대신해 황궁에 가겠다고 말할 때부터 품어온 어떤 것이 바스락 소리를 내며 깨졌다. 지금은 아주 작은 귀퉁이의 부스러기 하나가 떨어진 것이다.

그것은 그녀가 품은 소원의 알.

누군가는 그것을 '야망'이라고 표현할지도 모른다.

다이몬 황제 재위 59년이 되는 해의 대大아리오시나이 제전의 끝 날.

이름조차 없는 연못의 작은 정자에서 펼쳐진 이 조촐한 연회는 송별연이 되었다.

그리고 다섯 사람이 다시 한자리에 모이게 되는 것은 2년 후, 사과꽃이 갓 피기 시작한 늦봄의 일이다.

2부.
홀연한 바람에
나뭇가지의 새가 깨다

10.
귀환

"벌써 해가 저만큼 움직였다니! 나는 그만 돌아가 봐야겠구나. 너는…… 얼굴에 더 타고 싶다고 써놨네, 아주. 어쩌면 이렇게나 읽기 쉬운 애일까?"

앞서가던 발레리아가 뒤를 돌아보며 하는 말에 카리사는 머쓱한 미소와 함께 얼굴을 붉혔다. 발레리아가 눈가에 미소를 담은 채 쯧쯧 혀를 찼다.

"칭찬이 아니야. 여자는 읽기 어려운 암호 같은 거여야 한단 말이지. 한데 너는 꼭 이벨제의 우화집 같은 거 아니?"

보통 〈우화집〉이라고만 부르는 이벨제의 우화집은 트라비잔에서 전해져 번역된 이래 제국 아이들의 글자 익힘용 입문서로 정착했다. 글을 배운 사람이라면 대개 눈감고도 달달 외울 정도인 우화집에 견줄 만큼 카리사의 표정은 읽기가 쉽다는 말이다.

실제로 지금도 웃고 있는 카리사의 얼굴에 오가는 다양한 감정을 손에 잡을 듯이 포착할 수 있다. 승마로 고조된 흥분어린 즐거움, 계속 타고 싶다는 바람을 들킨 데서 오는 얼마간의 쑥스러움, 방심하지 않겠다는 듯 고삐를 내려다보며 잠시 결연한 표정을 지었다가 다시 고개를 들고 발레리아를 보는 눈에 숨김없이 드러나는 찬탄의 감정까지.

말머리를 돌린 발레리아는 카리사가 탄 말의 목덜미를 부드럽게 쓰다듬으며 말했다.

"순해빠진 아이니까 그렇게 긴장할 것 없어. 넌 허리가 똑바로 펴지다 못해 뒤로 휘어지게 생겼단 말이야."

"그래요? 조심할게요."

고개를 끄덕이고 자세를 고치는 카리사의 헝클어진 머리칼을 발레리아가 직접 정돈해 주었다. 까만 머리칼을 귀 뒤로 넘겨주자 카리사가 발레리아를 보고 이를 드러내며 활짝 웃었다. 발레리아도 싱긋이 웃고는 카리사의 어깨를 툭 두드렸다.

"토라를 두고 갈 테니 적당히 타고 돌아가렴. 다음에 또 놀자꾸나, 카리사."

"네, 발레리아 님. 오늘 감사했습니다."

"그런 소리 매번 듣기도 지겹구나. 듣는 나도 지겹고, 하는 너도 지겹지 않니?"

"좋은 말은 많이 하면 할수록 좋대요. 그리고 제가 발레리아 님에게 감사한다는 걸 신들이 아시길 바라거든요!"

"그런 건 귀로 듣지 않아도 알아야 신 자격이 있는 거 아닐까?"

이따금씩 신에 대한 신랄한 표현을 하곤 하는 발레리아가 밤나무 사이의 작은 길로 멀어져가는 것을 카리사는 지켜보았다. 모퉁이를 돌아 아주 카리사의 시야에서 사라지기 전에 발레리아가 힐끗 뒤돌아보고는 여전히 거기 있는 카리사에게 손을 흔들어주었다. 그러자 카리사도 열심히 두 손을 흔드는 것으로 대답했다. 그러면서도 고삐는 절대로 놓지 않는다.

몸을 돌리며 발레리아는 쿡쿡 웃었다.

"정말이지 강아지 같은 아이지 않아?"

"확실히 안팎이 거의 일치하는 보기 드문 소수이지요."

약간 뒤에서 따라오던 발레리아의 시종 나스타가 대꾸했다.

발레리아에게는 부리는 시녀 여섯 외에 시종도 넷이 더 있지만 가장 신임하는 이는 자신이 직접 사들인 이 트라비잔 출신의 사내이다. 사내는 트라비잔에서 웅변술을 배우며 아버지의 뒤를 이어 관직에 나서려했던 장래가 촉망받는 귀공자였으나 내란에 휘말려 가문이 풍비박산 나는 바람에 광산 노예가 되었다가 흘러흘러 제국의 수도인 카데사레아까지 온 나름 기구한 운명을 지니고 있다.

신산한 세월을 조각한 듯이 주름진 얼굴은 족히 오륙십 대는 되어 보이지만 말에 올라탄 다부진 몸이며, 민첩한 행동거지를 본다면 아직 마흔 줄의 정정한 나이를 수긍하게 된다. 몸을 쓰는 일에도 바지런할뿐더러 두뇌 회전도 비상해 곧잘 여주인의 말벗으로도 훌륭히 쓰인다.

다만 이자는 사람들에게 인망을 쌓는 데에는 재주가 없다. 그는 심지어 그를 썩은 진흙탕에서 건져내준 여주인에게조차 시시때때로 무례하다. 시종장으로 삼기에 충분한 능력이 있는 그가 다만 여주인의 수행시종으로 그친 것도 다 그런 까닭일 거라고 주변인들은 짐작하고 있다.

"총명한 아이가 순진하다는 건 참 신기한 일이야. 난 언제 저만큼 순진했던 적이 있기나 한지 모르겠어. 세 살인가, 네 살인가 제일 먼저 떠오르는 기억 속에서도 난 진주 구슬이 갖고 싶어서 거짓으로 울었는데 말이야."

"반니 양도 거짓으로 울고 있는 게 아니라고 아주 장담할 수는 없는 일입니다. 야심을 가진 여자가 세상에 주인님 한 분뿐이겠습니까?"

"아하하, 야심?"

기분 좋게 웃음을 터뜨린 발레리아가 나스타를 돌아보며 고개를 내저었다.

"물론 야심을 가진 여자들이 적잖이 있지. 황궁에는 특히 많고. 그렇지만 네가 간과한 게 있어, 나스타. 여자가 야심을 가지려면 절대로 갖춰야 할 필수 조건이 있다는 거 말이야."

발레리아는 오른손 집게손가락을 펴 보이며 또박또박 말했다.

"둘도 아니고 셋도 아니고 단 하나는 반드시 갖춰야 해. 그게 뭔지 알겠어? 미모야, 여자에게 아름다움은 그만큼 절실해."

나스타는 눈을 천천히 깜박거리며 고개를 끄덕였다. 분명히 그도 상당히 인정하는 부분이다. 대신 거기에 대해 반박할 말도 그에겐 있었다. 물었다면 밝혔으리라. 하지만 발레리아는 그의 의견을 구하지 않았다. 그만큼 제 생각이 온전하다 믿는 것이다.

"아, 저 강아지랑 놀아주느라 너무 오래 볕에 나와 있었네. 주근깨가 생기면 큰일이지. 어서 가서 나귀젖으로 목욕을 해야겠어. 나스타, 서둘러."

힘껏 말의 옆구리를 질러 발레리아는 말을 달리게 했다. 나스타도 한두 박자를 기다린 다음 구령을 붙여 그 뒤를 따랐다. 달리는 말 위에서조차 요염한 여주인의 뒷모습을 보다가 나스타는 무심코 뒤를 한 번 돌아본다. 딱히 무언가를 보고자 한 것이 아니라 심적인 반응이다. 그는 여주인이 말한 강아지를 떠올리고 있다. 그리고 다시 고개를 돌려 여주인을 본다.

그가 모시는 여주인, 발레리아 헤론 마케도스는 모든 것을 갖춘 여자다. 미모, 고귀한 신분, 아버지와 남편에게서 전해 받은 월등한 재력, 후원자인 계모가 이 제국의 황후라는 든든한 입장, 타고난 총기와 그것을 부단히 다듬을 줄 아는 학구열 등등.

하지만 그 모든 우월함이 그녀에게 '오만' 이라는 다루기 힘든 재능을 안겨준 것도 사실이다. 오만은 제아무리 날카로운 혜안이라도 눈뜬장님과 다를 바 없이 만드는 재주를 부리곤 한다. 두 눈만으로는 담을 수 없는 저 먼 세계의 자못 큰 그림은 자신만만하게 그릴 수 있되 정작 제 옆의 등잔 밑을 보지 못하는 우를 범하게 만드는 경우가 바로 그것이다.

반니가※의 카리사라고 하는 소녀가 2년 전 얼마나 볼품없었는지는 나스타도 잘 알고 있다. 그러나 지금 밤나무 숲 공터에서 발레리아의 말 한 필을 빌려 타고 한창 승마를 즐기고 있을 여자는 그때 그 소녀와는 또 다르다.

어떤 꽃은 봉오리를 맺은 때로부터 개화할 때까지의 기간이 지루하게 긴 경우가 있다. 그렇다고 해서 지금 막 눈앞에서 꽃잎이 벌어지는 것조차 못 보는 것은, 역시 **이것은 피지 않을 꽃**이라고 지레 믿어버린 오만의 탓이 아닐까.

나스타의 눈이 말해온다. 저 소녀는 충분히 아름다워졌고, 앞으로 더욱 아름다워질 여지가 있다고.

문득 눈꺼풀을 가린 안개가 가시는 날이 오면 저 야심만만한 여주인은 퍽 놀랄지도 모르겠다. 그 상황을 그려보는 나스타의 입가에 짧은 냉소가 떠올랐다가 흩어졌다.

"으와, 미안해, 파니, 조금만 천천히 가자."

살며시 발에 힘을 주어 말 뱃구레를 차보았다가 암회색 말이 성큼성큼 달리기 시작하자 금세 가슴이 철렁 내려앉아 카리사는 말 등에 엎드렸다. 겁쟁이라고 욕해도 좋다. 아니, 이미 훌륭한 겁쟁이이다.

발레리아의 권유로 말을 타게 된 것도 어언 삼 개월이 다 되었는데 카리사는 여전히 말이 무섭다. 말은 무서워하지만 말 타기는 좋아한다. 정확히 말해서 동경한다. 역시 저 생생한 본보기가 있기 때문이다.

발레리아의 활기차고 자신만만한 면모를 카리사는 숭배한다.

발레리아는 다독가에 시를 짓는 시인일뿐더러 기분이 내킬 땐 리라와 피리를 다루는데 그마저 뛰어나다. 몇 차례 본 춤사위는 여자가 봐도 사랑스럽고 요염했다. 목욕탕에서 시녀들과 공놀이를 즐길 때에도 가장 열심히, 끝까지 공을 쫓는다. 그녀는 황궁 안에서 몇 안 되는 승마를 즐기는 여인 중 하나이다.

또한 하루에도 수차례 초대받은 자리에 불려가고, 그런 일정이 없을 땐 자신의 처소로 사람들을 불러 모은다. 한 달에 한 번, 보름날에 열리는 발레리아의 연회는 성대한 만찬과 수준 높은 대화, 진귀한 오락으로 정평이 나 있다. 게다가 그녀는 때때로 제 손으로 요리를 만들기도 한다!

숨 가쁘게 바삐 사는 사람인데도 그런 일들을 아무렇지 않게 척척 해치우는 발레리아에게선 늘 활력이 넘친다. 언제 한 번 앓아누운 적도 없다. 때론 적당한 몇 가지—고귀한 여성이 굳이 손댈 이유가 없는 일들—를 그만두고 쉬고 싶을 때는 없느냐 카리사가 예전에 물은 적이 있다.

"때로 나도 부러움을 느끼고 아아, 저건 좋구나, 근사해, 하고 생각하는 일들이 생긴단다. 그럴 때 그냥 부럽게만 여기고 지나가는 건 영 시시한 일이잖니? 해볼 만하다 싶으면 손을 뻗어 잡는 거야. 다행히 많은 신의 축복 덕분에 나는 생활에 쫓기며 허덕거리는 아낙의 신세는 면한 터이지. 누릴 수 있는 자리에 있으면 철저히 누려주는 것이 바로 날 이 자리에 있게 한 신에 대한 진정한 감사가 아닐까? 나는 말이지 아침에 깨면 하루 동안 할 수 있는 일들, 하고 싶은 일들을 떠올리느라 온몸이 짜릿짜릿해져. 잠들어야 할 때가 올 때까지 최대한 즐겁게 살 방법을 궁리하지. 사람은 절대적으로 불공평하게 태어나지만 모두에게 같은 게 딱 하나 있어. 하루의 길이. 그것을 허투루 낭비하는 건 스스로에 대한 모독이야. 나는 나를 모독하기엔 나를 너무도 사랑하거든. 그래서 한가하게 게으름 따위는 부릴 수 없어."

발레리아의 생각은 카리사의 이상과도 거의 일치했다. 또 황궁에 들어오고 반년쯤 흘러 황궁 생활에 어지간히 익숙해져 조금은 만사에 시들해지는 감이 없잖아 있던 카리사에게는 시원한 채찍 같은 말이 되었다. 누릴 수 있는 자리에서 철저히 누려주자는 것은, 얼마나 멋진 신조인가!

카리사가 신전에서 지냈던 나날, 꽉 막힌 사방은 물론 눈앞에 보이는 너무도 협소한 외길에 머리가 굳어 꿈이 무엇인지, 내가 하고 싶은 일은 무엇인지 같은 건 생각조차 할 수 없는 때에 비해 지금은 온 사방이 탁 트인 바다에 있는 것과 같다.

그녀가 탄 작은 배 앞 저만치에는 햇살을 받아 아름답게 빛나는 두 척의 거대한 배도 있다. 발레리아호와 에스테르호. 카리사는 지금 작은 노로 열심히 그 큰 배를 쫓아가고 있는 수준이지만, 그게 어딘가? 세상엔 이렇게 넓은 바다가 있다는 것을 알지조차 못하는 사람들도 수두룩한 것을!

그래, 덤비자. 눈앞의 하루하루를 최대한 충실히 사는 것, 그것 말고 또 무슨 답이 있으랴? 신이 내려주신 자질의 차이로 좌절하는 것? 이 넓은 바다에서 그 정도 뱃멀미쯤이야.

새삼 각오를 다져보며 카리사는 혼자인 김에 목청껏 외쳤다.

"으랏차, 열심히 할 테다! 나는 카리사 베로우스 반니를 사랑하니까! 으앗, 파니, 어디 가니, 거기로 가면 숲이야, 으앗, 안 돼, 파니, 내 말 좀 들어주렴. 워워, 파니, 파니이."

기합은 멋졌지만 갑자기 제멋대로 가기 시작한 말을 돌릴 능력은 없는 카리사가 고삐를 당겼다 놓기를 반복하며 애원했다. 그러나 카리사를 얕보지 않는 줄 알았던 온순한 말도 때가 닥치자 그녀를 무시했다. 다그닥 다그닥 발굽을 울리며 말은 숲 사이의 좁은 길로 들어섰다.

발레리아가 두고 가겠다던 시종 토라를 부를까 몇 번이나 입을 뗐다가도 배운 지가 몇 달인데 이 정도 일로 도움을 청하는 것이 부끄러워 머뭇거리던 카리사는 완전히 숲 속에 들어간 후에야 진작 도움을 청해야 했다고 후회했다.

"쳇. 말은 가만 놔둬도 길 찾는 재주가 있댔으니까."

될 대로 되란 기분으로 아예 풀썩 말 등에 엎드렸다. 그렇게 숲에 들어선지 한참만에 말은 한 나무 앞에서 멈추더니 머리를 나무에 대고 비볐다. 힐긋 고개를 들어보니 말이 머리를 비비는 부분만 유난히 반질거렸다. 파니 전용 간지럼 해소 나무인가 하고 신기해하는데 잠시 후 어떤 소리가 카리사의 귀를 사로잡았다. 좌아아악 하고 시원하게 말이 소피를 보는 소리였다.

"아하하하, 여기가 네 변소인 거구나, 파니. 굉장하다, 역시 여자애는 여자애구나."

볼일을 보자 말은 다시금 나무에 머리를 비비곤 빙그르르 돌아온 길을 되돌아갔다. 말이란 동물은 크기도 클뿐더러 개만큼이나 영리하기도 하다는 걸 카리사가 깨달은 순간이었다.

"음. 말이라고 생각할 게 아니라 타고 다니는 개라고 생각해볼까?"

그러면 무서운 게 좀 덜 하려나 싶어 고개를 갸웃거렸다. 그렇게 다시 숲 너머 공터로 돌아가고 있는데, 문득 어딘가에서 히히히힝 하는 말 울음소리가 났다.

"저 뒤에도 마구간이 있나?"

소리가 들려오는 쪽을 가늠해 보며 뒤돌아보던 카리사는 갑자기 말이 달리기 시작한 바람에 휘청, 앞으로 몸이 당겨졌다. 평소의 버릇대로 말고삐를 단단히 거머쥐고 있었기 망정이지 하마터면 말에서 굴러 떨어질 뻔한 터라 심장이 철렁 내려앉았다.

"파니, 왜 그러니? 파니야, 천천히 가자, 꺄아아, 천천히 좀!"

그녀의 외침에도 오히려 말은 더욱더 세게 내달려 숫제 질주를 했다. 말을 타기 좋게 땅을 다져놓은 공터에서도 잔뜩 별러서 아주 잠시 달릴 수준인 카리사에게 지면에 요철투성이인 숲 속을 내달리는 말 위에 앉아 있는 일은 그야말로 위험천만.

눈을 꽉 감고 있자니 몸으로 달려드는 바람조차 칼날 같았다. 되든 안 되든 다시 한 번 말을 진정시켜 보자고 굳게 마음먹고 확 고개를 쳐들었다가 바로 지척에 보이는 떡갈나무를 보고 또 꺄악 소리와 함께 푹 머리를 숙였다. 말은 기가 막히도록 아무렇지 않게 부딪치기 직전에 나무를 비켜간다.

"하레샤 님, 저 좀 구해주세요, 살려주세요! 하레샤 님, 가르나 님, 어머니! 으아아!"

기도고 뭐고 무작정 구원을 부르짖었다. 지축을 울리는 말발굽 소리가 한층 요란해지나 싶더니 갑자기 파니가 몸을 들썩이며 뒷다리를 들었다 앞다리를 들었다 야단이 났다.

대관절 무슨 영문인가 싶어 실눈을 뜬 카리사는 파니의 앞을 가로막은 시커먼 말을 보고 소스라치게 놀랐다. 그녀는 발레리아의 마구간에 있는 여섯 필의 말을 다 알고 있는데 이 말은 맹세컨대 처음 보는 말이었다. 이렇게 크고, 무시무시해 보이는 녀석을 봤다면 잊었을 리가 없다. 그 커다란 녀석이 이를 드러내고 파니의 주변을 돌며 위협하듯 앞다리를 들고 울부짖어대니 파니가 불안해 어쩔 줄 몰라 하는 것도 당연했다.

"저, 저리 가, 저리 가라구, 이 녀석, 작은 앨 괴롭히면 안 돼! 에잇, 저리 가, 저리, 꺄아!"

손에 쥔 채찍을 떠올리고 용기를 끌어 모아 시커먼 말을 향해 휘휘 흔들었지만 그 바람에 고삐의 한쪽만 쥔 몸이 불안정해져 파니가 또 뒷발로 일어선 순간 휘청하며 몸이 뒤로 떴다.

"허벅지에 힘주고, 고삐 꽉 쥐어! 두 손으로!"

경황 중에 들려온 천둥 같은 호통에 카리사의 몸이 엄청난 속도로 반응했다. 온 힘을 다해 말의 뱃구레를 조이면서 고삐를 바짝 죄어 당겼다. 파니가 앞발질을 그치고 쿵 발을 지축에 내려놓을 때 카리사는 말의 목을 끌어안으면서 낙마의 위기를 넘겼음을 실감했다.

그러나 시커먼 말은 여전히 바로 앞에 있고, 파니의 흥분도 가라앉을 기미가 없다. 물어뜯을 듯이 다가오는 말을 피해 파니가 뒷걸음질 치다가 밤나무에 궁둥이가 부딪혀 쿵 나무가 울렸다. 우수수 나뭇잎이 흔들리는 소리가 요란한 가운데 방금 카리사에게 생명줄 같은 명령을 했던 남자가 뒤에서 뛰어오며 소리 질렀다.

"켄! 이 망할 녀석, 얌전히 굴지 못해? 물러서!"

흥분으로 눈을 뒤룩거리면서도 시커먼 말, 켄은 남자의 일성에 무르춤했다. 얼마쯤 여유로워진 공간에 남자가 비집고 들어서며 작은 조랑말의 앞을 가로막았다. 쫙 하고 허공에 채찍질을 하며 남자가 다시 대갈했다.

"물러서, 켄!"

알고 보면 겁이 많은 말은 주인의 거듭되는 호통에 좀 전까지 미친 듯이 흥분했던 것도 잊고 뒷걸음질로 물러났다. 남자는 힐끗 뒤를 돌아보고 부드럽게 파니의 얼굴을 두드렸다.

"괜찮아. 네가 예뻐서 그런 거야."

불안이 가시지 않은 듯 버둥거리는 파니의 고삐를 잡아 지그시 눈을 맞추고 목덜미를 쓰다듬어주며 남자는 말 잔등에 엎드려 있는 카리사를 올려다보았다. 말을 타기 위해 입은 짧은 튜닉과 속바지 때문에 미끈하게 드러난 우윳빛 다리며 고삐를 꼭 쥔 떨리는 손, 늘씬한 팔 등을 일별한 다음 남자가 말했다.

"이제 괜찮으니까 그만 눈 떠도 돼."

"예…… 감사합니다."

고맙다고 가늘게 말은 새어나오는데 얼굴을 들지는 않는다.

"어디 다친 곳이라도 있어?"

"아니요, 다친 곳은 없는데, 뭔가 맥이 빠져서……."

"흠. 대충 알겠군. 무섭게 긴장한 상태가 지나가면 찾아오는 일시적인 허탈감 같은 거지. 천천히 호흡을 고르면서 뭔가 다른 일을 떠올려봐. 되도록 웃기거나 즐거운 일 쪽으로."

조랑말의 투레질하는 소리에 섞여서 깊게 들이쉬었다가 내쉬는 카리사의 숨소리가 천천히 반복되었다. 이윽고 천천히 어깨부터 들며 뒤이어 머리를 드는 그녀의 느릿한 몸짓을 남자는 뚫어지게 보고 있다.

"정말 감사합니다, 말씀해 주신 게 효과가 있네……요."

헝클어진 앞머리를 쓸어 넘기며 남자를 쳐다본 카리사의 눈이 휘둥그레 커졌다.

그녀를 올려다보는 남자의 흡사 조각 같은 얼굴에는 치명적인 흠이 있다. 왼쪽 뺨부터 시작되어 눈꺼풀에까지 일자로 죽 그어진 흉터. 다행히 그 흉터의 원인에서 보호된 사파이어 빛깔의 눈동자가 카리사를 보며 마치 검광 같은 빛을 발했다.

허나 모양 좋은 붉은 입꼬리가 말려 올라가며 천천히 미소를 짓자 벼려 낸 칼 같은 그 예기가 사르륵 무뎌진다.

"석류. 내가 별명 하난 잘 지었는데."

"아…… 루키아노스 왕자님."

떨떠름하게 떨어진 그녀의 말대로 눈앞에 있는 자는 왕자, 블레신이다. 이렇게 가까이에서 보는데도 카리사는 한동안 어리둥절하여 뭐가 뭔지 알 수 없었다.

"돌아오신 겁니까? 언제?"

"오늘. 지름길로 에스테르를 보러 가는 길이었는데 너부터 만났구나."

활기찬 말투와 싱글거리는 미소. 볕에 탄 정도는 전보다 덜해도 여전히 구릿빛이 도는 피부에 높게 올려 묶은 금발머리, 다부진 체격 등은 그대로였다.

때는 아리오시나이 제전이 코앞으로 다가온 4월. 마지막으로 본 때로부터 거의 2년 가까이 흘렀다는 것이 믿겨지지 않을 정도로 아무렇지 않게 나타난 왕자를 카리사는 빤히 쳐다보고 있다. 이미 말까지 나눴지만 아직 눈앞에 있는 남자의 실재를 확신하지 못하는 표정으로.

잠시 한 손을 허리에 얹은 채 블레신은 그 시선을 즐겼다. 마찬가지로 뚫어져라 카리사를 마주 보면서.

혈색 나쁘던 그 빼빼 마른 말라깽이에게 지난 2년이 썩 나쁘지는 않았나 보다고 그는 생각했다. 지금 올려다보는 얼굴을 보니, 보이는 거라곤 눈밖에 없던 시절은 분명 옛일이 되었다.

느슨하게 땋아 내린 머리가 방금 전의 소동으로 헝클어졌어도 그지없이 보드라울 것을 증명하듯이 좌르르 윤기가 감돌고 그 까만 머리에 감싸인 얼굴은 여전히 희되 보기 좋게 붉은 빛깔도 머금고 있다. 푹 꺼져 있던 뺨엔 알맞게 살이 올라 깨끗한 피부가 유약을 바른 자기처럼 빛나는데 한몫한다. 크게 떠진 초록의 눈동자는 자잘한 황금빛 조각을 품고 전과 마찬가지로 초롱초롱 빛난다. 살짝 벌어진 도톰한 입술은 석류 속살을 떠올리게 하는 탐스러운 붉은빛.

아니, 잠깐만. 아무리 그래도 이 녀석 지나치게 예뻐졌잖아. 불쑥 의심이 들어 블레신이 눈살을 찌푸렸다.

"벌써 화장을 시작했나?"

"예? 아, 예. 화장수는 쓰고 있어요."

아침나절에 발랐는데 아직도 화장수의 은매화 향기가 나나 싶어 카리사가 뺨을 만지는 걸 보고 블레신은 다시 물었다.

"화장을 하느라 아침 한두 시간은 우습게 날리는 부류에 합류했다고?"

"아뇨, 일단은 화장수만 써요. 공주님도 화장을 거의 안 하시는데 제가 열심히 하는 건 좀 그렇잖아요. 게다가 화장품이란 건 깜짝 놀랄 만큼 비싸거든요. 전 화장품에 무슨 금가루를 넣나 했다니까요. 그런데 실제로 금가루를 넣는 화장품도 있더군요. 어쨌든 제 연급으로 좋은 화장품까지 욕심냈다간 지금은 꿈도 꾸지 못할 거예요."

짧은 질문으로 블레신은 일단 네 가질 알아냈다. 석류는 화장을 하지 않고, 연급을 모으는 중이고, 아직 순진하고, 마지막으로 표정이 전보다 더 풍부해졌다.

쿡쿡 웃으면서 블레신은 상당히 진정된 조랑말 파니의 고삐를 놓아주고 물었다.

"어때, 이대로 타고 갈 수 있겠어?"

"저기 마구간까지만 가면 되니까…… 으아아."

그 정도 못 타고 가겠느냐고 생각했지만 문득 카리사는 뭔가를 깨닫고 얼굴을 찡그렸다. 두 다리, 특히 허벅지가 거의 감각이 없는 것처럼 뻣뻣하게 저려왔다. 낙마할 뻔한 위기를 모면하면서 너무 힘을 주는 바람에 쥐가 난 것도 미처 몰랐던 것이다.

다리를 주먹 쥔 손으로 때리는 카리사를 보고 블레신은 금세 쥐가 난 걸 알아차렸다.

"어느 쪽이야? 무릎 아래? 아니면 허벅지?"

"위쪽이요. 아니다, 그 아래쪽도 얼얼하네요."

"일단 내려보지."

"못 움직이겠는 걸요. 그냥 먼저 가세요. 전 잠시 있으면서."

꽉 잡으란 말에 이어 블레신의 손이 카리사를 끌어내렸다. 먼저 팔을 잡혀 옆으로 당겨지고 이어서 허리를 감은 손이 훌쩍 그녀를 아이 안듯이 들어서 사뿐히 내려놓았다. 방심했다고 쳐도 어처구니없을 정도로 쉽게 벌어진 일에 카리사는 어안이 벙벙했다. 뿐만 아니라 블레신은 멍해 있는 카리사의 어깨를 툭 밀었다. 어어? 하는 사이에 뒤로 털썩 드러눕게 된 카리사의 종아리를 블레신이 거머쥐고 가슴 쪽으로 무릎을 굽혀주며 말했다.

"허벅지에 쥐가 났을 땐 무릎을 굽혔다 폈다 하면서 푸는 게 가장 낫더군. 멍하니 뭐해? 위쪽은 알아서 주물러야지. 나한테 주무르기까지 시킬 참이야?"

"아니요, 어, 그게 아니라 제가 알아서 할 수 있으니까……."

몸을 일으키려는 카리사를 블레신이 한 손을 뻗어 어깨를 눌렀다. 별 반 힘을 쓰는 것 같지도 않은데 일어날 수가 없다. 번갈아서 꾸준히 그녀의 다리를 움직여주면서 그가 말했다.

"쓸데없는 생각 말고 쥐난 거 풀 생각이나 해. 날 유혹하려면 단순히 누워서 다리를 보여주는 걸로는 턱도 없어."

"그런 생각 같은 거 안 했습니다!"

"그래? 그럼 뭐가 문제야?"

"문제지요, 저는 동생분의 시녀인데 왕자님 앞에서 이러는 건 예의에 어긋나니까요."

"특수한 사태잖아. 내 발정 난 말 때문에 놀라서 하마터면 낙마할 뻔한 여자를 모른 척하는 건 예의에 맞나?"

"어, 그건…… 에에, 발정이요?"

놀란 나머지 발정이란 말을 너무 큰 소리로 말했다. 그걸 깨닫고 화르 륵 얼굴을 붉히는 그녀를 블레신이 힐긋 쳐다보더니 고개를 들어 어딘가 를 보고는 짓궂은 미소를 지었다.

"수작이고 뭐고 없이 바로 본론이라니, 아무리 짐승이라고 해도 존경 스러울 지경이군."

무슨 소린지 몰라 블레신이 쳐다보는 쪽으로 눈길을 던졌던 카리사는 십칠 년 동안 살아오면서 용케도 순수한 영역으로 보존했던 세계가 산산 조각 나는 광경을 보았다. 저편으로 보이는 나무 사이로 희끄무레한 파니 를 올라탄 것은 아까의 그 흉포한 검은 말. 둘은, 둘은…….

"어, 어, 어떡해, 파니, 파니 저러다 눌려 죽으면, 으아, 어떡해."

못 볼 걸 본 것처럼 눈을 감으며 고개를 돌렸다가 불현듯 말의 생사가 걱정되어 다시 보고선 또 얼굴이 희노래졌다. 블레신은 그 다채로운 반응에 웃음을 터뜨렸다.

"푸하하, 공연한 걱정을 다 하는군. 켄 녀석 교접하면서 암컷을 죽일 정도로 미숙하지는 않다구. 그간 쭉 보아온 내가 보증할 테니까."

"아니, 아니, 안 죽는다고 해도 저러면 안 되는데, 오, 세상에, 어떡해."

두 손으로 홧홧해진 얼굴을 가렸더니 귀에 들려오는 민망한 소리를 막을 길이 없다. 카리사는 어쩔 줄 몰라서 손을 움직이다가 마침내 엄지손가락으로 귀를 틀어막고 다른 손가락들로 눈을 가리는 최선의 방법을 찾아냈다. 그리곤 하레샤를 위한 찬송을 암송하기 시작했다.

귀뿌리는 물론 목덜미까지 발개져서 우렁찬 목소리로 기도하는 카리사를 지켜보는 블레신의 얼굴에선 웃음이 떠나지 않는다. 오랜만에 만난 소녀는 예전과 다름없이, 어쩌면 조금 더, 귀여워졌을지도 모르겠다.

쥐도 풀리고 파니도 마구간에 돌려주고 헤러반궁으로 돌아가는 길. 아직 다리에 평소처럼 힘이 돌아오지 않아 천천히 걸으면서도 한사코 켄에 타라는 블레신의 말을 거절한 카리사 때문에 블레신 역시 말을 뒤따르게 하고 걷는 중이다. 이것저것 붙임성 좋게 블레신이 말을 건네 봤지만 카리사는 에스테르에 대한 이야기 말고는 영 대답하는데 성의가 없었다.

"만약에 파니가 새끼라도 갖게 되면 어쩌냐구요."

"켄은 말이야, 씨말로 팔려고 저 먼 동양에서 구해온 값비싼 녀석인데 마음에 들어서 이 몸이 타기로 한 거라고. 저리 좋은 말 씨 한 번 받는데 치러야 할 돈이 얼마인 줄이나 알아?"

"조금도 궁금하지 않습니다."

불퉁한 말과 달리 호기심이 생겼는지 어깨 너머로 켄을 힐금거린다. 그러나 새삼 켄의 덩치에 어깨를 움츠리며 옆으로 물러나는 기색이다. 블레신은 그 모습을 흥미롭게 지켜보았다.

"석류, 너 설마 말 무서워해? 아까 말 돌려주러 갈 때도 쭈뼛거리더니."

"안 무서워합니다. 저 말은 생긴 게 낯설어서 적응이 안 되는 거구요. 이래 봬도 승마를 배운 지 3개월이 다 됐습니다."

당당하게 거짓말을 하는 카리사를 블레신은 미심쩍은 표정으로 쳐다보다가 가볍게 고개를 주억거렸다.

"일단은 그렇다 치고, 승마라니, 독특한 데 재미를 붙였네? 누구 영향을 받은 거야?"

"누구긴요, 발레리아 님이랍니다."

대뜸 블레신은 눈살을 찌푸렸지만 목소리만은 부드럽게 카리사에게 물었다.

"이름을 퍽 자연스럽게 부르는군. 그간 상당히 친해진 모양이지?"

"아뇨, 친해졌다기보다는…… 제가 발레리아 님을 많이 존경해서요."

"존경?"

블레신의 오른쪽 눈썹이 꿈틀 치켜 올라갔다. 사뭇 기분이 나빠지고 있다는 신호와도 같은 표시이다. 카리사는 그런 기색을 전혀 못 느낀 채, 앞을 보고 꿈꾸는 듯한 눈빛을 지었다.

"전 이 황궁을 아주 큰 바다라고 생각하는데요, 그 바다에서 두 척의 아름다운 배와 인연이 닿았거든요. 제 작은 배로나마 그 두 배와 같은 방향으로 나아가고 싶다고 바라고 있습니다."

"두 척의 배라. 한 척이 그 여자이고 다른 한 척은, 에스테르?"

"네. 두 분은 참 많이 다르지만 제가 보아온 중에 가장 근사한 여자인 건 똑같아요."

생글거리며 숭배하는 이들을 밝힌 카리사는 한숨을 토해내며 옷자락을 만지작거렸다.

"파니가 새끼라도 갖게 되면 발레리아 님은 아마 제게 말을 빌려준 일을 후회하실 거예요."

"흥. 내가 돈을 받아야 할 입장이라니까?"

퉁명한 말에 이어 블레신의 걸음이 한층 빨라졌다. 금세 뒤처진 카리사는 당황해서 그를 따라가다가 곧 멈춰선 뒤 양쪽 허벅지를 몇 차례씩 때리고 제자리에서 뜀박질을 해보았다.

괜찮다는 확신이 들자 그녀는 주먹을 움켜쥐고 달리기 시작했다. 블레신을 앞지르면서 휙 뒤돌아보고 "먼저 가서 귀환을 알리겠습니다!"하고 외쳤다.

축 늘어져 있던 게 거짓말인 것처럼 날래고 경쾌한 기세에 저도 모르게 블레신은 발을 멈추고 달려가는 카리사를 바라보았다. 큰 키에 소년처럼 가는 하얀 팔다리를 쭉쭉 뻗으며 달리는 시원스러운 모습. 저만한 말괄량이였던가, 하는 놀라움이 그의 눈에 고스란히 드러났다.

"나이를 거꾸로 먹었나? 그래도 제법 나올 건 나왔던데."

야릇한 미소를 지은 블레신은 뒤따르는 말을 돌아보며 말했다.

"말 중엔 네가 있고 남자 중엔 이 몸이 있다는 걸 보여주마."

자신만만한 미소에 이어 블레신은 카리사와의 거리를 눈으로 가늠하고 가볍게 지면을 박차며 뛰어나갔다. 빠른 속도에 등색의 카프탄 자락이 펄럭이면서 꽤 위력적인 소리를 냈다.

뒤에서 들려오는 그 기묘한 소리에 뭔가 싶어 뒤를 돌아본 카리사는 쫓아오는 블레신을 보고 눈이 휘둥그레지게 놀랐다. 그리곤 앞을 돌아보고 더 죽어라 뛰었다.

"오호? 적잖이 빠른데?"

블레신이 웃었다. 여자를 상대로 전력까지야 다 하겠냐던 그의 마음가짐이 바뀌는 순간이었다. 이것은 갑자기 경주가 되었다.

카리사가 이미 벌려두었던 넓은 간격을 착실히 까먹어가면서 둘의 간격이 좁혀져갔다. 그걸 생생히 느끼면서도 카리사의 눈에는 투지의 불꽃이 튀었다. 왜 이렇게 죽어라 뛰어야 하느냐 따위를 생각할 계제가 아니다.

그녀의 눈부신 실력 덕에 블레신 또한 한 번 더 자극을 받았다. 아는 사람은 다 아는 바대로 그는 승부욕의 화신이다. 웃음을 터뜨리면서 즐거워 죽겠다는 듯이 달리는 그의 보폭은 더 넓어지고 팔다리는 더 빠르게 교차했다.

헤러반궁의 정면 출입구를 쓸고 있던 하인은 느닷없이 달려 들어오는 카리사를 피하려다 어어, 하면서 뒤로 휘청거렸다. "미안해요!"라는 카리사의 말이 채 사그라지기도 전에 또 바람처럼 스쳐 지나가는 사람의 펄럭대는 옷자락에 얼굴을 맞고 기어이 쿵 엉덩방아를 찧고 말았다.

"어라? 방금 그 남자, 꼭 생긴 게 왕자님처럼……."

그런 식으로 두 명의 경주 선수는 복도를 지나면서도 희생자를 두셋 더 만들었다. 이젠 블레신의 숨소리가 바로 옆에서 들리는 것처럼 또렷해졌지만 절대로 뒤돌아보지 않으면서 카리사는 내실로 달음질쳤다.

보인다, 보인다, 저기 모퉁이만 돌면 내실, 게다가 웬일로 내실의 문이 활짝 열려 좌우로 고정되어 있었다. 입구에 드리워진 휘장을 향해 손을 뻗었다. 그것을 막 젖히며 승리의 미소를 입에 머금은 바로 그 순간, 와락 뻗어온 팔이 그녀의 상체를 휘감아 낚아챘다.

"잡았다! 으하하하하!"

"아닙니다, 이건 분명히 제가 이긴 겁니다! 분명히 제가 먼저 휘장에 손을 댔거든요?"

"먼저 들어가는 쪽이 승자 아냐? 똑바로 봐, 이렇게, 이 몸이 한 발 먼저 입장했습니다."

버둥거리는 카리사를 오른팔 안에 단단히 가두고 빙글 몸을 돌린 블레신이 휘장을 휙 걷어내며 뒷걸음질로 당당하게 내실로 들어섰다. 카리사는 단단히 약이 올라 바닥을 찼다.

"이길 수 있었는데. 분해."

"내가 봐준 것도 모르고 허 참. 그리고 애초에 먼저 달린 게 누군데 그래?"

"그건 어디까지나, 그런데 왕자님은 대관절 왜 쫓아오고 난리십니까?"

"뭐라, 난리? 석류, 너 여전히 나한테 말본새가 그게 뭐냐?"

블레신의 질책에 카리사도 제 불손함을 깨닫고 얼버무릴 말을 궁리하다가 아직 그에게 꽉 붙들린 제 신세도 깨달았다. 숫제 블레신이 뒤에서 그녀를 안고 있는 듯한 자세. 이 무슨 민망한 모습인가 싶어 카리사는 왕자의 팔에 손을 댔다.

"제 말투에 대해선 사과드릴 테니 우선 이 팔부터 좀⋯⋯."

쑥스러움에 언뜻 옆으로 시선을 던진 카리사는 흠칫하면서 하던 말을 잊고 말았다. 소스라치는 그녀의 반응에 유유히 옆을 돌아본 블레신의 눈도 동그랗게 커졌다.

그들의 눈에 들어온 내실 안 풍경.

가까운 테이블 앞에 시녀 두 사람이 멍하니 입을 벌리고 칠칠치 못한 꼴로 서 있는 가운데 내실 안쪽의 침전과 연결되는 문가에 에스테르가 나와 있었다.

불면 날아갈 듯이 가냘픈 공주의 어깨를 부축하고 있는 것은, 황자 클라이저.

하늘에서 뚝 떨어진 듯 나타난 클라이저를 바라보는 카리사처럼 이쪽을 쳐다보는 에스테르와 클라이저의 눈에도 놀라움과 의아함이 혼재하여 춤을 추고 있다.

제일 먼저 평정을 되찾은 블레신이 씩 웃으며 손을 들었다.

"여어, 숙부. 얼굴 꽤나 타셨습니다?"

비로소 카리사를 놓아준 블레신이 성큼성큼 걸음을 옮겨 에스테르에게로 갔다. 그녀의 작은 손을 잡아 손등에 진득하게 입을 맞춘 뒤 자그마한 동생의 눈높이로 얼굴을 숙여 말했다.

"우리 예쁜이, 보고 싶어 눈병이 나는 줄 알았구나."

"오라버니……."

믿겨지지 않는다는 듯 블레신의 얼굴에 손을 대려던 에스테르가 불현듯 이마를 짚으며 비틀거렸다. 두 남자가 동시에 공주를 부축했다. 파리하게 질려서 무언가 말을 하려고 해도 힘에 부치는 듯 입술만 들썩이는 그녀의 입가에 카리사가 냉큼 가져온 물잔을 대어주며 마시게 했다. 물을 마시면서도 에스테르의 젖은 눈은 열심히 두 사람을 찾는다.

그런 와중에 바깥으로 통하는 내실의 장막이 휙 걷히며 록사네 시녀장이 그간 한층 더 육중해진 체구를 들여놓다가 이 광경을 보고 우뚝 섰다.

산전수전 다 겪은 이 백전노장도 눈앞의 광경에 적응할 시간이 필요했다. 눈을 몇 차례 깜박인 다음 그녀는 짐짓 아무렇지도 않은 듯이 외쳤다.

"이분이나 저분이나 하는 짓은 꼭 둘이 쌍둥이 같군요. 대체 두 분은 글을 뭣 하러 배우셨단 말입니까? 기다리는 이에게 이러이러한 날 돌아가겠다는 글귀 하나 적어주시지도 못할 그놈의 실력으로 어디 가서 글을 배우셨단 말씀도 하지 마십시오!"

11.
사과꽃
아래에서

헤러반궁에서 단연코 가장 일찍 일어나는 이, 그건 취사를 담당하는 하녀들도 아니고 물 긷기나 소제를 담당하는 하인도 아니다. 그 누구보다 일찍 일어나 창문을 열고 그날의 날씨를 확인하는 이는 속주에서 온 귀족 아가씨, 반니 양이다.

이날 아침도 카리사는 창턱에서 지저귀는 새들의 노랫소리에 깨어나 창문으로 다가왔다. 창문을 여는 동안 잠깐 날아올랐던 참새들이 다시금 쪼르르 창턱에 모여들었다.

"안녕, 밤사이 별일 없었고? 오늘도 날씨가 좋구나."

가물거리는 눈에 웃음을 담아 새들을 둘러보며 카리사는 등 뒤에 감춰 둔 손으로 슬며시 무언가를 바스러뜨린다. 작은 새들이 눈을 영롱하게 반짝이며 기대하는 것. 이윽고 감췄던 손을 앞으로 해서 창틀에 부슬부슬 뿌려주는 것은 전날 저녁에 먹다 남긴 빵의 가루이다. 한차례 환호성 비슷한 지저귐과 함께 참새들의 연회가 시작되었다. 카리사는 방긋이 웃으며 새들을 보다가 아직 희붐한 하늘을 올려다보며 기지개를 켰다.

이윽고 몸을 돌려 침대를 정리하고 궤짝에서 오늘 입을 옷을 꺼내 놓은 뒤 경대로 가서 대야에 물을 부어 세수를 했다. 닦은 얼굴에 화장수를 바르는데 평소의 족히 반 배는 더 썼지 싶다. 목덜미에서 은은하게 풍기는 은매화 향기에 취해 콧노래를 부르며 옷을 갈아입었다. 단정하게 발등까지 덮이는 길이의 밝은 아마빛깔 스톨라. 가장자리에 옥색의 비단을 둘렀고 담쟁이넝쿨 무늬의 자수가 썩 잘 되어 카리사가 좋아하는 옷이다.

마지막으로 화장품 상자를 들여다보며 머릿기름이 든 병 세 개를 놓고 심각하게 고민했다.

"음. 난 너무 사치스러워."

나무라는 듯한 어조와 달리 백단과 장미, 은매화 머릿기름을 두고 카리사는 행복에 겨운 미소를 짓고 있다. 가뜩이나 비싼 화장품, 돌처럼 보려고 노력하는 그녀이지만 머릿결을 곱게 하는 일에는 꽤 정성을 기울이고 있다.

"좋아. 너로 결정했어."

자그마한 설화석고병을 들어 마개를 열어 손바닥에 몇 방울의 은매화 유를 떨어뜨렸다. 바람 불면 날아가기라도 할까 부지런히 마개를 닫고 손을 한차례 비벼 그 고운 향을 깊이 들이마셨다가 머리카락에 정성스레 발랐다. 워낙 풍성한 숱에 그사이 머리가 더 길어 팔꿈치까지 흘러내리는 머리를 기름 몇 방울이 감당할 턱이 없지만 꼼꼼한 빗질 후에 옆머리를 가늘게 땋아 뒤에서 매듭지어 정돈한 머리채는 아직 썩 환하지 않은 방 안에서도 자르르 윤기가 돌았다.

이것으로 아침 단장은 끝. 화장품 상자를 경대 옆 선반에 올려놓은 뒤 침대 옆의 벽감에서 다른 상자를 가져왔다. 언뜻 보기에도 꽤 값비싸 보이는 상감세공 된 흑단 상자를 열어 그녀는 세 개의 조각상을 꺼냈다. 창가를 바라보자 마침 딱 아침 해가 기지개를 켤 무렵이다.

창문 앞에 작은 탁자를 끌어다 놓고 고운 비단 손수건을 깐 자리에 조각상을 세운 뒤 지난밤 미리 준비한 것들을 늘어놓는다. 소금과 빵, 말린 무화과가 담긴 접시, 포도주 약간이 든 잔.

그저 흉내만 낸 공물이지만 바닥에 무릎을 대고서 두 손을 가슴 앞에서 사선으로 교차하여 기도를 드리는 카리사는 경건하기 그지없다. 가문의 수호신 가르나와 그녀가 모시는 여신 하레샤, 그리고 어머니에게 카리사는 매일 아침마다 한결같은 기도를 올렸다. 신들을 찬양하고, 돌아가신 어머니의 명복을 빈다. 마지막으로 스스로의 다짐을 읊는다.

"오늘도 후회 없을 충실한 하루를 보내겠나이다. 제게 태만의 마음이 일지 않도록 지켜봐 주소서. 내일도 부끄러움 없이 당신들께 인사를 드릴 수 있는 카리사가 되겠나이다."

기도를 마칠 즈음엔 창 너머로 보이는 아침 해도 보다 커졌다. 카리사는 반 주먹도 안 되는 빵의 절반을 뜯어 먹고 밤사이 시어진 포도주로 팍팍함을 달랬다. 남은 빵은 아직도 끈기 있게 창턱에서 기다리고 있던 새들의 몫이다.

남겨둔 물로 손을 씻고 입을 헹군 뒤 허드렛물을 버리러 다녀왔더니 딱 책을 볼 수 있을 만큼 창가가 환해져 있었다. 그녀는 책상으로 향하다가 새삼스레 창 너머를 보며 멈춰 섰다.

차가운 밤기운이 남아 있는 맑은 공기가 조금은 달다 싶은 것은, 계절이 봄임을 의식한 때문인지도 모르겠다. 황궁 안의 숲에도 이런저런 봄꽃들이 연달아 꽃망울을 터뜨리고 있다. 그 아름다움에 작년 이 무렵엔 질릴 줄도 모르고 찬탄하며 봄꽃이 지는 것을 하염없이 아쉬워했었다. 하물며 이제는……

불쑥 든 어떤 생각에 카리사는 저도 모르게 얼굴을 붉히며 손으로 입을 가리고 웃었다. 그러다 퍼뜩 그녀는 놀란 얼굴이 되어 문을 향해 빠르게 걸어갔다.

"미오, 이젠 들어와도 돼. 기다리느라 지루했……. 아, 맞다. 이젠 없지."

문까지 열고 복도를 내다본 뒤에야 카리사는 뾰로통해져서 기다리고 있을 고양이가 없음을 깨달았다. 지난 2년간 그녀와 침상을 함께 썼던 고양이. 아침이면 그녀의 잠을 깨워주는 어여쁜 새들을 사냥감으로 여겨 으르렁대는 바람에 기도가 끝날 때까지 복도에 내쫓기는 벌을 받던 고양이, 미오가 없다. 이틀 전에 궁으로 돌아온 자신의 주인에게 가버린 것이다.

어제만 해도 이런 실수는 하지 않았는데. 그것도 이제 막 그 사람을 생각한 차에 저지른 실수에 카리사는 훗 하고 웃으며 문을 닫았다. 잠시 문에 기대어 선 채 카리사는 생각에 잠겼다.

"……어쩌면 거기서 더욱 근사해지실 수 있담."

이윽고 궁전의 다른 사람들도 잠에서 깨어나기 시작하면서 카리사의 옆방에서도 인기척이 났다. 카리사는 읽던 두루마리에 표시를 해두고 방을 나섰다. 1층으로 내려가 내실로 향하니 이미 문이 열려 있고 휘장 너머에서 록사네가 시종들에게 지시를 내리는 목소리가 들려왔다.

"록사네, 잘 잤어요?"

휘장을 걷으며 안으로 들어서는 카리사의 인사에 록사네가 돌아보며 정중히 인사했다. 록사네의 눈짓에 시종이 카리사에게 뚜껑을 덮은 잔이 놓여 있는 쟁반을 건넸다. 카리사는 일단 쟁반을 받았지만 의아한 표정을 지었다.

"투렐리아는요? 간밤에 공주님 곁을 지키지 않았나요?"

에스테르는 잠들 때 멀쩡했다가도 한밤중에 고열이 끓을 때가 잦다 보니 시녀들이 번갈아가며 한 명씩 발치에서 잠자는 버릇한 게 꽤 되었다. 그리고 뒷날 아침 에스테르가 마실 약초차도 전날 번을 선 시녀가 들여가게 마련이다. 지난밤은 투렐리아 차례였기에 확인을 한 것인데 록사네는 우선 안으로 들어가라는 듯 손짓부터 했다.

"공주님, 안녕히 주무셨습니까?"

"그래, 카리사. 모처럼 꿈도 꾸지 않고 잘 자는 날이 이어지는구나."

잠에서 깨어 스스로 일어나 앉아 있던 에스테르가 온화하게 대꾸했다. 그녀의 등 뒤에 베개를 더 돋워주어 앉기 편하게끔 한 뒤 약초차를 올리고서 카리사는 창가로 가 커튼을 걷었다.

"아침 공기가 참으로 맑고 달던데요. 창문을 열어드리면 안 될까요, 록사네?"

"아직 공기가 차지요."

록사네는 안 될 소리라는 듯 고개를 저었지만 에스테르가 창문을 보면서 관심을 보였다.

"공기가 달다고?"

"네. 공기 중에서 꽃향기가 춤추는 것 같다고 생각했어요."

"어떤 느낌인지 나도 알고 싶은걸. 창문을 열어보렴, 카리사."

언짢은 표정을 짓는 시녀장을 에스테르가 달랬다.

"록사네, 어제 오늘, 푹 잤더니 한결 몸이 가벼워. 그래서 찬바람 약간 쐰다고 해서 죽을 거란 생각은 들지 않아. 기껏해야 봄감기에 걸리는 것뿐이잖아?"

몸이 확 좋아진 게 아니라 마음이 즐거워 비롯된 객기임을 알기에 록사네는 에스테르가 덮은 이불 속에 넣어둔 탕파가 충분히 따스한지 일일이 확인했다. 그사이 카리사는 에스테르의 어깨에 덮을 걸 하나 더 얹어서 여몄다.

그리하여 겨우 창문 하나를 열었다. 딱 동쪽으로 난 창으로 흘러들어오는 바람은 아침나절이라 조금은 쌀랑하다. 에스테르는 뜨거운 잔을 감싸 쥔 채 눈을 감고 불어오는 바람의 감촉을 느끼며 깊이 숨을 들이쉬었다.

"아, 잘은 모르겠지만 상쾌한 바람임에는 틀림없구나."

"네, 상쾌해요. 내년엔 꼭 이런 화창한 봄날 아침에 함께 산책을 나가요, 공주님."

기운 넘치는 카리사의 요청에 에스테르는 잔에 입술을 대며 희미하게 웃었다. 저 아이는 갈수록 원하는 게 많아진다고 생각하면서.

2년 전 두 사람이 떠난 뒤 카리사는 에스테르를 밖으로 끌어내기 위해 부단히 노력을 기울였다. 몸을 열심히 움직이다 보면 같은 음식도 더 맛있게 느껴지고 잠도 더 잘 자게 된다, 잘 먹고 잘 자면 몸은 건강해질 수밖에 없다, 자신이 산증인이라고 역설을 하면서 말이다.

에스테르는 피곤이란 말이 어울리지 않는 아주 어린 시절부터 늘 몸이 무거웠고 무리를 하면 금세 지치곤 했다. 지치는 걸로 끝나면 좋겠는데 어김없이 잔병에 시달리게 되니 돌봐주는 이들이 에스테르보다 더 전전긍긍이었다. 그리 주변에서 걱정하는 것이 싫어 에스테르는 되도록 오래 자고 지치기 전에 침대에 올라 쉬곤 했다.

한 해, 두 해 흘러가도 에스테르의 허약함에 별다른 차도는 없었고 그녀가 하루 중 가장 많은 시간을 보내는 곳은 여전히 침대였다. 누워있는 시간이 길다 보면 음식을 먹는 자체가 부담스러워진다. 그래서 워낙 적은 양만 먹어 버릇하니 그리 아프지 않은 날조차 맥이 없어 쉬 피로해졌다. 그렇다고 먹는 양을 늘려보려고 해도 약간 더 먹은 걸 귀신같이 알고 탈이 난다.

그런 악순환을 겪고 있던 에스테르가 카리사의 어리광에 가까운 청에 못 이긴 척 산책에 나서 보았다. 무더운 여름이 지나고 선선한 가을에 접어든 즈음, 짧은 시간이나마 뜰을 거닐며 싱그러운 녹음의 향기를 음미한 것이 효험이 있었던지 한 달이 못 되는 기간 동안 반짝 에스테르의 얼굴에 혈기가 돌았다. 식사량도 아주 조금씩 늘던 중이었지만 찬바람이 좀 불라치니 금세 열이 펄펄 끓어 도로 자리보전을 하는 신세로 돌아갔다.

두문불출하면서 그해 겨울을 나고 이듬해 짧은 봄에 이어 긴 여름이 이어지는 동안 에스테르는 바짝바짝 말라갔다. 되돌아온 가을에 전처럼 뜰에 나가 곧잘 산책을 하며 체력을 조금 회복하나 싶었지만 하필 지난겨울은 몇 십 년 만에 대설까지 내릴 만큼 추위가 심했다.

에스테르에겐 그 어느 때보다 보내기 힘든 시기였고, 그 결과 봄이 한창인 지금도 파리한 안색은 씻을 길이 없다. 불과 며칠 전까지만 해도 에스테르는 자다 말고 열이 펄펄 끓어올라 의사를 부르러 한밤중에 하인들이 뛰어나가기가 일쑤였던 것이다.

그런 에스테르가 잠을 잘 잤을뿐더러 제 힘으로 일어나 앉아 있기까지 하니 모처럼 주위 사람들의 얼굴에도 여유가 흘렀다. 원인은 명약관화하다. 이틀 전엔 짠 듯이 같은 날 나타난 약혼자와 오라비 때문에 기쁜 나머지 열이 올라 쉬어야 했지만 어제는 기운을 차려 저녁엔 조촐하게 환영 연회마저 열었다. 에스테르는 평소보다 식욕이 있었고, 포도주도 석 잔이나—물론 아주 약한—마셨다. 당장엔 몰라도 나중엔 부대끼는 게 아닐까 록사네를 비롯한 시녀들의 걱정이 상당했는데 웬걸, 다음날 아침인 지금도 이렇게나 평온한 얼굴을 하고 있다.

쓰디쓴 약초차를 덤덤히 다 비워낸 에스테르가 창가를 보며 한숨을 쉬었다.

"날이 참 좋을 것 같지? 이런 날 소풍을 가면 오죽이나 좋을까."

빈 잔을 쟁반에 올리며 카리사는 그리 가고 싶으면 가시면 되는 거 아니냐고 말하고 싶은 걸 꾹 참았다. 에스테르를 계속 맡아온 황궁의 전의는 에스테르의 심신을 안정시키기 위해서 산책 같은 운동을 비롯해 바람을 쐬는 것조차 엄금한 바 있다.

에스테르가 타고난 허약 체질이라 근근이 현상 유지를 하는 것 이상은 바랄 수 없다고 딱 잘라 말하는 그 배불뚝이 전의에게 카리사는 도통 신뢰가 가지 않았으나 카리사를 제외한 모두가 그 전의의 말을 굳게 믿고 있다. 일 년을 못 넘기고 죽을 거라던 갓난쟁이가 스무 살이 넘도록 살고 있는 게 다 그 전의 덕분이라고들 생각하는 사람들 속에서 공주와 함께 지낸 지 갓 2년 정도밖에 되지 않은 시녀가 입바른 소리를 하는 건 힘든 일이다.

창문 너머로 너른 뜰의 한편에 심어진 보리수나무를 비롯해 큰 나무들, 자그마한 관목들을 둘러보면서 카리사는 공주들의 거처에는 과일나무를 심지 않는 황궁의 묘한 법도에 대해 생각했다. 복숭아나무는 아직이지만 막 꽃망울을 터뜨린 사과꽃이 참 어여쁜데 에스테르에게 보여줄 방법이 없다고 생각하니 그녀도 한숨이…….

'아니지. 못 보여드릴 것도 없잖아? 내가 왜 전엔 이 생각을 못 했지?'

문득 떠올린 발상이 마음에 들어 카리사는 싱긋 웃었다. 카리사는 쟁반을 록사네에게 건넨 뒤 공주가 침대에서 내려서는 것을 도우며 말했다.

"씻으시기 전에 약간이라도 걸어보세요, 공주님. 식욕이 좀 생기시게요."

"음. 그래볼까."

에스테르가 의욕을 보여 두 사람은 팔짱을 끼고서 창가를 따라 몇 차례 오락가락했다.

"머리도 아프지 않고 속도 편해. 이런 날이 일 년의 삼분의 일만 되어도 좋겠어."

에스테르의 덤덤한 말에 카리사는 눈이 젖어들 것 같은 기분이 되고 말았다.

"이젠 삼분의 일이 될 수도 있을 거예요, 공주님. 황자 전하께서도 아주 돌아오셨고 오라버님께서도 돌아오셨잖아요. 매일 저희하고만 따분하게 지내던 나날이 끝났으니 즐거운 일들이 줄지어 기다릴 게 틀림없어요."

"넌 두 분을 아직 잘 몰라, 카리사. 전하는 워낙 바쁘신 분이라 같은 황궁에 있다고 해도 열흘에 한 번이면 잘 보는 거고…… 오라버니는 또 언제 훌쩍 떠나고 싶어 하실지 모르니 늘 의연히 떠나보낼 마음을 먹고 있어야 해."

"처음부터 확실히 여쭤봐야죠, 그럼. 왕자님께서도 이번엔 못해도 두 달은 넘게 계셔야 해요. 2년 만에 돌아오셨으니 그 정도쯤 머무르지 않으시면 곤란해요."

"난 그리 곤란하지 않은데? 오라버니의 변덕이야 이젠 그러려니 해서."

덤덤한 체해도 얼마나 오라비를 그리워했는지는 이따금 도착하는 서신을 대하는 에스테르의 태도만 봐도 분명했다. 지난 2년간 에스테르에게 있어 기쁜 날은 두 경우뿐이었다. 오라비의 서신이 온 날, 약혼자의 서신이 온 날. 몸이 한창 아픈 때에도 서신을 받으면 아픔조차 떨쳐내고 서신을 손수 펼쳐보며 시간 가는 줄 모르고 몇 번이고 되풀이해 읽고는 했다.

그래도 그런 마음을 결코 두 사람에게 말로는 표현하지 않을 작고 연약하지만 심지만큼은 누구보다 단단한 공주님이 무척 사랑스러워 카리사는 에스테르를 더 행복하게 해주고 싶은 의욕이 물씬 솟았다.

"누가 공주님이 곤란하시대요? 저희 시녀들이 곤란하다는 거지요."

"너희들이 왜?"

의아해하는 에스테르의 얼굴을 돌아보며 카리사는 넉살을 떨었다.

"공주님께는 저 멋진 황자님이 계시지만 저희들에겐 누가 있느냔 말이에요. 이 좋은 봄에 잘난 얼굴이라도 구경할 남자 하나쯤은 있어야죠. 왕자님이 그렇게 잘생긴 분인 걸 이번에 다시 뵙고서야 깨달았지 뭐예요. 다들 왕자님을 보고 싶어 한 이유가 있었던 거예요."

"그래? 다들 오라버니를 그렇게 보고 싶어 했단 말이야?"

"잘 생각해보셔요, 공주님. 황자 전하의 서신과 왕자님 서신. 둘 중 어느 쪽에 저희들이 더 관심을 보였는지 말이에요."

아마 관심의 정도는 거의 엇비슷했을 것이나 말의 힘이란 묘한 것이라, 카리사가 그렇게 바람을 잡아놓으니 에스테르도 고개를 갸우뚱하기에 이른다.

"그리 기다리는 줄 알았으면 서신에 너희들 이야기도 적어 보낼 걸 그랬구나. 진즉에 귀띔을 좀 할 것이지."

"지금이라도 말씀드렸으니 앞으로 잘 부탁드려요, 공주님. 특히 투렐리아를 좀. 우훗."

에스테르의 귓가에 속삭이듯 덧붙인 말에 에스테르의 눈이 약간 더 커졌다.

"그리고 이왕이면 롤리아도."

"어머나. 나는 눈뜬장님이었나 보네."

사뭇 놀라서 에스테르는 손을 뺨에 대고 고개를 갸웃했다. 카리사는 입을 가리고 쿡쿡쿡 웃다가 저는 방금 아무 말씀드린 적 없다고 넌지시 속삭였다. 고개를 끄덕이며 카리사를 돌아본 에스테르는 새삼스레 흘러간 시간의 길이를 깨달았다.

처음 록사네가 데려왔을 때엔 키가 꽤 큰데도 불구하고 왜소하다 싶은 인상이 드는 때가 곧잘 있었다. 싹싹하고 매사에 더할 수 없이 적극적인 면모가 돋보였지만 이따금은 애쓰는 걸 넘어 무리를 하는 듯이 보였던 것이다. 하지만 시간은 이 아이, 카리사에게 꽤 긍정적으로 흐른 듯하다. 카리사를 볼 때면 왠지 안쓰럽게 느껴지던 기분도 이제는 거의 희박해져서 에스테르는 카리사와 함께일 때가 내심 가장 즐겁다.

어찌나 학구열이 왕성한지 다른 시녀들이 몇 년에 걸쳐서도 다다르지 못한 단계를 훌쩍 넘어서 요즈음엔 에스테르도 생각하지 못한 신선한 발상으로 놀라게 할 때가 있다. 이제 카리사는 다섯 시녀 중에 단연 롤리아 다음으로 에스테르의 지적인 말벗이 되었다.

외모 또한 훨씬 나아졌다. 이제는 카리사의 얼굴이며 옷에 감추어진 몸 모두 봄에 막 돋아난 새순을 연상케 할 정도로 싱그러워졌다. 데리고 있는 시녀들 중에선 칼비가 단연 고운 얼굴이라고 생각했는데, 카리사가 칼비의 절반만큼만 화장이며 머리 꾸미는 데에 공을 들이면 어떨까 에스테르는 진지하게 가정해 보았다. 특히 칼비와 카리사의 차이가 뭐가 있을까 생각해보던 에스테르는 퍼뜩 놀란 눈으로 말했다.

"어쩌면 너는 장신구 하나도 갖춘 게 없구나."

"아, 장신구는 없어도 오늘은 이 샌들을 신었어요. 보셔요, 잘 어울리지요?"

카리사가 치맛자락을 걷어서 발을 들어 올려 살랑살랑 흔들었다. 발등에 터키옥이 나비 모양으로 장식된 샌들은 아닌 게 아니라 카리사의 옷과도 어울렸다. 그녀는 이제 세 켤레의 샌들을 가지고 있는데, 세 켤레째의 샌들은 올해 생일에 에스테르가 선물해준 것이다.

"그래, 잘 어울리는구나. 하지만 샌들은 장신구가 아니지."

"충분히 장신구로서의 역할을 하는 걸요. 제가 남자로 태어났다면 어디 이처럼 예쁜 샌들을 신을 일이 있었겠어요?"

"그래도 그렇지 그 나이에 변변찮은 금붙이 하나도 없어서야."

"왜요, 답답해서 안 차는 거지 저도 금반지는 있어요. 또 금붙이는 아니지만 목걸이라면 늘 하고 있는 걸요? 여기에."

막 카리사가 목걸이를 보여주려는데 록사네가 이제 운동은 그만하면 됐다고 두 사람의 주의를 환기시켰다. 하녀들이 씻을 물을 준비해 들어왔고 세수를 마친 에스테르의 얼굴이며 손을 카리사가 닦아주고 있을 때 다른 시녀들도 일제히 내실 문가에 나타나 아침인사를 올렸다.

공주의 단장을 준비하면서 칼비가 투렐리아는 어째서 보이지 않느냐고 물었다. 록사네가 혀를 차면서 술병이 나서 새벽녘에 쫓아냈노라 대답했다. 시녀들 사이에 그럼 그렇지 하면서 웃음이 일었다.

"왕자님께서 주시는 술잔을 넙죽넙죽 잘도 받는다 했지요. 그 애는 잘한다 잘한다 하면 아주 한도를 모르고 날뛰는 버릇이 있다니까요."

칼비의 빈정거림에 카리사는 입술을 깨물어 웃음을 삼켰다. 지난밤 연회에서 왕자의 옆자리를 차지하고 애교를 떨던 투렐리아를 흰 눈으로 흘겨보곤 하던 칼비의 모습이 눈에 선했다.

"그런 자리가 오랜만이다 보니 저도 모르게 과했던 거지. 우리도 간밤엔 꽤 마셨잖아?"

평화주의자인 롤리아가 투렐리아를 감싸주려 해도 칼비의 입바른 말은 이어졌다.

"꽤 마셨지요. 하지만 어디까지나 취하지 않을 만큼이었잖아요? 그 자리가 어떤 자리라고 제가 대장이라도 된 듯이 일어나 노래를 부르고 춤을 추질 않나. 술병이 난 게 아니라 뒤늦게 생각해 보니 창피해서 아픈 척하는 건 아닐지 모르겠네요."

롤리아와 조이스가 설마 그러겠냐면서도 웃음 섞인 눈짓을 주고받는 게 저희들도 그리 생각하는 눈치다. 단짝이나 다름없는 셋 앞에서 투렐리아를 감싸줄 수 있는 사람은 카리사뿐이다.

"그래도 투렐리아 덕분에 연회 자리가 꽤 떠들썩했잖아요? 왕자님께서도 이제야 좀 노는 것 같다고 말씀하셨구요. 전 투렐리아가 그렇게 춤을 잘 추는지 어제 처음 알았지 뭐예요. 공주님, 어떠셨어요? 투렐리아가 춤을 참 잘 추지 않았나요?"

에스테르의 손톱을 염소가죽으로 싼 막대로 문지르면서 카리사가 묻자 에스테르가 가벼이 고개를 주억거렸다.

"그래. 노래도 제법 잘했고. 그 아이에게 예인의 재능이 있다는 걸 나도 어제 알았구나."

"이제 알았으니까 앞으로 종종 선을 보일 자리를 만들어주세요, 공주님. 아, 물론 술은 어제처럼 마셔선 안 되겠지요."

"안 되지. 자다 말고 펑펑 울어대는 건 한 번 보는 걸로 족해."

"투렐리아가 울었단 말씀이세요? 그것도 펑펑?"

"하도 크게 곡을 해서 난 무슨 큰일이 난 줄 알고 깨었더랬지. 알고 보니 주사더구나."

"아하하, 이거야말로 놀림거리네요. 어떻게 자다가 울 수가 있지? 맞다, 다들 본인 주사에 대해 알고 계시나요? 한 번 그 이야기를 해보죠, 우리."

그렇게 화제는 투렐리아에게서 주사로 옮겨갔다. 자신의 주사, 혹은 전해들은 타인의 희한한 주사에 대해 이야기하느라 수다의 꽃이 피었다.

록사네는 공주의 곁에서 단장을 거들면서도 입이 부산한 시녀들을 한눈에 볼 수 있는 곳에 무뚝뚝한 얼굴로 서 있다. 에스테르가 싫은 눈치를 조금이라도 보였다면 이미 단속을 하고도 남았겠지만 덤덤한 표정 속에서 에스테르의 반짝이는 눈이 말하는 이를 부지런히 좇는 걸 보면 공주 또한 이들의 수다를 기꺼워하는 게 분명하다.

그리고 젊은 처녀들의 말소리며 웃음소리가 넘쳐나는 처소의 모습이 과히 보기 나쁜 것도 아니다. 본디 참으로 조용조용했던 이런 자리가 이렇게 지지배배 지저귀는 새떼의 모임처럼 바뀐 것은 막내로 들어온 카리사가 불러온 변화였다.

이 막내가 황궁에 들어오고서 한 여섯 달 동안은 온갖 종류의 책을 탐하느라 잠조차 언제 자는지 모를 지경이었다. 저러다 크게 한 번 앓아눕지 싶어 록사네가 주시하는 사이 그런 카리사의 열성도 차차 형태를 바꾸었다. 궁의 생활에 익숙해졌기 때문인지, 아니면 단순히 모종의 여유가 생겼음인지는 알 수 없으나 카리사는 책 말고 다른 것에도 눈을 돌리기 시작했다.

이를테면 그것은 사람이라 할 수 있다. 전이라면 사양했을 시녀들과의 소소한 놀이에 빠지지 않고 참여하면서 어느 날은 하릴없이 수다로 하루를 보내기도 했다. 전에는 기껏해야 가장 멀리 가는 곳이 도서관이었는데 그때부터는 한 번 산책을 나갔다 하면 몇 시간이었다. 작년부터는 발레리아와 부쩍 가까이 지내면서 제 방에서 서투르게나마 악기를 퉁땅거리는 취미도 생겼다. 하물며 요새는 승마를 배운다고 한다.

책을 보는 시간이 줄었다고는 하나, 카리사라는 저 귀족의 영애는 책을 탐독하는 것처럼 그 밖의 것에도 가리지 않고 몰두하는 기질이 있다. 록사네의 눈에는 그런 점이 꼭 누군가와 퍽 흡사해 보여 아무래도 좀 더 마음이 쓰인다.

자, 이제 그 누군가가 황궁에 돌아왔다. 장난삼아 몇 번 제게 달라고 한 적도 있는 저 소녀가 과연 이번에도 그 누군가에게 호기심을 불러일으킬지는 두고 봐야 할 일이다.

과연 어떨까. 록사네는 어쩐지 들뜨기 시작했다.

에스테르가 오수에 든 후 롤리아가 뜰에서 다 함께 고리 던지기 놀이를 하자는 걸 사양하고 카리사는 투렐리아에게 올라가 보았다. 몸이 괜찮으면 같이 가자고 할 곳이 있었는데 정말로 술병이 단단히 났는지 숙취로 통 정신을 못 차리는 걸 보고 카리사는 혼자 궁을 나섰다. 햇살이 좀 뜨겁다 싶을 정도였는데 구름이 종종 해를 가려주는 덕분에 걷는 데에도 수월했다.

"아아, 이쪽 대륙은 봄이 너무 짧다니까. 일 년의 태반이 여름하고 겨울이라니."

고개를 내저으며 카리사는 가벼이 탄식했다. 특히나 작년 겨울! 눈이 와도 쌓이는 일은 손으로 꼽을 정도로밖에 못 보고 자란 카리사에게 하룻밤 사이 무릎까지 푹 빠질 정도로 쌓인 눈은 불가지의 세계였다. 그 눈을 몰고 온 추위가 겨우내 에스테르를 사정없이 괴롭힌 주범이기도 해서 겨울만 생각하면 진저리가 날 정도이다.

에스테르의 건강을 위해서라면 기후가 온화한 곳으로 요양을 가는 게 좋을 듯한데, 미혼의 황실 여자들은 황궁을 떠날 수 없다는 법도 때문에 그런 이야긴 꺼낼 엄두조차 내지 못했다. 혼인을 하게 된다면, 과연 에스테르가 황자와 떨어져 혼자 요양을 가려 할지도 의문이다. 황자가 함께 간다면 아무 문제도 없을 테지만, 병상에 있는 황후가 하나뿐인 아들이 또 멀리 가는 걸 허락할 가능성도 희박하다.

"우화집에 나오는 만병통치약 같은 게 세상에 있다면 오죽이나 좋을까."

해보나 마나 한 소리 후 카리사는 가라앉은 기분을 북돋을 요량으로 더욱 걸음을 빨리 했다. 머잖아 이트궁의 희끗희끗한 무늬가 있는 붉은 담이 눈에 들어왔다.

안으로 통하는 문이 활짝 열려 있어 카리사는 눈썹을 아치처럼 들어 올리며 안으로 들어갔다. 궁전의 주인이 돌아왔다는 걸 바로 저 문에서 실감했다. 앞뜰에 나와 김을 매고 있던 늙수그레한 문지기 하인이 카리사를 보고 인사를 해왔다. 카리사도 활짝 웃으며 인사했다.

"메데스, 무릎이 시큰거린다던 건 좀 좋아졌어요?"

"예, 알려주신 찜질약 효험을 꽤 봤습니다."

"잘됐네요. 약간 좋아졌다고 손 놓지 말고 밤에 잠들기 전에 꼭 챙기고 자도록 해요. 술은 적당히 하고 있는 거죠?"

"예, 아씨. 한 잔 더 마시고 자려다가도 꾹 참고 그냥 잡니다. 아씨 덕분에 제가 연금을 다 모으게 생겼습니다. 글리코 시종장님은 아마 세탁실 쪽에 계실 텐데 가서 알려드릴까요?"

"오늘은 안 봐도 돼요. 그보다 제도, 어디 있는지 알아요?"

"후원 동쪽에 있을 겁니다. 사과꽃이 너무 많이 피어서 손질을 하느라 바쁜 모양이던데요."

"어머, 마침 잘됐다. 그럼 수고해요. 메데스, 술 마시고 싶어지면 내년에 손에 쥘 연금을 생각하면서 참기예요."

"연금보다 의지박약이라고 야단칠 아씨가 더 무섭습니다, 저는."

메데스의 너스레에 카리사는 낭랑하게 웃고 앞뜰을 가로질러가 구석의 길로 후원에 가려고 했는데 메데스가 그쪽은 안 된다고 소리쳐 말했다. 늘 그늘이 져서 습한 곳이라 날이 좀 따스해지자 날벌레가 알을 까고 기승을 부려 약불을 태운 참이란다.

그 매캐한 냄새가 미처 날아오지 않은 건 바람의 방향 탓도 있으나 그만큼 이트궁이 넓은 까닭이다. 태자로 세울 정도로 총애를 받았던 작고한 4황자의 궁전은 황궁 내에서도 열 손가락에 꼽힐 정도로 큰 궁전이다. 문제라면 그 궁전의 주인이 이 큰 궁전을 나 몰라라 하고 밖으로 나도는 것 정도.

지금은 그 몹쓸 주인이 돌아와 있다는 것도 반쯤 잊고 카리사는 거침없이 궁전을 통과해 후원으로 향했다. 가는 길에 마주치는 궁전의 일손들이 카리사를 보고 공손히 절을 했다. 카리사는 일일이 그 사람들의 이름을 부르며 근황에 대해 짧은 말을 나눈 뒤 다시 발을 떼놓았다.

헤러반궁의 식솔들은 물론 이곳 이트궁의 식솔들 또한 꼼꼼하게 알고 있다고 카리사는 내심 자부했다. 왕자가 궁을 비울 때에는 록사네 시녀장이 이따금 이트궁을 들여다보면서 권속들의 기강이 해이해지지 않도록 감독했는데 작년 봄부터는 록사네가 그 일을 카리사에게 일임해 바지런히 이트궁을 찾곤 한 결과이다. 시종장이 된 지 4년밖에 되지 않은 글리코 시종장도 록사네는 어려워했지만 카리사와는 사이가 원만해서 어린 귀족 아가씨에게 집안 관리를 가르친다는 느낌으로 퍽 친절을 보이고 있다.

"제도, 제도 어디 있어요? 나, 카리사예요!"

말이 후원의 동쪽이지 널따란 과수원이나 다름없는 곳이다 보니 정원사를 찾기가 쉽지 않다. 클라이저 황자의 크노밋궁처럼 연못을 따로 두지 않은 대신 이곳의 후원에는 끌어들인 물이 개천이 되어 흐르고 있다. 구불구불 흐르는 그 물길이 나무군락의 자연적인 경계선이 되기도 한다. 때문에 카리사도 그 물길을 따라 정원사를 찾으며 걷다가 뽀얀 꽃들로 가득한 사과나무 숲에 이르렀다.

하지만 정원사는 엉뚱하게도 사과나무가 아닌 벌통을 놓아둔 곳에 있었다. 만발한 사과꽃 덕분에 벌들이 그야말로 호강을 하는 터라 줄줄이 늘어선 벌통에 새까만 벌들이 몰려들었다 떠났다를 반복하는 모습이 또 하나의 장관이었다.

"왕자님이 돌아오신 김에 갓 내린 벌꿀을 드시게 해야지요. 오늘 하나 내리고, 글피 정도면 내릴 만한 벌집이 또 두어 개 생길 것 같습니다."

바로 지척에서 벌들이 붕붕 날아다녀도 얇은 아마로 된 베일 하나만 두르고 싱글벙글하는 정원사 제도와 달리 카리사는 멀찍이에서 멈춰 서 상체 또한 뒤로 젖힌 상태에서 말했다.

"사과꽃이 너무 많아서 정리한다면서요? 오늘은 안 하나요?"

"아, 예. 해야지요, 슬슬."

"조금 서둘러주면 안 될까요? 공주님이 오후에 사과꽃을 보실 수 있었으면 해서요."

"공주님이요. 음. 서둘러 보지요."

말은 서두른다고 하지만 정원사 제도는 결코 빠릿빠릿한 사람이 못 된다. 벌통을 내려놓고 사과나무 숲으로 간 제도는 우선 사과나무를 한 그루 한 그루 보고 다니는 것부터 시작했다. 머릿속으로 자를 부분을 생각 중이라는데 사과나무가 워낙에 많으니 시간이 잘도 간다.

부디 한 시간 안에만 해달라고 부탁하자 제도는 어깨에 달고 있던 청동제 해시계를 지면에 놓고 확인한 뒤 그건 되겠다고 말했다. 느긋하되 시간 약속에는 엄격한 사람이니 그 말은 사실일 것이다. 도와줄 것이 없느냐고 물었다가 귀족 아씨면 아씨답게 물러나 계시라는 타박을 듣고 카리사도 앉을 자리를 찾았다. 대충 이리될 줄 알고 읽을 책자를 하나 가져온 참이다.

고슬고슬하게 마른 풀밭에 앉아 책을 펼치기 전에 다시금 꽃잎이 만개한 사과나무들을 바라보았다. 역시 에스테르 공주에게 보여주고 싶은 건 이 풍경 그 자체이다. 뒤늦게 제도가 꽃이 얼마나 필요한 거냐고 묻자 카리사가 기운차게 대꾸했다.

"양손으로 들 수 없을 만큼 많이요. 등에도 지고 머리에도 이고 갈 수 있으니까 많이만 챙겨줘요. 아주 많이!"

"욕심도 많으십니다."

"맞아요, 내가 좀 그래요."

그리곤 뭐가 우스운지 카리사는 한참 웃었다.

느지막이 일어나 아침도 들지 않고 포도주 한 병을 양식 삼아 목욕을 하던 중에 블레신은 창 바깥에서 들려오는 여자의 목소리를 들었다.

—제도, 제도 어딨어요? 제도, 잠깐 좀 봐요, 부탁할 게 있어요!

시중을 드는 하인 네 명이 함께 있었지만 목소리를 들은 건 그 혼자였다. 탕에서 벌떡 일어난 블레신이 창가로 가 소리가 들려온 곳을 주시했다. 거리도 멀뿐더러 목욕탕에서는 숲을 차지한 나무들의 우듬지 정도밖에 보이지 않았다. 하지만 블레신은 꾸준히 소리를 붙잡은 끝에 제도의 걸걸한 목소리를 찾아냈다. 대꾸하는 목소리가 워낙 작아 확인은 실패했지만 이트궁엔 달리 일하는 여자가 없으니 짐작이 틀리진 않으리라.

"목욕은 이걸로 끝이다."

들어온 지 고작 삼분의 일각도 안 됐을 때라 어리둥절하는 하인들을 남겨놓고 블레신은 후텁지근한 탕을 뒤로 했다. 뒤늦게 쫓아온 시종 쿠르도는 대충 닦은 몸에 손수 옷을 걸치는 블레신을 보고 놀라서 허겁지겁 아마천을 집어 들었다.

"왕자님, 속옷을 잊으셨습니다. 여기."

"응? 아, 여기선 아무래도 곤란하겠지."

카프탄을 벗어 쿠르도에게 던져주고 블레신은 아랫도리에 요의를 능숙하게 둘렀다. 건네는 튜닉은 본체만체하고 그 위에 덜렁 카프탄만 걸치는 주인을 쿠르도가 멍하니 쳐다보았다.

허리끈을 묶고 바로 복도로 나간 그가 얼마 후 "샌들!"하고 소리쳤다. 급히 뒤따라 나간 쿠르도가 왕자의 발에 샌들을 신기고 끈을 묶는 사이 쿠르도보다 반응이 늦었던 하인들이 와서 머리를 말리고 향유병을 꺼내오고 부산을 떨었다.

"대충대충 해. 밤에 다시 할 테니. 아, 향기 좋군. 역시 향료만큼은 유리크가 최고라니까."

멋대로 헝클어진 왕자의 곱슬머리가 춤추는 것을 보며 쿠르도가 종종걸음으로 뒤따르는 것을 블레신이 돌아보지도 않고 따라올 것 없다고 말했다.

"안 됩니다, 시종장님께서 절대로 왕자님 곁을 떠나지 말라고 하셨습니다. 왕자님께서 홀로 다니시면 저희들이 태만하다고 손가락질을 받습니다."

"그러냐? 그래도 지금은 괜찮다. 궁전에서 나갈 건 아니야. 후원에 잠시 나갈 거니까."

"하오나."

"이 내가 괜찮다는 거야. 타인의 손가락질은 겁내면서 주인의 불벼락은 무섭지 않은 게냐?"

돌아보는 블레신의 얼굴은 웃고 있지만 쿠르도의 발걸음은 그 자리에 딱 묶였다.

"글리코를 보면 이 몸이 할 말이 있다고 전해주련? 그리고 정 할 일이 없으면 너도 뜰에 나가 풀이라도 매지 그래?"

나직한 왕자의 목소리는 웃는 얼굴만큼이나 매력적이다. 눈가에 흉터도 없고, 수염조차 돋지 않은 소년일 당시에 황궁 제일의 미인이 바로 블레신이라는 말이 돌 정도로 완벽했던 아름다움은 이제 그 느낌은 다소 바뀌었을지 몰라도 여전히 압도적.

하지만 그 아름다움보다도 쿠르도의 발을 묶은 것은 주인에 대한 크나큰 경외감이다.

이 궁전에서 쿠르도와 글리코 시종장은 블레신이 군역에 몸담을 당시 보급부대의 일원으로서 종군을 하면서—왕자를 모시는 시종으로서 간 것이었으나 일개 병사에게 시종은 필요 없다는 이유로 블레신이 그들을 보급부대로 치워버렸다—그들의 주인이 군사의 천재라는 사실을 보고 들은 생생한 증인이다.

전투의 장에서 늘 선두를 도맡아 온몸에 혈향이 진동하도록 싸우는 모습은 마치 죽으려고 작정한 자처럼 저돌적. 빗발치는 화살과 창조차 비켜 나가는 듯이 보이는 눈부신 미모의 왕자에게 그의 부대원들이 붙였던 '벽안碧眼의 군신'이란 칭호는 가파르게 블레신의 직급이 올라갈수록 더더욱 확고하게 굳어졌다.

지금 이렇게 칠칠치 못한 모습으로 웃고 있는 왕자가 여차 하는 순간 어떻게 변할 수 있는지 아는 쿠르도는 꾸벅 절을 하면서 왕자님의 분부에 따르겠다고 말했다. 단단히 기합이 든 그 모습에 블레신이 웃음을 터뜨렸다.

"해본 소린데 열의가 넘치는구나. 너무 열심히 하다가 일사병으로 쓰러지지는 말려무나."

다시 걸음을 옮기며 블레신은 찌뿌듯한 몸을 풀 겸 기지개를 켰다. 황궁에 돌아와 고작 두 번째 아침을 맞았을 뿐인데 쓸데없이 넘쳐나는 기운에 몸이 아플 지경이다. 꼭 하지 않으면 안 될 일은, 황제와 황후를 배알하는 일 정도. 시종장 글리코가 일찌감치 엘로제궁에 말을 전하러 갔으니 느지막한 오후의 시간은 그 일을 위해 비워둔다 치고. 그래도, 시간이 남아돈다!

"물론 상냥한 오라비답게 누이를 보러 가야겠지."

에스테르를 보는 것은 좋지만 에스테르와 할 수 있는 일에는 한계가 있다. 벌써부터 지루해지는 하루를 바꾸어 보기 위해 블레신은 눈을 부릅뜨며 짓궂은 표정을 지었다. 짐작대로 언뜻 들은 목소리의 주인이 석류, 그 아이가 맞다면 한 번 제대로 놀려줘야지 하면서.

그리하여 후원에 나선 블레신이 과일나무들 사이에서 카리사를 찾아 부지런히 발을 움직이고 있을 때 카리사는 한창 『박물지』를 읽는데 몰두해 있었다.

트라비잔의 대학자인 플라무투스의 박물지는 장장 40권에 이르는 대작으로 카리사의 트라비잔어 실력이 어느 수준에 이르자 에스테르가 같이 공부해보자고 해서 롤리아와 함께 세 사람이 요새 붙잡고 있는 책이다. 두 사람에게는 복습인데 카리사는 처음 접하는 책이라 예습에 늘 쫓기고 있다.

두 번, 세 번 읽어야 내용이 좀 머릿속에 들어오는 난해한 책에 카리사의 미간에 주름이 선명하다. 그나마도 슬슬 집중력이 떨어져가면서 책을 덮고 굳어진 목을 풀 겸 머리를 돌리던 카리사는 시야에 제도가 보이지 않음을 뒤늦게 깨달았다. 대신 주변 땅에 마치 폭풍이라도 한차례 다녀간 뒤처럼 꽃비가 내려 있다.

"제도! 가지가 너무 잘아요! 공주님 드릴 꽃, 잊어버리면 안 돼요!"

어느 방향으로 갔는지 알 수 없어 일단 입에 손을 모아서 공중에 대고 소리쳤다. 다행히 멀리서 네에, 하고 길게 잡아빼는 대답이 들려왔다.

주위를 둘러보던 카리사는 반 뼘 정도 되는 길이의 꽃이 소담히 달린 가지 하나를 집어 들고 즐거이 감상하다가 슬쩍 귀 옆의 땋은 머리카락 틈 사이에 꽂았다. 흔들어 보니 빠지지도 않고 잘 고정되었다. 아침에 그녀를 보고 장신구가 없다고 말한 에스테르의 말이 언뜻 떠올라 카리사는 사과나무 아래를 거닐다가 또 쓸만한 가지를 찾아내 반대쪽 머리에도 꽂았다. 이만 하면 근사한 머리장식이 아닐까?

"에헴. 당신의 축복을 받은 아이 에스테르 공주님을 모시는 카리사 베로우스 반니가 에스터 여신을 찬양하나이다."

꽃과 나무의 수호여신에게 무릎을 꿇고 존경의 몸짓을 취한 뒤 슬며시 손을 모아 기도했다.

"당신의 향기로운 손끝에서 피어나는 빛나는 구름으로 이 몸에도 한 방울 비를 내려주시오면……."

간청을 다 마치지 못하고 쑥스러워져서 머리를 내젓고 일어섰다. 변변한 공물도 없이 아름다워지게 해달라는 간청을 올리다니 너무 뻔뻔하잖은가.

"얼굴이야 이미 이렇게 달고 사는 거고 머리나 키우자. 자, 공부하자고, 카리사."

책을 붙잡고 이번에야말로 집중력을 발휘해 내용에 빠져들었다.

"수정으로 불을 일으킬 수 있다니. 무시무시한걸. 공주님의 팔찌를 빌려서 실험을 해볼까?"

듣도 보도 못한 광물의 이름이며 생김새 특징을 읽어가면서 머릿속으로 상상의 나래를 펼치던 중에, 돌연 머리 위가 어두워지며 책에 그늘이 생겼다. 구름이 끼나 하고 고개를 든 카리사의 시야에 두 개의 새파란 발광체가 있었다.

'광택을 지닌 푸르고 투명한 돌. 같은 성질로 붉은색을 띤 루비가 있다. 굳기는 다이아몬드보다 약하다.'

이건 플라무투스의 박물지에 나오는 사파이어의 설명……이고 지금 보이는 건.

"까꿍."

카리사가 고개를 들고, 블레신이 찡긋 윙크를 하고 이어서 그녀의 손에 들려 있던 책을 빼앗는 데까지 걸린 시간은 그야말로 눈 깜빡할 사이. 그리고 블레신은 달리기 시작했다.

"……어?"

달려가는 왕자의 뒷모습을 따라 멍하니 카리사의 고개가 돌아간다. 블레신은 간격을 어지간히 만든 뒤 그녀를 돌아보며 손에 든 책을 보란 듯이 뒤적였다.

"아, 플라무투스. 이 잘난 척 대왕영감의 책을 보고 있었군. 여자가 사는 데엔 하등의 쓸모도 없는 책이니까 이런 데에 그 작은 머리로 끙끙댈 건 없어."

"뭐라고요?"

발끈하며 카리사가 자리에서 일어나자 블레신은 책을 집게손가락 위에 세워 빙빙 돌리는 묘기를 선보이며 말했다.

"이런 걸 볼 시간에 얼굴을 꾸미고 몸매를 다듬는 게 훨씬 더 네게는 유익할걸? 에스테르하고 석류 너는 갈 길이 달라. 수정이 다이아몬드를 닮아봤자 어차피 다이아몬드는 될 수 없는 것처럼. 안 그래?"

"네, 고명하신 말씀 잘 알아들었습니다. 그러니 이제 책이나 주세요."

블레신은 느긋이 책을 돌리는 한편으로, 온몸으로 못마땅한 기색을 풀풀 풍기며 다가오는 카리사를 감상했다. 색은 그럭저럭 봐줄 만하지만 역시 변변찮은 옷에도 불구하고 늘씬한 몸매 덕분에 초라해보이지는 않았다. 검은 머리채가 걸을 때마다 풍성하게 물결치는 것도 꽤 매력적. 다소 격앙된 바람에 홍조를 띤 흰 얼굴이 생기 넘쳐 보인다. 특히 저 두 눈. 저런 빛깔을 내는 에메랄드가 있다면 돈을 아끼지 않고 구할 용의가 있는데.

그나저나, 아까부터 보이는 귓가를 장식한 저 꽃은?

"사과꽃 좋아해? 그래서 부러 여기까지 구경 온 거야?"

"에스테르 공주님께 보여드릴까 해서요. 제도가 마침 가지를 손질한다기에 얻어가려고 기다리던 중이에요."

"감히 우리 석류를 기다리게 하다니, 제도 이자를 찾아서 혼쭐을 내어야겠군."

"아니요, 왕자님, 제가 시간 여유가 있어서 기다린다고……, 왕자님, 왕자님!"

별안간 블레신은 다시 뜀박질을 시작했다. 이번엔 제도를 찾는다는 핑계로 나무들 사이를 질주한다. "제도, 제도!" 하고 부르는 소리는 우렁찬데 문제는 그가 제도와 반대 방향으로 달려가고 있다는 것. 카리사가 옷자락을 걷고 따라서 뛰면서 그쪽이 아니라고 몇 번 외쳤지만 블레신은 그때마다 방향을 바꾸면서도 교묘하게 제도로부터 멀어지는 쪽으로만 내달렸다.

족히 한 식경은 뛰어다녔을 때 어슬렁거리며 정원사 제도가 그들의 눈앞에 등장하면서 이 때아닌 술래잡기는 끝이 났다. 한창 일하는데 왜 자꾸 불러대느냐는 내심을 얼굴에 적어놓은 제도를 향해 블레신은 짐짓 무게를 잡으며 반니 양에게 드릴 것부터 준비하라고 일렀다.

"제가 서둘러 달라 조른 것도 아닌데 제도가 오해하지 않습니까."

"오해 좀 하면 어때서? 어차피 날 모시는 자야. 괜스레 네게 몽니를 부린다면 바로 말해. 아무리 일을 잘해도 내 말을 들어먹지 않는 녀석은 부리지 않아."

블레신은 카프탄 자락을 펄럭이며 털썩 자리에 앉았다. 아직도 옆구리를 붙잡고 숨을 몰아쉬는 카리사를 보고 블레신이 들고 있던 책으로 옆자리를 팡팡 두드리며 앉으라고 말했다.

"아이참, 공주님 책이란 말이에요. 그리 함부로 하시면, 아휴."

불평을 하려고 해도 숨이 차서 원. 책 모서리를 붙잡고 어깨로 숨을 쉬는 카리사를 보며 블레신이 혀를 찼다.

"고작 이 정도 뛰고 그래? 저번에 보고 나름 튼튼해진 줄 알았는데 별 것 아니구나."

"방금처럼 일도 없이 미친 듯 뛰어다닐 일이 있어야 말이지요. 참 고맙습니다."

빈정거리는 말이었지만 블레신은 이를 드러내며 활짝 웃었다.

"오, 고마워할 것 없다, 나도 재미났으니. 듣자니 네가 록사네 대신 종종 여기에 왔었다지? 내가 허락해줄 테니 앞으로도 너 오고 싶을 때 와서 실컷 뛰어다니렴. 글리코에게 말해두지."

어쩌면 이리도 능청맞은 분일까 싶어 어처구니없어하면서 카리사가 고개를 돌리는데 블레신이 카리사의 귓가에 꽂혀 있는 사과꽃 가지를 건드렸다.

"네 후원이라고 생각하고 마음껏 놀아봐. 꽃이든 과일이든 너 좋을 대로 취해도 좋으니까. 흠. 아까는 어린애 같은 짓을 했구나 싶더니 이리 보니 나쁘지만도 않구나."

꽃을 희롱하던 블레신의 손이 내려와 카리사의 턱을 잡아 자신에게 돌렸다. 후광처럼 헝클어진 금발머리 때문인지 그의 푸른 눈이 유달리 휘황하게 반짝이는 것을 카리사는 놀란 얼굴로 응시했다. 숨을 들이쉬자 몹시 서늘한 향이 그녀의 가슴을 채웠다. 왕자에게서 나는 향기이다. 카리사의 속눈썹이 아주 빠르게 파닥거리는 것을 보며 블레신이 말했다.

"다행히 무화과는 아니었군. 널 무화과 대신 석류라고 부른 게 선견지명이지 않아? 넌 싫다 했지만 석류꽃은 꽤 봐줄 만하단 말이지. 그래, 누구 네게 연심을 보이는 자는 생겼어?"

카리사는 다소 얼떨떨한 채로 자신이 도리도리 고개를 젓는 걸 의식했다.

"아직? 하긴 에스테르가 거의 바깥에 나갈 일이 없으니 사람들 눈에 띌 기회가 적겠구나. 안 됐군. 충분히 추종자 한둘쯤 거느릴 만한데."

블레신의 손은 카리사의 턱에 이어 뺨을 감싸며 스르륵 그 살결을 훑었다. 바알간 뺨은 감촉 또한 복숭아를 연상시켰다. 아마도 세상에서 가장 보들보들하고 따스한 복숭아겠지.

입술은, 어떨까? 석류 알갱이처럼 발그스름하게 윤이 나는 입술. 아직 화장은 하지 않는다고 딱 잘라 말했는데 과연 화장기 없이 입술이 이처럼 붉을까?

블레신의 엄지손가락이 입술을 건드린 순간 카리사는 움칫했다. 이 묘한 상황에 대해 어렴풋이 경각심 같은 걸 떠올리고 그녀가 몸을 뒤로 물리려는 찰나 블레신의 얼굴이 가까워졌다.

손에 이어 그녀의 입술에 닿은 무엇. 카리사는 제 얼굴에 바싹 닿아 있는 블레신의 얼굴을 보고 또 보았지만 그것이 의미하는 바를 한동안 알 수가 없었다.

이윽고 천천히 입술을 뗀 블레신이 고개를 갸웃하며 물었다.

"말해봐, 석류. 지금은 화장한 거지?"

다시금 그는 멍해 있는 카리사의 입술을 쪽, 가볍게 머금었다 놓아주고선 자신의 입술을 쓱 손으로 훑었다. 아무것도 묻어나지 않자 그는 사뭇 신기해했다.

"묻어나지도 않고 맛조차 달콤하다니 이거 꽤 물건인데 그래. 어떤 걸 쓴 거야? 응?"

거듭하여 블레신이 카리사의 머리를 휘감아 당겨 입술을 겹쳐왔다.

그때서야 비로소 카리사는 그의 행동을 이해했다. 이것은, 이것은 아무리 생각해 봐도!

"으아아!"

그녀가 워낙 고분고분했던지라 힘을 거의 빼고 있던 블레신은 카리사가 돌연 소리를 지르며 밀쳐내는 바람에 냅다 떠밀렸다.

복숭아가 아니라 잘 익은 사과처럼 붉어진 얼굴로 카리사는 손에 잡히는 걸 무작정, 그저 거기 그게 있다는 이유로 블레신에게 내던졌다. 그러면서 소리쳤다.

"나빠! 너무너무 못됐어, 진짜 싫어!"

그런 애들의 투정 같은 소리를 던진 채 카리사는 뒤도 돌아보지 않고 줄행랑쳤다.

"지속력은 없지만 속도는 발군이라니까."

낄낄거리며 엄청난 기세로 뛰어가는 카리사의 뒷모습을 보던 블레신은 곧 오른쪽 눈가를 만지며 아야야 하고 중얼거렸다. 충분히 피할 수 있었는데 피하지 않은 결과는 살짝 찢어져 피가 나는 상처로 돌아왔다. 플라무투스의 박물지가 이토록 위험한 물건일 줄이야, 그가 어찌 알았겠는가? 피가 배인 손가락을 핥는 블레신의 입가에 씨익 미소가 번졌다.

"뭐 하자는 거냐, 블레신. 저런 어린애를 상대로. 맞아도 싸지."

털썩 드러누워 하늘을 올려다보며 블레신은 혀로 천천히 입술을 핥았다. 상처의 따끔거림이 지속될 동안 그 상처를 만든 사람이 눈앞에 아른거린 것은 당연한 결과.

"'나빠'라니 내가 들은 가장 건전한 욕이로군. 하여간 귀여운 구석이 있어."

웃고 있는 블레신의 머리 위로 흐드러진 사과꽃이 한줄기 바람을 맞아 살랑거리며 꽃비를 내렸다.

그 바람은 달려가는 카리사의 머리 위로도 스쳐가며 팔락팔락 흰 꽃들이 흩날렸다. 궁전을 가로질러 쏜살같이 뛰어가 앞뜰에 이르렀을 때 멀리서 문지기가 인사를 건넸지만 그 소리는 그녀의 귀에 닿지 않았다.

여기서 어서 벗어나겠다는 생각밖에 없던 카리사는 궁전을 에워싼 장미 담장 사이의 문을 빠져나와 막 돌아서는 순간 누군가와 크게 부딪혔다. 상대는 건장한 남자라 그저 휘청거리는데 그쳤지만 카리사는 뒤로 엉덩방아를 찧으며 나가떨어졌다.

"괜찮으냐? 이런, 반니 양?"

넘어진 이를 일으켜주게끔 시종에게 손짓하던 클라이저 황자는 카리사를 알아보고는 살짝 커진 눈으로 그녀에게 다가갔다. 카리사가 고개를 들어 그를 올려다보자 그의 눈은 또 한 번 커졌다.

심하게 헝클어진 머리카락 사이로 보이는 붉은 얼굴 속 두 눈이 몹시 격렬히 반짝이는 가운데 살짝 벌려진 입술에서는 색색 가쁜 숨이 흘러나왔다. 숨을 가누느라 말문을 열지도 못하는 그녀에게 황자가 다시금 물었다.

"반니 양? 일어날 수 있겠어요?"

"아, 예, 저는, 저는……."

일어나는 것을 도우려고 황자가 내민 손을 멍하니 쳐다보며 손을 뻗던 카리사가 곧 눈을 빠르게 깜박이고는 그 손을 거두어 들였다. 바닥을 짚고 제 힘으로 일어난 카리사는 몸을 돌려 급하게 매무새를 정돈했다. 머리를 쓸어 넘기다가 아직 한쪽에 사과꽃 가지가 꽂혀 있는 걸 깨닫고 울상이 되어 뽑아냈다.

"참으로, 죄송합니다. 제가 급히 가느라 미처 앞을 보지 못하고 그만. 전하께선 어디 다치신 곳은 없으신지요?"

숨이 가빠서 말이 드문드문 끊겼지만 그럭저럭 침착하게 건넨 말에 클라이저가 고개를 끄덕였다.

"나도 앞을 제대로 못 봤습니다. 책을 보면서 걷는 못난 버릇이 있어서. 블레신에게 다녀가는 길입니까?"

그녀가 나온 곳을 돌아보며 묻는 말에 카리사의 침착은 와르르 무너질 뻔했다. 안 그래도 붉던 얼굴이 더욱 붉어졌지만 "예, 뭐……."라고 웅얼거리듯이 대꾸를 하고 그럼 물러가보겠다고 절을 한 후 클라이저의 앞에서 비켜섰다.

황자가 먼저 가는 걸 보고 뒤돌아갈 생각이었는데 클라이저는 그대로 선 채 그녀를 빤히 보고 있었다. 아무래도 내 꼴이 이상해서 그러나보다 하며 카리사는 다시금 목례를 남기고 서둘러 걸음을 옮겼다. 등 뒤로 황자의 시선이 따라오는 게 느껴져 카리사는 결국 견디다 못해 종종걸음으로 달려갔다.

"맞다, 저 아이에겐 할 말이 있었는데."

"불러올까요?"

황자는 몹시 황망해 보이는 카리사의 뒷모습을 보다가 그럴 것 없다고 손을 저었다. 이내 몸을 돌려 목적지인 이트궁으로 들어가려던 그의 눈에 길에 떨어져 있는 무언가가 눈에 들어왔다. 사과꽃이 소담히 매달린 가지였다. 그가 손으로 가리키자 시종이 재빨리 주워 와 황자에게 올렸다.

"이게 아마 사과꽃이지?"

걸음을 옮기며 사과나무 가지를 내려다보던 클라이저는 슬쩍 가지를 코 가까이 가져와 냄새를 맡았다. 썩 향이 짙은 꽃이 아니기에 사과꽃 대신 거기 배인 다른 냄새가 그의 후각을 자극했다. 머릿속에 떠오를 듯하면서도 좀체 떠오르지 않는 아리송한 향의 이름을 생각하며 희미하게 미간을 찡그린 채 걷던 그의 시야 끄트머리에서 궁전 앞뜰 화단의 잡초를 매다가 인사를 올리는 남자들이 스치듯이 지나갔다.

무심히 뇌리에서 지워졌을 그 하인배들을 그가 굳이 돌아본 것은 그쪽에서 불어온 바람에 실린 어떤 향기 때문이다. 두 남자 너머로 보이는 잘 다듬은 관목을 응시하며 클라이저가 고개를 주억거렸다.

"은매화였군."

아마도 그 아이가 쓰는 머릿기름이려나. 이 꽃가지를 머리에 꽂고 있던 카리사의 모습을 떠올리며 다시금 향기를 맡는 클라이저의 입가에 살짝 미소가 떠올랐다.

예나 지금이나 꽃을 좋아하는 소녀, 아니, 이제는 여자구나 하면서.

"블레신."

사과꽃 그늘 아래 누워 한잠 자볼까 하던 차에 들려온 목소리에 블레신은 씰룩 눈썹 한쪽을 추켜올렸다. 못 들은 척, 아예 자는 척해볼까 했지만 가까이 다가오는 발소리와 함께 클라이저가 안 자는 거 안다며 웃었다. 그래도 블레신이 시치미를 떼고 있자니 옆으로 다가와선 털썩 바닥에 앉는 소리가 났다.

"장관이로군. 나도 후원에 과일나무를 좀 심어야 할까 봐."

황자는 진지한 눈으로 시야를 가득 메운 사과나무들을 둘러보았다. 그리고 주변에 떨어져 있는 작은 가지 하나를 주워 손가락으로 빙글빙글 돌리면서 블레신을 돌아본다. 블레신은 여전히 눈을 감고 자는 체하고 있다. 꽃송이가 달린 가지를 코에 얹고서.

"아아, 마침 한가한 잠인데 나도 한숨 잘까 보다."

부러 더 크게 중얼거리고 클라이저도 블레신의 옆자리에 누웠다. 척만 할 생각이었는데 팔베개를 하고 올려다보는 사과꽃 하늘이 퍽 근사해 그의 파란 눈에도 감탄의 기운이 배었다.

"가끔은 이런 것도 좋구나."

그 소리가 기폭제가 된 듯이 블레신이 벌떡 상반신을 일으키더니 성가시다는 표정을 감추지 않고 클라이저를 쳐다보며 자리를 털고 일어났다.

"자리를 비켜드릴 테니 실컷 감상하시지요, 숙부."

"내가 여기까지 꽃을 보러 왔겠어?"

돌아선 블레신의 등에 대고 클라이저가 물었다. 사뭇 나이 차가 나는 조카를 대하는 듯한 말투이다. 그런데 클라이저는 실제로 그리 어린 조카를 대하여선 이처럼 상냥하지 않다. 어느 쪽이냐고 하면 무덤덤하고 때로는 냉랭한 쪽. 그것은 다른 사람을 대하여서도 마찬가지이다. 이 유려한 황자가 실은 낯가림이 심한 까닭이다.

"뭐 하러 오셨는지 모르지만 저도 바쁜 몸입니다."

"방금 전에는 바빠서 그러고 있었고?"

결국 블레신이 클라이저를 돌아보며 딱딱거렸다.

"예, 바빠질 거라서 잠시 망중한을 즐기던 중이었는데, 눈치 없는 까마귀가 내려앉네요."

"저런, 그 까마귀 고약한 놈이로군. 그런데 무슨 일로?"

클라이저가 몸을 일으키며 묻는 말에 블레신은 오후부터 황궁의 어른들을 뵈러 다닐 거라고 밝혔다. 귀찮다는 듯 나열되는 이름들의 꼬리에 황후와 황제도 달려 있다.

"물론 보러 들어오라는 말씀이 떨어질지는 아직 미정입니다만."

"안 그래도 모후를 뵙고 오는 길이야. 네 시종장이 다녀갔다고 하더구나."

고개를 주억거린 클라이저가 블레신을 가볍게 나무랐다.

"어머니께서 네가 너무 내외를 하는 것 같다고 서운해 하셔. 그러지 말라고 몇 번이나 말씀하셨다는데 왜 그렇게 무시하는 거야? 어머니가 네게 뭐 서운하게 대한 거라도 있어? 있으면 그리 꽁해 있지 말고 말로 해. 너답지 않으니까."

"어른이 되었으니 어른의 법도를 따르는 겁니다."

"내 기억에 네가 모후께 부쩍 거리를 두기 시작한 건, 마이어 시종장이 죽고부터였어. 고작 열셋에 어른 운운?"

"가까운 이의 죽음이란 건 음으로 양으로 사람을 변화시키게 마련입니다, 숙부. 세상엔 앞으로 나아갈 뿐 뒤로는 갈 수 없는 일들이 있지요. 죽음이야말로 그 명백한 예가 아닙니까?"

블레신이 클라이저를 돌아보고는 고개를 갸웃했다.

"에흐렌튬에서 지내는 동안 검에 피를 꽤 묻히셨을 테지요?"

클라이저는 잠자코 눈을 깜박이는 걸로 대답을 대신했다. 블레신의 질문이 이어졌다.

"피의 색이 어땠습니까?"

눈을 가늘게 뜨고 손에 쥔 꽃가지를 들여다보는 클라이저를 응시하는 블레신의 눈가에 사느란 냉기가 감돌았다. 대답 없는 클라이저 대신 블레신이 말했다.

"예, 유리크제국민이 아니더라도 피의 색은 붉었을 겁니다."

"야만인들은 제국의 적이야. 적에게 시인 같은 감상을 품었다면 지금의 유리크는 없어."

클라이저는 단호하게 잘라 말했다. 블레신이 피식 웃었다.

"우리가 '야만인'이라고 부르는 그들에겐 우리가 적이겠죠."

"어차피 이미 흘린 피가 너무 많아. 우리가 그들을 품어주려고 해도 늑대를 품은 사람 꼴이 날 거다. 지금 근근이 살게 하고 있는 자체로 동정은 충분해."

"그게 동정으로 보이셨습니까, 숙부?"

재미있다는 듯 웃는 블레신을 보며 클라이저는 자리를 털고 일어났다.

"그럴 마음을 먹는다면 북방의 야만인들을 섬멸하는 것은 시간문제일 뿐이야. 힘이 모자라서 내버려두는 게 아니란 건 너도 잘 알 텐데?"

"압니다. 그래서 동정이 아니라는 거죠."

클라이저는 슬쩍 눈썹을 치켜 올렸다가 고개를 들어 꽃을 올려다보며 물었다.

"내가 미오 전에 키웠던 다른 녀석 기억나?"

"아무렴요, 그 뚱뚱한 녀석. 나중엔 방에 꾸며놓은 둥근 공 모양 가구가 됐지 않습니까."

"응. 미오는 사냥 따월 할 필요가 없지만 그래도 틈틈이 발톱을 갈아. 그게 고양이의 본성인 거지. 그런데 전에 그 녀석은 그것마저 성가셔했어. 놀기도 싫어해서 하루 종일 먹고 자는 게 일이었지. 그 녀석이 3년도 안 되어 죽은 건 제 본성을 잃은 탓이 크다고 생각해."

클라이저가 뒷짐을 진 채 주변을 바장거리며 계속 말했다.

"반면 미오는 벌써 여섯 살이 넘었지만 아직도 날렵하기 이를 데 없어. 지난 2년간 오히려 더 활기차진 느낌이야."

"까불이가 다 됐더군요."

엊저녁 연회에서 본 고양이를 떠올리며 블레신의 입가에 진짜 미소가 떠올랐다. 검은 고양이는 이리 뛰고 저리 뛰느라 정신이 없었다. 보다 못한 카리사가 데리고 나갔는데 반 각쯤 지나 데리고 돌아왔을 땐 품에서 자고 있었다. 그런 일을 두 번 더 반복했었다. 자다 깨서 놀고, 놀다가 자고. 어찌나 기운이 넘치는지 몸집만 더 작았다면 새끼 고양이라고 해도 믿었으리라.

"미오는 이대로라면 십 년도 거뜬히 살 것 같아. 그리된다면 그건 그 녀석이 제 본성을 잃지 않은 까닭일 거야. 블레신, 하물며 고양이조차 단순히 잘 먹는 것만으론 부족하단 거야. 발톱도 갈아야 하고 때론 격렬한 운동으로 체력을 유지해야 한다는 거지."

"그런 이유로 우리 유리크에게도 발톱을 갈 장소가 필요하다 이거군요. 야만인들을 놀잇감 삼아 운동도 하고."

클라이저는 그 적나라한 표현에 눈살을 찌푸렸지만 어깨를 으쓱하며 대꾸했다.

"제국은 피의 강을 만들어야 세워지는 탑이야. 탑이 무너지면 또 그만큼의 피가 흐르겠지."

"고금 이래 새로운 일은 없다고 역사가 말해주듯이 우리의 탑도 언젠가 무너질 겁니다."

"결과는 그렇겠지. 하지만 그 과정은? 어떤 탑은 좀 더 천천히 무너질 수도 있어. 그 시간 동안 탑의 보호 속에 번성할 사람들을 생각해봐. 이 거대한 탑을 조금이라도 오래 지키려 노력하는 건 결코 허무한 짓이 아니야."

발치를 골똘히 내려다보던 블레신이 고개를 끄덕였다. 그리고 물었다.

"야만인들의 피가 흐르는 실개천을 제물 삼아서? 이른바 그게 탑을 지키는 노력이라 생각한단 말씀이시죠?"

아주 평이한 어조이나 그 저간에 깔린 반감을 느끼지 못할 정도는 아니라 클라이저는 입이 썼다. 한때는 그야말로 한 몸이 아닌 게 이상할 정도로 세계를 보는 시선이 비슷했던 둘이었는데. 마이어 시종장이 죽고 황궁을 떠난 이후부터 블레신은 급속히 클라이저에게서 멀어져갔다. 내가 못 보고 놓친 게 무엇일까, 새삼 자문해 보며 클라이저가 대답했다.

"실개천이 아무리 커도 강에는 비하지 못해."

"그래요, 숙부. 강보다 실개천이 더 작은 건 자명한 진리죠. 아아, 다행이네요. 실개천에서 노는 게 숙부에겐 나름 즐거웠던 모양이라서요. 제가 전에는 괜한 충고를 드렸나 봅니다."

껄껄 웃음 지은 블레신이 휙 몸을 돌려 걷기 시작했다. 잠시 클라이저는 씁쓸한 미소를 짓다가 뒤따라 걸음을 뗐다.

에흐렌툼의 숙영지에선 이렇다 할 이름도 붙일 것 없는 자잘한 소요를 정리할 일이 반복되었다. 나중엔 일상이 되다시피 한 경계근무 속에 그는 분명 피의 실개천 정도는 만들었을 것이다.

클라이저는 고개를 들어 블레신의 뒷모습을 본다. 고백하자면 그는 블레신에 버금갈 정도의 무공을 기대했었다. 블레신은 이른바 '차오즈 섬멸전'을 이끌어 황제가 과연 루키아노스의 아들이라며 파안대소하게 한 바 있다.

무렌 속주와 차오즈 산맥을 경계로 병존하던 크두노멧 부족의 반란—그들은 무렌 속주와 교역을 하면서 해마다 토르콘에게 형식으로나마 연공도 바쳐 '유리크의 우산'을 쓴 자들이었기에 반란이라 표현한다—이 일어났을 때 인근 속주인 레이마에 주둔하던 13군단의 3, 4부대가 원군으로 급파되었다. 기천에 달하는 반란군의 숫자는 5년 전에 일어난 비슷한 분쟁에 온정을 베풀었던 황제의 심기를 거슬렀다. 늙은 사자에게서 '더는 같은 전철이 생기지 않도록 섬멸하라'는 단호한 언명이 떨어졌다.

타고난 산악부족의 강건함 앞에 고전을 면치 못하여 장기전을 꾀하던 무렌의 주둔군을 대신해 전투에 뛰어든 13군단 4부대의 지휘관은 블레신이었다. 기병은 산에서 불리하다는 상식을 뒤엎고 오백의 기병과 함께 단이틀치 식량을 가지고 산에 오른 블레신은 나흘째 저녁 퇴로를 막은 계곡에 몰아넣은 크두노멧 부족 삼천을 말 그대로 '섬멸' 했다. 불바다를 뒤로하고 돌아온 블레신의 기병 중에서 죽거나 다친 자의 수는 불과 쉰 명도 되지 않았다. 그를 두고 '군신' 이라 칭송하던 부대원들의 호칭이 그 일로 더더욱 널리 퍼져나갔다.

그때의 블레신의 나이 열일곱. 비록 그 섬멸전에서 얼굴에 큰 흉터가 될 상처를 입었다지만 멀리 수도의 황궁에서 그 소식을 들은 클라이저의 가슴에는 못내 부러움과 동시에 그 자리에 함께 하지 못한 아쉬움만이 그득했을 따름이다. 때문에 '멀리서 봐야 아름다운 꽃도 있다' 는 블레신의 충고는 클라이저의 귀를 스치고 간 바람에 그쳤었다.

하지만 2년여의 복무를 마치고 돌아온 클라이저는 비로소 그 말이 떨치는 어두운 그림자를 어렴풋이 볼 수 있다. 블레신의 말대로, 유리크의 백성이 아닌 자의 피도 붉었으니까.

그렇다고 해도 아주 약간의 감상이 옳다고 믿는 바에 대한 클라이저의 소신을 흔들어 놓지는 못한다. 유리크의 황자로 태어난 이상 그는 제국의 번영을 위해 전력을 다할 뿐이다.

다만 조금쯤, 이해하려는 제스처를 취하는 것은 나쁘지 않을 것이다. 걸음을 재우쳐 블레신의 바로 옆에 이르러 클라이저는 그의 어깨를 툭 쳤다.

"안 그래도 이제부터 비대한 고양이가 평화적으로 발톱을 갈 수 있는 방법을 모색해볼 참이다. 우리 총명하신 조카님도 이 숙부를 도와서 머리 좀 굴려보는 게 어때?"

"제 머리라면 안 쓴 지 오래되어 녹이 슬어서 말이지요."

"그거야 닦아내고 갈면 그만이지. 아니면 다시 벼리게 아버님께 말씀 한 번 올려볼까?"

"싫습니다! 그러기만 해보세요, 어디."

슬쩍 건넨 말에 블레신이 정색을 하며 온몸으로 거부했다. 클라이저는 웃음을 터뜨렸고 블레신은 마침 눈에 띈 정원사에게 아직도 늑장을 부리고 있느냐고 괜히 닦달을 했다. 이 정도면 됐을지 모르겠다고 정원사가 모아놓은 꽃들을 가리켰다.

"일부러 모은 거야? 어디에 쓰려고?"

"에스테르에게 보여주고 싶다고 하더군요."

"아, 반니 양 말이지? 그래서 왔었구나. 흐응."

이제 알겠다는 듯 고개를 끄덕이며 웃는 클라이저를 블레신이 힐긋 쳐다보았다.

"석류를 보셨습니까?"

"석류? 반니 양을 그렇게 부르나 보지? 봤지, 여기서 달려 나오다가 나한테 부딪쳐서 넘어졌어. 내가 볼 때마다 달리는 건지 달리고 있을 때 나랑 마주치는 건지 몰라도 하여간 좀 유별나. 그래서 발레리아가 귀엽게 여기나 봐."

발레리아 이야기에 블레신의 눈이 아주 약간 가늘어졌다. 클라이저는 꽃가지 두어 개를 들어 손에 쥐고 내려다보다가 휙 블레신을 돌아보고 말했다.

"이걸 가지고 어머니에게 가자, 블레신. 에스테르에겐 더 준비해서 보내라고 하고."

"이미 정식으로 뵙겠다는 청을 넣었으니 저는 나중에 전령이 오면……."

"내가 바로 어머니의 전령이야. 가자, 블레신. 쇠뿔도 단김에 빼랬다고 지금 따라나서."

"아니, 숙부, 아무리 그러셔도 지금 제 꼴로는 곤란하지 않습니까?"

그제야 클라이저는 블레신의 행색을 위아래로 훑어보며 혀를 찼다. 카프탄 한 장에 느슨하게 맨 허리띠. 분방을 넘어 방종하다.

"뭐냐, 이 거리의 무뢰한 같은 복장은?"

"예, 퍽이나 일찍 보셨습니다."

두 손 들었다는 듯이 한숨을 내쉬고 블레신은 터덜터덜 걸어갔다. 뒷짐을 지고 머리 위로 늘어진 사과꽃을 눈에 담으며 걷던 클라이저가 불쑥 소리쳐 물었다.

"그런데 반니 양이 어째서 석류인 거야?"

황후가 거처하는 리니우스궁에 이르러 주랑을 걷다 보니 리라의 음률에 곁들여 노랫소리가 흐르는 게 들려왔다. 방문객이 있으면 모를까 음률에 별반 취미가 없는 황후의 성정을 알기에 클라이저는 고개를 갸웃했다. 블레신을 보러 가겠다고 궁전을 떠날 때까지만 해도 모후가 홀로였던 것을 아는 클라이저가 그사이 누가 들었느냐고 황후의 시종에게 물었다.

"발레리아 님이 와 계시옵니다."

"아침에 뵙고 갔다더니 또?"

"마마께서 몸이 썩 좋으신 날에는 곤잘 이리 즐겁게 해주실 일을 꾸미곤 하시지요."

시종의 말에 클라이저는 흡족해하는 미소를 지으며 고개를 주억거렸다. 약간 뒤에 서 있는 블레신이 역시 따라오는 게 아닌데 하며 끄응 목을 울렸다. 클라이저가 자신들이 온 것을 알리지 말라고 부탁했기에 두 사람은 내실로 다가가면서 음악소리를 실컷 감상할 수 있었다.

"노래하는 목소리는 발레리아가 분명한데…… 리라가 좀 서툴지 않나?"

클라이저의 중얼거림에 블레신은 고개를 끄덕이는 둥 마는 둥 했다.

"발레리아는 이런 면에서 굉장히 까다로운데 용케도 제 노래에 반주를 하게 했네. 아, 방금 또 실수했다. 어럽쇼, 실수 연발이네. 꽤나 소심한 연주자야."

어머니와 마찬가지로 음악에 취미도 없고 무딘 귀를 가진 클라이저가 피식 웃을 지경으로 안타까운 실수가 거듭되었다. 노래가 끝나고 작으나마 박수갈채가 일었다. 거기에 클라이저도 한몫하면서 시종이 걷어주는 주렴 안으로 들어섰다.

"언제 들어도 훌륭한 솜씨입니다, 발레리아."

"클라이저! 어머나, 루키아노스 왕자께서도 함께네요?"

황후를 제외한 방 안의 모든 이가 자리에서 일어나 예를 갖추는 가운데 언뜻 눈에 들어온 실내의 풍경 속에 리라를 손에 든 카리사가 있는 걸 보고 블레신의 눈이 살짝 커졌다. 일단 그는 표정을 감추며 황후를 향해 걸어가 면전에서 한쪽 무릎을 꿇고 그녀의 손을 청해 손등에 이마를 대었다.

"이 허랑한 녀석이 이제야 돌아와 전하께 인사 올리옵니다."

타이스 황후는 몇 년간의 병상 생활로 까칠하게 말라 주름도 부쩍 늘었고 머리도 벌써 반은 하얗게 세고 말았다. 그래도 아직 총기를 잃지 않은 회색의 눈은 촉촉하게 젖은 보석처럼 빛나며 한창 시절의 아름다움을 드러냈다. 그 눈에 자애로운 물결을 가득 실어 블레신의 머리카락을 쓰다듬으며 말했다.

"허랑하다는 소리가 이제는 자랑으로 들리는구나, 블레신. 내 저번에 너 떠날 때 무어라 했니? 내년 생일만큼은 이 할미가 축하해주게 돌아오라 했는데 귓등으로 듣고 말이지. 2년이야, 2년. 이러다 살아서 널 못 보나 싶었다."

"올해의 생일을 축하해주시면 되지요. 생일이 뭐 별거라고. 그리고 살아서 못 보다니요, 제가 그리 호락호락 죽을 줄 아셨습니까? 전하, 이래저래 실없는 한량이 되었다지만 저는 여전히 무쇠도 씹어 먹고 눈밭에서 맨몸으로 구를 수 있을 만큼 튼튼합니다."

타이스 황후의 말에 너스레를 떨며 그 의도를 슬쩍 눙친 블레신이 이걸 보란 듯이 카프탄의 소맷자락을 걷어 오른팔에 불끈 힘을 주어 알통을 자랑했다.

"같은 날 태어났다고 해도 누구하고는 아주 다르지요. 들으셨습니까? 에흐렌툼의 주둔지에 올라간 후의 한 달은 제대로 뭘 먹지를 못했다던데요. 게다가 첫해 겨울에 동상이 걸린 발가락 몇 개는 지금도 영 안 좋다 하시더군요."

"저런."

금시초문인지 타이스 황후가 미간에 주름을 지으며 클라이저에게 시선을 던졌다. 클라이저가 공교롭게 됐다는 표정으로 적당히 하라고 투덜거렸다.

"블레신이 괜히 오랜만에 모후를 뵙고 민망하니까 제게 화살을 돌리는 겁니다. 이 녀석 잔망스러운 걸 새삼 말해 무엇하겠습니까만."

"숙부의 말씀은 항상 옳습니다. 하지만 전하, 아시겠지만 저 역시 거짓으로 사람을 음해하지는 않는 것, 기억하고 계시지요?"

"아무렴, 아무렴. 둘 다 정직한 아이들이지. 그렇기에 너희를 누가 더하고 덜할 것도 없이 아끼는 게다. 내겐 아들이 둘이 있고 딸이 둘이 있다고 한 말도 기억하느냐, 블레신?"

대답을 대신해 블레신은 고개를 연신 끄덕였다.

"클라이저, 블레신, 발레리아, 그리고 여기엔 없지만 에스테르까지. 황후의 관을 벗었을 때의 나는 오로지 어머니일 뿐이고, 때문에 너희 말고는 낙이 없다. 눈앞에 있어도, 없어도 그립고 안쓰러운 내 아이들이야."

타이스 황후는 새삼스러운 눈으로 세 사람을 차례로 눈에 담은 뒤 이윽고 블레신의 어깨에 가볍게 손을 얹어 토닥거렸다.

"무탈히 돌아왔으니 되었다. 허나 이제 더는 안 된다, 블레신. 다시 떠돌이 신세가 되고 싶다면 번듯한 아내부터 맞아들이고 봐!"

상봉의 자리에서 대뜸 떨어진 혼사 이야기에 자못 두껍다고 자신한 블레신의 얼굴에도 곤혹감이 여과 없이 드러났다. 타이스 황후는 다른 둘을 돌아보면서도 말했다.

"너희들도 마찬가지다. 언제까지 제 한 몸뚱이밖에 돌아볼 것 없는 어린애로 있을 수야 없지. 발레리아, 그리 웃는 걸 보니 네 이야기가 아니라고 생각하나 보지? 내 마음 같아선 올해가 가기 전에 너희들이 모두 짝을 찾았으면 싶다만……. 아무리 어려워도 적어도 셋은 가정을 꾸려야 할 일이다."

"어머니, 저는……."

"그래, 발레리아. 네 눈이 여간 높지 않다는 것은 알고 있다. 그래서 너는 내가 말한 적어도 셋에는 들어가지 않아. 이미 너는 존중을 받아 마땅한 성인이 아니냐."

타이스 황후의 눈은 클라이저와 블레신 사이를 오갔다. 특히 블레신을 향해 타이스 황후가 말했다.

"아직도 더 날고 싶으냐? 그럼 단정한 규수를 골라 혼인을 하고 아버지가 될 준비를 해라, 블레신. 네 자신을 단단히 믿는 점은 어여쁘지만 네 아버지인 루키아노스 황자 또한 제신의 총애를 한 몸에 받은 걸물이었다. 너랑 아주 많이 닮았지. 나는 아직도 이따금 그 사내가 그리 덧없이 세상을 등졌다는 게 믿기지 않을 때가 있단다. 그리 어리둥절한 생각의 뒤에는 너와 에스테르가 세상에 있다는 사실로 신들의 변덕을 이해해 보는 게야."

"그 말씀은, 전하……."

블레신이 불쑥 타이스 황후의 손을 꽉 잡으며 눈을 빛냈다.

"저와 에스테르가 생길 일이 없었다면 아버님께 그런 사고는 일어나지 않았을지도 모르는 게 아닐까요? 왜 자식은 부모의 분신이라는 말도 그렇고……. 안 되겠습니다, 저는 한 이십 년 후에나 혼인이란 걸 해야겠습니다. 고작 애나 만들고 죽기엔 아직 가보고 싶은 곳도 많고 할 일도 많고 아직 먹고 싶은 것도, 게다가 세상엔 여자도 많고, 아야!"

어느 틈에 찾아서 손에 들었는지 파피루스 두루마리를 싸고 있던 통으로 클라이저가 블레신의 머리를 겨냥했고 그것은 뒤통수를 정확히 가격했다.

"여하튼 그놈의 장난기는 상황 불문 터져 나오는구나. 나잇값을 좀 해."

블레신은 클라이저가 뭐라 하건 말건 그의 머리에 맞고 굴러간 두루마리 통을 가져와 타이스 황후의 무릎에 올리며 말했다.

"숙부가 전장에 다녀오더니 사람을 때립니다, 전하. 이런 폭력성을 묵과할 수 없는 바, 숙부와 제 누이와의 혼약에 대해서 오라비 된 도리로 진지하게 생각해 봐야 할 것 같으니 아무쪼록 혜량해 주십시오."

"그래, 얼마나 시간을 줄꼬?"

타이스 황후가 시치미를 떼며 진지한 얼굴로 묻자 블레신은 팔짱을 끼고 턱을 만지작거리며 더욱 진지하게 대꾸했다.

"한 이십 년 정도……."

"오호호호, 어쩜 얄망궂기는. 혼인하기 싫은 건 자기면서 여동생까지 물고 늘어질 작정인 거예요, 루키아?"

발레리아의 웃음을 시작으로 방 안에 잔잔하게 웃음소리가 일었다. 빙긋이 따라 웃던 카리사는 문득 클라이저와 눈길이 마주쳐 황급히 고개를 떨구었다. 짙은 분홍빛으로 물드는 그녀의 얼굴에서 시선을 돌리며 클라이저가 말했다.

"참, 블레신이 모후께 드리려고 후원에서 꽃을 좀 가져왔습니다. 체로스!"

클라이저가 내실 밖에 있는 시종을 부르자 사과나무가지를 품에 안은 시종이 주렴을 걷으며 안으로 들어섰다. 황후가 가볍게 탄식하며 어서 가까이 오라고 손짓했다.

"시야가 환해지는 게 보는 것만으로도 가슴이 탁 트이는 듯하구나. 그래, 지금 한창 사과꽃이 필 때이지. 무슨 바람이 불어 저런 걸 다 챙겼을꼬?"

"아시다시피 황궁엔 허투루 물건 하나 들여올 수 없는 터라 진짜 하례품은 아직 부고府庫에 묶여 있습니다. 못해도 오늘 안에는 풀리겠거니 해서 기다리는 중인데 숙부가 그 속을 모르고 어서 가자 성화를 해대서 말입니다."

블레신은 툴툴거렸고 클라이저가 빙그레 웃으며 설명을 했다.

"제가 이트궁에 가보니 후원의 사과나무가지를 정리하고 있었습니다. 특별히 좋은 가지는 에스테르에게 가져다줄 셈으로 챙기면서 말입니다."

"오, 그럼 에스테르에게 갈 것은 내가 가로챈 게 되느냐?"

황후의 근심에 블레신이 고개를 휘휘 저으며 자리에서 일어났다.

"사과나무가 기십 그루가 넘습니다. 누이의 눈을 즐겁게 할 정도는 충분하니 전하께서도 더 원하시면 말씀만 하십시오. 저 정도가 아니라 나무 몇 그루인들 바치지 못하겠습니까?"

"되었다, 거기서 잘 자라는 것을 무엇 하러 예까지 옮겨오겠어? 그나저나 식물이란 건 참으로 묘한 것이구나. 자라는 자리도 중요하지만, 그게 키우는 사람도 가리는 것 같단 말이지. 내 뜰에 있는 과실수들은 제대로 꽃을 피우지 못한 게 벌써 꽤 되었구나."

"정원사가 형편없는 치인 모양이지요. 제가 부리는 녀석을 보내겠습니다. 성격은 좀 불뚝해도 일은 잘합니다."

"그게 어디 정원사 탓일까? 머잖아 이 궁이 다른 주인을 맞이하면 자연히 해결될 일이야."

황후의 묘한 미소에 블레신은 희미하게 눈살을 찌푸리며 클라이저를 쳐다보았다. 웃는 듯 마는 듯한 덤덤한 표정으로 클라이저도 모후를 보고 있었다.

슬그머니 고여 드는 침묵을 깨듯 발레리아가 부산하게 걸음을 옮겨 꽃꽂이를 하는 시녀에게로 다가가며 "비키렴, 내가 해야 성이 차겠어!"라고 말했다. 당장에 화병부터 다른 걸 몇 개 가져와보라고 명하고서 기다리는 동안 발레리아는 황후의 시녀들 속에 숨듯이 자리한 카리사를 돌아보며 와보라고 손짓했다. 거듭된 재촉에 카리사는 어쩔 수 없이 걸음을 옮겼다.

"꽃꽂이는 좀 할 줄 아니?"

"그럴 기회가 거의 없었습니다, 발레리아 님."

에스테르의 침전을 장식한 화병들을 관리하는 것은 조이스의 일과 중 하나였다.

"기회가 없었다면 이제부터라도 배우면 되지. 진짜 미인은 말이지, 자신뿐 아니라 주위를 아름답게 만드는 재주를 타고나는 거란다."

좌중의 시선을 이미 한 몸에 모았음을 의식한 발레리아의 몸짓에선 은근한 교태가 뿜어져 나왔다. 시녀들이 화병 여럿을 가지고 들어오자 발레리아는 화병 하나하나를 일별하며 말했다.

"단순한 빛깔의 꽃을 꽂을 땐 화병은 그 반대로 화려한 쪽이 좋아. 하지만 저 사과꽃은 색은 단순한 반면에 저리 모여 있는 형태가 화사하잖니? 그러니 화병에 복잡한 그림이 있는 것은 제쳐두는 거야. 자, 그래서 지금 쓸만한 건 이 두 개야. 너라면 어떤 걸 고르겠니?"

발레리아가 골라낸 두 화병은 그 색감이며 느낌이 정반대에 가까웠다. 푸른 유약을 발라 구운 날씬한 도자기 화병과 끌 자국을 부러 멋스럽게 남긴 붉은 옻칠을 한 나무 화병. 저 사과꽃이라면 나무 화병 쪽이 어울리겠다 싶었지만 카리사의 시선은 푸른 화병 쪽으로 끌렸다. 그 시선의 방향을 본 발레리아가 고개를 저었다.

"이 경우엔 이쪽이 훨씬 운치가 있는 거야, 카리사."

발레리아가 붉은 나무 화병을 치켜들자 지켜보고 있던 클라이저가 그들에게 다가왔다.

"이쪽에도 가지 몇 개쯤 꽂아서 나쁠 건 없지 싶은데."

"클라이저, 당신은 그저 푸른색이 좋을 뿐이잖아요."

나무라듯이 스윽 클라이저의 팔을 쓸어내리는 발레리아의 손길에 시선이 가는 걸 카리사는 부러 다른 곳을 보며 외면했다.

"그래요, 발레리아. 난 푸른색이 좋아요. 그러니까 이쪽 화병도 외면하지 말아줘요."

부드럽게 대꾸하는 클라이저는 지금도 푸른 비단 카프탄을 단정히 입고 있다.

"그럴 게 아니라 당신에게 가지의 절반을 드리죠. 어디 한 번 멋들어지게 꾸며 봐요."

"여전히 짓궂군요, 발레리아."

"아름다운 여자는 마냥 상냥해서는 세상을 살 수가 없답니다. 어때요, 루키아? 당신도 관심 있다면 남은 가지를 드리지요."

일없다는 듯 어깨만 으쓱하는 블레신을 황후가 부추겼다.

"왜 재미있는 구경거리가 되겠구나. 어디, 남자들이 꽂는 꽃은 얼마나 고운지 한번 구경이나 하자꾸나."

"저는 저런 섬세한 일에는 재주가 전혀 없습니다. 웃음거리가 될 게 뻔해요."

"웃자고 하는 거지, 블레신. 와봐, 어서. 그나마 둘이 해야 내가 덜 민망하지."

클라이저가 어서 오라고 부르고 황후도 연신 등을 떠미니 블레신은 결국 의자에서 일어났다. 어슬렁거리며 화병 쪽으로 온 블레신은 제 몫의 꽃가지를 받은 그대로 뭉뚱그려 화병에 쑤셔 넣는 만행을 저질렀다. 그리곤 뒤로 물러나 화병을 감상하며 자못 의기양양해한다.

"자, 훌륭하군요."

"섬세하지 못한 게 아니라 할 의욕이 전혀 없는 거군요."

블레신의 자화자찬에 발레리아가 코웃음을 쳤다.

"꽃을 보듯이 여인을 아끼고 여인을 사랑하듯이 꽃을 아끼라는 말도 있는데. 어머니, 같은 자식으로 대하셨는데 어쩌면 이리 클라이저와는 다를 수 있죠?"

웃고 있는 황후를 대신해 클라이저가 변명에 나섰다.

"우린 어쨌든 배가 달리 태어났으니까요. 그리고 한배에서 태어난 에스테르를 봐요, 우리야 미리부터 알고 있어서 그렇지 누가 블레신과 에스테르를 쌍둥이로 보겠습니까? 어때요, 반니 양? 에스테르의 쌍둥이 오라비가 블레신이라는 거 참으로 희한한 일이지 않습니까?"

클라이저의 말에 동의하고 싶은 마음이야 굴뚝같지만 카리사는 자신이 에스테르의 시녀라는 본분조차 망각하고 있진 않았다. 2대1, 어쩌면 3대1로 블레신 왕자가 몰리는 상황에서 카리사마저 다른 편에 선다면 나중에 에스테르에게 이야기를 들려줄 때 어찌 민망하지 않겠는가.

"웬걸요, 두 분이야 오래 봐오셔서 덤덤해지셨나 보지만 제 눈에는 그림처럼 아름답기가 매한가지랍니다. 게다가 같은 가지에 모인 두 송이 꽃처럼 사이가 돈독하시니 천생 쌍둥이지요. 그 정도로 사이가 좋은 남매는 세상에 흔치 않습니다."

입에 발린 소리를 늘어놓으며 카리사는 블레신을 향해서 생긋 웃기까지 했다.

"클라이저, 질문을 던질 사람이 틀렸어요. 괜히 가재는 게 편이 아닌 거예요! 에스테르를 생각해서 그 오라비의 체면을 세워주다니. 이렇게 가끔 날 놀라게 해서 내가 널 좋아한단다."

속을 훤히 들여다본 발레리아의 칭찬에 그만 열없어졌지만 카리사는 솔직하게 말했을 뿐이라고 우겼다. 그사이 제 몫의 꽃을 대충 정리한 클라이저가 발레리아에게 이만하면 됐느냐고 물어와 그녀의 관심이 그에게 향했다. 발레리아가 클라이저의 꽃꽂이를 수정해주는 동안 카리사는 원래의 자리로 돌아가려고 했는데 한 걸음 떼기 무섭게 블레신에게 손목을 잡혔다.

"기왕 편을 든 거 마지막까지 게를 위해 힘 좀 써야지, 반니 양?"

"무, 무엇을……."

"내 졸작에 그대의 화통한 손길을 기울여주었으면 하는데."

특히 '화통한'을 강조하는 의미심장한 푸른 눈길. 그러면서 거머쥔 손가락으로 가벼이 그녀의 손목 안쪽을 쓸었다. 카리사는 퍼뜩 놀라서 잡힌 팔을 잡아당겨 블레신의 손을 뿌리쳤다.

그녀는 급히 화병을 향해 돌아서서 되는대로 이 가지를 뽑아 저기에 꽂고 저 가지를 뽑아 여기에 꼽으며 무턱대고 손을 움직였다. 그리하여, 뭐가 되긴 됐다.

"과연."

블레신이 고개를 주억거리더니 붉은 화병을 번쩍 들어 올려 황후에게 보이며 웃었다.

"꽃에서 웅장한 기백이 느껴지지 않습니까, 전하?"

"그래, 과히 평범치는 않다."

장단을 맞춰주는 황후의 말에 블레신은 황후 옆 마가목 테이블에 붉은 화병을 당당히 올려놓았다.

"보시면서 저인 듯이 여기십시오."

"이 꽃이 시들어야만 다시 들르겠다는 말로 들리는구나."

"그전에 와야지요, 하례품을 들고서. 아, 그때는 반니 양의 리라 솜씨도 조금 올려놓을 테니 아무쪼록 기대하십시오."

카리사는 리라를 걸고넘어지는 블레신의 말에 번쩍 고개를 들었다. 스승이랄 수 있는 발레리아를 돌아보며 카리사는 입을 뻐끔거렸지만 발레리아는 환한 미소와 함께 황후에게 말했다.

"그러고 보니 어머니, 우스갯소리로 혹 왕자께서 밖에선 악사 행세를 하는 게 아니냐는 말도 했었잖아요. 섬세하지 못한 사람 운운하더니 그새 손가락이 굳은 건 아닐지 몰라요."

"음. 확실히 네 리라 연주를 들은 것도 퍽 오래되었구나. 어떠냐, 블레신, 말만 하지 말고 한 곡 타보련?"

블레신은 황후의 청에도 오늘은 안 된다고 딱 잘라 거절했다.

"발레리아 님 말씀대로 손가락이 굳긴 했을 테니까요. 아예 못하는 것은 아무려나 상관없지만 잘하는 것을 대충하는 건 제 성미에 맞지 않습니다. 반니 양과 함께 연습을 해서 최선의 상태에서 들려드리겠습니다."

'아니 그러니까 거기에 왜 날 꼭 엮어 들어가는 건데요!'

속으로 아무도 들어줄 리 없는 절규를 해보면서 카리사는 끄응 하고 고개를 돌렸다. 그런데 울상을 지은 그녀의 눈과 클라이저의 눈이 마주쳤다.

손을 들어 헛기침을 하면서 시선을 돌리는 클라이저의 눈이 분명 웃고 있었다고 카리사는 맹세라도 할 수 있다. 들릴 리 없다고 생각한 절규, 아무래도 클라이저의 귀에는 들린 게 아닌가 싶어 카리사의 고개는 더더욱 수그러졌다.

자리를 뜰 기회만 살피던 카리사가 황후의 내실을 뒤로 할 때엔 해가 딱 남서쪽에 걸려 있었다. 궁전 입구에 거의 다다랐을 때에야 정신이 없

나뭇잎 사이로
반짝이는 I

어 리라를 놓고 온 것을 깨달았다. 되돌아갈 엄두가 나지 않아 모쪼록 발레리아가 챙기길 바라면서 카리사는 앞뜰로 걸어 나왔다.

아, 자면서 벌떡벌떡 일어날 일이 오늘 연달아 일어났다.

카리사가 이트궁에서 나와 황망히 헤러반궁으로 돌아갔을 때 마침 발레리아가 침전에 들어 있었다. 손님을 맞아 낮잠에서 일찍 깬 에스테르와 차를 마시며 한창 이야기꽃을 피우던 발레리아가 카리사를 보고는 이 아이의 리라 솜씨가 일취월장한다며 추켜세운 게 문제의 발단.

카리사는 엉겁결에 솜씨 자랑을 하게 되었는데 우연이 남발하면서 실수 한 번 하지 않고 매끄럽게 곡을 마쳤다. 머릿속이 거의 하얀 상태에서 연주를 한 탓이었을지도 모른다.

발레리아는 이제 황후를 뵙고 자신의 교습 실력을 자랑할 때가 왔다면서 에스테르에게 카리사를 빌려달라고 졸랐다. 카리사는 여기서라면 몰라도 아직 다른 사람 앞에서 연주할 실력이 아니라고 극구 사양했지만 에스테르는 자신을 대신해 황후마마를 즐겁게 해드리라는 무거운 명까지 더해서 카리사를 발레리아 편에 붙여 보냈다.

그때까지도 이트궁에서의 일로 정신이 반은 나가 있었던 카리사는 공주의 명에 멍하니 발레리아를 따라나섰었다. 하지만 타이스 황후를 지척에서 배알하는 순간 붕 떠서 하얘졌던 머릿속이 삽시간에 차게 깼었다. 쩔쩔매면서 카리사는 손이 아니라 머리로 곡을 타기 시작했고 평소에 그랬듯이 실수 연발, 얼굴은 몰라도 옷에 가려진 몸은 땀으로 목욕을 했다.

그런데 그 형편없는 연주를 또 들은 사람이 있을 줄이야. 그것도 하필이면 그들이.

다리가 풀리는 감각에 카리사는 잘 다듬어진 풀밭 옆으로 꾸며진 큼지막한 청동 해시계의 대리석 발판에 웅크려 앉아 포옥 한숨을 쉬었다.

괜찮다. 괜찮다. 다 지나간 일이다. 이제부턴 더 정신을 바짝 차려서 리라 연습도 하고…….

리라. 세상에, 정말로 왕자가 리라를 가르치겠다고 나서면 어떡하지?

덜컥 불안한 마음에 눈앞이 다 아득해질 지경이라 두 손으로 머리를 감싸 쥐는데 불쑥 발소리가 난다 싶더니 누군가 그녀를 불렀다.

"아직 있었네요. 반니 양."

휙 고개를 돌린 카리사는 다가오는 클라이저 황자를 보고는 재빨리 자리에서 일어난다는 게 스톨라의 치렁치렁한 옷자락을 밟고 그만 앞으로 고꾸라질 뻔했다. 팔을 허우적거리며 균형을 잡으려는 그녀를 달려온 클라이저가 붙잡아주었다.

"괜찮아요?"

도저히 얼굴을 마주할 수가 없어 카리사는 클라이저의 푸른 카프탄 앞섶의 은사로 수놓인 나뭇잎 모양만 뚫어져라 쳐다보며 모기만 한 소리로 괜찮다고 대꾸했다. 카리사는 옆으로 비켜서면서 먼저 가시라고 말했다.

"어차피 나도 돌아가는 길입니다. 중간까지라도 함께 가지요. 물어볼 것도 있고 한데."

"제게 물어볼 것이요?"

언뜻 고개를 들었다가 눈이 마주치자 부랴부랴 시선을 피했다. 벌여놓은 일로도 부족해 방금 전에도 창피한 일을 한 몸으로, 함께 가자는 말에 내심 반색할 힘도 없다.

"그래요, 가면서 이야기하지요. 그런데 여기 올 때 어떻게 왔나요?"

"발레리아 님과 가마로……. 하지만 걸어갈 수 있습니다."

"여기서 헤러반궁까지 걸어가는 건 좀 아닌 것 같은데. 나도 3시에 누굴 보기로 한 터라."

해시계를 돌아보며 클라이저는 난색을 표했다. 카리사가 돌아보니 태양의 그림자는 확실히 3시에 꽤 가까워져 있었다.

"발레리아에게 듣자니 승마를 배우고 있다던데, 중간까지만이라도 내 말에 함께 타고 가지요. 마음 같아서는 아주 데려다주고 싶지만……."

"에, 아뇨, 아뇨, 전하의 용무가 더 급하지 않습니까. 제게는 마음 쓰실 것 없습니다. 충분히 걸어갈 수 있습니다. 다리도 튼튼하고, 걷는 것도 좋아해요. 산책이 취미입니다."

카리사가 두 손을 내저으며 거절에 안간힘을 쓰는 모습에 클라이저는 쿡 하고 웃었다.

"참으로 알뜰한 취미를 갖고 있군요, 반니 양은. 하지만 이미 말했다시피 반니 양에게도 용무가 있으니까요. 아, 그리고 한 가지 더. 나는 호의를 거절당하는데 익숙하지 않습니다."

클라이저가 짐짓 정색을 하며 덧붙인 마지막 말에 카리사의 두 손이 허공에서 멈추고 입은 작게 오므라들었다. 동그랗게 떠진 녹색의 눈만 깜박깜박거리는 게 꼭 놀란 고양이 같아서 클라이저는 또 웃음이 나려는 걸 헛기침으로 가리며 먼저 몸을 돌렸다. 그대로 걸음을 옮기던 클라이저가 뒤돌아보며 고갯짓하자 카리사는 각오를 하고 총총히 뛰어갔다.

궁전 앞에서 하인이 말을 데려오자 클라이저가 먼저 말에 올랐고 카리사는 황자를 모시는 시종의 도움을 받아 클라이저의 뒷자리에 자리 잡았다.

"전에 에스테르를 한 번 태운 적이 있긴 한데 오래전이라 기억이 가물가물하군요. 힘들면 언제든 말해요, 반니 양."

온화한 당부의 말에 이어 클라이저가 말을 출발시켰다. 느릿느릿 걷기 시작한 말은 곧 경쾌한 구보에 가까운 속도로 길을 나아갔다. 말도, 말을 다루는 기수도 안정적이라 카리사는 클라이저의 허리띠에 달린 보석 장식을 붙잡은 채로도 충분히 균형을 잡을 수 있었다. 그렇지만 이 꿈에도 생각지 못한 초유의 사태 앞에서 바짝 긴장하고 있음은 말할 것도 없다. 그래서 용건이 있다고 한 클라이저가 꽤 오랫동안 용건은 제쳐두고 리라며 승마를 배우는 일에 대해 물어오는 것에 고분고분 대답하고 있었다.

"그런데 미오 말이에요."하고 클라이저가 운을 떼자마자,

"미오요? 왜요? 미오가 어디 아픈가요? 또 무슨 꽃이라도 먹었어요? 전에도 한 번 은방울꽃 이파리를 먹어서 난리가 났었는데. 아, 다행히 다 토해서 크게 아프지는 않았어요. 일 년도 전의 일이니까 걱정하지 않으셔도 돼요. 미오 걔가 자꾸 풀을 먹는 버릇이 있더라구요. 고쳐주려고 노력은 했는데 제대로 못 고쳤어요."

번쩍 정신이 든 카리사가 줄줄 늘어놓는 말에 클라이저는 웃으면서 고개를 저었다.

"다행히 못 먹을 걸 먹어서 탈이 나진 않았어요. 다만 자꾸 궁전을 나가려고 해요. 못 나가게 하면 계속 울어대고."

"어, 그래요? 이상하다, 발정기는 지났다고 생각했는데."

"내 생각에도 그건 아니고. 내가 보기엔 그 녀석이 반니 양에게 가려고 그러는 것 같은데."

"저한테요?"

잠시 놀랐다가 곧 그 도도한 애도 내가 보고 싶긴 한 건가 싶어 웃음이 나왔다. 하지만 본주인 앞에서 좋다고 웃을 일이 아니라 카리사는 곧 입

나뭇잎 사이로
반짝이는 1

술을 앙다물며 웃음기를 지웠다.

"부러 침소에 들여놨는데 밤새 문 앞에 버티고 앉아서 바깥만 보는 자세로 자는 거예요. 미오가 좋아하던 대로 잠자리를 여럿 만들어놨는데도 거들떠보지도 않고. 전에 반니 양에게 맡기면서 보낸 갈대 의자며 방석도 다시 꺼내놨는데 그것도 마찬가지로 시큰둥하고."

"자리 가림을 하는 게 아닐까요? 아시겠지만 은근히 까다로운 성격이잖아요, 미오가."

"은근히가 아니라 대놓고 까다롭죠. 전에도 나 말고는 손을 타는 사람이 거의 없었어요. 그래서 애초에 반니 양한테 관심을 보이는 게 참 신기했죠."

관심이라……. 애초에 수선화를 뺏기면서 시작된 만남이었다. 그다음엔 그녀의 베일을 물고 갔었고, 또 샌들을 망가뜨릴 뻔하기도 했다. 관심이 아니라 그 녀석, 내가 그저 만만하다는 것을 알아본 게 아닐까? 카리사는 아마도 제 생각이 맞지 싶어 고개를 주억거렸다.

"원래 그런 동물이 잘 따르는 편인가요, 반니 양?"

"글쎄요, 지금껏 딱히 뭔가를 키워볼 기회가 없었던 터라 잘은 모르겠습니다."

"그럼 미오를 매혹시킨 비장의 무기가 뭔지 본인도 잘 모르겠군요."

"모르죠, 전혀. 아니, 비장의 무기 같은 것도 없습니다, 있을 리가요."

매혹이란 말에 카리사는 괜스레 당황해서 목소리가 높아졌다가 그걸 깨닫고 급히 입을 다물었다. 클라이저는 가벼이 고개를 끄덕이고는 잠시 후 물었다.

"혹시 잘 때 특별히 미오에게 해준 일이라도 있나요? 그럭저럭 잘 놀다가도 밤만 되면 그러는 걸 보면 뭔가 있지 싶은데."

"특별히는…… 아, 잘 때 데리고 잤어요. 재작년 겨울에 아무래도 웅크리고 있는 게 추워 보여서 침대로 데려와 봤는데 이불을 덮고도 잘 자더라구요. 그 뒤로는 겨울이 지나도 침대에서 자는 버릇이 들었어요. 몹시 더울 땐 발치까지 내려가기도 하는데 그렇지 않으면 대개 머리맡에서 잤어요. 제 베개를 미오가 차지하는 바람에 작은 베개 하나를 더 만들었죠."

그 때문에 이제는 편하게 자도 되는 데도 여전히 카리사는 침대 가장자리에 바싹 붙어 자고 있다. 그래서 한 번 버릇이 드는 게 무섭다고 하나 보다. 아, 미오도 혹시 그런 게 아닐까?

"계속 그러면 전하께서도 시험 삼아 침대로 올려보세요."

"머리맡에서……. 그 녀석 잠꼬대가 꽤 있는 편인데, 귀찮지 않았어요? 숨 쉬는 소리도 그렇고. 꽤 거슬릴 것 같은데."

"신전에서는 다섯 명이 한 방을 썼거든요. 덕분에 어지간한 일로는 꿈쩍도 안 할 만큼 잠귀가 무뎌졌답니다."

"하레샤 신전에서 지냈다고 들은 것 같은데. 맞나요?"

"네, 견습무녀로 5년 정도. 같은 견습무녀들끼리 방을 쓰는데 나이가 다양한 만큼 잠버릇도 가지각색이거든요. 그런 식으로 한 몇 년 살았더니 잘 때엔 너무 조용한 게 도리어 신경 쓰여요. 어젯밤만 해도 잘 자다가 갑자기 눈이 떠지는 거예요. 내가 왜 깼지 하고 다시 자려는데 방이 너무 조용한데 생각이 미쳤죠. 미오가 왜 코를 안 골지? 어디 아픈가? 하면서 옆자리를 더듬거리다가 미오가 안 만져지니까 몇 번 이름까지 불렀어요. 그러다 퍼뜩……."

불현듯 클라이저가 묻지 않은 것까지 미주알고주알 떠들어대고 있음을 깨닫고 카리사는 화르륵 얼굴을 붉혔다. 아무리 등을 대하고 있어 얼굴을 볼 일이 없다고 해도 황자를 상대로 이렇게 수다스러워지다니 카리사는 자신의 행동이 믿기지가 않았다.

"……아무튼 정 마음에 걸리시면 한 번 침대 발치에라도 올려보시면 어떨까 합니다."

즐겁게 지저귀던 새가 힘없이 웅얼대니 그 확연한 변화에 클라이저는 살짝 의아해 했다. 우선 그는 잘 알겠다고 대답한 후 부드럽게 감사의 인사를 건넸다.

"고맙다고 말만 하고 제대로 성의를 보이지 않았지요. 며칠 내로 황성 밖에 나갈 일이 있을 것 같은데 그때 잊지 않고 선물을 준비하겠습니다."

카리사는 놀라서 고개를 들고 급히 사양의 말을 쏟아냈다.

"오히려 미오를 키울 수 있어서 제가 더 즐거웠는걸요. 공주님도 미오를 황자님 대신으로 여기며 얼마나 아끼셨는데요. 덕분에 미오를 보살피는 제가 공주님께 점수를 딴 거지요. 감사는 제가 드려야 마땅합니다, 전하. 선물이라니 당치않아요."

"그런가요? 그러면 둘 다 고마운 걸로 치지요."

클라이저의 대답에 카리사는 안도의 한숨을 내쉬었다. 하지만 클라이저라는 사내가 학업 이외의 면에서 얼마나 완고해질 수 있는지 카리사는 아직 제대로 몰랐다는 게 패착이다. 그는 제 입으로 말했듯이 '거절'에 익숙하지 않았다. 단 하나의 예외가 있다면 오직 블레신이다.

이윽고 갈림길에 이르러 카리사는 말에서 내렸다. 아주 데려다주지 못해 미안하다는 클라이저의 사과에 황송해 하면서 그가 말머리를 돌려 멀어져가는 것을 지켜보았다. 뒤돌아봐주리란 기대는 전혀 하지 않았는데 문득 클라이저가 고개를 돌려 그녀를 향해 한마디 던졌다.

"리라 연주 잘 들었습니다. 조만간 다시 듣기를 기대하지요."

대답할 말이 막막해서 카리사는 꾸벅, 허리를 깊이 숙여 절을 했다.

그렇게 한참 있다가 고개를 들었을 땐 이미 말도 사람도 꽤 멀어진 후였다. 겨우 돌아서면서 한숨을 쉬었지만 그것은 울고 싶은 자의 한숨이었다.

"연습만이 살길이야."

주먹을 불끈 쥔 데 이어 카리사는 옷자락을 두 손으로 거머쥐어 끌어올리고서 달리기 시작했다. 한시가 급했다.

사람을 해치는 일만 아니라면 뭐든 배워서 나쁠 건 없다고 생각했던 카리사의 신조에 붉은 글씨로 한 줄 추가해야 할 사항이 생겼다. '때로 어떤 것은 배우지 않음만 못하다' 라고.

13.
향연

"무얼 입어야 하지?"

침대며 바닥에까지 늘어놓은 옷들을 보면서 카리사는 고민에 휩싸였다. 두 뺨을 감싸고 옷 때문에 아주 좁아진 공간을 오락가락하는 카리사를 창턱에 앉은 고양이, 미오가 멀거니 쳐다보다가 하품을 했다. 그러곤 혀로 털을 고르며 자기 몸단장을 하는 미오를 보는 카리사의 눈에 부러움이 한가득 실렸다.

"너는 좋겠다. 날 때부터 입고 있는 털옷만 관리하면 된다니 말이야. 반면에 사람은 옷이 적어도 걱정, 많아도 걱정이구나."

말은 그리하지만 카리사의 옷가지는 결코 많은 것은 아니다. 원래 가지고 있던 몇 벌의 옷에 지난 2년간 틈틈이 마련한 여섯 벌의 스톨라가 더해졌을 뿐이다.

"카리사 님, 우리 서로 머리 꾸며주기 해요! 어머, 아직 옷도 못 고르신 거예요?"

노크도 없이 벌컥 문을 열고 들어선 투렐리아가 방 안 풍경을 보고 입

315

을 벌렸다.

"황제께서 열어주시는 연회라니, 대체 무슨 옷을 입고 가야 할지 전혀 모르겠어요."

"뭐긴 뭐겠어요, 가장 최근에 만든 제일 좋은 옷이지요. 음. 근데 이건 너무 밋밋한 색이네. 저것도, 아, 저것도 영……. 으음. 카리사 님, 전에도 한 번 말씀드렸는데 제발 저기 궤짝에 묵혀둔 비단 좀 꺼내서 옷을 지으세요. 네?"

투렐리아가 가리킨 궤짝 속의 비단 네 필. 정체는, 2년 전 블레신 왕자가 에스테르의 시녀들에게 내려준 바로 그것이다.

카리사는 투렐리아가 그때 받은 귤색 비단으로 지은 스톨라를 입고 있음을 알아보았다. 재질도, 색도, 무늬도 너무 화려한 느낌이라 보통 때 입기엔 좀 그렇지 않나 싶었는데 바로 오늘 같은 날이 이 옷을 위해 기다리고 있었던 모양.

카리사도 궤짝을 보며 진즉 바지런을 떨지 못한 자신을 잠시 자책했지만 곧 그리 자책한 걸 자책했다. 거기 오는 사람 중 한 명을 생각한다면, 저 비단으로 지은 옷을 입고 가는 자체가 싫다. 자존심이 있지!

오늘 밤 황제가 여는 향연은 비공식으로, 아주 극소수의 사람들만을 위한 자리이다. 그 주빈이 클라이저 황자와 블레신 왕자이고 두 사람과 뗄 수 없는 관계인 에스테르도 초대받았다. 공주를 수행할 시녀들은 에스테르가 낮잠을 잘 동안 각자 준비를 마치고 에스테르가 깨길 기다려 그녀의 단장을 도울 터였다.

투렐리아까지 옷을 고르는데 합세했지만 뭔가 다 마뜩치 않아 결론이 안 나자 카리사는 고양이를 돌아보며 푸념했다.

"미오, 네가 한 번 골라보련?"

"바랄 걸 바라야지 고양이가 말귀를 알아듣겠어요."

그 말이 채 끝나기도 전에 미오가 몸을 일으키더니 날랜 동작으로 훌쩍 뛰어올라 턱 하니 침대 위에 걸쳐진 옷 중 한 벌 위에 앉았다. 투렐리아가 고리눈을 하고선 더듬거렸다.

"에에, 저, 정말로 말귀를 알아듣는 건가요, 저 녀석?"

"그저 낮잠이 자고 싶은 거겠죠."

카리사는 침대로 다가가 고양이가 옷을 깔고 앉지 않아도 되도록 옷가지를 챙겨 들었다. 과연 미오는 동그랗게 만 몸에 머리를 묻고 눈을 감았다. 되돌아오면서 손에 들린 두 벌의 옷 중에서 미오가 앉았던 옷을 찬찬히 쳐다보며 그녀는 중얼거렸다.

"음. 확실히 내가 두 번째로 좋아하는 옷이긴 해."

질 좋은 우윳빛 리넨에 연한 보라색 비단으로 가장자리를 두른 옷은 연두색 스톨라에 이어 선호도 두 번째에 올라 있다. 그것을 슥 몸에 대어보며 투렐리아를 쳐다보자 투렐리아가 고개를 까딱했다.

"어쩔 수 없겠네요, 연두색 스톨라가 제일이긴 한데 그건 며칠 전에 황후마마를 뵐 때 입으셨으니 말이죠."

"그런 걸 일일이 기억하시겠어요?"

그걸 말이라고 하냐는 듯 쳐다보는 투렐리아의 눈빛에 카리사는 조용히 납득하고 그 옷으로 정했다. 옷 갈아입는 것을 도와주던 투렐리아가 카리사의 목걸이를 보고 눈살을 찌푸렸다.

"이걸 차고 가시게요?"

가죽끈에 옛 친구 루피나가 준 행운의 돌과 수호부적을 함께 꿴 목걸이는 화려하지도, 고상하지도, 단아하지도 않다. 분홍빛이 살짝 감도는 하얀 목덜미에 걸려 있으니 더욱 투박해 보이기도 했다. 작은 감람석이 박힌 은제 브로치를 어깨에 장식하면서 카리사는 빙그레 웃었다.

"수호부적인 걸요. 어딜 가든 차고 다녀야죠."

"가끔은 잊어도 좋지 않을까요. 인신人神이신 황제 폐하께서 열어주시는 향연에 무슨 수호가 그리 필요하겠어요."

은근히 빼고 가라는 뜻을 담아 투렐리아가 말했지만 마찬가지로 카리사 역시 은근한 미소로 그 말을 못 들은 척했다.

카리사가 옷을 다 입고 나서 서로의 머리를 손질해 주었다. 둘 다 서른이 되지 않은 미혼의 처녀들이라 머리를 풀어 내리는 수밖에 없지만 투렐리아는 그 풀어 내린 머리를 능수능란하게 꾸미는 재주가 있어 에스테르의 머리 손질을 전담하고 있다.

"숱도 많고 머리카락도 두껍고, 정말 이런 머리가 좋다니까요. 조금만 손을 대도 뭔가 확 느낌이 산달까. 언제 한번 쇠막대를 쓰게 해줘요, 카리사 님. 근사하게 꾸며드릴게요."

"솜씨는 믿지만 그것만큼은 사양할게요. 전 불에 달군 막대만 봐도 오금이 저려요."

머리를 곱실거리게 할 때 쓰는 숯불을 넣은 화로며 거기서 꺼낸 쇠막대를 떠올리며 카리사는 부르르 떨었다.

"아, 그것도 자꾸 써봐야 느는데 우리 공주님은 머리카락이 너무 가늘고 힘이 없어서 도저히 그걸 쓸 수가 없어요. 시녀 한 명이 더 들어왔으면 좋겠어요, 정말로. 그럼 무서운 선배 행세하면서 머리를 실컷 만져볼 텐데."

"미안하네요, 막내로 들어온 사람이 나라서."

"미안한 줄 아시면 언제 한번 머리 좀 빌려주세요."

"음, 그 정도로 미안하진 않은 것 같아요."

그렇게 재잘거리며 웃는 사이 투렐리아는 뚝딱뚝딱 카리사의 머리 손질을 마쳤다. 옷에 어울리도록 가느다란 보라색 비단 리본을 사용해 정수리에서 하나, 양 귀 옆으로 하나씩 꽃 매듭을 지어 놓은 모양새가 앙증맞고도 어여뻤다. 카리사는 거울을 들여다보며 이렇게 투렐리아에게 신세를 지는데 언제 한번 눈 딱 감고 머리카락을 빌려줘야 하지 않을까 생각했다.

좋은 자리에 따르는 부정을 물리치도록 눈 가장자리를 콜 막대로 검게 강조하고 은매화 향유를 발목과 손목에 한 번씩 더 비벼 바르는 것으로 카리사의 단장은 끝이 났다. 지켜보던 투렐리아가 땅이 꺼져라 한숨을 내쉬었다.

"열일곱 살 생일도 지나셨는데, 이젠 분 정도는 바르고 사셔야지요. 아무리 피부에 자신이 있어도 그렇지 그러다 저처럼 주근깨에게 습격당하는 것도 순식간이에요."

"언제 한번 다시 시도해 볼게요, 투렐리아. 내 인내심이 그간 더 늘었으면 좋겠네요."

막 복도에 나왔을 때 카리사가 투렐리아의 발을 보고 잠시 서 보라고 했다. 쿠아론풍風 샌들의 매듭이 엉켜 있었다. 정교히 짜낸 거미줄 같은 모양새가 특징인 샌들은 보기엔 어여쁜데 곧잘 매듭이 엉키는 것이 탈이라 자주 손봐줘야 한다. 투렐리아의 발 앞에 앉아 엉킨 매듭을 정리해주는 카리사를 내려다보며 투렐리아가 우스꽝스러운 미소를 지었다. 카리사가 다 됐다고 일어서자 팔짱을 껴오며 투렐리아가 말했다.

"처음 만났을 땐 낯선 황궁에 기가 질려서 짐짓 겸손하게 구는 거겠거니 했는데 시간이 지나도 참으로 여전하시네요, 카리사 님은. 존대를 넘어서 아무렇지 않게 평민에게 무릎 꿇고 신을 손봐주는 귀족 아가씨라니,

제가 어딜 가서 카리사 님 같은 분을 또 보겠어요."

"마찬가지네요. 내가 어딜 가서 투렐리아를 또 만나겠어요. 이렇게 명랑하고 싹싹하고 게다가 머리 손질까지 잘하는 미인은 달리 없죠, 암요."

"어머, 그사이 변한 게 하나 있긴 하네요!"

"뭐가요?"

"전엔 이렇게 태연하게 알랑거리는 말씀은 못 하시더니, 이젠 얼굴색 하나 안 변하시고! 그래요, 황궁에서 2년 살았는데 이 정도는 돼야죠. 오호홋."

투렐리아의 웃음에 카리사도 픽 얼굴이 풀어져 쿡쿡쿡 소리 내어 웃었다. 별 것 아닌 일로도 두 아가씨는 언제까지고 웃을 수 있다.

지난 2년간 시녀들과 두루 친분을 쌓았으나 단짝은 단연 투렐리아다. 귀족이라는 카리사의 신분을 결코 잊지 않는 록사네 시녀장이 다른 시녀들을 모아놓고 아무리 반니 양이 허물없게 대해도 그녀를 대하는 행동거지에 각자가 유의하라는 엄명을 내린 바 있고 카리사와 특히 잘 지내는 듯한 투렐리아에게는 카리사의 일들을 잘 살펴주라는 소임 또한 맡겼다.

하지만 카리사는 록사네의 호의를 투렐리아와 의좋게 지내는데 썼다. 질투심도 많고 욕심도 많은 아가씨이지만 유쾌하고 활발한 투렐리아를 카리사는 진심으로 좋아하고 있다.

"누가 웃나 했는데 빨간 머리, 네 웃음소리가 저 복도 끝까지 쩌렁쩌렁 울리는 거였구나."

막 1층에 이르러 내실로 향하던 그들의 뒤에서 들려온 성량이 풍부한 목소리에 두 사람은 멈칫했다. 투렐리아는 미리부터 얼굴에 화색을 가득 담아 뒤를 돌아보았다.

"왕자님, 어서 오십시오."

날렵하게 절을 하는 투렐리아의 옆에서 카리사는 마지못해 몸을 돌려 인사에 동참했다. 가까이 다가오는 블레신 왕자를 향해 투렐리아가 말을 올렸다.

"공주님께선 아직 오수 중이실 텐데요. 깨시면 단장도 해야 하구요."

"대충 그럴 거라 짐작했지. 난 신경 쓰지 마. 어차피 심심해서 여기 있으나 저기 있으나 마찬가지인 몸. 그나저나 빨간 머리, 혼자만 그렇게 광을 내기야? 옆에 반니 양은 자다 깨서 나온 얼굴이잖아."

"어쩌면 그런 말씀을, 왕자님도 참 짓궂으십니다."

너무하다며 투렐리아가 성을 내는 시늉을 했지만 어쩌랴, 카리사의 눈에는 그녀가 왕자에게 내뿜는 애교의 기운이 또렷이 보였다. 투렐리아의 볼처럼 발그스름한 것이 주변에 구름처럼 뭉게뭉게. 왜인지 모르지만 투렐리아는 이 왕자가 좋나 보다. 응원하고 싶은 마음은 전혀 없지만 이럴 때 둘만 있게 해주는 것이 친구의 도리겠지 싶어 카리사는 머리를 굴렸다.

"역시 당신 말대로 화장을 해야 하나 봐요, 투렐리아. 나 금방 올라갔다 올게요, 혹시 그전에 공주님이 깨시면 알려줘요."

알겠다는 투렐리아의 대답을 뒤로하고 카리사는 다시 방으로 되돌아갔다. 방에 들어갈 때까지 꾹 입을 다물고 있다가 마침내 방문에 기대서서 입술을 비죽거렸다.

"자다 깬 얼굴? 부러 목욕도 점심 지나서 했다구. 눈은 장식이지, 그 바보 왕자는."

그녀의 투덜거림에 침대의 고양이가 슬쩍 머리를 들어 그녀를 보다가 다시 머리를 묻고 눈을 감았다. 그 모습이 꼭 그런 시시한 일에 마음 쓸 시간 있으면 잠이나 자란 듯이 보였다.

"그래, 나도 신경 안 써, 그 바보 왕자. 상대하면 상대할수록 나도 바보가 되는 거야. 흥, 그런 사람 따위 누가 안중에 둘 줄 알고."

으득 입술을 깨물었다가 그 반동으로 떠오르는 어떤 광경에 거세게 머리를 휘저었다. 대체 그게 며칠 전 일인데 아직도 연연하는 거야! 잊자, 좀!

씩씩거리며 선반으로 가 〈박물지〉를 집어 들고 침대로 왔다. 옷이 구겨지지 않게 조심하며 책을 펼쳐들자 슬금슬금 고양이가 옆으로 다가오더니 그녀의 허벅지 위에 올라앉아 자리를 잡았다. 털을 쓰다듬어 달라는 미오의 신호이다. 카리사는 금방 내려가야 한다고 말하면서도 한 손은 미오의 윤기 나는 털을 어루만지기 시작했다.

그렇게 책을 두 장가량 읽었을까 불쑥 노크 소리가 나서 카리사는 머리를 들었다.

"투렐리아? 공주님께서 깨셨어요?"

"그건 아직. 그래서 다들 내실에서 이제나저제나 하고 대기 중이야."

문을 열고 방에 들어서는 블레신을 보고 카리사의 눈이 동그래졌다. 그는 방을 슥 둘러보더니 구석의 책상에 세워진 리라를 집어 들어 의자에 앉았다. 열 개의 현을 스르륵 훑는 무심한 동작에도 멜로디를 만들어내는 실력을 선보이며 블레신은 리라의 귀퉁이에 새겨진 발레리아의 문장을 보고 혀를 찼다.

"악기란 건 단순히 반주에 쓰이는 도구가 아니야. 똑같은 리라라고 해도 애초에 네 것을 가지고 길들여 가면 실력이 느는 속도도 달라진단 말이지. 리라 하나 살 돈은 있을 거 아냐?"

카리사는 침착하자고 속으로 족히 열 번쯤 중얼거린 후 미소를 지었다.

"충고 명심하겠습니다, 왕자님. 하지만 지금은 왕자님께 리라를 배울 만한 때가 아닌 것 같네요. 아무쪼록 말 상대는 다른 이를 찾아보셨으면 합니다만."

"왜? 어차피 책이나 붙들고 있는 주제에. 죽은 플라무투스가 산 루키아노스를 내쫓는다, 뭐 그런 이야기인가?"

카리사를 빤히 쳐다보면서도 블레신은 손가락에 따로 눈이라도 달린 듯 능란하게 리라를 탔다. 이미 이틀 전에 에스테르의 침전에서 교습을 받으며 그의 실력을 확인했지만 새삼 다시 보아도 쓴웃음이 나올 정도로 잘 탄다. 발레리아보다도 잘 탄다는 말이 맞는지도 모르겠다. 눈에 넘실거리는 불만을 감추기가 힘들어 카리사는 시선을 내리깔고 펼쳐진 면을 응시했다.

"아직도 〈박물지〉야? 설마 나한테 던진 그 책을 아직 읽는 건 아니지?"

"전 아직 트라비잔어를 익혀가는 중입니다. 누구처럼 천재도 아니지요."

그저 씩 웃고 리라의 현을 타는 블레신을 시야 끄트머리로 힐긋 확인했다. 장난기 그득한 푸른 눈으로 무엇을 생각하는지 카리사로선 짐작도 할 수 없다. 화장을 하겠다고 자리를 피했는데 와 보니 책을 읽고 있는 걸 봤으면 그 말이 핑계였음을 알 테고, 그리 핑계를 댄 까닭을 헤아려볼 법도 한데 왕자는 시치미를 뚝 떼고 묘한 미소만 입술에 걸고 있는 것이다.

입술. 아, 보고 말았다.

겨우 뇌리의 바깥으로 밀쳐둔 일이 또 전면부로 치고 나오는 바람에 카리사는 그를 쳐다본 자신의 방심을 저주했다. 이럴 때 미오라도 깨주면 얼마나 좋을까 하며 카리사는 고양이를 쓰다듬었다.

"그 고양이, 클라이저가 키우는 녀석이잖아? 주인에게 돌려준 게 아니었나?"

"공주님께서 보고 싶어 하셔서 잠시 빌려주신 겁니다. 내일은 돌려보내야지요."

엊저녁 에스테르를 찾아와 식사를 하고 돌아가는 클라이저에게 에스테르가 고양이를 보고 싶다는 뜻의 말을 건네어 황자가 돌아가는 길로 시종 편에 미오를 보내온 터였다.

"에스테르가 보고 싶어 했다……. 핑계 아닌가?"

무슨 뜻인지 몰라 카리사가 고개를 들었다. 블레신은 음률이 작아지게끔 현을 타는 듯 마는 듯 손가락을 움직이며 말했다.

"보고 싶은 건 석류 너 아니었냔 말이야. 바보처럼 애지중지했다는 말 들었어. 그러던 차에 돌려줘서 의기소침해진 거 아니야? 에스테르라면 그런 것까지 신경 쓸 아이니 말이야."

"의기소침해지지 않았습니다. 머잖아 공주님께서 혼인을 하시면 조석으로 보고 살 수 있다는 걸 아는데 제가 왜요."

"오, 고양이가 보고 싶어서 공주의 혼인을 앙망하는 거군. 정말로 홀딱 빠졌구나, 석류."

눈앞에 그가 있는 것만으로도 싫은 상황이다. 그런데다 말도 툭툭 가시가 있는 것만 골라 던지니 카리사는 인내심을 시험하는 건가 하는 생각까지 들었다. 잠깐, 시험? 아, 그런 건가?

의도가 무엇이 되었든 블레신이 카리사의 입에서 말을 끌어내려 나름 노력하고 있다는 것은 분명했다. 그의 의도대로 묻고 답하고, 묻고 답하고를 반복하는 것은 정말로 사양이다. 그래서 카리사는 책을 덮으며 흔연히 인정했다.

"네, 좋아합니다. 그러니 공주님께서 얼른 혼인을 하시면 더 좋겠습니다."

아주 잠이 든 미오는 카리사가 조심히 옆으로 내려놓아도 눈 하나 꿈쩍하지 않았다. 침대에서 일어선 카리사는 그만 내려가 봐야겠다며 문을 향해 걸어갔다. 그리 넓지 않은 방, 문에 이르는 건 금방이다. 카리사는 문앞에서 블레신을 돌아보았다.

"안 일어나십니까?"

"응, 내려가도 할 일도 없는데 한 번 저 고양이나 탐구해 봐야겠어. 어디가 그리 매력적인지 의문이 샘솟고 있다구."

뜻밖의 말에 다소 어이가 없었지만 허튼소리 말고 당장 일어나라고 윽박지를 주제도 아니다. 다만 제 방에 왕자를 두고 나가자니 선뜻 발걸음이 떨어지질 않았다. 딱히 봐선 안 될 것도 없고, 그렇다고 블레신이 주인없는 방을 여기저기 뒤지고 다니는 괴벽을 가졌을 거란 생각도 들지 않지만…….

결국 카리사는 못내 개운치 못한 기분으로 방을 나서서 아래로 향했다. 그녀가 내실에 이르렀을 때 마침 딱 에스테르가 긴 오수에서 일어난 참이었다. 대기 중이던 시녀들 속에 끼어서 카리사는 공주의 단장을 거들었다.

'몸만 건강하시면 늘 이렇게 아름다우실 분인데…….'

제 모습이 마음에 찼는지 거울을 오래 들여다보는 에스테르를 보며 카리사는 안타까이 생각했다.

하루도 거르지 않고 황궁의 전의들이 지어올린 약탕을 먹고 쓰디쓴 약초차도 물처럼 마시며 지내왔지만 에스테르의 상태는 카리사가 처음 본날에 비해 조금도 좋아지지 않았다. 냉정히 보자면 더 나빠진 것에 가까웠다. 요즘 들어 에스테르는 소화불량으로 힘들어해 가뜩이나 적게 먹던 식사량을 더 줄인 터였다. 도와주고 싶은 사람이 있는데 정작 도울 방법이 거의 없는 현실 앞에서 할 수 있는 게 기도뿐이란 건 참으로 무력한 일이다.

"오라버니가 오래 기다리느라 심통이 난 건 아닌지 모르겠네."

블레신을 놀라게 할 요량이었던지 에스테르가 침전의 주렴을 걷고 제일 먼저 밖으로 나섰다. 휑뎅그렁한 내실을 보고 의아한 표정으로 어딜 가셨을까, 하고 중얼거리는 에스테르에게 카리사가 급히 말했다.

"제가 계신 곳을 압니다. 금방 모셔 오겠습니다."

다른 이를 시킬 수는 없는 일이라 카리사가 옷자락을 살짝 거머쥐고 걸음을 재우쳤다. 그대로 2층 계단을 바람처럼 휘몰아 올라갔다. 방에 이르러 바로 문을 열며 말했다.

"왕자님, 공주님께서 찾으십니다, 그만 내려가……."

당연히 있겠거니 생각한 책상 앞 의자에 왕자의 모습이 없었다. 리라는 책상 귀퉁이에 세워져 있고 말이다. 또 어딜 간 거지 하며 돌아서던 찰나, 시야 끄트머리에 뭔가가 잡혔다. 그것을 확인하는데, 저절로 헉 소리가 나왔다.

왕자가 침대에서 자고 있다. 침대에서, 그녀, 카리사의 침대에서 또!

"일어나십시오, 왕자님, 어서요!"

충격이 조금 가시자 뛰어가 왕자를 깨웠다. 비명은 지르지 않았지만 나쁜 기분을 꾹꾹 응축해서 담은 목소리는 살벌하다. 그 살기에 예민한 고양이가 먼저 눈을 뜨고는 작게 울었다.

거듭 일어나란 재촉에도 눈도 꿈쩍 안 하는 왕자의 모습에 카리사는 결국 블레신의 팔에 손을 댔다. 손가락 끝이 닿으면 툭 밀치고 떨어졌다가 다시 툭 밀치기를 반복하다 보니 종국엔 대담해져서 팔에 손가락을 댄 체 슬금슬금 누르기에 이르렀다.

"왕자님, 루키아노스 왕자님, 일어나 보셔요. 맙소사, 무슨 잠을 이리 깊이 자는 거야?"

꿈쩍도 안 하는 왕자 때문에 황망하고, 난감하고, 대체 뭘 더 어쩌란 건지 암담해서 이마를 짚었다. 그때 털을 손질하는 미오의 모습이 눈에 들어왔다. 불쑥 어떤 생각이 카리사의 머릿속에 스쳐갔고 잠시 주저했지만 이내 각오를 다지며 그 생각을 실행에 옮겼다.

"아야!"

효과는 좋았다. 블레신은 눈을 번쩍 떴고 정수리를 문지르면서 카리사를 쳐다보았다. 카리사는 뒤에 감춘 손가락에 들린 금발 머리카락 몇 가닥을 감쪽같이 내버리고 빙긋 웃었다.

"공주님께서 준비를 다 마치셨습니다, 왕자님. 그만 내려가시지요."

"그래……?"

잠겨 있는 목을 가다듬으며 블레신이 일어나 앉았다. 부스스해진 머리를 쓸어 넘기다 이상하다는 듯이 카리사를 보았다. 설마 그녀가 머리카락을 뽑았을 거라고는 생각 못하는지 고개를 갸우뚱하고는 침대에서 아주 내려섰다. 방을 나가기 전 여전히 느긋하게 침대를 차지한 미오를 돌아보며 블레신이 중얼거렸다.

"보고 있는데 저 녀석이 꼭 내게 졸음가루를 뿌리는 것 같았어. 역시 고양이는 어딘가 신용이 안 간단 말이지."

어쭙잖은 핑계에 코웃음을 치고 싶은 걸 참고 텅 빈 복도로 나갔다. 서둘러 가고 싶었는데 블레신의 걸음이 워낙 느려 참다못한 카리사가 앞서서 걷기 시작했다. 대리석 타일 바닥 위를 미끄러지듯이 사박사박 걸음을 내딛으며 카리사는 달려가지 못하는 것을 아쉬워했다.

그러다 막 계단참으로 꺾어질 무렵 돌연 뒤에서 뻗어온 손에 머리채를 붙잡히는 순간 카리사는 심장이 튀어나오도록 놀랐다. 블레신의 중얼거림이 귓가에 들려왔다.

"……인신人神의 핏줄을 받은 금지옥엽의 신체를 훼손하고도 시치미를 잡아떼다니. 너, 겁이 없구나."

나른해 하는 기색은 물론 장난스런 기색도 전혀 느껴지지 않는 건조한 목소리는 마치 모르는 사람의 것 같았다. 뒤에서 오고 있는 이가 누구인지 알았기 때문에 카리사도 그것이 블레신의 목소리임을 알 뿐이다. 무슨 소릴 하시는 거냐고 의뭉을 떨 시도는 생각조차 못했다.

"죄, 죄송합니다, 하나만 뽑는다는 게 마음대로 안 되어서 아마 두 개쯤, 어쩌면 세 개쯤 뽑은 것 같습니다. 머리카락 한두 개에 딱히 신체의 훼손이라는 생각은 못했습니다. 마침 미오가 털손질을 하는 걸 보고 신전에서 아침 기도를 할 때 친구 잠을 깨울 때 쓰던 방법이 기억이 나서……. 죄송합니다, 왕자님."

금세 풀이 죽어서 줄줄 죄를 자백하는 모습에 블레신은 웃음을 참느라 얼굴이 일그러졌다. 손에 쥔 그녀의 리본에 슬쩍 힘을 넣으며 블레신은 부러 더 냉랭한 말투를 지었다.

"죄송이라……. 네가 사내였으면 내 족히 태형에 처하고도 남았을 텐데, 여자라 그건 아니다 싶고. 그래, 본인이 어떤 벌을 받으면 될 것 같나, 반니 양?"

"……모르겠습니다."

채찍질을 당한다는 생각만으로도 무서워 카리사는 식은땀이 났다.

"신전에서는 이런 일을 처벌하는 규정 같은 게 없나?"

"상위 무녀에게 불경의 죄를 처한 경우 금식과 금언의 처분을 받습니다. 아, 저도 사흘간 금식하겠습니다. 하지만 공주님께는 말씀드리지 않아주셨으면……."

"금식보다 에스테르가 아는 게 더 창피한 거군. 그럼 더 창피한 쪽을 택해야지. 벌이란 모름지기 수치스러워야 하는 법."

"왕자님, 그것만은."

두 손을 모으며 뒤를 돌아본 카리사는 만면에 웃음을 머금은 블레신의 얼굴을 대하고는 순간 어리둥절해졌다.

"자, 더 애원해보시오, 반니 양. 왕자께서 감동하여 죄를 사하여 줄지도 모르지 않소?"

블레신은 카리사의 머리에 매인 리본을 잡아당기며 능청을 부린데 이어 불현듯 그녀의 턱을 들어 올리며 말했다.

"말뿐인 애원보다야 여자 고유의 무기를 이용하면 훨씬 더 감동적일 것 같은데."

새파란 블레신의 눈이 카리사의 눈과 코, 입술을 훑었다. 눈 깜박임이 거듭될수록 얼굴에 배인 장난기도 엷어졌다. 이어서 흘러나오는 말은 그의 진심에서 건져 올린 것이다.

"이대로도 나쁘지 않아. 화장품을 사려고 모은 돈이 있다면 달리 쓰는 게 좋겠어, 석류."

천천히 그의 얼굴이 카리사에게 숙여진 것은 의지의 소산이라기보다는 자연스러운 이끌림.

하지만 카리사는 두 번이나 눈 뜨고 당할 만큼 어수룩하지는 않았다. 그녀가 재빨리 팔을 들어 입을 가리는 바람에 블레신의 입술은 그녀의 손목에 닿았다. 그것만으로도 카리사는 화들짝 놀라 정신없이 왕자를 밀쳐내고 뒤로 물러났다. 당장 블레신에게서 멀리, 저 멀리 달아나고 싶지만 이번에야말로 제대로 항의하리라는 각오로 두 주먹을 꼭 쥐고 버티고 섰다.

"카리사."

마치 어린애를 달래는 듯한 미소와 함께 블레신이 그녀에게 다가서려 했다. 카리사는 손을 뻗어 그대로 있으란 뜻을 보였다.

"사람을 놀리시는 데도 한계가 있습니다, 왕자님."

목소리에 떨림이 여실히 드러나 카리사는 심호흡을 하고 다시 말했다.

"왕자님께 그런 장난 상대가 되고 싶어 하는 사람이야 한둘이 아닐 터이니 저는 좀 내버려두세요. 저는 촌스러운 인간이라선지 왕자님의 그런 장난, 전혀 재미있지 않습니다."

그대로 말을 끝내려다가 머리를 한 번 흔들고 블레신을 똑바로 쳐다보며 말했다.

"리라를 그렇게나 잘 타시는 분이 스스로 섬세하지 못하다고 말씀하시는 건 어폐가 있다고 생각했습니다. 제가 보기에 왕자님은 섬세하지 못한 게 아니라 섬세하게 굴 생각이 없는 거예요. 사람한테 이토록 무례하고, 제멋대로 구는 것도 왕자라서 당연하다고 생각하시는 거든가요. 어느 쪽이든 상관없습니다. 그 어리광이 통하는 사람을 찾으세요."

마지막으로 단호하게 못을 박았다.

"사람에 대한 기본적인 배려가 없는 사람, 저는 딱 질색이니까요."

쌀쌀히 머리 숙여 절한 뒤 카리사는 옷자락을 거머쥐고 계단을 뛰어내려갔다. 그 모습이 시야에서 사라지도록 지켜보다가 이윽고 블레신은 흉터가 있는 뺨을 긁적거렸다.

이 비슷한 일이 예전에도 있었지 싶은데. 그리고 그때는 기분 좋게 웃었던 기억이 나는데.

"흐음. 아무래도 내가 늙었나 봐. 인내심이 바닥났나 살짝, 기분이 나
빠지려고 그러네?"

나직한 중얼거림 끝에 고개를 갸우뚱하며 입술로만 웃었다.

그를 잘 아는 사람이라면 그 표정을 '위험신호' 라고 해석할 것이다.

땅거미가 깔린 어둠 속에서도 엘로제궁은 황제의 거처답게 불야성을
이루고 있었다. 새어나오는 불빛에 금박을 입힌 돔 지붕이 마치 땅에 내
려앉은 달이라도 되듯 번쩍이는 것이 실로 장관. 궁전을 향해 쭉 뻗은 화
강암 길을 가는 내내 카리사는 마치 처음 오는 사람이라도 되는 것처럼
사방을 두리번거리느라 바빴다.

실은 작년 에스테르의 생일날 황제가 가마를 보내어 카리사도 에스테
르를 따라 와본 적이 있다. 그때도 놀랐는데 이번에도 또 길옆으로 뛰어
다니는 사슴을 보고 놀랐다. 황제는 사슴이나 가젤, 노루 등의 동물을 좋
아해서 너른 뜰에 풀어놓고 기르고 있다.

전에 왔을 때 기억에 잘 담아두었다고 생각했지만 다시 보는 엘로제궁
은 그저 모든 것이 새롭게 느껴졌다. 어쩌면 시선의 높낮이 차이 때문에
더욱 그런지도 모르겠다. 카리사는 오늘 황제의 가마에 타는 호사를 누리
고 있었던 것이다.

황제가 자신의 궁전에서 향연을 베풀 경우, 초대받는 이들에게 특별한
가마를 보낸다. 황제의 인장이 새겨진 금빛 가마에 오른다는 것은 어지간
한 황족은 물론 유수의 귀족들에게도 쉬운 일이 아니라 일생에 단 한 번
이라도 그 자체로 영예로 통했다.

일전에는 황제의 가마에 탄 에스테르의 옆에서 걸어서 따라갔던 길을

오늘 카리사는 가마에 앉아서 보고 있다. 원래 이 가마는 블레신 왕자에게 보내어진 것이다. 그런데 왕자가 에스테르의 가마에 동승하면서 이쪽은 놀게 되었고, 거기에 록사네 시녀장과 카리사가 함께 탔다.

록사네는 가마에 타라는 블레신의 말에 무엄한 짓이라며 대경했지만 블레신은 황제의 호의를 텅 빈 채로 돌려보내는 것이야말로 무례라고 주장하며 무릎이 좋지 않은 록사네를 가마에 태웠다. 블레신은 귀족 영애라는 이유로 카리사도 동승케 했다. 시녀장은 몰라도 시녀들 중에는 가장 막내로서 이런 호사를 누리는 것이 카리사는 민망했지만 자신이 극구 거절하면 시녀장도 가마에서 내릴 눈치라 길게 사양치 않고 받아들였다.

한동안은 다른 시녀들 눈치도 보이고 록사네 시녀장의 불편한 기분도 걸려 떨떠름하니 좋은 티를 낼 수 없었지만 시야에 엘로제궁 앞을 지키는 두 마리의 사자 석상이 눈에 들어오면서부터 그런 체면치레는 카리사의 머릿속 저편으로 밀려났다.

지금을 만끽하지 않으면 이런 행운을 내려준 신에 대한 모독이다! 즐기자! 두 눈을 크게 뜨고 사방을 둘러보던 카리사는 방금 또 눈에 들어온 사슴 두 마리를 보고 록사네의 팔을 잡았다.

"록사네, 저기 새끼 사슴이에요. 옆에 있는 게 어미인가 봐요. 어쩌면 저리도 귀여울까요."

록사네도 시선을 돌리긴 했지만 그녀의 머릿속은 여전히 지체에 맞지 않는 가마를 탔다는 문제에 매달려 있어 카리사의 감격에 전혀 공감할 수 없었다.

"본디 동물의 새끼는 어릴 때가 귀엽기 마련이지요. 젖을 떼고 제 몫을 할 수 있기 전까지 부모의 도움이 필요한 까닭입니다."

"아…… 듣고 보니 그 말에도 일리가 있는 것 같아요."

카리사는 일단 맞장구를 치고 다시 사슴을 돌아보았다. 어슬렁거리던 어미 사슴은 가마의 방향과 정반대편으로 뛰어갔고 새끼도 부지런히 어미를 따라갔다. 그 모습이 아주 보이지 않을 때까지 지켜보던 카리사는 다른 사슴들이 눈에 띄었음에도 잠자코 똑바로 앉았다.

방금 전 건성으로 내뱉은 말에 대해 새삼 생각해본다. 록사네의 말은 뒤집어보자면 어릴 때 귀엽지 못한 동물은 부모에게 도움을 받지 못해도 어쩔 수 없는 일이란 소리일까. 자신의 경우엔 어느 정도 그런 논리가 통했다는 점에 쓴웃음을 지었다.

아엘리아, 내 깜찍한 쌍둥이 동생. 요람에서부터 나보다 더 잘 웃고 나보다 더 많이 울어 젖을 보챘다는 그 아이는 자라면서 더욱더 귀여운 짓을 해서 어른들의 관심을 불러 모았다. 어디에 있든 관심의 중앙에 있고 싶어 했고, 그러기 위해 필요하다면 노래하고 춤추며 웃음을 흩뿌렸다. 제가 원하면 얼마든지 주위 사람을 유쾌하게 만들 줄 알았다.

내심 지난 2년간 그 아엘리아와 비슷해지려고 노력을 기울였는데 이제 와 생각하건대 아주 성공적이진 않지 싶다. 그리고 아주 같아질 수도 없다는 것을 깨달았다. 애초에 뭘 하든 중심에 있어야만 성이 차는 아엘리아였다면 공주님을 모시는 시녀의 일을 할 수 있었을까?

'아엘리아는 어찌 보면 발레리아 님과 비슷해.'

물론 발레리아 쪽이 훨씬 더 격이 높다. 발레리아가 보내는 치열한 하루하루를 아엘리아더러 한번 따라 해보라고 하면 사흘도 못 가서 몸져눕고야 말 것이다. 적어도 카리사가 아는 아엘리아는 외면의 아름다움, 그하나만으로도 자신을 보석 같다고 여기는 아이였다.

'남편이 생긴 지금도 그런 생각을 하려나?'

작년 봄 마침내 토르콘의 아들과 혼인을 해 머리를 올릴 수 있게 되었다며 자랑하는 편지를 보내온 이래 아엘리아에게선 이렇다 할 소식을 받지 못했다. 계절마다 카리사가 아엘리아에게 보내는 편지는 더 두툼해졌지만……

카리사는 가늘게 한숨을 내쉬었지만 곧 상심할 것 없다고 스스로 위안했다. 아엘리아 말고도 편지를 나누는 사람도 있다. 신전에서 함께 지냈던 루피나에게 보낸 편지는 아주 정성스런 답문으로 돌아왔고 그때부터 주기적으로 편지를 주고받으며 우의를 다지고 있다.

카리사는 이제 외톨이가 아니다. 하물며 훌륭한 스승도 둘이나 있다. 매일같이 공부할 게 있고 하고 싶은 일이 있다. 몸도 더할 나위 없이 건강하다. 보라, 저 앞엔 눈부신 황제의 궁전이 반짝거리고 있다. 완벽하다. 여기서 더 무엇을 바라랴?

크게 고개를 주억거리며 함빡 웃음 짓고 있는데 불쑥 뒤를 돌아보는 블레신과 눈이 마주쳤다. 완벽 운운한 그녀에게 겸허하라는 하늘의 계시인 듯이.

카리사는 홱 고개를 돌려 사슴을 찾는 척했다. 왜 웃는지는 알 수 없으나 블레신의 호탕한 웃음소리가 손에 잡힐 듯이 들려왔다. 저절로 카리사의 미간이 찡그려진다.

'하루라도 빨리 혼인하고 또 멀리 떠나버리라지.'

속으로 그렇게 빌다가 에스테르한테 미안하다는 생각이 잠시 들었으나 곧 우리 공주님도 혼인을 하실 테니까 괜찮으실 거라고 결론 내렸다. 에스테르의 부군이 되실 황자가 그토록 멋진 분이시니 오라비의 빈자리야 거뜬히 채워지지 않겠느냐 하며.

카리사의 눈앞에 클라이저의 모습이 아슴푸레 맴을 돈다. 군인으로 복무하면서 힘든 일도 많았겠지만 그러한 고역을 겪어내고 온 탓인지 황자는 전보다 더 늠름하고 듬직해졌다. 그럼에도 몸에 밴 명석한 분위기는 감출 수 없다. 말없이 서 있는 그대로도 멋지지만 이따금 부드럽게 웃음을 머금을 때는 또 얼마나 자상해 보이는지.

그와 함께 말에 타고 돌아오던 때의 일을 떠올리며 저도 모르게 웃음이 이는 입술을 카리사는 손으로 가리며 고개를 내저었다. 그때 일은 그만 생각하자고 해놓고서 또 이런다 하고.

웃다 말고 한숨을 내쉬는 카리사를 록사네가 유심히 보고 있다. 내리깐 눈길 하며 발그스레한 뺨. 황궁 생활 오십 년이 넘는 베테랑의 눈에 그것이 무엇의 전조증상과 비슷한지 대뜸 감이 왔지만 아무것도 묻지 않고 시녀장은 묵묵히 앞을 보았다.

이윽고 궁전의 계단 앞에 이르러 일행은 가마에서 내렸다. 계단 앞에서 대기하고 있던 시종들이 일행의 손과 발을 향기 나는 물로 닦아주는 사이 새로이 소다물로 입을 헹궜다.

인신人神으로 추앙받는 황제의 거처는 성소나 다름없으니 부정한 자는 들일 수 없다는 뜻이란 걸 카리사는 전에 배워서 알고 있다. 오늘만 해도 몸엣것이 있는 조이스와 롤리아는 이 자리에 오지 못했다.

입구로 들어가면 나오는 너른 홀에서 왼편으로 꺾어진 일행은 천장과 벽면을 가득 메운 부조 벽화에 에워싸여 조용히 걸음을 옮겼다. 눈은 재주껏 자유로이 굴려도 좋으나 허투루 입을 열어선 안 된다. 그 역시 불문율. 이른바 인신인 황제의 거처는 그의 사원이나 다름없는 까닭에 실제 신전에서 그러하듯 삼가고 삼가야 하는 것이다.

카리사는 오랜만에 신전에서 지내던 기분이 되살아나 이윽고 흑백의 연회장에 들어설 때도, 그들보다 먼저 도착한 황후와 클라이저 황자 일행을 볼 때에도 못내 덤덤할 수 있었다.

흑백의 연회장은 서른 명 정도 수용 가능한 작은 홀로 바닥이며 벽, 천장에 이르기까지 흑과 백의 색으로 꾸민 까닭에 그런 이름으로 불린다. 유리크가 타바르 강의 북쪽 지류에 위치한 작은 도시 온바트를 수도로 한 신생왕국일 당시 꼭 이와 같은 방을 알현실로 썼다. 당시 왕국의 영토보다도 더 광대한 카데사레아를 수도로 삼고 당시 왕성의 몇백 배를 능가할 규모의 황궁에 기거하는 지금도 혈족의 뿌리를 잊지 않는다는 뜻으로 이 방을 보존하며 오로지 황가의 모임을 위해서만 개방하고 있다.

황후에게 인사를 드리고 온 블레신과 에스테르가 왕좌의 왼편에 착석했다. 북쪽 끝의 왕좌를 중심으로 중앙을 비워두고 동쪽에 황후와 클라이저, 서쪽에 블레신과 에스테르가 마주앉은 형상이라 에스테르의 뒤에 시립한 카리사의 정면에 클라이저 황자가 정면으로 보였다. 여느 때였다면 투렐리아와 수다를 떠는 틈틈이 황자를 곁눈질할 좋은 자리였지만 지금의 카리사는 앞에 다소곳이 모은 제 두 손끝을 지그시 내려다보는데 그쳤다.

이윽고 다이몬 황제가 당도했다. 아흔 살이 되었어도 지팡이가 있으면 허리를 곧추세우고 걸을 수 있는 정정한 황제이지만 고목나무처럼 마르고 주름이 진 살갗은 나이를 짐작케 했다.

같은 황궁 내에 산다고 해도 황제를 이렇게 가까이에서 뵙는 일은 쉽지가 않아 작년에 에스테르를 초대하여 베풀어준 향연 때에는 황제를 너무 열심히 쳐다보다 록사네에게 한소리 듣기까지 했었지만 이번에 카리사는 정중히 절을 하고 고개를 들면서 황제의 피부가 더 거무튀튀해졌구나 하는 감상을 끝으로 또 제 손끝 너머에 보이는 바닥만 물끄러미 응시했다.

황제가 술잔을 들어 클라이저와 블레신의 귀환을 축하하면서 본격적으로 향연이 시작되었다. 연회장이 소박할 뿐이지 식탁의 음식은 육해공의 온갖 진미를 갖췄을 뿐만 아니라 갖가지 색채가 넘쳐나 백화난만의 풍경이 따로 없다. 당장 먹고 마시는 이는 오로지 다섯 명이니 그 많은 음식이 줄어드는 기미조차 없는데 자꾸만 새 요리가 들어오고 식탁 위가 정리되었다.

　그러다 여덟 사람의 시종이 길이가 어른의 키만 한 쟁반을 어깨에 받쳐 들고 들어왔는데 그 위의 요리가 좌중의 감탄을 자아냈다. 살구꽃이 피어 있는 푸릇푸릇한 풀숲으로 꾸민 쟁반에 살아 있는 것처럼 꾸민 백조 한 마리와 공작 두 마리가 있다. 백조는 알이 어른의 엄지손톱만 한 분홍빛 진주 목걸이를 부리에 물고, 공작은 금과 은으로 된 피뷸러를 목에 달고 있었다. 어렵지 않게 예측한 대로 백조는 에스테르를, 두 공작은 클라이저와 블레신을 상징한 음식이었다.

　"백조는 날갯짓하고 공작은 꼬리를 활짝 펼치는 것, 그 외에 내게 무슨 바람이 있겠느냐?"

　진주 목걸이는 에스테르에게, 금 피뷸러는 클라이저에게, 은 피뷸러는 블레신에게 각각 전달되는 것을 보며 황제는 터져 나온 잔기침이 멎길 기다렸다가 에스테르에게 말했다.

　"황후가 네 혼인으로 나를 들볶은 게 꽤 되었지. 아르키스는 몰라도 에스테르, 네가 혼기를 놓쳐간다고 말이지. 내 눈엔 그저 어린 것으로 보여 더 기다려도 좋을 성싶은데 아무래도 황후가 애가 타서 더 몸이 시원찮은 게 아닌가 싶어졌다. 그래서 내 너희의 혼인을 준비시킬까 하는데, 어떠냐, 에스테르, 날갯짓할 준비는 되어 있느냐?"

　에스테르의 창백한 뺨에 핏기가 드러날 정도가 되었으니 크게 부끄러워하는 것이었다. 가만히 고개를 떨구는 에스테르를 대신해 블레신이 쩌렁쩌렁한 목청을 자랑했다.

"나이가 몇 살이 되건 에스테르는 제 눈에도 그저 어린 것으로 보입니다, 폐하. 하지만 에스테르가 날갯짓하고 싶어 하는 마음을 외면한다면 오라비의 자격이 없겠지요. 에스테르의 준비야 더할 나위 없습니다만 오히려 전 숙부의 준비가 미심쩍습니다."

황제의 주름진 얼굴에 미소가 그려졌다.

"루키아노스의 말이 저렇구나, 아르키스. 항변하겠느냐?"

클라이저는 블레신을 쳐다보며 씩 웃었다.

"루키아노스가 보기에 제 누이에게 어울리는 사내가 세상에 있겠습니까? 설사 그 상대가 신이라고 해도 트집이 잡혔을 거라 장담합니다."

"아, 그건 인정합니다. 하지만 같은 배에서 지낼 때부터 돌봐줬던 누이동생을 시집보내는 일에 트집조차 잡지 못하면 제가 너무 처량하지 않습니까?"

"글쎄, 아마 그때도 네가 에스테르를 돌본 게 아니라 에스테르가 널 돌봤을걸?"

블레신이 무슨 근거로 하는 말이냐고 발끈하자 클라이저가 싱글거리며 황후에게 고개를 돌려 동의를 구했다.

"어머니, 쌍둥이는 배 안에서도 어미젖을 나누어 마신다 하지 않습니까? 허면 태어날 당시 몸집이 두 배가량 차이가 난 쌍둥이 중에 어미젖을 더 마신 쪽은 어느 쪽이겠습니까?"

타이스 황후는 가만히 웃기만 하고 블레신은 그 말에 어폐가 있다고 항의했다. 자기는 사내고 에스테르는 여자이니 차이가 나는 게 당연하다는 이야기였다.

"그래서 똑같은 걸 먹어도 남자가 여자보다 크다는 이야기야, 아니면 남자이니 여자보다 더 먹는 게 당연하다는 이야기야?"

"그야…… 예, 예. 제가 어미젖을 더 먹었습니다. 제가 배 안에서부터 착한 에스테르가 먹을 젖까지 덥석덥석 받아먹은 못된 오라비올습니다. 에스테르, 내 착한 누이! 일찍부터 날 돌봐줘서 고맙다, 그러니 이젠 저기 따지기 좋아하는 막내 숙부를 돌봐드리려무나, 누이야."

블레신이 벌떡 일어나더니 에스테르에게 꾸벅 허리를 숙여 절을 하는 모습에 사람들은 너나 할 것 없이 웃음을 터뜨렸다. 일어선 김에 블레신은 리라 연주자에게서 리라를 뺏어와 중앙 탁자에 놓인 백조와 공작 주위를 돌면서 즉석에서 노래 하나를 지어 불렀다.

"한데서 난 감나무의 두 가지, 어찌 하나를 꺾어감을 한탄하겠는가. 고욤나무에 접붙여 크고 단 과실을 얻을 터. 저 헌칠한 감나무여, 본디 나와 한데 자란 가지였음을 잊지 마오."

가라앉아있던 카리사에게도 블레신의 노래는 달콤하게 스며들었다. 성량의 훌륭함은 알고 있었으나 노래조차 저리 근사하게 잘하다니. 부신 듯 그를 쳐다보는 카리사의 시선 끝에선 블레신이 타이스 황후에게 정중히 절을 하고 있었다. 황후의 칭찬이 내려졌다.

"실력이 줄지 않았구나. 하지만 내 아들이 고욤나무라고 하는 말에 기뻐해야 할 일인지 모르겠다."

"개의치 않습니다, 저는. 본디 고욤나무가 있어 감나무도 있는 것 아니겠습니까?"

클라이저의 옹호에 황후는 미소를 지으며 블레신에게 술을 한 잔 내렸다. 황제 또한 가까이 불러 술을 내렸다. 흔쾌히 마시고 사례한 후 물러나려는 블레신에게 황제가 물었다.

"어떠냐, 다른 재주도 녹슬지 않고 잘 버티고 있을꼬?"

"그리 말씀하셔서는 알 수가 없습니다, 폐하. 다재다능하면 바로 저 루키아노스 아닙니까?"

"허허허, 그래. 그리 건방지고도 잔밉지 않으니 그 또한 네 재능이로다."

웃음 끝에 한바탕 해소기침을 하고서 황제는 자신만만한 눈을 빛내고 있는 눈앞의 손자와 단정히 앉아 자신을 바라보고 있는 아들을 갈마보았다. 한창 시절에 비해 많이 탁해진 푸른 눈이 그 둘을 담아 흡족하게 반짝였다.

"아르키스, 네가 부대에서 명사수로 꽤 이름을 얻었다는 걸 알고 있다. 육십 오드 밖에서 나무에 앉은 새를 맞추는 실력이라지?"

"그날은 운이 좋았습니다. 아직 전 부족한 점이 많습니다."

클라이저의 겸손한 말에 황제가 고개를 주억거렸다.

"돌아와서 이틀 뒤부터 단련장에 나간다는 이야기는 들었다. 기왕 쌓은 실력, 계속 다듬어주는 것도 좋겠지. 그런데 루키아노스, 난 네 일이 궁금하구나."

황제가 말하고자 하는 바를 눈치챈 블레신이 곧 너스레를 떨었다.

"궁금하신 게 그거라면 제가 또 항복해야지요. 이제 막 요새에서 돌아온 숙부와 어찌 비교가 가능하겠습니까? 저는 잊은 지 오랩니다. 활 잡는 법도 가물거리니 말 다했지요, 하하하."

그 말을 클라이저가 반박했다.

"분명히 훈련 부족으로 무뎌진 점이 없잖아 있겠지만, 난 활이든 검이든 무기를 다루는 것 역시 악기와 다를 바 없다고 보는데. 장궁을 단궁 다루듯이 하면서 팔십 오드 거리에서도 적군 둘을 한데 꿰어버린다는 네 실력은 여전히 유명해."

"그때는 힘이 넘쳤으니까요. 자다가도 힘이 솟아 벌떡벌떡 깨곤 했죠. 아이구, 지금은 이 리라도 무겁군요."

"부황, 블레신이 괜히 약한 소리를 하는 겁니다."

황제는 알겠다는 듯이 클라이저를 향해 손을 들어 보이고는 블레신에게 말했다.

"기량의 퇴보 자체는 그리 중요치 않다. 그저 오랜만에 네가 군장한 모습을 보고 싶구나."

블레신이 이마를 찡그리며 뭐라 말하려는 것을 황제가 제 말을 잇는 것으로 막았다.

"어쩌면 네 아비를 보고 싶은 건지도 모르겠다. 너는 참으로 그 아이를 빼다 박았어. 루키아노스. 내가 참 이름을 잘 지었단 말이야."

연신 고개를 주억거리는 황제를 보며 블레신은 입맛을 다셨다. 이런 식으로 감성을 건드리는 공격이라니 너무 절묘하지 않은가.

"군장만이라면 당장이라도 갈아입고 와서 칼춤이라도 추겠습니다만."

"호오, 칼춤도 출 줄 아는고? 과연 못 하는 게 없구나."

황제는 껄껄 웃은데 이어 잠시 생각에 잠겼다가 말을 꺼냈다.

"그래, 경기를 열어야겠구나."

잠시 블레신은 의아한 표정이다가 곧 어이없다는 표정으로 바뀌었다.

"그냥 숙부랑 제가 둘이 노는 모습을 보여드리면 될 일을, 무슨 경기까지 여시겠다고 그러십니까. 폐하께선 말씀 한마디 던진 것에 불과하지만 아래에서는 난리법석이 날 것입니다."

"시국이 하 평온하니 그런 여흥거리가 있어서 나쁠 것도 없지 않으냐."

황제의 변덕이야 익히 아는 바이니—바로 그런 이유로 황제는 자신과 기질이 닮은 블레신을 남달리 총애했다—더는 말할 것 없고 설득할 만한 다른 두 사람을 블레신이 쳐다보았다. 황후는 온화하게 웃고 있고 클라이저는 자신과는 표정이 달랐다.

"쓸 만한 사람이 있다면 군단에 영입해도 좋잖아. 아, 부황, 그럴 게 아니라 군단에서도 대표 몇 사람씩 보내라고 하는 건 어떨까요? 외진 곳에 있는 군단병들에게도 그런 경기는 활력소가 될 것 같습니다. 예비심사를 통해서 체력단련도 될 테고요."

오히려 황제보다 클라이저가 한술 더 뜬다.

블레신은 머리를 가로젓고 제자리로 돌아가면서 즉석에서 노래를 지어내 우렁차게 불렀다.

"멀고 먼 나라에 한 젊은 황자가 있었지. 냉철하고 우아한 달과 같은 젊은 황자, 제국의 기쁨이었거늘 말에 올라 검을 잡는 우를 범했다네……."

14.
미끼

"이 부분을 잘 모르겠어요, 연습할 때마다 착각을 하는데 착각을 하도 하다 보니 나중엔 원래 이게 맞는 건가 싶어지지 뭐예요. 들어보세요, 발레리아 님, 이게 맞나요, 아니면 이게…… 발레리아 님? 발레리아 님."

한참 연습해온 곡을 선보이다가 카리사가 조언을 구하며 돌아보았을 때 발레리아는 창밖의 하늘을 빤히 올려다보고 있었다. 아무래도 몸이 안 좋으신가 하면서 카리사는 고개를 갸웃했다. 평소라면 다른 일을 하다가도 카리사가 물으면 반짝 눈을 빛내며 명쾌한 가르침을 주었을 텐데 오늘은 딱히 손에 잡은 일도 없는데 발레리아의 주의가 흐트러져 있었다.

리라 소리가 끊긴 지 좀 되어서야 발레리아가 문득 돌아보더니 훌륭하게 익혔다며 칭찬했다. 카리사가 중도에 곡을 그친 것도 모를 정도로 뭔가에 마음이 매여 있는 게 틀림없다.

"무슨 걱정거리라도 있으세요?"

"걱정거리라니, 그런 거 없어."

공작부채를 살랑살랑 저으며 창가에서 물러난 발레리아가 의자로 돌아와 털썩 몸을 기댔다. 시녀들을 돌아보고는 한 명은 다리를 주무르게 하고 다른 하나는 리라를 가져오라 시켰다.

"이제 슬슬 쉬운 곡에서 벗어날 때가 됐구나. 음, 〈연인의 숲〉을 가르쳐줄까나. 좀 기교가 필요하긴 한데……."

"아뇨, 발레리아 님. 아직 전의 곡을 더 연습해야 해요. 이제까지 배운 것도 소화되기 전인데 더 엄청난 걸 먹으면 체할 거예요, 틀림없이."

"꼼꼼하기는. 난 한창 리라 배울 때 어서 새로운 곡이 배우고 싶어 등이 간질거렸는데."

"우화집에 나오는 조랑말이 저예요. 기린이 따먹는 나뭇잎이 아무리 부러워도 제 목은 나무에 닿지 않는답니다. 그러니 이 목 짧은 아이를 이해해주세요, 기린 마님."

카리사의 너스레에 발레리아가 실소를 터뜨렸다. 하지만 웃는 것도 평소에 비해 무척 시들하다. 찬찬히 살펴보매 완벽한 화장에도 불구하고 발레리아의 눈이 푹 패어 있는 게 잠을 설친 듯했다. 발레리아는 낮잠을 거의 안 자기 때문에 에스테르 공주의 오수 시간에 급히 건너온 것이었는데 지금의 발레리아에게는 다리 마사지보다는 잠이 필요해 보였다.

"저는 그만 건너가 봐야겠어요."

"왜? 온 지 얼마나 됐다고 벌써 간데?"

일어서려는 카리사에게 발레리아가 부채를 상하로 저어 앉으라는 시늉을 했다. 길게 누워 팔에 턱을 괸 채로 발레리아는 나른하게 중얼거렸다.

"어제 이야기나 해봐. 황제께서 베풀어준 향연 말이야. 시시콜콜한 것도 상관없으니까 최대한 자세히 말해줘."

최대한 자세히. 어떻게 말해야 두 시간 가까이 벌였던 향연에 대해 말로 다 옮길 수 있을지 고뇌하면서 카리사는 입술을 훔쳤다.

그리고 한참 후, 카리사는 목이 칼칼해서 뭐라도 마셔야겠다고 어렵게 말을 꺼냈다. 카리사가 뭔가 말할 때마다 부지런히 질문을 쏟아내 오히려 그녀보다 더 말을 많이 하지 않았을까 싶은 발레리아는 카리사가 물을 마시는 동안에도 입을 놀리지 않았다.

"무술경기라. 전차경기장은 되어야 경기답게 치를 수 있겠지. 폐하께선 떠들썩한 걸 좋아하시는 분이니 다이몬 전차경기장에서 열릴 게 틀림없어. 클라이저가 무기 별로 예선을 치르자고 했다고? 글쎄. 승자가 한 명이어서야 누구의 독점 무대가 될 텐데……."

부채로 툭툭 엉덩이를 두드리면서 발레리아는 재미있게 됐다는 듯 웃었다.

"루키아 성격에 안 했으면 안 했지 부러 져줄 리는 없고, 클라이저가 그간 얼마나 발전했는지가 관건이겠네. 이번 일로 이름을 좀 얻어주셔야 어머니 면도 설 테고. 아직 우리 전하께는 이렇다 할 명망이랄 게 없으니 말이야. 겨우 어머니의 마음을 돌려 병영에 투신했는데 지난 2년간 국경이 지나치게 평화로웠잖아? 클라이저 입장에선 아무래도 아쉬울 거야. 흐응, 그런데 에스테르는 과연 누구를 응원하려나? 어때, 혹시 벌써부터 고민삼매경에 빠지진 않았어?"

발레리아의 질문에 카리사는 아직 더 물을 마시고 싶은 걸 그치고 잔을 내려놓았다.

"글쎄요, 평소보다 더 기분이 좋아 보이시는 것 같았는데요. 아시다시피 공주님은 여간해선 속마음을 드러내지 않으시니 제 짐작에 불과

해요."

"기분이 좋다고? 후훗, 그렇구나. 고대하던 혼사가 치러지게 생겼으니
그 생각으로 머리가 꽉 차 있을 게야. 암, 암 그렇겠지. 에스테르 역시 결
국 여자니까."

발레리아는 나직이 한숨을 쉰데 이어 한마디 덧붙였다.

"나 역시 그런 때가 있었지."

다시 물을 마시던 중인 카리사의 눈이 동그래졌다. 발레리아와 그럭저
럭 친분을 쌓아오긴 했지만 그녀의 지나간 혼인에 대한 이야기를 화제에
올린 적은 단 한 번도 없었다. 카리사가 아는 건 다 들어서 아는 것으로
발레리아의 결혼은 고귀한 신분과 어마어마한 재력의 결합이었다는 게
대부분의 평이었다.

킬론 가문은 본래 평민으로 청금석과 루비 광산으로 벼락부자가 된 이
래 막대한 헌금으로 기사 계급을 사들였다고 한다. 행운의 신이 함께 했
는지 3대가 흐르는 동안 손대는 것마다 성공하지 않는 것이 없었고, 킬론
의 부로 그야말로 나라도 살 수 있다는 말이 심심찮게 흘러나왔다. 부의
정점에서 킬론 가문의 수장은 후계자의 배필로 아주 고귀한 여자를 얻을
결심을 했다. 그는 발레리아를 며느리로 맞아들임으로써 그 결심을 훌륭
히 이행했다.

남자 상속자가 없어 발레리아를 끝으로 폐문될 마케도스란 성은 발레
리아와 남편 사이에 얻을 아이를 통해 킬론 마케도스라는 성으로 이어질
터였다. 그러나 킬론의 수장은 꿈이 이뤄지는 것을 보지 못하고 수도를
쓸고 간 역병으로 쓰러졌다. 행운의 신이 등을 돌리면 얼마나 잔인해질
수 있는가를 증명하듯이 킬론 가문의 사람들이 우수수 상해갔다. 마지막
까지 병마와 싸우던 발레리아의 남편 넬리오스가 죽었을 때 그녀의 나이

는 스물한 살. 아이는 없었다.

넬리오스라는 남자는 지독한 가부장주의자였다. 열여섯 살의 신부는 사흘에 걸친 혼인의 피로연이 끝난 이튿날부터 남편이 죽는 그날까지 저택에 연금된 신세나 다름없었다고 한다.

남편의 장례 때 모습을 드러낸 발레리아의 머리가 노예를 방불케 할 정도로 바싹 깎여 있었는데 비통의 뜻으로 스스로 자른 게 아니라 남편의 계속된 만행이었다는 말도 있었다. 그래도 남편이 화장될 때 슬픔을 못 이겨 발레리아가 불길에 몸을 던지려고 하는 것을 사람들이 간신히 만류했다는 것을 보면 죽은 남편과의 사이가 그리 나쁜 건 아니었을 거라고 카리사는 생각했다.

또한 넬리오스는 모든 유산을 발레리아에게 남겨주었다. 유언장에는 그 흔한 수절을 조건으로 하는 경구 하나 없었다고 한다. 스물한 살의 한창 아름다운 여인을 세상에 남겨두고 눈을 감는 남편치고는 이례적으로 관대하다 해야 할까.

과연 발레리아에게 그 혼인은 어떤 것이었을지. 발레리아가 말해주길 내심 기대해봤지만 그녀는 그 일을 더 말할 뜻은 없다는 듯 곧 에스테르 공주의 화제로 돌아갔다.

"말 한번 변변히 나눠본 적 없는 남자랑 혼인하게 되어도 기분이 묘해지는데 하물며 에스테르는 클라이저와 혼인을 하는 거야. 유리크제국에서 최고의 신랑감을 얻게 되는 거라구! 태어나서 줄곧 시들시들 아팠던 것에 대한 보상이 그거라면 천 년이라도 그렇게 살겠다는 여자들이 줄줄이 널렸을걸? 그런데 에스테르는 이십일 년으로 충분했어."

악의야 없는 말이겠지만 듣는 카리사로선 불편하게 느껴졌다. 병약함으로 고통받아온 에스테르의 사정을 너무도 시시하게 표현하는 것이다. 역시 아파 본 적이 없는 사람은 병자의 고통을 이해할 수 없는 걸까? 발레리아는 카리사가 불편해 하는 게 전혀 보이지 않는지 부채를 빠르게 팔랑거려가며 조금 신경질적인 웃음을 흘렸다.

"어때, 카리사? 눈 딱 감고 이십 년만 고생해서 황후 자리에 오르는 거야. 구미가 당기니?"

"아뇨, 더 올라갈 곳이 없는 자리라니 너무 까마득해서 싫습니다. 멀미에 약해서요."

"자리를 볼 게 아니라 거기 앉아서 할 수 있는 일을 생각해야지. 제국의 역대 황후를 모신 사원을 본 적 없니? 그들은 살아서 황후였고 죽어서는 불멸이 되었어. 그래도 싫어?"

딴생각에 매여 영 무심해 보이던 발레리아의 눈이 지금 이 순간 언제 그랬냐는 듯이 번쩍이는 것에 카리사는 떨떠름한 기분이 들었다.

"전 평범한 사람에 불과하다는 걸 누구보다 제가 잘 아니까요. 사는 동안엔 열심히 살 생각이지만 죽어서 불멸까지 바라는 건 너무 터무니없는 욕심이겠죠."

"아아, 넌 깨인 아이구나 싶다가도 이럴 때 보면 참 완고해. 지레 스스로를 한정 짓고 그 틀 밖으로 나가볼 생각조차 하지 않는구나. 도통 상상력이 없어."

절레절레 고개를 젓는 발레리아의 눈에는 진심으로 긍휼해하는 기색이 비쳤다. 카리사는 머쓱하기도 하고 뭐라 대꾸할 말도 떠오르지 않는 차에 가벼운 요의를 느끼자 그 핑계를 대고 잠시 자리에서 일어났다.

볼 일을 마치고 천천히 내실로 돌아가던 카리사는 어딘가에서 들리는 개 짖는 소리에 그쪽으로 고개를 돌렸다.

타나. 발레리아가 키우는 강아지일 것이다. 이름은 같지만 2년 전 발레리아가 키우던 강아지와는 다른 개이다. 그 개는 한 살이 넘어 완연한 성견이 되자 발레리아가 가진 많은 농장 중 하나에 보내졌다. 그렇게 키우다 보내버린 개가 벌써 여러 마리라고 한다. 애완동물은 귀여운 것을 보고 위안을 얻고자 하는 것이니 귀여움이 다하면 그뿐, 더 키울 이유가 없다는 지론을 가진 발레리아에게 그것은 당연한 처사였다.

카리사는 여기 와서 개 짖는 소리를 들으면 꽤 정이 든 예전 강아지가 달려 나올 것 같은 기분이 든다. 그토록 애지중지, 여느 사람보다 더 귀한 대접을 받으며 귀여움 받던 그 개는 어느 날 문득 주인의 품에서 추방된 것을 이해할 수 있었을까?

"상상력이라……."

발레리아가 말한 상상력이란 것은 동물에게까지는 미치지 않는 모양이라고 생각하며 등을 돌리는데 개 짖는 소리가 더 크게 들린다 싶더니 뒤쪽의 기둥 사이에서 털이 하얀 강아지가 나타났다. 목줄에 매인 끈을 뒤에 매달고 혼자 뛰어오는 강아지를 향해 카리사가 손짓했다.

"타나, 거기 앉아."

주인이 아닌 자의 말은 간단히 무시하는 콧대 높은 강아지가 조금도 지체하지 않고 맹렬히 대시했다. 타나를 돌보던 시종이 헐레벌떡 뛰어온 것은 그때였다.

"타나, 타나! 거기 서지 못해!"

발레리아의 시종 나스타를 알아본 카리사는 자신 쪽으로 달려오는 타나를 붙들기로 작심했다. 상체를 숙이고 타나 쪽으로 마주 달려간 카리사는 녀석이 피할 만한 경로까지 기민하게 생각해 강아지의 목줄을 붙드는 데 성공했다.

"이 녀석, 사람 말을 좀 들어야지. 응?"

충고의 말에도 분해서 캉캉 짖어대는 강아지를 귀엽게 바라보고 있는데 나스타가 지친 기색으로 다가와 그녀에게서 목줄을 받으며 감사의 인사를 했다.

"역대의 타나 중에서 가장 천방지축이라서요."

"확실히 저번 애보다는 잘 노네요. 그런데 나스타 님이 직접 돌보시나요?"

"까다롭기도 역대의 타나 중 제일입니다. 그나마 저나 되니 말을 듣는 시늉이라도 하는 것입니다. 다른 시종들은 물어대기 일쑤지요."

"저런. 강아지는 순하다던데 넌 그렇지도 않구나."

무슨 상관이냐는 듯 강아지는 뒷다리로 옆구리를 긁어댔다. 이 강아지는 제 주인에게는 애굣덩어리인데 다른 사람들에게는 말할 수 없이 까탈스럽다. 나중에 주인에게서 떨어질 일이 벌써부터 걱정스러워 물끄러미 쳐다보던 카리사는 이윽고 고개를 들어 나스타에게 물었다.

"오늘 발레리아 님 기분이 평소보다 좀 가라앉아 보이시던데, 몸이 불편하신 건 아닌가요?"

"잠을 좀 설치셨습니다만 크게 불편하다고 할 것까지는 없습니다."

"역시 그렇군요. 눈치 없는 아이가 되기 전에 어서 돌아가야겠어요."

내실이 있는 곳까지 잠시 함께 걸어가긴 했으나 평소 말을 많이 주고받은 사이가 아니라 더 이상의 대화는 없었다.

"대체 무엇 하나 잘하는 게 있긴 한 게냐?"

내실에 거의 가까워졌을 때 불쑥 들려온 날카로운 목소리에 카리사의 걸음이 느려졌다. 문틈으로 웅얼거리는 듯한 누군가의 호소에 이어 짜증이 실린 호통이 새어나왔다.

"시끄럽다! 사람 꼴을 하고도 타나보다도 나을 게 없으니 말 따위 가당치도 않아, 이제부터 너도 타나처럼 짖어. 짖으라는 내 말 안 들리느냐?"

"예, 마님……."

"그게 개가 짖는 소리야? 짖어, 짖으라구! 또 한 번 사람 말을 하다 내 눈에 띄기만 해봐! 꼴도 보기 싫으니 가서 나스타나 불러와!"

호통에 이어 찰싹, 찰싹거리는 소리가 몇 번 나더니 얼마 후 내실의 문이 열리며 밖으로 나오는 시녀가 있었다. 거기 서 있던 두 사람을 발견하고는 나스타에게 모기만 한 소리로 마님이 찾으신다 말하고는 서둘러 옆으로 비켜 달려갔다. 손으로 가렸어도 그 아래 얼굴이 벌겋게 변한 것은 모두 감추지 못한 여자는 아까 분명 발레리아의 다리를 주무르던 시녀였다.

발레리아가 아랫사람들을 체벌하는 걸 처음 보는 것은 아니다. 언젠가 아끼는 말의 발에 문제가 생겼을 때 말채찍으로 마구간 하인을 때리는 것을 보기도 했다. 등의 살이 터져 피가 뚝뚝 떨어지도록 채찍질이 거듭되는 것을 보다 못한 카리사가 말리고 나섰는데 발레리아는 이게 다 '훈육'이니 지켜보고 있으라고 그녀를 물리쳤다. 말이 쉽지 그런 광경을 보고 있기가 괴로워 카리사는 마구간을 뒤로하고 말았었다.

그날 느지막이 카리사를 찾아온 발레리아는 카리사의 손을 다독이며 자신도 좋아서 그런 일을 하는 게 아니라고 말했다. 마음 같다면야 온화하고 관대한 여주인으로 처세하고 싶지만 사람의 일이라는 게 꼭 호의에 호의로 보답 받는 게 아니더라며 발레리아는 웃었다.

"사람을 다스리는 데에는 규칙이 필요하고, 때로는 인정을 접고 엄한 모습을 보여주어야 아랫것들에게 얕보이지 않는 거야. 존중은 '외경'의 마음이 바탕이 될 때 비로소 가능한 거라고 생각해. 내 말, 이해할 수 있겠어?"

카리사의 경우, 도락에 빠져 가사를 돌보지 않은 아버지를 모시던 하인들은 집안 음식이며 물건을 빼돌리는데 주저가 없었다. 아버지의 죽음 이후 쌍둥이 자매가 빈털터리가 되어 큰숙부 신세를 지게 된 걸 떠올리면 발레리아가 말한 '외경'과 '규칙'이 꽤 절절하게 닿았었다.

이번에도 무언가 저 시녀가 규칙을 어겼을 것이다. 평소의 발레리아는 얼마나 상냥한 사람인가. 그렇게 생각하는데도 이미 시녀가 사라진 복도를 보고 있는 카리사의 눈빛엔 약간의 그늘이 떠돌았다. 그때 나스타의 목소리가 카리사를 생각에서 끌어냈다.

"오늘 저녁이나 내일 중으로 저희 주인께서 출궁을 하실 것 같습니다. 며칠쯤 바깥의 저택에 머무실 듯하니 미리 인사를 나누어 두시지요."

고개를 끄덕인 카리사에게 나스타가 내실 문을 열어주었다. 카리사보다 먼저 목줄에서 해방된 강아지가 좋아라 주인에게 달려갔다. 발레리아가 환한 미소를 지으며 강아지와 부채로 놀아주는 걸 보면서 카리사는 불쑥 묘한 생각을 했다. 혹시 발레리아의 기분이 가라앉은 것과 갑작스런 출궁 결정이 어젯밤의 향연과 관련이 있는 건 아닐까 하는.

어제 오전에 발레리아는 두통이 있다면서 일찍 말에서 내렸는데, 그 직전에 카리사가 밤에 있을 향연 이야기를 꺼냈었다. 발레리아 님도 오시느냐고 물었을 때 발레리아는 나는 마케도스지 네메트러스가 아니라고 짧게 대꾸했다.

그때엔 미처 몰랐는데 이제 문득 그녀가 꺼낸 말과 발레리아의 갑작스런 두통 사이의 연관점이 보일 것도 같았다.

하지만 곧 머리를 저어 그런 생각을 쫓아냈다. 그만한 일에 기분이 상하지 않았나 의문을 품는 자체가 발레리아에게는 모독일 것이다. 아름다운 발레리아의 미소를 보며 카리사는 자신의 엉뚱한 생각을 새삼

반성했다.

　며칠 지나지 않아 다가오는 슈파르나 제전 사흘 동안 다이몬 전차경기
장에서 무술경기가 개최됨을 알리는 공고문이 수도의 모든 광장에 게시
되었다. 유리크제국의 뛰어난 우편 제도가 유감없이 실력을 발휘해 가장
멀리 떨어진 속주에도 보름 내로 소식이 전해졌다.

　검술, 궁술, 창술, 기마술 네 분야에서 우승자를 가리는 이 경기의 부상
이 꽤 파격적이라 게시판을 본 사람들의 입소문과 함께 들뜬 기분이 불길
처럼 퍼져나갔다. 이번 제전은 무술경기 덕분에 대★아리오시나이 제전
때만큼이나 흥청거릴 거라는 낙관이 흘러나와 수도의 사람들은, 특히 장
사치들의 경우 벌써부터 주판알을 굴리느라 분주했다.

　반면 좋은 기분은커녕 매일같이 술을 푸면서 세월아 네월아 하는 치도
있었다. 문제는 그 사람만큼은 그래선 안 되는 사람이라는 거였다.

　"아직까지 술이 안 깨시다니? 설마 아침부터 계속 술만 마시고 계셨다
는 말이냐?"

　전에 없이 시종을 다그치는 에스테르의 목소리가 날카로웠다. 시종이
전하는 말 때문에 심기가 어그러진 탓이었다. 며칠 전에 잠깐 얼굴만 비
춘 뒤 발길을 뚝 끊은 오라비 블레신의 궁전에 막 다녀온 시종은 기막히
게도 블레신이 숙취로 건너올 형편이 아니더라고 알렸다. 듣기 좋게 말해
서 숙취이지, 해장 삼아 왕자는 또 술을 마시고 있는 형편이었다.

　"록사네, 오라버니에게 가줘. 글리코 시종장이 도통 오라버니를 이겨
내지 못하는 모양이야."

　당장 알겠다고 대꾸한 시녀장이 조이스를 돌아보며 몇 가지 지시사항
을 말한 뒤 힐긋 카리사에게 시선을 던졌다.

"카리사 님은 저와 함께 가시지요."

"네, 알겠습…… 네?"

적극적인 태도가 앞서 이야기를 똑바로 듣지 않는 우를 범했다. 뒤늦게 함께 가자는 말이 뜻하는 바를 깨닫고 카리사는 눈을 깜박이다가 손에 들고 있는 책을 방패삼아 들었다.

"아직 공주님과 공부 중이에요, 록사네. 이트궁에 동행하는 일은 제가 아니라도 상관없지 않나요? 마침 투렐리아가 식곤증으로 고생하던데 바깥바람을 쐬는 게 좋을 것 같네요."

록사네는 카리사에게 말하는 대신 에스테르를 보며 입을 열었다.

"왕자님께서 저리 술독에 빠져계시는 것은 할 일이 없으신 까닭입니다. 마침 카리사 님에게 리라를 가르쳐주겠다고 나선 참이지 않습니까. 한 번 하고 그 뒤로 내팽개친 일이니 이번에 가서 제대로 하시라 으름장을 놓겠습니다. 그런 뜻으로 카리사 님과 동행하고자 합니다만."

"그래, 카리사, 공부는 잠시 미뤄둘 테니까 록사네를 따라가도록 해. 그리고 내가 그랬다는 말은 말고 왕자님이시라면 하신 말씀에 책임감을 좀 가지시라고 넌지시 충고해봐."

에스테르나 록사네가 왕자와 카리사 간에 있었던 불미스러운 일에 대해 알 턱이 없다. 더 거절할 명분이 없어 카리사는 자포자기하듯 웃으며 분부에 따르겠다고 대답했다.

리라를 품에 안고 록사네와 함께 이트궁에 이르렀을 때 앞뜰에 여성용 가마가 세워져 있었다. 주목에 흑단, 상아까지 장식된 호화로운 가마를 일별하며 록사네가 "손님이 계신가."하고 중얼거리자 이미 눈에 익은 가마를 알아본 카리사가 발레리아 님일 거라고 대답했다. 카리사는 이 사실이 뜻하는 기회를 깨닫고 거짓말 약간 보태어 입이 귀에 걸릴 듯한 기분이었다.

"어쩌죠, 미리 오신 손님이 계시니 무작정 기다리는 것도 그렇고…….
록사네, 돌아갔다가 다시 오는 게 좋지 않을까요?"

"왕자께서 술독에 빠지건 말건, 발레리아 님이라면 얼씨구나 하고 함
께 대작을 할 분입니다. 들어가보는 게 좋겠습니다."

"예? 어머, 그렇지만……."

생각도 못한 반응에 고리눈이 된 카리사를 두고 시녀장은 저벅저벅
걸음을 옮겼다. 이 육중한 방문자를 제일 먼저 발견한 시종이 달려와 왕
자님은 접견실에서 발레리아 님과 담소 중이라고 말했다. 록사네는 고
개를 끄덕이더니 당장 접견실 쪽으로 더 빨리 발을 움직였다. 당황한 시
종이 가서 먼저 알리겠다고 말했지만 록사네는 "됐네."라는 단 한마디
뿐이었다.

"이런 식으로 다짜고짜 뵈러 가는 것은 아닌 듯싶습니다만."

"왕자님이 자그마한 핏덩이일 때부터 먹이고 입히고 씻기며 돌보았습
니다. 이 늙은이와 내외할 일은 없을 분이니 염려 마십시오."

"어릴 때의 일이야 물론……. 하지만 이미 성인이 아니십니까?"

"혼인하여 제 가족을 건사해야 진짜 성인이 되는 것이지요."

카리사의 만류에도 록사네는 꿋꿋하게 걸음을 옮겼다. 그러는 시녀장
도 혼인은 하지 않았는데 그럼 성인이 아니란 소리냐, 라는 질문을 덜컥
내뱉을 만큼 지각이 없지는 않았다. 록사네의 급습이 어떤 결과를 가져
올지 카리사는 그저 방관하기로 했다.

접견실 문 앞에 서 있던 시종 나스타가 그들을 발견하고 먼저 말을 걸
어왔다.

"시녀장님, 반니 아가씨. 여기서 뵙게 되는군요. 오늘 저희 주인의 방

문지 목록에 헤러반궁도 올라 있어 안 그래도 뵙겠다고 생각했던 차였습니다."

"그런가? 주인을 모시느라 다망하군, 자네도. 우리도 마침 왕자님을 모시러 온 차이니 다 함께 가면 되겠구먼."

"왕자께서 그러실 수 있을지……. 아, 제가 알리겠습니다. 마님, 헤러반궁에서 사람이 와 있습니다."

문을 향해 손을 뻗는 록사네의 손을 만류하며 대신 나스타가 안에 기별을 했다. 안에서 곧 "들여라."하고 발레리아의 낭랑한 목소리가 흘러나왔다. 나스타가 문을 열자 록사네가 먼저 안으로 들어갔다. 뒤따르기 전에 카리사는 나스타에게 가볍게 질문을 던졌다.

"오늘 기분 좋은 일이라도 있으신가요? 목소리가 평소보다 더 힘차신데."

"글쎄요, 기분이 좋으신 건 반니 아가씨가 아닐까요?"

"그럴지도 모르겠네요."

카리사는 빙긋 웃고선 안으로 들어갔다. 안을 둘러본 카리사는 창문이 열려 환한 빛이 쏟아져 들어오는 테라스 앞 긴 의자에 걸터앉아 있는 발레리아를 먼저 발견했다. 보라색 실크 스톨라에 틀어 올린 머리가 살짝 흐트러진 듯한 점이 더욱 요염한 발레리아가 살짝 고개를 옆으로 숙여 알은체하자 카리사도 밝은 미소와 함께 무릎을 숙여 인사했다.

"궁에 돌아오신 걸 미처 몰랐습니다."

"응, 밖에 있어도 별로 재미있는 일이 없더라구. 아, 기왕이면 더 일찍 오지 그랬어, 카리사. 주사위놀이는 둘이 하면 재미가 없는데."

살짝 원망하는 것처럼 교태를 부리는 고혹적인 목소리에 카리사는 새삼 감탄했다.

"주사위놀이를 하셨습니까?"

발레리아를 향해 걸음을 옮기던 카리사는 록사네 시녀장의 푸짐한 등치에 가려져 놓쳤던 다른 이의 존재를 보았다. 발레리아의 바로 맞은편, 1오드가 겨우 넘을 만한 거리에 놓인 의자에 곯아떨어진 블레신이 누워 있었다.

그 흐트러진 꼴이라니! 허리띠가 거의 풀어지다시피 해 벌려진 카프탄 앞섶으로 요의밖에 걸치지 않은 근육질 몸이 여실히 드러났다. 카리사는 황망히 고개를 돌렸다. 록사네가 급히 다가가 왕자의 옷을 여며주려 했지만 의자 옆의 탁자가 거치적거려 퉁퉁한 몸집의 록사네는 잠시 탁자부터 밀치느라 끙끙거렸다. 탁자에는 술병들이 즐비했다. 어지러이 널린 술병 사이로 반짝이는 수정으로 된 주사위도 보였다.

"록사네, 그리 애쓸 것 없어요. 좋게 해줘봤자 금세 답답하다고 풀어버리고 말 테니까. 몸에 열이 많아 한겨울에도 곧잘 찬물로 씻는 사람이잖아요, 루키아가."

깔깔거리며 발레리아가 웃었지만 록사네는 묵묵히 제 몸이 들어갈 공간을 만든 뒤 블레신의 옷을 최대한 정돈했다. 그리곤 발레리아를 돌아보며 무뚝뚝하게 말했다.

"그만 돌아가시는 게 어떨지요. 보시다시피 왕자께서 말을 나눌 만한 상태가 아니십니다."

"어머, 하지만 카리사가 왔잖아요. 리라도 가져왔네? 자, 자. 이리 와서 앉아, 카리사. 전에 가르쳐준 곡을 얼마나 연습했는지 한 번 보여줘."

발레리아의 부름에 카리사는 곤혹스러운 표정으로 록사네 시녀장을 보았다. 늘 '근엄'이라고 써 붙여놓은 듯한 얼굴이지만 이럭저럭 같이 지내는 동안 카리사는 록사네의 반응 몇 가지는 직감으로 구별할 줄 알게 되었다. 지금의 록사네는 '심기 불편 · 불쾌'의 상태였다.

카리사는 재빨리 발레리아에게 다가갔다. 창문을 열어놓았어도 포도주 냄새가 진동을 하는 가운데 카리사는 발레리아 또한 포도주를 상당히 마셨음을 깨달았다.

"과음하신 것 같아요, 발레리아 님."

"음. 상대가 상대이다 보니 조금은? 그러니 네가 더 빨리 왔으면 좋았 잖아. 셋이었다면 아직 버틸 만했을 텐데. 둘이서라도 놀자, 카리사. 금방 토하고 올 테니까, 나스타, 나스타!"

나스타가 들어오는 걸 확인하고 카리사는 발레리아의 팔을 쓰다듬으 며 부드럽게 설득했다.

"다음에 함께 해요, 발레리아 님. 오늘은 그만 돌아가시는 게 좋겠어 요."

"왜? 너 내가 지금 취한 줄 아나 보지? 틀렸어, 카리사. 발레리아 헤론 마케도스는 술이 세. 보라고, 저기 루키아가 날 못 당하고 널브러진 것 말 이야. 오호호홋, 난 이기지 못할 게임은 하지 않는단 말이지. 아, 내가 남 자로 태어나지 못한 건 신이 저지른 명백한 실수라고! 너 말야, 너, 카리 사. 네가 모신 하레샤 여신이 문제라니까 하여튼. 너 잘 나왔어. 신전 따 위가 다 뭐야. 그 여잔 믿을 게 못 돼. 차라리 날 믿어, 날. 그래, 내가 훨 씬 더 나을 거야. 암."

말이 길어질수록 발레리아가 취했다는 증거는 명백해졌다. 카리사는 예예, 하고 장단을 맞춰주면서 나스타가 발레리아를 업는 것을 거들었다. 싫다고 몇 차례 버둥거렸지만 발레리아는 아무튼 토하고 와서 보자면서 나스타와 함께 접견실에서 나갔다.

"기다려, 카리사! 술이 싫으면 목욕하러 가자, 가서 공놀이도 하자구,

기다려!"

문을 지나는 중에도 발레리아는 뒤를 돌아보며 몇 번이나 당부했다. 이미 눈은 거의 감겨 있음에도. 문이 닫힌 후로도 그녀가 무어라 소리치는 소리가 한동안 들려왔다.

"귀여우셔라."

스물네 살의 여자가 어쩌면 저리 귀여울까 싶어 카리사는 입을 가리고 쿡쿡 웃었다.

"흥! 귀여울 게 쌔고 쌨습니다."

록사네는 전부터 발레리아를 그리 달갑게 여기지 않았다. 전에 한 번 넌지시 왜 그러느냐 물었더니 사람 싫은데 무슨 이유가 있겠느냐고 찬바람이 쌩쌩 돌게 대답해서 카리사가 떨떠름하게 입을 다물고 만 일이 있다.

"깊게 주무시는 것 같은데 시종을 불러와서 편히 주무시게 자리를 옮겨 드려야겠죠?"

이미 시종을 부르러 갈 셈으로 몸을 반쯤 돌린 카리사의 눈앞에서 록사네는 묘한 행동을 했다. 그녀는 탁자 위를 눈으로 훑다가 물 반 얼음 반이 채워진 은을 입힌 볼을 들어 올렸다.

"뒤로 더 물러나십시오."

록사네의 경고에 카리사는 어리둥절한 얼굴로 일단 따랐다. 발레리아가 앉아 있던 의자의 뒤로 물러난 카리사의 면전에서 록사네는 볼에 담긴 것을 블레신의 얼굴에 착! 쏟아부었다.

"세상에, 록사네!"

카리사가 놀라서 소리쳤지만 느닷없이 물벼락을 맞은 왕자의 반응은 몇 박자 느렸다. 록사네가 태연히 빈 볼을 내려놓고 다른 건 부을 게 없나 탁자를 둘러보는 사이 눈을 깜박거리기 시작한 블레신을 보고 카리사가 급히 왕자가 깨어났다고 외쳐야 했다. 블레신은 몇 번 더 눈을 깜박거린 후에야 손을 들어 눈을 비볐고 그제야 주위를 둘러보았다.

"록사네…… 어, 석류까지?"

꿍 소리를 내며 상반신을 일으킨 블레신은 고개를 숙인 채 관자놀이를 한참 문질렀다. 그러다 얼굴을 만져보고 옷의 앞섶을 내려다보더니 비로소 록사네를 쏘아보았다.

"이러기야, 진짜? 하물며 석류도 있는 자리에서?"

아무리 시녀장과 돈독한 사이라고 해도 이리 무참한 일 앞에선 불호령이 떨어질 줄 알았는데 블레신의 반응은 카리사의 예상과는 달랐다. 그의 목소리에서는 심지어 어리광의 기미까지 느껴졌다. 대꾸하는 록사네의 태도는 사뭇 비장하기까지 했다.

"루키아노스 왕자님과 에스테르 공주님, 두 분은 이 록사네의 필생을 건 작품입니다. 그러니 왕자님 멋대로 고주망태 같은 게 되고 싶다면 이 록사네가 죽을 때까지 기다리십시오. 못 기다리겠다 싶으시면 제게 상전을 능멸한 죄를 물어 당장이라도 독약을 내리십시오."

"이봐, 록사네. 난 에스테르하고 달라. 술 좀 마신다고 어떻게 되는 거 아니라고. 극성맞게 무슨 독약 타령까지 하는 거야."

"하루 이틀이어야 말이지요! 대체 술독에 빠져 사시는 게 벌써 몇 날짜입니까? 왕자님 나이가 올해 몇인 줄이나 알고 계십니까! 스물한 살입니다, 스물한 살! 벌써 한 아이의 아비가 되고도 남았을 나이란 말입니다! 하물며 황족입니다! 이미 관직을 받았어야 할 나이에 술타령이라니 왕자로 태어난 것이 펑펑 놀다 죽으란 뜻인 줄 알고 계신단 말입니까!"

연일 술독에 빠져 산다는 소리를 들으면서도 못 들은 체하다가 마침내 오늘 이트궁에 쳐들어온 록사네의 기세는 등등했다. 블레신은 카프탄 소매로 귀를 막고 울상을 짓다가 결국은 록사네의 말에 쫓기듯이 의자에서 일어나 문을 향해 걷기 시작했다. 그 뒤를, 록사네가 쿵쿵 쫓아가며 잔소리를 해댔다. 제발 그만 좀 하라고 블레신이 사정하는 소리는 록사네의 잔소리에 묻혀 거의 들리지도 않았다.

블레신이 문을 발로 차서 열더니 그대로 달리기 시작했다. 도망치는 것이다. 록사네는 록사네대로 "거기 서십시오! 아직 제 말이 안 끝났습니다!"라고 소리치며 뛰어갔다. 열린 문으로 두 사람이 쫓고 쫓기는 소리가 한동안 여과 없이 들려왔다.

그리고 마침내 사위가 고요해졌을 때, 어리벙벙해 있던 카리사는 웃음을 터뜨렸다.

"아하하, 아하하하! 뭐야, 저 두 사람, 진짜 귀엽잖아. 세상에, 제국의 왕자님이란 분이 시녀장에게 쫓겨 다니고 있어, 세상에, 아하하하!"

바위 같은 록사네가 한 번 폭발하면 무섭다는 것을 새삼 배웠고, 블레신 왕자는.

"칫, 키워준 사람한테 무른 게 뭐 대수로운 일이라고."

시큰둥한 표정을 지으려 애썼지만 피식피식 웃음이 나오는 것은 어쩔 수 없다. 마지못해 온 자리가 이리 유쾌해진 것에 놀라워하며 카리사는 발레리아가 앉았던 의자에 엉덩이를 걸쳤다. 탁자에 줄줄이 늘어선 술병을 보고 고개를 내저었다.

"자신의 건강을 너무 믿는군. 흥, 알아서 하라지."

걱정도 관심이 있어야 하는 것, 저 불량한 왕자에게 줄 관심은 손톱만큼도 아깝다.

가져온 리라를 꼼꼼히 살피며 카리사는 허리띠 속에 접어둔 가죽 조각을 꺼내 나뭇결을 따라 문질러주다가 얼마 못 가 손을 멈추고 술병을 보았다. 관심을 뚝 끊을래도 큰 문제가 하나 있으니 저 왕자가 바로 에스테르 공주님의 쌍둥이 오라비란 사실. 정말로 왕자가 술독에 빠져 헤어나지 못하게 되면 에스테르 공주가 얼마나 상심하겠는가.

"마음이 아프면 몸도 아프게 마련인데. 저 사람은 대체 그걸 아는 거야 마는 거야."

말로만 우리 누이, 우리 누이 할 게 아니라 속 썩일 일을 하지 말아야지. 눈알을 굴리며 블레신이 누워 있던 자리를 쏘아보는 카리사의 눈에 문득 햇살을 받아 광채를 내는 무언가가 보였다. 반짝이는 것을 보고 호기심을 갖는 까마귀라도 된 기분으로 카리사는 맞은편 의자로 다가갔다. 몸을 굽혀 의자에서 집어든 것을 보며 카리사는 어리둥절해 한다.

"아까 발레리아 님이 이 비슷한 걸……."

금으로 세공된 초승달 아래 기다란 자수정 방울들이 알알이 매달린 귀고리였다. 이 정도로 크고 화려한 귀고리를 평상시에도 할 만한 사람. 역시 발레리아가 틀림없다고 생각하며 카리사는 미간을 찡그렸다.

귀고리가 떨어져 있던 자리를 뜨악하게 쳐다보다가 누군가 접견실로 가까이 오는 발소리에 화급히 귀고리를 가슴 춤에 숨기고 자리로 돌아가 리라를 들었다.

두 명의 시종이 들어와 주변을 청소하기 시작했다. 카리사는 방해가 되지 않도록 테라스로 나왔다. 평지보다 높게 조성된 테라스를 거닐며 카리사는 단조롭게 리라의 현을 뜯었다.

걸을 때마다 숨긴 귀고리가 그녀에게만 들릴 정도로 작게 바스락거렸다. 기억을 되살려 들어올 때 블레신이 누워있던 모습을 떠올려 보았다.

왕자의 자세, 그녀가 귀고리를 주운 위치……

"그럼 나스타가 밖에 나와 있었던 것도?"

부자연스럽게 크게 록사네에게 말을 걸던 발레리아의 시종을 떠올리고 카리사는 눈을 크게 떴다. 나스타는 안쪽의 두 사람에게 시간을 벌어주려고 그런 게 아닐까? 또 한 가지, 카리사는 오늘따라 발레리아의 머리가 흐트러졌다고 생각하지 않았던가!

손으로 입술을 가리며 카리사는 우두커니 멈춰 섰다. 정말로 그 두 사람이……?

"아, 록사네가 그러는 것도 혹시?"

불현듯 록사네의 그 언짢은 태도도 모종의 의미가 있는 것처럼 느껴졌다.

이 둘이 연인이라고 하면 록사네가 보기엔 마뜩치 않을 수도 있다. 발레리아가 그처럼 아름답고 공공연히 수도 제일의 부유한 여인이라고 일컬어질 만큼 재력가라 해도 과부라는 사실이 없어지는 것은 아니니까. 지금의 황후 또한 과부의 몸으로 황제의 비가 되었으나 황제는 그전에 두 명의 황후를 먼저 보냈으니 아직 초혼도 치르지 않은 블레신 왕자와 비할 바는 아니다.

"음, 록사네라면 그럴 만해."

당당하게 블레신과 에스테르가 자신의 필생의 작품이라고 선언하던 그 록사네라면 쌍둥이 남매의 반려자가 조그만 흠 하나도 없이 완벽하길 바라는 것도 무리가 아니다 싶었다. 뭔가 아귀가 맞아떨어진다 싶어 고개를 주억거리던 카리사는 불쑥 놀란 눈이 되어 중얼거렸다.

"이거 혹시 나만 모르는 비밀이었던 건가?"

자신이 알고 보면 눈치라곤 약에 쓸래도 없는 인간일지도 모른다는 불길한 예감과 싸우던 카리사의 눈에 문득 앞뜰을 지나가는 록사네의 모습이 눈에 들어왔다. 왕자를 쫓아가더니 느닷없이 저기엔 왜라고 멍하니 생각하던 카리사는 몇 박자 늦게 소리쳐 시녀장을 불렀다.

"록사네, 록사네! 돌아가는 거예요, 지금?"

똑같이 소리쳐서 대답하는 대신 록사네는 꾸벅 목례를 해보이더니 몸을 돌려 걸어갔다. 간다는 뜻인지 무엇인지 카리사는 갈피를 잡을 수 없었다. 어쨌든 쫓아가고 보자는 생각에 테라스를 벗어나 방 안으로 들어서는데 환한 바깥에 익숙해져 있던 눈이 상대적으로 어두운 방에 들어와 사방이 침침하게 느껴지는 바람에 잠시 발목이 잡혔다.

눈을 가늘게 뜨고 빠르게 깜박이는 동안 문이 열리고 안으로 들어오는 누군가의 형체를 보았다. 눈이 방 안의 명도에 적응해가면서 그 사람이 블레신이란 것을 알아보았다.

"왜, 너도 한 잔 마시고 싶어서 그래, 석류?"

시종들이 술병 대신 두고 간 물병의 물을 따라 마시면서 블레신은 트라비잔어로 물었다. 속에 튜닉도 받쳐 입고 카프탄도 제대로 여며져 있다. 그새 목욕이라도 한 것인지 거의 직모에 가까워진 머리를 깔끔히 빗어 넘긴 얼굴에 홍조가 돌면서 흉터의 장밋빛이 도드라졌다.

'애석하고도 다행한 일.'

새삼 카리사는 그런 모순된 기분이 들게 하는 얼굴이라고 생각했다. 저 잘난 얼굴에 저런 흉터가 생기다니 어떤 신의 짓궂은 장난인 것만 같고, 또 저리 큰 흉터가 남을 정도의 상처에서 가까스로 보호된 푸른 눈을 보면 과연 신은 무심하지 않구나 싶은 것이다.

"물이 아니라 다른 게 먹고 싶다는 얼굴이네."

시원하게 들이켠 물잔을 내려놓고 손등으로 입술을 훔치며 블레신이 웃었다. 트라비잔어에 이어 쿠아론어였다. 흉터가 있는 쪽 눈을 찡긋해 보이며 그가 말했다.

"원하는 게 있다면 말이나 해봐, 반니 양. 그대에겐 내어줄 수 있는 선이 꽤 높을 것 같거든. 어쩌면 내가 생각하는 선 이상으로…… 할지도 몰라."

무슨 단어인지 알아듣지 못하는 부분이 있었다. 상대가 다른 이였다면 당장에 어떤 말이었느냐 물었겠지만 블레신이라면 이야기는 다르다.

"록사네가 뜰을 가로질러 가는 걸 보았습니다만, 돌아간 건가요?"

그의 수작에 조금도 반응치 않으며 카리사는 물었다. 돌아온 대답은 다시 트라비잔어.

"갔어. 내가 약속을 했거든."

무슨 약속이냐고도 묻지 않았다. 카리사는 말없이 절을 하고 돌아가기 위해 문간으로 몸을 돌렸다. 블레신도 굳이 붙잡지 않고 의자로 향하면서 쿠아론어로 말했다.

"혼자 돌아가면 록사네가 난 어디 두고 오는 거냐고 물을 걸 아마. 아무쪼록 말씀드려줘, 모두 네가 ……한 거라고."

알아듣지 못하는 부분이 더 늘어났다. 역시 무시하려고 했으나 블레신은 주도면밀했다.

"내 탓으로 돌리기 없기야. 난 경고해줬으니까. 아, 맞다, 가면 에스테르에게 내가 ……를 ……했다고 좀 전해줄래?"

트라비잔어. 카리사는 쿠아론어보다는 트라비잔어에 더 자신이 있다. 그런데도 그 엇비슷한 어감조차 기억 안 나는 단어를 늘어놓는 왕자가 부러 그러는 게 아닌가 확 의심이 인다.

"그리 머리를 쓰시면서 사람을 놀리시다니 악취미십니다."

"응? 누가 누굴 놀렸다고?"

천진한 표정으로 쿠아론어를 내뱉는 입술조차 얄미워 카리사는 눈살을 찌푸렸다.

"그만 좀 하세요, 쿠아론어면 쿠아론어, 트라비잔어면 트라비잔어 하나만 하시라고요. 이걸로 말했다 저걸로 말했다, 머리 좋으신 거 잘 알겠으니까 자랑은 그쯤 하시라고요."

"왜, 이런 식으로 에스테르랑 연습을 한다며? 그간 네 어학 실력이 일취월장했다고 에스테르가 칭찬하던데 설마 방금 전 내 말을 이해 못 했다고 따지는 거야?"

"공주님은 어디까지나 하루에 한 가지 언어만 쓰게 하십니다. 그리고 왕자님 말씀 이해 못 한 건 맞습니다. 모르는 단어가 한둘이 아니라서요. 아직 제 실력이 이 모양밖에 안 됩니다."

카리사의 무뚝뚝한 대답에 블레신은 피식 웃더니 몇 가지의 단어를 연달아서 줄줄 늘어놓았다. 생소한 말들인데 아주 생소하지는 않은 것이 방금 왕자의 말 속에 등장했던 해석 못할 단어들의 집합이었기 때문이다.

"알아듣는다면 그게 신기한 거지. 나도 익힌 지 얼마 안 된 루기시어야."

역시 골탕 먹었다는 생각보다 '루기시어'라는 말에 카리사는 강한 호기심을 느꼈다.

"루기시……라면 저 네빌리 사막 어딘가에 있다는 루기스 부족의 말 아닌가요?"

"맞아. 박물지를 읽은 보람이 있구나, 석류. 루기스 부족도 다 알고."

카리사는 저도 모르게 몸을 돌려 블레신이 앉아 있는 의자 쪽으로 다가

가며 물었다.

"자기 부족민이 아닌 자와의 접촉을 터부시하는 아주 폐쇄적인 부족이라던데 어떻게 그 부족 말을 다 익히셨어요?"

"세계 어디에나 나처럼 제 울타리가 지겨워 뛰쳐나오는 똘것은 있기 마련이야, 석류. 사막에서 모래 파먹고 사는데 지친 한 녀석이 여행길에 잠시 함께 했었지. 여행을 하다 보면 별의별 사람을 다 만날 수 있어."

제 안에 있는 호기심의 우물에서 물이 퐁퐁 솟아오르는 것을 느끼고 카리사는 위험을 느꼈지만 한 가지만 더, 라는 단서를 달고 블레신에게 또 묻고 말았다.

"벌써 햇수로 치자면 몇 년을 세계를 유람하셨잖아요. 아직도 가보고 싶은 곳이 있으세요?"

"물론이야. 세상엔 아직 내 발로 디뎌보지 못한 곳이 넘쳐나니까."

"이번에 가시면 또 몇 년이 될지 모르겠군요."

"지난번 정도로 오래 걸리지는 않을 거야. 1년 각오하고 간 일이 2년이 될 줄은 나도 미처 몰랐어. 정말 우리 유리크가 나중에 망해서 욕을 들어먹을 때가 와도 길 하난 기가 막히게 잘 닦아놓았다는 점은 누구나 인정해야 할걸. 유리크 밖으로 나가면 유리크에서 하루면 갈 거리를 열흘이 뭐야, 보름이 걸릴 때가 있다니까. 아아, 게다가 그 영감은 어찌나 고집불통이던지. 천하의 유리크 왕자를 굴러다니는 개똥 취급을 하는데 어휴⋯⋯."

"영감이요?"

블레신의 말 중에 나온 엉뚱한 단어에 카리사는 또 반응하고 만다. 이 이야기는 블레신이 에스테르에게 들려준 간략한 여행 이야기에 전혀 들어 있지 않았다. 알 것 없다는 뜻으로 손을 저으려던 블레신은 그녀가 경계심도 잊었는지 그가 앉아 있는 의자에서 세 발자국도 안 되는 거리까지 와서 동그란 고리눈을 하고 귀를 쫑긋 세우고 있는데 장난기를 느껴 버렸다.

"알고 싶어? 흠, 아직 에스테르에게 말하면 곤란한데……."

'아직'이라는 단어가 발하는 비밀스러운 느낌에 카리사는 꿀꺽 마른침을 삼켰다. 대체 무얼까? 머리를 아무리 굴려보아도 짐작조차 되지 않아 도리 없이 입맛을 다시며 말했다.

"그럼 언젠가 공주님께서 아실 때를 기다려보겠습니다."

옷자락을 약간 추슬러 인사를 하고 돌아서려는데 블레신의 느긋한 목소리가 들려왔다.

"본인 입이 무겁다고 생각해, 석류?"

"단연코 무겁습니다! 신전에서 묵언 수행으로 단련된 입인 걸요."

불끈 두 주먹을 움켜쥐고 대답하는 카리사 때문에 블레신이 웃음을 터뜨렸다. 적이 민망해져서 다시 내빼려는 카리사의 뒤에 대고 블레신은 말했다.

"알려줄 수도 있는데 그냥 가게? 그깟 민망함도 못 참다니 몸만 자랐지 아직 애구나."

우뚝 멈춰선 카리사는 순간 갈등했다. 어쩐지 자신이 왕자가 부리는 게임말이 된 듯한 기분. 저 남자는 저리 말하면 내가 다시 돌아갈 거라고 계산하는 걸까? 그렇다면 무시하고 가겠어.

……라고 생각했으나 또 생각해 보니 이게 바로 왕자의 노림수가 아닌가 싶다.

카리사는 자신이 아직 왕자의 상대가 되지 못함을 겸허히 인정하고 마음의 결정을 내렸다. 홱 몸을 돌려 걸어간 카리사는 왕자의 맞은편 의자에 앉아 정중히 말했다.

"들을 준비됐습니다, 왕자님."

어찌 저리 비장한가 싶어 쿡쿡쿡 웃음이 나는 것을 블레신은 겨우 누른다.

"그런데 또 공으로 알려주기는 싫거든."

카리사는 눈을 동그랗게 떴다가 알고 싶으면 그에 상응하는 대가를 내란 뜻으로 이해하고 그대로 자리에서 일어났다. 블레신이 혀를 차면서 다시 앉으라고 손을 까딱거렸다.

"석류, 성격이 은근히 불같다는 거 알아? 하여간 내가 별명 하난 잘 지었어. 내가 큰 거 바라는 거 아니야. 다만 나는 네 신뢰도를 확인하고 싶을 뿐이라고."

"신뢰도라고요?"

"응. 사람이 사람을 믿는 데엔 뭔가 그럴 만한 토대가 있어야 하는 거 아니겠어? 내가 이 자리에서 당장 널 믿어야 할 만한 토대, 있다면 대봐."

카리사는 곰곰이 생각해 보았지만 뾰족한 것을 찾지 못했다. 사람 간의 신뢰라는 건 어느 정도의 시간을 함께 하며 서로를 겪어봐야 가능한 것일 테니까. 그런 의미에서 블레신 왕자와 자신 사이엔 신뢰라 할 만한 것이 절대적으로 부족함을 카리사는 인정했다.

"이렇다 할 토대를 내놓을 수가 없네요."

"저런, 난 에스테르나 록사네를 보증인으로 내걸 줄 알았는데. 록사네만 해도 네게 만만찮은 뚝심이 있다고 칭찬하던걸?"

"어…… 그리 대단찮은 것도 아닌데요 뭘."

"뭐 어차피 나는 내 눈으로 본 것 외엔 안 믿는다는 주의니까. 그리고 사람이란 건, 대하는 상대에 따라서 천차만별의 얼굴을 가지고 있다는 주의이기도 하고. 내가 좀 옹졸해서."

흐뭇한 미소와 함께 그리 말하는 블레신을 카리사는 멀뚱히 쳐다보았다. 확실히 퍽 회의적인 시각인 것은 틀림없으나…….

"그러니 내가 직접 보고 평가할 수 있게 시간을 내어주면 어떨까?"

"시간이라고요?"

"한마디로 부대끼면서 살아보자 이거야. 여기서, 에스테르 대신 내 말벗 노릇을 하면서."

"네에?"

"그렇게 정색할 건 없잖아? 전에도 내가 에스테르에게 너 달라고 한 적도 있잖아?"

"제가 실없이 해보는 말과 진담도 구별 못 하는 어리보기인 줄 아십니까?"

"아니라면 알겠네. 이번엔 내가 진지한 걸 말이지."

카리사는 빤히 블레신의 눈을 쳐다보았고 블레신 또한 전혀 눈을 피하지 않았다. 모르겠다, 눈 겨루기 따위로는 속내를 짐작할 수 없는 남자란 것만 재확인했다.

"혹시 아까 록사네에게 했다는 약속도 방금 말씀이랑 관련이 있나요?"

"글쎄, 어떨 것 같아?"

블레신은 눈썹을 슥 치켜 올리고는 문간으로 고개를 돌려 "쿠르도!" 하고 소리쳐 불렀다. 거의 지체 없이 붉은 머리의 수행시종이 문을 열고 안을 들여다보자 블레신은 아까 말한 걸 가져오라고 했다.

잠시 후 시종이 가져온 것은 갈대로 촘촘하게 짠 어리 같은 물건이었다. 블레신은 어리의 문을 열고는 그 안의 무언가를 홱 카리사에게 던졌

나뭇잎 사이로
반짝이는 1

다. 저도 모르게 움찔해서 몸을 옆으로 피했지만 눈만은 정체불명의 존재를 착실히 담아냈다.

"어머, 세상에. 예쁘기도 하지."

하얀 바탕에 전신에 검은 반점이 있는 새끼 고양이가 초록색 아몬드 같은 눈으로 카리사를 올려다보며 꼼질거리고 있다.

"태어난 지 한 달 좀 넘은 녀석이야. 쿠아론 왕실에서만 키웠던 거라는데 고양이 중에서도 꽤 똑똑한 편이라나."

고양이에게서 눈을 떼지 못하며 카리사는 키우실 거냐고 물었다. 하지만 돌아온 대답에 그녀는 휙 고개를 돌려 블레신을 보았다.

"난 그런 꼬물거리는 거 성가셔. 그러니 네가 키워."

"길들여보란 말씀인가요? 하지만 먼저 주인과 낯이 익어야 할 텐데……."

"그 주인도 네가 하라고. 너 주는 거야. 보람 없이 남의 고양이 보모나 하다 말 거야? 고양이 좋아한다며?"

"좋아하죠, 좋아하는데……. 우와……."

카리사는 새삼 눈에 들어온 새끼 고양이의 사랑스러움에 넋을 놓을 뻔했다. 정신을 차리기 위해 부러 고양이에게서 떨어져 앉고서 카리사는 물었다.

"하지만 느닷없이 이런 걸 주시는 의도를 모르겠습니다."

"의도? 상당히 불순하게 들리는데 내 귀가 이상한 건가?"

"저야말로 드리고 싶은 질문이네요. 일말의 불순함이라도 담겨 있는 선물이라면 정중히 사양하겠습니다, 루키아노스 왕자님."

그를 바라보는 카리사의 눈에 엉큼한 속셈 따윈 용납하지 않겠다는 처녀다운 기백이 흘러넘쳤다. 블레신은 크게 한숨을 쉬었다.

"이봐, 반니 양. 뭔가 단단히 착각하는 게 있는 모양인데, 그대는 내가 정신을 잃고 미칠 정도로 어여쁜 건 결코 아니거든? 다시 만나보니 전보다 훨씬 고와 보여서 마음이 좀 동한 건 있었는데 거기에 대한 네 반응이 영 아니었잖아. 난 나 싫다는 여자한테 흥미 없어. 나 정도 되는 사람이 뭐가 부족해서 여자의 정을 구걸해야 하느냔 말이야. 설마 본인이 왕자인 내가 자긍심도 내팽개치고 절절매도록 매혹적이라고 생각하나?"

"그렇지 않다는 것, 잘 알고 있습니다."

그때 긴 의자 위를 조심스럽게 걸어 다녀보던 고양이가 카리사의 옆으로 와서 앞발로 툭 다리를 건드렸다. 고양이를 보자 마음에 세운 날이 언제 그랬냐 싶게 스르륵 녹아내린다.

블레신의 예리한 눈은 그 표정 변화를 놓치지 않으며 어조를 바꾸어 온화하게 말을 건넸다.

"난 원래 에스테르를 모시는 사람들에게 이것저것 많이 베푸는 편이야. 시녀들은 물론이고 하다못해 바닥 청소나 하는 하인이라고 해도 나한테서 뭔가 받은 게 있을 거란 얘기야."

"들었습니다. 오히려 이곳 이트궁 사람들에게보다 더 잘하신다는 말도요."

"알고 있으면 됐군. 그 고양이 역시 그런 거라고 쳐. 나한테 잘하라는 건 아니지만 에스테르에게는 잘하라는 압박이 들어 있다는 건 명심하고."

"이런 걸 주지 않으셔도 잘할 겁니다. 어떤 신에게도 당당히 맹세할 수 있습니다."

카리사는 조금 불쾌한 눈빛으로 블레신을 쳐다보았다. 블레신은 그녀의 마음을 훤히 읽기라도 한 듯이 대꾸했다.

"내가 바라는 건 그 한결같음이 더 오래가는 거야. 사람의 마음이란 건 영원한 게 없으니까. 좋은 때를 좀 더 유지시키는 데엔 재물이 꽤 소용이 되지. 치사해도 말이야."

"혹시 왕자님께선 본인이 염세주의자라는 생각, 해 본 적 있으십니까?"

카리사의 질문에 블레신의 푸른 눈이 약간 커지더니 웃음으로 넘실댔다.

"염세주의자이기만 할까? 봐, 이렇게 진지하게 이야기할 시간이 있으니 서로에 대해 아는 게 늘어나지 않아?"

블레신이 의자에서 일어나 다가오더니 고양이를 들어 올려 눈높이에서 쳐다보며 갸르릉거리고 목을 울려 소리를 냈다. 그는 노래만 잘하는 게 아니라 그런 흉내에도 대단히 뛰어나서 새끼 고양이는 제 동료라고 생각했던지 앙증맞게 울었다. 그러자 사르르 고양이에게 지어주는 미소가 몹시도 해맑다. 그 웃음을 만면에 띤 채 카리사를 내려다보며 블레신이 말했다.

"내 약속을 하지. 섣부른 추파로 널 당혹케 하는 일은 없을 거라고 말이야. 왕자의 언약이야. 그래도 미덥지가 않은가?"

블레신의 미소와 그의 손에 들린 새끼 고양이를 번갈아 보면서 카리사는 이미 동요한 마음의 갈피를 잡았다. 그래도 마지막으로 한 가지를 더 확인했다.

"아까 그 이야기, 결국 못 듣게 된다고 해도 저는 상관없습니다. 신뢰란 것도 왕자님이 황궁에 머무는 시일이 길어져 차차 얼굴을 보다 보면 쌓이겠지요. 절 굳이 이곳에 머물게 하실 것까지는 없다는 말씀입니다만……. 솔직히 제가 여기서 무슨 소용일지도 잘 모르겠고요."

"뭐긴 뭐야, 같이 좀 놀자구, 반니 양. 내가 심심해서 술독에 빠지는 것 때문에 에스테르가 단단히 뿔이 났다며? 그러니 공주도 구하고 왕자도 구하라 이거지. 나쁘지 않을걸, 네게도? 난 에스테르와 비슷한 지능에, 에스테르보다 월등한 활동력을 가지고 있거든."

어리광부리듯 말하는 왕자 때문에 피식 한 번 웃고선 카리사가 말했다.

"좋습니다, 왕자님. 구할 수 있을지 없을지 한 번 시도나 해보겠습니다. 그 김에 서로 신뢰란 것도 쌓아보고요."

"오호, 반니 양. 이트궁에 온 걸 환영하오."

블레신은 오른손을 착 펼쳐서 카리사에게 내밀었다. 그 손을 멀뚱거리며 그녀가 보고만 있자 악수하는 거 못 봤느냐며 어서 오른손을 내밀라고 다그쳤다.

"악수란 건 남자들끼리만 하는 건데 어찌……."

"내게서 여자 대접을 원한단 말이야? 아까랑 말이 다른데."

"물론 아닙니다. 왕자님께서 개의치 않는다면 못할 것도 없지요."

대번에 고개를 저으며 카리사도 오른손을 들었다. 블레신을 흉내 내었지만 엉거주춤하기만 한 그 손을 블레신이 쥐고 힘차게 흔들었다.

"잘 지내보자구, 석류."

"아무쪼록 잘 부탁드립니다."

앉아서 악수를 하다가 뒤늦게 이게 아니란 생각에 카리사도 의자에서 일어났다. 악수란 걸 원래 이렇게 오래 하는 건가 하고 카리사가 그를 쳐다볼 때 블레신이 손을 놓고 대신 고양이를 덥석 안겨주었다.

"리라를 가져올 테니까 지난번에 이어서 연습하자고. 그동안 이 녀석 이름이나 생각해둬."

고개를 끄덕이는 카리사를 보고 블레신은 등을 돌렸다. 문가로 향하는 그의 뒤에서 "아가야, 네 이름을 뭐라 하면 좋을까?" 하고 다정하게 묻는 카리사의 목소리가 들려왔다.

블레신의 입꼬리 한쪽이 슥 올라갔다. 쓸 수 있는 미끼의 차이가 있을 뿐, 세상에 낚지 못할 사람은 없다. 그의 지론이 다시금 굳어지는 순간이었다.

이틀 정도 평소에 비해 더운 날씨가 이어진다 싶더니 아침부터 황궁 위하늘이 흐릿했다. 체력단련을 마치고 돌아가던 클라이저는 빽빽하게 구름이 깔린 하늘을 올려다보고 시선을 내리다 언뜻 코끝을 스치는 달콤한 향기에 잠시 주위를 둘러보았다. 곧 그는 길가의 수풀에 핀 꽃을 보았다. 그의 시선이 머문 곳을 보고 따르던 시종이 아는 체했다.

"날이 더워지고 있으니 수선화도 이제 끝물이겠습니다."

건성으로 고개를 끄덕이면서 클라이저는 하얀 수선화 무리를 지나쳤다. 하지만 얼마 못 가 뒤를 돌아보면서 중얼거렸다.

"헤러반궁에 가볼까."

웬일로 옆에서 재촉도 하지 않았는데 먼저 이야기를 꺼내는 황자의 말에 시종은 눈을 두어 번 깜박였다. 어쨌든 황후에게 공주와의 사이가 돈독해지도록 자주 황자를 일깨우라는 당부의 말도 들은 터라 반가운 일이었다.

"공주님께서 기뻐하시겠군요. 아침을 함께 드실 거라면 미리 기별을 넣겠습니다."

행여 마음이 변할까 시종이 서두르자 클라이저는 "글쎄……."하고 중얼거리며 입고 있는 튜닉을 가볍게 팔락거렸다. 눈가에 살짝 당혹감이 떠돌았다.

"오후에 가든가 하지."

흰 수선화 무리에서 시선을 거두어들이고 클라이저는 걸음을 재촉했다. 제 궁전까지 가는 내내 그의 미간에 어린 당혹감은 아주 가시지 않았다. 바로 목욕부터 하러 안뜰의 연못 옆을 가로지르는 그의 시야에 아직 그럭저럭 남은 수선화 몇 송이가 들어왔다. 수풀이 부스럭거린다 싶더니 검은 고양이가 얼굴을 내밀고 야옹, 하고 길게 울었다.

"밤새 안 보인다 싶더니 여기서 놀았니?"

그가 말을 걸자 미오는 그의 발치로 다가와 귀를 눕히며 얼굴을 쑥 들었다. 쓰다듬어달라는 신호에 잠시 손길을 주면서 진한 향기를 뿜어내는 흰 꽃들을 보던 클라이저는 아직 곁에 서 있는 시종에게 말했다.

"헤러반궁에 기별을 넣어라. 아침을 들러 가겠다."

"네!"

시종이 뛰어가고 고양이와 둘이 남자 클라이저는 빙그레 웃으며 말했다.

"미오, 네가 좋아하는 사람을 보겠구나."

날씨가 궂은 날엔 대개 그러하듯이 이날 에스테르 공주는 눈을 뜨는 게 힘이 부쳤다. 심장이 무겁게 두근거리고 몽롱한 머리는 지끈거림이 있었으며 팔꿈치에 힘을 넣어 몸을 일으키면서도 전신에 저릿함이 밀려왔다. 어지간해서는 아프다는 내색조차 하지 않는 편이지만 오늘은 아랫배조차 저미듯이 아파서 견디기 힘들었다.

어렵게 침대에서 내려선 에스테르는 문득 어떤 느낌에 자고 난 자리를 돌아보았다. 살짝 붉은 게 묻어난 이부자리를 보고 비로소 에스테르는 이 유난한 노곤함의 정체를 깨달았다.

"밤새 평안히 주무셨습니까, 공주님?"

가장 먼저 침전에 든 록사네가 건넨 인사에 에스테르는 고개를 끄덕이며 엷게, 웃었다.

"캐모마일차를 준비해줘, 록사네."

무슨 뜻인지 알아들은 록사네가 다가와 이부자리를 살폈다. 워낙에 몸이 약해 올해 들어선 처음 하는 달거리였다.

제 몸이 여성으로서의 할 일을 하는 것에 뿌듯해 하는 에스테르와 달리 록사네는 공주의 창백한 뺨에 땀이 돋아 있는 것이 보여 안쓰러웠다. 열여덟 살이 되도록 초경이 없어 속을 끓였던 에스테르가 달거리를 반기는 기분을 짐작 못 할 바는 아니지만 몇 달에 한 번씩 달거리가 있을 때마다 고통이 심해 기절을 하는 일도 빈번했으니 말이다.

차도 차지만 통증을 완화시킬 강한 약을 주문해야겠다고 생각하고 의사에게 사람을 보낸 뒤 황자에게도 사람을 보내야지 했다. 이미 흔쾌히 아침식사 준비를 하겠노라 답한 후였지만 공주가 깨고 보니 그럴 상황이 아니라 여겨졌다. 하지만 록사네가 막 사람을 보내려 할 때 침전에서 내실로 나온 에스테르가 그 이야길 꺼냈다.

"전하께서 오신다며? 아직 시간이 좀 남았지? 자면서 땀을 흘려서 제대로 씻고 싶어."

"괜찮으시겠습니까?"

록사네는 리넨 손수건으로 에스테르의 얼굴에 송골송골 배어 나온 땀을 훔쳐 주며 그녀의 건강을 걱정했다. 에스테르의 손이 시녀장의 억센 손을 두드렸다.

"난 이 몸으로 이십 년도 넘게 살았어, 록사네. 오늘은 나쁜 축에도 들지 않아."

목욕탕에 가기 위해 내실을 나서려던 에스테르는 문 옆의 세 발 탁자 위에 놓인 꽃병을 보고 손을 뻗었다. 어제까지 사과꽃이 꽂혀 있던 화병에는 흰 수선화가 소담히 꽂혀 있었다.

"아직 수선화가 피나보네."

"산책 중에 찾았다며 일찍 반니 아씨가 가져다놓았습니다."

허리를 굽혀 꽃향기를 맡으면서도 몸이 축축 쳐지는 걸 추스르기 위해 에스테르는 부러 더 목소리에 힘을 넣으며 록사네를 향해 말했다.

"참 바지런한 아이지? 내가 몸이 건강했으면 꼭 저렇지 않았을까, 그런 생각이 들 때가 있어. 처음엔 나만큼이나 허약해보여서 내심 걱정했는데 기우였으니 참 다행한 일이야."

덤덤한 말이었지만 록사네로서는 가슴이 아픈 말이었다. 에스테르가 나가고 붉은 도자기 꽃병을 물끄러미 쳐다보던 록사네는 이윽고 한숨과 함께 고개를 주억거렸다.

"그래, 아픈 사람이 한 곳에 둘이 있는 것보다야 한 명인 편이 더 낫겠지. 공주님이 맡아서 인물 만들어 놓았으니 우리 공주님 얼굴도 설 일이고. 당장 왕자님을 모시는 데에도 도움이 되고 말이지. 그만하면 내가 잘 고른 것일 게야."

인간적으로도 귀족 아가씨답지 않게 소탈하고 정이 많은 카리사를 싫어하지는 않았다. 하지만 꽃병을 보는 록사네의 눈빛은 썩 개운치만은 않았다.

목욕 후 의사가 특별히 준비해준 탕제를 마신 게 효과가 없지 않아 에스테르는 클라이저를 맞이해 식당에서 거뜬히 식사를 해냈다. 식탁이 치워지고 후식이 준비될 즈음 비 떨어지는 소리가 나기 시작하자 에스테르는 뜰을 가리고 있는 커튼을 걷어보라고 했다.

"바람이 좀 차던데."

"괜찮습니다, 잠깐이라면."

염려해주는 클라이저의 말에 상냥하게 대꾸하고 에스테르는 녹음이 무성한 식당 밖의 뜰을 내다보았다. 애석하게도 뜨락엔 초록빛만 그득할 뿐 이렇다 할 꽃이 보이지 않아 아쉬웠다.

"록사네, 저기에 수선화를 좀 심어보는 게 어떨까?"

"정원사에게 말해놓겠습니다."

"갑자기 수선화는 왜? 이제 거의 끝물인데."

에스테르와 록사네가 주고받는 말을 듣고 클라이저가 물었다.

"아침에 카리사가 꺾어다 줬는데 향기가 참 좋더군요. 지금 옮겨 심으면 안 좋을까요?"

"자리만 잘 고르면 살지 않을까? 그런데 꽃만 꺾어오고 정작 사람은 보이지 않는군."

스윽 식탁 주변을 둘러보며 클라이저가 말하자 투렐리아가 재빨리 입을 열었다.

"반니 양은 지금 이곳에서 지내지 않는답니다, 전하. 한 며칠 됐어요."

의아한 눈으로 그가 에스테르를 돌아보았다. 에스테르는 푹 졸여낸 마르멜루잼을 한 숟가락 뜨면서 대답했다.

"이트궁에 가 있어요."

더욱 알 수 없다는 눈빛이 된 클라이저에게 에스테르는 잼을 끼얹은

케이크를 건네었다.

"오라버니가 자꾸 술로만 소일을 하시니 감시인 노릇 좀 하게 부탁했지요."

"허. 막중한 일을 시켰군. 꽤 씩씩해 보이긴 했는데 블레신을 감당할지는 의문인걸."

"제법 잘 해내고 있다네요. 그렇지, 록사네?"

시녀장이 보일 듯 말 듯 고개를 끄덕였다. 그리고 지나가는 말처럼 한마디 덧붙였다.

"전부터 왕자님께선 반니 양을 탐을 냈으니 말입니다."

"정말인가?"

"아시잖아요, 오라버니가 곧잘 하는 실없는 소리."

에스테르가 별거 아니란 뜻으로 말했지만 클라이저는 그 주제를 좀더 생각해보는 눈치였다. 커튼이 열린 뒤 뜨락을 내다보느라 바쁘던 미오가 볼 게 없다 싶었던지 되돌아와서 클라이저의 발치에서 가늘게 울었다. 이곳에 오면 으레 만날 거라 생각한 누가 없어서 아까부터 고양이는 괜스레 방황 중이었다. 고양이를 한 손으로 안아 올리며 클라이저가 중얼거렸다.

"블레신은 몰라도 이 녀석이 반니 양을 탐내는 건 확실한데. 이따 목줄을 묶어서 이트궁에 한 번 데려가야겠군. 만나게 해주겠다고 약속을 했으니 지켜야겠지?"

에스테르가 미오에게 손을 뻗자 식탁을 가로질러와 그녀의 손끝을 핥긴 했으나 또 금세 클라이저에게 되돌아갔다. 조금 서운한 듯이 고양이를 쳐다보며 에스테르가 중얼거렸다.

"동물도 질투를 한다면서요? 샘을 낼지도 모르니까 잘 지켜보세요."

"샘을 낼 일이 뭐가 있다고?"

"이트궁에 고양이가 생겼거든요. 아주 예쁜 쿠아론 고양이래요."

"개도 아니고 고양이? 블레신이 잘도 허락해줬네."

"오라버니가 카리사에게 줘서 키우게 하는 모양이에요. 원래 선물엔 후한 분이잖아요."

동의한다는 뜻으로 고개를 끄덕이면서 클라이저는 제 고양이를 내려 다보았다.

"쿠아론 고양이라. 막강한 경쟁자가 생긴 것 같구나, 미오."

처음엔 가늘게 시작한 빗발이 점차 굵어지며 찬 기운이 들어와 곧 커튼을 쳤다. 후식을 간단히 들고 에스테르를 침전까지 데려다 준 뒤 클라이저는 돌아갔다. 쉬라는 말을 남기고 걸어가는 클라이저의 어깨에 앉은 고양이를 에스테르는 부럽게 바라보았다.

침소로 돌아온 에스테르는 침대에 기대앉아 약물을 마시며 다른 시녀들을 내보냈다. 그리고 잠들 때까지 곁을 지킬 록사네에게 말했다.

"다시 산책을 시작해야겠어, 록사네."

"예, 우선 손님이 지나가신 후에……."

"그럴게. 내가 아무래도 의지가 약했던 게 아닌가 싶어. 아프다고 번번이 중단할 게 아니라 아픈 날에도 움직이는 버릇을 들였어야 하는 게 아닐까? 지금보다는 더 건강해질 수 있었을지 모르는데 내가 세월을 허송한 느낌이야."

"공주님께서는 제가 아는 그 누구보다도 참을성이 강한 분이니 그런 후회는 접어두십시오."

"이렇게 쓴 약을 잘 마시는 참을성 말이야?"

다 마신 잔을 록사네에게 건넨 뒤 에스테르는 고개를 내저었다.

"내가 원하는 건 이것보다는 커. 이렇게 그럭저럭 살아가는 걸로는 부족해. 머잖아 혼인을 할 테고 아이도 낳고 싶으니까. 하지만 이렇게 시들시들해서야 아이나 갖게 될지, 운 좋게 아이를 가져도 그 아이를 낳을 때까지나 버틸지, 암담하잖아."

"미리부터 걱정하실 일은……."

"해야지. 내 어머니는 나보다 한 살 적은 나이에 오라버니와 날 낳고는 돌아가셨어. 난 어머니의 전철은 밟고 싶지 않아. 아이를 낳고도 아이가 다 자라서 날 기억하도록 살아서 돌봐주고 싶어. 어머니를 기억하지 못하는 아이는 참 서글프더라고."

달거리 때문일까, 오늘따라 에스테르는 내밀한 속마음을 털어놓았다. 벌써 약물의 효과가 돌아 에스테르의 눈이 감길락 말락 했다.

"건강해질래. 카리사 정도는 바라지 않으니까 그 반의반만큼이라도……. 아함, 그런데 록사네, 오라버니가 정말로 카리사에게…… 관심이 있는……?"

말을 다 끝맺지 못하고 에스테르는 잠이 들었다. 수건으로 그녀의 이마 가장자리에 난 땀을 닦아주고 이불 속에 넣은 탕파의 온기가 적당한지 살핀 후 록사네는 갈대의자에 앉아 바느질감을 들었다. 색색 고른 숨을 내쉬는 공주의 숨소리를 들으며 록사네는 작게 중얼거렸다.

"있을 겁니다. 설사 없어도, 있게 될 겁니다."

"보세요, 역시 금방 그칠 비가 아니지 않습니까!"

카리사는 떡갈나무 이파리 사이로 떨어지는 빗물의 양이 점점 많아지자 결국엔 분통을 터뜨렸다. 블레신이 "알았어, 알았어."하고 말하더니 느닷없이 카프탄을 벗어 카리사에게 던졌다. 엉겁결에 옷더미에 머리부터 묻힌 카리사가 뭐 하시는 거냐고 따졌다.

"그거 도롱이 삼아서 머리부터 쓰면 비에 덜 젖을 거야."

"누가 이런 게 필요하댔습니까? 도로 가져가세요."

옷을 내미는 카리사의 손을 무시하고 블레신은 켄의 고삐를 당겨 앞으로 걸어가게 했다. 멀어져가는 그를 멍하니 보던 카리사가 어디 가시는 거냐고 뒤늦게 물었다.

"어디 가긴? 안 그칠 비라면 그냥 맞으면서 돌아가야지. 넋 놓고 있지 말고 따라와, 너도. 길 미끄러워지면 네 실력에 고생깨나 할 걸?"

그러길 바라는 듯한 장난기 어린 대답에 카리사는 뿔난 얼굴이 되었지만 더는 왕자에게 따지는 일은 하지 않았다. 이젠 스스로를 자책했다.

"믿을 사람을 믿어야지, 어쩌자고 나를 안 믿은 거야. 바보, 바보 카리사."

"그런 식으로 돌려서 공격해도 하나도 안 아프거든? 그냥 대놓고 날 바보라고 불러, 불경죄로 삼지 않을 테니까."

블레신의 뒤통수를 쏘아보며 카리사는 말에게 조금만 더 빨리 가란 뜻으로 목덜미를 툭툭 두드렸다. 늘 발레리아의 말만 빌려 타다가 오늘은 블레신이 전에 타던 말을 타고 있는데 이 녀석도 켄만큼이나 덩치가 커서 카리사로서는 행동 하나하나가 더욱 조심스러웠다.

아침부터 궂은 날씨를 보고선 블레신이 불쑥 이런 날에 말 타본 적 있냐고 물어서 솔직하게 없다고 대답한 게 화근이었다. 그럼 타 봐야지, 라는 그의 말 한마디로 결정된 오전 일정. 카리사는 비가 올 거라고 고개를 설레설레 저었으나 올 거면 어젯밤에 왔을 거라면서 블레신이 단호하게 저건 허세구름이라고 주장하는 것에 그런가? 하고 넘어가고 말았다. 군인으로 또 여행자로서 상당한 시간을 보낸 관록의 후광에 카리사는 제 눈조차 믿지 않는 우를 범했다.

"그래도 그렇지 비가 온다 안 온다, 그 정도 감도 없으면서 여행을 다니셨던 겁니까?"

"아, 오늘 비 올 건 알고 있었어. 딱 봐도 언제든 퍼부을 준비가 된 하늘이었잖아."

"어, 어, 어쩜! 언제는 허세구름이라면서요. 이제 와서 민망해서 말을 바꾸시다니, 썩 보기 좋지 않습니다."

"설마 이런 일로 민망하겠어? 난 다만 양심 고백을 하는 거야. 거짓말 했다고. 미안. 어쨌든 그 옷 한 번 자세히 봐, 우장으로 쓸 수 있게 지은 거니까 덮어쓰면 확실히 덜 젖을 거야."

어깨너머로 돌아보며 블레신이 카리사에게 찡긋 윙크를 했다. 거짓말은 둘째 치고 그 태도에 카리사는 어안이 벙벙했다.

"비 올 줄 빤히 알면서 말은 왜 타러 오시는데요?"

"근사하거든. 빗발을 뚫고 말을 달리는 거. 그 재미를 깨닫게 해줄까 하고 꾀어낸 거지."

"근사한 게 아니라 위험한 거지요, 그건."

"적당한 위험은 삶을 감칠맛 나게 해주는 소스가 되는 거야. 겁쟁이 같은 소리 말고, 한 번 두 눈 질끈 감고 달려봐."

그 말에 이어 블레신은 힘껏 구령을 질러 말을 달리게 했다. 내닫는 말 위에서 그가 뒤를 돌아보고 날카롭게 휘파람을 불자 카리사가 타고 있던 말도 돌연 속도를 내기 시작했다.

카리사는 멈춰볼 엄두도 내지 못하고 그 당장에 납작 말 등에 엎드렸다. 힘차게 뛰는 말의 움직임에 정신이 없는 와중에도 즐거운 듯이 외치는 블레신의 목소리는 들려왔다.

"우르 그 녀석 내가 군단에 있을 때부터 데리고 있던 녀석이야! 늙어서 군마로는 쓸 수 없게 되어서 데리고 왔지만 애초에 군마로 태어난 녀석이라 이거지. 퍼붓는 빗속에서 산길을 오르는 모습을 봤어야 해, 낭떠러지나 다름없는 길을 날개 돋친 듯이 달렸어! 난 그때 그 녀석한테 신마神馬의 혈통이 흐른다고 믿을 뻔했다니까!"

마구간에서 꺼내올 때에는 비실거리는 몸하며 윤기 없는 털, 흐릿한 눈에 눈곱까지 낀 것이 영락없는 퇴물로 보여 아무리 왕자가 오래 궁을 비웠어도 그렇지 마구간에 이런 말 한 필밖에 없다는 사실에 내심 혀를 찼었지만 이제 그 퇴물이 그야말로 신들린 듯이 달리는 것 앞에서 카리사는 속수무책이었다. 그런데 땅이 부서져라 폭주하는 말 위에서도 블레신의 목소리에는 긴장의 기색 한 점이 없었다.

"내가 아는 사람이 우르 손녀를 키우고 있거든. 켄하고 교배시킬 생각인데 잘하면 아주 근사한 게 나오지 않겠어? 켄의 힘에 지구력, 그리고 우르의 순발력과 담대함, 그 모든 게 합쳐진 말을 생각해봐. 굉장하지 않아?"

그 뒤로도 블레신의 좋은 말에 대한 지론이 쭈욱 열거되었다. 다 적응하기 나름이라고 말의 격한 진동에도 익숙해진 것 같아 카리사가 상체를 좀 들어보려 했지만 하필 도랑이 생긴 곳을 우르가 펄쩍 뛰어넘는 와중이라 으앗, 외마디 소리를 지르며 다시 찰싹 달라붙었다. 앞서 가던 블레신이 그 소리에 뒤를 돌아보며 웃었다.

"그렇게 겁을 내서야 쓰나? 끽해야 한 번 죽는 인생 배짱 좀 부려봐, 겁쟁이! 언제까지고 우아하게 구보 연습만 한다고 실력이 느는 게 아니래도!"

너무 호쾌한 웃음소리에 듣는 겁쟁이는 부아가 치밀어 올랐지만 그 부아가 배짱으로 변해서 대뜸 몸을 일으킬 수 있다거나 하는 기적은 일어나지 않았다. 노력으로 될 일이 있고, 안 될 일이 있는데 말을 타는 건 그 후자가 틀림없다고 카리사는 거듭 생각했다.

"혀라도 씹은 거야? 석류, 너무 조용하니까 무섭잖아! 살아 있으면 대답이라도 해봐!"

며칠 동안 같은 궁전에서 지내며 본 대로라면 왕자는 늦게 자고 늦게 일어나 많이 먹고 의자에 누워 뒹굴거리며 놀고 자는 천하의 한량이 따로 없다 싶었는데, 이런 때에 보면 정말 체력 하나는 타고났다는 생각에 혀를 찼다. 어쩌면 저리 뛰는 말 위에서도 목소리 한 번 떨리지 않을까. 역시 반신으로 추앙받는 황가의 핏줄은 뭐가 달라도 다르구나…… 라고 감탄만 할 때가 아니다.

'일어나자, 카리사, 다리에 힘주고, 배에 힘주고 정면을 보면서 고삐를 쥔 손을 놓지만 않으면 되는 거야. 이미 잘 길들여진 말에 너는 몸만 얹어놓았을 뿐이야. 믿어야지, 좋은 말은 이유 없이 기수를 떨어뜨리지 않는댔어.'

비록 자유자재로 말을 부리는 능숙한 기수인 발레리아가 해준 말이긴 하지만 카리사는 겁을 집어먹게 될 만한 생각을 머리에서 몰아내려 애썼다. 그러는 와중에도 블레신은 뒤를 돌아보며 진짜 죽은 거냐고 놀려댔다.

'누가 죽어, 죽기는. 절대 안 죽어. 사람을 뭘로 보고.'

때로는 간단한 게 최선의 답. 여기서 죽을까 보냐, 하는 오기가 마침내 카리사를 일으켜 앉혔다. 한 걸음 더 나아가 딱딱 이빨이 마주치는 것을 극복하고 그녀는 입도 열었다.

"저 안 죽었으니까, 적당히 좀 하세요, 채신머리없는 왕자님."

"이야, 살 만하니까 당장 독설부터 날리는 거야? 어디, 이제 좀 적응이 된 모양이니 제대로 속력 좀 내볼까?"

"그, 그런!"

설마 농담이겠지 하고 멍하니 입을 쩍 벌리는 카리사의 눈앞에서 블레신이 말의 뱃구레를 차며 "하!"하고 소리치자 켄의 속도가 정말로 더 빨라졌다. "우르, 따라와!"라는 외침에 카리사를 태운 말이 숨이 넘어갈 듯이 콧김을 뿜어대며 질주했다. 거친 숨소리가 예사롭지 않아 이러다 내가 아니라 말이 죽겠다는 생각에 카리사는 덜컥 겁이 났다.

"왕자님, 속도를 줄이세요, 이 말, 우르가 힘들어한다구요!"

카리사가 몇 번이나 같은 소리를 외쳐서야 겨우 빗소리를 이기고 블레신의 귀에 닿았다. 블레신이 고삐를 당기며 뒤를 돌아보더니 막 말을 그녀 쪽으로 돌리는 순간 블레신의 바로 뒤쪽으로 보이는 유난히 둥치가 굵은 떡갈나무가 빛의 기둥이 되어 새하얗게 빛났다.

낙뢰! 눈으로 좇아갈 수 없는 속도로 벼락이 나무를 훑고 간데 이어 뒤늦게 콰르릉하고 굉음이 사방을 가득 메웠다. 빛의 기둥은 폭발하는 불티가 되어 빗속에서도 하얀 연기를 피우며 나무가 불타올랐다.

새까맣게 탄 큰 가지 하나가 길 쪽으로 쓰러졌으나 귀가 먹먹한 나머지 카리사는 소리를 거의 듣지 못했다. 대신 입에 거품을 물고 달려오는 블레신의 말, 켄의 모습은 똑똑히 보였다. 블레신도 어지간히 놀랐는지 아직도 뒤를 돌아보는 자세 그대로였는데 두 말의 거의 가까워졌을 때 카리사는 왕자의 손이 고삐를 쥐고 있지 않음을 발견했다.

"멈춰, 켄!"

나중에 몇 번을 거듭 생각해봐도 믿겨지지 않는 배짱이 발현해 카리사는 타고 있던 말을 다루어 켄의 진로를 가로막았고 팔을 뻗어 녀석의 고삐를 쥐는 데까지 성공했다. 뒷발로 서서 허우적거리려던 켄의 시도는 태산처럼 버티며 가로막는 우르로 인해 실패로 돌아갔다. 놀랍게도 코앞에서 벼락이 떨어지는 걸 본 상황에서도 그녀의 늙은 말은 침착하기 짝이 없었다. 과연 생사가 오가는 전장을 누빈 군마의 연륜, 한데 그것을 칭송했던 왕자는 정작…….

"왕자님! 아무리 놀라셔도 그렇지 말고삐를 놓아버리시면…… 왕자님?"

카리사는 아직 귀가 먹먹해서 크게 내지르는 제 말소리도 잘 안 들렸다. 허나 여전히 뒤를 돌아보고 있는 블레신의 손에 고삐를 쥐어주는 순간 그 무섭도록 차가운 손에 퍼뜩 놀라 카리사는 고개를 들었다. 벼락이 친 나무에 아주 가까이 있었는데 설마 그 벼락에 무슨 영향이라도?

"왕자님, 루키아노스 왕자님, 괜찮……으세요?"

옷자락을 잡아당겨 블레신의 몸을 흔들자 나무토막처럼 뻣뻣한 그 몸이 반응을 보였다. 그가 천천히, 아주 천천히 몸을 돌렸다. 너무도 창백한 얼굴에 한 번, 마치 딴 사람처럼 멍하니 풀려 있는 눈빛에 또 한 번 놀라는 카리사의 눈앞에서 블레신의 입술이 가냘프게 들썩였다.

"두 번째도 피했군. 세 번째엔…… 죽으려나?"

블레신의 눈이 스르륵 감겼다. 옆으로 기우뚱 쓰러지려는 몸을 카리사가 용케 붙들었으나 체격의 차이로 버티는 데에도 한계가 있었다.

간신히 블레신이 말에 엎드리게 하는 데에 성공한 뒤 그녀는 말에서 내려 켄의 고삐를 쥐고 말구종을 하면서 끌고 갔다. 베테랑답게 우르는 알아서 뒤에서 따라왔다. 덩치만 좋았지 겁쟁이로 판명난 켄의 상태가 불안해서 멀리는 못 가고 떡갈나무숲으로 들어가는 길목에 있는 정자에 다다르자 두 말 다 쉬게 했다.

"내가 오늘을 위해서 운동을 했구나."

좌락좌락 퍼붓는 비 때문에 왕자를 그대로 둘 수도 없어 블레신을 말에서 끌어내려 등에 메고 질질 끌면서 정자의 지붕 아래로 데려갔다. 대리석 벤치에 블레신을 기대앉게 하는 것으로 그녀의 중노동은 끝이 났다.

카리사는 숨 돌릴 겨를도 없이 블레신을 살펴보았다. 심장은? 가슴에 손을 대자 다행히 힘차게 맥동하는 게 느껴졌다. 숨은? 코끝에 대본 손가락에도 따스한 공기가 닿았다. 확실히 벼락에 해를 입은 건 아닌 모양. 애먼 제 가슴이 욱신거려서 손바닥으로 문지르면서 카리사는 벤치 옆의 맨바닥에 주저앉았다.

전혀 그럴 상황이 아닌데, 갑작스런 피로와 함께 하품이 쏟아졌다. 게다가 으슬으슬 한기도 돌았다. 이대로 잠들면 꼼짝없이 감기가 들겠다는 생각에 눈을 부릅떴다.

"아, 저거……."

블레신이 준 카프탄 생각에 고개를 들자 나무 그늘 아래서 비를 긋고 있는 우르의 잔등에 아직 걸쳐져 있는 게 보였다. 억지로 몸을 일으켜 가져온 옷을 계단을 향해 탈탈 털자 과연 물기가 제법 가셨다. 부르르 떨면서 옷을 두르던 카리사는 곧 왕자를 보고 미간을 찡그렸다.

벤치에 그녀가 앉혀놓은 대로 있는 블레신의 얼굴이며 입가에 창백한 기운이 현저하다. 옷을 쳐다보고 다시 왕자를 본 뒤 카리사는 결국 벤치로 가 왕자의 옆자리에 앉았다.

젖은 옷 너머로 느껴지는 벤치의 차가움에 한차례 떨고 그녀는 블레신에게 바투 다가앉아 카프탄을 펼쳐 둘의 몸을 요령껏 덮었다. 비에 젖은 살갗의 겉은 차가웠으나 몸이 진득하게 닿은 부분을 통해 조금씩 훈기가 퍼졌다. 카리사는 하품을 크게 하고 블레신을 보며 중얼거렸다.

"아주 잠깐만 자고 일어날게요. 그때 사람을 데리러 다녀오든가 하겠습니다……."

말의 끝은 거의 입 안에서 먹었다. 툭 옆으로 떨어진 고개는 잠시 불편하게 까딱거리다가 블레신의 어깨라는 버팀목을 찾자 재빨리 거기에 안주했다.

아주 잠깐이 그녀의 생각보다 길어져 불현듯 블레신이 눈을 떴을 때 정자의 지붕을 따라 이따금 똑똑 떨어지는 몇 방울의 물 말고 다른 물소리는 아주 가신 후였다. 간간이 드러난 구름의 틈으로는 밝은 햇살줄기가 땅까지 드리워져 있다.

블레신의 눈은 그런 빛살을 담아 말갛게 씻은 사파이어처럼 빛났다. 숨을 들이쉬자 젖은 풀 내음이 폐부에 찬다. 더 깊게 어깨가 들썩이도록 숨을 들이쉬자 향긋한 은매화 냄새 또한 그의 코끝에……. 어깨에 닿아 있는 무언가 묵직한 무게를 의식한 건 그때였다.

"……석류?"

고개를 돌려 카리사의 까만 머리칼을 보고 의아해하던 블레신은 몇 번 눈을 깜박거릴 시간 동안 무슨 일이 있었는지 거의 다 떠올려냈다. 하아, 하고 한숨을 쉰 뒤 조심스럽게 카리사의 머리를 들어 떼어놓고 블레신은 벤치에서 일어났다.

정자에서 내려가 숲을 돌아보며 머리카락을 쓸어 넘겼다. 언제 벼락이 떨어졌나 싶게 고요한 숲. 수도의 가장 높은 언덕을 차지한 황궁이니 벼락은 그리 신기할 것도 없는 일이다. 해마다 낙뢰로 인해 죽는 사람들도 더러 있다. 이번에 거기에 황족을 한 명 추가할 뻔했다고 생각하며 블레신은 쓴웃음을 지었다.

그 웃음은 걷히지 않는 그늘이 되어 숲을 물끄러미 바라보는 눈에 머물러 있다. 아니, 보고 있는 것은 떡갈나무 숲일지 몰라도 그의 망막 저편에 맺힌 상은 어딘가, 다른 곳이다.

바위가 많고 척박한 산……. 그 산에서도 강인하게 살아남아 하늘을 찌를 듯이 가지를 뻗고 있던 소나무의 숲……. 사람들은 그 숲에 신이 머문다고 말했다……. 하지만 자신의 거처가 깡그리 잿더미로 변해가는 데도 그 신은 모습을 드러내지 않았다.

비를……. 비를 내려주소서…….

믿는 자들이 신에게 갈구한 그 하찮을 것 없는 소원조차 돌봐주지 않았다. 그저 그대로 믿는 자들이 불구덩이에서 스러지도록 침묵했다. 자기 자신 외에는 아무것도 믿지 않는 오만한 인간은 싸늘한 웃음마저 띠고 철저히 모독 되는 신이란 것을 감상했다.

그 대가로 그는 **저주**를 받았다.

'*살해당한 신의 저주를 받으라, 꼭 세 번, 넘실거리는 불꽃의 개가 네 놈의 혼을 좇으리라!*'

노예가 되어 끌려가던 부족의 예언자란 자가 쏟아낸 말에 블레신은 웃음을 터뜨렸었다.

신도 살해를 당하는가? 아니면 나라서 가능했단 말인가? 과연 이 몸이 반신인 모양이구나!

패자로 전락한 자의 말이란 것에 무슨 힘이 있을 수 있단 말인가. 자신을 믿는 자들을 지켜주지 않은 신의 저주? 개도 웃을 일이다! 듣고 나서 돌아서기 무섭게 그 말을 잊었다.

그로부터 불과 두어 달 못 미친 어느 날, 빗속을 행군하던 그의 부대의 기수旗手가 벼락을 맞아 꼿꼿이 선 채로 죽었다. 블레신의 바로 앞에서 붉은 뱀 깃발을 들었던 기수는 블레신과 같은 날 같은 부대에 배치되어 복무를 시작했던 신참으로 블레신이 지휘관이 되면서 파격적으로 기수로 승급시켰을 만큼 그의 신임을 받던 자였다. 저주의 말을 들었을 당시 상대조차 않는 블레신과 달리 블레신 몰래 부정을 쫓기 위해 제물을 올리고 왕자의 액운을 대신하겠노라 맹세했던바 있던 기수의 죽음에 진상을 아는 주변 사람들은 심하게 동요했다.

군대라는 곳은 크게 한 번 움직일 때마다 희생을 잡아 내장으로 점을 치는 등 미신이 횡행하는 곳이다. 왕자에게 내려진 저주란 것이 새삼스레 화두에 올랐고 블레신이 무섭게 규율을 잡아 훈련시켜 최강의 부대로 자리매김한 그의 궁기병들도 귀가 얇기는 매한가지였다.

아니, 어쩌면 충성심이 너무 강했던 것인지도 몰랐다. 기수가 죽고 며칠 후 뒤숭숭한 분위기도 해소할 겸 모처럼 소를 잡고 술을 베푼 저녁 자리에서 부지휘관 이하의 궁기병 전원이 왕자를 대신해 죽겠노라고 잔을 들어 맹세하는 해프닝이 벌어졌다.

그에 대한 블레신의 반응은 간단했다. 그는 지휘관에서 물러났고 아주 군대를 떠났다. 동고동락하면서 사람 대 사람으로서 역경을 함께 해온 동료라고 여겼던 자들이 결정적인 순간 죽은 기수와 다름없이 그를 반신으로, 제 목숨을 양보해서라도 살려 마땅한 고귀한 인물로 추앙했음을 깨달은데 대한 회의, 그것이 이유였을 뿐 그때도 저주를 믿은 것은 결코 아니다.

멀리 적진에서도 식별이 가능하도록 위로 길게 뻗은 깃대를 들고 있는 기수가 낙뢰 사고를 겪는 것은 썩 드물지는 않으니 우연이라 쳤다. 하지만 오늘 두 번째로 아슬아슬하게 벼락을 모면하고 보니 그때 끌려가던 예언자의 절규가 새삼스레 귓가를 건드렸다.

하지만 아직도 신 따위가 두려운 것은 아니다. 정말 두려운 것은…….

"……깨셨네요, 몸은 괜찮으십니까, 왕자님?"

생각에 깊이 빠졌던지 카리사가 바로 뒤까지 오도록 미처 기척을 못 느꼈다. 블레신은 뒤를 돌아보고는 카리사의 부스스한 몰골에 피식 웃었다.

"머리가 그게 뭐냐, 석류?"

"제 머리가 왜, 아, 아까 왕자님을 등에 지고 올라갈 때 이리됐나 봅니다."

새까만 머리가 잔뜩 헝클어지고 얼굴을 감싼 잔머리가 부승부승하게 떠서 야단이 아니었다. 카리사는 접어서 가져온 카프탄을 밀치듯이 블레신에게 건넨 뒤 머리카락을 대충 훑어서 한 줄로 꽉 묶었다. 이윽고 블레신을 돌아보며 눈을 치떴다.

"제 우아한 머리도 지킬 겸 그냥 비나 맞고 계시라고 내버려둘 걸 그랬나 보지요?"

"아니, 아니다, 아무쪼록 은혜도 모르는 내 방정맞은 입을 용서해라."

블레신이 꾸벅 허리를 숙이며 하는 사죄의 말에 카리사는 이 사람이 진심인가 하고 눈을 가늘게 떴다. 어쨌든 행동은 정중하니 헛기침을 하고서 카리사가 말했다.

"용서까지는 됐고, 감사의 말이라면 기꺼이 받겠습니다."

"감사의 말? 아무렴, 그럴 자격이 있지."

고개를 주억거린 블레신이 성큼 카리사에게 다가서며 그녀의 두 손을 움켜쥐었다.

"고맙소, 반니 양. 내 목숨을 구해주고도 이리 무탈한 걸 보니 기쁘기 한량없다오."

"모, 목숨이요? 그 정도의 일은 아니었는데……."

잡힌 손도 뺄 겸 카리사는 뒤로 물러나려고 했으나 블레신은 꽉 잡은 두 손을 흔들며 더 바싹 고개를 기울여와 그녀를 긴장하게 했다.

"내가 그대로 계속 달려 나갔다면 벼락이 날 때리지 않았으리란 보장이 없잖아. 네가 불러 세운 덕분에 아슬아슬하게 사지를 피한 거라고 생각해, 난."

"고작 제 말 몇 마디로 신이 거두기로 작정한 이를 구원하는 게 말이 됩니까? 우연의 일치일 뿐입니다, 왕자님. 어쩌면 왕자님이 그만큼 운이 좋다는 뜻도 될 테고요."

"우연이었다고 해도 행운을 불러온 것은 너란 말이지."

"우연이 행운이었다면 왕자님을 지켜주신 신께 감사를 올리셔야지요. 감히 우쭐해서 신의 공을 가로채는 사람으로 만들지 마십시오. 저는 다만 기절하신 왕자님을 모시고 와서 비를 피하게 도와드린 것, 그것만 제 공으로 삼겠습니다."

한때 무녀였다는 티라도 내듯 단호히 경계를 짓는 카리사를 보고 블레신은 빙그레 웃었다.

"아아, 알았어. 경건하신 반니 양의 뜻을 따라야지. 그대가 말한 도움을 진심으로 고맙게 생각해. 됐어?"

"천만의 말씀입니다. 에스테르 공주님의 오라버니이시니 그 정도 도움이야 당연한 일이지요. 그래도 도움이 되었다니 모신 보람이 있어 기쁩니다."

비로소 볼을 붉히며 뿌듯해 하는 게 꼭 어린애 같아서 블레신의 웃음은 깊어졌다.

"한데 어쩌나, 내가 벼락을 맞을 뻔했다고 하면 에스테르가 크게 놀랄 거 아냐. 가뜩이나 심장이 약한 애니 네가 도와준 일을 에스테르에게 말하기는 힘들 것 같고……. 에스테르한테 칭찬받고 싶을 텐데, 그렇지?"

"공주님이 놀라시는 건 저도 싫습니다. 공주님께는 굳이 말씀드리지 않기로 하지요."

"그럼 둘만의 비밀로 삼아야겠군."

"예, 둘만의 비밀로……. 그냥 아예 없었던 일로 하지요."

하여간 말을 묘하게 하는 분이란 생각에 한숨을 쉬며 카리사는 재삼 손을 빼려고 당겼다. 블레신은 그녀의 그런 시도를 전혀 모르는 척 도리어 쥐고 있는 그녀의 손을 흔들며 말했다.

"없었던 것으로야 할 수 있나. 에스테르의 칭찬 대신에 내가 제대로 보답할게."

"아뇨, 보답은 무슨. 고맙다고 말씀하신 걸로 충분합니다."

"충분? 석류, 넌 날 길에서 넘어진 꼬마 취급을 하는 거냐?"

생글거리던 블레신이 갑자기 정색을 하며 눈을 부릅뜨는 바람에 카리사는 사자후에 놀란 토끼처럼 눈이 동그래졌다.

"제, 제가 언제 그런 취급을 했다고 그러십니까?"

"길에서 넘어진 꼬마를 보면 일으켜줄 거야, 말 거야?"

"그야 일으켜줘야겠지요?"

"그래, 일으켜준 다음엔 애한테 뭘 요구할 거야?"

"애를 일으켜준 건데 뭘 달라고 하나요, 고맙다는 말 한마디나마 들으면 그만이지."

"바로 그거야. 황실의 귀인을 도운 일을 길에서 넘어진 무지렁이 꼬마를 도운 거나 같은 셈 친다면 둘 중 어느 쪽에게 더 모욕적인 일일까, 응?"

곰곰이 시간을 들여 생각하면 뭔가 이상한 논리인데, 당장엔 블레신의 화술에 휘말려든 카리사는 엉겁결에 사과를 하고 있었다.

"아, 모욕적으로 느껴지셨다면 죄송합니다, 왕자님. 그런 뜻으로 말씀드린 건 아닌데……."

블레신은 싱긋 웃으며 카리사의 손을 놓은 대신 툭툭 그녀의 어깨를 두드려주며 대꾸했다.

"사과하라고 한 말은 아니야. 사양하지 말고 내가 하는 보답을 군말 없이 받으면 되는 거지. 원래 진정한 귀인은 빚진 기분을 오래 감당하지 못하는 법이라잖아."

그런 말이 있던가? 하고 얼떨떨해 하면서도 일단 카리사는 고개를 주억거렸다. 블레신은 크게 기지개를 켜고서 대뜸 휘파람으로 말을 불러왔다.

"출출하지 않아? 벌써 점심때가 한참 지난 것 같아."

"배는 잘 모르겠는데 둘 다 씻기는 해야겠네요."

"하하, 가관이긴 하다. 옷은 구겨지고 머리는 부스스하고, 무슨 상황인지 모르는 녀석들이 보면 둘이 한바탕 숲에서 구르다 온 줄 알겠어."

"그럴 뻔하기는 했지만 그 지경까지는 안 갔는…… 설마요."

블레신의 말을 액면 그대로 받아들여 대꾸하다가 뒤늦게 그 뜻을 깨닫고 카리사는 얼굴을 붉혔다. 하여간 방심하며 안 될 왕자라고 혀를 내두르면서 카리사는 다가온 우르에 날래게 올라탔다. 블레신도 말에 오르려다가 문득 행동을 그치고 말에 기대서며 이마를 짚었다. 먼저 몇 보 나아갔다가 뒤를 돌아본 카리사는 블레신의 모습을 보고 놀라서 물었다.

"무슨 일이신지요, 왕자님? 혹시 어지러우세요?"

"모르겠어, 약간 현기증이……."

역시 아까 그렇게 실신한 게 예사롭지 않았구나 하며 카리사는 걱정스레 말했다.

"제가 가서 사람을 불러올 테니 정자에서 쉬고 계십시오."

"이런 일로 엄살 부리기 싫어. 그냥 좀 걷고 싶은데 괜찮겠어?"

"억지로 걷는 것보다는 얼마라도 더 앉아서 쉬시는 편이 낫지 않을까요?"

"걸을 만할 것 같으니 걷자는 거야. 나 말고 너는 어때? 걸어갈 힘이 있긴 해?"

카리사는 고개를 끄덕이곤 왕자의 곁으로 돌아와 말에서 내렸다. 켄의 말고삐를 쥐려는 카리사의 어깨에 툭, 왕자가 손을 올렸다. 돌아보니 지쳐 보이는 얼굴로 블레신이 말했다.

"부축이 필요해. 멀쩡하게 걸어가다가 느닷없이 비틀거리는 꼴은 죽어도 못 보여."

"하지만 여자의 부축을 받아 걸어가는 모습도 가히 보기 좋지는 않을 것 같은데요."

"염려 마. 어지간한 일에는 내 얼굴이 면책패가 될 테니까."

다시 말해 그가 벌이는 웬만한 일로는 궁인들이 눈 하나 깜짝 안 한다는 소리가 아닌가.

"대체 왕자님께선 평소 어떤 평판을 쌓고 계시는 겁니까?"

"평판이라. 아주 아주 강한 녀석?"

"강하다는 게 이상하다는 말과 동의어인 줄은 몰랐는데요."

카리사는 왕자에게 어깨를 내어주어 어깨동무하듯 블레신의 팔을 걸치고 보조를 맞추어 걷기 시작했다. 가늘게 뜬 눈으로 하늘을 올려다보며 블레신은 히죽이 웃었다.

"이상한 일을 거침없이 할 수 있다는 자체가 내 강함의 증명이야, 석류."

"수사학修辭學을 배우신 분들이 죄 그렇게 궤변을 늘어놓는 것은 아니지요?"

"내 말을 궤변이라고 생각한다면 한 번 묻지, 너는 강함이란 걸 뭐라고 생각하는 거야?"

"그야…… 힘을 갖고 있단 뜻이겠지요."

"힘에는 여러 가지 종류가 있는데 네가 말하는 힘은 단순히 물리적인 힘만 뜻하나?"

이야기가 철학 쪽으로 흘러가는 듯해 내심 카리사는 위축되어 되는대로 말을 주워섬겼다.

"물리적인 힘만 말하는 건 아니죠. 지위에서 비롯되는 힘, 돈에서 비롯되는 힘, 그런 것도 다 포함해서 말입니다. 아, 여자의 경우엔 미모가 힘이 되기도 하고요."

"흠. 대충 알겠어. 네 머릿속에서 힘이란 것은 자신의 뜻대로 남을 부릴 수 있는 능력이랑 연관이 되는 모양이지?"

"그렇다고 꼭 남을 부리는 것에 국한한 것은 아니고 아, 뭐랄까, 때로는 약자를 지켜줄 수도 있고 누군가의 억울함을 해소시켜줄 수도 있는 그런 힘이요. 말씀하셨듯이 여러 가지 힘이 있겠지만 제가 '강하다'고 생각하는 건…… 정당하게 힘을 쓰는 자, 인 거죠."

아직 답답하긴 해도 그럭저럭 제 뜻을 밝혔다는 생각에 카리사는 안도의 한숨을 푹 쉬었다. 블레신은 그런 그녀를 보고 쿡쿡 웃기만 한다.

"그런 왕자님께선 강하다는 게 뭐라고 생각하시는데요?"

발끈해서 쏘아붙인 말에 블레신은 느긋하게 "글쎄……"하고 운을 떼었다.

"내가 생각하는 강함은 자유롭다는 뜻이야. 모든 굴레, 구속, 그 어떤 시비에도 옭매이지 않는 것. 심지어 신조차 말이지."

인간이 신에게서 자유로울 수 있을까? 당장 저 하늘과 닿고 있는 땅에서 벗어날 방법도 없는데. 그런 의문이 당장에 들었으나 카리사는 잠자코 블레신의 말에 귀를 기울였다.

"내가 원하는 바를 택하고, 원하지 않는 것을 거부한다. 그 간단한 일을 마음껏 할 수 있는 게 '힘'이고 그러한 힘을 많이 가지고 있는 자를 나는 강하다고 표현하겠어."

"내가 원하는 바를 택할 수 있는 힘……."

조용히 뇌까려보는 사이 카리사의 등줄기에 전율이 내달렸다. 닫혀 있던, 아니 보려고 생각조차 못했던 어떤 세계의 문이 활짝 열리며 느닷없이 빛이 쏟아져 들어오는 기분이랄까.

원하는 바. 그것은 명료했다. 누구나 좋아할 만한 사람이 되어 사람들에게 사랑받는 것. 그래서 게으름 피우지 않고 좋다 싶은 것이면 열심히 배우고 익혀왔다. 그녀가 하는 무슨 일이든 그 속내를 보면 내가 이걸 잘하면 저 사람이 날 어여삐 보겠지, 라는 생각이 깔려 있었다.

내가 원하는 바. 정작 나한테 그런 게 있나?

멍하니 그런 생각에 빠져 있는 카리사 옆에서 블레신이 이야기의 매듭을 짓고 있었다.

"그런 고로 이 몸은 하고 싶은 일은 체면이고 뭐고 따지지 않고 할 수 있는 자유를 누리고 있는 거야. 남들 입이 무서워서 못하는 일? 없어, 없어. 황제이신 내 할아버님조차도 저놈은 저런 놈이니까 하고 손 놓으셨지. 이 황궁을 거리의 선술집 드나들듯이 오고 싶을 때 오고 떠나고 싶으면 떠나는 자가 이 궁에서 누가 있느냐 말이야? 나는 어떤 면에선 우리

할아버님보다 강한 거라고. 앗하하하! 어때, 이제 인정하겠지, 석류?"

정작 석류는 입을 딱 다물고 앞만 뚫어져라 보고 있다. 허공에 대고 짖었나 싶어 블레신은 내 말을 듣고 있느냐며 투덜거렸다. 그래도 딴생각 중인 게 보여 뺨을 콕 찔러보는데, "아, 맞다!"하고 카리사가 소리를 지르며 블레신을 돌아보았다.

"저는 다른 건 되도록 싼 걸 고르지만 머릿기름만큼은 은매화 향유를 고집하거든요. 공주님처럼 백단 향유도 가지고 있고, 발레리아 님처럼 장미 향유도 가지고 있지만 그래도 은매화가 제일이에요! 그러니 다른 누가 그걸 좋아해서가 아니라 제가 그걸 원하는 거예요, 그렇지요?"

무슨 뚱딴지같은 소리인지 블레신은 알 수 없었으나 그를 보는 카리사의 눈이 빛에 내놓은 에메랄드처럼 반짝이는 것은 꽤 볼만해서 잠자코 고개를 주억거렸다.

"그리고 전 제가 원하는 향유를 살 능력이 되고요. 그런 의미에서 저도 강해요."

"음. 강해."

블레신이 맞장구쳐주자 카리사가 해죽이 웃었다. 이목구비의 조화란 관점에서 봤을 때 과하게 큰 편인 눈이 웃음을 담아 햇살을 받은 물결처럼 빛났다. 그런 그녀를 빤히 쳐다보던 블레신이 뜬금없는 소리를 했다.

"누굴 닮은 거야, 너?"

"예? 어, 유모가 하는 말로는 우리 쌍둥이가 돌아가신 어머니를 닮았다고 했는데 뵌 기억이 없어서 맞는지는 모르겠어요."

"귀족 연감에서 언뜻 봤는데 수아로프 분가 출신이던가? 외동딸이었지, 아마."

"네. 외조부모님도 일찍 돌아가신 터라 외가하고는 교류라고 할만한 게 없었죠."

카리사는 한숨에 블레신도 덩달아 아쉬운 한숨이다.

"그래도 딸을 낳으신 게 어디야. 아들을 낳았다면 미인의 계보가 끊길 뻔했어."

"왜요, 아들도 잘만 낳았으면 어머닐 닮아 미남이었겠죠."

무심히 대꾸하고 걸어가던 카리사는 불쑥 어떤 생각이 들어 블레신의 옆얼굴을 힐금거렸다. 방금 그 말 혹시, 내가 미인이라는 뜻을 돌려서 표현한 건가……?

"어, 맞아. 너 미인 축에는 들겠어."

블레신의 직구에 카리사는 깜짝 놀라 물었다.

"정말 독심술을 하십니까?"

아하하, 블레신이 웃음을 터뜨렸다.

이트궁, 블레신의 서재에 올라와 책을 보던 클라이저는 문득 미오가 그가 내뻗은 다리 위를 훌쩍 뛰어넘어 내달리는 것에 책에서 시선을 들었다. 날렵한 몸놀림으로 창턱에 올라앉은 검은 고양이는 바깥을 내다보고 긴 꼬리를 살랑살랑 흔들었다.

"새라도 보여? 하지만 사냥은 땅에 가서 하자꾸나."

창턱으로 걸어가 고양이를 안아든 클라이저는 의자로 돌아가려고 몸을 돌리다 뭔가 신경 쓰이는 느낌에 창밖을 내다보았다.

광활하다 싶을 정도인 후원에 비하면 손바닥만 한 마당이나 다름없는 앞뜰을 두르고 있는 담 바깥의 길을 걸어오고 있는 두 사람과 그 뒤를 따르는 두 필의 말이 그의 눈에 들어왔다.

날이 개어 햇빛이 나는 하늘 아래 휘황한 금빛으로 빛나는 머리카락을 쓸어 넘기며 블레신은 파안대소 중이었다. 여자치고는 큰 키이지만 블레신의 옆에 있으니, 그것도 블레신이 어깨동무를 하고 있어 더욱 가냘파 보이는 카리사는 시큰둥한 얼굴로 고개를 내젓고 있다.

가까워질수록 블레신의 체격 때문에 그의 오른편에 서 있는 카리사의 모습은 볼 수 없는 반면 블레신의 표정은 더 생생하게 눈에 담겼다. 천진 난만한 유쾌함, 주변 사람들까지 들뜨게 만드는 활력……. 오래전에 클라 이저와도 절친했던 장난기 넘치는 밝은 소년이 거기 있었다.

그가 달라졌다고만 생각했었다. 군대에 가고, 돌아오고, 여행길에 오 르고 하며 황궁 밖 세상과의 접점을 늘려가면서 반짝이던 소년의 그림자 는 짙어졌고 해맑던 푸른 눈은 기만에 찬 냉소며 타산적인 시늉에 불과한 미소도 곧잘 짓게 되었다.

그것이 블레신이 성장통 속에서 입은 새 갑옷이라면 클라이저 자신은 죽마고우답게 그 자체로 받아들여야 한다고 생각했었다. 하나의 예외, 쌍 둥이인 에스테르에게만큼은 변함없이 몸만 큰 소년처럼 굴었지만 어미의 배 속부터 함께 한 반쪽의 특별대우를 질투할 만큼 클라이저는 옹졸하 지 않았다. 그런데…….

클라이저는 에스테르의 침전에서 록사네 시녀장이 했던 소리를 새삼 스레 떠올려 본다. 전부터 블레신이 저 소녀를 탐냈다고 했던가? 아닌 게 아니라 그 무뚝뚝한 시녀장이 굳이 대화에 끼어들어 그런 말을 한 것부터 가 클라이저에게는 이채로웠다.

"에스테르는 실없는 소리라고 했지만……."

분방하다 싶을 정도로 여성에게 가볍게 추파를 던지는 블레신의 성 격, 클라이저도 모르는 바는 아니다. 하지만 본디 어릴 적부터 블레신은 여성, 남성 가릴 것 없이 사랑받는 재주가 있었다.

'운 좋게도 이렇게나 남들이 좋아하기 쉬운 외모를 갖추고 있는데 뚱하니 무게 잡는 것보다야 사람들한테 웃어주고 기분 좋을 만한 말 몇 마디 들려주는 편이 낫지 않아? 웃는다고 얼굴이 닳아, 말한다고 혀가 짧아져?'

아홉 살 아니면 열 살 즈음, 마냥 어린애도 아닌데 좀 더 왕자답게 체통을 지키라는 클라이저의 충고에 블레신이 했던 대답을 아직 기억하고 있다.

비록 지금은 그 당시의 순수함과는 종류가 다른 상냥함이라고 해도 근본적으로 에스테르가 간과하는 게 있다고 클라이저는 생각했다. 블레신은 웃음을 남발해도 정을 남발하는 남자는 아니라는 걸, 여동생인 그녀는 알 수 없는 모양이다. 그 증거로 블레신과 함께 이름이 거론된 여자는 꽤 될지 몰라도 정작 그와 밤을 보냈다고 나서는 여자는 여태 단 한 명도 없었다.

그렇다고 황궁 밖에 정을 준 여인이 있을까? 거기에 대해서도 클라이저는 회의적이다. 비록 어릴 때이긴 해도 둘은 이상적인 여자에 대해 토론을 한 적이 있는데 서로 이래서 우리가 죽이 잘 맞는구나 하고 웃었을 만큼 여성관이 비슷했다. 여신이라고 해도 그들이 바라는 바를 충족하기 힘들 정도로 모든 게 완벽해야 했던 것이다.

에스테르는 모를 수 있다고 치자. 그 시녀장도 모를까? 거품뿐인 소문에 휩쓸려 그 실체 없음을 모를 만큼 견식이 얄팍할까?

이윽고 담의 문을 지나 앞뜰에 들어온 블레신이 큰 소리로 문지기를 불렀고 허둥지둥 뛰어나온 덩치 큰 하인이 말을 몰고 마구간이 있는 별채 쪽으로 멀어져갔다. 여전히 블레신은 카리사의 어깨에 한 팔을 올리고 있는데 카리사가 어딘지 성가셔하는 듯한 표정으로 블레신의 손을 보고 무어라 그에게 말을 했고 블레신은 갑자기 시무룩한 얼굴이 되어선 고개를 저었다.

방금 전까지 팔팔하기만 하던 블레신이 부쩍 기운 없는 환자 시늉을 하는 것을 클라이저는 흥미롭게 지켜보았다. 위에선 이렇게 잘 보이는 연극이 바로 옆의 카리사에겐 보이지 않거나 볼 수 없는 것 같다. 한숨을 내쉬곤 다시 블레신을 부축해 걸었으니 말이다. 지금 바로 눈만 굴리면 저렇게 블레신이 웃음을 참는 걸 볼 수 있을 텐데.

"저 녀석의 짓궂음은 관심에 비례했는데. 지금은 어떨까, 미오?"

굳이 고양이에게가 아니라 제 생각을 정리하려고 중얼거린 혼잣말이었는데 고양이는 돌연 목을 쭉 빼어 가르랑거리며 길게 울었다. 클라이저의 말에 반응을 보인 게 아니라 점차 가까워지는 카리사더러 알아채라는 뜻의 긴 울음이었다. 확실히 미오의 어필은 통했다.

"코로나 울음소리치곤 굵은데? 엇, 미오……랑 전하."

새로 생긴 쿠아론 고양이가 바깥에 나와 우는 줄 알고 주위를 두리번거리던 카리사는 서재 창가에 서 있는 클라이저를 발견했다. 이미 블레신은 미오가 막 울음소리를 내기 무섭게 소리가 나는 곳을 보고 미간을 찡그린 참이었다.

클라이저는 짐짓 미소와 함께 블레신에게 말을 건넸다.

"어째 비를 제대로 못 피한 행색이다?"

16.
성 밖
구경

"설마 또 예전 기분 내서 비 오는데 말이라도 달렸어?"

"예, 숙부. 과연 총명하십니다!"

"이미 한 건 어쩔 수 없다 치고 지금 그 꼴은 뭐야? 반니 양이 널 부축하는 걸로 보여."

"예, 부축입니다. 숙부는 눈도 참 밝으십니다!"

블레신의 빈정거림에 괜히 카리사가 황망한 표정을 짓고 있는 게 딱하기도 하고 우습기도 했다. 그래서 클라이저는 그녀에게 질문을 던졌다.

"설마 블레신이 낙마라도 한 겁니까, 반니 양?"

"아, 그게, 예, 그렇게 됐습니다, 일이."

큰 눈을 깜박거리며 더듬거리는 카리사를 보며 블레신도 클라이저도 그 순간 똑같은 생각을 했다. *거짓말 참, 못한다.*

"어찌 된 일인지 들어와서 더 자세히 이야기해줄 거라고 기대하겠습니다, 반니 양."

멍하니 입을 벌린 카리사의 시야에서 클라이저의 모습이 사라졌다. 카리사는 큰일 났다는 듯이 블레신을 돌아보며 어쩌느냐고 물었다. 블레신은 하품을 섞어서 대답했다.

"어쩌긴 뭘 어째. 비 맞았으니까 목욕이나 하러 가. 돌아왔을 땐 저 녀석 없을 거야."

"쫓아낼 셈이세요?"

"음, 석류가 쫓아내길 바라면 쫓아내야지."

"제가 언제요! 그러지 마십시오, 공주님이 서운해 하십니다. 사이좋게 지내셔요, 두 분. 주사위게임이라도 하시며, 싫으세요? 그럼 매와 뱀의 게임 같은 거라도 하시면서……."

"따분해. 저 녀석은 창의적인 발상이란 게 없다구."

블레신은 보란 듯이 입이 찢어져라 하품을 했다. 카리사는 어떻게든 블레신과 클라이저의 사이에 다리를 놓아주고 싶었다. 공주님을 위해서. 그리고…… 얼마쯤은 자신을 위해서.

'난 미오랑 놀고 싶으니까. 그게 지금 내가 원하는 거란 말이지. 그래, 그래.'

"솔직히 말씀해 보세요, 창의적인 발상은 핑계고 전하와 게임하면 질 것 같아 그러시죠?"

블레신이 카리사를 돌아보며 쯧쯧 혀를 찼다.

"저급한 부추김이로군. 내가 그런 수작에 넘어갈 것 같아?"

"뭐 싫으시면 관두시고요. 저도 들은 게 있으니 굳이 확인은 안 해도……."

카리사의 어깨에 올려진 블레신의 팔에 힘이 들어갔다.

"누구한테 뭘 들었는데, 석류?"

과연 승부욕의 화신, 루키아노스 왕자님. 카리사는 부러 머쓱해하면서 말끝을 흐렸다.

"별것 아닙니다. 공주님도 꼭 왕자님께서 전하에 비하면 한 수 아래란 뜻으로 한 말씀은 아니었을 거고⋯⋯."

"에스테르가⋯⋯. 호오."

그의 얼굴은 안 보고 있지만 동생의 이름을 중얼거리는 블레신의 기세가 슬며시 무서웠다. 거짓말을 한 것은 아니다. 다만, 카리사는 아주 약간, 말을 부풀렸을 뿐이다.

"좋아, 석류. 켄이 근처 숲에서 벼락이 치는 바람에 놀라서 날 떨어뜨린 걸로 하자구. 그리고 기대해. 오늘 제대로 된 매와 뱀의 게임을 한 판 보여주지. 잘 보고, 전해. 알겠지?"

싱글거리는 블레신의 말에 카리사는 고개를 끄덕거렸다. 어쩐지 블레신에게서 생생한 열기 같은 게 느껴졌다. 이른바, 투지라는 것인가? 이래서 말 몇 마디로 전쟁도 나는 모양이라고 카리사는 마른침을 꿀꺽 삼켰다.

블레신은 뱀을, 클라이저는 매를 잡았다. 게임판 위에서 혈투가 벌어지는 동안 카리사는 고양이 사이의 일촉즉발 사태를 중재하느라 바빴다. 미오는 수컷, 코로나는 암컷이건만 둘은 보는 순간부터 하악거리며 이를 드러냈다. 굳이 어느 쪽이 먼저였느냐를 따지면 미오가, 카리사의 품에 안긴 흰 고양이를 보기 무섭게 털을 세우며 눈을 희번덕거렸음을 밝혀 두겠다.

"누구 고양이가 카리사 고양이를 못 잡아먹어 안달이네요. 돌봐준 은혜도 모르고. 쯧쯧."

"동물들은 감정의 선이 선명하니까. 특히 고양이는 제 영역에 집착하는 편이기도 하고."

블레신의 말에 클라이저는 게임판을 빤히 쳐다보며 대꾸했다. 숙고 끝에 클라이저가 말을 움직였으나 블레신은 제꺽 진로를 막아왔다. 어린 시절 무수한 시간을 이 게임으로 보냈으니만큼 둘은 서로를 너무도 잘 안다. 서로가 좋아하는 게임의 흐름, 싫어하는 게임의 흐름도 훤히 꿰고 있어서 뭘 해도 상대의 예상을 벗어날 수 없다.

그러니 에스테르가 둘의 실력에 대해 막상막하라고 표현한 게 정확하다. 다만 블레신이 지루한 걸 못 견디는 성격이라 게임을 하는 시간이 조금만 길어지면 먼저 졌다고 대장을 쓰러뜨리는 버릇이 있어 탈이라고 했다. 인내력 또한 실력이라 하지 않을 수 없으니 그 버릇을 고치지 못한다면 한 수 아래라는 소리를 들어도 어쩔 수 없다고 에스테르는 평했다. 카리사는 그 이야기를 조금 많이 생략하고 블레신에게 전한 것이다.

"내가 밖에서 주워들은 말로는 동물은 키우는 주인을 닮기 마련이란 소리가 있던데요……."

블레신이 말을 움직였다. 클라이저도 바로 반격에 나섰다. 끄응 하고 블레신은 의자에 등을 기대며 앉았다. 써보지 않은 묘수가 있지 않을까 고민하면서 블레신은 팔짱을 꼈다.

"그런 면에서 보면 저 검은 녀석은 딱히 숙부를 닮은 것 같지는 않군요. 하기야 이름만 주인일 뿐이지 키우는 사람은 따로 있어서 그러나?"

마찬가지로 의자에 깊이 기대앉은 클라이저는 그르릉거리며 흰 고양이를 경계하고 있는 미오를 보고는 싱긋 웃었다.

"왜, 닮았다고 생각해, 나는."

"오, 그럼 숙부도 시기, 질투, 제 영역에 대한 탐욕 같은 걸 기르신다고요?"

"사람이면 다 얼마쯤은 그렇지 않나? 신에게 헌신하는 사제라면 또 모를까."

"바로 그 사제 비슷한 사람이라고 생각했습니다만. 어때, 석류? 신전에서 있었으니 나보다 더 잘 알 거 아냐. 아르키스 전하를 뵈면 어딘가 고고한 사제 같은 분위기 느껴지지 않아?"

양쪽에 떼어놓은 고양이와 공평하게 놀아주는데 신경 쓰던 카리사는 블레신이 대화로 끌어들이자 힐긋 클라이저에게로 시선을 던졌다. 이쪽을 보는 클라이저와 눈이 마주치자 대번에 목덜미가 간지럽게 느껴졌지만 의연하게 그를 관찰하는 척하며 말했다.

"제가 직접 겪은 사제들은 거드름 피우길 좋아하는 권위주의자들이었는데요. 그렇지 않은 사제도 물론 있겠지만 일단 저는 고고하다는 단어는 사제와 결부시키지 않을 겁니다."

"저런! 나한테만 신랄한 줄 알았더니 사제들에게도 신랄하구나. 신전을 떠난 새파란 견습무녀가 윗사람들을 속물이라고 지탄하고 다니는 걸 그들은 짐작이나 할까. 이래서 높은 자리에 있는 사람은 행동거지 하나도 조심 또 조심해야 하는 법이야."

"속물이라고까진 말 안 했습니다, 왕자님."

"아아, 그래, 어디 가서 네가 그랬다고 소문내고 다니진 않을 테니까."

카리사의 한숨에 클라이저가 팔걸이를 툭툭 두드리며 웃었다.

"블레신이 하는 말에 일일이 신경 쓰지 말아요, 반니 양. 어떨 때 보면 머리 좋은 녀석이 심성이 비뚤어지면 어찌 되는지 보여주려고 기를 쓰는 것 같다니까요."

어쩜, 나도 그 비슷한 생각해본 적 있는데, 라는 뜻으로 카리사가 눈을 빛내며 고개를 끄덕이자 당장 블레신의 호통이 들려왔다.

"고개를 끄덕여서 어쩌자는 거야, 석류. 자기가 누구 편인지도 몰라? 보호자를 배신하는 피보호자라니 가당치도 않아."

"절 같은 편으로 여기신다면 시도 때도 없이 비꼬시는 건 좀 그만둬 주십시오. 제가 알기론 피보호자는 보호자의 눈과 귀 노릇을 하는 줄 아는데 지금의 전 보호자의 날 선 혀가 두려워서 이러다 입도 열지 못하겠습니다."

"흠. 그거 심각한 문제로군."

클라이저가 진지한 표정으로 추임새를 넣자 블레신이 어이없다는 얼굴로 눈을 굴렸다.

"완전히 엄살입니다, 저 녀석. 사자를 무서워하는 토끼가 사자 앞에서 무섭다는 소리를 한답니까? 그야말로 토끼 가면을 쓴 여우입니다, 여우."

"블레신, 말이 심하잖아."

"그래요, 어쩌면 사람을 면전에 놓고 그런 말씀을……!"

클라이저가 눈살을 찌푸렸고, 카리사도 일단 발끈하긴 했는데, 문제는 여우란 말이 썩 기분 나쁘지 않다는 것. 어린 시절 아엘리아의 별명이 작은 여우였는데 이제 자신이 여우 소리를 듣고 보니 얼굴에 슬그머니 미소마저 떠올랐다. 그것을 가리키며 블레신은 결백을 주장했다.

"보세요, 숙부. 여우란 소리를 듣고도 비죽이 웃지 않습니까. 여느 여자 같았으면 울음이라도 터뜨렸겠죠. 하지만 저기, 반니 양은 다르다 이겁니다."

클라이저가 피식 웃으며 머리를 내저었다.

"반니 양은 고양이들 보살피느라 바쁘니 그만 성가시게 구는 게 어때? 네가 말을 놓을 차례인 걸 잊지 않았다면 말이야."

"아! 잊고 있었습니다. 음? 이 게임은 어쩌다 여기까지 온 거지? 도통 알 수가 없네."

이 떠들썩한 언행, 둘만 마주한 자리에선 볼 수 없게 된 지 꽤 되었는데 옆에 카리사가 있으니 되살아났다는 사실에 클라이저는 씁쓸함과 호기심을 동시에 느꼈다. 과연 블레신이 저 소녀의 관심을 원하는 건 알겠는데 그 의도가 무엇일지……?

클라이저는 아까 블레신과 나눈 대화를 응용해볼 마음을 먹었다. 시기와 질투. 과연 네가 이 동인動因에 반응하는지 볼까, 블레신?

"참, 반니 양. 의논드렸으면 하는 일이 있는데 이따가 잠시 후원을 산책할 시간을 좀 내어주었으면 합니다만. 괜찮을지?"

문득 생각난 것처럼 클라이저가 이야기를 꺼내자 게임판을 보는 블레신의 한쪽 눈썹이 슥 치켜 올라갔다. 카리사는 어리둥절한 얼굴이었지만 일단 괜찮다고 대꾸는 했다.

"무슨 의논이기에 굳이 석류가 필요합니까?"

다음 수가 마뜩치 않은지 블레신은 손에 쥔 이빨 조각을 허공에서 이 자리, 저 자리로 움직여보았다. 명백히 주의가 흐트러졌다는 증거에 클라이저의 입꼬리가 살짝 올라갔다.

"에스테르의 일로. 그나저나 반니 양, 황궁에서 나갔다 와야 할 것 같은데 한나절 정도 마차를 타도 되겠습니까?"

"한나절 안에 갔다 올 수 있는 곳이면 썩 먼 곳은 아닌 모양이지요?"

"네. 크렌바흐 가도를 타고 갔다가 또 그 길로 올 겁니다."

"크렌바흐 가도라면 중간에 포골드 광장을 지나겠네요?"

"핵심 목적지 중 하나이지요."

"어, 그럼 저기……."

카리사가 머뭇거리는 기색에 클라이저가 개의치 말고 말하란 듯이 고개를 끄덕였다.

"그 광장의 점포에서 뭘 좀 샀으면 해서요. 잠깐 제 일을 봐도 좋을까요?"

"얼마든지 그래도 됩니다. 나중에 말하겠지만 시간에 쫓기는 일은 전혀 아닙니다."

부드러운 수락에 카리사는 방긋 웃으며 알겠습니다, 하고 중얼거렸다. 고개를 돌리는 클라이저에게 블레신이 퉁명하게 숙부 차례라고 말했다. 클라이저가 게임판을 훑어보는데 블레신이 불과 얼마를 진득하게 참지 못하고 에스테르의 일이란 게 뭐냐고 물어왔다.

"안 돼. 너한테 어지간히 골탕을 먹었어야 말이지. 비밀로 할 거야. 이번엔."

"허, 저 아인 내 피보호자거든요, 지금. 무슨 일인지 내게 말을 안 할 것 같습니까?"

"그래. 내가 부탁하면 안 할 거라고 생각해. 그 정도의 강단은 있는 분이라 여겼는데 제가 잘못 생각하는 겁니까, 반니 양?"

클라이저의 질문에 카리사는 고개부터 저으며 엄숙하게 선언했다.

"전하의 생각엔 조금의 오류도 없습니다."

"제 성격을 모르시는 것도 아니고, 골탕은 숙부가 저한테 먹이고 있지 않습니까? 알려주시지 않는 건 상관없습니다만, 저는 '어떻게든' 알아낼 겁니다. 숙부는 볼 일을 마치고 돌아가시면 그만이지만 석류는 여기 남는다는 걸 자알 생각해 보십시오."

"설마하니 여자를 상대로 고문이라도 하겠다고?"

"무슨 일이 일어날지 저도 잘 모르겠습니다."

블레신은 카리사를 향해 찡긋 윙크까지 했다. '고문'이라는 느닷없는 단어에 토끼 눈이 된 카리사는 저게 그럴 일 없으니 안심하란 제스처인지 내가 설마 널 죽이기야 하겠냐는 뜻인지 알 수가 없어 덥석 제 흰 고양이를 끌어안았다.

그게 여태 심기가 불편했던 미오의 시기심에 불을 질렀던지 검은 고양이는 돌발 행동으로 카리사가 비명을 지르게 했다.

"꺄아, 미오, 너!"

고양이가 그녀의 발에 대고 오줌을 싸기 시작한 것이다. 당장 옷자락을 움켜쥐고 발을 들려던 카리사는 그 아래에 깔린 머나먼 동방에서 온 황금색 카펫을 보고는 도리어 더 옷자락을 펼쳐 미오의 오줌에서 카펫을 사수했다. 오줌을 싸고 달아나는 고양이를 야단치며 클라이저가 쫓아 나선 가운데 블레신이 카리사에게 다가와 황당한 표정으로 말했다.

"고양이가 오줌을 싸면 냉큼 피할 것이지 오냐 잘한다고 발을 더 들이밀어? 제정신이야?"

"피하려고 보니 아래에 이게 깔려 있는 게 딱 보이잖아요."

주섬주섬 옷자락을 정리하고 깨금발로 일어서면서 카리사는 바닥에 깔린 카펫을 가리켰다.

"이게 뭐?"

"한 사람이 십 년을 들여 한 장의 카펫을 짠다는 건 어마어마한 일이잖아요. 값으로 매길 수 없는 노력과 세월이 깃든 물건인데 고양이 오줌 세례 따위를 받다니, 안 될 일이에요."

카펫은 블레신이 이번에 환궁하면서 가져온 기념품 중의 하나로 극동의 사막에서 유목을 하는 부족에게서 얻은 것이었다. 그 부족의 여자는 한 장당 보통 십 년씩 걸려 평생 세 장 정도의 카펫을 짜는데 이것은 여든

살이 넘도록 장수했다는 여자가 짠 일곱 장중의 하나였다. 카리사는 적잖이 마음에 들었던지 내실에 오면 꼭 카펫이 잘 보이는 이 자리에 앉고는 했다.

아무리 그렇다고 해도 블레신으로서는 이해 불가능이다.

"그래 봤자 카펫일 따름이야. 당장 가져다 불태운다고 이게 비명이라도 지를 것 같아? 고작 이런 걸 아끼자고 고양이 오줌 지린내를 몸으로 막아?"

"저도 뭐 씻으면 그만이니까요. 얼른 가서 씻어야겠어요, 비켜주세요. 얼른요."

돌돌 만 옷 속에 오른발을 숨기고 카리사는 왼발로 깡충거리며 가다가 미오를 붙잡아 오는 클라이저와 마주쳤다. 창피한 건 사실이지만 이왕 벌어진 일 앞에서 카리사는 차라리 대범해졌다. 클라이저에게 목덜미를 붙들려 공중에서 대롱거리는 미오를 쳐다보며 그녀가 웃었다.

"가뜩이나 낯선 곳에 왔는데 모르는 고양이도 있고 해서 미오가 정말 불안했었나 봐요. 화내봤자 고양이는 이해 못 한대요, 전하. 이런 일도 있구나 하고 웃고 넘기세요."

클라이저의 옆을 지나서 카리사는 한 발로 잘도 뛰어갔다. 문간에 나온 블레신이 그 모습을 보고 혀를 차다가 그 엉뚱한 상황을 구경만 하는 시종을 보고는 반니 양을 도와드리라고 호통을 쳤다. 허둥지둥 쟁반을 내려놓고 부축해주는 시종에게 카리사가 쑥스럽게 고맙다고 말하는 것을 보고 블레신은 다시 안으로 들어왔다. 경기하던 자리에 가서 앉으려다 말고 도로 문제의 카펫이 있는 곳으로 가 툭 걷어찼다.

"기가 차서 원. 이봐, 너, 그건 내려놓고 이거나 내 눈에 안 보이는 곳으로 치워."

카리사를 부축하느라 따라간 시종 대신 혼자서 다과를 챙겨온 시종이 블레신의 명에 재빨리 다가와 카펫을 둘둘 말았다. 어깨에 지고 나가는 등에 블레신의 바뀐 명령이 날아갔다.

"그럴 게 아니라 반니 양 방에 가져다줘. 바닥에 깔든 벽에 걸든 재주껏 아주 잘 보이게 펼쳐두라고. 알겠어?"

아직 목덜미를 붙잡고 있던 미오를 들어서 눈높이를 맞추며 클라이저가 나지막이 훈계했다.

"내가 본 것만 벌써 몇 번째인 줄 알아? 너 때문에 내가 얼굴을 들 수가 없겠구나."

미오도 잘못한 줄 아는지 시무룩하니 축 늘어져 있다. 어쩌면 시무룩한 척일 수도 있지만 카리사가 말한 대로 화내봤자 무슨 소용이랴 싶어 클라이저는 웃기로 했다.

"왜 그래, 블레신? 아직도 반니 양을 이해하려고 노력 중이야?"

팔짱을 끼고 카펫이 깔려 있던 자리를 내려다보고 있는 블레신을 보며 클라이저는 유쾌하게 말을 건넸다. 블레신은 바닥을 보면서 심각하게 고개를 저었다.

"제 물건도 아닌 카펫 한 장을 지키려고 차라리 오줌을 맞는다니, 보통 여자가 그럴 수 있습니까? 나한테 하는 거 보면 성깔 좀 있거든요. 내가 아마 석류한테 물을 엎질렀어도 이보다는 크게 성을 냈을 거란 말이죠. 대체 어떤 가치관을 가진 아이인지 종잡을 수가 없어요."

블레신은 시종이 두고 간 다과 쟁반에서 석류 하나를 집어 들어 게임판 앞의 의자로 돌아와 앉았다. 석류를 공처럼 위로 던졌다 받기를 반복하며 그가 씩 웃었다.

"아참, 언제 석류를 데리고 나가실 참인지는 모르겠으나 너무 큰 역할을 맡기시는 건 재고해 보십시오. 예정은 아주 사소한 이유로도 틀어질 수 있으니까요."

그 말을 뒤집어보면 자신은 얼마든지 그 사소한 이유를 만들 용의가 있다는 뜻이었다. 블레신이라면 그런 이유조차 기발하게 짜낼 거라고 생각하며 클라이저는 엷게 웃었다. 어차피 적당한 기회에 못 이기는 척 한발 물러날 생각이었던 것을 클라이저는 바로 시행했다.

"전혀 이상한 일 아니야. 무슨 걱정을 하는지 모르겠구나."

"일반론을 이야기했을 뿐인데요? 제 예정은 본디 작년 이무렵 황궁에 돌아와 여름을 날 때까지 쉬는 거였지만 거기서 1년이나 더 흘러서야 돌아왔죠. 그리고 숙부도 군대에 계셨으니 잘 아시지 않겠습니까? 예정은, 말 그대로 큰 그림만 유지되면 감지덕지라는 거 말이죠."

"알았다, 알았어, 내가 졌다. 그 예정이란 거 말해줄 테니 비꼬는 것 좀 관두지, 조카야?"

그제야 블레신이 어깨를 으쓱하며 입을 다물고는 계속 말하라는 뜻으로 손짓을 했다. 매의 발톱을 들어 척척 앞으로 전진시키면서 클라이저는 민정시찰을 나가볼 거라고 말했다.

"우선은 크렌바흐 가도 주변만이야. 마르멜루 열매 겉을 핥듯이 시늉이나 하고 돌아오겠지만 그렇게라도 나가보는 게 아예 안 나가는 것보다는 나을 테니까. 그리고 그 김에 포골드 광장에 들러 에스테르에게 줄 만한 것을 살 생각이다."

"줄 만한 것이라면, 선물인가요?"

"그래. 난 너랑은 달라서 인정머리 없이 빈손으로 돌아왔으니 말이야. 또 생각해 보니 약혼 기간 동안 내가 마련한 변변찮은 선물 하나 준 기억이 없지 않겠어? 그래서 기왕 하는 김에 뭔가 제대로 된 걸 줄 생각에 도움을 얻을 겸 반니 양에게 동행을 청한 거다."

실은 그 도움을 얻을 사람이 달리 있었다는 것은 비밀이다. 오늘 갑작스레 조력자를 변경했으니 미리 언질을 했던 그 사람에게도 따로 양해를 구해야 하리라.

"돌연 그리 에스테르를 애틋해하시니 적응이 안 되는군요, 숙부. 멀리 떨어져 있어보니 에스테르의 진가를 절감하신 겁니까, 아니면 누가 그리 하라고 등을 떠민 겁니까?"

"등을 떠밀긴 무슨. 뭐…… 내 무심함을 질책한 사람이 없지는 않았다만."

"황후시겠죠. 알 만합니다."

"……모후라기보다는 발레리아였어. 제 약혼자의 마음 하나 살뜰히 챙겨주지 못하면서 다른 사람은 어찌 지키고 나라는 또 어찌 지키느냐 신랄하게 쏘아주더라."

클라이저의 솔직한 고백에 블레신의 표정은 외려 더 딱딱해졌다. 그는 던지면서 놀던 석류를 쪼개어 작은 조각을 입에 물고 게임판을 힐긋 쳐다보더니 심드렁한 손짓으로 말 하나를 움직였다. 클라이저는 덤덤함을 가장해 벼르던 말을 꺼냈다.

"뭣 하면 너도 함께 가도 좋고."

으적으적 석류 알갱이를 씹는 소리만 요란하다.

"가기 싫으면 안 가도 상관없는데 방해는 안 했으면 좋겠다. 나는 젊은 여성, 그것도 안목 있는 여성의 도움이 필요하니까."

"그런 거라면 아무래도 상대를 잘못 찾은 것 같은데요. 거듭, 재고를 권하지요."

블레신의 답에 클라이저는 피식 웃고 게임판을 들여다보았다. 용건은 매듭지어졌다. 그가 뿌리고 간 씨에서 무엇이 발아할지는 두고 보면 알 일이다.

이트궁 앞에 가마를 세워놓고 자신의 내방을 알리는 시종이 들어갔다 나오는 걸 기다리며 발레리아는 담을 타고 올라온 장미 덩굴을 보고 있었다. 아직 봉오리 정도인 것들이 대부분이었으나 그나마 약간 벌어진 꽃 한 송이가 눈에 들어와 시녀를 시켜 꺾어오게 해 향기를 맡아 보았다. 이렇다 할 향기가 없는 게 막 봉오리가 터질 때 비를 맞아서인가 했다.

"향기가 없는 장미라니. 이름이 아깝구나, 누구처럼."

딱하다는 듯 혀를 차는데 들어갔던 시종이 달려 나와 발레리아 앞에 고개를 숙였다.

"반니 양께선 궁전에 안 계십니다."

"에스테르에게 갔나? 그럼 루키아는?"

"그것이, 왕자님도 안 계신다고 합니다. 시종 말이 두 분이 출궁을 하셨다고 합니다."

"출궁? 언제?"

"오전 열 시경이라고 합니다. 아르키스 황자 전하께서도 함께 나가신 모양입니다."

"클라이저까지……. 어제도 별말 없더니만."

발레리아의 눈썹 한쪽이 치켜 올라가며 반대로 양 입꼬리는 아래로 슬며시 쳐졌다. 그대로 고개를 한 번 주억거리곤 자리에 깊게 몸을 묻으며 부채로 팔걸이를 내려쳤다. 그 신호에 나스타에게서 "리니우스궁으로 간다."라는 말이 떨어졌고 곧 가마가 들렸다.

총총히 되돌아가는 가마의 뒤로 불그스름한 무언가가 툭 떨어졌다. 무언가에 짓눌린 듯 으깨어진 장미였다. 봉오리도 채 펴보지 못한 것이 이제는 속절없이 뙤약볕에 말라갈 터였다.

마차 한 대와 다섯 필의 말, 그리고 일곱 사람이 일찌감치 황궁 서쪽의 달의 문을 나섰다. 두 필의 말이 이끄는 마차에 오른 세 명의 귀인 외에 마부가 한 명, 그리고 마차의 뒤에서 말을 타고 호종하는 시종 셋의 단출한 행렬이다.

시종 셋은 클라이저의 수행원으로 블레신은 또 수행원 없이 제 몸뚱이 하나다. 하지만 본인에게 묻는다면 여기 내 수행원이 보이지 않느냐 반문할 것이다. 그가 말하는 수행원은 그의 옆자리에 앉아 얄따란 리넨 커튼 너머로 바깥을 보느라 눈이 동그란 카리사이다. 애초에 그녀는 마차에 함께 자리한 두 황족께서 대화하는데 방해가 되지 않도록 창밖에 관심을 두는 척했던 것이나 이제는 진심으로 황궁 서문 밖의 풍광에 정신이 팔려 있었다.

"황궁에서도 꽤 멀어졌을 텐데 적당한 곳에 마차를 세워야 하지 않겠습니까?"

"좀 더 가자, 블레신. 마리파 광장을 벗어난 지 얼마 안 됐잖아."

조바심을 내는 블레신을 클라이저가 다독였다. 어느 도시나 치안이 잘 된 관청가 주변에는 그 도시의 상류층 사람들이 모여 사는 것처럼 황궁을 벗어나도 반경 10토드 이내에는 황궁의 작은 궁전에 버금갈 만한 호화주택들이 즐비했다. 이런 주택은 돈이 많다고 지을 수 있는 게 아니고 귀족 지체가 바탕이 되어야 하는데 그런 자들이라면 클라이저나 블레신의 얼굴을 알아볼 가능성도 컸다. 블레신은 마차 안이 답답한지 자꾸만 자세를 고쳐 앉으면서 투덜거렸다.

"카데사레아엔 사람이 지나치게 많습니다. 땅 넓이 대비 인구밀도가 너무 높아요."

"그래, 이번 호구조사가 끝나면 인구 수가 백삼십만 명을 넘어설지도 모른다더구나. 백삼십만이라니! 아찔한 숫자이지 않으냐, 블레신? 우리 제국은 아직도 팽창할 역량이 있는 거라구."

감탄하는 클라이저와 달리 블레신은 한숨을 푹 쉬었다.

"어지간한 나라 두 개를 합친 것보다 많은 숫자입니다. 수도의 치안병의 숫자가 만칠천 명에 육박한다는 소리를 들었어요."

"인구수에 비하면 그것도 결코 많은 건 아니지."

"물론 이만 명이 넘어도 부족할 거란 건 압니다. 가이유스는 저서에서 사십 대 일의 법칙을 설파했으니 삼만 명쯤은 되어야 할지도 모르지요."

"가이유스는 무슨 주제든 신중론으로 빠지는 경향이 있으니까. 어쨌든 치안병을 늘릴 필요는 있어. 수도 외곽 쪽은 인구가 늘면서 화재에 취약한 곳이 한두 곳이 아니라더라."

"얄팍하게 벽 세우고 지붕 시늉만 낸 걸 집이랍시고 세놓는 인간들이 늘어나는 까닭입니다. 화재도 문제지만 그런 집들이 심심찮게 붕괴된다는 이야기도 들었습니다. 지은 지 5년도 안 되어 무너지는 건물도 있다는데 애초에 얼마나 허술하게 지었으면 그 꼴이 나겠습니까?"

"5년도 안 되어서? 내가 들은 이야긴 그 정도까진 아니었는데……."

"한 며칠 날 잡아서 선술집 순례라도 해보십시오. 팽창해가는 제국의 역량에 대한 장밋빛 꿈을 다소 손볼 각오는 미리 하시고 말이죠."

블레신의 신랄한 말에 클라이저는 살짝 가라앉은 눈빛을 창밖으로 던졌다.

"지금도 수도 안에 치안병이 너무 많아요. 말이 만칠천이지 이미 두 개 군단이 상주하는 셈입니다. 저 넓은 황궁을 지키는 친위병은 정작 천 명 남짓이란 걸 알고나 계십니까?"

"황궁을 지키는 게 꼭 친위병만은 아니잖아. 시종과 시녀들, 그 외의 하인들의 숫자까지 헤아리자면……."

"그들은 위급한 상황에 아무짝에도 쓸모없는 존재들이니 셈할 이유가 없지요. 아, 방패막이로 나가 죽으라고 내몰 거라면 이야기는 달라지겠지만요."

클라이저는 신음하며 팔짱을 끼고 블레신을 쳐다보았다.

"뭘 걱정하는 거냐, 블레신? 수도 안에 불온한 기류가 흐르기라도 한다는 거냐? 나 또한 듣는 귀가 전혀 없는 것은 아닌데 그런 뜻이라면 금시초문이구나."

"걸린다고 하면 하나부터 열까지 다 걸리고 안 걸린다고 하면 안 걸리고 뭐 그렇지요."

"그러니까 그 하나부터 열까지가 뭔지 말해보라 이거다."

가늘게 뜬 눈으로 블레신을 응시하며 다그치는 품새에 제법 위광이라 할 만한 게 서려 있다. 황궁에서 나고 자란 고고한 학자에 가까웠던 클라이저에게 지난 2년 동안의 군영 생활이 아주 쓸모가 없지는 않았구나 하며 블레신은 잠깐 미소를 머금었다. 하지만 곧 눈살을 찌푸려 미소를 덮으며 빠르게 지껄였다.

"말했다시피 카데사레아에 사람이 너무 많습니다. 우리 수도는 철저하게 속주 물자를 뜯어먹고 사는 소비형 도시인데, 그 속주의 인구가 늘어나는 속도보다 수도의 인구 유입률이 비약적으로 높습니다. 둘째로 치안병이 너무 많고도, 적습니다. 치안의 최고 통수권자는 당연히 황제입니다만, 숙부께서도 아시다시피 황제는 너무도 고귀하여 일반 백성은 물론 일개 치안병 또한 일생에 몇 번 뵐 수 있는 분이 아닙니다. 수도의 치안병을 공급하는 제14군단의 총수는 퇴역 장군 출신의 관방재상이 맡아오고 있지요. 반면 황궁의 친위대대장은 황족에서 뽑는다는 규칙이 있으나 바로 그 때문에 역량이 들쭉날쭉합니다.

다행히 지금은 모든 게 평화롭습니다. 사람들이 기억하는 가장 큰 자연재해란 것도 거의 삼십 년 전의 일로, 우리는 운 좋게 재해가 뭔지도 모르고 자랐고 말이죠. 이런 시절이 얼마나 갈 지는 몰라도 언젠가, '신이 노하는' 날이 오기는 올 겁니다. 만약 그때 재해를 기억하지 못하는 세대밖에 없다면 어떨까, 특히 거의 모든 삶의 요소를 속주라는 우물에서 퍼올려 쓰는 이 수도의 사람들, 노력하지 않고도 긴 평화의 단맛을 누려온 이 사람들에게 재난은 어떤 의미가 있을까, 뭐 그런 걸 가끔 생각해 봅니다. 물론 제가 말하는 가끔은 일 년에 한 번 정도도 안 됩니다."

씩 웃고서 진지하게 생각하지 말라고 덧붙이는 블레신의 말에도 왕자를 쳐다보는 클라이저의 눈빛은 심각했다. 툭툭 제 팔을 두드리면서 클라이저는 힘없는 목소리로 중얼거렸다.

"나라에도 수명이 있지. 우리 유리크는…… 확실히 청년기는 지났어."

왕국이 세워진 때로부터 약 오백 년, 속주를 거느리고 황제라 칭한 군주가 나온 때로부터는 약 사백 년이 흘렀다. 팽창 일변도의 정책은 이미 5대 라자인 대제 때 수성정책으로 바뀐 이래 제국은 이렇다 할 혼군도, 폭군도 나오지 않고 그럭저럭 평화를 누려오다 작금의 다이몬 황제 이전 테아로드 황제 때 잠깐 비틀거린 적이 있다. 신 이상의 신이 되고자 한 과욕에 휩싸였던 폭군의 십 년 치세 동안 제국은 이백 년 이상 퇴보했다고 하는데, 형의 뒤를 이어 제위에 오른 다이몬 황제의 치세가 육십 년 넘게 이어지면서 다시금 제국은 안정되었다. 하지만 그 안정은 크게 상처 입은 생물이 잠을 취하며 낫기를 기다리는 동안 상처 입기 전의 활기를 영영 기억하지 못하게 된 그런 상황과 비슷했다.

큰 사고를 겪고 부쩍 늙어버리는 사람처럼 유리크 또한 늙었다. 청년기를 지난 개체에게 남은 것은 쇠약일로. 도처에 막혀가는 혈관이 있을 것이고 이미 막힌 혈관 또한 있을 것이다. 그 징후는 흔히 사소한 병마와 함께 나타난다. 작금 황제의 뒤를 이을 황제는 눈을 크게 뜨고 그 병마를 발견해 보수에 들어가야 한다.

하지만 그 보수의 의미를 절실하게 깨달을 수 있는 사람은 그다지 많지 않을 것이다. 오히려 아무 문제없었던 일을 공연히 들쑤셔 어지럽혔다는 이유로 손가락질을 받지 않으면 다행이다. 일은 일대로 하고 혼군이란 오명을 덮어쓸지도 모른다. 블레신의 말처럼 '노력하지 않은 긴 평화'에 대한 대가를 제 홀로 치르면서.

"절정을 지났나 싶었던 것이 한 번 큰 병을 치르고 오히려 더 멀쩡해지는 경우도 있습니다. 그 병의 시기를 슬기롭게 넘기는 게 관건이겠지만요."

블레신의 말에 클라이저는 빙긋 웃으며 한마디 건넸다.

"블레신, 황제가 되고 싶으냐?"

카리사가 움칫하며 고개를 돌렸을 만큼 클라이저의 말에 배인 어조가 묘했다. 다시 급하게 창밖으로 시선을 돌리긴 했으나 이제 두 귀는 블레신의 말을 기다리며 쫑긋 서 있다.

정작 블레신은 밝게 웃음을 터뜨렸다.

"예, 되고 싶습니다. 그러니 제위를 주시겠습니까, 숙부?"

아아, 농담으로 치부해버릴 작정이구나. 하긴 그러는 게 자연스럽겠다고 카리사가 생각하는데 클라이저가 온화하게 대꾸하는 소리가 들렸다.

"받겠다면 주지. 물론 내가 줄 수 있는 상황이 된다면 말이야."

황자의 말은 농담으로 안 들려서 큰일이다. 아니면 농담조차 아주 진지하게 하는 사람이거나. 반면 진담조차 농담처럼 하는 이가 황자의 말을 받아쳤다.

"욕먹는 자리가 싫어서 선위하실 셈이라면 정중히 사양하겠습니다. 그리고 숙부, 막내면 막내답게 골치 아픈 일이라면 형님에게 미뤄버리는 어리광도 좀 부려보시는 게 좋겠습니다. 형이란 건 동생을 지키려고 더 일찍 태어난다는 말도 있지 않습니까?"

"어떤 자린지 뻔히 알면서 가시밭길로 피붙이를 밀치라 이거냐?"

"그게 가시밭길인지 비단길인지 구별도 못할 위인인 걸요? 좀 뻔뻔해지십시오, 숙부. 모후와 에스테르를 위해서라도 말이죠."

눈에 넣어도 아프지 않게 아끼는 딸을 채어가는 사윗감을 대하는 아버지의 말투가 저렇지 않을까 카리사는 생각했다. 그 정도로 훈계성이 강했다. 아무리 같은 해, 같은 날 태어났다지만 조카의 이런 태도를 황자가 용케도 용인한다 싶었다.

클라이저는 가볍게 고개를 내저으며 웃을 따름이다.

"그것도 타고나는 품성 탓이 크지. 어쨌든 웃고 넘어가지 말고 진지하게 생각해 보렴. 너라면 디딤돌 노릇을 해줄 수 있어. 다른 사람에겐 어림도 없다만."

"흥, 성가셔서 싫습니다."

"내가 준다니까 받기 싫은 건 아니고?"

"아! 그것도 있네요. 절대 안 준다고 하면 뺏을까 고민은 해볼 것 같습니다."

진지한 얼굴로 블레신이 눈을 빛내는 걸 보고 클라이저가 소리 내어 웃을 차례였다.

얼마 후 시종이 옆으로 다가와 포골드 광장에 이르렀다고 전하는 소리에 클라이저가 카리사에게 말했다.

"먼저 반니 양의 일부터 볼까요?"

"아, 저는 그렇게 중요한 용무도 없고, 나중에 돌아갈 때 잠깐 들르는 정도로 충분한데요."

"나중에 돌아갈 때 들르나, 지금 들르나. 아무 차이도 없는 일로 왈가왈부하지 마."

"표현은 마음에 안 들지만 그 뜻에는 동의합니다."

클라이저까지 그리 말하니 카리사는 더는 사양할 명분이 없었다. 카리사는 고개를 내밀어 마부에게 귀금속을 취급하는 상점이 있는 곳으로 가 달라고 주문했다.

"그럼 잠시 다녀오겠습니다. 오래 걸리지 않을 거예요."

주섬주섬 준비하고 있다가 시종이 문을 열어주자 몸을 일으키는 카리사의 앞을 블레신의 큰 체격이 가로막았다. 이건 또 무슨 훼살인가 하고 쳐다보자니 아예 그는 마차에서 내려섰다. 게다가 클라이저마저 들썩거리더니 마차에서 나갔다. 둘 다 왜 내리지 하고 어리둥절하여 쳐다보는 카리사에게 클라이저가 슥 팔을 내밀었다.

"내려야지요?"

손이 제멋대로 황자가 내민 팔을 잡으려고 하는데, 손도 대보기 전에 팔이 사라졌다. 블레신이 클라이저의 어깨를 뒤로 밀치며 혀를 차고 있었다.

"우리 석류를 뭘로 보시는 겁니까. 얼마나 튼튼하고 다부진 녀석이라구요. 이런 연약한 아가씨 취급이라니, 모욕입니다."

부글거리는 속을 누르며 카리사는 마차에서 내렸다. 다시 한 번 다녀오겠다고 고하고 몸을 돌려 걸어가는 그녀의 옆으로 슥, 두 그림자가 따라붙었다. 오른쪽엔 블레신, 왼쪽엔 클라이저. 그녀가 부러 걸음을 더 재우치는 데도 아무렇지 않게 큰 보폭으로 함께 걸었다. 시종들은 마차와 함께 뒤에 남아 멀뚱히 지켜보는 걸 보고 카리사가 얼떨떨한 얼굴로 물었다.

"설마 절 따라오시는 건가요?"

주변을 구경하던 클라이저가 카리사를 돌아보며 말했다.

"겸사겸사 구경도 하는 거죠. 그리고 여자 혼자 이리 보행인이 많은 곳을 걷는 것은 안전한 일이 못 됩니다."

"하지만 이렇게 평화로운 거리이고, 또 치안병이 순찰을 하고 있는 걸요. 저기도, 또 저기도 홀로 다니는 여자들도 있고요."

카리사의 손가락이 가리키는 쪽을 시선으로 따라가 본 클라이저가 고개를 끄덕였다.

"있군요. 하지만 저들은 반니 양만큼 젊지도, 아름답지도 않은 것 같습니다."

치레 말에 불과한 거겠지만 카리사는 그만 얼굴을 비롯해 귀뿌리까지 발개졌다. 철없이 팔딱이는 심장을 마른침을 삼켜서 달래가며 카리사는 대꾸할 말을 쥐어짜냈다.

"수도 구경 처음 하는 얼뜨기가 아니니까 그렇게 마음 쓰실 건 없습니다. 눈 뜨고 코 베어 갈 곳이라느니 뭐라느니 해도 그동안 여러 번 구경 나왔어도 제 코는 이리 멀쩡한 걸요."

"구경은 여러 번 했을지 몰라도 너 혼자는 아니었겠지."

시들하게 핀잔하는 말에 카리사는 블레신을 쏘아보았다. 턱이 빠지지나 않을까 싶게 하품을 한 블레신이 찔끔 삐져나온 눈물을 닦으며 삐딱하게 카리사를 쳐다보았다.

"왜, 혼자 나온 적 있으면 있다고 말을 해봐."

부글부글. 또 한 번 속이 끓었지만 블레신의 말이 사실이니 어쩔 수 없다.

"거의 투렐리아랑 함께 나왔었죠."

"오, 그 야물딱진 빨간 머리. 수행견이 훌륭하니 네 귀여운 코가 무사할밖에."

어지간하면 황자 앞에서 얌전하게 있고 싶었는데 이건 당장 짚고 넘어가지 않을 수 없다.

"사람을 왜 개 취급을 하시죠? 투렐리아가 이 자리에 없다고 해도 그러시는 거 아닙니다. 그리고 투렐리아는 야무지고 저는 어리보기라고 말씀하시는 건가요? 무슨 근거로요? 제가 왕자님 앞에서 뭐 그리 얼뜬 행동을 많이 했다고, 아, 저쪽으로 꺾어야 하는데. 저쪽으로 꺾어서 네 번째 상점이거든요. 하여간 그런 말을 재치랍시고 하시는 거면 크게 착각하시는 겁니다."

따지고 들면서도 카리사는 갈 곳을 놓치지 않고 착착 걸어갔다. 블레신은 시끄럽다는 듯이 귀를 파고 있지만 클라이저는 웃음이 담긴 눈으로 카리사를 구경했다.

블레신에게 이리 맞설 수 있는 여자는 별로 없는데. 보고 있자니 큼직한 바위에 대고 노란 병아리가 콕콕 부리를 찍어대는 게 연상이 되긴 하는데 무모한 건 둘째 치고 귀엽긴 했다.

어쨌든 분기탱천한 카리사의 빠른 걸음은 목적지를 앞에 두고 일시 정

지되었다. 쇠똥구리라는 상호가 적힌 귀금속점 문에 손을 대며 카리사가
이번에야말로 혼자 들어가겠다고 말했다.

"이 안에서 납치를 당하지 않으면 무사히 살아 나오는 저를 보시게 되
겠죠."

블레신더러 들으라고 한 소리였지만 블레신은 그녀의 말을 귓등으로
흘렸다는 걸 증명하듯 카리사가 문을 열기 무섭게 제가 먼저 안으로 들어
갔다.

"어이, 주인장! 손님이야, 놀지 말고 나와서 장사해!"

주인장을 찾아대는 블레신의 뒷모습을 보며 카리사는 약이 올라서 또
얼굴이 발갛게 익었다. 그때 툭 하고 등을 두드리는 손에 돌아보니 클라
이저가 빙그레 웃고 있었다.

"무시해요. 저 녀석 마음에 든 사람한텐 부러 더 짓궂게 굴거든요. 그
리고 반응하면 할수록 그 강도도 세지죠."

"네. 자꾸 못난 꼴만 보이네요."

블레신이 크게 불러댄 주인장이 카리사가 손님임을 알고는 두 손을 비
비며 다가와 무엇을 찾으시느냐 물었다. 주문할 물건을 생각하니 따라 들
어온 두 남자의 존재가 여간 거추장스럽지 않지만 여기까지 와서 허탕을
치고 갈 수도 없는 노릇이다. 카리사는 주인을 데리고 최대한 구석으로
향해선 귓속말로 자신이 찾는 것을 이야기했다.

"예, 예. 그런 물건이야 저희가 전문이지요. 이쪽으로 오셔서 견본을
한 번 보시지요."

주인이 진열대 위에 내어놓는 문제의 물건들을 카리사는 두 팔을 펼쳐
가리듯이 서서 확인했다. 원래는 꼼꼼히 살펴보고 가격 흥정을 하고 싶었
으나 지금은 마음이 급하다. 부르는 가격대로 적당한 것을 고르고 거기

새길 문구를 적은 양피지 조각을 내미는데 불쑥 머리 위에 그늘이 진다 싶더니 가슴 서늘한 목소리가 들렸다.

"뭐야, 이 음란한 작품은?"

얼른 감추라고 카리사가 손짓할 틈도 없이 블레신이 그녀가 고른 물건을 홱 낚아채 불빛에 비춰보았다. 놀랍다는 듯이 블레신은 감탄사를 연발했다.

"와, 이 여자 야한 것 좀 보게? 손에 들고 있는 건, 와, 노골적이네. 이 거 남자 중간다리잖아? 근데 이 정도로 큰 물건은 드문데, 호오."

블레신의 호들갑에 클라이저까지 다가와서 그의 손에 들린 물건을 응시했다. 곧 조용히 얼굴을 돌리며 다른 물건을 감상하러 가긴 했는데 그전에 힐끗 카리사를 쳐다보는 클라이저의 표정이 참으로 묘했다는 것에 카리사는 목숨이라도 걸 수 있다.

"이런 건 왜 사려고 그래, 석류? 여기 다른 거 살만한 게 널렸잖아. 주인장, 이거 가격은 어떻게 돼? 에에? 그렇게나 비싸? 딱 보니 청동에 금박 한 꺼풀 입힌 거잖아. 당신 우리 석류가 만만해 보여서 등쳐먹으려는 거야? 엉?"

카리사를 불쌍하다는 듯 쳐다보랴 주인장을 윽박지르랴 블레신은 바쁘다. 떡 벌어진 체격에 얼굴에 예사롭지 않은 큰 흉터가 있는 남자, 게다가 전직 지휘관이기도 한 남자가 인상 팍 써가며 우렁우렁한 목소리로 호통을 치니 주인장은 지레 오금이 저려 두 손을 들며 변명했다.

"절대로 그런 것이 아닙니다, 손님. 다만 들고 계신 그것이 순산기원부적이다 보니 제작을 마치면 하레샤 신전의 검수를 받습니다. 속이려고 한다면야 대충 저희끼리 붉은 칠 한 번 하고 싸게 후려칠 수도 있습니다만 저희 가게는 결코 양심에 어긋난 물건은 팔지 않습니다. 제대로 공물을 바치고 여신의 가호를 기원한 물건입니다. 예, 그렇고 말구요."

어떤 의미로 초연해지고 만 카리사가 블레신의 손에서 '남근을 든 여신'을 잡아챘다. 우스꽝스럽도록 몸이 풍만한 여자가 양손에 큰 남근을 들고 있는 청동상은 처녀가 들고 있기에 참으로 민망한 물건이다. 그러니 은밀히 주문하려고 한 것을, 다 망쳤다.

그녀는 청동상을 주인 앞에 내려놓고 블레신을 똑바로 쳐다보며 청동상 아래에 새길 문구를 부러 크게 복창했다.

"반니가※ 베로우스의 딸, 오릭스가※ 유누시안의 아내, 아엘리아 베로우스 반니 오릭스에게 언니 카리사가 순산을 기원하며. 확인하셨죠?"

"예, 예. 어김없이 그대로 새겨서 보내드리겠습니다."

대답하면서도 주인은 블레신의 눈치를 살폈다. 카리사는 대금을 치르려고 스톨라 옆구리에 손을 넣었다. 하지만 아무리 더듬거려도 옆구리가 텅 비어 있다.

오른쪽에 넣는다고 넣었는데 왼쪽이었나? 손을 바꾸어 왼쪽을 더듬거리는데 불쑥 블레신이 그녀의 눈앞에 대고 무언가를 흔들었다. 눈에 익은 그녀의 가죽 쌈지에 응? 하고 블레신을 쳐다보았다.

"잃어버린 걸 언제쯤 깨달을 거야, 석류? 이래놓고 어리보기가 아니래?"

영문을 몰라 멍해진 카리사를 두고 블레신은 그것이 제 것이라도 되는 양 열어젖혀서 척척 주화를 꺼내며 주인과 가격 흥정을 했다. 대뜸 3할 깎자고 말하는 블레신 때문에 주인이 기겁을 한다. 그렇게 팔아서는 장사 못 합니다, 밑집니다. 웃기지 마라 장사꾼들 밑지고 판다는 말만한 거짓말이 세상에 있는 줄 아느냐. 좀 살려주십시오, 맞추고 맞춰도 7푼까지입니다. 좋아, 2할 5푼 깎자. 아이고, 7푼입니다, 7푼, 이 물건 처음부터 안 만든 셈 치지요.

마침내 1할 3푼 할인으로 낙찰. 손에 무기만 안 들었지 주인의 기력을 탈탈 털어내고 블레신은 의기양양하게 귀금속점을 나섰다. 그가 휙 던져 주는 제 쌈지를 받으며 카리사는 땅이 꺼져라 한숨을 쉬었다.

"하여간 순진해선 물건값도 안 깎는 것 좀 보라지. 장사꾼이 부르는 게 값인 줄 알아? 다 이쪽에서 깎아달라고 할 걸 염두에 두고 값을 때려 부르는 거야."

"혼자 들어왔으면 어련히 알아서…… 그보다 대체 이게 왜 왕자님 손에 있었던 거지요?"

"언제더라. 아, 그때다. 네가 왜 빨간 머리랑 날 차별하느냐 따질 때."

블레신이 손가락을 퉁기며 대답하자 카리사는 그때의 상황을 떠올리며 고개를 갸웃했다. 그러고 보니 한참 이야기하며 길을 꺾어들 때 잠깐 부딪친 것 같기도 한데. 설마 그 찰나에 쌈지를 슬쩍 했다고? 믿기지가 않아 미간을 찡그리는 카리사의 머리에 블레신이 손을 올렸다.

"염려 마, 석류. 편애하는 쪽을 따지자면 빨간 머리보다는 너야. 내가 무슨 말만 하면 웃어주는 여자는 세상에 널렸거든. 그런 면에서 네 희귀도가 한참 위지. 그러니 질투 안 해도 돼요, 반니 양. 알겠죠?"

머리를 토닥인데 이어 블레신이 얼굴을 들여다보며 방긋 웃는다. 놀리는 소리인 줄 아는데도 카리사는 한마디 내지르고야 말았다.

"만 년을 기다려보십시오, 제가 왕자님 때문에 질투할 날이 오나!"

터뜨리고 보니 속은 시원한데 거기엔 둘만 있는 게 아니었다. 클라이 저와 눈이 마주치자 민망함이 불길처럼 일어나 카리사는 고개를 푹 숙이곤 마차가 있는 곳을 향해 줄달음을 쳤다.

당장 낄낄거리며 쫓아가려는 블레신의 뒷덜미를 클라이저가 잡았다.

"적당히 해. 순진한 아이한테."

"아이는 무슨, 벌써 열일곱입니다. 숙부가 계시니 얌전한 척하는 거예요. 쳇, 자기야말로 사람 차별하는 걸 알아야지."

블레신의 툴툴거림에 클라이저가 반박했다.

"네가 차별할 수밖에 없게 만들잖아. 반니 양에게 공손히 굴라고까진 안 할 테니까 조금쯤 예의를 차리라고. 그렇게 괴롭혀서 너한테 학을 떼게 만들 참이 아니면."

"글쎄요, 학을 떼는지 그 반대가 되는지는 두고 볼 일이죠."

저만치 멀리 뛰어가는 카리사의 뒷모습을 보며 블레신이 씩 웃더니 잠시 걸어가는 얼마를 못 참고 기지개를 켜며 하품을 했다.

"아까부터 계속 그러네. 잠을 제대로 못 잔 거야?"

"새벽녘에 겨우 눈 좀 부치나 했더니 얼마를 못 가서 날 밝았다고 일어나라고 누가 성화를 해대는 통에요. 꼴랑 술 한 잔 마시고 끌려나왔습니다."

"호오. 반니 양도 너한테 당하기만 하는 건 아니구나."

"말씀드렸잖습니까. 호락호락하게 봤다간 큰코다쳐요."

블레신의 코가 다치는 걸 구경하는 것도 재미있지 않을까 생각하는 자신에게 클라이저는 내심 놀랐다. 괜스레 헛기침을 하고 걸음을 옮기다 문득 그는 미간을 찡그리며 물었다.

"그런데 물건을 슬쩍하는 건 어디에서 배운 거냐?"

17.
불길
속으로

포골드 광장에서 간단히 요기를 하는 사이 시종들은 마차의 덮개를 뒤집어 덮어 황궁의 표식을 감추었다. 그 후 크렌바흐 가도를 타고 반 시간쯤 내려간 뒤 나온 딱히 이름도 붙지 않은 작은 광장 선술집 앞에서 귀인들은 수행원과 위치를 바꾸었다.

클라이저, 블레신, 카리사가 말에 오르고 수행원들이 마차로 옮겨 탄 뒤 두 개의 조로 갈라지기로 했다. 클라이저는 부근의 치안소를 둘러보고 소방 대책을 점검하고자 하는 의욕에 넘쳤으나 블레신은 이 주변에 특히 많다는 선술집 탐방에만 관심이 있었던 것이다. 수행원도 필요 없다며 홀로 가려는 블레신을 카리사는 감독자가 되어 따라나서게 됐다.

"안 되겠다 싶으면 큰소리도 내고 그래요, 반니 양. 이 근처는 술이 독하다니까 평소 마시던 대로 내버려두면 고주망태가 될 겁니다."

"명심하겠습니다. 세 시에 이곳에서 멀쩡한 왕자님을 뵙게 해드리지요."

클라이저의 충고에 카리사는 퍽 자신만만하게 대답해 그가 미소 짓게 했다.

〈타우스의 게〉라는 상호의 선술집에 들어가 식탁을 하나 잡고 앉아 블레신이 음식을 시키는 동안 카리사는 주위를 돌아보며 북적거리는 사람들과 테이블들을 채운 소박하지만 가짓수 많은 풍족한 음식에 깊은 인상을 받았다.

지난 2년간 황궁 밖으로 외출할 일도 그럭저럭 있었지만 어디까지나 황궁 주변을 잠깐 돌아보고 들어가는 수준이었던 터라 수도의 평민들이 모이는 이런 장소를 구경할 기회는 없었다. 가게 안은 남자 손님들이 대부분이었고 음식을 나르는 여자를 제외하면 자리에서 식사를 하는 여자는 단둘이었다. 그 여자들이 베일 없이 자유롭게 남자와 이야기하는 모습에 카리사도 베일을 벗어 무릎에 정리해 두었다.

주문을 받던 남자 점원이 돌아서기 전에 슬쩍 카리사를 보더니 블레신에게 "청동화 두 개면 위층의 방을 반 시간 빌려드립니다."라고 넌지시 말했다. 블레신이 일없다는 듯 손을 젓자 점원은 다시금 카리사를 위아래로 슥 훑어보고선 돌아갔다. "2층의 방은 더 호젓하게 식사를 할 수 있는 곳인가 봐요?"하고 묻는 카리사에게 블레신은 눈을 굴리며 베일이나 다시 두르라고 충고했다.

"저기 저 여자들도……."

머리를 풀어 내리고 있는 걸 보면 미혼의 처녀들이 아닌가, 라는 그녀의 항변에 블레신은 슥 몸을 앞으로 숙여 낮게 속삭였다.

"안이 어두워서 안 보여? 멋으로만 큰 눈 달고 있지 말고 좀 자세히 보라고. 저 여자들이 여염집 여자로 보여?"

그제야 여자들을 찬찬히 본 카리사는 그녀들의 짙은 화장과 예사롭지 않은 교태를 알아보았다. 그중 한 명은 카리사와 눈이 마주치자 눈을 부라리며 상스러운 손짓을 해보여 카리사는 깜짝 놀라 고개를 돌렸다. 낄낄 블레신이 웃었다.

"새로 나타난 경쟁자인 줄 아는 모양인데."

카리사는 서둘러 베일부터 두르며 소곤거렸다.

"들어올 때 유곽 표시가 없던데요? 저도 그곳을 가리키는 표식을 모르지 않습니다."

"엄연히 유곽하고는 다르지. 떠돌아다니는 새들이 머무는 가지 정도랄까?"

"치안소에서 단속을 하지 않습니까? 유곽의 여자들은 세금을 내는 걸로 알고 있습니다만, 저 사람들은……."

"공식적으로 내는 세금이 아닐 뿐 저들도 치르는 대가는 있어. 장사 장소를 대주는 선술집 주인에게도, 또 치안병에게도 말이야. 청동화 두 개를 받아서 하나라도 제 몫으로 돌아가면 저 여자들에겐 다행일걸."

"청동화 두 개라면……."

어리둥절해하는 카리사를 놀리듯이 블레신이 찡긋 눈을 깜박였다.

"올라가서 구경이라도 할 걸 그랬나? 호기심 덩어리 아가씨?"

그제야 비로소 점원의 제의의 속뜻을 알아차린 카리사는 얼굴을 붉히며 입을 꾹 다물었다. 곧 주문한 음식을 날아오는 점원을 매서운 눈으로 그녀가 쏘아보는 동안 블레신은 이마를 짚고서 키득거리느라 바빴다.

카리사는 음식은 먹는 둥 마는 둥 포도주 한 잔을 벌컥벌컥 들이켜고는 출입문 쪽만 쳐다보았다. 부러 더 블레신은 먹는 소리를 요란하게 내며 음식을 먹는데 늑장을 부렸다.

"뭐 그만한 일에 뾰로통해져선 입을 툭 내밀고 있어? 언제 다시 올 줄 모르는 곳이야. 돌아가서 후회 말고 한 점씩 맛이라도 봐."

"저는 상관 말고 드십시오. 그러지 마시래도요."

접시 하나에 음식을 종류별로 모아주는 블레신의 정성에 카리사는 눈살을 찌푸렸으나 그가 직접 그녀의 잔까지 채워주자 못 이겨 요리를 몇 점 맛보았다. 하지만 마지못해 먹는 시늉에 속만 더 언짢아져 포도주를 자꾸 들이켰다. 술은 시큼털털하고 뒷맛이 씁쓸한 건 둘째 치고 자꾸만 트림이 밀려와 여간 곤욕스럽지 않았다.

"거참, 이건 맥주야 포도주야. 어지간하면 잘 마셔주겠는데 도저히 못 마시겠군."

그러면서 잔을 다 비우고 거침없이 트림을 하는 블레신 때문에 카리사는 실소를 지었다.

"안 드신다는 말이나 하지 마시던지요. 다른 곳도 가신다고 하지 않으셨습니까? 오늘 제가 봐드릴 건 다섯 잔까지니까 알아서 잘 조절하십시오."

"다섯 잔이라니, 차라리 날 보고 죽으라지 그래?"

투덜거리긴 해도 블레신은 더는 포도주 병에 손을 대지 않았다. 그런 식으로 네 곳을 더 돌았다. 대식가인 줄은 알았지만 정말 어지간히도 잘 먹는 블레신 때문에 카리사는 기가 질렸다. 먹기 전에 비해 배도 나온 것 같지 않은 그가 빵 노점상 앞을 지나며 막 구워낸 보리빵을 보고 군침을 흘리자 카리사는 아직도 들어갈 곳이 더 남았느냐 묻지 않을 수 없었다.

"물론이지. 아까 변소에 다녀왔잖아."

"토하셨습니까?"

얼굴을 찡그리며 묻자 블레신이 고개를 홰홰 내저었다.

"내 식도락은 먹을 수 있는 걸 잘 먹고 소화시켜 배출하는 것까지 다

포함된다 이거야. 애초에 입만 즐겁자고 먹고 토하는 짓을 거리낌 없이 하는 게 미친 짓이지 않아?"

"그 말씀에는 동의합니다."

"그런 짓을 서슴없이 해대는 녀석치고 제 손으로 먹을 걸 마련해 본 역사가 없다는데 내 무엇이든 걸지."

"갖은 고생을 겪다가 부유해진 사람이 온갖 사치를 부리는 경우도 있잖습니까?"

"아, 천박한 벼락부자가 있다는 걸 간과했군. 좋아, 무엇이든 걸렸으니 원하는 걸 말해봐."

"무사히 3시에 큰나리를 만나러 가면 그걸로 됐습니다."

바깥에서 카리사는 클라이저를 큰나리, 블레신을 작은나리라 부르기로 했다. 작은나리는 큰나리 이야기에 대뜸 눈살을 찌푸렸다.

"쳇, 시시하군! 여하간 저 빵이나 먹고 보자고."

결국 블레신은 빵을 사러 갔다. 신전에서 지낸 몇 년간 음식의 맛은 둘째 치고 양이나 좀 충분하길 바라는 소원을 품고 살았던 카리사도 지난 2년간의 황궁 생활로 미식에 길들여졌는지 오늘 같은 음식을 주식으로 먹으라면 진땀을 흘리지 싶었다. 그런데 줄을 서서 빵을 살 차례를 기다리고 있는 저 남자는 그런 음식을 정말 맛있게 먹는 것처럼 보였다.

"뭘 저리 많이도 산담?"

제 차례가 된 블레신이 돈을 건네고 받은 빵이 족히 한 광주리가 넘을 지경이라 지켜보던 카리사는 의아해하며 중얼거렸다. 광주리를 말 등에 얹고 손에 든 빵 하나를 적당히 찢어 카리사에게 건네며 블레신은 싱글거렸다.

"가끔 돌을 깨물 염려가 있으니까 조심해서 씹어. 모래 정도는 삼켜도

438 **나뭇잎 사이로 반짝이는** Ⅰ

안 죽어."

막 구웠어도 거친 식감은 감출 수 없는 빵을 조심스레 오물거리며 카리사는 블레신을 힐긋거렸다. 더 먹고 싶으면 뜯어가라고 빵을 내미는 것에 고개를 저으며 다음 목적지를 물었다.

"마음 같아선 도박장에 가고 싶은데 아가씨와 갈 곳이 아니니 단념하겠어. 아, 역시 널 저쪽에 줘버리는 건데 그랬다, 석류."

대놓고 방해물 취급에 카리사는 샐쭉해져선 자신도 그편이 보람 있었을 거라고 받아쳤다.

"보람? 왜, 큰나리랑 다녔으면 네가 지금처럼 마음껏 재잘댈 수 있었을 것 같아? 아니면 뭐야, 석류. 너 큰나리에 대한 거창한 환상이라도 있어?"

"환, 환상이라니요!"

놀라서 저도 모르게 언성이 높아졌다. 다행히 그때 옆으로 짐을 실은 수레 몇 대가 연달아 가면서 요란한 소리가 나 블레신도 그녀의 반응이 별나게 튀는 것을 눈치채지 못했다.

수레와의 거리가 적당히 멀어져 말을 나눌 만해지자 블레신이 빵을 우물거리며 말을 꺼냈다.

"네가 목표로 한다는 두 척의 배 이야기를 기억하고 있어. 누군가를 동경의 대상으로 삼으면 그 사람의 사소한 버릇 하나까지도 예사롭게 보이지 않는 법이지. 의식하든 의식하지 않든 모뜨는 행동을 하는 건 기본이고. 때론 그 사람 대인관계까지도 영향을 받고 말이야."

"아, 그래서 제가 에스테르 아씨의 대인관계에 영향을 받았을 거라 이 말씀이시군요."

이미 침착을 되찾은 카리사는 싱긋 웃음을 머금고 말했다.

"딱 잘라 아니라고 할 수 있겠어?"

"글쎄요, 에스테르 님과 저 사이엔 아주 극명한 차이가 있다는 것은 알지요."

"뭐지, 그게?"

카리사는 대답 대신 펼친 손으로 블레신을 가리키며 생글거렸다.

"나?"

블레신은 입가에 남은 빵 부스러기를 엄지로 털어내며 눈을 가늘게 떴다.

"흐응, 결국 넌 내가 싫다 이 말을 하고 싶은 거군."

"좋아한다의 반대말이 싫어한다는 아니지 않습니까?"

"그래? 그럼 그 반대말이 뭔지 좀 가르쳐주지 그래?"

"꼬집어 이거라고 말하는 것은 힘들고 느낌만 예를 들어보자면…… 성가시다, 귀찮다, 얄밉다, 못마땅하다, 꼴불견이다, 등등이 있네요. 당장 생각나는 것은 이 정도인데 한 단어로 대처할 말이 있는지는 더 차분히 궁리해 봐야겠습니다."

그 산뜻한 정리에 블레신이 푸핫, 웃음을 터뜨렸다.

"알았어, 알았어, 미운털이 단단히 박혔다는 사실을 내 기꺼이 받아들이지. 그대는 참 솔직해서 좋아, 반니 양?"

"그 점을 제 신뢰도를 고려할 때 기억해 주셨으면 좋겠네요."

새침하게 정면을 보는 카리사를 보며 블레신은 졌다는 듯 고개를 내저었다.

블레신이 선술집 탐방에 이어 택한 곳은 뜻밖에도 작은 지성소였다. 온갖 종류의 작은 점포가 늘어선 허름한 거리에 아무렇지 않게 지성소로 통하는 작은 포치가 덜렁 나 있는 모습은 카리사에겐 너무도 낯설어 현실 같지 않은 광경이었다. 하지만 포치 앞 화로에서 희미하게 피어오르는 매스틱 훈향 냄새에 어리둥절하나마 이 너머에 있는 게 신을 모시는 곳임을 인정했다.

포치 기둥의 부조며 바닥에 깔린 모자이크화의 주제가 사과나무임을 알아볼 정도는 되었다. 제대로 된 사원이었다면 찔레꽃 벽화를 비롯해 지붕에 나이팅게일의 조상 또한 서 있을 것이다. 블레신이 골라온 곳은 꽃과 나무의 여신인 에스터의 지성소였으니 말이다.

두 명의 늙은 무녀가 지키고 있는 지성소에 들어가 이곳의 모든 것이 그러하듯 형식만 갖추느라 급급한 에스터 여신상에 향과 꽃을 올리라며 블레신은 돈을 치렀다. 그러곤 무녀가 피운 향 하나가 거의 타는 것을 지켜본 뒤 돌아서서 나왔다.

지성소에서 그리 멀리 떨어지지 않은 길에서 동냥을 하고 있던 거지 부자에게 블레신은 아까 잔뜩 사온 빵 꾸러미를 주었다. 하지만 그 적선엔 조건이 있었다.

"앞으로 사흘간, 저기 에스터의 지성소를 지날 때마다 어떤 이의 건강을 기원하는 기도를 하면 된다. 그러면 이 빵은 너희가 정당한 대가를 치르고 받은 게 된다. 할 수 있겠느냐?"

"할 수 있습니다. 누구의 건강을 빌면 되는 일입니까?"

거지 사내의 장담에 블레신은 싱긋 웃으며 "에스테르."라고 대답했다. 꼭 잊지 않고 그리하겠다고 거지 부자가 거듭 약속하는 말을 뒤로하고 블레신은 다시 길을 재촉했다.

그들의 모습이 어렴풋할 정도로 보이는 거리에서 카리사는 고개를 갸웃하면서 "과연 지킬까요?"라고 중얼거렸다.

"반반이지. 하지만 아들 앞에서 한 약속이니 지키지 않을까 생각하고 싶다."

"왜 사흘이라 못 박으셨습니까?"

"그 정도 빵이면 사흘쯤 먹지 않을까 해서. 빵이 있는 동안엔 내 말도 기억할 확률이 높지 않을까?"

그럴 듯하다 싶어 고개를 끄덕거리면서 카리사는 슬쩍 떠보듯이 물었다.

"이런 일, 처음이 아니신 것 같은데. 곧잘 해보신 것 맞지요?"

블레신은 말없이 목을 이리저리 움직여 딱딱 소리를 내고선 슬슬 황자와 만나기로 한 광장으로 가자고 했다. 표는 안 내도 쑥스러움을 타는 듯해서 카리사는 고개를 돌려 살짝 웃었다.

두말없이 그러자고 동의하고 카리사는 타고 있는 말 우르의 목덜미를 쓰다듬으며 좀 더 가서 물도 마시고 쉬자고 말했다.

"오늘 오래 걸어서 많이 피곤하지? 돌아가면 내가 털 빗겨줄 테니까 힘내."

"요새 마구간에 자꾸 들락거린다더니 그런 걸 하고 있었어? 사람이 없는 것도 아니고 뭣하러 그런 일까지."

블레신의 핀잔에 카리사는 가늘게 뜬 눈으로 그를 흘겨보았다.

"사람이 없는 것도 아닌데 켄의 편자 손질은 왜 왕자님께서 직접 하십니까?"

"그야 이 녀석이 워낙 거만해서지. 아직 하는 게 성에 안 차는지 오비크를 무시하더라고. 편자에 손댔다가 심하게 걷어차인 적도 있어."

"사납게 생긴 주제에 사나운 짓만 하는군요. 흥. 우르가 그렇지 않아서 참 다행이에요. 모름지기 좋은 말은 이리 성격이 온순해야지요. 아무 때나 성질을 부리다니 켄은 한참 멀었어요."

"글쎄, 우르의 파란만장한 과거를 안다면 온순하다는 표현은 도저히……. 뭐 됐어, 믿고 싶은 대로 믿으라지."

이 사람이 또 짐짓 허풍으로 겁을 주는구나 하고 카리사는 그의 말을 못 들은 척 넘겼다. 한동안 대화가 끊겼다가 불쑥 블레신이 질문을 하면서 재개되었다.

"그런데 동생이 벌써 출산을 앞두고 있나? 예정달이 언제인데?"

"그럴 수도 있고 아닐 수도 있어요. 하지만 작년에 혼인 소식이 왔으니 먼 미래의 일은 아니겠지 싶어서."

납득했다는 표정을 짓고는 말이 없어졌던 블레신은 교차로에서 짐을 싣고 가는 당나귀 대열 때문에 발이 묶였을 때 다시 입을 열었다.

"어지간히 가보고 싶었을 텐데."

카리사는 짐의 무게에 눌려 하나같이 축 고개를 늘어뜨리고 걸어가는 당나귀의 애처로운 모습을 보느라 그의 말을 살짝 놓쳤다. 고개를 돌린 카리사는 블레신과 눈이 마주쳤다.

"형제가 많은 것도 아니고 달랑 둘이잖아? 동생 혼인 때 가고 싶지 않았냐 이 말이야."

"그거야 뭐……. 머릿속으로 상상하는 즐거움으로 족해야지요. 잘 살다 보면 언젠가 볼 날도 있을 테고."

"언젠가…… 20년 후? 아, 이젠 18년 후지? 느낌이 묘할 것 같은데. 쌍둥이의 한쪽은 아이들에 둘러싸인 한 가정의 여주인일 테고, 다른 한쪽은 독신의 궁정인. 어쩌면 언니를 가엾게 여겨서 제 아이들 중 하나를 후계자 삼으라고 줄지도 모르겠군. 뭔가 참 쓸쓸한 미래야."

"벌써부터 그런 먼 훗날까지 걱정해주실 필요는 없으십니다."

카리사는 앞이 어느 정도 트이자 제가 먼저 이랴, 하고 말을 몰았다.

하지만 야무진 대답과 달리 속으로는 왕자가 대비시켜 보인 둘의 미래도를 떠올리며 한숨을 쉬고 있다.

이윽고 공용 분수대가 나타났을 때 목도 축이고 말에게도 물을 마시게 할 겸 말에서 내렸다. 하루 중 햇볕이 가장 강하게 내리쬘 즈음이라 손바닥만 한 그늘이라도 있으면 사람들이 찾아드는 판에 분수 광장의 한 귀퉁이는 차일까지 둔 널찍한 그늘을 고작 서너 명의 사내가 차지하고 앉아 주사위놀이를 하며 음담패설을 주고받고 있었다. 이따금 그중 하나가 일어나 분수대 쪽으로 와서 기다리는 사람들에게 아랑곳하지 않고 들통에 물을 떠가 저희들이 놀고 있는 바닥에 물이 흥건하도록 뿌리곤 했다. 그럼에도 누구도 무어라 불평 한마디 하지 않는 것은 그자들이 치안병이기 때문이었다.

황도 카데사레아는 아홉 개 교차로마다 분수대와 더불어 치안소가 하나씩 있는데 광장에 사람들이 미어터져도 한가한 그늘을 둔 저곳이 이 일대의 치안소였다. 본디 한 치안소에 여덟에서 열 명쯤 되는 치안병이 있으니 순찰을 나가지 않고 남은 자들일 터였다.

치안병이나 되는 자들이 주사위놀음으로 시간을 때우다니 한가한 건지 평화로운 건지 모를 일이라고 생각하며 카리사는 그들을 외면했다. 제 차례가 돌아와 목을 축인 카리사는 물주머니 두 개에도 물을 가득 채워 가축들이 물 마시는 곳에서 순서를 기다리고 있는 블레신에게 뛰어갔다. 블레신은 선 자리에서 물주머니 하나를 거뜬히 비웠다.

"이야, 물맛 참 달다. 어째 수질이 저 안쪽보다 나은 것 같지 않아?"

"예, 아무렴 그렇겠습니다."

황자가 손가락으로 가리키는 안쪽은 황궁을 뜻할 터였다. 공용 분수대 물이 아무리 좋다손 쳐도 황궁에서 쓰는 물만 하겠는가. 너스레를 떠는 줄 알고 대충 맞장구를 쳤는데 의외로 블레신은 진지했다.

"분수대 물도 장소에 따라, 형용하기 힘든 비린 맛이 나기도 하고 또 어떤 곳에선 녹슨 쇠를 핥는 듯한 맛이 나는 곳도 있어. 또 어떤 곳은 비 맞은 흙을 머금고 있는 맛이 나지."

뭔가 생생하긴 한데 언뜻 상상할 수 없는 맛에 고개를 갸웃하며 카리사는 입을 열었다.

"아무래도 물을 끌어오는 수원이 제각각이다 보니 그런 것 아닐까요?"

맨 처음 세 곳의 수원에서 물을 끌어오던 것이 수도의 인구가 늘면서 두 곳이 더 늘어 현재는 다섯 곳의 수원으로부터 수도교를 통해 물을 공급받고 있다.

"나도 그런 게 아닐까 싶어 직접 그 수원을 찾아다녀봤지. 하지만 물맛에 크게 문제가 있는 곳은 없었어. 오히려 뒤에 추가된 오르도스 호수나 헤누쉬 호수의 물은 지대가 더 높아서인지 다른 세 곳에 비해 더 청량하기까지 해."

"수원이 문제가 아니라면 물이 흘러오는 수도교가……?"

"맞아, 그것도 최초에 지어진 수도교가 아니라 지어진 시기가 최근과 가까울수록 문제가 있다는 심증이 있어. 정확하진 않아. 아직 백여 곳 남짓밖에 못 들러봐서."

"그것도 굉장한 숫자가 아닙니까?"

수도에 있는 공용 분수대의 숫자는 대략 천오백 내지 천육백 곳쯤 된다고 카리사는 알고 있다. 백만이 넘는 수도의 백성에 비해 많은 숫자라고는 할 수 없지만 개인적으로 우물을 가진 집도 상당히 있는 만큼 그것은 결코 적은 숫자는 아니다.

"머잖아 시간을 내서 차근차근 돌면서 물맛과 수질을 비교해볼 참이야.

한 달쯤 돌아보면 신빙성 있는 자료가 생길 테지.”

“그걸 직접 하시겠다는 말씀이십니까?”

“왜, 석류? 나랑 같이 다니고 싶어? 하긴 예쁜 아가씨랑 짝지어 다니는 것도 나쁘지 않겠군. 아니지, 그러면 만만찮은 상대 때문에 다른 귀여운 아가씨들이 내게 접근을 못 하려나?”

블레신의 수작은 들은 척도 하지 않고 카리사는 미간을 찡그렸다.

“제가 알기론 수도교를 보수하고 관리하는 관청이 있는 걸로 아는데요. 이름을 들은 적이 있는데, 그게 아마⋯⋯.”

“치수국治水局?”

“아, 예, 거기요. 거기서 이런 분수 또한 점검하지 않습니까? 우물을 쓰는 것도 감독하고요. 그러니 치수국 사람들이 응당 그런 일도 해야지요. 그러라고 녹을 받는 것 아닙니까?”

“세상 사람들이 너처럼 겉과 속이 비슷하다면야 뭐가 문제겠어. 녹을 받으니 일을 한다. 일을 ‘제대로’ 한다. 그 간단한 사실도 모르는 사람들이 요즘엔 널렸어. 평화로운 시대가 너무 길다 보니 죄 타성에 젖어서 방만하기 짝이 없지.”

“죄다 그런 건 아니겠지요. 사람을 그리 싸잡아서 매도하는 것은 온당치 못하십니다.”

적어도 나는 열심히 한다, 그리고 록사네 시녀장 같은 사람도 있고. 그런 생각으로 당당한 카리사의 얼굴을 블레신은 귀엽다는 듯 쳐다보았다. 하지만 그의 생각은 변함없다.

“어쨌든 난 당장에 믿을 수 있는 사람이 없어. 또 믿을 수 있느냐와 일하는 능력까지 믿느냐는 별개의 것이지. 차라리 나 혼자 돌아보고 다니는 게 훨씬 낫지. 내가 한 달이면 할 수 있는 일, 어중간한 녀석들 써서 여섯 달이고 일 년이고 걸리는 꼴을 어찌 보겠어."

그런 식의 일에는 이골이 났다는 듯 손을 내젓는 블레신이 카리사는 조금 안쓰럽게 느껴졌다. 이 사람이 보기엔 자기 외의 사람들은 모두 아장 아장 걷기 시작한 수준의 미숙아로 보이는 걸까? 카리사가 묘한 표정을 짓고 올려다보는 것에 블레신이 한쪽 눈썹을 치켜 올렸다.

"뭐야, 그 눈은? 어지간히 잘난 척하네, 하고 속으로 욕하는 거지?"

"그냥 나무가 너무 높게 홀로 우뚝 서는 것도 힘들겠구나 하고……."

그게 자신을 빗대어 한 말임을 블레신이 못 알아들을 리 없다. 그대로 덥석 카리사의 어깨에 팔을 올려 기대며 블레신이 짐짓 늙은이 흉내를 냈다.

"불쌍하다 싶으면 도와주면 될 일이지. 아이고 편하다, 우리 반니 양은 키도 적당히 크고, 게다가 근골도 튼튼한지 일전엔 이 몸을 등에 지고 옮겨주기까지 했다지. 남자 서넛보다 훨씬 낫군, 나아."

"장난 좀 적당히 치십시오. 하여간 진지한 게 길게를 못 가십니다, 어휴."

전 같으면 정색을 하고 뿌리쳤으련만 이제 카리사는 한심하다는 표정으로 타박을 하는 것에 그친다. 조석으로 얼굴을 대하며 쌓아온 익숙함이란 것이 그리도 무섭다.

당나귀에게 물을 마시게 한 기름상인이 물러나고 막 그들의 차례가 되어 말을 수반으로 데려가는데 갑자기 "비켜, 비켜!"하는 투박한 외침과 함께 분수대 주변에 힘깨나 쓰게 보이는 근육질의 거한들이 들이닥쳤다. 그들은 다짜고짜 분수대에서 차례를 기다리던 사람들을 밀쳐내고 자신들의 수레에 실린 물통을 가져와 물을 퍼 담기 시작했다.

거한 중 한 명의 팔에 밀쳐졌던 카리사를 붙잡아준 블레신이 씩 웃으며 주위를 둘러보았다. 누구 한 명 제 순서가 아닐 때 끼어들려고만 해도 고성이 나던 장소인데 이 일에는 잠잠히 쳐다만 보는 사람들의 반응을 살피고는 가장 근처에 있는 남자에게 저자들이 뭐 하는 자들이냐 물었다.

"피로스 밑에서 일하는 자들이오. 저렇게 수부水夫 노릇도 하지."

"내가 아는 피로스가 여럿 있는데 혹시 공동주택으로 한몫 벌었다는 벼락부자 이야기를 하는 건가 싶소만."

"같은 사람인 것 같소. 그런데 한몫만 번 게 아니라 수십 몫은 벌었지. 이 일대에 그자의 건물이 백여 채가 넘는다는 말이 있소. 오늘 자고 내일 일어나면 또 한 채가 늘어난다지."

부러움을 가득 담은 사내의 말에 적당히 맞장구쳐주다가 블레신은 다시 화제를 분수대를 무단으로 쓰는 사내들 쪽으로 돌렸다. 어째서 저들을 수부라고 부르는가?

"저기 수레 가득 쌓인 물통을 보시구려. 당신이라면 저들을 물지게꾼이라고 부르겠소?"

받쳐 놓은 수레 다섯 대는 큼지막하기도 하다. 줄줄이 쌓여 있는 나무로 된 물통을 채워 열을 맞춘 뒤 그 위에 나무판을 덮고 또 그 위에 물통을 쌓는 작업을 하고 있었다.

싸움판에서 잔뼈가 굵은 자들로만 추려낸 듯한 험상궂은 장정들이 이 일대 유력자의 똘마니란 건 알겠다. 그런데 과연 저만한 물은 어디에 쓰이는 건지 의아해하던 블레신이 물었다.

"자기 주택들을 청소라도 할 셈으로 가져가는 거요?"

그 말이 뭐 그리 우스웠는지 이야기를 해주던 사내는 한참을 웃었다. 그러다 슥 얼굴을 기울여 귓속말을 해왔다.

"저들이 저 수레를 채우면 멀지 않은 곳에 화재가 난다는 뜻이오."

블레신은 일순 미간을 찡그렸으나 다시 유들유들하게 물었다.

"어째서 누구 하나 따지는 사람이 없는 거요? 저자들 체구가 상당한 건 알겠는데 이 많은 사람들이 하나같이 참아주다니 우습군."

"벼락부자는 운만 좋아서 되는 줄 아시오? 그만큼 돈 쓸 데를 잘 안다는 뜻이지. 객기 부렸다 몸 상하지 말고 국으로 입이나 다물고 있으시오. 맞으면 맞은 놈만 바보 되는 세상이오."

다시 말해 피로스란 자, 치안소까지 휘어잡고 있다는 뜻이었다. 고맙다고 대답한 후 분수대 주위의 사내들을 훑어보는 블레신의 눈길이 싸했다.

옆에서 대화를 들은 카리사는 블레신이 정말로 잠자코 입만 다물고 있는 것이 이상했다. 뭐 거한들은 일곱 명이나 되고 블레신은 수행원이라곤 달랑 카리사 하나뿐인 상황이니 몸을 사리는 것이 어쩌면 당연했지만.

이윽고 무뢰한들이 떠나고 그들도 분수 광장을 벗어나 포골드 광장으로 향하는 내내 블레신은 입을 꾹 다물고 있었다. 자지 않고 깨어 있을 때 그처럼 오래 말을 않는 모습은 카리사로서는 처음이지 싶었다. 그리고 그점이 불편해서 카리사는 제가 먼저 할 말을 찾았다.

"아까 피로스란 자를 안다고 하셨는데, 귀족 출신인가요?"

"본인 말로는 아버지가 귀족이라고 하는데, 알게 뭐야. 어머니가 매춘부란 건 확실하지만."

"그렇다면 나름대로의 출세이긴 하네요. 공동주택이 백여 채라……."

카리사는 길옆으로 쉽게 볼 수 있는 4층, 5층, 더러는 6층 정도 높이의 주택들을 올려다보았다. 보통 4층 공동주택 하나면 점포로 내어줄 수 있는 가게가 대여섯 개이고 위의 방들은 셋집으로 내놓는다 치고 열다섯에서 스무 가정을 들일 수 있다. 그들에게서 받을 수 있는 세를 최소한으로 계산해보고 그것을 백여 채로 늘려보자 머릿속이 아찔한 금액이 나왔다.

"돈이 돈을 번다는 말을 확실히 알겠네요. 피로스라는 자, 아무쪼록 재복만큼이나 선량한 마음도 함양해야 할 텐데!"

"그런 게 재복의 천분의 일이라도 있으면……. 뭔가 타는 냄새 나지 않아?"

블레신이 문득 말의 고삐를 잡아당기며 주위를 두리번거렸다. 카리사도 주의를 기울였지만 사람도 많고, 동물도 많이 오가는 거리답게 퀴퀴하고 눅진한 냄새만 잔뜩 흘러들어와 고개를 갸웃했다. 하지만 얼마 못 가 서쪽 하늘에서 길게 솟아오르는 회갈색 연기가 카리사의 눈에도 똑똑히 보였다. 그때쯤엔 희미한 연기 냄새도 맡을 수 있었다.

"그자 말이 맞았군." 하고 중얼거리더니 블레신은 말을 달리기 시작했다. 놀라서 피하기 급급한 사람들에게 "죄송합니다!" 소리를 연발하며 카리사도 열심히 따라갔다.

블레신은 불타고 있는 6층짜리 공동주택을 육안으로 볼 수 있는 곳에서 말의 속력을 떨어뜨려야 했다. 잔뜩 몰려나와 길을 메운 사람들이 불구경에 정신이 팔려 말발굽 소리에도 신경조차 쓰지 않은 까닭이다.

매캐한 연기가 구름처럼 일어나는 것도, 위로 올라갈수록 주홍의 불꽃이 흉측한 혀를 놀려 넘실대는 것도, 그 와중에 건물 밖으로 나오지 못하고 위로 몰려 올라간 주민들의 비명으로 아수라장이 따로 없는데 사람들은 홀린 듯이 서서 웅성대고 있었다.

"뭐 재미난 구경이라도 났느냐? 도와줄 게 아니면 비켜! 비켜라! 썩 비키지 못할까!"

우렁우렁한 왕자의 성량이 폭발하자, 그것은 넋 놓고 있던 사람들이 확실히 정신을 차리게 만들었다. 블레신이 채찍을 휘두르고 그의 말 켄이 사납게 연신 앞발을 들어 허공에 발길질을 하는 것에 위협을 느낀 사람들이 그가 지나갈 자리를 비워주었다. 베일을 칭칭 둘러 눈만 내놓고 블레신의 뒤를 바짝 따라 말을 몰던 카리사는 타고 있는 공동주택 아래에서 분주히 소화작업을 지시하는 누군가를 보고는 깜짝 놀라 외쳤다.

"세상에, 저기 계신 분은!"

불을 끄려고 동분서주하는 치안병 속에 클라이저 황자와 그의 시종들 모습이 보였다. 당장 말에서 내리려는 그녀에게 블레신이 돌아보지도 않고 버럭 소리 질렀다.

"가만있어! 사내가 이리도 수두룩한데 계집이 어딜 나서!"

"하, 하지만."

"카리사 베로우스 반니, 명령이다! 닥치고 가만히 있어!"

한때 수천의 병사를 말 한마디로 오고 가게 한 지휘관의 추상같은 기백에 카리사가 깜빡 얼어붙은 사이 블레신은 매의 눈으로 화재 현장을 살폈다.

보이는 치안병 숫자는 네다섯 정도, 거기에 클라이저와 그 수행원들이 손을 보탤 뿐 구경꾼들은 도우려 수작조차 하지 않는다. 바깥에 받쳐져 있는 수차의 물은 거의 바닥이 난 게 한눈에 훤하다. 그런데 다른 치안소 병사들은 무얼 하고 있는 건가?

심상찮은 연기가 보이면 근방 5토드 안의 치안병들은 이유를 불문하고 출동부터 하고 봐야 한다. 못해도 화재 장소에 치안병 서른에서 마흔 명이 바글거려야 정상이란 말이다. 하물며 블레신이 이 장소까지 말을 달려 온 거리를 계산하면 근방의 치안병들도 이미 오고도 남았어야 한다. 그런데 고작, 네다섯?

그때 블레신의 눈에 와야 할 치안병 대신 엉뚱한 자들의 모습이 들어왔다. 화재 현장을 구경하는, 피로스의 수부들. 팔짱을 낀 그들의 뒤로 줄지어 세워진 수레 다섯 대가 보였다. 황망한 표정에 진땀으로 범벅인 땅딸막한 사내 하나가 그들을 향해 두 손을 모으고 뭐라 애원하는데 수부들은 들은 척도 하지 않았고 개중엔 하품을 하는 치까지 있었다.

쨍하니 블레신의 푸른 눈에서 불꽃이 튄다. 그는 바로 근처의 남자에게 저자들이 무얼 기다리는 거냐 물었다.

"무얼 기다리다니, 빤하지 않소? 팔겠다는 소리를 기다리는 거요, 저기 불난 건물 주인이 피로스에게 건물을 팔겠다고 맹세하기 전엔 꿈쩍도 안 할 놈들이오."

"저기 저 땅딸막한 사내는 누구인지?"

"이 주택 주인인 탈보라오. 용케도 피로스한테 집을 안 팔고 버틴다 했지. 쯧쯧."

"치안소는 무얼 하고?"

"이 지경이 되도록 안 오는 거 보면 모르오? 다 저희들끼리 쿵짝이 맞는 거지. 불 낸 놈이나, 불 끄는 놈이나 다 그놈이 그놈인 걸 모르는 사람이 없소."

블레신은 크게 고개를 주억거리고는 말에서 내려 거한들에게로 향했다. 그들의 앞에 이르러 그는 싱긋 미소 지으며 물었다.

"아까 분수대에서 물을 뜨는 걸 보았소. 뒤에 실린 게 그 물인 듯싶은데 소화작업을 위해 조금 힘을 보태심이 어떻겠소?"

거한들은 블레신을 위아래로 훑어보더니 일언반구도 없이 다시 불이 난 건물만 지루한 듯 쳐다보았다. 블레신은 다시금 공손한 목소리를 내었다.

"힘은 보태지 않으셔도 좋소. 물만 쓰게 해주시오. 내 책임지고 다시 채워 주리다."

"혼쭐나기 전에 꺼져, 이 물은 피로스의 물이다!"

뒤의 수레의 끌대에 기대앉아 있던 대머리 사내가 눈을 부라리며 말했다. 블레신은 그 사내 앞에서 무릎까지 꿇고 있는 건물주 탈보를 일별한 뒤 대머리 사내를 향해 "그대가 확실히 여기선 대장이군?"하면서 다가갔다. 미소에 어울리는 경쾌한 걸음. 안대에 가려지지 않은 블레신의 오른쪽 눈은 돌연한 피보라가 얼굴에 튀는 순간에도 환하게 웃고 있었다.

잠시 대머리 사내는 어리둥절한 표정이었으나, 곧 자신의 잘린 오른팔을 발견하고 비명을 질렀다. 어느새 카프탄 자락 안에서 빠져나온 두 자루의 칼이 블레신의 손에 들려 있었고 그중 오른쪽 칼에는 선혈이 낭자했다. 기습당한 동료를 대신해 몽둥이를 휘두르며 덤벼들던 붉은 머리 사내의 왼팔도 순식간에 허공을 날았다.

삽시간에 비명이 난무하는 현장에 구경꾼들의 이목이 쏠린 가운데 팔이 잘리지 않은 여섯 사내가 저마다 날붙이를 꺼내 들고 블레신을 둘러쌌다. 블레신은 방어자세조차 취하지 않은 나른한 자세로 맨 처음 팔을 자른 대머리 사내를 보며 말했다.

"이 몸은 황태자였던 4황자 루키아노스의 적자이고, 작금 다이몬 황제의 손자인 루키아노스 왕자다. 내 설령 여기서 네놈들을 모두 도륙한다 한들 왕자인 이 몸은 털끝 하나 다치지 않는다. 하지만 네놈들이 내 몸에 핏줄기 하나라도 만들면 너희는 잘근잘근 다져져 지상에 뼛조각 하나 남기지 못하는 신세가 될 것이다. 어쩔 테냐? 지금이라도 내게 물을 빌려주겠느냐?"

다짜고짜 칼부터 휘두르고 유유하게 웃고 있는 미친놈이 왕자란다.

사실이라면 상대가 되지 않는 게임. 사실이 아니어도, 대머리 사내는 이 미친놈이 무서웠다. 산전수전 겪을 대로 겪은 그의 본능이 사람을 베면서 웃는 놈은 피하라고 경고하고 있었다. 잘려나간 팔뿌리를 붙들고 신음하던 대머리 사내가 그리하겠다고 기어들어가는 목소리로 대답했다.

블레신은 칼끝으로 그를 둘러싸고 있는 여섯 사내를 훑으며 넋 놓고 뭘 하는 거냐 물었다.

"당장 움직이지 않으면 네놈들은 평생 다리 쓸 일이 없게 해주마!"

쩌렁쩌렁하게 쏟아내는 외침에 그들은 꿈에서 깬 사람들처럼 허둥지둥 수레를 끌고 밀며 앞으로 쏟아져 나간다. 칼을 검집에 넣고 블레신이 저벅저벅 걸어가는 동안 사람들은 불이 난 건물보다 왕자라는 그의 신분에 대해 수군거리기 바빴다. 불 끌 물이 늘어나고 소화작업을 할 사람이 늘었다. 하지만 블레신은 그 정도로는 부족했다. 그는 구경꾼들을 돌아보며 물었다.

"여기 명예가 무엇인지 아는 자는 없는가? 제국의 병사로서 복무했던 자가 한 사람도 없는가? 우리가 무엇을 위해 싸우는지 기억하는 자가 단한 사람도 없느냐 묻고 있다!"

서로 눈치를 보던 군중 중에서 몇 사람이 주춤거리며 손을 들었다. 그들 중 누구에게도 시선을 두지 않고 블레신은 싸늘하게 소리쳤다.

"옳은 일을 행하지 않고, 해야 할 일을 행하지 않는 자는 명예를 아는 자가 아니다. 고로 그대들 중 누구도 이후 명예에 대해 입에 담을 자격이 없을 것이다!"

그대로 블레신은 수차가 있는 곳으로 달려가 몸에 물을 끼얹고 소화작업에 동참했다. 블레신이 건물로 뛰어 들어가며 시야에서 완전히 사라진 후에야 카리사를 휘감고 있던 무형의 주문이 풀렸다. 얼떨떨한 표정으로 잠시 눈을 깜박이던 카리사는 주위를 이리저리 돌아본 끝에 곧 말고삐를 돌려 어딘가로 향했다.

건물 속에서 블레신이 이미 검댕투성이가 된 클라이저와 마주쳤을 때 클라이저가 하얀 치아를 드러내며 씩 웃었다.

"들었다. 연설가 기질이 있는 줄 몰랐구나."

"엄벙덤벙 불 끄는 시늉만 하니 그런 소리가 들리는 거지요."

"네 목소리가 어지간히 큰 거야. 과연 루키아노스, 장군감이다 했다."

블레신은 황급히 뛰어내려가면서도 팔팔해 보이는 클라이저를 내려다보며 "저 녀석, 2년 동안 놀진 않았군."하고 중얼거렸다.

처음 한동안은 보이는 사람이 거기에서 거기였다. 하지만 점차 거기에 모르는 얼굴들이 하나, 둘 늘어났다. 뒤늦게나마 제 명예란 것에 대해 생각할 겨를이 생긴 남자들이 소화작업을 돕기 위해 힘을 보탠 것이다. 사람 수가 늘면서 수통을 연계하는 게 가능해지자 물을 뿌리고 또 가지러 내려가는 시간이 대폭 줄어 작업에 한결 속도가 붙었다.

하지만 속도가 붙은 만큼 물을 소진하는 시기도 더 빨라졌다. 5층으로 올라가야 하는데 벌써 아래쪽에선 물이 다 떨어져간다고 아우성이다. 타버린 창문 덧문 틈으로 얼굴을 내밀며 클라이저가 소리쳤다.

"무슨 물이라도 좋으니 집에 있는 물 한 동이라도 가져와 보태주시오! 불똥이 튀어 불이 번지면 다음은 보고 있는 당신네들 차례가 될 수도 있소!"

어떤 사람은 주춤주춤 주위를 둘러보며 사람들 눈치를 보고 또 어떤 사람은 멀뚱히 서서 구경만 하고 또 어떤 이들은 서로 떠들기에 바쁘니 실로 오합지졸이 따로 없다. 답답해서 발을 구르는 클라이저에게 막 올라온 블레신이 숨을 고르며 말했다.

"이렇게 사람이 많으니 나 말고 누구라도 하겠지 하는 겁니다. 군인이면 군인, 여자면 여자, 노인이면 노인, 꼬집어서 지칭을 하지 않으면 서로 눈치만 보다가 시간이 가는 거지요. 어차피 시간도 없습니다, 통구이가 되기 전에 사람이나 하나라도 더 구해 오자구요."

옆에 있는 수통을 들어 머리부터 끼얹은 블레신은 바닥에 쏟아진 물도 카프탄을 벗어 훔친 후 젖은 옷을 뒤집어쓰고 계단을 뛰어오를 준비를 했다. 같은 과정을 밟던 클라이저가 물에 적신 허리띠를 찢어 블레신에게 코를 가리라고 전하는 중에 바깥에서 와아, 하고 일어나는 함성을 들었다. 따가운 눈을 비비며 바깥을 내다본 클라이저는 인파 사이로 달려오는 무언가를 보고 함지박만 하게 입을 벌렸다.

"수차야! 다른 치안소에서 왔나봐!"

"허, 그나마 명줄이 긴 놈들이군요."

이죽거리며 클라이저 옆으로 온 블레신도 두 대의 수차와 치안병들을 목도했다. 둘은 거의 동시에 수차 앞의 공간을 틔우며 맹렬히 달려오는 말을 탄 사람도 발견했다.

"반니 양?"

"저 녀석."

눈을 뗀 게 불과 얼마 안 된 것 같은데 어느 틈에 다른 치안소까지 달려갔다 온 모양이라 블레신은 어안이 벙벙했다.

건물 앞에 이르러 훌쩍 말에서 뛰어내린 카리사가 우왕좌왕하는 사내들 속에서 무어라 목청을 돋워 소리치고 손을 뻗어 위를 가리키고 사내들의 등을 떠밀기도 했다. 정신을 차리고 사내들이 수통을 일사불란하게 나르기 시작한 가운데 카리사는 겁도 없이 수통에 손을 댔다. 물론 그녀가 감당할 무게 따위가 아니다. 그녀가 고개를 들어 주위를 두리번거리다 오른편에 있던 여자들을 가리키며 무어라 했다. 곧 젊은 주부로 보이는 여자 셋이 달려와 카리사와 함께 수통 하나에 매달렸다. 그제야 수통이 들렸고 그들은 그렇게 물을 나르는 하나의 점이 되었다. 물을 나르면서도 카리사가 드문드문 소리치는 소리가 났다.

"……한 번씩이라도, 손을 보태요! ……아이를 낳고 키우는 건 여자의…… 하레샤가 우리에게만 허락한…… 얼뜨기 같은 사내들보다 낫다는 걸 보여주자고요!"

가냘프게만 들리는 그 목소리가 의외로 호소력이 있었던지 앞으로 나서서 수차로 다가오는 여자들이 하나둘 나타나더니 곧 서로 수통을 들려고 달려와 겨루는 여자들까지 생겼다. 여자들이 그리 적극적인 걸 보고 우물쭈물 구경만 하던 남자들도 슬금슬금 수차 주변으로 몰려들어 금세 발 디딜 틈이 없어졌다. 내려다보던 블레신이 웃음을 터뜨렸다.

"숙부보다 저 아이가 선동의 기질을 타고났군요, 하!"

클라이저도 한 번 웃고는 아래를 향해 외쳤다.

"한꺼번에 안으로 몰려들면 건물이 무너질 수 있소! 안의 일은 치안병들에게 맡기고 다른 이들은 건물 밖에서 도와주시오!"

그 말을 카리사가 복창하듯 한층 큰 소리로 소리쳤다.

"건물이 무너질 수 있답니다! 안에 들어가지 마시고 밖에서 도우세요, 치안병들을 도우세요, 건물에 너무 가까이 가지 마십시오!"

무모하게 건물 안으로 돌진하려는 사람은 확실히 없어졌음을 확인한 뒤 클라이저는 블레신과 수통 하나씩을 더 들고 5층 계단을 뛰어올랐다.

"누가 더 많이 구하나 내기할까요, 숙부?"

"이미 난 세 사람을 구조했다는 걸 모르는구나."

"오, 그나마 할 만한 내기가 되겠군요, 그럼."

"흥, 무얼 걸어야 하는데?"

달구어진 바닥에서부터 벌써 훅하고 열기가 끼쳐오는 가운데 살아서 버티는 사람이 하나라도 더 있길 기도하며 블레신은 연기의 복도 속으로 뛰어들었다.

"상품은 아래에서 만나서 이야기하자구요, 하하!"

"확실히 정상이 아니야."

고개를 내젓고 그 자신 또한 싱긋 웃으며 클라이저도 사라진 블레신을 뒤쫓아 갔다.

황자와 왕자 둘이서 사람 구하기 놀이를 즐기는 줄은 꿈에도 모르고 카리사는 아직도 불길이 잡히지 않은 꼭대기 층을 바라보며 마른침만 연신 삼켰다. 6층에 고립되었던 사람들이 하나씩 치안병들에게 업히거나 안겨서 나오기 시작하면서 바깥의 사람들은 그런 사람에게 매달려 팔다리를 주무르고 술을 마시게 하는 등 구조에 힘썼다. 화상이 심해 비명을 지르는 사람도 있었고, 영 정신을 못 차리고 축 늘어진 채인 노인이며 아이도 있었다.

그러던 중에 연기가 모락모락 이는 형체가 건물 밖으로 나왔는데 그을음투성이의 사내의 얼굴 왼쪽의 두드러진 흉터에 블레신을 알아본 카리사가 황급히 뛰어갔다.

"어디 다치신 곳은 없으십니까? 이제 더는 올라가지 않으셔도 되는 거지요?"

"아마도. 남은 일은 맡겨도 되겠지. 젠장 할, 누구 때문에 이게 웬 개고생이야."

고생하셨다는 말과 함께 블레신이 등에 업고 온 사람을 눕히게끔 거들려던 카리사는 뒤늦게 그 사람이 누구인지 깨닫고 기겁을 했다.

"전하! 세상에, 전하께서 왜 이러십니까?"

"나보다 일찍 와 있었잖아. 거의 다 해놓고 기절을 하더라고. 숨은 붙어 있어."

목에 걸쳐두었던 베일로 클라이저의 머리를 받쳐 눕힌 뒤 카리사는 마실 걸 찾아오겠다며 사람들 속으로 뛰어갔다. 클라이저 옆에 주저앉듯이 엉덩일 내려놓으며 블레신은 끄응 하고 신음을 삼켰다. 누워 있는 클라이저를 노려보며 블레신이 투덜거렸다.

"내 말 좀 듣지, 진짜."

더 이상 사람 소리가 나지 않으니 그만 내려가자는 블레신의 말에도 클라이저는 한 번 시작한 일엔 철두철미한 성격답게 마지막 한 방까지도 돌아봐야 한다고 우겨댔다. 결국 맨 끄트머리 방까지 돌아보고 나오다가 클라이저가 현기증을 느껴 비틀거렸다. 그 바람에 허우적거리며 붙잡았던 선반이 맥없이 벽에서 떨어져 나가며 그를 덮치는 것을 블레신이 간신히 몸으로 막아냈다.

선반 자체는 별게 아니었는데 선반 꼭대기에 올려져 있던 큼지막한 청동화병이 정통으로 그를 가격한 게 컸다. 청동화병 자체로도 무게가 있는데 그걸 금고 대용으로 썼는지 굴러가는 화병에서 주화들이 쏟아지는 소리가 요란했다.

떨어진 화병에 맞았을 당시엔 뒤통수가 아파서 눈앞이 잠깐 번쩍이더니 이젠 어깻죽지부터 시작해서 등이 다 뻐근하다. 기절한 클라이저를 업고 내려오느라 더 힘을 써서 그런 모양이다. 블레신은 오른팔을 움직여보며 뼈에 이상이 없다는 것은 확인했지만 저릿저릿 등의 근육이 소리를 지르는 것은 분명했다.

속도 어지간히 불편해 컬컬한 목을 풀 겸 기침을 하는데 강한 욕지기가 치밀어 왔다. 누구처럼 속 편하게 누워서 잠시 눈 좀 붙이면 좋겠다고 생각하며 슬슬 허물어지려던 몸이 타박거리며 가까워지는 발소리에 다시 번쩍 눈을 떴다.

"멍청하게 아까 물주머니를 채워 걸어둔 것을 잊고 헤맸지 뭡니까."

허겁지겁 돌아온 카리사가 클라이저의 머리를 받쳐서 물을 입가에 흘려 넣어주었지만 의식이 없는 탓인지 그가 기침을 콜록거리며 물을 토해내는 바람에 카리사는 어쩔 줄 몰라 하다가 품에서 손수건을 꺼내어 흠뻑 적셔서 입에 물려주는 방법을 택했다. 이 방법은 통해서 클라이저가 꽉 입을 다물며 물을 빠는지 목젖이 움직이는 게 눈에 들어왔다. 안도하며 몇 차례 손수건을 새로이 적신 뒤 비로소 블레신을 돌아보았다.

"여기."

카리사가 건네는 물주머니를 받으려고 내민 블레신의 손이 불그죽죽했다.

"맙소사, 그거 피인가요?"

손을 쳐다본 블레신이 대수롭잖게 다른 손을 내밀어 물주머니를 받아 물을 들이켰다. 카리사는 그에게로 와 방금 보았던 피투성이 손을 확인하곤, "잠시만요."하며 빼앗듯이 잡아챈 물주머니의 물 약간을 그의 오른손에 붓고 돌려준 뒤 품의 손수건을 찾았지만 이미 클라이저에게 써버린 터라 있을 리가 없다. 오래 생각할 것 없이 스톨라를 걷어 올린 그녀는 그 안의 리넨 튜닉 자락을 이빨로 찢어냈다. 그걸로 대충 피를 닦아내고 손바닥에 생긴 상처도 싸맸다.

그렇게까진 할 줄 몰랐던 블레신이 물을 넘기는 둥 마는 둥 하며 카리사를 응시하다가 뭐라 입을 열려는데 클라이저에게서 기침 소리가 나서 둘의 시선이 그리로 향했다. 클라이저가 천천히 눈을 뜨는 게 보였다.

나뭇잎 사이로
반짝이는 1

"정신이 드십니까, 전하?"

반색을 하는 카리사의 얼굴을 보며 눈을 몇 번 깜박거린 클라이저가 희미하게 웃었다.

"보지 않으면 다른 사람 목소린 줄 알겠어요. 내일은 틀림없이 목이 쉬겠군요, 반니 양."

"전하만 하겠습니까?"

여간 잠긴 게 아닌 클라이저의 목소리를 지적한 뒤 카리사는 블레신을 보았다.

"그러고 보니 왕자님 목소리가 가장 멀쩡하네요."

블레신은 절반 넘게 마신 물주머니를 카리사에게 넘기며 씩 웃었다.

"신 중에 아리우스, 사람 중엔 블레신. 외워두도록, 석류."

이런 상황에서도 너스레를 떨 정신이 있다니. 어처구니가 없다는 생각도 블레신이 검댕투성이의 얼굴을 하고 뽐내고 있는 걸 보자니 웃음으로 바뀌었다. 처음엔 피식하는 실소, 하지만 곧 아하하, 카리사는 고개를 젖히며 웃어댔다.

"예, 대단하십니다, 하여간 대단하세요. 신 중에 아리우스, 사람 중에 블레신. 절대로 잊지 않겠습니다."

대체 자신의 말 어디가 그리도 웃긴 건지. 블레신은 정말로 알 수가 없어 눈살을 찌푸렸다.

"밖에만 있을 것이지 안에 들어왔던 거야? 연기라도 마셨어?"

돌아가는 마차 안에 앉아 흔들리는 리넨 커튼을 보고 있자니 한바탕 꿈을 꾸고 난 뒤처럼 머릿속이 멍해진다. 하지만 당장 고개를 약간만 돌리면 그녀의 묘한 꿈이 실제로 일어났던 일이란 것을 생생히 확인할 수 있다.

맞은편에 앉아 있는 블레신. 그는 수행원이 구해온 포도주를 양껏 들이마시고선 건장한 체구를 구기듯이 접어서는 깊은 잠에 빠졌다. 겨우 검댕만 닦아낸 얼굴의 살짝 벌려진 붉은 입술에선 가슴이 오르락내리락할 때마다 거친 숨소리가 흘러나왔다. 블레신이 낮잠 자는 모습을 더러 보긴 했어도 숨소리가 저토록 큰 건 처음이다. 그을음 때문에 칙칙해진 머리카락도 나중에 다시 봐야겠지만 얼마쯤은 탔지 싶다.

"화상도 생겼을 텐데……."

걱정스레 중얼거리며 한숨을 쉰 카리사는 다시 살짝, 고개를 오른쪽으로 돌렸다. 클라이저는 블레신보다는 훨씬 반듯하게 앉아 팔짱을 낀 채 잠이 들어 있다. 전에 없이 초췌한 모습이긴 마찬가지이지만 그럼에도 불구하고 단정하다. 자꾸만 춤을 추듯이 머리가 흔들려 위태로워 보이는 것까지 감안해서 말이다.

그녀가 없다면 황자도 블레신처럼 모로 기대앉아 잘 수 있었을 텐데. 이제라도 내리겠다고 하려고 마부에게 신호를 보내는 줄을 잡았던 카리사는 이내 비스듬히 클라이저를 바라보며 실행을 망설였다.

스르륵 카리사의 손이 줄에서 떨어졌다. 잠시 후 그녀는 클라이저의 옆에 좀 더 다가앉는 쪽을 택했다. 그러곤 조심스레, 아주 슬며시 클라이저의 머리를 제게로 당겨보았다.

투욱, 떨어진다.

마치 깃털처럼 가볍게 클라이저의 머리가 그녀의 어깨에 기대어졌다. 카리사는 아주 빠르게 눈을 깜박이면서 두 손을 수십 번도 넘게 쥐락펴락했다. 클라이저의 머리는 그대로 그녀의 어깨에 기댄 채 머물러 있다. 더는 흔들리지 않는다. 그걸 확신하기까지 카리사는 또 수도 없이 손을 꼬물거렸다.

이윽고 그녀는 다시 마차 창문을 가린 리넨 커튼을 보았다. 피곤한 나머지 쌍꺼풀이 한 겹 더 생겼음에도 불구하고 활기가 넘실거리는 눈에는 미소가 그득하다.

아주 가볍고, 또 너무도 무거운 누군가의 무게를 오롯이 그녀가 감당할 수 있을 기회를 얻은 까닭에.

카리사는 이 순간을 죽을 때까지 기억하리라고, 믿었다.

18.
노을 속
담소

"아…… 거기, 방금 거기를 다시. 좀 더 강하게, 으응, 그래, 아주 좋아. 그렇게 계속……. 아아, 보석 같은 재주를 가졌구나, 너는."

문이 빠끔히 열려 있어서 별 기척 없이 문을 밀고 안으로 들어서려던 카리사는 안으로부터 들려오는 목소리에 저도 모르게 한 발 뒤로 물러났다. 눈을 깜박거리며 문을 응시하고 있자니 목소리는 그쳤는데 이상야릇한 신음은 멈출 만하면 다시 이어지길 반복했다. 그 이상야릇한 신음과 교차하여 다른 누군가의 가쁜 숨도 섞여서 들렸다.

"여자?"

제 귀를 의심하고 다시 귀 기울여 보았는데 아무래도 안에 여자가 있는 게 틀림없는 사실 같다. 시종부터 문지기 하인에 이르기까지 모두 남자인 이트궁에 여자가? 그런데 블레신 왕자와 대체 무엇을 하길래 이런 소리가…… 아? 아!

"뭐야, 대체, 사람을 오라 하질 말던가."

벌게진 얼굴에 손부채질을 하며 카리사는 복도를 빠르게 가로질러갔다. 다과 준비가 된 쟁반을 들고 오던 시종 쿠르도가 그녀를 보고는 어리둥절한 얼굴로 왜 벌써 나오시느냐 물었다.

'들어가 보지도 않았어요!'

속으로 발끈하면서 카리사는 간신히 미소를 지었다.

"문 앞까지 갔는데 먼저 온 분이 있는 것 같더군요. 내가 방해할 자리가 아닌 것 같아서."

"다른 내빈이 있었다면 제가 모를 리 없습니다만."

"그걸 준비하러 간 사이에 온 모양이지요."

쿠르도의 손에 들린 쟁반을 턱으로 가리키자 쿠르도는 더 분명하게 의문을 표시했다.

"취사실 창문이 활짝 열려 있었습니다. 정원을 손질하는 하인들 말고 달리 오고간 사람은 한 명도 없었습니다."

"글쎄요, 저도 잘 모르겠지만 왕자께서는 분명히, 혼자 계신 게 아니었습니다."

가서 보면 어떤 일인지 알 텐데 무슨 말이 이렇게 많은지. 언성에 살짝 불쾌감이 묻어나는 것을 의식하며 카리사는 부러 환하게 웃었다. 그래도 고개를 갸웃거리며 이상한 일이라고 중얼거리던 쿠르도가 문득 아, 하는 표정으로 그녀를 보며 물었다.

"도르가가 와 있을 텐데, 그 이야기를 하시는 것인지요?"

"도르가? 어디서 들은 이름인데…… 아, 저기 사역원 목욕탕의 그 사람인가?"

"예, 그 도르가 맞습니다. 제가 왕자님을 위해 이틀 전부터 별러서 데리고 왔지요."

어쩐지 뿌듯해 하는 쿠르도를 카리사는 뜨악한 눈길로 쳐다보았다. 도르가를 왕자에게? 분명 여자는 여자이지만…….

도르가라는 여자는 사역원에 딸린 목욕탕에서 마사지사로 일하는 노예였다. 그 실력은 황궁 안에서 정평이 난 터라 통풍으로 인해 겨울이면 특히 고생하는 록사네를 위해 에스테르가 한 번 궁전에 불러온 일이 있었다.

그때 카리사도 얼굴을 보았는데 그녀는 반질반질 윤이 나는 흑갈색 피부의 살치아인ㅅ으로 꼬챙이처럼 바짝 마른 작달막한 몸에 손만 희한할 정도로 커서 놀란 기억이 있다. 비록 그녀의 나이를 물어본 적은 없지만 기억 속의 도르가에게선 여자로서의 매력을 찾아보기가 매우 힘들다. 바짝 깎아 거의 밀어버린 것이나 다름없는 짧은 머리에 눈은 작고 입술은 눈보다 두 배는 더 두꺼워 보였던 것 같다. 아니, 그보다 문제는 난쟁이를 겨우 면한 듯한 그 작은 키. 그리고 그 거미처럼 큰 손…….

그렇게 미인 타령을 해대더니 나한테 수작을 건 것도 그렇고 도르가도 그렇고, 실제 왕자의 여자 취향엔 아무래도 좀 문제가 있는 게……. 에스테르 공주님은 이 일을 알고 계신가?

저도 모르게 뺨에 한 손을 대고 근심하는 카리사의 주의를 돌리듯 쿠르도가 밝게 말했다.

"왕자님께선 절대 방해라고 생각하지 않으실 겁니다. 어서 가시지요, 반니 아가씨. 아까부터 여러 번 찾으셨습니다."

그러곤 제가 먼저 앞서 걸어가면서 슬쩍 목소리를 낮춰 덧붙였다.

"점심도 평소에 먹는 양 절반도 안 드셨습니다. 다소 까칠하게 대하셔도 너그럽게 이해해 주시지요."

언제는 내게 비단처럼 보들보들했던가, 하며 카리사는 머뭇머뭇 걸음을 옮겼다. 따라가는 척만 해주는 것이다. 어차피 문 앞에 이르면 쿠르도도 들어가기 곤란한 상황임을 알 테니.

그러나 카리사의 생각보다 쿠르도란 시종은 대범했다. 그는 여전히 열린 문틈으로 들려오는 야릇한 소리의 합주에도 불구하고 "쿠르도입니다."하고 인기척을 내고는 아무렇지 않게 문을 밀며 안으로 들어섰다!

"카리사는?"

신음에 섞여서 들려오는 블레신의 물음에 쿠르도가 밖에 와 계신다고 대답했다. 그래도 카리사가 머뭇거리고 있었더니 "안 들어오고 뭐 해, 석류?"하고 블레신이 크게 외쳤다. 카리사는 심호흡을 하고 당당하게, 슬리퍼의 앞코만 죽어라 쳐다보면서 내실로 들어섰다.

"신발에 뭐라도 묻었어?"

"아, 예, 좀⋯⋯."

부러 카리사가 몸을 굽혀 뭔가 뜯어내는 시늉까지 하는 중에도 도르가가 내는 거친 숨소리는 내실 공기에 확실히 떠돌고 있다. 그만 또 카리사는 귀뿌리까지 벌게지고 말았다.

"에스테르는 어때? 저녁에라도 내가 건너가 봐야 할 정도야?"

"아니요, 잠을 잘 못 주무셔서 그런 것이니까요. 내색을 안 하셔서 그렇지 저번 일로 공주님께서 몹시 놀라셨나 봐요. 그러니 아마도 이틀 정도⋯⋯."

카리사는 생각에 잠긴 척 배회하면서 블레신이 있을 것으로 짐작되는 긴 의자 쪽을 등지며 테라스로 향했다.

"푹 쉬시면 한결 나아지실 겁니다. 왕자님께선 이틀 후쯤에 보러 가시는 게 좋겠습니다."

테라스로 나가는 자리에 놓인 세발 탁자의 화병에 꽂힌 붉은 장미가 눈에 들어왔다. 올해 들어 처음으로 선뵈는 것들이라서 봉오리가 작은 감이 있다.

"참, 투렐리아가 그러는데 요즘 궁에 뱀이 나온다네요. 빨간 뱀을 봤다는 사람이 벌써 몇 사람이나 된답니다."

"아마 키우던 게 몇 마리 달아난 거겠지. 독사는 아닐 거야."

블레신이 시큰둥하게 이야기하는 동안에도 자꾸만 들려오는 도르가의 큰 숨소리에 신경이 쏠리는 것을 막으려 카리사는 고개 숙여 장미 향기를 맡았다.

카리사를 따라 눈길을 움직여가던 블레신은 그녀가 앞으로 흘러내리는 긴 머리를 손으로 가벼이 걷어 올리며 장미 속에 얼굴을 묻다시피 하는 것을 지그시 응시했다.

테라스를 비추는 햇살이 그녀의 드러난 목덜미를 어루만지며 반짝반짝 빛났다. 향기를 맡는 일에 전념하고자 감겨진 눈꺼풀에 매달린 칠흑의 속눈썹이 파르르 매미 날개처럼 떤다. 이윽고 눈을 떠 꽃을 들여다보는 눈동자가 여느 때보다 더 투명하여 거의 금빛처럼 보였다.

햇살이 빚어낸 조화. 빛 속에서 더 아름다운 여인이 있고 어둠 속에서 더 아름다운 여인이 있는데 저 아인 전자라고 생각하는 블레신의 눈길 속에서 카리사는 화병 아래 떨어진 꽃잎 하나를 주워 만지작거리며 테라스로 걸어 나갔다.

그녀를 보려고 목을 길게 빼는 걸로 부족해 블레신이 홱 상반신을 비트는 순간, 한쪽 무릎을 의자에 살짝 걸치고 다른 발은 발 받침대를 디딘 다소 옹색한 자세로 그를 마사지하고 있던 도르가가 그만 균형을 잃고 발 받침대에서 미끄러졌다.

"이런, 괜찮으냐?"

워낙에 뼈에 얇은 가죽만 입힌 듯한 몸이라서 도르가가 구르는 소리가

나뭇잎 사이로
반짝이는 1

무슨 가구가 부서지는 소리처럼 들려 카리사도 조심하던 것을 잊고 휙 뒤돌아보았다. 보이는 광경은 그녀의 상상과는 뭔가가 좀 달랐다.

쿠르도의 손에 의지해 일어나는 도르가는 복장이 간소한 편이긴 한데 보기 민망할 정도는 아니었다. 목욕장에서 입는 작업복이나 다름없는 두툼한 가슴가리개와 요의 차림. 머리는 왕자 앞이라고 예의를 차렸는지 두건을 두르고 있다. 엎드린 자세에서 상반신만 일으켜 도르가를 보는 블레신은 상반신을 드러내고 있긴 한데 임의로 튜닉 한쪽을 여미지 않은 것일 뿐 아예 벗고 있는 건 아니었다. 그리고 드러낸 쪽의 피부가 유난히도 짙은 구릿빛으로 번들거렸다. 마치, 기름이라도 바른 것처럼.

기름? 그제야 퍼뜩 카리사는 다른 가능성을 떠올리고 마른침을 삼켰다. 그러니까 도르가가 여기 있는 건, 전에 록사네를 찾아왔을 때와 같은 이유였던 건…….

"어디 다친 데라도 있는 건 아니냐? 굉장한 소리가 났는데."

팔다리를 다 확인해본 도르가가 아무 이상 없다고 말하자 그제야 블레신이 빙그레 웃었다.

"네 귀한 재주를 못 쓰게 한 자로 낙인찍히는 일은 모면했구나. 애썼으니 그만 돌아가도 좋다. 쿠르도, 도르가가 잠시 쉬었다 갈 만한 방을 준비해 주거라. 아, 먹을 것도 챙겨주고."

몇 번이나 깊숙이 절을 하고서 방을 나서는 도르가를 약간 미안한 심정으로 카리사가 쳐다보는데 끄응 하고 블레신이 신음하면서 카리사를 불렀다.

"와서 좀 도와줘, 너무 오래 엎드려 있었나 봐."

다가간 카리사의 팔에 의지해 일어나 앉은 블레신이 우둑우둑 소리가 나게 목을 움직이면서 긴 한숨을 뱉었다. 한숨과 신음의 딱 중간 정도 되는 적이 민망한 소리에 카리사는 아직 그가 잡고 있던 팔을 새침하게 잡아 빼며 속으로 이러니 오해를 한 거라고 투덜거렸다. 그녀의 생각은 짐작도 못 할 블레신은 오른팔을 구부려 살살 돌려보면서 흡족한 듯 웃었다.

"확실히 재주가 좋단 말이야. 영 뻑적지근하더니 이젠 좀 풀리는 것 같아. 마음 같아선 내 전용으로 데려오고 싶군."

"그러셨다간 불특정 다수의 원망을 사시게 될 게 틀림없습니다."

"아무래도 그렇겠지? 좋아, 저 특별한 손을 가진 살치아 노예를 독점하는 건 단념하겠어."

"옷이나 제대로 걸치기부터 하시지요."

테이블을 지나쳐 맞은편 의자에 앉으며 카리사가 하는 말에 블레신이 고개를 갸웃했다.

"왜? 내 복장 불량이야 이제 익숙해지지 않았나?"

"익숙해졌다는 게 그래도 좋다는 뜻은 아닙니다."

차를 따라 블레신의 앞에 놓아주며 카리사는 내친김에 더 분명하게 못을 박았다.

"제 신분에 맞는 옷을 단정하게 입는 게 바람직하지요. 하물며 왕자님이시잖습니까. 주시하는 눈들을 생각해서라도 복장에 있어 너무 편한 것만 추구하시는 것은 아니라고 봅니다."

"신경 안 써, 그런 눈들."

"어차피 욕을 듣는 건 왕자님이 아니라 왕자님을 모시는 자들이니까요."

"날 모시는 녀석들은 이런 일로 날 옥죄는 법이 없는데?"

"이미 단념해버린 겁니다. 뭔가 느껴지는 게 없으십니까?"

"이 몸을 이길 수 있는 사람이 세상에 흔치 않다는 소리지. 좋은 현상이야."

"자랑스레 하실 말씀이 아니라고 생각합니다만."

테이블에 다과를 먹기 좋게 배열하고 자신의 차를 따라 한 모금 마시면서 카리사는 힐긋 블레신의 오른쪽 어깨를 살폈다. 이미 화재가 있었던 날로부터 나흘째. 황궁에 돌아온 왕자는 그대로 다음날 아침까지 곯아떨어졌다가 깨어선 의사도 필요 없다고 부르지 않았다. 하지만 실은 많이 불편했던 걸까? 도르가를 따로 불러 마사지를 받을 정도였다니…….

뜨거운 차를 꿀꺽꿀꺽 물처럼 마신 블레신이 잔을 내려놓으며 트라비잔어로 물었다.

"사람이 없는 것도 아니고 굳이 널 불러야 할 일이 뭔데?"

잠깐 의아해하던 카리사는 뒤늦게 에스테르에게 갔던 일을 묻고 있음을 깨닫고 대답했다.

"제가 나름 잘할 수 있는 일이란 것도 있으니까요."

"그러니까 그게 궁금하다고. 말해봐."

별로 말하고 싶은 건 아니지만 블레신이 한 번 궁금하다고 말한 이상 대답을 회피할 방법은 거의 없음을 알기에 그의 잔에 다시 차를 따라주면서 말했다.

"사람을 재우는 일을 그럭저럭 잘합니다."

"어떻게? 토닥토닥 배라도 두드려주나? 옛날이야기를 해준다거나? 자장가라도 불러?"

"자장가라면 자장가를…….."

"정말로 자장가? 별반 노래 재주도 없던데 그 실력으로 무슨 노래를?"

블레신을 살짝 쏘아보며 카리사는 낮은 목소리로 웅얼거렸다.

"자장가에 뭐 대단한 노래 솜씨가 필요한 건 아니니까요. 엄밀히 말하자면 자장가도 아닙니다. 신전에서 배운 축복의 기도를 읊는 거니까요. 고대어로 된 기도문인데 처음부터 끝까지 읊자면 거의 한 시간이 걸릴 정도로 길거든요. 웅얼웅얼 중얼거리다 보면 외우는 저도 반은 잠이 들 지경이 되는 희한한 힘이 있어요. 그게 공주님한테 통하더군요."

두 잔째의 차를 들이켠 블레신은 그제야 비로소 옷매무시를 정리하고 털썩 의자에 도로 누웠다.

"마침 낮잠을 못 잤는데 잘됐군. 한 번 읊어봐, 얼마나 효험이 있는지 직접 확인해 보겠어."

"공주님과 왕자님은 경우가 다르지요."

"뭐가 달라. 나도 아파. 나 요새 두문불출하는 거 봤잖아?"

찻잔 너머로 잠시 블레신을 쳐다보던 카리사는 계피빵을 꿀에 찍으며 가벼이 말했다.

"정말로 아프면 그렇게 투덜거릴 여력도 없을 테지요. 그리고 제가 그간 들어온 이야기로는 왕자님은 쓰러질 정도로 아픈 게 아닌 이상 내색도 하지 않는다고 하더군요."

"사람은 변하기 마련이야. 와서 만져봐, 나 이마에 열도 있는 것 같아."

안 속는다는 뜻으로 카리사는 잠자코 계피빵을 입에 넣고 오물거렸다. 블레신은 들으라고 그러는 게 분명하게 긴 한숨을 쉰 뒤 손을 들어 눈 위에 올려놓으며 시무룩하니 말했다.

"이래서 거짓말쟁이 양치기가 늑대에 잡아먹히는 거로군. 내가 조만간 쓰러지면 그때 가서 눈물 좀 흘려봐, 독한 아가씨."

카리사는 계피빵 한 조각을 더 먹은 뒤 차를 마시고 손수건으로 입가를 닦았다. 단정한 자세로 블레신을 쳐다보다가 더 용건이 없다면 나가보아도 되느냐 물었다.

"용건이 없으면 부르지 못할 사이야? 혹시 날 모시러 와 있다는 걸 잊고 있는 거야?"

"왕자님께서 곧 주무실 것 같아서 드리는 말씀입니다. 나른해 보이시는데요, 무척."

"눈을 장식으로 달고 다니는 건 아니시군, 그래."

빈정거린데 이어 블레신은 그녀에게 등을 보이며 옆으로 돌아누웠다.

"〈보리수나무〉를 연주해, 실수가 없을 때까지 반복해서. 완벽하게 연주한다면 가도 좋아."

"알겠습니다."

카리사는 리라와 모래시계를 찾아와 의자에 앉았다. 처음부터 완벽하게 연주하리라곤 기대조차 하지 않았다시피 몇 번이고 실수를 거듭한다. 그럴 때마다 날카롭게 날아올 손 튕기는 소리를 예상하고 카리사가 블레신의 눈치를 살폈지만 오늘 그는 너무도 조용했다.

카리사는 블레신이 이미 잠든 게 아닐까 생각하기 시작했다. 부러 잠시 리라를 내려놓고 돌아누운 블레신의 등을 응시했다. 오른쪽 어깨가 규칙적으로 오르락내리락할 뿐이다. 여기서 그가 잔다고 생각해서 리라 연습을 그만두고 방을 나서는 것…… 이 바로 왕자의 노림수일지도 모른다.

'저한테 그런 얄팍한 시험은 통하지 않는다구요. 흥.'

카리사는 다시 리라를 들었고 지겨운 기색 없이 거듭거듭 연주했다. 다채로운 실수의 향연에 다른 이 같았으면 절망할 법도 한데 카리사는 오히려 싱글거리며 웃었다.

"어머, 아쉽다. 용케도 실수를 거의 안 했는데."

마지막에 거의 다다라 약지가 엉뚱한 현을 건드려 실수를 하자 그렇게 고개 한 번 젓고 다시 처음부터 시작이다. 그러던 어느 순간 퍼뜩 손가락을 멈추었다. 자신이 방금 전에 곡을 완벽하게 마치고도 또 처음부터 시작하고 있음을 깨달은 것이다. 모래시계를 확인하자 이미 반 시간은 넘게 지났지만 그걸로도 카리사의 얼굴엔 함빡 미소가 떠올랐다.

"들으셨습니까? 제가 방금 완벽하게……."

성공 사실에 고무되어 왕자를 쳐다보았으나 블레신은 한참 전에 돌아누운 그 자세 그대로였다. 카리사는 리라를 내려놓고 블레신에게 다가갔다.

노림수 따윈 없었나 보다. 왕자는 새근새근 잘만 자고 있었다. 그녀는 의자에 팔꿈치를 기대어 블레신을 내려다보면서 자그맣게 속삭였다.

"오늘은 한 시간도 안 걸려서 성공했는데. 이럴 줄 알고 일찍 주무신 거지요?"

약간 입을 벌리고 자는 얼굴이 터무니없이 천진하다. 그런 걸 보면 에스테르하고 닮긴 했나, 하고 물끄러미 쳐다보다가 슬며시 손을 뻗어 뺨을 건드렸다. 눈썹 한 올 움직이지 않는 걸 분명히 확인하고 손바닥으로 그의 뺨을 가볍게 눌렀다. 다른 손으로는 진지하게 제 이마며 뺨을 만져보면서 블레신의 뺨과 이마도 확인했다.

"열이 있는 것도 같고 없는 것도 같고. 내 손은 어쩜 열 재는 재주도 없나 보네. 휴우."

카리사는 서가 앞 선반에 던지듯이 놓인 블레신의 카프탄을 가져와서 꼼꼼히 덮어주었다. 방을 나가기 전에 테라스며 그 양옆의 창의 커튼을 내리곤 블레신에게 햇빛이 닿지 않는 걸 확인하고서 그녀는 방을 뒤로 했다.

조심스레 방문이 닫히는 소리가 고요한 내실에 가라앉고 얼마 후 블레신이 피식 웃었다. 복화술이라도 하듯 거의 움직이지 않는 입술을 통해 목소리가 흘러나왔다.

"가슴 뜨끔하라고 한 번 제대로 쓰러져봐? 흠, 어떤 식으로 쓰러져야 저 녀석이 제대로 놀라려나?"

짓궂은 생각으로 얼굴을 채웠던 미소는 반듯하게 돌아눕는 동작 속에 희미한 미간의 찡그림으로 바뀌었다. 머리를 움켜잡으며 꾸미지 않은 짧은 신음을 내뱉었다.

화재가 있던 그날 밤부터 이따금 두통으로 머리가 지끈거리며 열이 오르는 것은 사실이다. 이유를 알고 있기에 대수롭잖게 여길 뿐이다. 그 빌어먹을 청동화병에 대한 욕설을 걸쭉하게 날리고서 블레신은 잠결에 몸을 실었다.

그리고 보리수나무와 관련된 꿈을 꾸었다. 꿈속에서도 그는 잠을 자고 있었다. 푸른 보리수 그늘 아래 어떤 여자의 무릎을 베고서. 꿈에서마저 그 여자의 리라 솜씨는 애처로웠다······.

클라이저는 장미 덩굴에 휘감긴 이트궁의 담벼락 앞까지 와서 들어가는 것을 두고 얼마쯤 망설였다. 여전히 블레신이 뚱해 있지나 않을까 하는 고민.

나흘 전 바깥에서의 소동 이후 다음 날 헤러반궁에서 에스테르와 다 함께 모인 자리에서 블레신은 누구 때문에 안 해도 될 생고생을 해서 눈썹은 그을리고 머리카락마저 한 뭉텅이나 잘랐다고 불평이 대단했다. 클라이저가 불을 낸 게 아니란 점, 또 애초에 블레신이 자청해서 따라나선 길이었다는 것도 잊은 것처럼 원망의 덤터기를 썼다.

어제도 잠깐 얼굴 좀 볼 수 있느냐 사람을 보냈는데 푹 쉬라는 의사의 진단에 따라야 한다는 쌀쌀한 거절만 돌아왔다. 진료하러 간 의사가 블레신의 발끝 하나 못 보고 돌아왔다는 걸 알고 있지만 클라이저는 그러려니 하고 넘겼다.

모쪼록 오늘은 좀 그놈의 성미가 누그러졌기를 빌며 클라이저는 안뜰로 발을 내딛었다.

그의 방문을 제일 먼저 알아차린 건 사람이 아니라 동물이었다. 야옹, 야옹하면서 달려와 그의 발치를 가로막는 얼룩무늬 하얀 고양이를 보고 클라이저가 그 이름을 찾아 머릿속을 뒤적거리는 찰나 누군가 고운 목소리로 그 해답을 찾아냈다.

"코로나! 너 또 아무 풀이나 막 먹으면 안 돼!"

클라이저는 싱긋 웃으며 무릎을 굽혀 슥 흰 고양이에게 손을 내밀었다.

"어때, 날 기억하느냐, 코로나?"

귀를 실룩거리며 그를 응시하던 고양이는 다시금 "코로나, 코로나!" 하고 노래하듯이 불러대는 이름을 듣고는 쏜살같이 내달려갔다. 아쉽게 됐다는 표정으로 클라이저는 고양이가 뛰어간 방향을 보며 몸을 일으켰다. 그리고 별로 망설일 것도 없이 그쪽을 향해 발길을 돌렸다.

"아야아야 하니까 이런 건 먹으면 안 돼요. 물론 이 꽃도 안 되고. 알아듣는 거니, 꼬맹아?"

한창 새끼 고양이의 앞발을 모아들고 훈육을 하던 카리사는 까맣게 열린 초롱초롱한 동공을 빛내며 냥냥거리는 코로나의 애교에 그만 사르륵 웃고 말았다.

"야단치는 거 아니니까 애교는 부리지 않아도 돼. 단지 이런 걸 먹으면 네가 아야 하니까 그래. 예뻐 보여도 먹으면 안 돼. 먹을 수 있어도 먹으면 안 되는 게 세상엔 많단다."

코로나의 미간을 보드랍게 어루만져주면서 카리사는 한숨을 쉬었다.

"이런 건 어미가 데리고 다니면서 가르쳐주는 일일 텐데. 나 때문에 어미랑 떨어진 셈이로구나. 쯧쯧."

"반니 양이 아니더라도 제 어미와 오래 같이 살지는 못했을 겁니다. 쿠아론 고양이는 애완동물로 인기가 높지요."

클라이저가 불쑥 말을 던지며 인기척을 내자 카리사가 황급히 자리에서 일어나 예를 표했다. 돌아보는 그녀의 모습에 클라이저의 눈이 살짝 커졌다.

바닥에 놓인 바구니에 담긴 꽃, 오른손에는 줄기를 잡을 때 다치지 않게끔 낀 무두질된 가죽 장갑. 그보다 더 분명하게 그녀가 한창 장미꽃과 씨름하고 있었음을 알리는 증표는 그녀의 머리 양쪽에 꽂힌 장미 두 송이였다. 새까만 머리칼을 장식한 붉은 장미는 얼마나 소박하고도 강렬한 장신구란 말인가?

"나와 있느라 오신다는 전갈을 미처 못 들었습니다."

"아니요, 따로 전갈을 하지 않고 오는 길입니다. 못 들은 게 당연하지요."

한창 꽃을 꺾느라 흐트러진 머리라도 매만질 요량으로 슬며시 머리칼을 귀 뒤로 넘기던 카리사는 거기 꽂혀 있는 장미를 깨닫고 사색이 되어 몸을 돌렸다. 오른쪽 장미는 금방 뺐는데 왼쪽에 꽂은 게 양옆의 머리를 약간씩 땋을 때 쓴 끈과 엉켜서 좀체 빠지질 않았다.

"그대로 두어도 좋을 것 같습니다만."

클라이저의 말에 카리사는 움칫하고는 머쓱하게 웃었다.

"꽃만 보면 어린애 같은 버릇이 도져서요."

"그렇다면 그 부분은 평생 자라지 않아도 되겠습니다."

고개를 돌린 카리사는 클라이저의 온화한 미소와 마주쳤다.

"그 장미에게도 그곳에 더 오래 머무는 편이 기쁜 일일 겁니다. 꽃피운 보람을 그렇게라도 만끽해야지 않겠습니까."

"아……, 예. 기왕에 꺾였는데 버려지는 것보다야…….”

당혹스러운 심정을 어물거림으로 감추며 카리사는 막 뽑아든 붉은 꽃을 바라보다가 퍼뜩 넋을 놓고 있는 자신에 놀랐다. 전하는 왕자님을 찾아온 건데 내가 어디에 정신을 파는 거람?

"왕자님께선 조금 늦게 오수에 드셨는데 지금쯤 깨셨을지 모르겠습니다."

장갑을 벗고 꽃바구니를 집어 들며 카리사는 쾌활하게 목소리를 높였다. 그녀가 궁전 본채 쪽으로 걸음을 옮겼고 클라이저도 적당히 간격을 두고 걷기 시작했다.

"언뜻 들었는데 고양이에게 풀을 먹지 말라고 가르치고 있더군요."

"다 먹지 말라는 게 아니라 먹어선 안 될 걸 가르치고 있어요. 정원사인 제도가 그러는데, 고양이들은 으레 풀을 먹는다네요. 털 손질을 하면서 털을 먹기 때문에 토하기 좋으라고 그런 게 아닐까 하더군요. 저는 그것도 모르고 미오가 풀 먹는 것만 보면 쫓아다니면서 말렸어요. 그러니 미오가 제 말을 안 들은 것도 당연하지요. 역시 모르는 건 창피한 일이에요."

"창피한 게 아니라, 개선해야 할 일이죠. 반니 양도 이제는 배웠으니 개선한 게 아닙니까?"

클라이저의 위로에 카리사는 흘깃 그를 쳐다보고 고개를 끄덕였다.

"개선만 된다면야 창피함도 가치가 있겠죠. 그래서 제도한테 고양이가 먹어도 탈이 안 나는 풀들에 대해 배웠는데요, 정작 코로나는 제가 가르쳐주는 것보다 자기 미각을 믿는 모양이에요. 뭐든 일단 먹고 보자는 통에 눈 떼기가 두려워요."

"어릴 때니까요. 호기심도 강한 편인 것 같고?"

얌전히 옆을 따르는 대신 혼자 저 앞으로 훌쩍 뛰어갔다가 쪼르륵 달려오고 다시 뛰어가느라 바쁜 새끼고양이를 클라이저는 웃음이 담긴 눈으로 바라보았다. 카리사가 한숨을 쉬었다.

"그냥 천성이 겁이 없나 봐요. 미오도 호기심이 없는 건 아니지만 훨씬 진중하잖아요."

"키우는 동물은 주인을 닮기 마련이라는데."

"그런가요? 전 다른 동물은 키워본 적이 없어서."

고개를 갸웃하는 카리사에게 클라이저는 꽤 확신에 찬 어조로 대답했다.

"일단 내가 아는 한은 크게 다른 경우는 못 봤습니다."

"그렇군요. 그럼 머잖아 저 아이도 차분해지겠네요."

카리사의 진지한 얼굴에 클라이저가 고개를 돌려 헛기침을 하는 이유를 그녀는 전혀 짐작도 못 했다. 그들이 쳐다보는 동안에도 마구 달려오다가 문득 나비를 발견하곤 완전히 정신이 팔려 열심히 쫓아가는 새끼 고양이가 클라이저의 눈에는 충분히 주인과 닮아 보였다.

1층의 홀에서 하인에게 꽃바구니를 넘겨준 카리사가 왕자가 기침하셨는지 묻자 누구도 아직 나오시는 걸 본 적 없다는 답이 돌아왔다. 발 빠른 시종 한 명이 급히 내실로 달려갔고 잠시 후 돌아와서 아직 주무시고 계신다고 전했다.

"요즘 들어 오수에 드시면 꽤 오래 주무세요. 쿠르도는 어디에 있죠?"

"시종장님이 저장고를 점검하는 걸 돕고 있습니다."

의사를 불러서 왕자를 시진케 해야겠다고 말한 걸 쿠르도가 잊지는 않았을 것이라 생각하며 카리사는 클라이저를 돌아보았다.

"전하도 아시겠지만……."

"알지요. 자는 도중에 깬 블레신은 피하고 봐야 한다는 거 말이죠."

기다리시겠느냐 여쭙는 말에 클라이저는 물시계를 쳐다보다가 고개를 내저었다.

"실은 꽤 허기가 져서 일찍 저녁을 들어야겠습니다. 오늘은 돌아가는 게 좋겠어요."

간단한 요깃거리라도 내오겠다고 할 수도 있었으나 카리사는 굳이 황자를 붙잡지 않았다. 블레신이라면 의사가 와도 황자가 있는 자리에서 시진을 받으려 하지는 않을 것 같았다.

"그럼 요 앞까지 말벗이 되어 드리겠습니다."

"요 앞보다 더 멀리 가는 건 어떻습니까?"

의아한 표정을 짓는 카리사에게 클라이저는 엷은 미소만 지을 뿐 이렇다 할 설명을 하지 않았다. 뭔가 따로 묻고 싶은 게 있는 모양이라고 짐작한 카리사는 잠시 기다려달라고 하고 베일을 가지러 다녀왔다. 클라이저는 고양이를 가리키며 데려가는 건 어떠냐 말했다.

"아직 다른 곳에 데려가 본 적이 없어서요. 미오가 특별한 거지, 일반적으로 고양이는 낯선 곳을 꺼린다고 들었습니다."

"확실히 미오가 그런 쪽에선 좀 무디죠. 그럼 미오와 만나게 해주는 건 다음 기회로 넘겨야겠습니다."

"예, 다른 옷을 입은 날로요. 지금 입은 건 제가 두 번째로 좋아하는 옷이거든요."

"미오가 어지간히 신용을 잃었군요."

클라이저는 코로나의 이마를 쓰다듬어주며 작별인사를 했다. 느긋하게 귀를 젖히고 갸르릉거리는 코로나를 카리사는 흐뭇하게 쳐다보았다. 역시 고양이도 사람을 알아본다. 저리도 황자에게 순하게 구는 고양이가 이 궁의 주인인 블레신과는 거의 앙숙이 되기 일보 직전이다.

이트궁을 나서서 크노밋궁으로 향하는 길은 완만한 오르막에 가깝다. 종종 오가는 시종이나 하인배들과 마주칠 때도 있었으나 거의 대부분은 먼 곳의 새 지저귀는 소리도 잘 들려올 정도로 주위가 한적했다. 황궁의 안쪽, 황족들의 거처는 이렇다 할 특별한 날이 아닌 이상 이 정도의 고요함이 기본이었다.

그런 고요한 길을 두 사람이 대화 없이 걸어가는 것은 다소 어색한 일이다. 특히나 옆에 있는 사람을 정도 이상으로 의식하고 있을 때는 더욱 그렇다.

"혹시 어디 불편한 곳이라도……."

"제게 하시고 싶은 말씀이……."

거의 동시에 서로 말을 꺼냈다가 마주 보며 웃고 말았다. 한차례 먼저 말하라고 사양을 주고받은 후 클라이저가 선수를 잡았다.

"어디 아픈 곳은 없는 건지 묻는 겁니다. 그 당장엔 모르다가 며칠 지나서야 아프다고 자각할 수도 있다고 들어서."

"제가 아플 만한 일을 한 게 있었어야 말이죠. 목이 약간 쉰 것도 벌써 다 나았구요. 아, 그러고 보니 전하의 목소리도 거의 평소대로 돌아오신 것 같습니다."

"어제까진 공연히 께느른하다 싶더니 오늘 아침에 깨었을 땐 한결 기분이 상쾌하더군요."

"황후께서 안심하셨겠습니다."

"안 그래도 오늘 일찌감치 아침부터 문안드리고 재롱을 좀 부렸지요."

카리사는 과연 어떤 재롱일까 몹시 궁금해 하며 클라이저를 빤히 쳐다보았다.

"하지만 아직도 심기가 불편하셔서 점심도 못 얻어먹고 쫓겨났습니다."

"그 인자하신 분이 얼마나 놀라셨으면. 전하께서 끈기를 가지고 계속 노력하셔야 하는 일이에요."

"그래야지요."

그날 황궁에 들어와서까지도 두 남자가 잠에 취해 있었던 까닭에 조용히 넘어갈 수 있었던 일이 생각보다 커졌던 것이다. 특히 황자를 모셔간 수행원들이 크노밋궁이 아니라 리니우스궁, 즉 황후의 궁전으로 향한 바람에 지레 놀란 황후가 실신하는 등 소동이 벌어졌다.

반면 이트궁 쪽은 카리사가 궁실 사람들의 입을 단단히 봉한 덕에 그 다음 날 오후 발레리아가 헤러반궁에 찾아와 말을 꺼내기 전까지 에스테르는 무슨 일이 있었는지 꿈에도 몰랐다.

의외로 담담히 버티는가 싶었던 에스테르는 결국 이틀 전 밤부터 열이 오르며 자리보전을 한 상태이다. 안 그래도 반쪽 달 같은 에스테르의 얼굴이 며칠 새 더욱 까칠해진 걸 떠올리며 카리사는 한숨을 쉬었다.

"저희 공주님께도 종종 사람을 보내 안부를 물어주십시오, 전하. 뵙지는 못한다고 해도 시종이 왔다갔다는 것만으로도 공주님께서 기뻐하실 겁니다."

"심지가 단단한 아이이니 그런 일로 일희일비하지는 않을 겁니다."

그렇지만, 하고 카리사가 반론을 제기하기 전에 클라이저의 다음 말이 이어졌다.

"황족의 여인들은 워낙 떠받들려 자라는데다 무엇 하나 배우라고 강요하는 것이 없다 보니 어린애건 어른이건, 하물며 노인에 이르기까지 저만 생각하는 어리광쟁이들이 넘쳐나는데 에스테르는 그렇게 약한 몸에도 불구하고 바른 심지를 갖추고 배우길 좋아하는 아이로 자랐지요. 그 아이의 그런 반듯함을, 나는 어여쁘게 생각하고 있습니다."

반듯함이 어여쁘다……. 칭찬의 뜻은 알겠지만 카리사는 살짝 조급증이 일었다. 언제 또 이런 말을 할 기회가 있을지 알 수 없으니 내친김에, 라는 심정으로 입을 열었다.

"공주님은 확실히 긍지를 갖춘 고상한 분이십니다. 그 점을 저 역시 존경합니다. 하지만 그분 역시 여자인 걸요. 사모하는 분이 상냥하게 대해 주는 것을 싫어할 여자는 세상에 없을 거라고 맹세할 수도 있습니다. 그리고 여자들이 원하는 상냥함이란 건 큰 걸 바라는 게 아니라 아주 사소하다 싶은 일에서…… 왜 그런 눈으로 보십니까?"

진지하게 제 생각을 피력하던 카리사는 뭐랄까, 다소 안 됐다는 듯한 미소를 띠고 있는 클라이저와 눈이 마주쳤다. 그녀가 따지듯이 묻자 클라이저는 가늘게 한숨을 쉬며 말했다.

"반니 양, 알고 있겠지만 우리는 혼약자가 되기 이전부터 줄곧 보고 자란 숙부와 조카 사이입니다. 나는 에스테르 그 아이가 유모에게 안겨 다니던 어린 시절도 기억하고 있어요. 나랑 블레신에 비해 턱없이 작았던 그 아이가 우릴 따라오고 싶어 해도 결국 힘에 부쳐서 주저앉아 울던 모습도 기억하구요. 내가 블레신을 죽마고우로 여기는 것처럼 그 아이 또한 그렇습니다. 아끼지요, 물론. 하지만 뭐랄까…… 사모라든가 하는 이야기가 되면 난감해지는군요. 참, 반니 양에게도 자매가 있다고 했죠?"

"예, 쌍둥이 여동생이 있습니다."

"그럼 그 여동생을 남자아이라고 생각할 수 있겠습니까?"

아엘리아를 남자로? 카리사는 자신의 빈약한 상상력을 깨달음과 동시에 클라이저가 말하고자 하는 바도 깨달았다. 대답 대신 시무룩하게 한숨을 쉬는 그녀를 보고 클라이저가 웃는다.

"이런 이야기를 에스테르를 모시는 시녀에게 하는 게 아니었나?"

클라이저가 자못 후회하는 것처럼 중얼거리자 카리사는 발치를 내려다보면서 풀 죽은 목소리로 대꾸했다.

"아니요, 솔직한 심경을 들려주신 점은 감사히 생각합니다. 지각없이 공주님께 그 말씀을 옮기거나 하진 않을 테니 염려 마셔요."

"반니 양이야말로 염려 말아요."

투욱, 가볍게 감싸쥐듯 클라이저는 카리사의 어깨에 손을 올렸다.

"시에서 노래하는 달콤한 감정과는 거리가 멀지라도 에스테르를 아끼는 마음은 분명히 있습니다. 그러니 혼인을 하게 되면 아내로서 충분히 존중할 겁니다."

"그, 그러시겠지요. 그러시지 않으면 곤란합니다. 당장에 왕자님께서 얼마나 화를 내시겠어요. 전하께선 공주님이 화내시는 것보다, 아니, 저희 공주님은 화를 잘 내시는 분도 아니지만, 하여튼 왕자님께서 골을 내는 일에 더 마음을 쓰실 테니까요."

어깨에 놓인 황자의 손에 신경이 쓰여서 카리사는 충분히 생각할 겨를도 없이 말을 뱉어냈다.

"만약에 루키아노스 왕자님이 왕자가 아니라 공주였다면 저희 공주님의 만만찮은 경쟁자가 됐을 거란 생각도 한 적 있고요."

더 해보라는 듯 클라이저는 미소 띤 얼굴로 카리사를 보고만 있다. 카리사는 어름거리다 문득 고개를 돌려 클라이저의 눈을 향해 물었다.

"공주님의 성격이 왕자님과 엇비슷했다면 전하의 마음이란 것도 지금과는 달라졌을까요?"

"어쩌면 조금은……."

그 대구에 살짝 울상을 짓는 카리사의 표정에 클라이저는 웃으며 고개를 저었다.

"어디까지나 조금이에요. 블레신 같은 녀석, 친구로는 몰라도 여자로는 곤란하죠. 난 꽤 고지식한 사람이라 여자는 다소곳한 면이 있는 게 좋습니다. 아내로 삼을 사람이라면 더더욱."

"그렇다면 저희 공주님의 승리로군요?"

"그래요, 에스테르의 승리입니다."

클라이저의 확언에 카리사가 방긋 웃으며 기쁜 낯을 지었다. 저도 모르게 클라이저의 입가에도 그 반향이 퍼지는 천진한 미소였다.

"에스테르를 정말로 좋아하는군요, 반니 양은."

"존경하고 있어요. 제가 신전에 있을 때 제가 속한 방의 견습무녀들을 지도하는 은의 무녀님은 고질적인 두통으로 고생하셨는데 그래선지 성품이 썩 너그러운 것과는 거리가 멀었어요. 얼굴을 찡그리는 버릇이 몸에 배어서 첫눈에 보기에도 대하기 어려운 분처럼 보였지요. 몸이 아픈 사람은 같은 일을 해도 남보다 힘들고 지쳐서 그럴 수밖에 없는 거라고 생각했는데 공주님은 그런 제 생각을 보기 좋게 부정해 주셨어요. 아무리 아플 때에도 곁의 사람들에게 짜증 한번 내시는 일이 없는 분이에요. 오히려 자기 때문에 잠을 못 자서 어떡하느냐 걱정을 해주시지요. 그 작은 분의 가슴엔 아주 큰 바다가 들어 있는 게 틀림없어요."

제 말에 보증이라도 하듯 카리사는 두 주먹을 꽉 쥐어 보였다.

"그런 분을 모시게 된 저는 정말 운이 좋아요. 하지만 그런 제 운도 전하보다야 한 수 아래라는 점, 전하도 아시겠지요?"

"듣고 보니 그렇습니다. 하, 하하하하."

무엇이 그리 우스운지 클라이저가 파안대소를 했다. 카리사는 이분이 이리도 웃는 분이었나 싶어 멀뚱히 쳐다보다가 웃음 그득한 그의 눈과 마주치자 저도 모르게 따라 웃기 시작했다.

웃음의 여파가 아직도 가시지 않은 얼굴로 궁전에 들어서는 클라이저를 맞이한 시종들이 의아한 표정을 감추지 않았다. 어쩌다 보니 궁전 안까지 들어온 카리사가 이제라도 돌아가겠다고 말하려는데 클라이저는 시종들을 둘러보다가 체로스는 어디 있느냐 물었다. 아직 돌아오지 않았다는 대답에 황자는 고개를 갸웃하고선 카리사를 돌아보았다.

"심부름을 시켰는데 아직 돌아오지 않았다는군요."

"아, 예."

그게 자신과 무슨 상관인지 모를 카리사의 대답은 덤덤하기만 하다. 하지만 이어지는 클라이저의 말은 그녀를 놀라게 했다.

"그 녀석마저 화재에 휘말린 건 아닐 테니 늦어도 한두 시간 내로는 돌아올 겁니다. 그러니 기다리는 김에 저녁이라도 같이 들지 않겠습니까?"

"저녁이요?"

느닷없는 식사 초대. 그보다 왜 자신이 체로스를 같이 기다려야 하는지 영문을 알 수 없어 카리사는 눈을 깜박거렸다.

카리사가 어리둥절해하는 사이 클라이저는 척척 시종들을 지휘해 시장하니 최대한 서둘러서 식사 준비를 하라는 분부를 내리고 식당에 게임판을 가져오고 미오도 찾아오라는 말에 이어 또 한 사람에겐 이트궁에 가서 반니 양이 여기서 저녁을 들고 갈 거라 전하게 했다. 막 멀어져가는 시종들을 카리사는 어어? 하는 기분으로 쳐다보았다.

"저녁 준비가 되기 전까지 매와 뱀의 게임이라도 하면서 기다리죠. 에스테르도 서신에서 반니 양의 실력을 칭찬한 바 있어 어느 정도의 실력인지 내심 궁금했던 차입니다."

단정한 말에 이어 클라이저는 식당을 향해서 걸음을 떼었다. 카리사는 눈 뜨고 코 베인다는 말의 뜻을 실감하면서 그를 따라가기 시작했다.

"수사법 공부를 소홀히 하신 것 아닙니까, 전하?"

"내 말에 무언가 어색한 점이라도?"

"제게 의견을 물어놓고선 정작 대답을 듣지 않고 결정을 내리시기에 드리는 말씀입니다. 원하는 것을 선택할 수 있는 자유가 힘이라던데 방금 전 힘 한 번 못 써봤네요."

"선택할 수 있는 자유가 힘이라……. 어디에서 나온 말이죠?"

"누구에게 들었습니다."

"블레신?"

잠자코 미소 짓는 걸로 카리사는 대답을 대신했다.

"블레신이 확실히 반니 양을 몹시 귀여워하나 봅니다."

"그저 아직 놀리는 재미에 질리시지 않은 거겠지요."

카리사의 덤덤한 말에 클라이저는 고개를 갸우뚱할 따름이다. 식당에 이르러 안으로 들어서며 그가 그녀에게 말했다.

"어디, 우리 삶에 꽤 비중이 큰 쌍둥이들을 화제 삼아 향연을 벌여볼까요?"

여전히 선택권은 없다. 카리사는 눈앞의 황자 또한 천생 금지옥엽임을

487

선명히 깨달았다. 그들은 거절당하는 게 무엇인지 모른다. 때로 지독히 일방적이 될 수 있다.

단 하나 유감스러운 것은, 클라이저의 일방적인 언행에 조금의 반감도 들지 않는 자신의 마음이랄까. 블레신이 알면 차별 대우라고 한 소리 할 만하다.

"이야기는 좋지만 험담이라면 입에 담지도, 듣지도 않겠습니다."

조금은 새치름하게 말하며 식당에 들어선 카리사는 클라이저가 권하는 자리에 앉았다. 아주, 다소곳하게.

〈2권에서 계속〉